Ned ist mit seiner Frau bei IKEA, als sie ihm mitteilt, dass es vorbei ist. Bei Gemma passiert es auf dem Weg zum Imbiss, als sie das Handschuhfach im Auto ihres Mannes öffnet und eine Damensonnenbrille findet, die nicht ihr gehört. Für beide ist die Trennung von ihren Partnern ein Blitz aus heiterem Himmel, der ihren Glauben an die Welt, an Beziehungen und an sich selbst erschüttert. Aber man kann nicht einfach immer nur dasitzen und sich selbst bemitleiden, vor allem nicht, wenn Kinder im Spiel sind, also treten beide einer Selbsthilfegruppe für Alleinerziehende bei. Man kann sagen, dass sie sich auf Anhieb nicht gerade gut verstehen. Wie Ned und Gemma jedoch aus bitterer Erfahrung wissen, steckt das Leben voller Überraschungen, und während sie sich in ihren jeweiligen neuen Welten zurechtfinden, ist es möglich, dass sie mehr gemeinsam haben, als sie vermutet hätten, einschließlich der Fähigkeit, etwas Vielversprechendes gründlich zu vermasseln.

Sue Teddern schreibt seit mehr als zwanzig Jahren Drehbücher für Fernseh- und Rundfunkserien. »Eine witzige, warmherzige und scharfsinnige Autorin«, schwärmt David Nicholls. Ihr erster Roman, »Die besten Wege führen ans Meer«, erschien ebenfalls im FISCHER Taschenbuch Verlag. Sue Teddern ist verheiratet und lebt in Hove.

Andrea Fischer hat Literaturübersetzen studiert und überträgt seit über zwanzig Jahren Bücher aus dem britischen und amerikanischen Englisch ins Deutsche, unter anderem die von Lori Nelson Spielman, Michael Chabon und Mary Kay Andrews. Sie lebt und arbeitet im nördlichen Münsterland und im Sauerland.

Weitere Informationen finden Sie auf www.fischerverlage.de

SUE TEDDERN

Das Gute liebt so nah

ROMAN

Aus dem Englischen
von Andrea Fischer

FISCHER Taschenbuch

Aus Verantwortung für die Umwelt hat sich der S. Fischer Verlag zu einer nachhaltigen Buchproduktion verpflichtet. Der bewusste Umgang mit unseren Ressourcen, der Schutz unseres Klimas und der Natur gehören zu unseren obersten Unternehmenszielen.

Gemeinsam mit unseren Partnern und Lieferanten setzen wir uns für eine klimaneutrale Buchproduktion ein, die den Erwerb von Klimazertifikaten zur Kompensation des CO_2-Ausstoßes einschließt.

Weitere Informationen finden Sie unter: *www.klimaneutralerverlag.de*

FSC www.fsc.org MIX Papier | Fördert gute Waldnutzung FSC® C083411

Deutsche Erstausgabe
Erschienen bei FISCHER Taschenbuch
Frankfurt am Main, Oktober 2023

Die englische Originalausgabe erschien 2022
unter dem Titel »The Pre-Loved Club«
bei Mantle, einem Imprint von Pan Macmillan, London.

Lektorat: Susanne Kiesow

Satz: Dörlemann Satz, Lemförde
Druck und Bindung: CPI books GmbH, Leck
Printed in Germany
ISBN 978-3-596-70600-6

Für Edward

Ned, November 2017

Ned und Tanya waren auf Kleiderschranksuche. Womit sich Paare am Wochenende eben so beschäftigen. Dora war auf der Geburtstagsfeier ihrer Cousine in Haywards Heath eingeladen, da lag es nahe, sie dort abzuliefern und anschließend zu Ikea in Croydon zu fahren, um vor Ort die Türen und Schubladen der Kleiderschränke zu begutachten, die Ned online schon gründlich recherchiert hatte.

Er ging davon aus, Tanya vom Songesand überzeugen zu können, wenn sie ihn erst mal in seiner ganzen Größe sah. Ned liebte die Beispielzimmer bei Ikea. Und erst die Köttbullar …

Sie standen in einem Schlafzimmer. Für Neds Geschmack war es ein bisschen zu skandinavisch eingerichtet: auf dem extrabreiten Bett mindestens zwölf kunstvoll verteilte Kissen in verschiedenen Beigetönen, an den Wänden zu viele Bilder mit Schwarz-Weiß-Drucken von getrockneten Blättern, und ständig stieß er mit dem Kopf gegen den Lampenschirm, der offenbar aus teebefleckten Servietten hergestellt worden war.

»Ist das dieses ›Hygge‹, von dem man immer liest?«, fragte er und stieß erneut mit dem Kopf gegen die Lampe.

»›Hygge‹ ist dänisch, Ikea schwedisch«, informierte Tanya ihn. Mit so was kannte sie sich aus.

Der Songesand machte einen ordentlichen Eindruck: viel Platz zum Hängen, Raum für Schuhe, außerdem umfasste *das Programm auch Kommoden und Nachtschränke, falls man alles einheitlich einrichten wollte.*

Ned zog eine Tür auf, schloss sie und öffnete sie wieder. Sehr leichtgängig. Tanya lehnte mit verschränkten Armen an einer Trockenbauwand, die wie eine alte fleckige Backsteinmauer gestaltet war. Schon komisch, an welche Einzelheiten er sich Jahre später noch erinnerte.

»Komm, Ned!« Tanya seufzte. »Ich habe versprochen, dass wir Dora um sechs abholen.«

»Diese Schränke zum Zusammenschrauben sind meistens nicht besonders stabil. Schon gar nicht, wenn ich sie zusammenbaue.« Noch einmal öffnete und schloss er die Kleiderschranktür. »Welchen findest du besser: Songesand *oder* Visthus*?«*

Keine Antwort.

»Erde an Tanya! Alles in Ordnung? Hey, wir können auch erst was essen gehen und dann entscheiden, hm?«

Sie runzelte die Stirn, holte tief Luft und riss sich zusammen. Sie durfte jetzt nichts falsch machen. »Es tut mir total leid, Ned. Ich kann das nicht mehr.«

»Macht nichts. Ich kann auch diesen Kleiderschrank aus Kiefer wieder aufarbeiten, den wir von deiner Mutter bekommen haben. Mit neuen Griffen und einem schönen Lack in Cremeweiß oder Dunkelblau sieht der wieder wie neu aus.«

Ned hockte sich aufs Bett und klopfte neben sich, damit Tanya sich setzte, doch sie blieb stehen. Das Bett ist bequem, dachte er. Bequemer als unseres zu Hause, das ist in der Mitte durchgelegen. »Was hältst du davon, wenn wir uns auch eine neue Matratze gönnen?«

Den Tränen nahe schüttelte Tanya verdrossen den Kopf.

»Du begreifst es nicht, Ned. Ich versuche, dir gerade klarzumachen, dass ich mehr Raum brauche, sonst drehe ich durch.«

»Der Songesand *hat noch zusätzlichen Stauraum!«*

»Jetzt hör mal mit dem scheiß Schrank auf!«

Wenn Tanya diesen Ton anschlug, musste er vorsichtig sein. »Okay, du hast recht. Lust auf Köttbullar?«

Dann sagte sie es. Ausgerechnet im Ikea: »Ich glaube, wir brauchen mal eine Pause voneinander. Ich habe das Gefühl zu ersticken. Du weißt bestimmt, was ich meine.«

Sie suchte nach einer Spur von Verständnis in seinem Gesicht. Doch er verstand es nicht. Damals nicht. Jetzt nicht. »Wir sind – keine Ahnung –, wir sind nicht mehr dieselben wie früher. Wir haben uns verändert.«

»Ich nicht!«

»Ja, eben! Wir stehen an ganz unterschiedlichen Punkten. Das musst du doch auch sehen!«

Ned schüttelte den Kopf. Es leuchtete ihm nicht ein.

»Wir können eine Zeitlang bei meinen Eltern wohnen, Dora und ich.« Tanyas Stimme brach. »Bis wir wissen, ob wir noch eine Zukunft haben.«

»Ich habe eine Zukunft«, sagte er, lauter als beabsichtigt. »Mit dir und Dora.«

Er versuchte, ihr in die Augen zu sehen und seine Tanya zu finden, doch sie weigerte sich, ihn anzuschauen. Sie war merklich mitgenommen, aber immerhin hatte sie gewusst, was kam. Sie war nicht diejenige, der man den Boden unter den Füßen weggezogen hatte.

Sie ließ zu, dass er ihre Hand nahm. Erwiderte den Druck seiner Finger. Es fühlte sich vertraut an, aber anders. Alles war anders.

Gemma, März 2017

Auch gut neun Monate nach der Trennung konnte Gemma sich nicht überwinden, in Rocksy's Fish Bar zu gehen, obwohl der Laden deutlich besser war als die Fish-'n'-Chips-Bude an der Bushaltestelle. Es war, als liege ein Fluch auf Rocksy's. Also mied sie es. Ja, sie mied sogar Fish and Chips selbst. Allein der Geruch des Backteigs war ein emotionaler Trigger. Dann musste sie die Fingernägel in die Handflächen krallen, um nicht zu weinen.

Irgendwann kam sie zu dem Schluss: Joe hatte ihr zwar das Leben versaut, aber auf keinen Fall würde er darüber bestimmen, wo sie was aß. Sie eroberte das Rocksy's für sich zurück und redete sich ein, das sei ein Wendepunkt. Einer von vielen. Zwei Schritte vorwärts, keiner zurück.

Win-win für mich! Lose-lose für Joe!

An einem stinknormalen Mittwoch im März hatte sich Gemmas Leben für immer geändert. Es war kalt. Nieselte. Bevendean zeigte sich nicht gerade von seiner besten Seite, falls der Stadtteil überhaupt eine hatte. Sie saßen im Auto vor Rocksy's und warteten darauf, dass Kelvin mit Kabeljau, Pommes und Erbsenpüree für drei zurückkam. Gemma berichtete Joe von ihrem beschissenen Tag.

»Und dann hat sie behauptet, ich wäre nicht teamfähig! Ich! Im Vergleich zu ihr bin ich die Mutter der Kompanie!«

»Es geht um Janine, oder?« Joe wusste das. Es ging immer um Janine.

»Ich hätte mich um ihre Stelle bewerben sollen.« Gemma seufzte. »Dann hätte sie sie wenigstens nicht bekommen. Warum habe ich das nicht gemacht? Wie blöd bin ich?«

Joes Schweigen sprach Bände.

»Ich weiß! Ja, du hast gesagt, ich soll es probieren. Aber ich wollte nicht so viel Verantwortung haben. Ich wollte nicht diejenige sein, die die anderen herumkommandiert. Aber eins schwöre ich dir, Joe: Den Job könnte ich mit links machen, im Vergleich zu Janine.«

Joe drückte ihre Hand. »Natürlich, Schatzi. Du bist klug und clever ...«

»Das ist dasselbe.«

»Und toll und nett. Die können von Glück sagen, dass sie dich haben. Ich bin jedenfalls froh darüber.«

Er küsste sie aufmunternd. In genau dem Moment kam Kelvin zurück, setzte sich mit dem Fisch und den Pommes auf die Rückbank und sagte, sie sollten sich ein Zimmer nehmen. Das sagte er immer in solchen Situationen, auch wenn er noch nicht genau wusste, was es bedeutete. Elf Jahre alt und wenige Minuten vor dem Ereignis, das sein Leben für immer verändern würde.

»Wo ist das Wechselgeld?«, fragte Gemma und wackelte hinter ihrem Kopf mit den Fingern.

»Du hast gesagt, ich darf's behalten. Stimmt's, Dad?«

»Hat sie das? Hab ich nicht gehört.«

»Und ich krieg noch Taschengeld!« Kelvin vergaß nichts.

»Komm, gib der kleinen Nervensäge das Geld!« Joe schmunzelte. »Mein Portemonnaie ist da drin.«

Gemma öffnete das Handschuhfach, während Joe auf eine Lücke im frühabendlichen Verkehr wartete. Und da änderte sich alles. Das ganze Leben.

Eine grüne Sonnenbrille. Hinter seinem Portemonnaie, halb versteckt unter einer leeren Haribotüte und einem rissigen Fensterleder. Limettengrün mit goldenen Bügeln. Gemma hielt sie hoch.

»Wem gehört die?«

»Dir doch, Schatzi, oder? Grün steht mir nicht.« Joes Antwort kam wie aus der Pistole geschossen. Eigentlich war nichts daran auszusetzen.

»Ich wüsste ja wohl, wenn ich so einen miesen Geschmack hätte.« Gemma setzte die Sonnenbrille auf und betrachtete sich im Kosmetikspiegel. Als sie das schreckliche Spiegelbild sah, erschauderte sie.

»Im Ernst, Joe: Wem gehört die?«

»Hab ich doch gesagt: niemandem!«

Sie fuhren weiter, bogen in die Dean Avenue ein, vorbei an Carole, die zwei Häuser weiter wohnte und mit ihrem alten steifbeinigen Jack Russell Gassi ging. Carole winkte. Gemma winkte zurück. Kelvin war mit seinem Handy beschäftigt und bekam nichts mit von dem bahnbrechenden Geschehen auf den Vordersitzen.

»Sag es einfach, Joe: Wem gehört sie?«

»Verdammt nochmal, ist jetzt gut, ja? Und gib dem Jungen seinen Fünfer.«

»Zehner«, murmelte Kelvin, immer noch mit Blick auf dem Handy. »Letzte Woche hab ich auch nichts gekriegt.«

Wie auf Autopilot öffnete Gemma in Zeitlupe Joes Portemonnaie und nahm einen Geldschein heraus. Beim Geruch des Kabeljaus zog sich ihr Magen zusammen.

1

Ned

Auf dem Parkplatz von Waitrose herrscht dasselbe hektische Treiben wie jeden Freitagabend: In den breitesten Parklücken stehen Einkaufswagen, die ein geduldiger Angestellter einsammeln darf. Zwei gut situierte Pärchen über sechzig blockieren den Eingang und unterhalten sich über ihren Skiurlaub. »Nein, nein, wir waren ja diesmal in Andorra.«

Ich hole mir einen Wagen und schaue kurz auf die darin zurückgelassene Einkaufsliste, auf der »Rosmarin + Anzündholz« steht. Der Waitrose in Hove ist ein Paradies für Typen vom Schlag »Rosmarin + Anzündholz«. Tanya kann sich gut über diese egozentrischen, wichtigtuerischen Kunden aufregen und stellt sich ihnen gern in den Weg. Einmal hat sie heimlich drei Becher Instantnudeln in einen besonders selbstgefälligen Einkaufswagen gelegt.

Ich weiß, was ich noch im Kühlschrank habe und was ich brauche, nämlich so gut wie alles. Wenn ich zumindest für Dora heute Abend etwas zu trinken und zu essen und die richtigen Cornflakes zum Frühstück habe, können wir den Rest des Wochenendes auswärts essen. Ich packe geputzten Brokkoli und geschrubbte Babykarotten in den Wagen. Von Montag bis Freitag kann Tanya ihr ja ihren vor Erde knirschenden Grünkohl aus der Gemüsekiste andrehen. Ich finde sogar eine Dreierpackung Kiwis, die Dora so gern isst. Hundertprozentig vergesse ich die hinten im Kühlschrank. Da liegen sie dann mit Sicherheit, bis ihnen Bärte wachsen.

Mein Handy plingt. Eine Nachricht von Tanya, wahrscheinlich mit den neusten Informationen, was Dora und ich dieses Wochenende tun und lassen dürfen. Lächerlich lange musste ich sie von Händetrocknern fernhalten. Jetzt sind es Spinnen.

»Kannst du eine halbe Stunde früher kommen? Dann können wir noch reden. Ist hoffentlich okay. Bis gleich. Tschüss!«

Ich bleibe stehen, genau vor dem skifahrenden Pärchen, das Olivenöl sucht. Aha. Tanya will also »reden«, ja?

In letzter Zeit war sie echt nett, nicht wie in den ersten harten Monaten nach der Trennung. Da war sie extrem reizbar, und ich war an allem schuld. Ich sah das natürlich anders, aber es war einfacher, die Schuld auf mich zu nehmen, als ihr zu widersprechen. Trotzdem: Wenn man nicht aufpasst, kann der Weg des geringsten Widerstands zur Sackgasse werden.

Wenn ich Dora nun zurückbringe, trinken wir inzwischen noch eine Tasse Tee oder Kaffee zusammen und unterhalten uns, zum Beispiel über den Zelturlaub in Cornwall, wo ich eine Lebensmittelvergiftung hatte und wir meinen Schlafsack in einem Müllcontainer entsorgen mussten, über meine Vorliebe für Springsteen oder unseren schmerzlich vermissten Kater Ronnie.

Ich wage zu denken, was ich mir seit ein, zwei Wochen verbiete: Sie wird milder. Achtzehn Monate Trennung haben ihr gezeigt, dass ich zwar ein Idiot bin, aber ich bin *ihr* Idiot. Ich glaube, sie will es noch mal mit uns versuchen.

Den Rest des Einkaufs erledige ich im Rekordtempo, anschließend haste ich zurück in meine Wohnung, um den Kühlschrank zu füllen und mir Deo unter die schwitzenden

Achseln zu sprühen. Ich ziehe das einzige saubere Hemd an, das gebügelt ist. Tanya hat es mir geschenkt, damit ich zur Abwechslung mal ein Blumenmuster in Primärfarben trug. Ehrlich gesagt hasse ich das Teil. Aber wenn sie das Hemd sieht, weiß sie, dass ich zu einer Annäherung bereit bin.

Andy würde mir raten, locker zu bleiben, mir nicht in die Karten gucken zu lassen. Aber Andy hat auch »Arsenel« auf den Unterarm tätowiert und nennt Frauen »Chicas«, von daher denke ich, dass ich mich wohl auf meinen höherwertigen Instinkt verlassen kann.

Tanya macht mir auf. Als wir hier damals eingezogen sind, habe ich die Haustür in einem unauffälligen Braun lackiert. Jetzt ist sie geschmackvoll dunkelrot. Unaufgefordert gibt Tanya mir einen kurzen Willkommenskuss auf die Wange, während ich über den samtenen Lack streiche.

»Sieht gut aus, echt. Lass mich raten: Ochsenblutrot?«

»Toskanische Pflaume.« Ihr Tanya-Lächeln blitzt auf. Mein Herz macht einen Hüpfer. »Komm rein!«

Ich setze mich in meinen ehemaligen Sessel – vielleicht gehört er ja bald wieder mir –, Tanya nimmt das Sofa und schlägt die Beine unter. Sie macht also immer noch Yoga.

»Danke, dass du etwas früher gekommen bist, Ned.«

Ich zucke mit den Schultern. »Kein Problem. Mag Dora noch Brokkoli?«

»Ja, den liebt sie. Irgendwas müssen wir richtig gemacht haben.«

Ich verstehe, worauf sie hinauswill. Ich möchte nichts überstürzen, aber vielleicht sollte ich derjenige sein, der das Thema Versöhnung anspricht, dann hat Tanya weniger Druck.

»Deshalb waren wir so ein gutes Team, Tan«, sage ich vorsichtig. »Vielleicht sind wir das immer noch.«

Dann passiert etwas, das man oft in Filmen sieht: Wir reden beide gleichzeitig los und hören deshalb nicht, was der beziehungsweise die andere sagt. Wir lachen. So wie früher.

»Kann es sein, dass wir das Gleiche sagen wollten?«, frage ich. Natürlich wollten wir das.

»Ach, das wäre ja toll, Ned! Fang du an!«

Ich quatsche drauflos, verhaspele mich und rede Blödsinn, weil ich vergessen habe, was ich mir im Auto zurechtgelegt hatte. »Ich dachte nur, wir könnten ja einfach mal wieder zusammen ausgehen. Also, du und ich. Kann man ein Date nennen oder eine Ausrede, um den neuen Thai in Kemptown auszuprobieren, egal.«

Tanya scheint das Thema unangenehm zu sein. Ja, die Wahrheit *ist* unangenehm. Da ich angefangen habe, bringe ich es auch zu Ende.

»Getrennt zu sein tut uns nicht gut, Tanya. Wir sind doch erwachsen. Du jedenfalls. Es könnte klappen. Ich habe mich vielleicht verändert. Wir können da weitermachen, wo wir aufgehört haben, hm?«

Zwischen uns schwebt ein aufgeladenes Schweigen von der Größe Schottlands. Dann sagt sie: »Ned, ich ... ich habe jemanden kennengelernt. Ich hatte gehofft, so was würdest du mir auch erzählen.«

Ich würde gerne lügen, aber man kann meine Enttäuschung praktisch mit den Händen greifen. Unglaublich, dass ich alles missverstanden habe. Schon wieder. Genau wie damals bei Ikea. Ich versuche, einen klaren Gedanken zu fassen, bringe aber nicht mehr heraus als: »Wen?«

»Er heißt Julian. Matts bester Freund. Kennst du Matt noch?«

»Der Zahnarzt. Haben wir dem überhaupt die Motorsense zurückgegeben?«

»Die hast du kaputt gemacht. Wir haben eine neue gekauft. Jedenfalls habe ich Julian bei der Einweihungsparty von Matt und Jane kennengelernt. Wir sind jetzt schon ein paar Monate zusammen.«

Sie sieht mich erwartungsvoll an, und ich stammele: »Okay, gut. Ähm, na dann, Glückwunsch. Schön für dich.« Insgeheim frage ich mich, wie es so weit kommen konnte: dass ich Tanya zu ihrer neuen Beziehung gratuliere, obwohl ich sie eigentlich am liebsten anflehen würde, mich zurückzunehmen. Oder heulen. Oder beides.

»Ich wollte dir das erzählen, weil es einiges verändert. Deshalb habe ich auch die Haustür neu lackiert.« Sie macht eine Pause, doch diesmal werde ich sie nicht unterbrechen. Ich kann nicht. »Ich habe das Haus schätzen lassen, Ned. Dora und ich ziehen bei ihm ein, bei Julian. Das heißt, wir müssen verkaufen und den Erlös unter uns aufteilen. Es sei denn, du willst mich auszahlen.«

Ich lache hohl.

»Also gut, dann nimm deine Hälfte als Anzahlung auf ein ordentliches Haus. In dieser furchtbaren Wohnung kannst du jedenfalls nicht ewig bleiben. Das ist nichts für Dora.«

»Und sie findet das alles gut?«

»Warum nicht? Julian ist ein toller Mann. Die beiden kommen wirklich gut miteinander klar.«

So argwöhnisch, wie Tanya normalerweise ist, kann sie auch ziemlich naiv sein. Ich als Doras Vater und verantwortungsbewusster Erwachsener muss einfach fragen. »Hast du ihn überprüft? Seine Vergangenheit, meine ich? Man hört ja dies und das.«

»Ah, verstehe. Ich habe jemanden kennengelernt, also kann irgendwas mit ihm nicht stimmen!«

Ich schüttele heftig den Kopf, als hätte ich das ganz anders gemeint.

»Julian vergöttert Dora«, erklärt Tanya. »Und er liebt mich. Das ist alles, was mich interessiert.«

Ich verarbeite die Information immer noch, da fügt sie hinzu: »Ach ja, sie hat übrigens Fieber, das heißt, sie kann dieses Wochenende nicht zu dir.«

»Ich hab extra Brokkoli gekauft!«

»Geh hoch und sag ihr noch Hallo, bevor du gehst.« Tanya klappt ihre schönen langen Beine aus und steht auf. Gespräch beendet. Zieh Leine, du Loser. »Er liebt mich, Ned. Er macht mich glücklich. Ich fände es wirklich nett, wenn du wenigstens *versuchen* würdest, dich für mich zu freuen.«

Eine Stunde später beschließe ich, Andy nicht meine gesamte Unterhaltung mit Tanya zu schildern. Er würde sich nur über mich aufregen und sagen, dass ich alles falsch gemacht habe. Als ich ihn an seinem Stammplatz im Anchor finde, ist er gerade mit dem Handy beschäftigt und macht seine neueste Eroberung klar. Mit zufriedenem Grinsen sieht er mir entgegen, als ich mit zwei Gläsern Sagres von der Theke komme.

»Sie hat mir schon viermal auf die Mailbox gequatscht. Plus zwei SMS und einen Haufen WhatsApps. Die ist heiß, was?«

Ich tue so, als wüsste ich, von wem er spricht. »Katie, oder? Die aus der Kassenschlange beim Tesco?«

»Nein, Lara von der Party in Fiveways.«

»Wann antwortest du ihr?«

»Donnerstag.«

»Du bist so ein Sack, Andy! Möglichst mies behandeln, dann wollen sie umso mehr, ja?«

»Ach, und du bist die Alternative?«, spottet er. »Hallo, ich bin dein neuer Fußabtreter. Ich freue mich, wenn du deine Scheiße an mir abputzt! So bist du, Nedward. Echt!«

»Unsere Trennung war einvernehmlich.«

Andy betrachtet mich voller Mitleid. Nicht zum ersten Mal. »Junge, wach auf! Tanya hat dich abgeschossen.«

»Deshalb kann ich sie trotzdem zurückhaben wollen. Vor zwei Stunden dachte ich noch, sie will sich mit mir versöhnen.«

»Echt jetzt?«

»Sie hat mir geschrieben, ich soll früher kommen, wir müssten reden.«

Andy macht ein entsetztes Gesicht. »Und das hast du getan?«

»Ich vermisse Dora. Ich vermisse es, eine Familie zu sein. Aber sie wollte mir bloß sagen, dass sie jemanden kennengelernt hat.«

»Ach ja? Der arme Kerl. Wer ist es?«

»Ein Architekt namens Julian. Wohnt in einem fetten Haus auf der Dyke Road.« Tief aus meinem Bauch steigt ein verzweifelter Seufzer auf. »Okay, sie will mich nicht mehr. Hab ich verstanden. Echt, Andy. Aber warum muss sie gleich einen anderen kennenlernen?«

Er nickt verständnisvoll. »Wird Zeit, einen Schlussstrich zu ziehen und nach vorne zu blicken, mein Freund.«

»Versuch ich ja, wirklich, aber man kann seine Vergangenheit nicht einfach ausschalten, als hätte es sie nie gegeben. Warum sollte ich auch? Ich war echt glücklich.«

»Ich kann das«, erklärt Andy. »Mache ich ständig. Im Moment konzentriere ich mich ganz allein auf die aus Five-ways, wie heißt sie noch mal …? Lara. Oder darauf, ob ich zum nächsten Bier Chips oder Nüsse will. Und auf die Beförderung. Blöd, dass wir uns beide auf die Stelle beworben haben, aber ich prahle auch nicht damit, wenn ich den Zuschlag bekomme.«

Er kippt den Rest Bier hinunter und rülpst. »Erdnüsse. Auf jeden Fall.«

Mit den Worten zieht Andy sein Telefon hervor und prüft, ob das letzte Plingen wieder eine Nachricht von Lara war. Beim Lesen kichert er vor sich hin, dann nickt er mir zu und ruft triumphierend: »So geht das!«

Ich mag Andy und bin ihm dankbar. Als meine Welt zusammenbrach, hat er mir geholfen, wieder auf die Beine zu kommen. Ich musste irgendwohin, er hat mir sein klobiges Bettsofa angeboten. Als ich jemanden brauchte, bei dem ich mich ausheulen konnte, hörte er zu. Er hat sich nie besonders gut mit Tanya verstanden, daher wusste ich, dass er mir gegenüber hundertprozentig loyal sein würde.

Andy ist ein guter Kumpel. Trotzdem habe ich keine Lust, im Pub mit ihm zu trinken. Ich will zu Hause sein – in *meinem* Haus –, bei Tanya und Dora. Wenn sie jemanden kennengelernt hat, wie sollen wir dann je wieder zusammenkommen? Die Hoffnung, eine Familie zu sein, hat mich in den letzten Monaten über Wasser gehalten. Jetzt weiß ich, dass es nie wieder so sein wird.

Ich will mein Haus und mein Leben zurück. Ich will wieder »wir« sein. Ich habe die Nase voll von »ich«.

2

Gemma

Ich überstehe den Tag mit starkem schwarzen Kaffee und zwei Äpfeln zum Mittag. Um halb drei bin ich praktisch fertig. Außerdem ist Freitag. Und Janine hat heute Nachmittag frei, wen interessiert es also, wenn ich mich zehn Minuten früher verdrücke? Nur Felipe, und für den bin ich am Dienstag eingesprungen, als er einen Auftritt in Lancing hatte.

Monica sitzt in Mantel und Schlappen im Eingangsbereich. Sie riecht nach Avon-Puder und Urin und wartet wie immer auf ihren längst verstorbenen Mann, der sie aus dem Pflegeheim Willowdene abholt. Sie strahlt mich an, ein Lächeln voller Hoffnung und falscher Zähne.

Ich gehe neben ihr in die Hocke. »Im Aufenthaltsraum gucken sie *Null gewinnt*, meine Liebe. Wollen Sie sich nicht dazusetzen?«

»Barry kommt heute spät. Ich nehme an, er steckt auf der Old Shoreham Road fest.«

Felipe fährt einen leeren Rollstuhl vorbei. Vorsichtig übergebe ich Monica an ihn. Sie zwinkert ihm zu. Alle hier lieben Felipe. Letzte Woche haben sich ein paar von den mobileren Alten sogar ein Taxi genommen, um seinen Auftritt als thailändischer Ladyboy zu sehen. Judy hatte ihm dafür ihre größten Ohrringe geliehen.

»Machst du heute Abend Bingo-Bongo mit Idris Elba?«, fragt Felipe mich, während er Monica in den Rollstuhl hilft. Das ist ein alter Witz, über den keiner mehr lacht.

»Idris war gestern Abend dran. Und es heißt Bunga-Bunga, hab ich dir doch gesagt. Nein, Kelvin hat einen Freund zum Übernachten da, deswegen muss mein ausschweifendes Privatleben mal kurz pausieren.«

»Schönes Wochenende!« Felipe schiebt Monica in den Aufenthaltsraum, ich drücke auf den Türöffner.

Ich *muss* Kelvin nicht am Schultor abholen, aber es ist kein Umweg für mich. Als er aus dem Gebäude kommt und mich sieht, stampft er mit dem Fuß auf. Der Junge verschleißt ein paar Schuhe pro Halbjahr. »Ich bin zwölf. Ich kann allein nach Hause gehen«, brummt er.

»Und wenn ich gerne Begleitung hätte? Wo ist Mohit?«

»Ich hab ihm gesagt, er soll nicht kommen.«

»Ach, Kel! Ich habe zwei Sorten Pizza geholt und diesen ekeligen Käsekuchen, den du so gern isst. Man muss sich anstrengen, wenn man Freunde haben will. So funktioniert das nun mal.«

Da kommt Joe auf uns zu.

»Was machst *du* denn hier?« Ich versuche nicht mal, freundlich zu klingen.

Er verwuschelt Kelvins Haare, was ich niemals tun dürfte. »Wir sind verabredet, stimmt's, Meister? Ich gehe mit ihm Adidas Predators kaufen. Ein Erstklassestürmer braucht ordentliche Schuhe.«

Deshalb hat Kel also Mohit abgesagt. »Ist das sein verspätetes Geburtstags- oder Weihnachtsgeschenk?«

»Ist doch egal! Er braucht neue Fußballschuhe. Dann kann er auch gleich heute bei uns bleiben. Muss ich ihn morgen früh nicht abholen. Okay?«

Kelvin scheint der Vorschlag zu gefallen. Ich habe keine

andere Wahl, als einverstanden zu sein. In Woodingdean hat er ein großes Zimmer, eine aufmerksame Stiefmutter und alles, was er sonst noch braucht.

»Ich möchte, dass er Sonntagabend spätestens um halb acht zurück ist und alle Hausaufgaben erledigt hat. Das meine ich ernst, Joe.«

Sie steigen in Joes Auto. Als sie losfahren, winkt Kelvin mir zu.

Jetzt bin ich frei und ungebunden. Die Welt liegt mir zu Füßen. Ich kann gehen, wohin ich will, tun, was ich will, sein, wer ich will. Ich beschließe, kurz im großen Sainsbury's vorbeizugehen und Klopapier, Mülleimerbeutel und Cornflakes zu kaufen. Leben am Limit. Ich gebe alles.

Nachdem ich bezahlt habe, gönne ich mir im angeschlossenen Café einen Latte mit Salzkaramell und ein Stück Möhrenkuchen. Während ich mit dem Daumen im Zuckerguss herumbohre, gucke ich kurz bei Facebook rein. Plötzlich entdecke ich Hayley an der Kasse. Sie verstaut ihren Einkauf in zwei wiederverwendbaren Plastiktaschen. Ich könnte wetten, dass sie jede Woche eine neue Tasche mitnimmt. Das System hat sie nie verstanden.

Genauso wenig wie das Konzept der »besten Freundin«.

Ich ducke mich in der Hoffnung, dass sie mich nicht sieht. Tut sie aber. Sie winkt mir zu, sammelt ihre Taschen ein und kommt herüber. Sie ist so kurvenreich, gebräunt und üppig wie immer. Auf ihren Brüsten könnte man einen Cocktail abstellen.

Hayley lässt sich auf den Stuhl neben mir sinken und demonstriert Vertraulichkeit und ihre beeindruckenden Doppel-D-Körbchen. Sie freut sich wirklich, mich zu treffen. »Hey, lange nicht gesehen und doch wiedererkannt!«, ruft sie und drückt mir einen dicken Schmatzer auf die Wange.

Bevor ich antworten kann, rattert sie los. »Oh, Möhrenkuchen! Ich liebe Möhrenkuchen. Ich mache gerade Intervallfasten 5:2. Fünf Tage futtern, was das Zeug hält, dann zwei Tage Backofenpommes. Am liebsten mag ich Red Velvet. Also, roten Samtkuchen. Wusstest du, dass die Farbe von getrockneten Käfern kommt?«

»Du siehst gut aus. Schön braun.« Ich schlage einen kühlen, aber nicht unfreundlichen Ton an.

Sie bewundert ihren gebräunten Arm mit den zahlreichen Armreifen. »Vierzehn Tage Türkei. Jeden Tag fünfunddreißig Grad.«

»Ich weiß. Mit Joe und Vicky. Hab ich auf Facebook gesehen.«

Ertappt läuft Hayley rot an. Sie war immer schon Weltklasse darin, zuverlässig ins nächste Fettnäpfchen zu treten. »Das war Vickys Idee. Der Urlaub. Dass wir vier zusammen fahren, mit den Kindern, natürlich. Damit wir uns mit dem Babysitten abwechseln können und so. Unsere Scarlett liebt die kleine Amelie.«

»Oh, die kleine Amelie! Kann Vicky den Namen inzwischen unfallfrei schreiben?«

Hayley lacht, obwohl der Spruch mies war. Es folgt angespanntes Schweigen, das sie nicht lange erträgt. »Und, was hast du am Wochenende vor?«

»Kelvin ist bei Joe. Ich bin frei und ungebunden.«

Langsam beuge ich mich auf meinem Stuhl vor und zwinge Hayley, mir in die Augen zu sehen. Sie wappnet sich für das, was als Nächstes kommt.

»Ist doch total schön, dass Scarlett und Amelie sich so

gut verstehen. Es ist wichtig, Freundinnen zu haben, oder? Freundinnen, auf die man sich verlassen kann, egal, was kommt.«

Hayley nickt schuldbewusst. »Es tut mir leid, Gem. Wirklich. Ehrlich.«

So lange warte ich schon auf ihre Entschuldigung, doch nun, wo ich sie höre, sind die Worte für mich nichts als heiße Luft. »Sei ehrlich, Hayley: Hättest du es mir erzählt, wenn ich es nicht selbst rausgefunden hätte? Wäre dir je in den Sinn gekommen, dass deine beste Freundin Bescheid wissen sollte, wenn ihr Mann woanders rumvögelt?«

»Ich musste Lee versprechen, nichts zu sagen.«

»Aha, Ehemann sticht also beste Freundin.«

»Ich ärgere mich wirklich, dass ich es dir nicht gesagt habe. Echt, Gem.«

Während sie ein zerknülltes Taschentuch hervorholt, rufe ich auf dem Handy Vickys Facebook-Seite auf und scrolle runter zu den Fotos vom Türkeiurlaub. Es sind Hunderte. Ich halte sie Hayley unter die Nase.

»Vicky in drei verschiedenen Bikinis ohne auch nur einen Schwangerschaftsstreifen. Ihr vier, aufgebrezelt wie die Pfauen, vorm Abendessen auf der Hotelterrasse. Joe in rosa Shorts. Damit hätte ich ihn nicht mal in den Garten gelassen! Wie soll ich bitte schön nicht verletzt sein und mich nicht ausgeschlossen fühlen, wenn ihr vier eure Freundschaft für alle Welt sichtbar zelebriert?«

Hayley putzt sich laut die Nase. Ihre Wimperntusche verklumpt und zerläuft.

Aber ich bin noch nicht fertig. »Woher willst du eigentlich wissen, dass dein guter Lee nicht jeden Tag in der Mittagspause seine Assistentin in der Besenkammer vögelt?«

»Gemma, wie kannst du das sagen! So was macht er nicht.«

»Na, hoffentlich! Der Unterschied ist: Ich würde es dir erzählen. Weil wir Freundinnen sind – waren. Wer sagt denn, dass Joe nicht auch Vicky betrügt? Er ist weiß Gott gut in Form. Dann kann sie mal sehen, wie es ist, wenn man angelogen wird, wenn einem das Herz in tausend Stücke gerissen wird.«

Hayley will meine Hand nehmen. »Es tut mir so unglaublich leid, Gem. Können wir nicht wieder Freundinnen sein? Du fehlst mir!«

»Hm, ich überleg mal.«

Sie schaut hoffnungsvoll drein.

»Das ist doch Schwachsinn, Hayley! Du hast mein Leben zerstört. Natürlich können wir das nicht! Nie wieder.«

Ich suche meine Einkäufe zusammen, bereite mich auf den großen Abgang vor. »Ach, und da wir schon mal reinen Tisch machen: Wusstest du, dass Joe dich nicht leiden kann? ›Hühnerkeulen auf Stilettos‹ hat er dich immer genannt. ›Eine Stimme wie 'ne Kreissäge und dumm wie Brot.‹«

Hayley ist entsetzt.

»Und jetzt bist du ganz dicke mit Vicky, und er kann sich wieder mit dir rumschlagen, ha! Das nenne ich mal einen Erfolg.«

Ich stampfe aus dem Café, fühle mich wie Russell Crowe in *Gladiator*. Das Gefühl hält bis zur Bushaltestelle, dann gibt es einen automatischen Neustart, und ich fühle mich so scheiße wie immer.

Als Joe und ich verheiratet waren, hatten wir Freunde, viele gute Freunde. Es mangelte uns nie an Einladungen zu Partys, an Bekannten zum Treffen oder an Leuten, die mit uns spontan Curry essen gingen.

Aber Hayley war *meine* Freundin, seit wir uns am ersten Tag in der weiterführenden Schule begegnet waren. Wahrscheinlich war unsere Freundschaft nicht ganz gleichberechtigt: Ich ging vor, sie folgte. Gut, Hayley war nie die hellste Kerze auf der Torte, aber sie war witzig, albern, und sie hielt zu mir. Ich dachte, ich könnte mich auf sie verlassen. So ist das doch bei besten Freunden. Darum tat es so weh, als sie sich auf Joes Seite schlug. Womit hatte er das verdient? Mit gar nichts!

Ich treffe mich immer noch mit »unseren« Freunden, weiß Gott bin ich nicht die einzige alleinerziehende Mutter im Bekanntenkreis. Ganz sicher nicht die einzige in unserer Straße. Aber jetzt sind die anderen in meiner Gegenwart befangen. Nicht weil ich mich an ihre Männer ranschmeiße oder die Leute auf Partys in der Küche wegen Joe vollheule, sondern weil ich durchs Netz gefallen bin. Ich gehöre nicht mehr zu den normalen, gesellschaftlich akzeptierten Menschen. Ich bin der Elefant im Raum, und es war hart, meine älteste Freundin zu verlieren. Ich habe auch einen großen Teil meiner Vergangenheit verloren, unsere gemeinsame Geschichte von damals, als ich gerade erst herausfand, wer ich war. Ich schließe nicht schnell neue Freundschaften, und überhaupt, welcher vernünftige Mensch hat schon Lust, mit einer Spaßbremse wie mir herumzuhängen?

3

Ned

Keine Ahnung, wie Andy es geschafft hat, aber irgendwie hat er mich überredet, mit ihm feiern zu gehen. Jetzt stehen wir an der Promenade in Brighton Schlange vor einem Laden namens *The Vault*. Der Januarwind zieht mir durch die Jacke. Ich habe immer noch das Hemd mit dem Blumenmuster an, mit dem ich vor ein paar Stunden Tanya zurückerobern wollte. Es ist zerknittert und überflüssig. Genau wie ich.

Drei Pints Lager haben den Schmerz nach dem Gespräch mit Tanya betäubt, doch ich weiß jetzt schon, dass ich als Erstes daran denken werde, wenn ich morgen früh aufwache. Wie bin ich bloß auf die Idee gekommen, dass sie es noch mal mit mir versuchen will? Tanya ist eine total attraktive Frau, immer noch so schön wie damals, als ich sie zum ersten Mal sah, auf Sarah Hearnes Party. Ist doch klar, dass sie nach vorne blickt, weitermacht, jemand anderen kennenlernt. Wieso habe ich das nicht kommen sehen? Wahrscheinlich aus demselben Grund, weshalb die Trennung so überraschend für mich war. So bin ich nun mal – gefährlich ahnungslos –, und ich bin nicht stolz darauf.

»Ich komme mir alt vor«, flüstere ich Andy zu.

»Ich mir nicht. Im Kopf bin ich immer noch achtzehn.«

»Guck mich doch mal an! Ich pass hier gar nicht hin!«

Genervt schüttelt Andy den Kopf. »Hör zu, Nedward, du siehst zehnmal besser aus als ich. Ich gäbe was drum, so groß wie du zu sein und deine Haare zu haben! Aber das ist nicht das Entscheidende: Ich *weiß*, dass ich ein Sahneschnittchen bin, du nicht. Du hast echt keinen Schimmer, Junge.«

Ich zucke mit den Schultern.

»So wie ich es sehe, hast du zwei Möglichkeiten: Entweder bemitleidest du dich selbst noch ein Jahr oder fünf Jahre lang und wirst ein schrulliger alter Mann. Oder du steigst wieder aufs Pferd und galoppierst so richtig los. Hey, Mann, wir sind heiß wie Frittenfett!«

Andy hat vier kichernde Frauen entdeckt. Auf der Suche nach dem Ende der Schlange gehen sie an uns vorbei. Er kann nicht anders: »Hey, Chicas! Ich glaub, hier geht eure Party gerade los! Kommt, wir lassen euch vor!«

Sie lachen über seine armselige Anmache, gesellen sich aber trotzdem zu uns.

Die Türsteher lassen uns beide rein – trotz unseres fortgeschrittenen Alters –, und innerhalb von zwanzig Minuten steht Andy mit den kichernden Frauen, die sich als ein Junggesellinnenabschied aus Crawley entpuppen, auf der Tanzfläche. Für einen Kerl, der auf stattliche vierzig zugeht, ist er ein hervorragender Tänzer, deshalb ist er auch so gefragt. Ich tanze nicht. Immer, wenn ich es versucht habe, wollte Tanya nichts mehr mit mir zu tun haben. Andy macht mir Zeichen, ich solle dazukommen. Entschieden schüttele ich den Kopf.

Immer wieder wirft Andy mir vielsagende Blicke zu. Ich habe keine Ahnung, was er will. Dann merke ich, dass eine Frau neben mir steht. Ende zwanzig, edel gestylt, tolle Haare und große Augen, mit denen sie mich immer wieder anschaut. Andy fordert mich mit Gesten auf, dass ich es bei ihr versuche. Ich lächele sie an, sie lächelt zurück. Wahnsinn, hab ich sie schon am Haken?

Sie heißt Nancy, wohnt in Seven Dials und ist quer über

die Tanzfläche gekommen, um mir Hallo zu sagen. Auch wenn es eine Wette mit ihren Freundinnen ist, lasse ich mich drauf ein. Ich steige wieder aufs Pferd, bereit zu einem vorsichtigen Arbeitsgalopp.

Wir versuchen, uns zu unterhalten, aber es ist unmöglich. War es in Clubs immer schon so laut? Nancy schlägt vor, nach draußen zu gehen. Andy küsst gerade eine der Frauen aus Crawley – wahrscheinlich die Braut – und merkt nicht, dass ich gehe. Gut. Ist leichter, wenn er mir nicht gönnerhaft den Daumen entgegenstreckt.

Wir setzen uns auf eine Mauer und schauen auf den hell erleuchteten Pier. Es ist zu kalt, um dort länger sitzen zu bleiben. Was nun?

»Ist etwas kitschig, aber es sieht wunderschön aus, nicht?«, sagt Nancy. »Dazu der Geruch von Donuts, und das Ganze ist perfekt.«

Ich muss mich für sie interessieren, einfühlsame Fragen stellen. »Kommst du aus Brighton?«

»Ja, hier geboren und aufgewachsen. Und du?«

»Wir sind nach Doras Geburt hergezogen. Vor acht Jahren. Tanya und ich. Aus London. Für einen Kaninchenstall in Highbury hat es nicht gereicht, aber wir konnten genug für ein Haus in Hove zusammenkratzen.«

»Ah, so. Dann bist du also verheiratet?«

»O Gott, nein. Fanden wir irgendwie überflüssig. Also, ich wollte schon, aber Tan nicht.«

»Und wie findet sie das, dass du allein losziehst?«

Ich bin so blöd! Nancy glaubt, ich sei noch mit Tanya zusammen. »Wir haben uns getrennt. Vor etwas über einem Jahr. Um genau zu sein vor dreizehn Monaten und einem Tag.«

»Oh, das ist ja schade.« Nancy scheint das ehrlich zu bedauern.

»Sie meinte, wir hätten uns auseinandergelebt. Ich hab das nicht verstanden. Versteh ich bis heute nicht, ehrlich gesagt.«

»Das ist traurig.«

»Heute dachte ich echt, sie wollte es noch mal mit mir versuchen. Deshalb habe ich dieses Hemd angezogen. Ich war echt bereit, noch mal durchzustarten. Ich kann mich ja ändern, mich anstrengen. Aber nein, Tanya hat etwas ganz anderes vor. Rat mal! Na los, rat mal, warum sie mit mir sprechen wollte!«

»Keine Ahnung.«

»Sie hat jemanden kennengelernt. Einen Architekten namens Julian. Kennst du die großen Häuser auf der Dyke Road? Die im Arts-and-Crafts-Stil mit den riesigen Vorgärten? Da zieht sie jetzt ein. Mit Dora. Wie soll ich dagegen anstinken?«

Ich schaue aufs Meer. Die Kombination aus Nancys Verständnis, frischer Luft und zu viel Bier hat mich ein bisschen wehleidig gemacht. Ich will nicht, dass Nancy mich so sieht. Außerdem kann man auch ruhig mal schweigen. Schweigen ist Gold.

Ich warte eine Minute lang, dann wende ich mich ihr wieder zu, um sie zu fragen, ob sie noch was trinken will.

Sie ist nicht mehr da.

Ich hatte so viele Pläne für das Wochenende mit Dora. Meistens fange ich ab Mitte der Woche an, mir Gedanken zu machen, und schaue im Internet, was es so in den Museen und Kinos von Worthing bis Hastings zu sehen gibt. Ich will nicht, dass sie am Sonntagabend zu Tanya zurückkehrt und erzählt, wir hätten nur Netflix geguckt.

Es war meine Idee, Dora jedes Wochenende zu nehmen anstatt nur jedes zweite, wie wir das anfänglich geregelt hatten. Ich hing auf Andys Bettsofa rum und fühlte mich fehl am Platz – nicht nur in seiner Wohnung, sondern im Ganzen. Ich wollte nicht, dass Dora mich so sieht.

Als ich mich wieder gefangen und eine Wohnung gefunden hatte mit eigenem Zimmer für die Kleine, schlug ich Tanya vor, Dora könnte auch jedes Wochenende kommen, aber wir könnten das flexibel halten. Sie ließ sich sofort darauf ein, vielleicht aus Schuldgefühlen, vielleicht auch weil sie an zwei von sieben Tagen dann nicht nur Mummy sein muss. Das verstehe ich. Bisher läuft das für uns drei ganz gut.

Es ist bloß schwer, Dora zu beschäftigen. Deshalb ist es auf gewisse Weise eine Erleichterung, dass sie nicht da ist – rede ich mir zumindest ein, damit es mir besser geht. Ich kann die Kiwis in den Müll werfen, muss nicht aufräumen und nicht die Lichterkette in ihrem Zimmer aufhängen. Die habe ich zwar schon vor Monaten gekauft, aber sie liegt immer noch in der Einkaufstüte.

Wenn Dora hier ist, stehen wir früh auf. Ich mache Arme Ritter und heißen Kakao, was sie zu Hause nicht zum Frühstück bekommt. Um zehn ziehen wir meistens los und unternehmen irgendwas. Am besten ist es, wenn am Samstag was Kreatives für Kinder im Museum stattfindet: Malen, Gedichte schreiben, Kartoffeldruck. Falls es nicht regnet, gehen wir zum Drachenfliegen in Drusilla's Zoopark oder wir besichtigen ein Schloss. Dora mit guter Laune ist die beste Gesellschaft, die man sich vorstellen kann.

Aber sie ist nicht da. Also bleibe ich länger liegen. Weil

ich den Alkohol nicht gewöhnt bin, habe ich einen dicken Kopf vom Bier. Ich denke an den Vortag. Tanyas Mitteilung hat mich völlig auf dem falschen Fuß erwischt. Sie hat mich traurig gemacht, ich fühle mich dumm und verletzlich, wieder mal. Schnell denke ich an Andy im Pub und an den Club … an Nancy … o Mann! Okay, vielleicht habe ich ein bisschen zu viel von Tanya erzählt, aber ich wollte wirklich das Thema wechseln. Über Politik reden, zum Beispiel. Oder über Ed Sheeran. Nancy hat mir keine Chance gelassen. Merke: Ewigkeiten über die eigene Ex zu reden ist nicht die erfolgreichste Anmache. Ich muss Tanya wirklich im »Aus-und-vorbei«-Archiv ablegen. Ich muss sie vergessen. Oder wenigstens aufhören, so oft an sie zu denken. Sie ist ein abgeschlossenes Kapitel in meinem Leben. Ein altes Buch. Das ich ausgelesen habe. Ich muss nach vorne blicken. Ab heute.

Um halb zehn stehe ich auf und mache mir einen Toast mit Kaffee. Eine Stunde später wache ich auf, weil der Teller vom Bett gerutscht ist. Ich muss das Radio angestellt haben, weil gerade Reverend Richard Coles mit Ken und Betty Reynolds spricht, die sich 1965 auf einem Spielplatz kennengelernt und seitdem keinen Tag mehr ohne den anderen verbracht haben.

Um zwölf bin ich geduscht und bereit, frische Seeluft zu schnuppern. Ich gehe die George Street runter und biege links ab. Genauso gut könnte ich am Meer von Hove nach Brighton laufen.

Es ist so viel los wie immer an einem sonnigen Samstag. Jogger und Skateboarder rauschen vorbei. Aufgedrehte Hunde jagen Bälle. Ich sehe sogar ein oder zwei Schwimmer in Neoprenanzügen, die sich in die Winterwellen wagen. Als wir hergezogen sind, dachte ich, ich würde jeden

Tag schwimmen gehen, aber ich war höchstens drei- oder viermal im Wasser. Wenn man es direkt vor der Tür hat, hat man's plötzlich nicht mehr so eilig.

Vor mir liegt das Marrocco's. Tanya und ich konnten nie an dem Laden vorbeigehen, ohne uns jeder eine Kugel Dulce de Leche zu kaufen. Marrocco's war unser Lieblingsrestaurant, für die Pasta mit Meeresfrüchten könnte ich sterben. Wenn ich Nancy nicht so verschreckt hätte, hätten wir dort unser erstes Date haben können. Ich setze mich auf eine Bank. Mein Handy klingelt. Vielleicht ist es Tanya, die mir sagen will, dass es Dora besser gehe, sie wolle den Rest des Wochenendes doch zu mir. Wenn ich mich beeile, könne ich sie in der nächsten Stunde abholen. Ich habe Brokkoli zu Hause.

Es ist Andy. »Und?«, fragt er.

»Alles klar, danke. Und du?« Manchmal bin ich absichtlich begriffsstutzig.

»Na, wie lief's mit Nancy?«

Es läuft mir eiskalt über den Rücken. Also war mein Misstrauen doch gerechtfertigt! Das Ganze war ein abgekartetes Spiel, und Andy war eingeweiht. Woher wüsste er sonst Nancys Namen?

»Frag sie doch selbst!«

Andy schreit auf. »Ha! Ist sie noch bei dir? Allerhand, Nedward! Das ist mal 'ne gute Nachricht!«

»Ich meinte damit: Wenn du sie so gut kennst, frag sie doch verdammt nochmal selbst!«

»Hey, Junge, reg dich ab! Sie ist eine Freundin von Nick Watson. Ich hab sie mal angequatscht, aber sie wollte nichts von mir wissen. Von dir allerdings schon.«

»Aha.«

»Die Frauen sind immer ganz heiß auf Typen wie dich. Gutaussehend, ohne es zu wissen, dazu ganz verletzlich und sensibel. Sie mögen solche Männer.«

»Die Frauen haben Mitleid mit mir?«

»Sie wollen sich um dich kümmern. Und? Hat sie?«

»Hat sie was?«

»Sich um dich gekümmert! Um mich hat man sich sehr gut gekümmert. Kayleigh aus Crawley. Die Trauzeugin vom Junggesellinnenabschied gestern. Verheiratete Frauen sind unersättlich, sag ich dir.«

Ich kann ihm nicht erzählen, dass Nancy ganze zehn Minuten mit mir gesprochen hat, bis sie merkte, dass ich ein Trottel bin, und abgehauen ist. Deshalb lüge ich ihn an. »Nancy wollte sich heute Abend mit mir treffen, aber ich hab Dora. Stehe gerade vor der Tür und hole sie ab. Muss auflegen. Tschüss!«

Ich gehe am Meer entlang bis zum Grand Hotel, dann hoch zum Churchill Square. Am Ende ist ein WHSmith, wo ich einen *Guardian* wegen des Fernsehprogramms kaufe, dazu eine Geburtstagskarte für meine Schwester. In der Schlange an der Kasse räuspert sich eine ungeduldige Frau hinter mir. Ich ignoriere sie.

»Mussten Sie sich hier so reinquetschen?«, brummt sie vorwurfsvoll.

»Ich?«

»Ja, Sie. Sie haben sich reingedrängelt. Typisch Mann, merkt es nicht mal.«

Ich will keinen Ärger, deshalb mache ich ihr Platz. »Bitte, gehen Sie vor.«

Sie schüttelt den Kopf. Sie ist losgeworden, was sie sagen wollte.

Beim Bezahlen zeigt die Kassiererin auf die Auswahl an Schokolade. »Möchten Sie vielleicht noch Schokolade zum halben Preis mitnehmen?«

Ich entdecke eine Toblerone. »Oh, die liebe ich! Wenn mein Vater durch den Duty-free ging, hat er die immer für meine Schwester und mich mitgebracht. Die habe ich seit Jahren nicht gegessen.«

Oder vielleicht doch einen Schokoriegel mit Nüssen und Früchten von Cadbury? Den haben Tanya und ich immer auf langen Autofahrten mitgenommen. Toblerone oder Cadbury? Schwierige Entscheidung.

Hinter mir wieder ein Räuspern. »Lassen Sie sich ruhig Zeit!«

Ich entscheide mich für die Toblerone und bedanke mich bei der Kassiererin. »Toll, danke!«

»Das bietet sie nicht nur Ihnen an«, zischt die Frau hinter mir. »Die fragt jeden.«

Ich überhöre sie. Auf unhöfliche Menschen reagiere ich gar nicht. Und die war echt frech.

Nachdem ich ein Pulled-Pork-Fertiggericht von Lidl gegessen habe, das gar nicht so übel war, fläze ich mich später am Abend vor den Fernseher und zappe hin und her zwischen einer dämlichen Gameshow und einem noch dämlicheren Film auf Netflix mit Bullen, die eigentlich Zombies sind. Auf einmal fällt mir die Toblerone ein. Mit vier Bissen ist sie verschwunden. Tanya hat Toblerone geliebt.

Das ist nicht gut. So kann es nicht weitergehen. Andy sagt, ich soll einen Schlussstrich ziehen und nach vorne schauen. Aber was soll ich tun? Ich liebe Tanya. Ich habe unser gemeinsames Leben geliebt. Vielleicht hatte sie recht: Unsere Beziehung war wirklich eingefahren, und ich war zu bequem, um es zu merken. Vielleicht war ich nicht der aufregendste und dynamischste Partner aller Zeiten – aber ich fand es schön. Ich war glücklich. Und jetzt? Ich habe mich in meinem Singleleben so eingerichtet wie in dieser deprimierenden Wohnung. Ich gehe arbeiten. Ich komme nach Hause. Ich esse Fertiggerichte und gucke Schwachsinn im Fernsehen. Erst am Wochenende, wenn Dora hier ist, erwache ich zum Leben. Wenn sie nicht da ist, bin ich verloren.

So geht das nicht. Das ist kein Leben.

4

Gemma

Normalerweise hetze ich samstags durchs Haus und packe Kelvins Rucksack: Hausaufgaben, saubere Fußballausrüstung, saubere Hosen ... auch wenn er bei Joe und Vicky massenhaft Klamotten hat. Ich will nicht, dass sie sich einbildet, sie wäre für Kelvins Kleidung verantwortlich. Er ist *mein* Sohn, das ist *meine* Aufgabe.

Und normalerweise klingelt Joe samstags um zehn an der Tür und bringt Kelvin zum Fußball. Aber heute ist Kelvin schon bei seinem Dad, gestern angelockt mit neuen Fußballschuhen. Typisch Joe. Warum sollte er sich die Liebe seines Sohnes verdienen, wenn er sie auch im Sportgeschäft kaufen kann?

Also habe ich es nicht eilig. Wenn ich Lust habe, kann ich den ganzen Tag im Bett bleiben. Was hält mich davon ab? Jeder braucht mal Zeit für sich, und jetzt bin ich an der Reihe.

Um zwanzig vor acht habe ich geduscht, mich angezogen und mir die Augenbrauen gezupft. Zum Frühstück esse ich ein Stück kalte Pizza, und um neun stehe ich auf einem Küchenhocker und räume alle Gläser, Packungen und Dosen aus den Schränken. Seit Ewigkeiten will ich die Küche gründlich putzen; ich hasse klebrige Flächen. Joe fand meine Putzsucht immer leicht gestört, aber er hat meine Großmutter nicht gekannt.

Gegen die Stille stelle ich das Radio an. Ein altes Paar erzählt, dass es seit fünfzig Jahren keinen Tag voneinander getrennt war. Hört sich an wie zwei liebeskranke Teenager im Studio. Und dieser komische Geistliche, der bei *Let's Dance* so scheiße war und früher bei den Communards gesungen hat, will ihr Geheimnis wissen. Vielen Dank auch. Ich wechsele zu Radio 2.

Als ich alle Ketchupflaschen und Gläser mit eingelegtem Gemüse abgewischt habe, beschließe ich, den obersten Schrank auszumisten, an den ich so schlecht drankomme. Ganz hinten finde ich einen längst vergessenen Becher. Darauf prangt ein grinsender Mann, der eine große Medaille um den Hals trägt mit der Aufschrift: »Bester Dad der Welt«. Ein Geschenk von Kel, als er gerade laufen konnte. Mit anderen Worten: Ich habe den Becher gekauft.

Fast falle ich rückwärts vom Hocker. Ich muss mich kurz hinsetzen, um wieder Luft zu bekommen. Ich bin erschöpft und verletzt. Bester Dad der Welt. War er damals. Wir waren so glücklich in den ersten Jahren. Wir dachten, wir seien glücklicher als alle anderen in unserem Bekanntenkreis, weil wir uns gefunden hatten und immer zusammenbleiben würden. Gemeinsam würden wir Kelvin und all die Brüder und Schwestern großziehen, die noch kämen.

In dem Becher sind ein paar Sicherheitsnadeln, ein Knopf, vier Euro, ein Bleistiftstummel und ein altes Foto von uns dreien am Pier in Brighton, kurz nach Kelvins Geburt. Für immer zusammen – am Arsch! Ich reiße Joes Kopf ab und mache Konfetti daraus. Eigentlich dürfte es nicht mehr so weh tun, aber es schmerzt verdammt.

Aus einer Laune heraus beschließe ich, zum Sportplatz Bevendean zu fahren und Kelvin beim Fußballspiel zuzugucken. Warum soll nur der allerbeste Dad der Welt dabei sein, wenn unser Sohn das Siegtor schießt? Es war viel zu nachgiebig von mir, alles Joe zu überlassen. Schluss damit.

Am Rand des Fußballfelds stehen sich die Eltern beider Mannschaften in Rudeln gegenüber und schreien ihre Kinder, den Schiedsrichter und sich gegenseitig an. Am lautesten ist Joe.

»Mein Gott noch mal! Los, Bradley, gib zurück an Kelvin!«

Mit Absicht stelle ich mich so weit entfernt wie möglich von ihm hin, aber er ist eh zu sehr ins Spiel vertieft, um mich zu bemerken. Gerade hat Kelvin den Ball bekommen und läuft damit aufs freie Tor zu. Mein Herz schlägt schneller. Joe hat nicht gelogen; unser Sohn ist wirklich super. Ich versuche, das unablässige Gebrüll seines Dads zu überhören.

Auf einmal stellt ein großer Spieler aus der anderen Mannschaft Kel ein Bein, und er fällt hin. Kel hat sich nichts getan, aber es sieht aus, als wollte er aufgeben. Ich hoffe inständig, dass er aufsteht, halte aber den Mund.

Nicht so Joe. »He, Schiri, wo ist dein Blindenhund? Das war eindeutig ein Foul, direkt vor deiner Nase!«

Der Schiedsrichter sieht Joe böse an, während Kelvin sich aufrappelt und mich entdeckt. Ich lächele ihm ermunternd zu.

»Los, weiter geht's!«, brüllt Joe. »Mach schon, mein Junge! Worauf wartest du?«

Kelvin spielt weiter. Ich marschiere zu Joe hinüber. »Kannst du vielleicht mal aufhören? Mach den armen Kerl nicht so fertig!«

Joe ist ganz verdattert. Womit aufhören? Er tippt sich an die Schläfe. »Der Junge muss lernen, wie ein Sieger zu denken.«

»Wie soll er das, wenn du ihm die ganze Zeit Stress machst?«

»Du kapierst es einfach nicht, oder? Wie man gewinnt.«

»Ach so! Weil ich ein Loser bin?«

»Das habe ich nicht gesagt.«

Der Schiedsrichter pfeift. Halbzeit. Der Druck lässt nach.

Wir sehen zu, wie Kel vom Feld geht. Joe senkt die Stimme. »Das habe ich nicht gesagt, Gem. Du bist alles andere als ein Loser.«

»Gemma gegen Vicky, null zu eins. Sie bekommt den Pokal. Ich nur mitleidige Blicke beim Einkaufen.«

Joe kickt ein Grasbüschel beiseite, schiebt die Hände tief in die Jackentaschen. Der Arsch kann mir nicht mal in die Augen sehen. »Das war kein Spiel, Gem.«

»Am Anfang mit Sicherheit schon, das mit dir und ihr. Sie zu erobern. Die kleinen Lügen. Das macht doch an. Und dann wurde es ernst.«

»Ich schwöre dir, dass es nicht geplant war.« Er fährt sich mit der Hand durchs Haar. »Du warst so gestresst von der Arbeit und von deinem Dad und wolltest bis zu deinem Geburtstag unbedingt noch fünf Kilo abnehmen. Ich konnte nicht anders. Ich bin durchgedreht.«

»Sind das Ausreden?«

Er versucht es mit einem entwaffnenden Lächeln. »Wahrscheinlich. Allerdings ein bisschen lahme.«

»Damals Weihnachten, als es so geschneit hat. Als es Dad so schlecht ging und Kelvin sich den Knöchel gebrochen hatte. Da warst du bei Vicky, stimmt's?«

»Nein!«, ruft er. Schweigen. »Also, nur am zweiten Weihnachtstag.«

Ich wusste es! »*Bei denen ist es arschkalt, Gemsy, total*

liebe alte Leute. Ich bin der einzige Installateur, den sie an ihre Heizung lassen, und die ist schon wieder abgekackt. Er hat Parkinson, sie eine Angina. Die kann ich nicht sitzenlassen. Und ich denke, mein Mann ist ein Held. Opfert einen kostbaren Urlaubstag, um diesen armen Leuten an Weihnachten zu helfen. Ich bekomme doch wohl den Pokal für die Dümmste von allen, oder?«

Joe antwortet nicht, denn er weiß, dass ich ihn am Wickel habe. Stattdessen sehen wir zu, wie Kelvin am anderen Ende des Spielfelds mit ein paar Mitspielern herumalbert.

Irgendwann bricht Joe das Schweigen. »Ich finde diese Situation schrecklich. Können wir uns nicht wenigstens vor dem Jungen anständig benehmen?«

»Das tue ich doch!«

Er lacht höhnisch. »Ich kann nicht ändern, was passiert ist. Würde ich gerne, kann ich aber nicht.«

Ich sage nichts. Keinen Zentimeter weiche ich zurück.

»Du bist so stark«, sagt Joe, nicht zum ersten Mal. »Du boxt dich immer durch. Wenn ich bei dir geblieben wäre, wäre Vicky am Ende gewesen.«

Ich bin sprachlos. Weiß er überhaupt, was für eine Scheiße er da von sich gibt?

Er kommt näher. »Mir fehlt dein Lachen.«

»Wie eine Hyäne auf Speed, hast du immer gesagt.«

»Hab ich nicht.«

»Jawohl!«

Ich merke, wie dumm ich klinge, und kann mir ein Schmunzeln nicht verkneifen. Joe grinst breit, sein schönstes Lachen, wenn er dazu noch mit den Augen zwinkert. Damit hat er mich damals rumgekriegt, als ich siebzehn und er zwanzig war und wir zu »Truly Madly Deeply« von Savage

Garden auf John Hamiltons einundzwanzigstem Geburtstag Blues getanzt haben. Mein Herz schlägt einen Purzelbaum, wie vor einundzwanzig Jahren, wie es das immer tun wird.

»Hör auf!«, zische ich und wende den Blick ab.

Kelvin kommt zu uns, ein Stück Apfelsine in der Hand.

»Klasse Fußballer, unser Junge«, sagt Joe und wuschelt Kel durch die Haare. »Hier ist er, der *Man of the Match*! Mach sie fertig, Junge!«

Und einen kurzen Moment lang wirken wir wie eine glückliche Familie.

Die zweite Halbzeit gucke ich mir nicht an. Als Joe wieder anfängt, den Schiedsrichter anzumachen, winke ich Kelvin kurz zu und ziehe von dannen. Ich schaffe es nicht, längere Zeit in Joes Nähe zu sein, dann kann ich nicht mehr klar denken. Wenn er in Herzschlagnähe ist, kann ich ihn nicht so hassen, wie ich möchte.

Ich nehme einen Bus zum Churchill Square. Ich könnte mir die Kunstbücher bei Waterstones ansehen und so tun, als hätte ich verborgene Qualitäten. Ich könnte mir auch bei M&S ein paar neue BHs kaufen oder Kelvins kaputte Regenjacke ersetzen. Ich könnte sogar runter ans Meer laufen und die Windkraftanlagen am Horizont zählen. Ich habe Kel versprochen, dass wir an seinem Geburtstag eine Bootsfahrt dahin machen, um sie aus der Nähe zu sehen.

Stattdessen lande ich bei WHSmith und blättere in den Klatschzeitungen herum, um zu sehen, welcher C-Promi sich die Brüste hat machen lassen. Klar, eigentlich sollte ich mich nicht über die falschen Entscheidungen anderer Frauen freuen, das ist ein heimliches Laster von mir. Nach

Kelvin sind meine Brüste schlaff geblieben, aber dafür habe ich einen flachen Bauch und muss noch keine Flatterarme kaschieren.

In der *Grazia* ist ein Artikel über Mel C – als Mädchen war ich ein großer Fan von ihr. Ich nehme die Zeitschrift mit. Anschließend kann ich sie Felipe geben. Warum muss ich das überhaupt rechtfertigen? Wann bin ich so eine Spaßbremse geworden?

An der Kasse ist ein Mann vor mir, der ewig lange mit dem Wechselgeld und der Schokolade herumtrödelt, als dürfte er heute das erste Mal überhaupt einkaufen gehen. Warum gibt es so dermaßen lahmarschige, nervige Leute? Das ist Schokolade, Junge! Schalte dein Gehirn ein und entscheide dich, was du willst. Mensch noch mal!

Als ich an der Reihe bin, fragt die Kassiererin – die nicht viel älter als Kelvin sein kann – ohne jede Begeisterung, ob ich Schokolade möchte.

»Hab ich vielleicht welche in der Hand?«, fahre ich sie an. Ernsthaft?

»Die gibt's heute zum halben Preis.«

»Weil die schon abgelaufen ist, bevor Sie hier angefangen haben.«

»Nein! Die ist noch völlig in Ordnung!«

Ich schnappe mir eine Toblerone, die ich vor dem Fernseher essen will.

»Ihr Chef sollte sich was schämen«, sage ich beim Bezahlen. »Wehrlosen Menschen Schokolade vor die Nase zu halten! Kein Wunder, dass die Leute zu fett sind.«

Am Abend esse ich Cornflakes und gucke mir einen dämlichen Film auf Netflix an, irgendwas mit Zombies. Er ist dermaßen dämlich, dass ich zu einer noch dämlicheren

Quizshow umschalte. In vier Bissen ist die Toblerone verputzt.

Als ich ins Bett gehe, ist mir leicht übel. Wie immer beherrscht Joe meine Träume. Er lässt mich nicht in Ruhe, nicht mal im Schlaf.

5

Ned

Wenn ich Dora ein Wochenende lang bei Laune gehalten habe, bin ich fix und fertig und erleichtert, mich auf der Arbeit langweilen zu können. Dafür sind Montage schließlich da. Da Dora krank ist, habe ich mich schon gestern gelangweilt. Das war der schlimmste aller Sonntage: niemanden gesehen, nirgends hingegangen, nichts zu tun. Ich bin nicht gern allein, aber wenn ich eine Runde drehe oder in den Anchor gehe – eigentlich egal, wohin –, ist es unmöglich, all die glücklichen Familien zu ignorieren.

Im Park waren bestimmt Horden von Eltern mit Kindern unterwegs, die sich um die Schaukeln stritten, Radfahren lernten auf dem Fahrrad, das sie zum Geburtstag bekommen hatten, oder Fußball spielten. Den großen Tisch im Pub belegt immer irgendeine riesige Familie, die unter viel Bohei das Sonntagsessen zelebriert. Wenn Tanya und ich früher zu kaputt zum Kochen waren, haben wir ihre Mutter und meinen Vater auch manchmal zum Sonntagsbraten im Pub eingeladen. Fast immer übernahm Geoff die Rechnung, und Tan brauchte sich nicht mit der Bratenkruste und der Soße abzuplagen.

All das fehlt mir. Mein altes Leben. Mein *richtiges* Leben. Wo ich hingehörte und glücklich war. Wo ich Vater und Ehemann war und *gebraucht* wurde.

Andy kommt vorbei und fragt, ob ich einen Kaffee möchte. Er erkundigt sich, wie mein Wochenende war. Ich will ihn nicht anlügen, aber sein Mitleid brauche ich auch nicht. Ich sage ihm, dass ich keine Zukunft für Nancy und mich sehe.

»Nicht dumm«, pflichtet er mir bei, während ich zwei saubere Becher aus der Spülmaschine hole. »Nancy ist super und so, aber echt nicht deine Liga. Spricht natürlich nichts dagegen, dass du dich ein paarmal mit ihr triffst und deinen Spaß hast, aber dann schnell weg, bevor es unangenehm wird.«

»Du bist echt ein Mistkerl.«

»Ich bin ehrlich, mehr nicht. Wenn die Leute direkt zur Sache kommen würden und sich nicht mit ›Vielleicht‹ und ›Möglicherweise‹ aufhalten würden, kämen wir alle besser klar. Ehrlichkeit ist wichtig, glaub mir!«

Davon ist er wirklich überzeugt. Bevor er weiterreden kann, steckt Karen den Kopf herein.

»Hey, Ned! Hast du kurz fünf Minuten Zeit und kannst mich wegen Welby-Daniels auf den neuesten Stand bringen? Also jetzt? Ich nehme einen Kamillentee. Lass den Beutel drin.«

Von der Chefin gerettet.

Karen sitzt im Raum neben dem äußerst begehrten Eckbüro. Sie hat sich den Karriere-Korridor hinaufgearbeitet. Es ist nur eine Frage der Zeit, bis sie den jetzigen Bewohner des Eckbüros verdrängt hat. Ich bewundere ihren Antrieb und Ehrgeiz, aber sie macht mir auch eine Heidenangst.

Ich sitze ihr gegenüber. Sie blättert durch meinen Bericht auf dem Schreibtisch und trinkt ihren Tee. Ich habe extra den Designerbecher von Cath Kidston genommen und die braunen Rückstände auf dem Boden weggeschrubbt. Ich geb's zu, ich bin ein Schleimer.

»Das sieht gut aus, Ned, danke«, sagt sie schließlich und

schiebt sich ihre schweren kastanienroten Haare hinter die Ohren. »Und East Anglia?«

»Bekommst du spätestens am Mittwoch«, antworte ich bemüht engagiert. »Sams Abteilung war einen Tag zum Teambuilding unterwegs und ist deshalb leicht im Verzug.«

»Gott bewahre uns vor Paintball, Kletterparks und Gruppenkuscheln!« Karen seufzt und verdreht die Augen.

»Und vor Karaoke. Weißt du noch, wie Sanjeev aus der Buchhaltung das Lied von Nicki Minaj gesungen hat?«

Wir lachen. Es läuft richtig gut. »Ich erinnere Sam noch mal an den Bericht. Ich sag ihm, wir brauchen ihn schnellstmöglich. Überlass das mir, Karen.«

Sie schreibt etwas in ein Notizbuch von Smythson. Meine Gegenwart ist nicht länger notwendig. Ich will aufstehen, doch Karen macht mir ein Zeichen, sitzen zu bleiben. Schließlich sieht sie mich an.

»Wir haben uns übrigens entschieden. Wegen der Beförderung.«

»Ah.«

»Ist erst Montag offiziell. Aber, hey, wir als Dolly Parton und Kenny Rogers haben bei ›Islands in the Stream‹ so gut abgeliefert, da können wir auch ein kleines Geheimnis haben. Du wirst es, Ned, Glückwunsch!«

Mir fällt die Kinnlade runter. Sieht bestimmt dämlich aus.

»Ich muss dazu sagen, bei dem Gespräch hast du nicht gerade geglänzt. Du musst wirklich an deinem Redestil arbeiten. Die ganzen *Ähms* und *Ähs* vermeiden. Leidenschaftlicher sein. Aber deine Strategieübersicht war das entscheidende Argument. Erstklassig. Fanden wir alle.« Sie hält mir die Hand hin, ich ergreife sie. »Also: gut gemacht!«

Ich hab's immer noch nicht begriffen. Ich hatte meinen Hut erst im letzten Moment in den Ring geworfen, weil Andy meinte, ich sollte es einfach mal probieren.

»Tu wenigstens so, als würdest du dich freuen, Ned! Zehn Prozent Gehaltserhöhung, eigenes Büro. Endlich.«

»Nein, nein. Das ist super. Ich habe nur nicht damit gerechnet.«

Als ich zur Tür gehe, ruft Karen mir nach: »Und, wollen wir heute Abend darauf anstoßen? Aber behalt es noch bis Freitag für dich, ja? Wir müssen es erst noch den Mitbewerbern sagen.«

Nach der Arbeit breche ich auf zur Bar Rosso, direkt gegenüber von unserem Büro. Der Laden ist nicht besonders einladend und die Cocktails sind teuer. Sein einziger Vorteil ist, dass man zum ebenso wenig berauschenden Queen's Head zehn Minuten zu Fuß braucht. Deshalb finden alle geselligen Termine der Firma in der Bar Rosso statt.

Als ich das Bürogebäude verlasse, holt Andy mich ein. »Ich hab aber nur 'ne halbe Stunde«, warnt er mich, als hätte ich ihn gebeten mitzukommen.

Als wir die Kneipe betreten, steht Karen schon an der Theke und winkt uns zu. »Holla«, flüstert Andy. »Lust auf 'nen flotten Dreier?« Ihm macht sie auch eine Heidenangst, nur würde er das nie zugeben.

Karen entdeckt einen leeren Tisch, nimmt ihn sofort in Beschlag und dirigiert uns zu sich. Während Andy die Barkeeperin begutachtet, wirft Karen mir einen Blick zu, der sagt: *Wer hat* den *denn eingeladen?*

»Los, wir trinken was Prickelndes«, schlägt sie vor und klopft neben sich auf die Ledersitzbank. Verschwörerisch lächelt sie mich an.

»Das bezahl ich aber nicht!«, ruft Andy schnell.

Karen zieht einen Zwanzig-Pfund-Schein aus ihrem Portemonnaie. »Hol uns den besten Prosecco, den sie hier haben.«

Andy guckt verwirrt. »Wieso? Was feiern wir denn?«

Karen und ich schweigen.

Aber Andy lässt es nicht auf sich beruhen. »Hey, geht's um die Beförderung? Wow, bin ich's geworden?«

»Das erfährst du am Freitag«, sagt Karen. Sie verrät kein Wort.

Die Botschaft geht beim Übersetzen irgendwie verloren, Andy ballt die Hand zur Siegerfaust. »Jawoll! Hey, nichts für ungut, Kumpel. Du hast dein Bestes gegeben.«

Er geht zur Theke, um eine Runde zu holen. Karen lächelt mich an. Unser kleines Geheimnis. Ich gestatte mir das Gefühl, gesiegt zu haben.

Andy bleibt auf zwei Gläser Prosecco und ein Bier, das auch Karen bezahlt. Dann guckt er auf die Uhr, leert sein Glas und zieht die Jacke über.

»War wie immer schön mit euch, aber ich muss los.«

»Ein heißes Date?«, fragt Karen.

»Eher Raumtemperatur, würde ich sagen.«

Ich wackele mit dem Bierglas, versuche, ihn zu überreden, dass er noch eine Runde mittrinkt. »Die nächste geht auf mich.«

Er hält inne, den Ärmel halb angezogen, überlegt.

»Für ein Bier würdest du sie sitzenlassen, oder?« Karen lacht.

»Karen, Schätzchen, das verstehst du völlig falsch.«

Ihr Gesichtsausdruck sagt: Oh, nein, tue ich nicht.

Andy geht zur Tür und ruft über die Schulter: »Tschüssi!«

Wir sehen zu, wie die Tür hinter ihm zufällt, dann dreht Karen sich zu mir um, schüttelt die Haare hinter den Ohren hervor und sagt: »Endlich allein.«

Das meint sie natürlich nicht ernst. Ich lache schnell, um ihr zu beweisen, dass wir nur zwei Kollegen sind, die nach Feierabend was zusammen trinken. Keine große Sache. Eine Zeitlang reden wir über den Job. Über den Vertrag mit Welby-Daniels ... die Politik der Geschäftsführung ... über den apokryphen Bericht des Finanzvorstands und den Puff in East Croydon.

Karen ist nett. Ich merke, dass sie auch nur ein Mensch ist und viel weniger angsteinflößend, als ich dachte. Nachdem wir alle Aspekte von QGT Logistics besprochen haben, reden wir über Privates. Sie ist ebenfalls alleinerziehend. Ich hatte keine Ahnung.

»Mein Partner hat mich tyrannisiert«, erklärt sie. »Und deine Frau?«

»Ein Kontrollfreak. Aber ich hatte nichts dagegen. Da weiß man wenigstens, wo man steht.«

»Patrick war ein typisches Alphatier. Wenn ich nicht seiner Meinung war, hat er mir eine geklebt. Nicht schlimm. Hier, das war auch er.«

Sie lächelt mich breit an. »Da fehlt ein Stück vom Zahn. Kann man jetzt nicht mehr sehen. Erstklassig verblendet. Ich muss ehrlicherweise dazu sagen, dass er mich nur geschubst hat und ich das Gleichgewicht verloren habe. Bin gegen die Arbeitsfläche geknallt. Er hat total Schiss gekriegt.«

»Zu Recht! Ist er wenigstens zur Besinnung gekommen?«

»Ein bisschen. Danach hat er mich nur noch verbal fertiggemacht. Zwanghaft kontrolliert. Hat gesagt, ich wäre der letzte Dreck. Trotzdem hat es sechs Jahre gedauert, bis ich ihn verlassen habe. Das war das Beste, was ich je gemacht habe.«

»Freut mich für dich.«

»Jetzt bin ich älter, weiser und habe super Zähne. Wie alt ist deine Tochter?«

»Acht. Und deine?«

»Zwanzig. Studiert Ökologie und Umweltschutz an der Universität East Anglia. Jetzt musst du sagen: ›Du siehst aber nicht aus, als hättest du eine zwanzigjährige Tochter.‹«

»Oh, sorry. Stimmt, siehst du nicht.«

Sie tätschelt meine Hand. »Entspann dich, Ned. War ein Witz. Und du, hast du viele Dates?«

Ich denke an Nancy und wie ich es verbockt habe, aber das muss Karen ja nicht wissen. »Man muss wieder aufs Pferd, oder? Bevor man vergisst, wie man galoppiert.«

Sie lacht kehlig. »Oh, ich war gerade in vollem Galopp, als das vorläufige Scheidungsurteil kam. Hatte eine Woche Kalabrien gebucht. Der Kellner hieß Paolo. Hüah!«

Ich weiß, dass ich ein schockiertes Gesicht mache. Will sie mich in Verlegenheit bringen?

Sie hat noch immer die Hand auf meiner und drückt sie leicht. »Ich übernehme gerne die Zügel, Ned. Dann bekomme ich auch, was ich will.«

Und so liege ich eine halbe Stunde später in ihrem Bett. Sie hat mein Hemd aufgerissen, meine Hose bis zu den Knöcheln runtergezogen, und ich galoppiere wie noch nie zuvor. Mit meiner Chefin. Die mich gerade befördert hat. Hammer! Andy wäre stolz auf mich.

Auf einmal taucht Tanya in meinen Gedanken auf und bringt mich fast aus dem Konzept. Was hält sie wohl davon, dass ich jetzt »nach vorne schaue«? Das, was ich hier gerade mit Karen mache, gehört das dazu? Ich möchte es gerne glauben, was also hat meine Ex jetzt in meinem Kopf zu suchen? Zwei selbstbewusste Frauen, die an mir ziehen wie an einer Wünschelrute. Das fühlt sich echt nicht gut an.

6

Gemma

Ein klappriger alter Mann namens Mr. Allnutt, der ohne Weiteres selbst hier wohnen könnte, ist ins Pflegeheim gekommen, um einen Vortrag über Dubrovnik zu halten. Er will eine Diashow vorführen, deshalb braucht es eine Weile, bis alles aufgebaut ist: die richtigen Verlängerungskabel, einen kleinen Tisch für seine Notizen und ein paar Souvenirs.

Vor einem Monat hat er einen Vortrag über die Tierwelt von Sussex gehalten. Davor erzählte er uns alles, was er über den Royal Pavilion weiß. Mr. Allnutt braucht immer zwei von uns als Helfer, die alles hin- und hertragen, und wir haben ihn gern zu Besuch, weil fast alle Bewohner bei seinen Vorträgen einschlafen. Nur Evelyn nicht, die unter einer seltenen Form der Demenz leidet, die zum Verlust ihrer Hemmungen führt. Beim letzten Mal hat sie gerufen: »Ach, verpiss dich, du dumme Sau!«

Janine möchte, dass Mr. Allnutt nächsten Monat wiederkommt und noch mal den Vortrag über die Tierwelt von Sussex hält. Sie meint, die Bewohner hätten nichts dagegen, ihn noch mal zu hören. »Zumindest die, die dann noch leben.« Typisch Janine.

Also setzen Felipe und ich alle auf ihre Plätze, ziehen die Vorhänge zu und überlassen die Bewohner Mr. Allnutt. Eine willkommene halbe Stunde, um einen Kaffee zu trinken und sich auf den neuesten Stand zu bringen.

Felipe hat gute Nachrichten: Er hat sich verlobt. Martin

und er sind erst vor kurzem zusammengezogen, in eine Mietwohnung in Peacehaven, und finden jetzt, es sei an der Zeit, sich richtig zu etablieren. Felipe ist ganz aufgeregt.

»Und, wann kommt ihr unter die Haube?«

Er sieht mich verwirrt an. Jeden Tag verblüfft ihn eine neue englische Redewendung. Gestern sagte ich, Janine solle mal den Ball flach halten. Nachdem ich es ihm erklärt hatte, fand er den Ausdruck super und schrieb ihn sofort auf die Liste in seinem Handy.

»Ich meinte: Wann wollt ihr heiraten?«

»Ach so! Das steht noch nicht fest. Wir wollen bloß Martins Eltern zeigen, dass wir es ernst meinen.«

Am besten sage ich nichts weiter dazu. Es ist nicht meine Aufgabe, ihm ans Bein zu pinkeln, auch wenn er eh nicht wüsste, was damit gemeint ist.

»Das ist gut, oder?«, fragt er, weil ich schweige.

»Felipe, wenn du glücklich bist, bin ich auch glücklich. Ihr zwei seid füreinander gemacht. Der Rest ist Glückssache.«

Felipe hat es immer mit Schicksal und Karma, während ich viel zu oft das halbleere Glas sehe statt das halbvolle. War schon immer so, auch bevor Joe mich für Vicky sitzengelassen hat. Ich eigne mich kaum als Aushängeschild für »Glücklich bis ans Lebensende« und kann auch nicht zum Schein so tun, als ob.

Von nebenan höre ich, wie Evelyn zu Mr. Allnutt sagte, er könne sich die Dias von Dubrovnik in den Arsch schieben. Ende der Kaffeepause.

Am Nachmittag gehe ich mit dem Tee rum. Bei Alfie, einem meiner Lieblingspatienten, bleibe ich etwas länger. Für seine vierundachtzig ist er noch total fit im Kopf, aber der Bauchspeicheldrüsenkrebs frisst ihn innerlich auf, und er hat oft Angst. Ich weiß, dass er es schön findet, wenn jemand im Sessel neben seinem Bett sitzt, während er döst. Manchmal streiche ich ihm über den Kopf, wie es seine verstorbene Frau immer gemacht hat. Er ist so lieb.

Während er vor sich hin schnarcht, scrolle ich schnell durch Facebook. Ich besuche immer mal kurz Vickys Chronik. Wenn die dumme Kuh zu blöd ist, ihre Datenschutzeinstellungen hinzukriegen, kann ich doch nichts dafür! Vielleicht *will* sie auch, dass ich sehe, was für ein tolles Leben sie mit Joe hat: Grillabende und Morgenkaffee, zig Fotos von ihr mit Amelie, Joe mit Amelie, ihr und Joe mit Amelie … mein Kelvin mit der bescheuerten Amelie.

Ich höre das Klackern von hohen Absätzen auf dem Laminatboden. Janine geht Streife. Bevor ich mein Handy in der Tasche verschwinden lassen kann, steht sie in der Tür.

»Kaffeepause?«, fragt sie mit aufgesetzter Freundlichkeit.

»Das ist das erste Mal heute, dass ich mich hinsetze.«

»Wenn hier Angehörige vorbeikommen und sehen, dass du auf dem Handy rumdaddelst, wirft das ein schlechtes Licht auf uns alle.«

Das lasse ich mir nicht gefallen. Nicht schon wieder. »Okay, dann wecke ich Alfie eben auf und sorge dafür, dass er seinen Tee trinkt. Ob er will oder nicht.«

»Maria hat schon gesagt, du wärst wieder besonders gut drauf.«

»Stimmt ja gar nicht!«

Janine macht mir ein Zeichen, zu ihr auf den Gang zu kommen, damit sie mich nach Strich und Faden zusammenscheißen kann.

»Ich kann nicht immer auf dich Rücksicht nehmen, nur

weil du wegen irgendwas wieder emotional durch den Wind bist, Gemma. Andere Leute haben auch Eheprobleme, trennen sich und so. Aber sie lassen das nicht an der Arbeit aus.«

»Ich mache gute Arbeit. Sag mir, wenn das nicht stimmt!«

Sie senkt die Stimme zu einem Zischen. Ich glaube, sie war auf einer Fortbildung, wo man den Führungskräften so was beibringt. »Ich gebe dir einen Rat, und ich spreche aus Erfahrung: Such einen gemeinsamen Nenner mit deinem Ex, irgendwas, das ihr noch zusammen machen könnt.«

Was denn, würde ich am liebsten fragen ... streiten, auf einander schießen, vögeln?

»Ich finde das auch nicht komisch, aber wir können es uns in Willowdene nicht leisten, unkollegiale, launische Pflegekräfte zu beschäftigen. Nicht, wenn die nächsten Kürzungen ins Haus stehen. Zwing mich nicht zum Handeln, Gemma!«

Sie klackert davon, hält wahrscheinlich Ausschau nach der nächsten Pflegerin, die es gewagt hat, sich mal zehn Sekunden auszuruhen. Bevor Janine um die Ecke biegt, ruft sie mir zu: »Ah, wenn Alfie seinen Tee getrunken hat, müsstest du Brenda frisch machen. Ihr Sohn kommt heute zu Besuch.«

Ich entwickle mich zu einem kleinen Mädchen zurück und schicke ihr zwei ausgestreckte Mittelfinger hinterher, als sie um die Ecke ist.

Zu Hause beim Abendessen versuche ich, etwas über Kelvins Wochenende herauszubekommen. Er hat gerade eine sehr einsilbige Phase und bringt nur ein »Ja« hervor, als ich ihm anbiete, meine überzähligen Ofenpommes auf seinen Teller zu kippen.

Für Kelvin sah das Wochenende folgendermaßen aus:

Wie war das Fußballspiel? »Ganz gut.«

Wie war *Doctor Who*? »Jo, nicht schlecht.«

Hast du das Referat für Geschichte fertig? »Hab ich doch gesagt! Hör auf zu nerven!«

Ich versuche es mit einer anderen Taktik. Mich interessiert immer, wie das Haus von Joe und Vicky aussieht. Nur anhand von Facebook kann ich mir kein richtiges Bild machen.

»Ist Amelies Kinderzimmer direkt neben dem Elternschlafzimmer?«

»Ja.«

»Haben sie ein Babyphone mit Kamera?«

»Ja.«

»Du hast immer so laut geweint, man konnte dich noch eine Straße weiter hören. Auch wenn dein Vater nie aufgestanden ist. Mit Sicherheit überlässt er das jetzt Vicky.«

Achselzucken.

»Und dein Zimmer ist am Ende des Flurs? Neben dem Badezimmer?«

Kelvin wirft seine Gabel hin. »Soll ich dir eine Zeichnung machen? Damit du mich nicht jede Woche fragen musst?«

»Muss ich ja gar nicht. Es interessiert mich nur.«

Als ich ihm einen Joghurt aus dem Kühlschrank hole, versuche ich, das Gespräch zu erweitern. »Hauswirtschaftsraum und angeschlossene Badezimmer in modernen Häusern sind ja toll, aber ich finde, dadurch verlieren sie an Charme.«

Kelvin reißt den Deckel vom Becher und löffelt los.

»Ist Amelies Kinderzimmer ein rosa Mädchentraum? Vicky ist doch ziemlich konservativ, oder?«

Kelvin schiebt den Stuhl nach hinten, nimmt sich den Joghurt und verschwindet auf sein Zimmer. Ich muss wirklich mal mit ihm über seine Launen reden. Dieses Überreagieren hat er mit Sicherheit von seinem Vater.

Wenn man vom Teufel spricht … Ich mache es mir gerade mit den *EastEnders* und einer Schachtel Schokoladensticks bequem, ein Geschenk von Alfies Schwiegertochter, als Joe mit einem Schulbuch von Kelvin vor der Haustür steht.

»Hat Vicky gefunden. Ich dachte, er braucht es vielleicht für sein Referat in Geschichte.«

»Die Trantüte. Er würde sogar seinen eigenen Kopf vergessen.«

Ich nehme das Buch entgegen. Ende Gelände.

Joe sieht das anders. »Hast du ’ne Tasse Tee?«

Es ist nett von ihm, das Buch vorbeizubringen. Hätte er nicht machen müssen. Ich gebe ihm ein Zeichen, in die Küche zu kommen.

»Weiß Vicky, dass du hier bist?« Ich stelle den Wasserkessel an.

»Das war ihre Idee. Weshalb fragst du?«

»Nur so.«

Joe sieht sich in der Küche um. Es hat sich nicht viel verändert. Dieselben Schränke im Shaker-Stil aus dem Baumarkt, die vor fünfzehn Jahren in Mode waren. Dasselbe Linoleum mit Schachbrettmuster, das nie sauber aussieht, egal wie sehr ich es schrubbe. Keine maßgefertigten Eichenschränke, kein Doppelbackofen von Neff und keine Arbeitsplatte aus poliertem Schiefer, wie er sie für die gute alte Vicky gekauft hat.

Joe betrachtet die Waschmaschine mit zusammengekniffenen Augen. »Ist die neu?«

»Die alte ist kaputtgegangen. Aber vorher hat sie noch literweise Brühe in der Küche verteilt.«

»Warum hast du nichts gesagt? Ich hätte Mikey anrufen können.«

»Die alte war von Mikey. Generalüberholt am Arsch!«

Ich mache Tee. Der Becher mit »Bester Dad der Welt« ist in den Müll gewandert. Joe wird sich mit einem von den Olympischen Spielen 2012 zufriedengeben müssen. Als ich den Teebeutel reinhänge, guckt er in den Garten der Nachbarn.

»Die Terrassendielen sehen gut aus. Das wollten wir auch immer machen, nicht?«

»Kann ich ja noch. Du warst derjenige, der gebremst hat.«

Er pustet in seinen Tee, trinkt vorsichtig. »Das ist gut, Gem.«

»Was, der Tee?«

»Dass wir reden! In Ruhe. Uns nicht gegenseitig den Kopf abreißen.«

»Und jetzt glaubst du, alles wäre prima. Dass ich die Kurve gekriegt habe, ja?«

»Hast du?«

»Hast *du*?«

Er tut so, als würde er die Tasse genauer betrachten. »Nicht richtig.«

Ich kann nicht anders. Es macht mir seit Tagen zu schaffen, deshalb spreche ich es an: »Das am Samstag hättest du nicht sagen sollen. Das über mein Lachen.«

»Eine Hyäne auf Drogen, meinst du das?«

»Auf Speed. Dass dir das fehlt.«

»Tut es aber.«

»Hör auf damit!«

»Mir fehlt sogar deine Vanillesoße. Die konnte man immer mit dem Messer schneiden. Vicky nimmt die fertige von Waitrose.«

»Du hättest dran denken sollen, dass ich dir fehle, als du heimlich weggeschlichen bist, um dich mit ihr zu treffen!«

Ich merke, wie ich die Kontrolle verliere. »Ist dir auch nur einmal der Gedanke gekommen, dass du unsere Familie zerstörst und mir das Herz brichst? Und hätte dich das abgehalten? Natürlich nicht.«

Ich wende mich ab. Nur Loser heulen vor ihrem Ex. Ich bin der »Beste Loser der Welt«. Joe stellt seinen Becher ab und kommt zu mir, legt mir die Hände auf die Schultern. Ich will ihn abschütteln, kann aber nicht.

Ich kann auch nichts dagegen tun, als er mich küsst. Ich will nicht, dass er aufhört. Wie eh und je passen unsere Lippen perfekt aufeinander.

»Nicht, Joe. Kelvin ist oben.«

Er legt mir den Finger auf den Mund, damit ich still bin. Lautlos ziehen wir uns aus und vögeln an Ort und Stelle, direkt in der Küche.

Wie eh und je passen unsere Körper perfekt ineinander.

7

Ned

Am Tag nach unserem Treffen muss Karen in die Zentrale, also brauche ich nicht schnell irgendwelche Vor-Ort-Termine oder Kundengespräche anzusetzen, um ihr aus dem Weg zu gehen. Am Mittwoch ist sie aber wieder da, und es bleibt mir nichts anderes übrig, als cool zu sein und so zu tun, als sei nichts passiert. Ich habe keine andere Wahl.

Ich mache mich an meinem Schreibtisch so klein wie möglich und verlasse seinen Schutz nur, um kurz zum Klo zu gehen. Irgendwann starre ich ins Leere und versuche mich an den Namen des Mitarbeiters in der Zweigstelle in Taunton zu erinnern, mit dem ich immer zu tun habe. Tom? Tim? Jamie? Da sehe ich Karen in ihrem Büro, wie sie Kaffee trinkt und mir durch die offene Tür zulächelt. Ich nicke freundlich zurück und senke schnell den Kopf, knallrot vom Scheitel bis zur Sohle. Kurz warte ich, dann gucke ich wieder hoch, um zu sehen, ob sie mich immer noch anlächelt. Oh, Mist, sie tut es.

Andy sitzt einen Schreibtisch weiter. Ich zische seinen Namen. Sein Kopf taucht hinter der Trennwand aus Aktenschränken auf. »Alles klar, Kumpel?«

»Hilfe!«, rufe ich leise.

Wir machen früh Mittag im Café um die Ecke, an unserem Stammtisch. Daneben hängt ein Schwarzes Brett mit kreuz und quer drangepinnten Nachrichten: Werbung für Möbeltransporte, Zumbakurse, Gassigeher, Haussitter und

Chakrenfinder. Wir essen das Übliche: Pastete, Bohnen und Pommes. Andy braucht keine fünf Sekunden, um es aus mir herauszubekommen: Ich habe die Chefin gevögelt.

»Ich bin schwer beeindruckt, Ned«, sagt er zwischen zwei Bissen. »Wie war sie?«

Ich würdige die Frage nicht mit einer Antwort.

Er zuckt mit den Schultern. »Nicht, dass ich nicht auch schon drüber nachgedacht hätte.«

»Andy, du würdest diese Pastete vögeln, wenn sie nicht so heiß wäre.«

»Stimmt. Ich bin wie Kirk Douglas. Das ist eine Sucht bei mir.«

»Michael.«

Er sieht sich um. »Wo?«

»Douglas.«

»Ey, sorry, aber ich habe keine Ahnung, wovon du redest.«

Er schaufelt sich noch mehr Pastete rein und spricht mit vollem Mund weiter. »Na gut, sie ist nicht Scarlett Johansson. Aber gevögelt ist gevögelt. Und deinen Karriereaussichten kann es auch nicht schaden.«

»Nee, nee«, sage ich, ohne nachzudenken. »Da war ich schon befördert!«

Er wirkt ehrlich enttäuscht. »Du hast den Job bekommen? Du?«

»Ich weiß. Ich kann es selbst nicht glauben.«

Endlich fällt der Groschen. »Aah, jetzt verstehe ich. Das haben wir in der Bar Rosso gefeiert.«

»Nächstes Mal bist du dran.«

»Na, klar! Es zählt also einen Scheiß, dass ich länger bei QGT bin als du.«

»Du hast keine Strategieübersicht abgegeben. Du hattest

dein Handy nicht auf lautlos gestellt. Du hattest Soße auf der Krawatte. Und du musst aufhören, Karen ›Schätzchen‹ zu nennen. Sage ich dir nur zu deinem eigenen Besten.«

»Die Gehaltserhöhung hätte ich wirklich gebrauchen können. Jetzt übernehme ich das Mittagessen auf keinen Fall.«

»Wann hast du jemals das Mittagessen bezahlt?«

»Meinen Herzlichen, Nedward.« Er stößt mit seiner Pepsi gegen mein Glas mit Leitungswasser. »Hey, tu wenigstens so, als würdest du dich freuen, verdammter Glückspilz! Für dich geht's aufwärts!«

Trotzdem hätte ich nicht mit Karen schlafen sollen. Was habe ich mir nur dabei gedacht? Andy sieht mein besorgtes Gesicht. Zeit für eine Standpauke. Andy Muir und wie er die Welt sieht.

»So, wie ich das sehe, hast du total Schwein. Erstens: Mit dir und Tanya ist es endgültig vorbei. Zweitens: Du bist jetzt Senior Logistics Analyst für den Bereich Südost. Drittens: Du wurdest ordentlich von einer Vertreterin des anderen Geschlechts rangenommen. Solo, so wie du. Mit Bedürfnissen. Die dich enorm protegieren kann. Wo bitte ist das Problem?«

»Über Tanya hinwegzukommen heißt nicht, Kerben am Bettpfosten zu sammeln.«

»Aber es ist ein Anfang. Oder … hey, da könntest du doch mitmachen!«

Mit seinem ketchupbeschmierten Messer weist er auf einen Flyer am Schwarzen Brett. Darauf steht: »SPE – Selbsthilfegruppe für partnerlose Eltern. Treffen jeden Mittwoch von 19.30 bis 21.00 Uhr im Veranstaltungsraum des Anchor.«

Ich schüttele den Kopf. Ganz bestimmt nicht.

Andy jedoch ist völlig begeistert von seiner Idee. »Und dann noch in unserer Stammkneipe, Junge! Wenn das kein Zeichen vom lieben Gott ist, dann weiß ich es auch nicht.«

»Nein. Großes N, kleines ein.«

»Also, mich reizt das schon, wenn du nicht willst.« Andy bemerkt mein entsetztes Gesicht. »Wieso nicht? Ich bin auch allein. Fast wäre ich mal Vater geworden. Die können vielleicht von meinen Erkenntnissen profitieren.«

»Ein Raum voller Singlefrauen mit ›Bedürfnissen‹?«

»Kein teures Essen, kein Popcorn im Kino und keinen affigen Aperol Spritz. Dazu die ziemlich große Chance, eine abzuschleppen. Die betteln doch geradezu darum.«

Ich bin entsetzt.

»Was denn?«, fragt er. Er merkt es wirklich nicht.

Als ich schließlich nach Hause will, fängt Karen mich ab. Ich stehe auf der Treppe vor der Eingangstür und mache meine Jacke zu, als ich jemanden neben mir spüre. Es ist sie. Ich werde wieder knallrot, aber in dem schwachen Licht kann sie es nicht sehen.

»Hi«, piepse ich. »Ist heute wirklich erst Mittwoch?«

»Danke für die Zahlen von Welby-Daniels, Ned. Ich lese deine Mail morgen gründlich.«

»Kein Problem. Egal, ich muss jetzt …«

»Hast du am Wochenende was vor?«

Ich plappere los. Wenn ich nervös bin, plappere ich leider immer. Tanya hat mich dann immer angestoßen, damit ich aufhöre. »Dora ist da, meine Tochter. Wir machen dies und das. Wahrscheinlich Burger und Kino. Machen wir meistens. Oder irgendeinen Ausflug. Sie mag Eastbourne. Dora kann es sich aussuchen.«

Karen legt die Hand auf meinen Arm, damit ich still bin. Immerhin knufft sie mich nicht. »Hör zu, Ned. Für mich ist das alles in Ordnung, wenn du das auch so siehst. Also, was passiert ist.«

»Auf jeden Fall.«

»Ein bisschen Spaß. Keine Verpflichtungen.«

»Ja, das sehe ich genauso, Karen.« Puh, dann war's das damit.

Nicht ganz. »Wir könnten vielleicht noch mal was zusammen trinken gehen und weitersehen.«

»Hm, klar. Ich weiß nicht, ob ich ... Momentan hab ich ziemlich viel zu tun.«

»Also nächste Woche.«

»Auf jeden Fall.«

Sie entdeckt ein Taxi und winkt es selbstbewusst heran, bevor wir einen Termin verabreden können. Dann ist sie weg.

Ich stehe eine Weile da und verarbeite, was gerade geschehen ist. Andy hat gesagt, ich soll wieder aufs Pferd. Das habe ich gemacht, auch wenn es das falsche Pferd war und ich am besten schnell absteige, bevor ich abgeworfen werde.

Andererseits finde ich kaum eine neue Frau, wenn ich nur sicher und bequem auf meiner Couch liege. Wie soll ich Tanya hinter mir lassen, wenn ich nicht »auf dem Markt« bin? Karen ist ein Fortschritt ... gewissermaßen. Und das ist doch gut, oder?

Als ich zu Hause ankomme, steht ein Mann an der Treppe und wartet nervös. Ich lasse ihn bestimmt nicht rein, könnte ja ein Einbrecher sein. (So einen Fehler macht man nur einmal.) Der Typ ist Ende vierzig, schick angezogen, zurückweichender Haaransatz. Ich merke mir die Personenbeschreibung, falls ich als Zeuge gebraucht werde, wie letztes Mal.

Als ich meinen Schlüssel heraushole, kommt er näher. »Ned, ja?«

»Ja?«

»Ich bin gerade zufällig hier vorbeigekommen und dachte, ich sage mal Hallo. Ich bin Julian Haig.«

Julian? Julian? Ich kenne keinen Julian. Dann fällt es mir ein: Tanyas Neuer. Hier. Vor meiner Tür.

»Ah, Julian. Genau. Hallo.«

»Tanya hat vielleicht schon von mir erzählt. Also, von uns. Unseren Plänen.«

»Dass sie bei dir einziehen will? Ja, klar.«

»Da hab ich gedacht: Wenn ich Ned wäre, würde ich mir etwas ausgeschlossen vorkommen. Deshalb dachte ich, wenn wir uns kennenlernen und du siehst, dass ich Tanya und Dora wirklich liebe und nur möchte, dass sie, wir alle, glücklich sind, also, dass das vielleicht helfen könnte.«

»Aha …«

»Wir können natürlich nicht direkt Kumpel sein. Das wäre komisch.«

Allerdings wäre das komisch! Ich müsste schon ziemlich verzweifelt sein, um mich mit dem Typen anzufreunden, der mir mein Leben, meine Frau und meine Tochter gestohlen hat. Wenn es keinen Julian gäbe, wären Tanya und ich vielleicht wieder zusammen und glücklicher denn je. Warum sollte ich mit dem Kerl abhängen wollen, der das verhindert?

Ahnungslos redet Julian weiter. »Wir können doch erwachsen mit der ganzen Sache umgehen, oder? Dann können wir unser Leben in Ruhe weiterführen.«

Mein Kopf sagt: Das sehe ich nicht so, du Arsch. Aus meinem Mund hingegen kommt ein unverbindliches »O-kay ...«

Julian wirkt erleichtert. Was ihn angeht, ist nun alles geklärt. »Puh! Ich bin so froh, dass du das genauso siehst wie ich! Lust auf ein Bier, Kumpel?«

Ernsthaft? Glaubt er wirklich, wir können beste Freunde sein, nachdem er mir die Möglichkeit genommen hat, wieder eine Familie zu haben? Oh, nein! Großmut ist das eine, um Demütigung zu betteln das andere. Ich bin nicht großmütig, und ich lasse mich nicht demütigen. Pech gehabt, Kumpel.

»Tut mir leid, Julian, ich hab schon was vor. Also, wo ich hin muss. Und ich bin spät dran, ähm ... Kumpel. Tschüsschen!«

Wenn jetzt ein Taxi vorbeigekommen wäre, hätte ich es wie Karen selbstbewusst herangewunken. Stattdessen gehe ich forschen Schrittes zum Anchor und schreibe Andy von unterwegs. Zwei unangenehme Gespräche innerhalb einer Stunde. Ich muss was trinken.

Als ich reinkomme, sitzt Andy schon am Tresen. »Ich dachte, du hättest keine Lust«, sagt er und fängt den Blick des Barkeepers auf. »Zwei Sagres, Toby. Ned zahlt.«

»Keine Lust worauf?«

»Da oben, im Veranstaltungsraum.«

Ich kapiere es immer noch nicht.

»Dieses Partnerlose-Eltern-Netzwerk-Gedöns. Wow, ich glaub's nicht! Abgekürzt heißt das PENG!«

Jetzt begreife ich, was er meint. Ganz bestimmt nicht.

»Ich dachte, du hättest es dir anders überlegt und willst doch hin.« Er beobachtet, wie Toby das erste Glas einschenkt. »Dass du mich deshalb hier treffen wolltest.«

»Dies ist unsere Stammkneipe. Wir treffen uns immer hier. Außerdem musste ich dringend vor Tanyas neuem Stecher fliehen. Der stand eben vor meiner Tür! Er will, dass wir beste Freunde sind! Klar, überhaupt kein Problem, du Pisser.«

»Die Leute da oben könnten dir dabei helfen. PENG, PING, oder wie die sich nennen.«

»Du hast selbst gesagt, dass ich auf einem guten Weg bin. Die Beförderung, die Sache mit Karen. Andy, der Typ war ein absolutes Arschloch. *Julian*. Hört man dem Namen doch schon an.«

»Auf jeden Fall, Nedward.«

»Echt unglaublich.«

Andy wirkt besorgt. »Junge, du weißt, dass ich rund um die Uhr für dich da bin. Du kannst immer kommen und dich bei mir ausheulen. Aber du musst solche Sachen echt mit Leuten besprechen, die ähnliche Probleme haben wie du. Mit anderen Alleinerziehenden, bei denen es PENG gemacht hat. Na, los, Kumpel. Probier's einfach aus.«

Unser Bier wird serviert. Wir trinken beide einen Schluck.

»Nee. Keine Chance.«

»Wenn das nichts für uns ist, hauen wir in der Pause wieder ab. Was haben wir zu verlieren?«

Wie der letzte Idiot lasse ich mich langsam auf die Idee ein. Was kann es schon schaden, Tipps mit anderen Eltern auszutauschen und sich gegenseitig zu unterstützen? Vielleicht ist es das, was Andy mit »nach vorne schauen« meint. Ich bin bereit, meine Komfortzone zu verlassen und etwas auszuprobieren.

Das ist mein erster Fehler.

8

Gemma

Am Mittwochmorgen hat Judy verschlafen und ihren Pediküretermin verpasst. Deshalb biete ich ihr an, nach dem Mittagessen ihre Zehennägel zu lackieren. Sie ist einer meiner Lieblingsbewohner in Willowdene. Eigentlich habe ich nur Lieblingsbewohner, abgesehen von dem einen oder anderen Miesepeter. Wenn ich chronische Schmerzen hätte, ständig alles vergessen würde oder mit doppelter Inkontinenz leben müsste, würde ich wohl auch hin und wieder mal meckern.

Judy ist zum Mittagessen aufgewacht, aber noch nicht aufgestanden. Ihr Gesicht hat sie aber gemacht. Ich habe sie schon ungeschminkt gesehen, aber das ist nicht die richtige Judy. Die richtige Judy trägt blauen Lidschatten, falsche Wimpern und rosa Rouge über einer dicken Schicht Make-up und Puder. Momentan hat sie ihre lachsrosa Phase, was den Lippenstift angeht, doch ihre Fußnägel müssen feuerwehrrot sein, auch wenn sie unter der Decke versteckt sind oder in flauschigen violetten Hausschuhen stecken.

Sie liegt in ihrem Bett wie Kleopatra, und ich hocke zu ihren Füßen wie Kleopatras Kammerzofe. Während ich schneide, feile und lackiere, scrollt sie sich mal wieder durch eine Dating-Website auf ihrem Tablet. Wenn sie nur aufhören könnte, mich damit zu nerven!

»Hier ist ein Guter. Da steht LZB.«

»Langzeitbeziehung«, übersetze ich. Immerhin ist Judy neunundachtzig.

»Das *weiß* ich! Aber was ist, wenn der Typ damit was anderes meint? Hm, mal überlegen … lange, zittrige Beine. Bis du das merkst, ist es zu spät.«

»Stimmt.«

»LZB … liebe zerwühlte Bettlaken!«

»Ja, Judy, ich hab's verstanden.«

Sie vergrößert das Foto und mustert ihn gründlich. »Sieht nett aus. Der sanfte Simon. Hat ein eigenes Geschäft, in dem er Bilder rahmt. Witwer mit zwei Kindern. Mag romantische Abende mit einem besonderen Menschen vorm knisternden Kaminfeuer.«

Ich schiele kurz auf den Bildschirm. Mein Herz fängt nicht an zu rasen.

»Zu eng stehende Augen?«, fragt Judy. »Zu weit abstehende Ohren?«

»Mir geht's gut so, wie es ist. Kein Interesse.«

Sie zuckt mit den Schultern. Ich bin ein hoffnungsloser Fall, dennoch scrollt sie weiter. Sie kann es einfach nicht lassen. »Dann sag mir doch bitte, wann du in letzter Zeit ein *Intermezzo* hattest, Schätzchen. Mehr will ich gar nicht wissen.«

Ich überhöre es.

»Diesen Monat? Dieses Jahr? Lebte Queen Mum da noch?«

Also erzähle ich es ihr, denn es lastet schon den ganzen Tag schwer auf mir. »Na gut, ich hatte noch gestern Abend heißen Sex auf dem Küchenschrank. Im Ernst.«

Sie johlt vor Lachen. Als ob!

»Ich wette, dass ich vor noch kürzerer Zeit als du Sex hatte.« Sie zwinkert mit ihren falschen Augenwimpern.

Entnervt sehe ich von ihrem großen Zeh hoch. Mehr Ermutigung braucht sie nicht, um aus dem Nähkästchen zu plaudern.

»Du glaubst wohl auch, dass wir hier nur Bingo spielen, was? Wir trällern herum und gucken uns Diavorträge über das dämliche Dubrovnik an.«

Sie senkt ihre Stimme zu einem heiseren Flüstern. »Charlie aus dem Erdgeschoss, der mit der Johnny-Cash-Sammlung und der Haartolle. Ich sage dir: Nicht nur seine Musiktruhe ist ein großes Gerät.«

Sie strahlt stolz, zufrieden, dass sie mich schockiert hat. Ich muss lachen. Wenn ich alt bin, will ich wie Judy sein.

Seit Wochen war ich nicht mehr bei einem SPE-Treffen. Ich weiß, dass es mir guttut, mich mit anderen Alleinerziehenden auszutauschen, aber wenn ich anschließend nach Hause gehe, bin ich meistens auf alle sauer – bis auf Ros. Kelvin schläft heute Abend bei Mohit, im Fernsehen läuft auch nichts Vernünftiges, deshalb bürste ich mir ein paarmal durch die Haare, ziehe die Jeans und das T-Shirt für den nächsten Tag an und nehme die 49 quer durch die Stadt.

Wäre gut, wenn es nicht so weit bis zu der SPE wäre, aber in Hove wohnen wohl mehr selbsthilfeaffine Arschlöcher als in Bevendean. Bei mir in der Ecke wird nicht analysiert, warum das Leben hart oder unfair ist, denn wir haben schon genug zu tun mit dem Bezahlen von Gasrechnungen, dem Kauf neuer Schuhe für die Schule und mit den lärmenden Studenten, die nebenan eingezogen sind.

Ich sehe Ros unten an der Theke stehen, sie telefoniert gerade. »Nein, Rianna. Sag Gabriel einfach ›Gute Nacht‹ und lass das Licht im Flur an. Er spielt dir was vor.« Als sie mich sieht, schwenkt sie eine Flasche vom Rotwein des

Hauses, den wir für den vor uns liegenden Abend noch brauchen.

»Tut mir leid, ich muss auflegen. Melde dich, wenn was ist.« Sie beendet das Gespräch und seufzt. »Neue Babysitterin. Gabriel versucht es natürlich bei ihr, der kleine Lümmel.«

Ich lasse den Blick über die Männer im Pub schweifen. »Er ist noch nicht da, oder?«

»Wer?«

»Der geschiedene Mann, der wie Chris Hemsworth aussieht, ein super süßes Kind hat, einen geilen Arsch und eine Finca auf Mallorca und der sich sofort in mich verliebt, wenn er reinkommt.«

Ros weist mit dem Kopf auf einen treuen Gruppenteilnehmer, Robin, der sich mit dem Reißverschluss seiner Fleecejacke am Stuhl verfangen hat. »Wenn ich anfange, mit Robin zu flirten, erschieß mich bitte!«

Im ersten Stock hat Gail, die die Gruppe leitet – auch wenn ich mich nicht erinnern kann, dass sie je darum gebeten wurde –, ein halbes Dutzend Stühle im üblichen Halbkreis aufgestellt. Sie hat ihr Flipchart und vier Marker in verschiedenen Farben dabei, plant also irgendeine Form von Gruppenarbeit.

Die Übungen und Diskussionen beim SPE-Abend sind meistens sinnlos, doch alle paar Wochen wird mir ein neuer Grund für das Scheitern meiner Ehe klar. Was Joe nicht gemacht hat, aber hätte tun sollen. Was ich gemacht habe, aber besser hätte lassen sollen. Das ist jetzt natürlich alles Schnee von gestern, aber ich hoffe, dass diese Erkenntnisse mir mal irgendwann was nützen.

Die üblichen Verdächtigen haben sich eingefunden: Gail,

Robin, ich, Ros, Meryl und Loretta, die immer Pullover für ihre Enkelkinder strickt und kaum ein Wort sagt. Dagegen erinnert Meryl an eine Schallplatte mit einem Sprung: jede Woche dieselbe Leier. Ich kann es ihr nicht verübeln. Ich wäre auch am Ende.

»Verrat mir mal einer«, sagt sie, an niemand Besonderen gerichtet. »Wie soll man das nicht als Schlag ins Gesicht begreifen? Siebzehn Jahre zusammen, und dann geht er plötzlich los und ›outet sich‹!« Bei der Vorstellung verzieht sie den Mund.

Gail fragt dasselbe wie immer: »Und du hast vorher nichts gemerkt, Meryl?«

Meryl schüttelt den Kopf, zu erschüttert, um etwas zu sagen.

»Das tut weh. Na klar.« Gail setzt ihre beste Kummerkastenstimme auf. »Außerdem fragt man sich automatisch immer, was der neue Partner …«

»Danny«, faucht Meryl.

»Was dieser Danny hat, das du nicht hast.«

Ros muss ungewollt grinsen, Gail wirft ihr einen mahnenden Blick zu.

»Entschuldigung, Meryl«, sagt Ros und reißt sich zusammen. »Das muss hart sein. Aber wenn ich du wäre, würde ich mir sagen: Hey, immerhin liegt es nicht daran, dass er mich persönlich nicht mehr mag. Nur meine Mumu nicht. Also, Mumus im Allgemeinen.«

Robin rutscht auf seinem Stuhl herum. Themen unterhalb der Gürtellinie sind nicht so seins.

Gail fährt fort. »Wir sind doppelt so verletzt, doppelt so getroffen, wenn wir diejenigen sind, die verlassen werden. Wegen einer anderen Frau, eines anderen Mannes, egal wofür.«

Plötzlich schlägt die Tür zum Veranstaltungsraum auf, und zwei Männer mit Biergläsern in der Hand kommen herein. Es gibt ein kurzes Durcheinander, und der Glatzköpfige hilft Gail, noch zwei Stühle in den Halbkreis zu stellen. Ros fängt meinen Blick auf und nickt aufmunternd: Seit Wochen ist Robin der einzige männliche Teilnehmer, und er zählt nicht.

»Willkommen bei der SPE!«, sagt Gail, als die beiden Männer sich endlich gesetzt haben. »Wir haben vor zehn Minuten angefangen. Findet euch erst mal rein und beteiligt euch gerne, wenn ihr so weit seid. Ich bin Gail.«

Sie zieht die Kappe von einem schwarzen Marker und schreibt in großen Buchstaben auf das Flipchart: »Häufigste Trennungsgründe«. Normalerweise malt sie Blumen um die Punkte herum, doch die Neuankömmlinge bringen sie offenbar aus dem Konzept.

Ros verdreht die Augen. Sie hasst solche Sachen. (Sie hat sich nicht getrennt, sondern ist Witwe, kann also nicht mitreden.)

»Ich fang mal an, ja?«, bietet sich Gail an und schreibt in Rot »Geld« an die Tafel. »Mein Ex wollte, dass unsere Kinder zur Privatschule gehen, aber das konnten wir uns nicht leisten. Das hat uns auseinandergerissen. Was noch?«, fragt sie mit gezücktem Stift.

Sie schaut zu den beiden Neuen hinüber. Der besser Aussehende – er hat was von Benedict Cumberbatch, auch wenn ich nicht so auf schlanke Männer stehe –, schüttelt entsetzt den Kopf. Sein Kumpel aber ist bereit.

»Könntest du vielleicht ›fehlender Respekt‹ hinschreiben, Gail?«, schlägt er vor. »Wenn deine bessere Hälfte nicht genug Respekt vor dir hat, muss man, um ehrlich zu sein, der

Sache ein Ende machen. Hab ich recht, oder hab ich recht, die Damen?«

Gail ist von seiner Antwort beeindruckt und schreibt »fehlender Respekt« unter »Geld«. Meryl und Robin nicken zustimmend.

Der Typ hat gerade erst angefangen. »Meine Mutter hat mich allein großgezogen und nie den Dank bekommen, den sie verdient hätte. Aber ich weiß, was sie geleistet hat, dass sie dreihundertfünfundsechzig Tage im Jahr rund um die Uhr für mich da war. All die netten Damen hier sind wunderbar und verdienen eine Medaille. *Meinen* Respekt haben sie, so viel steht fest.«

Er schluckt vor Rührung und holt tief Luft. »Sorry, das wollte ich eigentlich gar nicht sagen.« Sein Freund sieht aus, als würde er am liebsten im Erdboden versinken.

Auch Gail ist bewegt. »Danke, ähm …«

»Andy.«

»Danke, Andy. Sehr schön. Wer möchte sonst noch was sagen? Gemma? Was war der Grund für eure Trennung?«

Alle hier kennen meine Geschichte, nur die zwei Neuen nicht, aber ich bringe sie gerne auf den jüngsten Stand. »Er war ein Wichser.«

Gail zögert mit dem Marker.

»Doch. Er hat mich betrogen, der Wichser!«

Während Gail widerstrebend »Wichser« auf die Liste schreibt, dreht sich Andy zu Ros um. »Ich kann mir nicht vorstellen, dass du von deinem Mann betrogen wurdest.«

»Wurde ich auch nicht. Er ist gestorben.«

Andy versucht, die flirtende Miene in eine mitleidige umzuwandeln, während sein Kumpel peinlich berührt an die Decke guckt. Gail eilt ihm zu Hilfe.

»Robin? Noch Ideen?«

Robin schüttelt den Kopf. Da mischt er sich lieber nicht ein, vielen Dank auch. Gail sieht Meryl an, die nur zu gern etwas beiträgt.

»Tja, in meinem Fall wollte er wohl eher für das andere Team spielen.«

Gail scheint nicht zu wissen, was sie aufschreiben soll. Ich schaue auf die Uhr. Ich hätte zu Hause bleiben und bügeln sollen.

Auf einmal meldet sich Andys Kumpel zu Wort. »Meine Ex wollte mehr Raum.«

»So was gibt es auch, ähm …«

»Ned.«

Gail schreibt »mehr Raum« auf die Tafel. »Das kann passieren, Ned. Daran hat keiner Schuld.«

»Hat mich kalt erwischt«, fährt er fort. »Ich hab's echt nicht kommen sehen.«

»Willkommen im Club!«, höre ich mich sagen. »Echt.«

Andy funkelt mich wütend an. »Das war eine verdammt harte Nummer, Schätzchen. Ich saß in der ersten Reihe. Sie ist wirklich mit ihm Schlitten gefahren.«

»Wie geht es dir damit, Ned?«, fragt Gail.

»Ähm, normal. Ein Tag nach dem anderen.«

»Also, der Spruch kommt von den Anonymen Alkoholikern«, sage ich. »Die treffen sich im Gemeindehaus.«

Er überhört mich und spricht weiter. »Ich bin eigentlich ganz gut klargekommen. Ich dachte sogar, wir kämen vielleicht wieder zusammen. Und plötzlich erzählt sie mir, dass sie bei ihrem neuen Freund einzieht. Die Leute sagen immer, leb dein eigenes Leben, steig wieder aufs Pferd. Das hab ich versucht. Ich war was trinken mit einer Kollegin, zufälligerweise auch alleinerziehend. Tja, anschließend sind wir zu ihr gegangen. Eigentlich müsste es mir jetzt besser gehen, aber ich bin immer noch schlecht drauf. Eigentlich schlechter als vorher. Das mit dem Wieder-aufs-Pferd-Steigen ist absoluter Schwachsinn.«

Männer! Ich ertrage es nicht, mir dieses dämliche Selbstmitleid auch nur eine Minute länger anzuhören. *Ich bin so ein armer Kerl …* Ich muss mir Luft machen. »Deshalb beichtest du deine Sünden einer Gruppe von Fremden, sagst ein paar Vaterunser auf, und alles ist wieder gut? Läuft das so?«

»Ned hat versucht, offen und ehrlich zu sein, Gemma«, versucht Gail, die Wogen zu glätten.

»Nein, Gail! Das ist typisch Mann. Ein männlicher Egoist, wie er im Buche steht. Er hat eine verletzliche, einsame Frau ausgenutzt, einfach weil er es kann. Ich schätze, sie wollte nur ein bisschen zwischenmenschlichen Kontakt …«

Er unterbricht mich. »So war das nicht.«

»Also gehst du mit zu ihr, knipst deinen Charme an. Und die Ärmste fällt drauf rein, weil sie hofft, sich mal fünf Minuten lang nicht scheiße zu fühlen.«

Ned senkt den Blick. Offensichtlich habe ich ins Schwarze getroffen.

»Ich gebe dir einen Rat«, sage ich. »Versuch beim nächsten Mal« – ich weise auf das Wort »Wichser« auf dem Flipchart –, »versuch einfach, dein Ding in der Hose zu lassen. Falls das möglich sein sollte. Bist ja ein Mann.«

Mir ist bewusst, dass ich für alle Frauen in diesem Raum spreche. Logisch. Deshalb könnte man eine Stecknadel fallen hören. Ein Stuhl schrammt über den Boden. Der Typ steht auf. Er will nicht antworten, er geht.

»Weißt du, was?«, sagt er an der Tür. »Du bist echt einsam und verbittert. Diesen Scheiß muss ich mir nicht antun.«

Andy dreht sich zu mir um. »Gut gemacht, Süße. Direkt ins Herz.«

Ich stehe zu dem, was ich gesagt habe. Wenn er die Wahrheit nicht aushält, ist das sein Problem.

9

Ned

Warum sind manche Frauen so aggressiv? Sicher haben Tanya und ich uns entfremdet, aber immerhin können wir noch normal miteinander umgehen. Diese Frau bei dem Treffen war einfach nur furchtbar. Andy sagt, er wäre kurz nach mir gegangen, aus Solidarität, aber ich weiß, dass ihm die blonde Witwe gefallen hat, deshalb schätze ich, dass er nächste Woche auch teilnimmt. Ich nicht. Da reiße ich mir lieber die Fingernägel einzeln aus.

Wieder naht das Wochenende. Ich werde aufgefordert, Dora bei Tanya und Julian abzuholen. Ich warte im Flur und versuche zu verhindern, dass die Wassertropfen auf den Parkettboden fallen. Habe bereits feuchte Fußabdrücke auf den Kelims hinterlassen. Allerdings wüsste ich nicht, wo ich sonst stehen sollte. Müsste mich schon an die Arts-and-Crafts-Garderobe hängen. Ich entdecke Doras blümchengemusterte Gummistiefel neben Tanyas und Julians Damen- und Herrenexemplaren von Hunter, das Paar für locker achtzig Pfund. Tan und ich hatten nie passende Gummistiefel. Vielleicht war das unser Fehler.

Ich überprüfe meine Sohlen auf Hundekacke. Das wäre die Krönung. Als wäre mir nicht schon unbehaglich genug. Sauber. (Ich besitze die unheimliche Gabe, in alle möglichen Haufen zu treten: Katze, Hund, Fuchs, Kuh, Pferd – vom Shetlandpony bis zum Shire Horse. Wenn irgendwo eine frische Tretmine liegt, bin ich mit Sicherheit derjenige, der sie aufspürt.) Ah, ich könnte meine Schuhe an Julians Fußabtreter abstreifen, wenn ich Dora wieder abgebe.

Von oben hallen Gebrüll und Fußstampfen herunter. Ich kann nichts Genaues verstehen, aber es klingt wie: »Ich will nicht!«, gefolgt von einem strengen: »Du musst aber!« von Tanya.

Na, toll. Jetzt bin ich also eine lästige Pflicht. Eine Aufgabe, die Dora absolvieren muss, bevor sie in ihr viel schöneres Leben mit Mummy und Julian zurückkehren kann. Für mich ist meine verwitwete Mutter eine Pflicht, aber die ist über siebzig und eine alte Zicke, da ist nichts anderes zu erwarten. Zu meinem Glück lebt sie auf Guernsey. *Ich* bin aber erst fünfunddreißig und muss jetzt schon von einer Achtjährigen ertragen werden.

Tanya kommt zuerst nach unten. Dora hält sich zurück, wartet auf ihren Moment, um sich wie eine kleine Dame zu präsentieren. In sich kunstvoll beißenden Tupfen- und Streifenmustern stolziert sie die Treppe herunter. Tanya kauft für Dora komplett zusammengestellte Outfits von Boden. Sie begreift nicht, dass die süßen Katalogbilder nur Vorschläge sind. Dora ihrerseits tut so, als wüsste sie nicht, dass sie einfach anbetungswürdig aussieht. Das ist vielleicht das Einzige, bei dem Tanya und ich uns einig sind: Wir haben das wahrscheinlich schönste Kind der Welt erschaffen. *Ever.*

»Was machen wir heute?«, will Dora wissen, als sie ihre gepunktete Strickjacke zuknöpft.

»Darfst du dir aussuchen, Dorabella. Du hast das Sagen.«

Tanya runzelt die Stirn. »Nein, Ned. *Du* hast das Sagen. Du bist der Erwachsene. Du kümmerst dich um Dora, und ich weiß, dass du verantwortungsbewusst und vernünftig bist. Nicht wahr?« Das ist weniger eine Frage als eine Drohung.

»Brauche ich meine Gummistiefel?«, fragt Dora. »Meine lila Schuhe sind letztes Mal ganz dreckig geworden.«

»Kann nicht schaden«, sage ich.

Ich nehme ihren Übernachtungsrucksack mit dem Cath-Kidston-Motiv, Dora packt sich ihre Gummistiefel, und wir gehen zur Tür. Als wir an Julians Arbeitszimmer vorbeikommen, steckt er den Kopf heraus.

»Hey, Ned! Wie geht's, Kumpel?«

Julian *ist* nicht mein Kumpel. Er wird nie mein Kumpel sein. Kumpel sind Männer, mit denen man einen trinkt und für die man Playlists auf Spotify macht. Julian ist ein hervorragender Architekt, der sich, laut Tanya, vor Aufträgen nicht retten kann. Er ist der Mann, mit dem sie den Rest ihres Lebens verbringen will. Der Mann, von dem sie ihre Tochter lieber aufziehen lässt als von mir. Wie kann er da mein Kumpel sein?

»Ah, hi. Hallo, Julian. Alles gut. Wirklich gut.«

Ich stelle mir den großen Haufen stinkender Hundescheiße vor, in den ich reinspringe, bevor ich Dora am nächsten Nachmittag wieder abliefere. Kann es gar nicht erwarten ... Kumpel.

Zu Mittag essen wir überteuerte Burger in einem neuen Laden namens »artisan bar & grill« in den Lanes. Sie werden von einem Kellner serviert, dem es offensichtlich egal ist, dass Trinkgeld nicht von selbst kommt, sondern man es sich verdienen muss. Aus Protest beschließe ich, ihm vierzig Pence in kleinen Münzen abzuzählen. Ha! Versuch mal, dein Studiendarlehen damit abzuzahlen, du Penner!

Ich bin nicht der einzige Samstagsdaddy im Laden. Einer sitzt mit einer mürrischen Jugendlichen am Fenster, ein anderer zwei Tische weiter. Sieht aus, als würde er seinen Sohn seiner neuen Freundin vorstellen. Scheint bisher gutzugehen. Das macht mir Hoffnung.

Als Dora der große Cheeseburger serviert wird, strahlt sie übers ganze Gesicht. Mit Kindertellern hält sie sich nicht auf. Ich schiebe ihr was von meinen Pommes rüber.

»Nein, Daddy! Ich will selber welche!«, nörgelt sie. Sie stellt mich auf die Probe.

Ich falle durch, gebe dem Kellner ein Zeichen, dass er noch eine Portion bringt. Dora stopft sich die Serviette unters Kinn und fängt an zu mampfen.

»Du gehst hier gerne hin, oder?«, frage ich, als sie zum ersten Mal Luft holt.

»Wenn ich selber Pommes kriege.« Sie grinst mit fettigem Mund.

»Wir könnten hier auch unter der Woche hingehen. Zum Beispiel jeden zweiten Mittwoch.«

»Mittwochs habe ich Ballett.«

»Dann dienstags. Du schläfst bei mir, und ich bringe dich am nächsten Morgen zur Schule. Wie hört sich das an?«

»Nein, so wie es jetzt ist, ist es gut.« Sie sieht einen Jungen am Nebentisch, der sich auf die Zehenspitzen stellt, um einen Löffel von seinem prachtvollen Eisbecher zu essen. »Kann ich gleich noch ein Samstagseis haben?«

Ich muss mich zusammenreißen, um meine Verletztheit nicht zu zeigen. Dora ist *meine* Tochter, aber sie sieht Julian öfter als mich. Ich kann sie nur verwöhnen, und leider weiß sie, dass ich ein weiches Herz habe.

»Ja, klar«, sage ich. »Mit extra Schokostreuseln, aber ohne Mandelblättchen.«

Dann schlendern wir über den Churchill Square, und

Dora betrachtet sehnsüchtig all die teuren Dinge, die Julian ihr in Massen kaufen kann – was er wahrscheinlich auch tut. Irgendwann werde ich schwach und gebe ihr einen Zehner. Mit einer Einkaufstüte voll billigem Glitzerkram kommt Dora wieder, mit verschwitzter Stirn und ganz aus dem Häuschen. Wahrscheinlich wird Tanya das ganze Gebimmel in den Müll werfen, und Dora bekommt einen Tobsuchtsanfall. Volltreffer.

Im Odeon läuft um 16.35 Uhr ein lauter Film mit 3-D- und Spezialeffekten und jeder Menge Merchandising. Dora will ihn unbedingt sehen, und ich bin einfach froh, dass wir etwas zu tun haben, denn das bedeutet, dass wir nur noch eine Stunde totschlagen müssen, bevor das Kino anfängt. Wir können ein bisschen am Meer entlanggehen, noch ein Eis essen und zugucken, wie sich der Aussichtsturm i360 im Kreis dreht.

Das Ganze dauert eine Viertelstunde. Und jetzt? Dora fällt was ein: Sie muss mal Pipi. Klar. Mir sinkt der Mut. Jede verdammte Woche ist das so. Warum wird das nie besser? Wenn das nicht das Schlimmste daran ist, partnerloser Vater einer Tochter zu sein, dann zählt es auf jeden Fall zu den Top Five.

Das letzte Mal, als Dora im Hove Park aufs Klo musste, habe ich nervös vor dem Häuschen gewartet. Sie meinte, sie sei groß genug, um allein reinzugehen, und ich glaubte ihr. Sie lag falsch. Ich lag falsch. Ihr fiel der Handschuh in eine Pfütze Wasser (hoffentlich!). Sie schaffte es nicht abzuziehen und bekam die Tür nicht wieder auf, dabei hatte ich ihr nachdrücklich eingeschärft, nicht abzuschließen. Gefühlte Stunden stand sie in der Kabine und kam nicht raus.

Am schlimmsten war, dass ein pedantischer Parkwächter zu mir kam, als ich vor dem Klo wartete, und meinte, ich solle weitergehen, einige Mütter im nahe gelegenen Spielbereich hätten sich schon beschwert. Ich sehe nicht annähernd wie ein Kinderbefummler aus. Sicher, meine Regenjacke war ein bisschen schmutzig, aber nur weil wir sie als Picknickdecke benutzt hatten.

Der Finger des Parkwächters schwebte bedrohlich lange über der 9 auf seinem Handy, da kam Dora endlich aus der Damentoilette, jedoch alles andere als glücklich. Sie verbürgte sich für mich, und wir machten uns aus dem Staub. »Doch, das ist auf jeden Fall Wasser, wahrscheinlich aus einer kaputten Leitung, Mäuschen«, versicherte ich ihr, nachdem ich widerstrebend an dem nassen Handschuh gerochen hatte. Trotzdem warf ich ihn weg und sagte Tanya, ich hätte ihn verloren.

Diesmal habe ich keine andere Wahl. Ich gehe mit Dora auf die Damentoilette, was mit Sicherheit hundert Prozent weniger pervers aussieht, als davor zu warten. Zum Glück sind wir die einzigen Besucher, und die Luft ist rein – in jeder Hinsicht. Dora pieselt in Rekordzeit, während ich vor der unverschlossenen Tür stehe und sie stumm antreibe, sich zu beeilen.

»Das ist nicht sehr schön hier drin«, ruft sie.

Sieht aus, als würden wir es diesmal schaffen. Doch gerade als wir herauskommen, stolpern wir quasi über eine entsetzte junge Mutter mit einem Doppelbuggy. Ich weiß genau, was sie denkt. Wenn ich mich selbst sähe, dächte ich das weiß Gott auch.

»Dora, sag der Frau bitte, wer ich bin.«

Dora gehorcht. »Mein Daddy.«

Ich starre die Frau nieder. Ha! Total normal. Schönen Tag noch.

Der Film protzt mit Explosionen und schlitternden Autos, die Trickfilmkinder sind unerträglich niedlich. Die 3-D-Brille hängt schief auf meiner Hornbrille, ich bekomme Cluster-Kopfschmerzen. Dora ist begeistert und hat noch Platz für eine riesige Portion Popcorn, zusätzlich zu dem Burger am Mittag, dem Softeis und dem Waffeleis am Meer.

Vielleicht mag sie deshalb nichts zum Abendessen, als wir zurück in die Wohnung kommen. Ich habe ihre Lieblings-Tiefkühlpizza gekauft und dazu Salat. Damit Tanya nicht glaubt, ich würde von Tiefkühlerbsen leben – auch wenn Jamie Oliver meine Meinung teilt, dass Erbsen sehr vielseitige Lebensmittel mit einem hohen Nährwert sind.

Ich gebe einen Klecks Ketchup auf Doras Teller. Bei mir und Rosenkohl hat das immer funktioniert. Bei meiner Tochter nicht. Ich versuche, sie abzulenken, indem ich von dem albernen Film schwärme, den wir uns gerade angesehen haben.

»War dieser lustige Roboter nicht auch in *Astro Bot*?«

Sie spielt mit einem Pizzastück im Ketchup. »Ja, weil er nicht sterben kann, weil er nämlich ein Roboter ist.«

Ich beiße mir auf die Zunge, um nicht zu sagen, dass man nicht mit Essen spielt. Ich will sie nicht verunsichern. Dieses Hin und Her zwischen den Eltern ist schwer für sie. Auch wenn Julian kein Elternteil ist. Nicht mal annäherungsweise … Kumpel!

Ich möchte, dass Dora begreift, dass *ich* ihr richtiger Daddy bin, nicht er. Ist ihr das auch klar, wenn sie mich nur am Wochenende sieht? Kinder leben im Hier und Jetzt. Und sie hat mehr Hier und Jetzt mit Tanya und Julian als mit mir. Wird Dora all die Jahre vergessen, als *wir* eine Familie waren? In einem Jahr, in fünf Jahren wird sie sich kaum noch daran erinnern. Bleibe ich Teil ihres Lebens, wenn sie älter wird, oder bin ich dann bloß noch ein Teil ihrer Vergangenheit?

Dora wird immer mein kleines Mädchen sein. Aber jetzt hat sie Julian. (So wie Tanya.) Ich lerne langsam, das zu akzeptieren. Es gibt noch so viel, an das ich mich gewöhnen, womit ich leben und woran ich wachsen muss. Vielleicht lerne ich unbewusst Tag für Tag mehr, ohne Tanya zu leben, aber ich könnte es nicht ertragen, wenn ich nicht mehr Doras Vater wäre. »Julian hat keine Kinder, oder?«, frage ich.

Dora schüttelt den Kopf. »Und Mummy ist seine erste Freundin seit Jahren. Hat Onkel Matt gesagt.«

»Egal, wenn sie glücklich sind, bin ich auch glücklich. Und ich bin super glücklich, wenn du hier bist, Dori. Und am meisten freue ich mich, wenn ich daran denke, dass ich immer dein Daddy bleibe und dass ich dich immer lieb habe, bis zum Mond und zurück, über Jupiter, Mars und Venus. Das wird sich nie-nie-niemals ändern, das verspreche ich dir.«

Dora nickt. Sie hat es verstanden. Dann stößt sie mich von der Seite an. »Auch nicht, wenn wir im Oman sind?«

»Hm, was, Dorabella?«

»Wenn wir dahin ziehen. Ich, Mummy und Julian.« Sie sieht meine Verwirrung. »Julian bekommt einen Preis für das beste Hotel. Das ist so schön, Daddy! Das sieht aus wie ein Schloss! Kann ich jetzt ›Die Eisprinzessin‹ gucken?«

Ich nicke, bis auf die Grundfesten erschüttert. Dora rutscht vom Küchenstuhl und läuft ins Wohnzimmer, während ich die Nachricht verarbeite. Ich höre, wie sie den Fernseher anstellt und die Lautstärke aufdreht.

»Guckst du das mit mir, Daddy?«, ruft sie, um das Gejohle zu übertönen.

Meine Tochter zieht in den Oman? Das glaube ich aber nicht! Ich bin abwechselnd empört und verzweifelt, Wut rangelt mit einem schmerzenden Pochen in meiner Brust, als hätte mich jemand aus dem Nichts und ohne jeden Grund geschlagen. Wenn ich mich jetzt schon so fühle, wie wird es mir dann erst gehen, wenn sie tatsächlich wegzieht? Der Oman ist schließlich kein Ort, wo ich mal eben vorbeifahren kann, so wie, keine Ahnung, Reading oder Ramsgate oder Frankreich. Ich weiß noch nicht mal genau, wo der Oman liegt, deshalb googele ich es. Ich spiele nur auf Zeit, schiebe den Augenblick vor mir her, bis die Information in ihrer ganzen Tragweite bei mir ankommt.

Ich habe Tanya verloren und, ja, ich begreife allmählich, dass wir nicht mehr zusammen sind. Wirklich. Allmählich. Aber das mit dem Oman ist zigmal schlimmer. Tanya war meine Vergangenheit; Dora ist meine Zukunft. Wie soll ich dabei sein, wenn sie ein Teenager wird und zur Frau heranwächst, wenn sie – das googele ich ebenfalls – 3619 Meilen Luftlinie und 4548 Meilen auf dem Landweg entfernt ist, mit einer Reisezeit von vier Tagen, fünf Stunden und vierzig Minuten?

Und um dem Ganzen die Krone aufzusetzen, hat Tanya es nicht für nötig gehalten, mir davon zu erzählen. Oder will es mir nicht erzählen, weil sie weiß, wie falsch, unfair und unmöglich das ist. Ich bin krank vor Wut und Verlustgefühl. Das darf ich nicht zulassen.

Dora mag die kleine Abstellkammer nicht, in der sie schläft, wenn sie bei mir ist. Ich habe einen lustigen gelben Bettbezug gekauft und ein Schild an die Tür gehängt, auf dem »Doras Zimmer« steht, aber den Rest der Woche beherbergt der Raum einen Wäscheständer und riecht nach feuchten Socken. (Ich muss wirklich mal die Lichterkette aufhängen.)

Irgendwas muss ich heute richtig gemacht haben, denn sobald Doras Kopf aufs Kissen sinkt, ist sie weg. Bei dem – vergeblichen – Versuch, ihre Botschaft zu verdauen, nicke ich auf der Couch vor der amerikanischen Krimiserie mit der großbusigen Polizistin ein, die aussieht wie Cher. Um fünf nach eins wache ich auf, Speichel läuft mir aus dem Mund, und ich gehe ins Bett – nicht ohne vorher nach Dora zu schauen.

Sie schnarcht leise in ihrem Schlafanzug von Boden, meine süße kleine Dorabella. Das Beste in meinem Leben, im vergangenen, jetzigen, und wenn das so weitergeht auch im zukünftigen. Ich kann sie nicht verlieren. Unmöglich.

10

Gemma

Die ganze Woche halte ich Joe mit Textnachrichten hin, um nicht mit ihm sprechen zu müssen. Ich lösche seine Nachrichten auf der Mailbox. Also, ich höre sie mir schon vorher ein paarmal an, falls es was Dringendes sein sollte. Aber danach lösche ich sie. Also, die meisten. Eine hab ich behalten. Die lösche ich noch. Ich darf nicht wieder auf sein Gesülze reinfallen. Das lasse ich nicht zu.

Allerdings kann ich ihm nicht verbieten, Kelvin fürs Wochenende abzuholen. Und als er kommt, kann ich mich kaum im Garten verstecken, wie ich es immer mache, wenn die Zeugen Jehovas von Haus zu Haus gehen. Oder wenn meine Nachbarin Carole zwei Häuser weiter zu einer »Tasse Tee und einem Pläuschchen« vorbeikommen will.

Ich werde höflich zu Joe sein, natürlich. Ich lade ihn nicht ein reinzukommen, schlage ihm aber auch nicht die Tür vor der Nase zu. Denn es hat sich nichts geändert. Er ist immer noch mit Vicky zusammen, und ich bin immer noch der Loser. Nur dass ich jetzt ein noch größerer Loser bin, weil ich mit ihm geschlafen habe. Kein Wunder, dass ich dem armen Kerl beim SPE-Treffen letzte Woche den Kopf abgerissen habe. Hatte er zwar verdient, aber trotzdem …

Während Kelvin einen Berg Cheerios mampft, hole ich seine Fußballsachen aus dem Trockner und packe sie in seine Sporttasche. Ich versuche, nicht so hart zu ihm zu sein. Schließlich hat er nichts falsch gemacht.

»Hast du deine Hausaufgaben eingesteckt?«, frage ich freundlich. »Vergiss nicht, Dad zu sagen, dass du sie auf jeden Fall morgen Nachmittag machen musst, bevor du wieder herkommst.«

Er stöhnt theatralisch und stapft nach oben, um die Sachen zu holen. Es klingelt an der Tür. Ich zucke zusammen.

»Kel, dein Vater ist da!«, rufe ich.

Ich fahre mir mit der Hand durchs Haar – obwohl ich weiß, dass es gut aussieht, habe es schließlich zigmal im Spiegel überprüft – und öffne die Tür.

»Guten Morgen, Hübsche!« Joe lehnt sich cool gegen den Türrahmen.

»Kelvin kommt sofort.« Auch saucool, oder?

Joe sieht mich bedeutungsschwer an. »Alles gut bei dir?«

»Kel, dein Dad wartet!«, rufe ich, um die Frage nicht beantworten zu müssen.

Kelvin poltert mit seinen Schulsachen die Treppe hinunter und flitzt noch schnell in die Küche, um seine Sporttasche zu holen.

Joe senkt die Stimme. »Warum bist du nicht ans Handy gegangen? Man könnte meinen, du hättest ein schlechtes Gewissen.«

»Das musst du gerade sagen! *Ich* habe keine Vicky, oder?«

»Wegen letztens. Ich kann an nichts anderes mehr denken.«

»Das war ein Fehler. Kommt nicht wieder vor.«

Kelvin erscheint mit seinem Gepäck, abfahrbereit.

»Hast du dein Ladekabel?«, erinnere ich ihn, als er mit seinem Vater losgehen will.

Er zieht es aus der Tasche, um mir zu beweisen, dass er es nicht vergessen hat, und lässt zu, dass ich ihm einen Kuss auf den Scheitel gebe. Er verzieht zwar angewidert das Gesicht, aber ich weiß, dass er nur so tut.

Ich sehe den beiden nach, wie sie zum Auto gehen. Während Kelvin seine Sachen in den Kofferraum lädt, tippt Joe auf dem Handy herum. Als sie losfahren, plingt mein Apparat. Ich lese die Nachricht.

»Ich will dich immer noch, Gemsy.«

Das nächste Wochenende ohne Schlurfen, Türenknallen, Gepolter und Gemecker. Was jetzt? Ich könnte mit der Nordflanke des Bügelbergs anfangen. Der Backofen müsste auch mal saubergemacht werden, nachdem Kelvin uns Makkaroni mit Käse gemacht hat. Ich könnte sein verlorenes Kapuzenshirt suchen. (Wie kann man so was verlieren?) Ich kann mich auch wieder ins Bett legen, mir die Decke über den Kopf ziehen und ein bisschen weinen. Ich entscheide mich für Letzteres, weil ich weiß, dass es mir danach besser geht. Soll Kelvin seinen Kapuzenpulli selbst suchen.

Ich ziehe die Vorhänge zu und liege eine Zeitlang da, aber ich kann nicht weinen – genauso wenig wie schlafen. Die ganze Zeit muss ich daran denken, wie Joe und ich auf dem Küchenschrank zugange waren und wie gut es mir in dem Moment ging, auch wenn ich seitdem wirklich schlecht drauf bin.

Diese Wirkung hatte Joe schon immer auf mich. Seit unserer ersten Begegnung konnten wir die Hände nicht voneinander lassen. Joe hatte schon Freundinnen, bevor er mich kennenlernte; ich war noch Jungfrau, hatte nur ein bisschen mit Jungs aus dem Ort rumgeknutscht. Trotzdem lief es super mit uns, von Anfang an.

Ich glaube, es gibt eine stumme Sprache zwischen zwei

Menschen. Joe und ich … da war einfach etwas zwischen uns. Sicher, Sex ist nicht alles, aber wenn er gut ist, kann er die Beziehung stärken. Ich möchte gar nicht wissen, wie gut die Verbindung zwischen Joe und Vicky ist oder wie oft sie's tun. Ich weiß nur, dass er immer noch was von mir will. Er fehlt mir nicht. Kein Stück. Aber mir fehlt, was wir zusammen hatten, und das weiß er.

Ich finde es furchtbar, dass er dadurch immer noch Macht über mich hat, dass er nur mit den Fingern schnippen muss, und ich sofort komme. In jeder Hinsicht.

Das ist armselig. Ich bin armselig.

So ziehe ich mich rund um die Uhr runter … Warum bin ich so schwach und kriege nichts gebacken? Was habe ich mir dabei gedacht? Wann lerne ich es endlich? Irgendwann halte ich mir eine regelrechte Predigt. Du kannst hier nicht den ganzen Tag liegen! Setz deinen Arsch in Bewegung! Vergeude deine wertvolle Zeit nicht mit Herumhängen. Reiß dich zusammen und *tu* was!

Im 49er nach Brighton sitzen jede Menge lärmiger, aufgedrehter, überschminkter junger Mädchen, die in die Stadt wollen, um sich in den Läden rumzutreiben und die Jungs zu ignorieren, wegen denen sie gekommen sind. In dem Alter waren Hayley und ich genauso, wir haben immer nach Derren O'Malley und Mark Rawsthorne Ausschau gehalten.

»Hi, Schätzchen! Alles in Ordnung?« Carole lässt sich auf den Sitz neben mir fallen. »Auch einkaufen? Ich suche ein Geburtstagsgeschenk für Dougs Mutter. Keine Ahnung, was ich holen soll. Die ist echt schwierig.«

Zwischen Bevendean und dem Stadtzentrum ist keine Antwort von mir nötig. Carole bestreitet locker beide Seiten des Gesprächs.

»Wie geht's Kelvin? Ganz schön groß geworden, was? Paul ist schon siebzehn, kaum zu glauben, oder? Mit der Ausbildung hat's ja nicht geklappt, aber ich hab von Anfang an gesagt, was soll der als Stuckateur? Kann ja nicht mal Butter auf seinen Toast schmieren. Er versucht's vielleicht mal bei *The Voice*. Seine Stimme klingt wie die von Lewis Capaldi. Klar, Paul ist nicht Lewis Capaldi, aber sie bringen es denen doch bei, nicht? Wenn sie gewinnen.«

Ich schaue aus dem Fenster, während Carole ohne Unterbrechung quatscht. Wenn Kelvin in Pauls Alter ist, gibt es hoffentlich mehr Möglichkeiten als *The Voice*. Je schlimmer es wird, desto mehr Jugendliche glauben, dass eine dieser Castingshows sie rettet. Wie deprimierend ist das?

Carole dringt wieder in mein Bewusstsein. »Letzte Woche hab ich Joe beim Mexikaner gesehen, im Wahaca. Mit dieser Vicky. Sind die schon verheiratet? Er sieht gut aus. Manchmal sind zwei Menschen einfach nicht füreinander bestimmt, bis dass der Tod sie scheidet. Joe hat Vicky gefunden, und du findest auch noch einen. Hübsche Frau wie du. Oh, ich muss aussteigen. War schön, mit dir zu reden. Tschüsschen!«

Ich sehe Carole nach, wie sie in Richtung London Road davongeht. Sie hat recht. Joe sieht wirklich gut aus. Fit wie eh und je, immer noch das Sixpack. Ich schüttele den Kopf, um das Bild loszuwerden.

Bei Boots gönne ich mir einen neuen Lippenstift. Strawberry Brulée. In genau der Farbe liegen schon sechs Stück zu Hause in der Schublade, einer ist so alt wie Kelvin. Die Kosmetiktante will mir unbedingt ein tolles neues Pflegesystem andrehen und ein öffentliches Umstyling mit mir machen. Nein, danke. Braucht ja nicht der ganze Laden zu hören, dass ich zu große Poren und struppige Augenbrauen habe.

Ich könnte zu Starbucks gehen, mir einen Chai Latte und einen kalorienarmen (ha!) Muffin holen. Ich könnte auch Schuhe, Jeans und Oberteile anprobieren, die ich eh nicht kaufe. Ich könnte mir die Matinee im Odeon angucken, egal, was da läuft. Ich könnte ins Brighton Museum gehen und mir die Teekanne mit den Weizengarben darauf ansehen, die meine Oma nachgemacht zu Haus herumstehen hatte.

Stattdessen steige ich in einen Bus. Den 2er nach Woodingdean. Das ist wirklich albern. Seit Wochen habe ich das nicht mehr getan, ich sollte es auch jetzt lassen. An der nächsten Haltestelle könnte ich aussteigen, aber ich weiß, dass ich sitzen bleibe. Ich steige nach oben und suche mir einen Platz auf der linken Seite. Zur Vorbereitung wische ich mit dem Ärmel das Kondenswasser von der Scheibe, obwohl es noch gute zwanzig Minuten dauert.

Der Bus schiebt sich durch den Samstagsverkehr, biegt vor dem Krankenhaus links ab und kämpft sich den Hügel hoch zum großen Gartencenter und der Rennbahn. Dann wird es grüner und luftiger. Toller Ausblick auf die Marina und das Meer. Ich mag diesen Teil der Stadt, was es nur noch schlimmer macht. Als Kelvin zur Welt kam, wollte ich hierherziehen, aber Joe war dagegen. Zu weit außerhalb. Zu versnobt. »Nicht unsere Liga, Schatzi.«

Das war damals …

Der Bus leert sich. Die Leute steigen mit Armen voller Einkäufe aus: Pound Shop, Primark, Leckereien von Sainsbury's, die sie später vorm Fernseher essen.

Ich wische noch mal über die Scheibe. Gleich kommt Blick Nummer eins. Der Bus hält direkt vor dem Haus von Joe und Vicky. Ich sehe Vicky mit Amelie auf der Hüfte, sie holt die Einkäufe aus dem Kofferraum des Picassos, während Joe und Kelvin im Vorgarten Fußball spielen. Der Ball landet im Garten des Nachbarn, und als Kelvin ihn holt, guckt Joe zufällig zum Oberdeck des Busses hoch. Unsere Blicke treffen sich. Der Bus fährt weiter.

Ich fahre bis zur Endhaltestelle, dem Parkplatz Rottingdean, wo ich im Bus sitzen bleibe, um wieder zurück nach Brighton zu fahren. Auf dem Rückweg setze ich mich wie immer auf die andere Seite. Alles schon eingespielt.

Eine halbe Stunde später fährt der Bus wieder an dem Haus vorbei. Jetzt sind allerdings die Jalousien runter, im Haus brennt Licht. Wann fängt Vicky wohl mit dem Abendessen an? Ob Kelvin daran denkt, ihr zu sagen, dass er keinen Thunfisch mag, oder leidet er stumm vor sich hin, wenn sie einen großen Klecks davon auf seine Ofenkartoffel klatscht? Zusammen mit Mais, den er noch mehr hasst.

Ich wische nicht noch mal über die Scheibe; ich habe genug gesehen. Es hilft nichts. Danach fühle ich mich nur noch schlechter. Das muss aufhören.

Als ich zwei sehr langsame Busfahrten später nach Hause komme, steht Joes Picasso vor meinem Haus, er wartet vor der Tür. Kaum bin ich im Vorgarten, schimpft er los.

»Was war das für ein Scheiß? Vicky hätte dich sehen können! Oder Kelvin. Versprich mir, dass du das nicht noch mal tust, Gem!«

»Was denn? Bus fahren?«

Ich schließe die Haustür auf, er folgt mir hinein.

»Werd jetzt nicht hysterisch! Das ist das Letzte, was ich brauchen kann.«

»Du *brauchst* gar nichts, Joe. Soweit ich sehe, hast du alles.«

»Warum bist du an meinem Haus vorbeigefahren? Stalkst du mich, oder was?«

Ich lache. Das ist lustig. Mehr oder weniger. »Wie, und du stalkst mich nicht? Sprichst mir Nachrichten drauf, schreibst mir SMS, guckst auf einen Quickie vorbei. Und stehst jetzt hier.«

»Wir müssen vorsichtig sein.« Er legt die Stirn in Falten. »Ehrlich.«

»Du! *Ich* nicht!«

Er weiß, dass er die Verantwortung trägt. Muss er wissen, oder? Das war nicht meine Idee. Dann knicke ich ein und werde versöhnlich. Obwohl ich das gar nicht will.

»Das ist so, wie wenn Kel sich das Knie aufschürft«, sage ich. Ich versuche, ruhig und gelassen zu sprechen. »Er weiß, dass er nicht an der Kruste knibbeln soll, macht es aber trotzdem. Bis es blutet und man das rohe Fleisch sieht und die Wunde wieder von vorn heilen muss. Warum verpisst du dich nicht einfach und lässt mich in Ruhe, damit die Wunde heilen kann?«

Joe versucht, den Arm um mich zu legen, doch ich schiebe ihn von mir. »Du willst immer die Kontrolle behalten, immer das Sagen haben. Das war schon früher so, Joe. Solange wir uns kennen. Vielleicht bin ich jetzt mal an der Reihe mit der Kontrolle.«

Ich küsse ihn so heftig, dass er einen Schritt nach hinten macht. Wir sinken auf die Couch, reißen uns die Klamotten vom Leib. Diesmal müssen wir wenigstens nicht leise sein, schließlich ist Kelvin bei Vicky in Woodingdean.

Selbst dieser Gedanke hält mich nicht auf.

Als Joes Handy zwischen unseren Lenden vibriert, werde ich schlagartig in die Realität zurückgerissen. Ich ziehe es aus seiner Tasche und lege es weg. Soll es doch klingeln.

Aber es bringt Joe aus dem Konzept, er geht dran. »Hi, Schatz … Ja, bin gleich fertig … Muss nur die Kontrolllampe wieder ans Laufen kriegen. Total liebe alte Leute. Haben kein Heißwasser. Ich bin der einzige Installateur, den sie an ihren Boiler lassen. Er hat Parkinson, sie eine Angina … Halbe Stunde, vierzig Minuten höchstens. Alles gut mit den Kindern? … Na, dann gib ihr einen Gutenachtkuss von mir! Okay. Tschüss!«

Als er auflegt, meint er, wir könnten einfach dort weitermachen, wo wir aufgehört haben. Er versteht nicht, dass ich mich von seinem Kuss abwende, meinen BH wieder über die Brüste ziehe und ihm sage, er solle nach Hause fahren.

11

Ned

Der Sonntag vergeht ohne besondere Vorkommnisse. Ich fahre mit Dora zu einem Kinderbasteltag auf Bodiam Castle. Die Fahrt dauert etwas länger, aber ich habe mehrere Hörbücher hochgeladen, damit sie abgelenkt ist. Über den Oman reden wir nicht. Ich werde Tanya abgeklärt und ruhig darauf ansprechen, denn sie ist diejenige, die es verschwiegen hat. Vielleicht hat Julian das verlangt. Meine Abneigung gegen ihn wird im Verlauf des Wochenendes immer größer.

Als wir zurück in die Wohnung kommen und Dora einen Tunnock's Tea Cake isst, während sie *Vaiana* schaut, erreicht meine Abscheu astronomische Werte. Was ist in Tanya gefahren, sich auf diesen Kerl einzulassen? Was hat er außer einem Wahnsinnshaus und einer preisgekrönten Karriere schon zu bieten?

Um Punkt fünf Uhr klingelt Tanya unten, ich drücke ihr auf. Sie äußert sich nur selten über meine Wohnung, aber an der Art und Weise, wie sie im Flur steht, merkt man, dass sie meine vier Wände höchst ungeeignet für meine väterlichen Wochenenddienste findet. Wie immer gehen wir sehr höflich miteinander um.

Als wir uns trennten, warf sie mir vor, nie die Fassung zu verlieren – als sei das ein schwerer Charakterfehler. Sie meinte, es würde mir guttun, hin und wieder mal sauer zu werden. Ich dachte eigentlich, die Ruhe zu bewahren sei eine gute Eigenschaft. So war ich immer schon. Selbst wenn

Tanya wütend wurde, weil ich nicht ausrastete, blieb ich cool. Darauf bin ich ziemlich stolz.

Während Dora ihre Sachen zusammensucht, kann ich sehen, wie Tanya schweigend ihr Urteil fällt. Ja, auf dem Küchentisch liegt ein Haufen ungebügelter Hemden, und ja, ich hätte den Mülleimer leeren sollen. Ich könnte ordentlicher sein, das weiß ich. Aber ich sehe nicht ein, warum ich mich für sie jetzt noch anstrengen soll.

Tanya drückt Dora fest an sich und nimmt ihre Tasche hoch. Ich hasse diese Übergabesituation am Sonntagnachmittag: meine Tochter für die nächste Woche ihrer Mutter zurückgeben, als ob ich gar kein richtiges Elternteil wäre, nur Tanya. Ich fühle mich unwichtig, nebensächlich, überflüssig. Sie würden problemlos ohne mich klarkommen, ich erfülle keinen Zweck.

»Hast du dein iPad, Schnecklein?«, fragt Tanya. »Letztes Mal hast du es unter dem Kopfkissen vergessen, und Daddy musste es am nächsten Tag vorbeibringen …«

»Es liegt auf dem Couchtisch, Dori.«

Dora zockelt los, um ihr Tablet zu holen.

Kaum ist sie außer Hörweite, kann ich mich nicht länger zurückhalten: »Wann wolltest du es mir eigentlich sagen, Tanya? Bei der Einreise in den Oman? Oder besser noch: Soll Dora es doch erzählen, dann brauchst du es nicht zu tun!«

Sie schüttelt den Kopf, eher traurig als wütend, als sei *ich* derjenige, der nicht richtig tickt. »Jetzt übertreibst du aber wirklich.«

»Wann wollt ihr weg? Darf ich das als Doras Vater vielleicht erfahren?«

»Wer sagt denn, dass wir weggehen? Da ist noch nichts

entschieden, Ned. Julian macht auch erst mal nichts, bis er es schriftlich hat. Vielleicht begleiten wir ihn auch gar nicht. Deshalb habe ich dir nichts erzählt.«

»Der Oman, verdammt nochmal! Dora bekommt schon auf der Isle of Wight eine Sonnenallergie.«

»Er hat sich gegen zwanzig andere Architekten durchgesetzt, um so weit zu kommen. Aus ganz Europa. Ich bin wirklich stolz auf ihn.«

»Schön für Julian.«

Dora kommt mit dem iPad, und Tanya schaltet von genervt auf fröhlich um. »Wie gesagt, vielleicht wird ja gar nichts draus. Wenn es aktuell werden sollte, reden wir in Ruhe darüber. Bis dahin regen wir uns einfach nicht auf, ja?«

Ich drücke Dora fest an mich. Ich will nicht, dass sie geht. Weder jetzt noch irgendwann.

»Julian macht heute sein Zitronenhühnchen mit Bratkartoffeln zum Abendessen«, sagt Tanya im Gehen. »Und zum Nachtisch gibt es Milchreis, den isst du doch so gern.«

Ich grinse vor mich hin. Drei Tea Cakes und ein Mango-Smoothie sollten Doras Appetit fürs Erste gestillt haben.

Am Montag und Dienstag ist Karen auf einer großen Konferenz in Stirling, am Mittwoch habe ich zwei Ortstermine. Dadurch kann ich ihr und einem Gespräch über unser nächstes »Date« aus dem Weg gehen. Ich weiß, dass ich mich nicht ewig vor ihr verstecken kann. Sie ist kein Mensch, dem man eine Absage erteilt. Andy hält mich für bescheuert, doch mich nicht auf Karen einzulassen könnte das einzig Vernünftige sein, wozu ich derzeit in der Lage bin.

Mein Leben durch Tanyas Augen zu sehen ist immer schmerzhaft. Sie registriert sofort das Durcheinander und

Chaos, meine Unfähigkeit, Dinge zu planen und durchzuziehen. Gut, ich bin befördert worden, aber nicht, weil ich der beste Bewerber war. Ich hatte bloß keinen Soßenfleck auf der Krawatte. Tanya hatte nie hohe Erwartungen an mich, das hat sich bei mir eingebrannt.

In unserer Ehe war Tanya immer diejenige, die für Ruhe sorgte, die Geburtstagskarten verschickte, Kontoauszüge abheftete und das Toilettenpapier nachkaufte. Sie trug die Verantwortung. Sie war für mich selbstverständlich, und wenn ich mich jetzt mit ihren Augen sehe, könnte ich mich innerlich vor Scham winden.

Aber wenn ich wenigstens jetzt verstehe, was falsch gelaufen ist, und einsehe, dass ich mich in meiner Komfortzone habe hängen lassen, könnten wir es vielleicht noch mal miteinander versuchen. Julian ist für mich wirklich kein ernstzunehmender Rivale. Tanya und ich haben eine gemeinsame Geschichte, eine Chronik, ein Wir-Archiv. Ich kenne sie besser als jeder andere, das ist mein Alleinstellungsmerkmal. Sie glaubt, mit Julian hätte sie einen Neuanfang. Sie kann sogar in den beschissenen Oman ziehen. Aber sie kann das »Wir« nicht ungeschehen machen, und wenn ich sie davon überzeuge, dann kann ich es vielleicht wiedergutmachen zwischen uns.

Ich überlege, noch mal zu dem Abend für partnerlose Eltern zu gehen. Irgendwo muss ich diese ganzen Gedanken mal loswerden. Aber was ist, wenn diese verbitterte Zicke wieder da ist? Ich brauche Verständnis und Unterstützung, keinen Schlag ins Gesicht. Wer hat ihr eigentlich erlaubt, über mich zu urteilen? Als ob sie alles im Griff hätte! Wenn das so wäre, was hätte sie dort dann zu suchen?

Bevor ich mich entschließe hinzugehen, frage ich Andy,

ob er noch mal teilnehmen will. Ich kann mein Herz nicht in einem Raum voller Fremder ausschütten, wenn er neben mir sitzt und die heiße Witwe anbaggert. Ich schreibe ihm eine Nachricht, obwohl er nur drei Meter entfernt sitzt: »Heute Abend schon was vor?«

Anstatt zurückzuschreiben kommt er lieber vorbei und setzt sich auf meinen Schreibtisch. »Allerdings, du neugieriger Pinsel! Ich hoffe, ich kann noch mal bei Kayleigh aus Crawley landen.«

Ich verstehe nur Bahnhof, er klärt mich auf. »Die vom Junggesellinnenabschied. Wir haben gefacetimet. Ich will heute ganz spontan in ihrer Stammkneipe auftauchen und mal gucken, wie die Lage ist.«

»Also nichts mit der SPE.«

Jetzt versteht er nur Bahnhof, und ich kläre ihn auf. »Die Selbsthilfegruppe für partnerlose Eltern. Überm Anchor.«

Er ist entsetzt. »Erzähl mir nicht, dass du da noch mal hinwillst, Junge! Nachdem die blöde Kuh dich so fertiggemacht hat? Das ist doch wohl nicht dein Ernst, oder?«

Ich schüttele nachdrücklich den Kopf. »Nee, auf gar keinen Fall. Ich dachte nur, du hättest vielleicht Bock.«

Er ist erleichtert. »Ich bin nur hingegangen, um dich zu unterstützen. Hey, komm doch mit nach Crawley! Kayleigh hat eine Freundin, die heißt Debs, und die Zugverbindung ist scheiße, wir könnten dein Auto nehmen.«

Ich lehne die großzügige Einladung ab.

Nach der Arbeit kann ich irgendwie nicht nach Hause gehen. Im Kühlschrank warten nur Eier, Branston-Relish und Tiefkühlerbsen auf mich, abgesehen von ein paar phosphoreszierenden Kinderjoghurts, auf die Dora keine Lust hatte. Für einen Burger im Anchor könnte ich morden. Vielleicht könnte ich anschließend zur SPE gehen, wenn ich hundertprozentig sicher bin, dass die toxische Frau nicht da ist. Die anderen Teilnehmer wirkten ganz annehmbar, und die Sache mit dem Oman macht mir echt zu schaffen.

Heute gibt es zwei Burger zum Preis von einem, und das macht mich wieder traurig: Ich habe niemanden, dem ich meinen zweiten Burger schenken könnte. Toby nimmt meine Bestellung auf und sagt nichts, aber ich sehe das Mitleid in seinem Blick.

Ich setze mich an einen kleinen Tisch in der Nähe der Toiletten, damit ich sehe, wenn Teilnehmer von der SPE kommen. Als Erstes taucht die Frau auf, die die Gruppe leitet. Ich biete ihr nicht an, das Flipchart nach oben in den Saal zu tragen, weil ich mich nicht verraten will.

Als Nächstes erscheint die, deren Mann schwul ist, dann die mit den Stricksachen.

Der einzige andere Mann – Robin – entdeckt mich und geht auf mich zu. »Du kommst doch auch, oder?«

»Weiß ich noch nicht.«

»Ist hart, wenn man der einzige Typ ist«, sagt er mit gequältem Blick. »Eine Zeitlang war mal ein Lehrer namens Geoff dabei, aber dann hat er jemanden kennengelernt. Und den armen Mike haben sie rausgeekelt. Also, Gemma. Die ist echt verbittert.«

»Warum gehst du dann noch hin?« Das interessiert mich wirklich.

»Ich stehe auf Meryl. Ach, komm doch mit! Je mehr da sind, desto besser.«

Ich bin versucht zuzusagen. Warum sollte ich mich von einer Zicke wie Gemma rausekeln lassen? Meine Mutter hat immer gesagt, solchen Leuten müsse man die Stirn bieten, anstatt ihnen aus dem Weg zu gehen. (Weshalb ich auf dem Heimweg von den Pfadfindern übel von Ollie Walker zugerichtet wurde. Vielen Dank auch, Mum!)

Ich lasse das Schicksal entscheiden. Wenn ich eine gerade Anzahl Pommes auf dem Teller habe, gehe ich hin. Es sind acht. Schnell husche ich vorher noch zum Klo. Just in dem Moment kommt Gemma von der Damentoilette.

»Na, dann wäre das ja geklärt«, sage ich überraschend furchtlos. »Wenn du zur SPE gehst, bleibe ich hier unten und gucke Fußball.«

»Mir nur recht«, fährt sie mich an. »Wenn dir das schon zu viel war ...«

»Bild dir bloß nichts ein!«

»Nicht nötig. Ich habe einfach eine sehr gute Antenne dafür, wenn einer Bullshit erzählt.«

»Das war kein Bullshit. Das war ernst gemeint. Dafür hättest du mich nicht so anmachen brauchen. Du kennst mich doch gar nicht!«

»Oh, doch! Jeder Mann, der zur SPE kommt, ist angeblich ganz ehrlich, aber es ist immer derselbe Stuss. ›Ich wollte wirklich nicht rumvögeln, ehrlich! Ich musste nur meinen Schwanz irgendwo reinstecken.‹ «

Ich bin absolut entsetzt. Wie kann sie es wagen? Ich spreche aus, was ich für mich behalten sollte: »Ey, kein Wunder, dass er dich verlassen hat!«

Wir sind beide überrascht und erschrocken. Wir stehen in dem kleinen Bereich vor den Klos, neben einem großen Plakat, das für das Montagabendquiz wirbt, wo 275 Pfund im Topf sind. Plötzlich bricht Gemma in Tränen aus. Ich habe eine Frau zum Weinen gebracht. Das habe ich nicht mal bei Tanya geschafft. Es ist mir absolut unangenehm, aber ich kann sie kaum in den Arm nehmen. Ich kenne sie ja gar nicht. Und ich mag sie nicht.

»Oh, Scheiße«, sage ich und klinge wie der Idiot, der ich bin. »Das war nicht so gemeint. Bitte nicht weinen!«

»Ich hab kein Taschentuch.«

Ich flitze schnell aufs Herrenklo und hole ein paar Blätter Toilettenpapier. Für eine so zierliche Frau trompetet sie dreimal unfassbar laut hinein.

»Das war wohl so gemeint.« Sie betupft ihre Augen. »Und du hast recht. Ich bin eine blöde Kuh und ein Loser, ich habe es wirklich verdient.«

»Immer mit der Ruhe.« Zaghaft tätschele ich ihren Arm. »So schlimm kannst du gar nicht sein.«

Sie muss wieder weinen. Wir beschließen – also, ich beschließe für uns –, dass wir beide nicht in der richtigen Verfassung sind, um zur SPE zu gehen. Und wir beschließen – also, sie für uns beide –, dass eine Flasche roter Hauswein und ein klebriger Karamellpudding jetzt das Richtige für uns sind. Wir suchen uns eine Ecke ganz hinten im Pub, damit uns eventuell zu spät kommende SPE-Mitglieder nicht entdecken.

»Danke, ähm … Entschuldigung, ich habe deinen Namen vergessen«, sagt sie und kippt sich einen großen Schluck Merlot hinter die Binde.

»Ned.«

Fast spuckt sie den Wein wieder aus. »Na, klar. Das passt ja wie die Faust aufs Auge.«

Ich weiß nicht genau, was sie damit meint. »Und du bist Gemma.«

»Ja, aber die anderen haben bestimmt noch bessere Namen für mich.«

»Robin meint, du wärst verbittert.«

Sie stößt mit mir an. »Was Sie nicht sagen, Sherlock.«

Ich muss etwas wiedergutmachen. »Tut mir leid, was ich eben gesagt habe. Das war nicht besonders nett.«

»Dass es richtig von Joe war, mich zu verlassen? Nein, das war nicht gerade nett. Und auch nicht wahr. Ist vielleicht schwer zu glauben, aber damals war ich keine blöde Ziege.«

»Was ist denn passiert?«

»Warum ich eine geworden bin? Hm, wo soll ich anfangen, Ned? Heißt du wirklich Ned? Nicht Ed oder Eddie oder Ted?«

»Meine Eltern haben mich schon als Baby Ned genannt, das ist irgendwie hängengeblieben.«

Unser Pudding kommt. Gemma vertilgt ihren Teil mit Appetit, dann noch den Rest von meinem.

»Noch mal wegen dieser Frau«, sagt sie und leckt sich Soße von der Hand. »Die von der Arbeit. Mit der du gevögelt hast. Wie geht es *ihr* damit?«

»Sie meint, sie hätte kein Problem damit. Kann schon sein. Alles etwas komisch.«

»Muss es ja sein. Hör mal, dass ich dich so angemacht habe – das war nicht persönlich gemeint.«

»Hat sich aber so angefühlt.«

»Eigentlich habe ich nicht dich gemeint«, erklärt sie, auch wenn es nicht hilft. »Ich meinte Wochenendväter im Allgemeinen.«

»Das bin ich also für dich? Wer bin ich denn den Rest der Woche?«

»Sag du's mir!«

»Ich bin Doras Papa, und zwar rund um die Uhr, 365 Tage im Jahr. Daran kann der beschissene Kalender nichts ändern!« Ich weiß, dass ich ein bisschen zu laut werde, aber das muss jetzt mal raus.

»Schon gut, schon gut. Ich habe mich entschuldigt.«

»Ehrlich gesagt hast du das nicht, glaube ich.«

»Es tut mir leid.«

Ohne es zu wissen hat sie den Finger auf die Stelle gelegt, vor der ich am meisten Angst habe: keine Aufgabe zu haben, nicht gebraucht zu werden. Als Tanya und ich zusammen waren, wusste ich, in welche Richtung mein Leben verlief. Ich verstand, wozu alles gut war. Jetzt weiß ich an den Tagen, wenn Dora nicht bei mir ist, nicht mal, wer ich bin. Sicher, ich habe einen Job, einen guten. Aber ich bin viel mehr. Das ist nicht mein alleiniger Lebensinhalt. Dora ist der Grund, warum ich hier bin, und wenn sie viertausend Meilen entfernt ist, bin ich ein sinnloses, zweckloses, tochterloses Nichts.

»Mein Ex hat Kelvin von Freitag bis Sonntag. Das ganze Vergnügen, null Arbeit. Außerdem hat er ein liebes Frauchen, das ihm alles abnimmt. Wie oft hast du deine Tochter da?«

»An den meisten Wochenenden, jetzt wo ich eine eigene Wohnung habe. Wir versuchen, so flexibel wie möglich zu sein, um Dora nicht zu verunsichern. Und du?«

»Kelvin ist jedes Wochenende bei seinem Vater. Der Junge bemüht sich, keinen von uns zu vernachlässigen, er teilt sich zwischen Joe und mir auf, der Gute. Außerdem sind Kel und Joe große Fans der Seagulls. Ich kann ihnen kaum verbieten, da zusammen hinzugehen. Hat deine Ex einen neuen Partner?«

»Ja. Einen richtigen Idioten.«

»Und du bist keiner?«

»Klar bin ich einer. Hab ein Diplom als Idiot. In unserer Beziehung hatte Tanya die Hosen an, und das wurde ihr irgendwann zu viel. Ich kann es ihr nicht verübeln, dass sie den Stecker gezogen hat.«

»Willst du noch was von ihr?«

Gute Frage. »Man kann es nicht einfach abstellen. Und du?«

»Keine Ahnung. Ich kenn sie ja nicht.« Gemma kichert vor sich hin, zufrieden über ihren kleinen Witz.

»Haha! Ich meinte, willst du noch was von deinem Ex?«

»Joe war mein erster Freund. Der einzige Mann, mit dem ich je geschlafen habe.« Sie schenkt sich Wein nach, mir nicht. »Das heißt, du würdest nicht, also, nicht mit deiner Ex pennen, wenn es sich irgendwie ergäbe?«

»Ich will keinen Sex aus Mitleid«, erwidere ich. »Dann würde ich mich noch mieser fühlen als jetzt. Du?«

»Ey, Ned, ich kenn dich doch kaum.« Wieder lacht sie, diesmal muss ich mitlachen.

»Du hast meine Frage nicht beantwortet«, erinnere ich sie. »Würdest du mit deinem Ex schlafen?«

»Natürlich nicht! Niemals. Auf gar keinen Fall.«

»Na, das klingt ja ziemlich überzeugt.«

Während ich den restlichen Wein verteile, fällt mir ein, was ich bei der SPE erzählen wollte. »Die ziehen vielleicht in den Oman. Tanya, Dora und der Neue … Habe ich nur zufällig erfahren, weil Dora es erzählt hat.«

»Und du lässt sie einfach so gehen? Kampflos?«

»Was soll ich denn tun?« Ich zucke mit den Achseln. »Doras Reisepass verstecken?«

»Was ist, wenn sie lieber in Brighton bleiben will?«

»Sie wohnen in Hove.«

»Was ist, wenn sie hierbleiben will, bei ihrem Vater? Hast du sie überhaupt gefragt?«

Ich schüttele den Kopf. Darauf bin ich gar nicht gekommen.

»Verdammt noch mal, Ned! Du musst dich wehren! Du kannst nicht kampflos aufgeben. Deine Ex kann mit dem Kind nicht einfach auf die andere Seite der Welt ziehen.«

»Ich muss mir wohl mal Eier wachsen lassen, was?«

»Kannst dir ja meine leihen.« Gemma trinkt ihr Glas aus. »Die Flasche ist leer. Noch eine?«

Ich lasse ihre Worte auf mich wirken. Stimmt, Tanya kann unsere Tochter nicht ohne meine Zustimmung auf die andere Seite der Welt bringen. Ich kann mich wehren, kann auf den Tisch hauen, ein Machtwort sprechen. Ich bin Doras Vater, und als solcher sage ich: »Nur über meine Leiche!« In unserer Beziehung hatte Tanya die Hosen an, aber jetzt bin ich an der Reihe. Vielleicht mag sie mein neues selbstbewusstes, entschlossenes Ich ja sogar. Vielleicht sieht sie ein, dass sie einen großen Fehler gemacht hat. Und zwar nicht nur wegen des Oman.

»Klar«, sage ich. »Warum nicht?«

12

Gemma

Der nächste Mittwoch. Der nächste spannende SPE-Abend, auf den man sich freuen kann. Gründe, warum ich hingehe:

1. *Ich komme aus dem Haus. Eine Möglichkeit, Lippenstift aufzulegen.*
2. *Wenn die anderen rumschwafeln – vor allem Meryl –, wird mir bewusst, dass ich nicht allein bin. Wir sind vielleicht alle Loser, aber wir losen gemeinsam.*
3. *Ros. Die erste Freundin nach der Scheidung, die ich allein gefunden habe. Obwohl ich dachte, ich könnte das nicht.*
4. *Die SPE gibt mir eine Perspektive. Ich lerne, Sachen zu verarbeiten und anderen zuzuhören. Dabei ergeben sich neue Blickwinkel, Strategien und Möglichkeiten; ich bin offener, ehrlicher und gerechter. Außerdem gibt's im Anchor geile Nachos mit Guacamole und überbackenem Käse.*
5. *Die SPE hilft mir, in die Zukunft zu sehen, anstatt die Vergangenheit aufzudröseln.*
6. *Die SPE erinnert mich daran, was für ein Arschloch Joe ist, wie er mich verletzt und Kelvins Kindheit zerstört hat. Das kann ich nicht vergessen/vergeben.*
7. *Die Männer bei der SPE. Ich kann mir angucken, wie sie sich anstrengen, sich nicht wie die absoluten Arschlöcher aufzuführen. Dann kann ich ihnen sagen, dass sie trotzdem welche sind.*
8. *Auf jeden Fall die Nachos … und Ros.*

Um ehrlich zu sein halte ich Ned nicht für ein Riesenarschloch. Dafür ist er zu schwach, zu schlaff. Warum er wohl so ist? War seine Mutter alleinerziehend? War er ein Einzelkind? Ob für Kel wohl auch ein Leben als schwacher Schlaffi vorgezeichnet ist, weil ich alleinerziehend bin? Ned ist eigentlich in Ordnung, angenehm zum Unterhalten, angenehm fürs Auge. Schon komisch, dass er gar nicht weiß, wie gut er aussieht: niedliches Grinsen, volle Haare, spitzenmäßiger Hintern. Wenn er nur ein bisschen selbstbewusster wäre, bekäme er zehn von zehn Punkten. Aber kein Rückgrat, kein Kämpfer.

Ich schätze, ich gehe immer noch zur SPE, weil es im Moment das Einzige ist, wo ich andere Leute treffe. Da bin ich mal keine Mama. Kelvin findet es auch gut. Er ist dann bei Mohit, bekommt ein richtiges selbstgekochtes Abendessen und kann Minecraft auf einem riesigen Flatscreen-Fernseher spielen statt auf unserem bescheidenen kleinen Gerät. Ein Abend ohne motzige Mama, die ihm ihre Liebe zeigt, indem sie ihn ständig nervt.

Neds Problem – und das erkläre ich ihm gerne, wenn er mich fragt, sogar wenn nicht – liegt darin, dass er sich in seiner Opferrolle eingerichtet hat. Er schwelgt in Selbstmitleid. Okay, ich mache mir zu Hause vielleicht auch Vorwürfe, in meinen eigenen vier Wänden, wenn ich allein bin, aber ich heule den anderen nichts vor. Sobald man Schwäche zeigt, hat man verloren. Und damit ist jetzt Schluss.

Ich lasse nicht mehr zu, dass jemand mit meinen Gefühlen spielt, schon gar nicht Joe. Was letztens in der Küche passiert ist, war ein Aussetzer, ein Fehler, ein schwacher Moment. Okay, am Samstag hätte ich es fast wieder zugelassen. Dass nichts passiert ist, werte ich als Fortschritt. Ich werde mich nicht mehr verletzen lassen, nie mehr. Joe macht mich schwach, in jeder Hinsicht; diese Macht darf ich ihm nicht geben. Er ist sich seiner selbst zu sicher, es macht ihn heiß, und das geht nicht. Ich lasse es nicht mehr zu.

Ich rede mir ein, dass ich besser bin als er. Ich weiß, wie es ist, wenn man betrogen wird. Das will ich Vicky nicht antun, auch wenn es ihr offensichtlich schnurzegal war. Letztendlich ist es reiner Selbstschutz, ganz einfach. Ich kann nur stark und unbeschadet bleiben, wenn ich mich von Joe fernhalte.

Auf der Arbeit ist es Janine, die sich an ihrer Macht hochzieht. Es muss ihr körperlich unmöglich sein, sich bei uns zu bedanken, wenn wir uns besonders angestrengt haben. Oder auch nur unsere Arbeit tun. Für einen Menschen im Pflegebereich, der schon auf Managementebene ist und sich noch hocharbeiten will, hat sie den Charme von einem verstopften Abfluss. Ich könnte mir täglich in den Hintern treten. Ich hätte mich auf ihre Stelle bewerben sollen. Warum habe ich es nicht getan? Drei Leute haben mir gesagt, ich soll es tun, aber ich habe nicht auf sie gehört.

Den Großteil der Woche gelingt es mir, unter Janines Radar zu bleiben, dafür hat sie den armen Felipe richtig auf dem Kieker. Okay, er überschlägt sich nicht gerade für den Job. Aber die Bewohner lieben ihn, besonders Judy. Sie erzählt jedem, sie fände Schwule einfach wunderbar, und lockt Felipe gern in ihr Zimmer, um mit ihm über Kostüme und Gesichtscreme zu fachsimpeln. Janine hat mit Sicherheit einen Tracker in seine Nike Zooms eingebaut, denn immer, wenn er nicht da ist, wo er sein sollte, weiß sie, wo er zu finden ist. Jedes Mal!

Heute sichtet er Judys umfangreiche Ohrringsammlung auf der Suche nach etwas Türkisem, das er zu seinem neuen Mariah-Carey-Bühnenoutfit tragen kann. Als er sich gerade einen unauffälligen orangen Hänger ins linke Ohr gesteckt und einen fetten Clip ans rechte geklemmt hat, der wie eine Weintraube aus Diamanten aussieht, kommt Janine reingestampft. Ich bin nebenan bei Vivien, deshalb schleiche ich mich zur Tür, um alles mitzukriegen.

Wenn Felipe nervös wird, vergisst er immer sein Englisch, und das weiß Janine genau. Schweigend und mit einer gewissen Würde lässt er sich von ihr zusammenfalten. Nicht so Judy.

»Was interessiert Sie das überhaupt?«, herrscht sie Janine an.

»Es interessiert mich, weil es meine Aufgabe ist, meine Mitarbeiter zu überwachen.«

»Und Felipes Aufgabe ist es, mich bei Laune zu halten, damit ich mal beschissene fünf Minuten lang vergessen kann, dass ich mit einem Bein im Grab stehe. Was Felipe zufälligerweise hervorragend macht. Also können Sie sich von mir aus gerne verziehen.«

Janine setzt ihr nachsichtiges Lächeln auf, als sei Judy senil, was sie überhaupt nicht ist. Es kommt jeden Tag vor, dass Patienten uns sagen, wir sollten uns verziehen. Kann ich ihnen nicht verübeln. Wenn man mit einem gewissen Schamgefühl erzogen wurde, hat es nichts Würdevolles an sich, von einem Fremden den Intimbereich gewaschen zu bekommen oder auf ein Klo gesetzt zu werden, obwohl man überzeugt ist, gerade erst dort gewesen zu sein.

Wenn ich so alt bin wie Judy, habe ich vielleicht endlich gelernt, die Klappe zu halten und mich nicht mehr in Streitereien von anderen einzumischen. Aber in mir hat sich eine Menge Wut angestaut, hauptsächlich auf Joe, die von Zeit zu Zeit mal abgelassen werden muss. Außerdem piesacke ich Janine gerne.

Ich schwebe in Judys Zimmer. »Ah, auf jeden Fall der Clip, Felipe!«, sage ich locker-flockig. »Findest du nicht auch, Janine?«

»Ich bin nicht hier, um Ohrringe auszusuchen. Du auch nicht, Felipe. Vielleicht hilfst du Rosena im Aufenthaltsraum, Tee auszuschenken. Und vergiss nicht, dem einen Herrn ein Geburtstagsständchen zu bringen, wie heißt er noch gleich, der mit dem Toupet?«

»Derek«, erwidern wir drei wie aus einem Munde.

Judy scheucht uns aus ihrem Zimmer. Mittlerweile schläft sie sehr viel, verständlicherweise; sie bekommt starke Medikamente. Janine und ich gehen nebeneinander durch den Flur. Ihre klappernden Absätze übertönen meine quietschenden Turnschuhe von Tesco.

Ich stecke den Kopf in Bobs Zimmer, um nachzusehen, ob sein Sohn schon da ist. »Ich hab dich im Auge«, zischt Janine mir nach.

»Schön. Wenn du was findest, um mich anzuschwärzen, sag Bescheid! Bis später, Janine!«

Auf dem gesamten Heimweg schäume ich vor Wut. Ich habe mich zusammengerissen. Ich war freundlich. Trotzdem macht Janine gerne Andeutungen, dass ich auf der Abschussliste stände. Sie weiß nämlich, dass ich keinen Respekt vor ihr habe. Tja, ich habe sie auch im Auge. Wenn ich jemals mitkriege, dass sie einen Bewohner oder eine Bewohnerin beschimpft, oder wenn ich herausfinde, dass sie einen der neuen Ledersessel am Empfang gestohlen hat – es wurde wirklich einer geklaut! –, dann verpfeife ich sie mit Vergnügen bei der Heimleitung und begleite sie persönlich zum Arbeitsamt.

Und obwohl ich Ros gerne sehe und Lust hätte, Ned mal wieder zu treffen, beschließe ich, am Abend doch nicht zur SPE zu gehen. Auch wenn es vielleicht meine einzige Möglichkeit ist, in der Woche mal rauszukommen, habe ich einfach keinen Bock. Außerdem: Wer braucht die fettigen Nachos aus dem Anchor? Ich schiebe mir einen Haufen Tortillachips mit Cheddar in die Mikrowelle, ziehe den BH aus und gucke mir was Lustiges auf Netflix an.

Joe schreibt mir ständig. Angeblich nur, um das nächste Wochenende zu klären. Oder er schickt mir einen YouTube-Link zu »Vindaloo« von Fat Les, sozusagen »unser Lied«, als wir uns kennenlernten. Er tut so, als wären wir alte Freunde, die ein bisschen Spaß haben, zusammen lachen, mehr nicht. Ganz bestimmt will er mir nicht wieder an die Wäsche und da weitermachen, wo wir aufgehört haben. Nie im Leben.

Ha!

Ich antworte nicht, reagiere gar nicht, um ihn nicht zu ermutigen. Wir klären das Abholen am Samstag und das Wiederbringen am Sonntag, dann lasse ich ihn schmoren. Vielleicht habe ich doch die Macht. Als Joe vorbeikommt, um Kelvin abzuholen, bin ich total cool. Ich tue so, als würde ich telefonieren, damit ich nicht mit ihm reden muss, und er winkt ab, als wäre es kein Problem.

Aber er hat natürlich immer noch die Macht, denn er hat den schönen Teil vom Elternsein: das Wochenende. Fußball, lecker essen, am Samstag Burger, Sonntagsfrühstück. Während ich durchs Haus tigere und nicht weiß, was ich mit mir anfangen soll. Es wird nicht besser, so sehr ich mir auch einrede, ich hätte endlich mal Zeit für mich. Ich vergesse ständig, wer »ich« eigentlich bin, und wenn's mir doch mal einfällt, mag ich die Frau nicht besonders.

Am Samstag mache ich einen Stuhl für Kelvins Zimmer fertig, an dem ich schon länger arbeite. Ich habe ihn vor Wochen in einem Secondhandshop gekauft, damit Kelvin seine Hausaufgaben nicht mehr am Küchentisch machen muss. Letztes Wochenende habe ich den Stuhl im Garten abgeschliffen und ihn in Blau und Weiß gestrichen, die Farben seines Fußballvereins. (Kelvins Idee, nicht meine.) Jetzt kommt die zweite Schicht drauf, und die Sitzfläche will ich mit dem Rest des blauen Stoffs aufpolstern, den ich an einem Stand auf dem Markt gekauft habe. Ich selbst wollte den Stuhl nicht haben, aber er sieht schon geil aus, wenn ich das sagen darf. Mit etwas Glück brummt Kelvin vielleicht sogar: »Danke, Mum.«

Felipe hat mich eingeladen, heute Abend in den Pub nach Kemptown zu kommen, wo er zum ersten Mal seine Mariah-Carey-Nummer aufführt. Ich sehe sie nun seit Wochen jeden Tag, wenn er bei Judy oder im Pausenraum probt. Ich sage ihm, ich würde kommen, gehe aber nicht hin. Seit der Scheidung mache ich das oft. Besser, gar nicht erst hinzugehen, als nach zehn Minuten wieder abzuhauen. Felipe stört das nicht. Er wird's nicht mal merken.

Der Sonntag rückt näher, genau wie früher, als ich in Kelvins Alter war. Das Beste daran ist, dass man ausschlafen kann. Aber danach wird es nur schlimmer. Was soll ich den ganzen Tag machen? Zum Glück ruft Ros an, so dass ich einen Grund habe, mich anzuziehen und aus dem Haus zu gehen.

»Ich muss mehr Schritte drauf kriegen«, erklärt sie. »Das ist einfacher, wenn jemand dabei ist.«

Manche Leute messen ihr ganzes Leben in Weightwatcher-Punkten. Für sie ist es nur dann ein guter Tag, wenn sie höchstens einen Punkt Alkohol getrunken oder fünfzig Likes auf Facebook bekommen haben. Bei den SPE-Treffen läuft Ros auf ihrem Stuhl auf der Stelle, um ihre zehntausend Schritte vollzukriegen.

»Das ist Sport. Disziplin«, meint sie. »Das hält mich in Bewegung und schüttet diesen Krams aus, wie heißt der noch mal?«

»Wasser? Gewinnbeteiligungen? Ich hab keine Ahnung, wovon du redest.«

»Endorphine! Die lösen ein natürliches Hochgefühl aus. Versuch es mal mit Powerwalking, Gemma! Vielleicht bekommst du dann lockere Schultern und kannst zur Abwechslung auch mal ausatmen.«

Wir sitzen im Bella Italia an der Marina von Brighton und futtern Knoblauchbrot mit Oliven. Anschließend wollen wir den Küstenpfad entlanggehen und gucken, wie viele Schritte das bringt.

»Meine Schultern sind nicht verspannt«, widerspreche ich ein bisschen zu defensiv. »Ich bin immer locker.«

Ros lacht. Sie lacht tatsächlich darüber, und meine Schulterblätter ziehen sich wie von selbst zusammen.

»Dann erzähl mal!« Sie leckt sich das Olivenöl von den Fingern. »Was hast du gestern für dich getan? Den Gefrierschrank abgetaut? Das Sofa gesaugt? Deine Sockenschublade sortiert?«

Nix da, Schlaumeier, das habe ich alles schon *letztes* Wochenende getan. Socken sortieren macht echt Spaß, wenn man dabei einen Real-Crime-Podcast hört. Ich erzähle auch nicht, dass ich mit Kelvins Stuhl fertig geworden bin, und widerstehe dem Impuls, ihr die sechs Fotos zu zeigen, die ich davon gemacht habe.

»Auch wenn du's nicht glaubst«, sage ich, »*war* ich gestern unterwegs. Felipe hat mich zu seiner Drag-Show im Horn of Plenty eingeladen. War echt lustig.«

Ros ist beeindruckt. Kurzzeitig. »Freut mich für dich, Gem. Super. Du hast natürlich die besten Chancen, den Richtigen zu finden und dieses Schwein von Ex zu vergessen, wenn du den ganzen Abend in einer Schwulenbar abhängst.«

»Ich habe Joe längst vergessen. Ich habe ihn hinter mir gelassen. Er bedeutet mir nichts mehr, Ros. Ehrlich, ich denke kaum noch an ihn.«

Sie schweigt, doch ihr Gesicht sagt: Na, klar.

»Auch nicht an Vicky. Geht mir so was von am Hintern vorbei.«

Ros beißt sich auf die Zunge. Gut. Ich will mich nicht mit ihr streiten.

Sie winkt dem Kellner zu und tut so, als wolle sie eine Rechnung unterschreiben. Sofort steht der Typ neben uns. Eine große, schlanke Blondine wird nie ignoriert. Als Hayley und ich noch beste Freundinnen waren, war ich immer diejenige, die in vollen Kneipen superschnell bedient wurde oder vor der die Autos am Zebrastreifen quietschend stehen blieben, weil ich damals noch ganz gut aussah. Keine Ahnung, wann sich das geändert hat. Wahrscheinlich mit Kelvin. Egal, ich brauche niemanden, der mich bewundert oder bewertet. Ich komme sehr gut so zurecht, vielen Dank auch.

Wir starten auf dem Undercliff Walk unterhalb der Klippe. Hier sind Joe und ich immer mit Kel hingefahren, als er Fahrrad fahren lernte. Es ist nicht viel los, hin und wieder joggt mal einer vorbei, oder jemand geht mit seinem Hund Gassi. Ros in ihren Leggings in Farbklecks-Optik, dem violetten Hoodie und den superweißen Skechers legt ein ordentliches Tempo vor.

Ich bin die arme Verwandtschaft: Sonntagsjeans, alte Fleecejacke, schwarzes T-Shirt von Joe und meine treuen Turnschuhe von Tesco. Designermarken sind was für Schwachköpfe mit mehr Geld als Verstand. Alle teuren Markensachen, die ich besitze, sind secondhand. Kel verzieht immer angewidert das Gesicht, wenn ich ihm meine jüngsten Errungenschaften zeige.

»So«, sagt Ros. »Die beiden Typen, die bei der SPE aufgetaucht sind. Ned und Andy. Wie schätzt du die ein?«

»Inwiefern? Auf der Arschlochskala? Der Bullshitskala? Wer den Größeren hat? Mein Verstand sagt: Andy. Aber ich schätze, der andere – Ned – könnte uns noch überraschen. Untenrum.«

Ros kichert. »Gemma, du bist echt unmöglich.«

»Wieso? Die Männer beurteilen uns doch auch. Ständig. Eins-A-Titten, super Beine. Joe stand total auf Brüste. Wie war das bei David?«

Ist es falsch, sie auf ihren verstorbenen Mann anzusprechen? Ist das unsensibel? Habe ich Ros jetzt traurig gemacht?

»Ach, David war das egal.« Sie marschiert weiter, den Blick unverwandt auf die Wellen gerichtet, die rechts von uns gegen den Damm schlagen. »Er hat mich immer Bambi genannt, wegen meiner langen Beine.«

Dann sagt sie so leise, dass ich sie kaum höre: »Manchmal, wenn ich in Gedanken mit ihm spreche, habe ich seine Stimme im Ohr: ›Mensch, Ros, hast du das schon vergessen?

Du *weißt* doch, dass ich lieber Pepsi mochte als Cola.‹ Oder: ›Pah, ich habe Button-Down-Hemden *gehasst*!‹ Ich strenge mich so an, alles zu behalten, aber manches verblasst einfach mit der Zeit, und dann habe ich solche Schuldgefühle.«

Ich weiß nicht, was ich sagen soll, deshalb halte ich den Mund. Wir gehen weiter und kommen an einem verlassenen, schlaffen Fußball vorbei. So fühle ich mich auch manchmal.

»Also, ich schätze, Ned hat auf jeden Fall den Größeren«, sage ich grinsend, und *Hurra!*, Ros ist wieder da. »Wie fandest du Andy?«, fragt sie.

»Schwer zu sagen. Man hat aber gemerkt, dass er total heiß auf dich war.«

»Meinst du echt? Er ist überhaupt nicht mein Typ. Nicht gerade der Hingucker, aber er hatte keine Probleme, über seine Gefühle zu sprechen. Er kam mir schon etwas einfühlsamer vor als die Typen, die nur drüberrutschen wollen und dann nichts wie weg sind.«

»Und, würdest du's machen?«

»Um Himmels willen, nee. So weit bin ich noch nicht, Gemma. Du?«

»Um Himmels willen, nee.«

»Fehlt dir der Sex nicht? Mir schon. Nicht das Rein-Raus, das Gestöhne, sondern die Nähe, das Intime, das Alberne. Jemand, der dich kennt, jeden Teil von dir. Das fehlt mir wirklich.«

»Ja«, seufze ich und hoffe, dass wir das Thema wechseln. Joe und ich vor zwei Wochen, das war *nur* Rein-Raus und Gestöhne und nach ein paar Minuten vorbei. Mit Nähe oder Intimität hatte das nichts zu tun. Auch nicht mit Liebe. Das muss ich mir immer vor Augen halten.

»Du fehlst mir auch, Gem. Warum kommst du nicht mehr zur SPE? Bringt dir das nichts mehr?«

Ich zucke mit den Schultern, schuldbewusst. »Diese Woche war ich einfach zu fertig. Und letzte Woche habe ich mich mit Ned im Anchor total gestritten, kurz bevor es losging. Da sind wir nicht mehr reingegangen.«

Ros bleibt wie angewurzelt stehen. »Was soll das heißen: Ihr seid nicht mehr reingegangen? Wo wart ihr denn? Was habt ihr gemacht?«

»Wir sind unten im Pub geblieben, haben einen Wein getrunken und das Kriegsbeil begraben. Ich habe ihm gesagt, er bräuchte Eier, und er hat mir recht gegeben. Mehr nicht. Das war's. Wir sind jetzt nicht verlobt oder so.«

»Wow! Warum hast du mir nichts davon erzählt? Direkt am nächsten Tag!«

»Es war nichts Besonderes. Hab ich vergessen.«

Ros guckt auf ihre Fitbit, um zu sehen, wie viel Schritte sie schon hat. »Also gut: Ned, der mehr Eier in der Hose braucht. Würdest du mit dem?«

»Nein, ganz bestimmt nicht!«

Aber ich will nicht lügen: Er hat ein wirklich süßes Lächeln.

Das ist gut. Walken ist gut. Sollte ich öfter machen. Wir schaffen es bis nach Rottingdean, und Ros bekommt ihr Schrittsoll voll. Sie hat sogar 615 mehr, als sie braucht, aber offenbar kann man die nicht auf den nächsten Tag übertragen. Bescheuert, finde ich.

Wir setzen uns in ein Café und feiern mit Tee und Fischstäbchensandwiches: labbriges Weißbrot, fette Kleckse Salatcreme und Chips als Beilage anstatt albernem Rucola.

»Meine Mutter hat uns immer Sandwiches mit Fischstäbchen gemacht, wenn nichts mehr im Haus war«, sage ich zwischen zwei Bissen. »Wer hätte gedacht, dass die irgendwann in hippen Cafés auf der Speisekarte stehen? Und Makkaroni mit Käse! Seit wann ist das in?«

Wir teilen uns noch ein Millionaire's Shortbread und gucken auf die Uhr. Ros muss ihren Sohn Gabriel bald bei ihrer Schwiegermutter abholen. Ich muss noch zwei Stunden totschlagen, bis Joe Kelvin bringt und ich ihm was zu essen vorsetzen und ihn zu den Hausaufgaben prügeln muss, die er bei seinem Vater mit Sicherheit nicht gemacht hat. Wie immer.

Dann klingelt mein Handy, und meine Pläne lösen sich in Luft auf.

»Hallo, spreche ich mit Gemma?«

»Ja, wer ist denn da?«

»Hier ist Vicky. Ähm, Joes … Partnerin.«

Seufzend verdrehe ich die Augen gen Himmel.

»Hallo, Vicky«, sage ich, damit Ros Bescheid weiß. »Dass du Joes Partnerin bist, war mir nicht entfallen.«

»Normalerweise würde ich dich nicht anrufen, Gemma. Ich weiß, dass das … seltsam ist. Die Sache ist die: Joe ist auf dem Rückweg, er ist etwas spät dran. Also, er und Kelvin. Die beiden sind noch nicht zurück. Sie waren in einer Kletterhalle in der Nähe von Haywards Heath, meine ich.«

»Und das erzählst du mir, weil …?«

Ich weiß, dass ich Vicky nervös mache. Ist nicht nett, aber ich kann einfach nicht anders.

»Wir sind heute Abend bei Bekannten eingeladen. Joe, Amelie und ich. Jetzt wird es knapp mit der Zeit, um Kelvin zu dir zu bringen, weil er …«

»Weil er zu spät dran ist. Verstehe.«

»Deshalb hab ich ein bisschen gehofft, wenn es dich nicht stört und nicht zu viel Aufhebens ist, ob du vielleicht bei uns vorbeikommen und ihn abholen könntest. Bis um fünf sollten sie hier sein. Spätestens halb sechs. Wäre das in Ordnung, Gemma?«

»Besonders gelegen kommt mir das nicht, aber gut, ja, ich hole ihn ab.«

Ros kann nicht glauben, dass ich das mitmache. Ich wundere mich selbst ein bisschen. Ich hätte den beiden den Abend gründlich versauen können, wenn ich darauf bestanden hätte, dass Joe Kelvin zu mir bringt, zu unserem ehemaligen gemeinsamen Haus. Ich war aber noch nie bei denen, und jetzt habe ich die Chance.

Wer würde dazu Nein sagen?

Vicky schickt mir eine detaillierte Wegbeschreibung. Sie hängt sogar einen Link von Google Maps an. Ich kann ihr kaum sagen, dass ich schon öfter, als ich zugeben würde, vom oberen Stock der Buslinie Nummer zwei in ihr Schlafzimmer gespäht habe. (Ich muss wirklich damit aufhören, echt.) Vielleicht kann ich mich mit diesem Besuch selbst heilen, wenn ich Vickys Sofas sehe, ihre Seife rieche.

Joes Auto steht nicht in der Einfahrt. Immer noch nicht da. Typisch. Früher war man einfach zu spät. Durch das Mobiltelefon haben die Leute die Möglichkeit, anzurufen und zu sagen, sie wären »spät dran«. Das klingt, als seien sie unglaublich wichtig und nicht einfach nur rücksichtslos.

Ich drücke auf die Klingel und warte. Ich weiß, wie Vicky aussieht. Fast jeden Tag checke ich ihre Facebookseite, um zu wissen, wo sie gewesen ist, ob sie die neue Friseurin ausprobiert hat, die ihr eine Freundin empfohlen hat, oder ob sie ihre Mitgliedschaft im Fitnessstudio wieder aktiviert hat. Es ist mir bisher allerdings gelungen, eine Begegnung in Fleisch und Blut zu vermeiden.

Mein Gang mit Ros hat mich gestärkt. Heute habe ich das Gefühl, ich schaffe es. Wenn ich Vicky persönlich kennenlerne, kann ich vielleicht endlich aufhören, sie zu hassen. Andererseits: Warum sollte ich? Sie hat mein Leben zerstört. Sie hat mir den Mann weggenommen. Sie hat mir mein Leben weggenommen. Natürlich hasse ich sie.

Sie ist kleiner, als ich erwartet habe, und ja, die Frisur ist cool, aber das werde ich ihr bestimmt nicht verraten. Im Nacken kurz, unauffällige Highlights und ein fedrig geschnittener Pony, der bei mir nur meine breite, hohe Stirn betonen würde. Sie ist auch hübsch angezogen: Skinny Jeans, Seidenbluse mit Rüschen an den Schultern, leichte Slipper mit Punkten. Ich merke, dass sie mich ebenfalls mustert, und ärgere mich, Joes altes T-Shirt zu tragen, auch wenn sie nicht weiß, dass es seins ist. Ich fühle mich darin verletzlich, unvorbereitet, schwach.

»Oh, vielen lieben Dank, Gemma! Das weiß ich wirklich zu schätzen.«

Sie führt mich in die Küche, die größer ist, als ich erwartet habe. »Ich setze mal Wasser auf. Oder möchtest du lieber einen Nespresso?«

Da sehe ich das Blut. Auf der Arbeitsplatte. Auf einem zerknüllten Stück Küchenrolle und einem Geschirrtuch. An dem Ärmelbündchen ihrer Bluse. Sie bemerkt meinen Blick und wird blass. Dann zeigt sie mir ihren Finger. Sie hat eine große Schnittwunde, die stark blutet. Schwer lässt sich Vicky auf einen Barhocker sacken und lacht beschämt.

»Eigentlich dürfte es in meiner Nähe keine Blechdosen geben. Ehrlich, guck dir an, was ich gemacht habe.« Sie schwankt leicht, als würde sie jeden Moment umkippen. »Ist gerade erst passiert. Zwei Minuten, bevor du geklingelt hast. Mit einer Dose Thunfisch für Loopy, unsere Katze. Sonntagsessen. Ich kann nicht gut Blut sehen.«

Jetzt wird sie wirklich blass und kippt zur Seite. Ich muss sie auffangen.

»Handtuch?«, frage ich, als sich ihre Augenlider zwei Sekunden später flatternd öffnen. »Pflaster?«

Vicky weist auf einen Schrank über der Spüle, in dem ich ein sehr schickes Erste-Hilfe-Täschchen finde. Meine Erste-Hilfe-Ausrüstung liegt zusammen mit ein paar alten Pflastern in einer ehemaligen Keksdose. Ich muss die Sachen mal wieder nachfüllen. Was wäre, wenn sich Kelvin schneiden würde? Was bin ich nur für eine Mutter?

Wo die Handtücher sind, zeigt Vicky mir nicht, also begnüge ich mich mit dem, das an einem der vier Haken neben der Spüle hängt. Sie bilden das Wort L. O. V. E. Ich hasse solche kitschigen Sachen.

Ich stille die Blutung mit dem Handtuch und gebe Vicky ein Glas Wasser. Sie entschuldigt sich. Noch mal. »Wenn sich Amelie mal das Knie aufschürft hat oder sich einmal, als sie von der Schaukel gefallen ist, auf die Lippe gebissen hat, damit habe ich kein Problem. Zum Glück schläft sie gerade. Hat das damals bei ihr geblutet! Als sie von der Schaukel gefallen ist. Tja, es bleibt einem nichts anderes übrig, oder? Man muss erwachsen sein. Die Kinder verlassen sich ja auf einen. Aber jetzt ist mir nur schwindelig geworden, weil ich allein war, als ich mich geschnitten habe. Danke, Gemma! Das weiß ich echt zu schätzen. Komm, ich mache dir einen Tee.«

Mit Gewalt muss ich sie auf den Barhocker zurückdrücken. »Ich mache den Tee. Heiß und süß, egal, ob du Zucker nimmst oder nicht. Bleib einfach sitzen und press weiter das Geschirrtuch darauf.«

Es ist nicht angenehm, mich um Vicky zu kümmern, aber ich rufe mir in Erinnerung, dass ich so was beruflich mache, und meine Bewegungen werden routinierter. Außerdem kann ich auf der Suche nach Teebechern einen Blick in ihre Küchenschränke werfen. Tatsächlich finde ich es befriedigend, dass meine Schränke deutlich sauberer sind als ihre. Ich weiß aus sicherer Quelle, dass Vicky eine neue Putzfrau hat – vor ein paar Monaten hat sie auf Facebook nach Empfehlungen gefragt –, aber ich würde sagen, wer auch immer jetzt bei ihr saubermacht, zieht sie so richtig über den Tisch.

Aus meinen Küchenschränken könnte man essen, und mein Backofen wird mindestens vier Mal im Jahr gründlich saubergemacht. Ich habe vielleicht kein Induktionskochfeld und keinen hypermodernen Eiswürfelbereiter vorne am Kühlschrank, aber ich weiß, wann etwas sauber ist.

Wir trinken den Tee in kleinen Schlucken aus geblümten Bechern. Gezwungen, Konversation zu machen, weil Joe und Kelvin noch nicht zurück sind, haben wir Schwierigkeiten, ein Gesprächsthema zu finden. Das Wetter ist in weniger als vier Minuten abgehakt, dann stelle ich pro forma ein paar Fragen nach Amelie. Danach kommt die Unterhaltung praktisch zum Erliegen. Als Joe Vicky seine geschätzte Ankunftszeit mitteilt (in 15 Minuten), schreibt sie zurück, dass ich da sei. Ihre Schnittwunde am Finger erwähnt sie nicht.

»Ich will nicht, dass er sich Sorgen macht. Er sagt immer, ich wäre so ein Tollpatsch, wenn ich mir den Zeh am Bett stoße oder Dreck ins Haus bringe. Joe meint, bei mir steht der nächste Unfall schon vor der Tür.« Sie lacht leise, als sei das ein großes Kompliment.

Klingt ganz nach Joe. Mir hat er immer aufs Brot geschmiert, dass ich vergesslich wäre und zu viel Schokolade essen würde. Daraus wurde eine selbsterfüllende Prophezeiung, bis ich verstand, was er da machte. So funktioniert er. Heute weiß ich das.

»Hattest du ein schönes Wochenende?«, fragt Vicky nach einer unangenehmen Pause.

»Ja, echt nett. Gestern Abend hatte ein Freund von mir einen Auftritt in Kemptown, da waren wir mit ein paar Leuten, um ihn zu unterstützen. Und heute Nachmittag bin ich von der Marina bis nach Rottingdean gelaufen. Mit einer Freundin. Also, ja, war echt schön. Und bei dir?«

Vicky hebt das blutige Geschirrtuch an und späht darunter. Es hat aufgehört zu bluten. »Ah, gut. Sieht nicht so schlimm aus. Ach, das Übliche. Wir freuen uns immer, wenn Kelvin hier ist. Amelie liebt ihn über alles. Ach ja, möchtest du mal sein Zimmer sehen? Damit du auch weißt, dass er hier alles hat, was er braucht.«

Möchte ich wirklich gerne. Also säubere ich Vickys Finger und klebe ein Peppa-Wutz-Pflaster darauf. Sie führt mich nach oben. Noch bevor wir den Treppenabsatz erreichen, ist mir schlecht vor Neid. Ein großer, sonnendurchfluteter Flur, ein abgeschliffenes Holzgeländer, ein gestreifter Treppenläufer, ein Bleiglasfenster auf halber Höhe.

So hätte mein Haus ausgesehen. Das wäre meins gewesen, wenn wir nach Kelvins Geburt nach Woodingdean gezogen wären. Aber nein, Joe war der Meinung, das sei nichts für uns. Zu versnobt, zu spießig. Für mich ist es wie ein Schlag in die Magengrube. Selbst Kelvin kann dieses Leben jedes

Wochenende haben. Nur ich bekomme es nicht. Am liebsten würde ich heulen, aber das geht nicht.

Sein Zimmer ist groß, hell und modern. Der Blick geht über den Garten ins Grüne. Er hat ein Bett, unter dem man eine Matratze hervorziehen kann, wenn Mohit mal bei ihm übernachtet. In dem Zimmer sammeln sich die größten Verkaufsschlager von Ikea, von den Bücherregalen über den Sitzsack bis hin zu den Jalousien. Es ist nur nichts Persönliches zu sehen. Kein Poster der Brighton & Hove Albions über dem Bett, keine Anglepoise-Schreibtischlampe, der die Feder fehlt, so dass sie immer wieder hinuntersackt, keine abgescheuerte Fußleiste, die ich nächstes Wochenende abschleifen und neu streichen will … kein blau-weißer Stuhl aus dem Secondhandshop, den ich liebevoll restauriert habe.

Ich grinse in mich hinein. Ich habe gewonnen. Soll Kelvin hier ruhig zwei Nächte pro Woche schlafen, es ist ganz offensichtlich nicht sein Zuhause. Ich habe gewonnen, aber so was von.

Als Joe und Kelvin endlich kommen, sitzen Vicky und ich auf farblich abgestimmten Ecksofas. Amelie läuft auf dem Teppich Loopy, der Katze, nach, deren Thunfisch vor einer Stunde zu Vickys Schnittwunde führte. Ich kann nicht leugnen, dass Amelie wirklich niedlich ist: knubbelige Knie, braune Ringellocken und ein freches Grinsen, mit dem sie Werbung für Cornflakes machen könnte. Sie hat Joes große, ausdrucksstarke Augen geerbt. Eindeutig seine Tochter.

Wir haben die Kinderkrankheiten durchgesprochen: Kelvins Mumps, Amelies Schuppenflechte. Wir sind uns einig, dass *Dirty Dancing* der beste Film aller Zeiten ist, ohne Ausnahme, denn wer würde sich nicht gerne auf Patrick Swayze stürzen. Wir haben uns sogar über BHs ausgetauscht und uns gefragt, warum noch kein kluger Kopf BHs erfunden hat, die nicht ins Fleisch schneiden, und mit Trägern, die nicht von der Schulter rutschen.

»Da hast du recht«, sagt Vicky, als wir den Schlüssel in der Tür hören. »Mit vierzehn hatte ich 75 E! Es ist echt furchtbar, mit solchen Dingern durch die Gegend zu laufen, wenn man fast noch ein Kind ist und alle Jungs einen anstarren.«

Ich höre die typisch schlurfenden Schritte von Kelvin und Joes wortloses Gescharre. Kurz darauf kommen die beiden herein, aufgekratzt von ihrem Ausflug.

»Mum! Ich bin eine Wand hochgeklettert! Der Trainer meinte, ich bin ein Naturtalent, stimmt's, Dad?«

»Heute Haywards Heath, morgen der Kilimandscharo. Du hast es gerockt, Junge!«

Joe nimmt Amelie auf den Arm, die vor Freude gluckst. Ich weiß noch, als Kelvin in ihrem Alter war. Er fand es herrlich, von seinem Vater in die Luft geworfen zu werden, auch wenn ich immer Angst hatte.

Vicky nimmt ihm Amelie ab. »So, duschen, anziehen, dann müssen wir los. Will und Mary haben uns für sechs Uhr eingeladen. Ich habe dein graues kariertes Hemd gebügelt, und die neue Jeans liegt auf dem Stuhl. Los, Joe! Nur weil du zu spät bist, müssen wir nicht auch zu spät sein.«

Doch er kommt nicht. »Was habt ihr zwei euch erzählt? Habt ihr über mich gelästert?«

»Bild dir bloß nichts ein«, sage ich. »Wir haben uns über Patrick Swayze unterhalten.«

Joe runzelt die Stirn, als würde er das nicht glauben. Dann umarmt er Kelvin fest zum Abschied und geht die Treppe hoch. »Bis nächste Woche zur selben Zeit, Kilimandscharo-Man!«

Kelvin gestattet sich ein stolzes Lächeln. Er hat Eindruck bei seinem Dad hinterlassen. Bingo! »Wir fahren jetzt besser, Mum. Ich muss noch Hausaufgaben machen.«

Vicky lächelt, froh, dass wir uns kennengelernt haben. »Danke, Gemma!« Sie wackelt mit dem Peppa-Wutz-Pflaster auf ihrem Finger. »Melde dich mal!«

13

Ned

Ich soll mir ein Paar Eier wachsen lassen, sagte Gemma bei unserem Streit im Pub. War nicht das erste Mal, dass ich so einen hilfreichen Ratschlag bekommen habe. Tanya hatte auch diese Sprüche drauf, wenn es irgendein Problem gab und sie fand, ich würde nicht meinen Teil der Verantwortung übernehmen – beispielsweise wenn ein Nachbar in unserer Einfahrt parkte oder uns ein Handwerker »versehentlich« zu viel berechnet hatte.

»Werd mal erwachsen, Ned!«, sagte sie gern, als sei ich ein aufmüpfiger kleiner Junge, der kein Gemüse essen will. Oder: »Warum muss ich immer alles machen?« Oder sie seufzte nur und verdrehte genervt die Augen, wenn ich etwas (noch) nicht getan hatte, das ich versprochen hatte.

Rückblickend betrachtet hat sie vielleicht recht gehabt. Letztendlich hat sie dem Nachbarn dann so einen Einlauf verpasst, dass er von da an eine Straße weiter parkte. Dem Elektriker drohte sie mit einer Anzeige, bis er das zu viel gezahlte Geld wieder herausrückte. Klar hatte ich Eier, ich habe immer noch welche, aber Tanyas waren irgendwie aus Stahl.

Von jetzt an nehme ich mir vor, dass ich mich nicht mehr zurücklehne und warte, was passiert, dass ich kein Zuschauer mehr bin, der alles über sich ergehen lässt. Ab jetzt bin ich durchsetzungsstark, proaktiv und effektiv. Meine Beförderung beweist doch wohl, dass mir Leute wie Karen eine Menge zutrauen.

Karen!

Seit meiner Nummer mit ihr bin ich in Andys Wertschätzung immens gestiegen, aber wenn man vorher bei null stand, ist das auch nicht schwierig. Inzwischen ist mir klar, dass ich an dem Abend, als ich mit zu ihr ging, das eigentlich gar nicht wollte. Ich bilde mir gern ein, dass ich ihr eine Abfuhr erteilt hätte, wenn ich *wirklich* nicht mit ihr hätte schlafen wollen, trotzdem fühlte ich mich in die Ecke gedrängt und wollte sie nicht verletzen.

Eigentlich war es der Hammer. Dass eine Frau wie *sie* sich an jemanden wie *mich* ranmacht. Statt mich zu schämen, sollte ich stolz sein. Statt Karen zu meiden sollte ich auf sie zugehen. Eigentlich müsste ich cool und locker sein. Ein Macher, kein Zuschauer. Vielleicht wäre diese Nancy damals in dem Club, wo Andy mich hingeschleppt hatte, auch nicht abgehauen, wenn ich selbstsicherer aufgetreten wäre. Ich mochte sie.

Andy predigt mir ständig, ich als Single auf dem Höhepunkt meiner sexuellen Leistungsfähigkeit solle auf die Piste gehen und die Frauen feiern, wie sie fallen. Das Eisen schmieden, solange es heiß ist, wie er sich ausdrückt. Bei so viel sprachlicher Kompetenz würde selbst Shakespeare grün vor Neid.

»Was hast du für ein Problem mit Karen?«, fragt er beim Mittagessen in unserem Stammlokal. »Sie ist eine echte Granate, falls du's noch nicht gemerkt hast.«

»Ich habe kein Problem mit ihr.«

»Gut so! Greif zu, Nedward!« Andy tunkt eine Pommes in seinen Ketchup und kaut nachdenklich. »Also, ich gehe mal davon aus, dass Tanya und du in den Monaten vor eurer – sind wir mal nett und nennen es ›Trennung‹ –, also dass ihr nicht mehr wie die Karnickel zugange wart. Habe ich recht, oder habe ich recht?«

»Eigentlich hatten wir regelmäßig Sex. Deshalb kam das für mich auch so unerwartet.«

Andy nickt anerkennend. Ich schaffe es immer wieder, ihn zu verblüffen.

»Tanya ist Schnee von gestern, Kumpel. Jetzt rammelt sie mit ihrem neuen Typen. Also darfst du dir nun auch mal was gönnen. Mit Karen, mit der sexy Kellnerin da drüben in der heißen Schürze, mit wem auch immer. Du siehst gut aus. Los, mach was draus!«

Andy hat recht. Ich bin jung (mehr oder weniger), frei und solo. Jetzt bin ich an der Reihe. Mit Karen, mit der Kellnerin, egal, mit wem. Ich habe mein Schicksal selbst in der Hand. Ich bin ein Draufgänger. Wer soll mich aufhalten?

Als Karen mich zum Bericht in ihr Büro ruft, gebe ich mich durchsetzungsstark, proaktiv und hundertprozentig effektiv. »Ich lasse die Zahlen gerade von Dharmesh prüfen«, erkläre ich mit tiefergelegter Machostimme, die ich selbst kaum wiedererkenne. »Da der Deal mit Welby-Daniels unter Dach und Fach ist, hast du vielleicht mal Lust, den Perser auf der Church Road auszuprobieren? Das könnten wir dort feiern. Hab nur Gutes von dem Laden gehört.«

Sie wird tatsächlich rot, denn sie hat nicht damit gerechnet, dass ich den nächsten Schritt mache. Es läuft echt super. Ich bin unbesiegbar.

»Hört sich gut an, Ned«, antwortet Karen. »Wie wär's morgen?«

Ich habe überlegt, ob ich der SPE-Gruppe noch eine Chance gebe, aber die werden mich kaum vermissen. Und ehrlich gesagt kann ich die positiven Veränderungen in meinem Leben viel besser genießen, wenn ich sie nicht jeden Mittwoch in einem Saal über dem Pub auf einen dämlichen Flipchart schreiben muss.

Nur schade, dass ich Gemma dann nicht sehe. Als ich sie kennenlernte, fand ich sie wirklich bescheuert, aber nach unserer Aussprache letzte Woche ist mir klar, dass das nur ihre Fassade ist. Sie gibt sich taff, weil sie nicht verletzt werden will. Das kann ich nachvollziehen.

Am nächsten Tag räume ich vor der Arbeit noch ein bisschen auf und putze. Chlorbleiche ins Klo, schwarze Bananen in den Müll, neue Bettwäsche. Nicht gerade mein Lieblingsbezug: einer von denen, die Tanya mir untergejubelt hat, als ich auszog. Die Wäsche ist leicht mädchenhaft, ein Blättermuster in Grün- und Brauntönen, aber ich kann das Licht ja ein bisschen dimmen. Egal, Karen kommt eh nicht her, um meine Bettwäsche unter die Lupe zu nehmen. Da fällt mir was Besseres ein!

Ich bin ein Macher, kein Zuschauer. Ich bin ein Macher, kein Zuschauer.

Ehrlich gesagt bin ich echt stolz darauf, wie ich mein Date mit Karen durchziehe. Im Restaurant helfe ich ihr aus dem Mantel und gebe ihn zusammen mit meiner Jacke cool an den Kellner weiter, auch wenn ich anschließend noch mal kurz hinterherlaufen muss, um meine Taschentücher zu holen.

Und weil ich mir die Speisekarte heute Nachmittag schon im Internet angeguckt habe, als ich eigentlich Welby-Daniels hätte absegnen sollen, kann ich so tun, als würde ich all die Gerichte kennen. Ich bewahre uns vor dem *Kuku Sabzi*, einem ekelhaft grünen Omelett, und rate Karen, falls sie Huhn möge, könne sie mit dem *Barg-e-Morgh* nichts falsch machen.

Ich wirke so überzeugend, dass sie sagt, sie würde dasselbe nehmen wie ich, und wir müssen beide lachen, weil es uns an die Szene aus *Harry und Sally* erinnert, auch wenn's dabei um Orgasmen ging, was ein Omen sein könnte, falls alles nach Plan läuft.

»Schön hier, Ned«, sagt Karen und schenkt uns Wein nach. »Ich habe mich schon gefragt, ob du den Zorn der Personalabteilung fürchtest.«

»Wieso?«

»Liebe am Arbeitsplatz. Also, nicht dass das bei uns Thema wäre, wir sind ja kein Pärchen. Aber du weißt ja, was für einen Druck die Personalabteilung auf den armen Barry Richards und diese – Ellie Soundso aus der Buchhaltung ausgeübt hat. Das mit denen fing auf der Frühjahrstagung an und lief fast ein Jahr lang. Als es rauskam, wurde Barry vor die Wahl gestellt, denn er ist auf der Managementebene, und er entschied sich für den Job.«

Barry Richards hatte ich ganz vergessen. Er ließ damals Ellie Soundso fallen wie eine heiße Kartoffel. Ich mochte die Frau nicht – zu burschikos –, aber das hatte sie nicht verdient. Und nachdem Barry fünf Jahre lang die Karriereleiter hochgeklettert war, ging's steil bergab mit ihm und er musste den Firmenwagen abgeben. Der Preis der Liebe?

»Aber das war doch nichts Ernstes zwischen den beiden, oder?«, werfe ich ein. »Nur ein Techtelmechtel im Büro, das sich … ausgetechtelt hatte.«

»Bürotechtelmechtel techteln sich früher oder später immer aus«, stimmt Karen mir zu. »Meinen Ex hab ich auch über die Arbeit kennengelernt. Ist schon lange her, damals war das noch normal. Da hatte doch jeder was laufen.«

Karen muss um die zehn Jahre älter sein als ich. Acht,

wenn ich großzügig bin. Das kann also schon zwanzig Jahre her sein, vor Social Media, als es allen noch am Hintern vorbeiging, wer mit wem schlief, solange jeder seinen Posteingangskorb abarbeitete und für die Putzfrau einen aufgeräumten Schreibtisch hinterließ.

»Wie ist dein Hähnchen?«, erkundige ich mich, denn ich weiß, dass es hervorragend ist.

Karen hat den Mund voll und macht deshalb eine zufriedene Miene, die schon voller Versprechen für später ist, wenn ich mich nicht irre. Hoffentlich habe ich das Klo richtig saubergemacht, bevor ich heute Morgen zur Arbeit gegangen bin. Manchmal muss ich zweimal spülen.

Als Karen zum Rauchen nach draußen geht, überlege ich: Ob ich meinen weiteren Aufstieg wohl sabotiere, wenn ich das, was zwischen uns ist – dieses Techtelmechtel –, weiterführe? Es geheim zu halten ist aufregend, aber ich kann es mir nicht leisten, meine Stelle zu verlieren. Die Miete für die Wohnung verschlingt einen Großteil meines Gehalts, ich finde bestimmt nichts anderes mit einem Zimmer für Dora.

Soll ich es mir noch mal überlegen? Andy würde einfach losziehen und auf die Konsequenzen pfeifen. Typisch für ihn. Ich bin von Natur aus eher umsichtig. Ich muss etwas in der Mitte finden: vorsichtig, aber nicht paranoid, spontan, aber nicht leichtsinnig.

Bei sirupsüßem persischen Kaffee und geteiltem Baklava unterhalten wir uns über unsere Familien, wie schon beim vorherigen »Date«. Ich stutze die Fakten ein bisschen zurecht, damit sie zu meiner neuen positiven Ausstrahlung passen.

»Tja«, sage ich nach einem Schluck brutal süßen Kaffees.

»Besser Schluss machen, wenn die Beziehung ihr Verfallsdatum erreicht hat. Ist auch viel erwachsener, und es verletzt keinen.«

»Verletzt sind immer alle, Ned. Wie auch nicht? Aber ich verstehe, was du meinst. Ich genieße mein Leben ohne Patrick. Und du? Wie geht es dir ohne deine Ex?«

»Ohne Tanya? Doch, super. Könnte nicht besser sein. Immer nach vorne sehen, darum geht's doch, oder?«

Karen stößt mit ihrer Kaffeetasse gegen meine. »Darauf trinke ich.«

Ich bin nicht gerade der Beste im Entziffern der Zeichen, die Menschen so aussenden, besonders Frauen, aber ich bin mir ziemlich sicher, dass ich heute Abend zum Zug komme. Hätte nicht besser laufen können, und *ich* habe den ersten Schritt gemacht. Ich!

»Könntest du mir einen Gefallen tun, Ned?« Karen greift tatsächlich nach meiner Hand.

»Ja, klar, gerne. Was denn?«

»Hast du am Sonntag Zeit für ein Essen?«

»Ein Essen? Ah, gut. Ich dachte eher an Frühstück oder Brunchen, wenn wir uns am Wochenende sehen. Von Freitag bis Sonntag habe ich immer Dora da. Du könntest natürlich auch kommen, aber das wäre ein bisschen komisch. Die kleine Maus steht gern im Mittelpunkt. Ist halt Einzelkind, und dann das Trauma mit der Trennung ... Wenn ich's recht bedenke, ist Frühstücken schlecht, nicht? Oder Brunchen. Dafür brauche ich ein bisschen mehr Vorlaufzeit. Tut mir leid, Karen.«

Sie seufzt. Ich nehme an, sie ist enttäuscht. Wenn wir wirklich ein Techtelmechtel anfangen wollen, müssen wir uns was wegen Dora überlegen. Vielleicht kann ich sie mal von Dienstag auf Mittwoch nehmen, so lange, bis sie Karen kennenlernt. Ja, das könnte gehen.

»Hör mal auf mit dem Frühstück, Ned, ja? Ich spreche vom Mittagessen«, sagt Karen leicht ungeduldig. »Meine Tochter Hattie hat am Sonntag Geburtstag. Sie wird zwanzig. Zur Feier des Tages wollen wir zusammen essen gehen: ich, Hattie natürlich, mein Exmann Patrick und seine neueste Freundin. Na ja, und du, falls du Lust hast mitzukommen.«

Damit habe ich nicht gerechnet. Leck mich, Karen will, dass ich ihre Tochter und ihren Ex kennenlerne! Geht das zu schnell? Habe ich ihr mit dieser Einladung zum Essen die falschen Signale gesendet?

Sie muss mir die Bedenken am Gesichtsausdruck ablesen. Freundschaftlich tätschelt sie meine Hand. »Ich will Patrick nicht die Genugtuung gönnen und allein kommen, so wie letztes Mal. Er hat jedes Mal eine neue Mieze am Start. Er kann einfach nicht anders. Ich muss ihm zeigen, dass ich auch was in der Hinterhand habe, dass er nicht der einzige mit jüngerem Partner ist. Sagen wir, das wird der Moment, wo ich ihm ›Fick dich!‹ entgegenrufe. Du musst mein Date sein, Ned! Ich wäre dir wirklich dankbar.«

»Ich soll deine neue Mieze sein?«

Bei der Vorstellung muss Karen lachen. »Das klingt gut! Mein heimliches Miezchen! Also heißt das: Ja?«

Ich gehe das kurz im Kopf durch. Ich müsste Dora am Sonntagmorgen zu Tanya zurückbringen, was ich, ehrlich gesagt, so nicht vorgehabt hatte. Aber was soll's – warum nicht?

Karen freut sich. Sie gibt mir sogar einen Kuss. Keinen leidenschaftlichen, aber dafür ist ja noch jede Menge Zeit.

Meine Matratze wartet. Karen trinkt ihren Kaffee aus und holt ihr Handy aus der Tasche.

»Ich muss mir jetzt ein Taxi rufen und schnell nach Hause. Morgen um halb neun habe ich das Meeting mit Welby-Daniels in der Stadt, und ich habe deinen überarbeiteten Bericht noch gar nicht gelesen.«

»Oh.«

Das klingt jämmerlich. *Ich* bin jämmerlich. Ein Loser, kein Macher.

Als Karen gegangen ist, bleibe ich noch etwas sitzen und trinke das letzte halbe Glas Wein. Der Kellner bringt mir noch einen Cognac aufs Haus, den kippe ich auch runter. Wie habe ich heute Abend alle Signale so monumental und demütigend falsch verstehen können? Da piept mein Handy, eine Nachricht von Karen.

»Sorry, Ned. Kein guter Abend für Netflix & Relax. Wir techteln bald wieder richtig. Muss die Personalabteilung ja nichts von wissen.« Es folgen drei rote Kussmünder. Ich habe aufgehört, Emojis zu verschicken, nachdem ich Tanyas Mutter versehentlich ein Smiley mit einem Partyhut gesendet hatte. Sie konnte mich eh nie leiden, und ihre Gallenstein-OP war immerhin ohne Komplikationen verlaufen, da hätte sie sich nicht so anstellen müssen.

Am späten Freitagnachmittag hole ich Dora ab und versuche zur Abwechslung mal, höflich zu Tanya zu sein. Diese Oman-Geschichte hat mich echt aus der Bahn geworfen, seit Dora sich verplappert hat – nicht nur weil ich meine Tochter verlieren könnte, sondern auch weil ich immer noch überzeugt bin, dass ich es erst erfahren hätte, wenn die drei längst im Flugzeug gesessen hätten. Und das geht einfach nicht. Nein.

Tanya hat offensichtlich ein schlechtes Gewissen, die Geschichte vor mir geheim gehalten zu haben. Während ich im Flur warte, ist sie total freundlich und gesprächig: Was wir am Wochenende so vorhätten? Ob das warme Wetter nach dem ganzen Regen nicht herrlich sei? Ob ich am Samstag Verwendung für zwei Eintrittskarten für eine Kinderbuchvorstellung im Dome hätte? Julian hätte sie von einer Freundin bekommen und würde sie mir gerne geben.

»Ja, super«, sage ich cool. »Und nur vier Prozent Regenwahrscheinlichkeit bis Dienstag, steht in der Wettervorhersage.«

»Was ist mit Julians Eintrittskarten? Kannst du die gebrauchen?«

»Richte ihm aus: Vielen Dank, aber wir haben Samstag schon was vor.« Ich sage nicht, was. Ich *weiß* gar nicht, was. Ich lasse mir was einfallen.

Dora ist bereit, die Reisetasche ist gepackt, zwei Schokoreiswaffeln dabei, falls sie anfängt zu nörgeln. Als wüsste ich nicht, wie man sie ruhigstellt. In letzter Minute muss sie dann noch mal Groß und stapft nach oben. Das dauert mindestens zwanzig Minuten.

Tanya gibt mir ein Zeichen, mit ihr in die Küche zu kommen. Mensch, ist die riesig! Wenn ich nicht wüsste, dass hier Mahlzeiten zubereitet werden, würde ich denken, ich sei in der Pariser Metro: glänzende cremefarbene Fliesen, große Reklameblechtafeln von Michelin, Cinzano und Savon de la Tulipe, Kugellampen und ein Messinggeländer rund um die Kücheninsel. Fast erwarte ich, dass Julian mit Baskenmütze und gestreiftem T-Shirt vom Baguettekaufen kommt.

»Schön«, sage ich neidisch. »Hast du endlich deinen AGA-Herd.«

»Ich kann damit nicht gut kochen. Das macht bei uns alles Julian.«

Ich gehe zu den Terrassentüren und schaue in den Garten. Er ist so weitläufig, dass ich das hintere Ende gar nicht sehe. Tanya ist wirklich auf die Füße gefallen. Sie hat alles, was sie immer wollte und bei mir nicht hatte: Gemüsegarten, Designerstühle, teurer Markengrill. Für einen Mann ohne Haare hat es Julian wirklich weit gebracht. Ich habe meine Haare noch, die Runde geht an mich, *Kumpel*!

»Oman«, sage ich mit dem Rücken zu Tanya, um es noch dramatischer zu machen. »Hat Julian sich schon entschieden? Und wenn ja, wann wolltest du es mir erzählen?«

Ich muss sie überrascht haben, denn sie hat keine Antwort parat. Ich spreche schnell weiter: »Ich finde das schlimm. Ich will nicht, dass Dora geht, und ich lasse es nicht zu. Sie ist auch meine Tochter, und es ist unverzeihlich von dir, mich da nicht eingeweiht zu haben. Selbstsüchtig, traurig und absolut unverzeihlich.«

Tanya kommt zu mir, stellt sich neben mich und schaut hinaus auf den makellosen Rasen und die erhöhten Beete dahinter. »Du hast recht, Ned. Das sehe ich jetzt auch. Es war nur so, dass ich einfach nicht vorgreifen wollte, deshalb habe ich erst mal nichts gesagt. Ich bin immer noch froh, dass ich es nicht auf Social Media verbreitet habe, aber dir hätte ich es erzählen sollen. Es tut mir wirklich leid, ehrlich, hörst du?«

Sie entschuldigt sich. Na, das ist mal was. Aber ihr tut nur leid, dass sie es nicht erzählt hat. Ihr ist immer noch nicht klar, dass sie von Anfang an mit mir hätte sprechen müssen. Um fair zu sein – darum bemühe ich mich wirklich –, muss ich sagen, dass Tanya wahrscheinlich hin- und hergerissen ist: Sie will mit Julian zusammen sein, weiß aber, dass Dora mich braucht. Welche Fehler Tanya auch haben mag, mich in meiner Rolle als Vater hat sie nie – zumindest nicht offen – kritisiert. Sie weiß, dass ich ein guter Vater bin. Das bin ich wirklich, aber nicht ohne meine Tochter. Hat Tanya verstanden, dass ich das nicht zulassen werde? Während ich stumm ihre Entschuldigung verarbeite, bewundere ich den Olivenbaum. Er ist riesig. So einer würde mir auch gefallen. »Hat er sich denn nun entschieden?«

Tanya zuckt mit den Schultern. »Wir diskutieren noch.«

Das Herz sackt mir in die Hose. Ich hatte gehofft, sie würde sagen, sie hätten sich dagegen entschieden. Wenn das so wäre, hätte sie es mir dann nicht erzählt? »Und du willst wirklich dahin, da leben? Klingt nicht gerade typisch für dich, Tan.«

In der Glasscheibe sehe ich, wie sie nickt. »Ich weiß, was du meinst. Ich mag mein Leben hier.«

»Wer nicht? Angefangen bei dem dämlichen AGA.«

»Nicht hier im Haus. Das ist letztendlich nur ein Angeberherd. Ich meine, hier in Brighton. Stimmt, ich mag es aufregend, bin gerne spontan, probiere gerne was Ungewöhnliches aus. Aber Oman? So einen großen Schritt hatte ich nicht auf dem Plan.«

»Moment mal, soll das heißen, du gehst *nicht* dahin?«

»Das habe ich nicht gesagt, Ned.« Sie seufzt. Sie ist unsicher. Vielleicht kann ich doch was erreichen. »Ich will Julian nicht im Stich lassen, aber ich weiß ehrlich nicht, was ich tun soll.«

Ich würde sie so gern in den Arm nehmen, ihr sagen, dass sie dieses Dilemma im Keim ersticken kann, wenn sie zu mir zurückkommt. Wir haben noch kein akzeptables Angebot für unser Haus bekommen. Wir könnten einfach wieder einziehen und das letzte Jahr löschen, als sei es nie da gewesen. Wir könnten sogar einen AGA kaufen. Außerdem wäre Dora natürlich happy: Mummy und Daddy wieder zusammen. Wünscht sich das nicht jedes Kind geschiedener Eltern? In ein paar Jahren wird sie sich kaum noch an diese kurze Phase in ihrer Kindheit erinnern.

Doch ich umarme Tanya nicht und sage nichts, außerdem wird der Moment von Dora zerstört, die von oben herunterbrüllt, sie wäre fertig und ob wir wohl heute Abend zum Nachtisch einen Trifle mit Eis essen könnten?

Als wir fahren, sage ich Tanya, dass ich Dora am späten Sonntagvormittag zurückbringe, weil ich noch etwas »vorhätte«. Sie hat keine Möglichkeit zu fragen, was das denn sei. Geht sie auch nichts an. Das vor ihr geheim zu halten ist noch längst nicht dieselbe Liga wie »Omangate«.

Dora, Andy und ich hocken zusammengepfercht im offenen Waggon einer alten Schmalspurbahn, die durch einen ehemaligen Kalksteinbruch in den South Downs fährt. Der Fahrer hat uns gerade erzählt, dass Sir Roger Moore vor fast vierzig Jahre hier eine Szene für *Im Angesicht des Todes* gedreht hat. Dora hat keine Ahnung, was das heißt, und ich bin auch kein James-Bond-Fan. Dafür ist Andy schwer beeindruckt. Wir sind im Amberley Working Museum.

Ich hatte vor, mit Dora in Drusilla's Zoopark zu fahren – mal wieder! –, doch Andy hatte das Ass im Ärmel. Am Samstagmorgen hatte er mir geschrieben und mir ein schönes Wochenende gewünscht. Wahrscheinlich hatte er Langeweile. Ich erzählte ihm, ich wüsste nicht, was ich noch mit Dora machen sollte, und er schlug dieses Museum vor. Er hatte es vor vielen Jahren einmal besucht und fand es damals toll; wir sollten es mal probieren.

Um zehn Uhr hatte sich Dora gewaschen, angezogen und ausgehfertig gemacht. Sie freute sich auf den Ausflug, war überhaupt nicht quengelig, deshalb durfte sie sich Coco Pops mit Frosties mischen. Nach vier Löffeln von der pappigen Masse konnte sie eh nicht mehr.

Dann summte mein Handy – die nächste Nachricht von Andy. »Wenn du nach Amberley fährst, komme ich gern mit. Muss heute mal raus aus der Stadt.«

Ernsthaft? Andy ist bei mir noch nicht als kinderlieb in Erscheinung getreten, und Dora kann eine ganz schöne Abneigung gegen Erwachsene entwickeln, die sie bevormunden oder über sie hinwegreden. Das respektiere ich. Ich überlegte, wie ich ihm absagen konnte, und landete bei: »Super Idee, Kumpel. Vielleicht nächstes Mal.«

Fünf Sekunden später klingelte es an der Tür. Natürlich Andy. »Wenn das so eine super Idee ist, Kumpel, warum sollen wir dann warten? Könnte noch einen Kaffee vertragen, bevor es losgeht. Und guck mal, ich hab Zimtbrötchen mitgebracht, die sind noch ganz warm!«

Wie sich herausstellte, hatte Andy hundertprozentig recht: Amberley ist wirklich klasse, und solange Dora durch die Gegend laufen und auf Tasten drücken kann, um verstaubte Ausstellungsstücke zu beleuchten, und sie Pommes zum Mittag bekommt, sind wir in einer Win-win-Situation. Der Zug quietscht und stinkt, aber das ist normal. Im Vorbeifahren, fast in Schrittgeschwindigkeit, winken wir anderen Besuchern zu, sie winken zurück.

Mein Vater war ein Eisenbahnfan und fuhr mit uns immer zu dieser oder jener restaurierten Bahn, vorgeblich als

Ausflug für Joanna und mich, obwohl eigentlich er derjenige war, der sich am meisten darüber freute. Mum lächelte immer nachsichtig über seine ungezügelte Aufregung.

Dad ist vor vierzehn Jahren gestorben, mit meiner Mutter verstehe ich mich nicht gut, und Joanna wohnt in Sydney. Ich darf nicht zulassen, dass Tanya und Dora sich von mir entfernen, weder räumlich noch gefühlsmäßig. Kurzzeitig zieht mich eine Welle der Traurigkeit nach unten.

»Jenny Agutter.«

Ich komme wieder zu mir. »Wie bitte?«

Andy senkt die Stimme. »Jenny Agutter in ›Die Eisenbahnkinder‹. Die war echt sexy, oder? Und die andere kennst du auch, die ihre kleine Schwester spielt. Irgendwo habe ich gelesen, dass sie zwanzig war, aber sie spielt in dem Film eine Elfjährige.«

»Warum musst du immer die Stimme senken?«

»Welche Stimme? Ich senke nicht die Stimme. Wir hocken hier in einem Zug, und es ist Essenszeit. Hör auf, dich so aufzuführen wie ein … Vater, Nedward.«

Dora hat sich beharrlich durch eine Tüte Haribo gefuttert, ein Geschenk von Andy. Sie schaut hoch und stößt ihr gurgelndes Kichern aus. Ich liebe das Geräusch.

»Nedward! Er hat dich Nedward genannt, Daddy!«

»Ja, das findet er aus unerfindlichen Gründen lustig.«

»Nedward, Nedward, Nedward! Das *ist* lustig!«

Andy verbündet sich mit Dora über meinen kindischen Spitznamen. Na, super.

»Guck mal hier«, sagt er mit einem wenig überzeugenden Cowboyakzent. »Wenn wir an der nächsten Station aussteigen, können wir ordentlich Proviant bunkern.«

Dora lacht über alles, was er sagt. Sie versteht kein einziges Wort, aber sie weiß, dass es lustig ist. Andy könnte nicht gebauchpinselter sein. Ich sehe ihn in einem völlig neuen Licht. Seine Werkseinstellung ist normalerweise die große Schnauze, aber diese Seite von ihm ist tatsächlich sehr liebenswert. Ich bin gerührt, dass meine Tochter sie zum Vorschein bringt.

Nach Fischstäbchen und Pommes, gefolgt von Eis zum Nachtisch, sehen wir uns im Museum die große Sammlung alter landwirtschaftlicher Geräte, Fernseher und Waschmaschinen an. Dora kann nicht glauben, dass wir einige dieser klobigen alten Haushaltsgeräte noch aus unserer Kindheit kennen, und kann nicht begreifen, wie ein schwarzes Bakelit-Telefon mit Wählscheibe funktioniert. »Wie macht man denn damit Fotos?«

Auf der Rückfahrt schläft sie, eingekuschelt in die Picknickdecke, die ich für solche Fälle auf der Rückbank liegen habe.

»Und, warum durftest du heute nicht in Hove sein?«, frage ich Andy, als mir sein Spruch wieder einfällt.

»Ach, das Übliche.«

»Du hast es dir mit deiner neusten Freundin verdorben und musst eine Weile unter dem Radar bleiben?«

»Warum nimmst du bei mir immer gleich das Schlimmste an?« Er wirkt aufrichtig gekränkt.

»Also geht es nicht darum?«

»Ich bin ehrlich, es geht um so was Ähnliches. Es ist wegen Debi. Kennst du, die aus dem Vertrieb. Mit den roten Haaren und der großen Brille. Wir haben uns ein paarmal getroffen. Erstens hat es bei mir nicht gefunkt, und zweitens hat sich rausgestellt, dass sie nur eine Straße weiter wohnt. Ich muss mir praktisch einen Bart ankleben und eine Perücke aufsetzen, nur um in den Anchor zu gehen.«

»Aha. Ein Techtelmechtel im Büro. Hauptsache, die Personalabteilung erfährt nichts davon.«

»Warum sollte sie? Du hast doch bestimmt auch nichts von Karen und dir erzählt.«

»Weil es kein ›Karen und dir‹ gibt.« Von unserem Date erfährt Andy am besten nichts.

»Barry Richards und Ellie Soundso«, fällt Andy plötzlich ein. »Den Sex hat der arme Kerl teuer bezahlt. Außerdem dachte ich, sie hätte einen besseren Geschmack. Gute Idee, Ned.«

»Was?«

»Ich kann Debi sagen, dass wir uns nicht mehr treffen können, weil es gegen die Firmenpolitik ist. Genau, damit dürfte ich das Ganze im Keim ersticken. Logisch, dass du damit kommst. Nach deiner horizontalen Pressekonferenz mit Karen. War das nicht nur ein One-Night-Stand? Keine Angst, Nedward. Dein Geheimnis ist bei mir sicher.«

Andy tut es Dora nach und döst auf den letzten zwanzig Minuten der Fahrt ein. Gut. Je weniger wir reden, desto besser kann ich meine Beziehung zu Karen unter Verschluss halten. Sie hat mich ihr »heimliches Miezchen« genannt. Ich weiß nicht genau, was aus uns werden soll, aber für mich ist das, wenn überhaupt, nur etwas Kurzfristiges.

Nicht weil ich immer noch glaube, dass Tanya meine Bestimmung ist, obwohl ich durchaus zu einer Versöhnung bereit wäre. Ich kann mir nur nicht vorstellen, dass das zwischen Karen und mir was Ernstes ist. Ich versuche mir auszumalen, wie ich sie Dora vorstelle, doch es gelingt mir nicht; ein sicheres Zeichen, dass das Ganze keine Zukunft hat.

Ich bilde mir gerne ein, dass ich seit der Trennung von Tanya kein Schlaffi mehr bin. Bin ich gestern selbstbewusst genug aufgetreten, als wir über den Oman sprachen? Hat sie verstanden, dass Julian nicht darüber zu entscheiden hat, ob ich Dora sehe oder nicht? Er kann den Auftrag annehmen oder ablehnen. Das ist mir so was von egal. Aber wie auch immer er sich entscheidet – es darf keine Auswirkung auf die Zukunft meines Kindes haben. Mensch, er ist doch noch keine fünf Minuten mit Tanya zusammen!

Ich hätte energischer sein sollen. Hätte die Beherrschung verlieren und klipp und klar machen sollen, dass mich die Vorstellung, Dora zu verlieren, in Angst und Schrecken versetzt.

Ich reiße mich zusammen und denke nicht darüber nach, denn das macht mich fertig. Ist einfacher, so zu tun, als sei die Sache gestorben. Auch wenn es natürlich anders kommen kann … Ich muss mich im Griff haben und das Beste hoffen.

Ich halte vor Andys Haus und stoße ihn an. »Danke, dass du mitgekommen bist, Andy. Du hattest recht mit Amberley, das war sehr schön. Und du bist super bei Dora angekommen.«

Er gähnt und streckt sich. »Sie ist ein Sonnenschein. Ehrlich. Gut, mit deiner Ehe hast du es verbockt, aber du hast ja die Kleine. Du hast echt Schwein, Ned.«

Am nächsten Morgen klingele ich drei Stunden früher als üblich bei Tanya und Julian. Dora ist mehr als glücklich, vor dem Mittagessen zurück zu sein, weil sie um zwei Uhr zu einer Geburtstagsfeier eingeladen ist, zu der ich sie sonst hätte begleiten müssen. In diesem Teil der Stadt bestellen die Gastgeber echt gute Unterhaltungskünstler für ihre Kindergeburtstage. Und erstklassiges Essen. Trotzdem fühle ich mich manchmal von den anderen Eltern ausgegrenzt, weil ich Tanyas Ex bin. Aber vielleicht bilde ich mir das auch nur ein.

Tanya macht auf, und ich erhasche einen kurzen Blick auf Julian hinter ihr in der Küche. Er hat eine Metzgerschürze um und kämpft mit einem Stück Rindfleisch von der Größe eines kleinen Terriers. Fröhlich winkt er mir zu, dann macht er weiter mit dem, womit er gerade beschäftigt ist.

»War's schön, Schnuckiputz?«, erkundigt sich Tanya bei Dora, die, das möchte ich betonen, nicht direkt nach oben rennt, ohne »Tschüss, Dad!« in meine Richtung zu rufen.

»Andy war mit. Wir waren in einem Museum, da gab es ganz viele alte Sachen, und wir sind Zug gefahren. Und Andy sagt zu Daddy ›Nedward‹!« Dann läuft sie nach oben.

Tanya zieht eine Grimasse. »Andy war auch mit? Ernsthaft? Bist du immer noch mit dem befreundet?«

»Er ist ein lieber Kerl. Markiert gerne den harten Macker. Aber Dora fand ihn super.«

Tanya runzelt die Stirn. Ich glaube aber nicht, dass ich einen Rüffel kassiere. Ganz bestimmt nicht.

»Wegen dem Oman«, sagt sie leise. »Wir bleiben hier.«

»Ernsthaft?«

»Es tut mir total leid, Ned. Es war unverzeihlich von mir, dich im Unklaren zu lassen. Ich kann dir Dora unmöglich wegnehmen.«

»Das hätte ich mir auch nicht kampflos gefallen lassen.«

»Ist gar nicht nötig. Doras Zuhause ist hier in Brighton, bei ihren Freundinnen und allen Dingen, die ihr vertraut sind. Und wo ihr Vater um die Ecke wohnt natürlich. Es wäre unfair sowohl dir als auch ihr gegenüber, das zu ändern.«

Mein Kinn bebt, aber ich bekomme es noch unter Kontrolle. Ich bin in Hochstimmung. Ich werde meine Tochter nicht verlieren. Ich hatte Angst, meine Gefühle nicht deutlich genug gemacht zu haben, nicht lautstark genug für mein Anliegen eingetreten zu sein, nicht heftig genug aufgestampft und meine Ansprüche angemeldet zu haben. Doch es muss genug gewesen sein, um Tanya zum Nachdenken zu bringen – also, wirklich darüber nachzudenken –, was sie da vorhatte. Konnte sie sich vorstellen, mir meine Tochter zu entreißen? Denn so fühlte es sich an. Nein, konnte sie wohl nicht.

Um ehrlich zu sein kann ich es noch nicht richtig glauben; seit Dora sich verplappert hat, hat mich das Thema stark beschäftigt. Die Erleichterung ist *riesig*. Ich nehme Tanya kurz in die Arme, sie drückt mich zurück. Ein Gewicht ist mir von den Schultern genommen worden, die dunkle Wolke über meinem Kopf hat sich aufgelöst. »Das ist eine tolle Nachricht. Danke, Tan. Wenn wir miteinander reden und keine Geheimnisse voreinander haben, bekommen wir alles hin. Echt. Danke.«

Einen Augenblick schweigen wir. Weil wir eine gemeinsame Vergangenheit haben. Das wird sich nie ändern.

»Du bist echt schick«, sagt sie und schnuppert an meinem Hals. »Das ist Armani, wenn ich mich nicht irre.«

Ich bin wirklich schick. Ich habe mir ein neues Leinensakko und eine Jeans von Marks & Spencer gegönnt. Hoffentlich habe ich alle Etiketten entfernt. Dazu das Hemd mit Blumenmuster von Tanya, das mir langsam ans Herz wächst.

»Also, danke, dass ich Dora schon früher bringen konnte. Ich muss mit einer Freundin und ihrer Familie zum Mittagessen ins Ivy.«

»Ooh! Mit *deiner* Freundin?«

Na, klar. Und ich bin ihr heimliches Miezchen.

»Mehr oder weniger.«

Tanya ist beeindruckt. Vielleicht findet sie es gut, dass ich mich neu orientiere. Vielleicht versteckt sich hinter ihrem großzügigen Lächeln auch ein klein wenig Eifersucht. Aber sie war diejenige, die sich einen Neuen gesucht und mich zurückgelassen hat. Jetzt schaue ich mich ebenfalls um. Vielleicht wird ihr dann klar, was ihr entgangen ist.

Seit das Ivy in der Mitte der Lanes eröffnet hat, unweit von zwei meiner Lieblingscafés, bin ich schon zigmal daran vorbeigelaufen. Ich habe kein Problem beim Auswärtsessen, aber das Ivy hatte ich nie auf dem Radar als Restaurant, wo ich hingehen würde. Große Namen ziehen mich einfach nicht an, egal ob bei Turnschuhen, Slips, Exportbier oder angesagten Restaurants. Aber jetzt geh ich ins Ivy essen und bin bereit, mich überzeugen zu lassen.

Ein höchstens zwölfjähriger Oberkellner führt mich herein, und da sitzen sie schon alle auf grünen Plüschstühlen um einen runden Tisch und warten auf mich. Karen sieht heiß aus in einem Wickelkleid aus Seide, das tief blicken lässt. Ihr gegenüber sitzt Patrick. Ich habe einen Pierce-Brosnan-Verschnitt mit ergrauenden Schläfen und einem kräftigen Händedruck erwartet, der Walnüsse knackt. Tatsächlich ist Patrick ein stark behaartes Dickerchen mit gestutztem Bart, der das Doppelkinn kaschiert.

Rechts und links von ihm sitzen zwei attraktive Frauen. Die eine muss Hattie sein, das Geburtstagskind. Die andere seine neueste Mieze. Beunruhigenderweise sehen beide wie eine jüngere Version von Karen aus. Meine Chefin umschifft jegliche Verlegenheit, indem sie uns schnell einander vorstellt. Die junge Frau links von Patrick ist seine Tochter Hattie. Beim zweiten Hinsehen wirkt sie wie eine Studentin, auch wenn sie sich für diesen besonderen Anlass schick gemacht hat. Die andere heißt Mizzie. Ich muss mich zusammenreißen, um nicht laut zu lachen.

Logisch, dass Hattie Ähnlichkeit mit Karen hat; die beiden sind Mutter und Tochter. Aber dass Patrick sich eine Frau angelt, die zwanzig Jahre jünger ist als er und die genau wie seine Exfrau aussieht, das ist, nun ja, ganz schön geschmacklos. Meine Meinung. Als ich mich setze, drücke ich Karen aufmunternd die Hand, sie drückt zurück. Ich bin im Bilde.

»Schön, dass du gekommen bist, Ned«, sagt Patrick im Kumpelton.

»Freut mich auch. Danke für die Einladung. Herzlichen Glückwunsch zum Geburtstag, Hattie!«

Kurz bevor ich zu Hause losfuhr, um Dora abzugeben, fiel mir plötzlich ein, dass ich kein Geburtstagsgeschenk hatte. Zum Glück besaß ich noch einen besonders edlen Honig, den ich von Tanyas Mutter zu Weihnachten bekommen hatte. Ich packte ihn in braunes Papier und wickelte ein Band darum. Sah wirklich ziemlich cool aus. Sehr brightonmäßig. Die Glückwunschkarte hatte ich eigentlich vor ein paar Jahren Joanna schicken wollen: ein zartes Aquarell der South Downs.

Hattie freut sich über mein Geschenk, so bescheiden es auch ist. »Danke, Ned! Hm, Manuka. Den mag ich besonders gern!«

»Echt? Mit Kunst kenne ich mich nicht besonders gut aus. Hab die Karte wegen der Farben gekauft.«

Bis jetzt hat Mizzie geschwiegen, nun prustet sie laut los.

»Manuka ist Honig, der Maler heißt Ravilious. Oh, Ned, das ist köstlich!«

Karen und Hattie funkeln sie böse an. Offensichtlich haben die drei nichts füreinander übrig; Mutter und Tochter gegen die Mieze. Mizzie erinnert mich an die Mädchen in der Schule, die sich totgelacht haben, wenn ich mich mit ihnen verabreden wollte. Ich beschließe, Mizzie aus reiner Loyalität nicht zu mögen.

Ich hatte auf einen dicken Sonntagsbraten mit allem Drum und Dran gehofft. So was gibt es heute nur noch selten. Sonntagsmittags esse ich mit Dora entweder irgendwo Pizza oder Burger, oder ich mache weiße Bohnen in Tomatensoße auf Toast. Ich weiß nicht, wer das Essen bezahlt, deshalb warte ich erst mal ab, was die anderen so bestellen. Patrick und Karen wählen Steak, Hattie nimmt eine Avocado Benedict, und Mizzie einen Salat aus Quinoa und Wassermelone.

Tanya hat immer gesagt, in der Zeit, die ich bräuchte, um etwas aus der Speisekarte auszuwählen, würde sie *Krieg und Frieden* lesen. Ich möchte nicht unangenehm auffallen, deshalb entscheide ich mich schnell für einen Shepherd's Pie. Nicht zu teuer, nicht zu ausgefallen (Avocado Benedict? *Warum?*), und man braucht kein spezielles Messer zum Essen.

Die Unterhaltung dreht sich um Hatties Studium, ihre Unterkunft und Patricks Geschenk: einen neuen Laptop. Karen fordert Hattie auf, mir das silberne Armband zu zeigen, das sie ihr geschenkt hat.

»Ein Laptop ist für die Doktorarbeit, Schmuck ist fürs Leben«, sagt sie und sieht ihren Ex mit hochgezogener Augenbraue an. Mir fällt ein, dass sie mir erzählt hat, er hätte sie geschlagen. Ich werde höflich zu ihm sein, mich aber nicht mit ihm verbrüdern. Andy ist ein Chauvi, wenn es um

Frauen geht, aber er ist noch nie handgreiflich geworden und hat noch nie jemandem ein Haar gekrümmt. Da ist mir Andy hundertmal lieber.

»Und?« Mizzie beugt sich vor wie die böse Anwältin in einem Gerichtsdrama. »Woher kennt ihr zwei euch, Karen und du?«

»Von der Arbeit«, erwidert Karen. »Nichts Aufregendes, leider. Nicht wie bei euch. Komm, Mizzie! Erzähl Ned mal, wie Patrick und du euch kennengelernt habt!«

»Das ist doch nichts Besonderes, Patrick, oder?«

Patrick bestellt einen Champagner zum Anstoßen. »Ach, ich weiß nicht, Mimi.«

Hattie zieht den Kopf ein, als sie den Kosenamen hört, und studiert die Maltechnik auf meiner Glückwunschkarte.

Mizzie seufzt melodramatisch, aber man merkt, dass sie die Geschichte unbedingt loswerden will. »Ich war mit Patricks Nachbarn zusammen. Dieses Apartmenthaus aus den Sechzigern in der Nähe von Embassy Court? Beide wohnten – wohnen – im fünften Stock. Es war gar nicht so, dass Gareth und ich uns groß gestritten hätten oder so. Ich bin einfach ein paarmal im Aufzug mit Patrick ins Gespräch gekommen, dann hat er mich einmal nach Lewes gebracht, weil mein Auto nicht anspringen wollte, und, na ja, da hat es irgendwie gefunkt.«

»In seinem Sportwagen?«, fragt Karen. »Die Sitze sind aber nicht besonders bequem.«

Hattie senkt den Blick. Entweder ist es ihr superpeinlich, oder sie flüstert ihrer Vorspeise mit Spargel leise zu: »Weiter, Mum!« Ich bin ganz bei Hattie. Die Situation ist gleichermaßen unangenehm und fesselnd. Ich bin ein Statist in einem spannenden Familiendrama, das live vor mir abläuft.

Wir essen weiter, aber man könnte die Luft mit einem Fischmesser schneiden. Niemand pflaumt einen anderen offen an; es brodelt nur unter der Oberfläche.

»Aah, seit wann isst du Spinat?«, fragt Karen Patrick mit gezwungenem Lächeln. »Sonst hast du immer gesagt, er erinnert dich an den Schleim auf dem Boden des Aquariums.«

Beschützend legt Mizzie den Arm um Patrick. »Wir lieben Spinat, nicht wahr? Wir sind ein richtiger Veggie-Haushalt.«

»Warum isst er dann ein Dry-Aged-Rib-Eye-Steak vom Weidebullen, das einundzwanzig Tage in Himalayasalz eingelegt wurde?« Hattie zitiert aus der Speisekarte.

Patrick kann nicht antworten, weil er gerade ein riesiges Stück Steak kaut. »Das leiste ich mir heute. Zur Feier des Tages.«

»Du hättest zur Feier des Tages etwas Veganes nehmen können, Dad. Um mir eine Freude zu machen.«

Patrick verdreht die Augen. »Ich habe dir einen Laptop geschenkt. Genau den, den du haben wolltest. Auf deiner Wunschliste standen keine veganen Sachen, meine Liebe.«

Hattie brummt missbilligend und schiebt eine Avocadoscheibe auf ihrem Teller herum.

Alle beruhigen sich wieder. Als wir zehn Minuten später beratschlagen, ob wir noch Platz für Nachtisch haben, geht es wieder los …

»Ooh, Crème brûlée!«, freut sich Patrick. »Machst du das noch, Karen? Das war doch eine von deinen Spezialitäten!«

»Damit habe ich nach unserem Streit aufgehört, als ich vom kochenden Zucker eine Brandwunde am Arm hatte. Weißt du das noch, Patrick, oder ist dir das auch entfallen?«

Schweigen. Wie ein kollektiver Schlag ins Gesicht, den wir alle erst mal verdauen müssen.

»Na los, versau Hattie ruhig ihre Feier!«, sagt Patrick. »Ihren besonderen Tag. Teilst du dir den Nachtisch mit mir, Mimi? Was Hattie sich aussucht, kann ich mir schon denken. Erdbeereis mit extra Schokoladensoße, stimmt's? Das willst du bestimmt!«

Hattie schüttelt den Kopf, zu betrübt, um etwas zu sagen. Vielleicht kann ich dazu beitragen, dass sich die Gemüter ein bisschen abkühlen. Ich kenne diese Leute kaum, nicht mal Karen kenne ich richtig, wenn ich ehrlich bin. Vielleicht kann ich sie aufheitern, das Thema wechseln, alle daran erinnern, dass wir eigentlich hier sind, um Spaß zu haben.

»Ich habe mal die gesamte Käseplatte gegessen. Ich dachte, sie wäre nur für mich. Ich wusste nicht, dass man nur ein bisschen davon nimmt, nicht alles, einschließlich der Cracker und Weintrauben und dieser Früchte, die wie Tomaten aussehen.«

»Sharon«, sagt Karen.

»Kaki«, sagt Mizzie.

»Leckt mich!«, sagt Hattie, schiebt ihren Stuhl nach hinten, schnappt sich ihre Strickjacke und stampft davon. In ihrer Eile, einen Abgang hinzulegen, der alle zum Schweigen bringt, vergisst sie meinen Honig. Ich beschließe, den Mund zu halten.

Patrick bezahlt für alle. Ich mache den Versuch, wenigstens Karens und mein Essen zu übernehmen, biete sogar an, den Beleg durchzugehen und auszurechnen, was wir ihm schulden. Patricks golden glänzende Amex-Karte sticht meine Geldkarte von Coop, die nicht mehr so gut aussieht, seit sie im Baumwollprogramm mitgewaschen wurde. Egal. Das Essen war nicht meine Idee, also sage ich nichts.

Sex mit Karen kommt jetzt nicht mehr in Frage. Die Geburtstagsfeier aus der Hölle hat uns beide traumatisiert. Karen macht sich Sorgen um Hattie.

»Sie schläft bei mir und fährt morgen zurück nach Norwich.«

»Das ist gut. Hat sie einen eigenen Schlüssel?«

»Natürlich, Ned, was für eine Frage! Sie sitzt nicht vor der Tür und wartet auf mich.«

»Dann ist ja gut.«

Karen schüttelt den Kopf. »Es kann sein, dass sie nicht zu meiner Wohnung geht. Ihr Vater hat sie weiß Gott schon früher zum Trinken getrieben. Und noch Schlimmeres. Ich muss mich vergewissern, dass es ihr gut geht.«

Das verstehe ich. Ich bin auch Vater, wenn Dora auch noch sehr viel kleiner ist, deshalb sage ich: »Ich komme mit. Hat Hattie eine Lieblingskneipe?«

»Nein.«

»Vielleicht holt sie sich eine Flasche Wodka beim nächsten Händler. Glaubst du, das macht sie?«

»Ich meinte: Nein, Ned! Ich will nicht, dass du mitkommst. Wenn ich allein bin, kriege ich es vielleicht hin. Wenn du mitkommst, wird es nur … Danke, aber ich komme klar. Wir sehen uns morgen im Büro. Tschüss!«

Ich bin entschlossen, zu Fuß nach Hause zu gehen, doch dann hält der 49er heben mir am Churchill Square. Ich setze mich nach oben und denke über den Tag nach. Tanya und Dora ziehen nicht in den Oman. Ich kann meine Tochter behalten. Sie bleibt hier. Nur ein paar Meilen entfernt. Und was den Rest des Tages angeht – na ja, Karen hat ein kompliziertes Familienleben. Will ich mich da einmischen? Eigentlich nicht. Solange das mit dem heimlichen Miezchen rein körperlich bleibt. Damit kann ich leben.

Doch, ich habe mich heute ganz gut geschlagen. Hab mir zwei Eier mehr wachsen lassen. Oder zumindest die, die schon da sind, gründlich entstaubt. Ich habe mich gut geschlagen. Das ist schon ein Fortschritt.

14

Gemma

Gestern habe ich zufällig Carole vor dem Zeitungsladen getroffen. Sie hat mich gefragt, wie es mir geht, und ich sagte: »Danke, gut.« Als ich nach Hause ging, wurde mir klar, dass das wirklich stimmt. Klar, ich hatte gerade zwei Jumbotafeln Schoko mit ganzer Nuss fürs Wochenende gekauft, aber da ich wie eine Nonne lebe, brauche ich Ersatz für den Sex, den ich früher mit Joe hatte.

Wenn es zwischen uns in der Kiste nicht so gut funktioniert hätte, wäre ich letzten Monat vielleicht nicht schwach geworden. Das war wirklich eine der dümmsten, selbstzerstörerischsten Sachen, die ich seit langem gemacht habe, und es wird nicht noch mal geschehen. Schon gar nicht jetzt, wo ich Vicky kenne. Ich würde nicht behaupten, dass es bei mir Klick machen würde, wenn ich sie am Schultor oder durch Freunde kennenlernen würde. Aber ich mag sie schon, trotz allem.

Ich muss immer noch grinsen, wenn ich daran denke, wie entsetzt Joe war, als er uns plaudernd in seinem Wohnzimmer vorfand, wie zwei alte Schulfreundinnen. Ich sah, wie sich die Rädchen in seinem Kopf drehten; er ist nicht die hellste Kerze auf der Torte. »O Mann, worüber haben die geredet? Was hat Gemma gesagt? Warum wirft Vicky keine Tassen nach mir?«

Letzten Endes sind alle Männer scheiße. Wirklich. Ihm käme nie der Gedanke, dass wir Frauen einen ungeschriebenen Verhaltenskodex haben. Wir sind Schwestern, vernünftig und fair. (Es sei denn, wir vögeln den Mann einer anderen hinter ihrem Rücken.) Was hätte ich davon, ihn anzuschwärzen? Abgesehen von der Angst in seinem Tom-Hardy-Gesicht. Abgesehen davon, dass er dann auch mal ein bisschen den Kummer zu spüren bekäme, den er Kelvin und mir zugefügt hat. Abgesehen davon, Vicky zeigen zu können, dass es nicht sehr schwesterlich ist, den Mann einer anderen zu vögeln.

Also ja, trotz all dieser Argumente habe ich mich an dem Nachmittag auf das hohe moralische Ross geschwungen und Joe den Arsch gerettet. Falls ich es Vicky erzähle, bestimme ich den Zeitpunkt. Je länger ich den Mund halte, desto länger leidet er. Ich habe die Macht, er nicht. Wer ist jetzt hier der Loser, Joseph Anthony O'Hara?

Irgendwie würde ich Ros gerne die Sache mit dem Sex beichten, aber ich traue mich nicht, weil sie mich verurteilen könnte. Ich glaube zwar nicht, dass sie das tun würde, aber ich will es nicht riskieren. Seit Hayley mich hinterging und mir das mit Joe und Vicky verschwieg, habe ich keine beste Freundin mehr. Ich dachte, ich würde ohne auskommen. Dachte, ich hätte keine verdient. In den ersten Monaten, nachdem Joe sich verpisst hatte, war ich sehr auf mich allein gestellt. Das ist mir jetzt klar.

Ich bilde mir ja nicht ein, ich wäre auch nur annähernd Ros' beste Freundin. Sie hat bestimmt massenweise Mädels. Ich weiß nicht mal genau, was sie von mir denkt. Es ist einfach schön, wenn man jemandem (fast) alles erzählen und mit ihm lachen kann, und das will ich nicht durch so ein Geständnis zerstören. Außerdem würde sie mir zig Fragen stellen (würde ich jedenfalls tun), und ich wüsste ehrlich nicht, was ich darauf antworten sollte.

Ich bewundere Ros. Sie muss ohne ihren Seelenverwandten weiterleben und klarkommen. Was sie verloren hat, ist tausendmal schlimmer als mein Verlust. Nach Davids Tod hätte sie zu einem Häuflein Elend werden können, nur im Bett liegen, keine Zahnseide mehr benutzen und ihre Socken nicht mehr wechseln. Hat sie aber nicht, wegen Gabriel. Ros ist lustig, klug und freundlich. Und jetzt hat sie sich sogar selbständig gemacht. Sie backt Kuchen und Torten für Cafés und Hochzeiten. Sie ist meine Freundin, und sie ist unglaublich.

Ros ist für mich der Grund, zur SPE zu gehen. Der Termin setzt einen Marker in die Mitte der Woche, er ist mein freier Abend, meine Zeit für mich. Gleichwohl dominiert Meryl nach wie vor jedes Gespräch und jede Gruppenübung mit ihren endlosen Geschichten über ihren Ex und wie seine neue Beziehung sie fertigmacht. Ich bin mir immer noch nicht sicher, ob er sein Schwulsein entdeckt hat, als er noch mit ihr zusammen war, oder nach der Trennung. Wenn Meryl manchmal die ganze Stunde mit ihren Klagen in Beschlag nimmt und keinem anderen die Möglichkeit zum Sprechen gibt, fällt es mir schwer, tolerant zu sein. Wenn ich das überhaupt kann.

Ros und ich haben uns angewöhnt, direkt nach der SPE eine Pizza essen zu gehen. In der Nähe meiner Bushaltestelle ist ein etwas schickerer Laden (wir sind schließlich in Hove) mit auf alt gemachten Resopaltischen und Backsteinwänden. Dort besprechen wir den Abend bei zwei ultradünnen Margheritas. Der beste Teil des Tages. Vielleicht gehen wir nur zur SPE, damit wir anschließend über alle ablästern können. Warum nicht? Machen die anderen wahrscheinlich genauso.

»Hast du gemerkt, wie Robin Meryl sehnsüchtige Blicke

zuwirft?«, fragt Ros, nachdem wir bestellt haben. »Ich glaube, er ist schweeeer verliebt. *Robin in love.*«

»Obwohl sie in einem fort redet? Ohne Pause?«

»Die beiden wären doch das ideale Paar!«

»Die arme Meryl«, sage ich mit einem mitleidigen Seufzer. »Gail kommt ja immer mit Akzeptieren und neuem Horizont und Schlussstrich, aber Meryl rafft es einfach nicht. Irgendwann ist es so weit, dass man nach vorne sehen und den Ex vergessen muss.«

»Und du bist schon so weit, Gemma?«

»Nein, noch nicht ganz. Aber es geht mir schon viel besser als letztes Jahr.«

»Na, das ist doch schön. Das freut mich. Joe hat dir deine Vergangenheit verdorben, aber du brauchst nicht zuzulassen, dass er das mit deiner Zukunft tut.«

»Ich weiß das doch. Wirklich, Ros.« Ich darf sie nicht so anfahren. Sie sagt es nur zu meinem Besten. »Sorry.«

Unsere Pizzen kommen, und eine Weile schneiden und kauen wir stumm. Wenn ich in der Todeszelle säße, würde ich mir als Henkersmahlzeit auf jeden Fall fadenziehenden Käse wünschen.

Der Moment eignet sich gut, um das Thema zu wechseln. »Wie läuft es bei *Sweetcakes*? Hast du schon viele Kunden?«

»Unglaublicherweise ja. Ein neues Café in Kemptown und ein Gastropub auf der Ditchling Road, außerdem zwei Geburtstagstorten und einen Macaron-Turm für die Hochzeit einer Freundin. Ich mache ihr einen Freundschaftspreis, aber es ist bestimmt gute Werbung für mich, wenn ich ihr einen Stapel Visitenkarte zum Auslegen mitgebe.«

»Wow, das ist ja toll!« Wir stoßen mit unseren Bierflaschen an.

Ros nickt mit geröteten Wangen. »Es freut mich so, Davids Eltern zeigen zu können, dass ich es schaffe. Das Startkapital der beiden konnte ich gut gebrauchen, aber ich will mich ihnen nicht verpflichtet fühlen. Ich muss beweisen, dass ich es auch ohne ihr Geld schaffe.«

Wir essen weiter. Die Zeit ist kostbar, gleich muss ich Kelvin bei Mohit abholen, und Ros muss nach Hause, um den Babysitter zu bezahlen. Ich vertilge das letzten Stückchen Pizza auf meinem Teller; Ros bittet den Kellner, ihr letztes Drittel für Gabriel einzupacken. Logisch. Sie ist dünn wie ein Supermodel, und ich bin ein Wackelpudding.

»Sie sind nicht wiedergekommen«, bemerkt sie, als wir auf die Rechnung warten.

»Wer?«

»Ed und Andy.«

»Ned.«

Sie grinst. »Ach ja, Ned. Mit dem du heimlich was getrunken hast.«

»Ich bitte dich! Wenn ich bereit bin, mich wieder auf dem Markt umzusehen, finde ich etwas Besseres als ihn. Andy war ja ganz versessen auf dich. Hast du deshalb gefragt?«

»Ich bitte dich! Wenn ich bereit bin, mich wieder auf dem Markt umzusehen, finde ich etwas Besseres als ihn.«

Das wird sie. Denn sie kann es. Was mich angeht: Ich habe zwei Jumbotafeln Schokolade mit ganzen Nüssen hinten in der Besteckschublade gebunkert, also bin ich glücklich – so weit absehbar.

Echt schade, dass Ned und Andy heute Abend nicht da waren. Andy hat es auf jeden Fall bei Ros probiert. Und Ned schien sehr erpicht darauf, sein Leben als allein lebender

Vater in den Griff zu bekommen. Seit wir was zusammen getrunken haben, ist er in meiner Achtung gestiegen. Er ist ein guter Kerl. Ich darf nicht so gemein zu ihm sein, nur weil er sein Herz auf der Zunge trägt.

Und so mache ich weiter, immer weiter, und es gibt nur noch wenige Tage im Monat, an denen ich nicht aufstehen will. Tage, an denen ich Janine aus dem Weg gehen muss, weil ich sonst erst die Beherrschung und dann meine Stelle verliere. Ich werde nicht ewig in dem Pflegeheim bleiben. Ich brauche in den nächsten zwei Jahren nur ein bisschen Stabilität.

Es gibt im Moment zwei Baustellen, die mir auf den Geist gehen, und beide sind nicht besonders wichtig. (Nervige Sachen sind nie besonders wichtig, was sie aber nicht davon abhält, nervig zu sein, weil man die ganze Zeit denkt: Los, du dumme Kuh, das musst du doch wohl geregelt bekommen.)

Die erste nervige Sache ist Kelvins neuer Kleiderschrank. Nachdem ich von Joe und Vicky zurückkam, war ich so stolz, dass sein Zimmer dort zwar schick und gestylt aussieht, aber ihm der persönliche Touch fehlt, der aus seinem Zimmer bei mir ein Zuhause macht. Dieses Hochgefühl hielt gerade mal acht Stunden. Als ich Kelvin am nächsten Morgen für die Schule weckte, fiel mir sein alter klappriger Kleiderschrank ins Auge, und ich erschrak.

Joe und ich haben ihn gekauft, als wir vor zwanzig Jahren zusammenzogen. Schon damals war er uralt. Es ist ein schwerer Kasten aus der Zeit der kleinen Kleiderbügel. Als Kelvin und seine Kleidung noch klein waren, war das in Ordnung. Jetzt ist mein Sohn fast so groß wie ich und hat viel zu viele Klamotten. Selbst wenn ich sie bügele, kommen sie verknittert und zerdrückt aus dem Schrank. Bei seinem Vater hat Kel einen riesigen Einbauschrank; so was sollte er bei mir auch haben. Er beschwert sich nie, der Gute, trotzdem hat er etwas Besseres verdient.

Ich suche im Internet nach lieferbaren Schränken, die in sein Zimmer passen. An einem Samstagnachmittag wächst sich das Ganze zu einem Projekt aus, für das ich vier große Möbelhäuser besuche, um zu vergleichen. Schließlich entscheide ich mich für einen Schrank mit Eichenfurnier von B&Q. Er ist nicht der günstigste, aber Kel ist mein Junge, und ich verwöhne ihn sonst nicht mal im Ansatz.

Der Bausatz wird umgehend in einem großen Karton geliefert und steht dann erst mal an die Wand gelehnt im Wohnzimmer herum. Nach ein paar Tagen bin ich versucht, eine Decke drüberzulegen und den Karton als Couchtisch zu benutzen.

Kelvin lacht sich über mich kaputt. »Kann doch nicht so schwer sein, einen Kleiderschrank zusammenzubauen!«

»Doch, es ist schwer, wenn die Bauanleitung auf Schwedisch oder Chinesisch ist und wenn hinterher eine Schraube fehlt oder am Ende noch was übrig ist. Wirst du schon sehen, wenn du dein erstes Möbelstück selbst zusammenbaust, du Schlaumeier.«

Auf der Arbeit klage ich wohl auch darüber, denn Felipe bietet mir an, vorbeizukommen und beim Aufbauen zu helfen. Das kann ich nicht annehmen. Ich müsste das ohne Hilfe schaffen, schon gar nicht mit der Hilfe eines Mannes. Das ist keine Atomwissenschaft, das ist ein Kleiderschrank!

Ich hasse mich dafür, doch am Ende rufe ich eine Nummer aus den lokalen Gelben Seiten an und mache einen Termin mit einem Typen, der sich »Schrauber-Sean, König des Inbusschlüssels« nennt. Das kostet fünfzig Flocken, zusätzlich zum Kleiderschrank, weil ich es nicht selbst schaffe. Armselig.

Das zweite, was mich nervt, ist Vicky. Sie hat angefangen, mich anzurufen und mir zu schreiben, hat mich sogar auf Facebook eingeladen, ihre Freundin zu werden. Mein Leben ist so ereignislos, dass ich nichts in meine Chronik stelle, Monat für Monat, während Vicky unzählige Bilder von Morgenkaffees, verpeilten Memes und ihrer Amelie postet. Warum soll ich ihr verraten, dass ich nur herumwurschtele, während sie obenauf ist?

Ich antworte auf ihre erste Nachricht, in der sie sich bedankt, ihr bei der Schnittwunde am Finger geholfen zu haben. »Kein Problem, alles gut.« Kurz und knapp, fast schon unhöflich. Das sollte weitere Kontaktversuche unterbinden.

Doch nichts da, sie ist offenbar der Meinung, dass wir uns mal auf einen Kaffee treffen sollten. Ich habe nichts gegen die Frau. Aber jetzt mal im Ernst: nein. Lass mich in Ruhe.

Joe gefällt das auch nicht. Eines Tages spricht er mir eine lange Nachricht aufs Handy, warum ich nicht mit Vicky befreundet sein kann: Das wäre nicht richtig. Das geht nicht, Gemsy. Erstick das im Keim, so schnell wie möglich, ja? Uns beiden zuliebe.

Also, wenn mich das nicht anspornt, mich so richtig an sie heranzuschmeißen, dann weiß ich es auch nicht. Eigentlich müsste ich es besser wissen. Es ist falsch, sich mit Vicky anzufreunden, nur um Joe zu ärgern. Es ist total falsch. Ihre nächsten beiden Nachrichten ignoriere ich und hoffe, dass die Botschaft bei ihr ankommt.

Am nächsten Samstagmorgen steht Joe nicht allein vor meiner Tür, um Kelvin zum Wochenende abzuholen. Er hat Vicky und Amelie mitgebracht. Na, super, wieder eine Möglichkeit, mich mit seiner Bilderbuchfamilie zu verhöhnen.

Während Kelvin hastig alles zusammenpackt – dasselbe Ritual wie jede Woche –, setze ich mein freundliches Gesicht auf. Ich schaffe es nicht, grimmig zu sein, wenn Vicky mich anstrahlt, als würden wir uns schon ewig kennen. Sie fuchtelt mit der Hand vor meinen Augen herum.

»Guck mal! Eine kleine Narbe ist noch zu sehen, aber es ist super verheilt, dank unser Florence Nightingale hier. Du warst genau im richtigen Moment da, Gemma.«

»Schön.« Ich lächele sie an, die Arme vor der Brust verschränkt, um Distanz aufzubauen.

»Wir wollen zu Joes Eltern. Schöner Tag für einen Ausflug, wenn das Wetter sich hält, Joe, nicht?«

»Ja«, brummt er und starrt mich an, bis ich wegsehe.

»Seinem Vater geht es nicht gut. Aber wenn er Amelie sieht, blüht er immer auf, stimmt's, Joe? Bei Kelvin natürlich auch.«

»Ja.«

Kelvin brüllt von oben herunter: »Hast du meinen grauen Sweater gewaschen?«

Ich brülle zurück: »In der dritten Schublade von oben! Wo er immer liegt!«

Vicky lacht, als wollte sie sagen »Kinder …«, und meint dann: »Das hat er mit Sicherheit von ihm hier. Joe sagt zum Beispiel: ›Wir haben keinen Käse mehr‹, dabei liegen zwei große Packungen im Kühlschrank. Manchmal siehst du den Wald vor lauter Bäumen nicht, Schatz, stimmt's?«

Es ist die pure Folter. Ich sende eine stumme Bitte hoch

zu Kelvin, damit er sich mit dem Packen beeilt und Joe und Vicky von meiner Haustür verschwinden. Ich bin nicht froh darüber, dass Kelvin geht, aber irgendwer muss uns aus dieser Endlosschleife falscher Freundlichkeit herausholen.

Unvermittelt nickt Vicky, als sei ihr ein Licht aufgegangen. »Ich schicke dir schon seit Tagen Nachrichten, Gemma, aber es kommt nichts zurück. Ist dein Handy kaputt?«

»Nein, das funktioniert einwandfrei. Ich hatte einfach keine Lust, Vicky.« Das sage ich natürlich nicht, aber in meiner Vorstellung klingt es sehr cool.

»In letzter Zeit hat es öfter rumgezickt. Ich glaube, ich brauch einen neuen Akku. Tut mir leid.«

Sie ist erleichtert. Sie muss geglaubt haben, ich würde sie schneiden. Wie kommt sie nur darauf?

»Alles gut. Ich dachte nur, ob du vielleicht Lust hast, nächsten Freitag zu uns zum Essen zu kommen. Wir haben einen neuen Esstisch für acht Personen, deshalb habe ich Joe vorgeschlagen, dass wir ihn mit einem schönen Essen einweihen. Hast du Zeit, Gemma?«

Joe sieht mich eindringlich an. Nein, hast du nicht. Nein, hast du nicht. Nein, hast du verdammt nochmal nicht.

Ich lächele Vicky breit an. »Ach, das ist ja eine schöne Idee, Vicky. Ich komme gerne! Wenn ich Kel mitbringe, kann er direkt bei euch bleiben. Musst du ihn nicht extra hier abholen, Joe.«

Als sie weg sind, sehe ich im Flurspiegel, wie ich eine Siegerfaust mache. Sofort bereue ich den Moment des Wahnsinns. Es war geil, Joes Gesicht zu sehen, aber jetzt muss ich zu diesem Essen gehen, Smalltalk mit Vicky machen und zugucken, wie sie in ihrem schönen Haus (mit den ungeputzten Küchenschränken) Bilderbuchfamilie spielt. Aber was soll's,

Joe wird stinksauer sein und die ganze Zeit Angst haben, dass ich eine Anspielung fallen lasse, von daher könnte es sich lohnen …

Der Samstag ist fest verplant: zuerst alle Fenster putzen, an die ich rankomme, innen wie außen, dann einen riesigen Topf Chili con Carne zum Einfrieren kochen, Nägel machen – Finger *und* Zehen. Ein Haken nach dem anderen. Um halb zwölf bin ich fertig. Warum soll ich mich aufs Sofa lümmeln und Trübsal blasen, wenn man auch Sachen tun kann, die die Laune heben? Ich liebe saubere Fensterscheiben und manikürte Nägel. Schlichte Freuden, denn ich bin leicht zufriedenzustellen. Oder einfach nur schlicht.

Der Schrauber Sean hat sich für halb drei angekündigt. Fünf Minuten vorher drückt er auf die Klingel. Egal, ich bin schon fertig. Habe sogar Vollkornplätzchen da. Ich rechne mit einem herablassenden alten Knacker, der mir das Gefühl gibt, dämlich zu sein, weil ich es nicht selbst kann. Zu solchen Typen würde ich am liebsten sagen: Ach, und wie gut kämen Sie in einem Pflegeheim mit Intensivüberwachung zurecht, wo die meisten Patienten schwerkrank sind, Demenz haben oder beides? Bock auf einen kleinen Stellentausch?

Bloß steht nicht der Schrauber Sean vor der Tür, sondern »Dödel-Danny« Robertson, ein alter Kumpel aus Joes vorletztem Leben. Ich bin fast mal mit ihm ausgegangen, bevor ich Joe kennenlernte und der mich dann regelrecht aus den Schuhen haute. Wenn ich gewusst hätte, dass es Dan ist, weiß ich nicht, ob ich ihn mit seinem Inbusschlüssel angerufen hätte.

Ich hatte sein breites Lächeln und die Grübchen vergessen.

Seine dunkelbraunen Haare sind jetzt grau, aber die Farbe steht ihm gut. Er ist so schlank und drahtig wie eh und je.

»Hatte ich doch recht.« Er grinst. »Ich dachte schon, das könntest du sein, aber ich wollte nicht fragen, falls es doch nicht stimmt.«

»Und wer ist Sean, der Schrauber? Ist das hier eine Verarsche?«

»Ich. Ich bin Sean, der Schrauber. Also, eigentlich mein Onkel, aber der hat sich letztes Jahr zur Ruhe gesetzt, und ich habe die Firma und den Namen übernommen, der Einfachheit halber. Er hatte gerade zig T-Shirts mit dem Logo beflocken lassen.« Dan öffnet seine Jacke und zeigt mir das Shirt. Ja, er ist wirklich so drahtig – und muskulös – wie eh und je.

Ich zeige ihm, was gemacht werden muss. »Es wäre super, wenn der Kleiderschrank fertig wäre, bevor Kelvin zurück ist. Mein Sohn denkt, ich kann das nicht.«

»Das stimmt ja wohl auch, sonst wäre ich nicht hier, oder?«

Meine Nackenhaare stellen sich auf. Ich werde gerade herablassend behandelt. Dan bemerkt mein Stirnrunzeln und rudert schnell zurück. »Ich meinte: Du kannst das bestimmt auch allein, aber vier Hände sind nun mal schneller.«

Wir könnten erst mal zusammen eine Tasse Tee trinken und uns über die letzten – wie viel? – fünfzehn Jahre aufs Laufende bringen. Aber ich will *jetzt* mit dem Schrank fertig werden, deshalb überspringen wir die Förmlichkeiten und legen direkt los. Ich habe den Inhalt von Kels altem Kleiderschrank aufs Bett gelegt; wir müssen ihn nur noch nach unten tragen. Dan geht vor und stemmt den Großteil des Gewichts, ich steuere von oben und achte darauf, dass wir nicht am Geländer entlangschrammen oder gegen einen Lampenschirm stoßen.

»Was hast du damit vor?«, will Dan wissen, als der Kleiderschrank unten im Flur ist.

»Den stell ich mit einem Zettel in den Vorgarten. Hier wohnen so viele Studenten, irgendwer nimmt ihn schon mit.«

»Ich würde ihn nehmen, wenn das okay für dich ist. Ich restauriere hin und wieder Möbel für einen Kumpel in Hastings, der verkauft sie dann wieder. Mit ein bisschen Muskeleinsatz und viel Liebe kriege ich das schon hin.«

»Von mir aus.«

Dans Schrauberqualitäten sind wirklich beeindruckend. Das muss er schon tausend Mal gemacht haben. Er packt alle Teile aus und legt sie im Wohnzimmer auf den Boden. Dann geht er den Aufbau methodisch an. Ich erbiete mich, Sachen festzuhalten, die er zusammenschrauben muss, doch er schickt mich weg.

»Den Tee für mich bitte mit wenig Milch, zwei Stück Zucker und nicht zu stark.«

Ich finde, dass er mehr als Vollkornkekse verdient hat, und schneide uns beiden ein Stück Zitronenkuchen ab. Wir setzen uns auf die Hintertreppe, um die letzten Sonnenstrahlen des Nachmittags zu genießen.

»Hab gehört, Joe und du, ihr habt euch getrennt«, bemerkt Dan. »Schade.«

»Das klingt, als sei es von uns beiden ausgegangen. Dass wir uns auseinandergelebt hätten oder jeder seiner Wege gehen wollte. Friede, Freude, Eierkuchen.«

»War es nicht so?«

»Er hatte eine andere. Ich hab ihn rausgeworfen.«

»Ja, das habe ich auch gehört. Wusste nur nicht, ob es stimmt.«

»Treu bis in den Tod, was? Kann ja nicht sein, dass dein alter Kumpel scheiße baut. Muss an der Frau liegen. Die hat immer Schuld.«

Dan ist überrumpelt. »Habe ich das gesagt, Gemma? Nein, hab ich nicht. Ich versuche, neutral zu bleiben.«

»Sehr fair von dir. Jetzt weißt du wenigstens, wer beschissen wurde und wer beschissen hat.«

»Ja.«

»Und?«

»Und wenn ich jetzt Joe auf der Straße oder im Pub oder sonst wo sehe, muss ich mich zusammenreißen, ihm keine reinzuhauen. Wusste er nicht, was er da wegwirft? Ist der Typ bescheuert.«

Wir sitzen schweigend da, trinken unseren Tee, und ich lasse mir Dans Worte durch den Kopf gehen. Gerade hat er noch gesagt, er wolle neutral bleiben, dann hat er sich zu einem Urteil hinreißen lassen. Er ist auf meiner Seite. Am liebsten würde ich ihn fest drücken. So oft habe ich das Gefühl, dass die Leute mir die Schuld geben, auch wenn sie es nicht aussprechen.

»Nicola und ich haben vor zwei Jahren den Schlussstrich gezogen. Du hast sie nie kennengelernt, oder? Wir haben jahrelang versucht, ein Kind zu bekommen, aber es hat nicht geklappt, und das Thema hat einen Keil zwischen uns getrieben. Ich hätte ein Pflegekind genommen, doch sie wollte nichts davon wissen. Ich kann das verstehen. Wirklich. Ich bin keine Frau, natürlich nicht, aber ich verstehe, dass es nicht dasselbe ist wie mit dem eigenen Kind schwanger zu sein. Irgendwann haben wir den Stecker gezogen, in unserem

Fall war das zum Glück in gegenseitigem Einvernehmen. Wir sind froh, dass wir es getan haben.«

»Ach, das ist traurig.«

Dan steht auf, reicht mir seinen leeren Becher und wischt sich den Gartendreck von der Hose. »Tja … So ist das nun mal. So … dann bauen wir mal den Kleiderschrank auf. Leckerer Kuchen übrigens. Normalerweise bekomme ich immer staubtrockene Haferkekse.«

Als Dan weg ist, räume ich auf und hänge Kelvins Sachen in den neuen Kleiderschrank. Die nächste Samstagsaufgabe erledigt. Haken dran. Ein Grund mehr, sich zu freuen.

Dann lege ich mich eine Weile aufs Bett und bewundere Dans Arbeit. Ich freue mich wirklich, und zwar nicht nur wegen des Kleiderschranks. Ich denke an Dan. Er hat mich nicht wie eine Idiotin behandelt, sondern mir zugehört. Er wollte auch kein Geld von mir. Das war mir nicht recht. Ich will keinem was schuldig bleiben. Daher bekam ich einen Freundschaftspreis, weil er mich schon so lang kennt, außerdem hat er ja Kelvins alten Schrank mitgenommen. Das war ein Win-win für alle.

Dan ist zusammen mit Joe zur Schule gegangen, am Wochenende zogen sie immer gemeinsam los. Als ich dann mit Hayley und noch ein paar anderen Mädchen auftauchte, merkte man schnell, dass die Hormone in Wallung gerieten und sich Pärchen bildeten. Hayley fing was mit Derren O'Malley an, und eine Zeitlang schmachtete ich Mark Rawsthorne aus der Ferne an.

Als wir einmal an einem glühend heißen Sommertag am Strand waren, am Pier, kam ich mit Dan ins Gespräch und mochte ihn sehr gern. Ich spürte, dass das Gefühl auf Ge-

genseitigkeit beruhte. Wir unterhielten uns darüber, wie toll wir *Men in Black* fanden, und nahmen uns vor, den nächsten Film zusammen zu gucken. Keine ausdrückliche Verabredung, aber es ging in die Richtung.

Dann tanzte ich auf einer Party mit Joe Blues, und es war um mich geschehen. Ich muss zugeben, dass ich von da an keinen Gedanken mehr an Dan verschwendete, weil es für mich nur noch Joe gab. Ich dachte, ich würde nie wieder jemand anderen brauchen oder wollen. Mein Gott, war ich naiv!

Kelvin kommt von seinem Wochenende bei Joe und Vicky zurück und merkt nicht, dass die Verpackung nicht mehr im Wohnzimmer steht. Er geht nach oben, und ich höre ein »Wow!«

»Danke, Mum!«, ruft er. »Hast du den selbst aufgebaut?«

»He, du Kleingläubiger! Hab ich doch gesagt, oder?«

Mein Junge hat es nicht so mit dem Bedanken, aber hin und wieder umarmt er mich, wenn er in der entsprechenden Laune ist, und als er eine Stunde später zum Tee nach unten kommt, ist es so weit. Bei Joe und Vicky gab es einen großen Sonntagsbraten, aber Omelett, Pommes und Erbsen kann er seiner Mutter nicht abschlagen. Das ist mein Junge.

Ros wartet mit zwei großen Gläsern rotem Hauswein im Anchor auf mich. Wir wollen zur SPE-Gruppe und danach losziehen, um unsere Mittwochspizza zu essen. Seit Samstag denke ich über Dan nach. Soll ich Ros von ihm erzählen? Wenn man seinen Gedanken und Gefühlen nicht richtig über den Weg traut, ist es manchmal gut, eine zweite Meinung zu hören. Dan ist ein Guter, ein Netter. Solche Männer sind rar gesät. Und ich bin mir zu neunzig Prozent sicher, dass er noch was von mir will.

»Ruf ihn an! Lad ihn ein! Worauf wartest du?« Die Meinung von Ros lässt nicht lange auf sich warten.

»Das ist doch albern! Ich kenne ihn kaum.«

»Wohl. Ihr kennt euch von früher. Und er will was von dir. Okay, ich war nicht dabei, aber aus dem, was du mir erzählst, Gemma, schließe ich das. Und du weißt es auch.«

»Was ist, wenn ich mir das nur einbilde? Wenn ich mir das aus Eitelkeit einrede?«

Fast spuckt Ros ihren Wein aus. »Solange ich dich kenne, hast du dir noch nie was eingeredet. Niemals. Du bist der uneitelste Mensch, den ich kenne. Du machst dich immer klein, stellst dein Licht unter den Scheffel. Mach nicht so ein Gesicht, Madame, das ist so.«

Ich will nicht streiten. Verschwendete Lebenszeit.

»Und, rufst du Schrauber Dan an und fragst ihn, ob er dir mal seinen Werkzeugkasten vorführt?«

»Ich könnte ihm sagen, meine Muffen wären ein bisschen eingerostet, ob er wohl Abhilfe weiß.«

Ros hat ein ohrenbetäubendes, ansteckendes Lachen. Wir können gar nicht mehr aufhören. Genau deshalb liebe ich den Mittwochabend.

»Mensch, euch hört man ja bis auf die Straße! Was ist denn so lustig?« Neds Kumpel Andy steht vor unserem Tisch. Er zieht sich einen Stuhl heran, setzt sich dazu und winkt Ned herüber, der noch an der Theke wartet. »Zwei große Rotwein für diesen Tisch, Junge.«

»Wir reden eigentlich über den Aufbau von Kleiderschränken.« Ros zwinkert mir zu.

Andy zuckt mit den Schultern. Er hat keine Ahnung, worüber wir gelacht haben. Er ist nur erleichtert, dass nicht er der Grund war.

»Hier sind wir wieder«, sagt er und verteilt die Gläser, als sei die Runde von ihm. »Wie kommt die SPE-Clique ohne uns zurecht?«

»Wir waren am Boden zerstört«, erwidere ich. »Ich hab sogar richtig geweint, Ros, stimmt's? Dann dachten wir, scheiß drauf, wir sollten einfach mal wieder hingehen.«

Wir stoßen an wie alte Freunde. Eigentlich ist es schön, die beiden zu sehen. Der harte Kern der SPE – Gail, Robin, Meryl und Loretta – ist ja lieb und nett, aber es ist gut, jemanden Frisches dabei zu haben. Ich nehme mir vor, Ned diesmal nicht in der Luft zu zerreißen, als sei er der offizielle Pressesprecher aller geschiedenen Väter.

»Wie geht's dir, Gemma?«, fragt Ned. »Liest du den Kerlen immer noch die Leviten?«

»Einer muss es ja tun.« Ich weiß, dass er mich neckt, aber es stört mich nicht. Eigentlich finde ich es sogar ganz lustig.

»Hast du das gehört, Andy? Heute müssen wir uns gut benehmen, sonst ...«

»Ist Andy dazu überhaupt in der Lage?«, frage ich freundlich.

»Im letzten Jahr war er ein super Freund. Bei der Trennung hab ich die CDs bekommen und Tanya alle Freunde. Andy war ein treuer Kumpel, auch wenn man nur die Hälfte von dem glauben darf, was er sagt.«

»Ich bin ein wirklich treuer Typ«, versichert Andy und sieht Ros nachdrücklich an. »Ich wäre ein toller Partner.«

»Ich glaube, Meryl ist auf der Suche nach einer neuen Liebe. Versuch's mal bei ihr.« Wieder prustet Ros los. Andy findet das nicht komisch.

Wir haben fast vergessen, warum wir im Anchor sind. Da

taucht Gail mit ihrem treuen Flipchart auf. Sie winkt uns zu und kommt herüber.

»Hi, Leute! Sieht aus, als ob wir heute richtig viele sind. Fabelhaft, fabelhaft.« Sie strahlt Ned und Andy an. »Freut mich, dass ihr auch wieder da seid. Keine Eile, dauert noch fünf Minuten, bis ich alles aufgebaut habe. Auf vermehrte Nachfrage machen wir heute Abend das Vertrauensspiel. Und Meryl hat mich angerufen und gesagt, sie möchte von ihrer aktuellen Situation erzählen. Bis gleich dann!«

Sie kämpft sich mit ihrem Flipchart die Treppe hoch, wir lassen sie gehen.

Als sie außer Hörweite ist, lege ich los: »Nicht schon wieder das Vertrauensspiel! Das bringt null und ist nur peinlich. Beim letzten Mal ist auch nichts dabei herausgekommen. Nur dass man es besser meidet wie die Pest.«

Ros nickt. »Meryl überdrehte total, Robin machte dicht. Loretta verschwand aufs Klo. Gemma war nur noch sarkastisch.«

»Klingt ganz untypisch für Gemma.« Ned grinst. »Was ist denn so schlimm an dem Spiel? Ich fände eine Stunde über Vertrauen momentan eigentlich ganz hilfreich.«

Andy ist nicht überzeugt. »Ich nicht, Junge, aber lass dich nicht von mir aufhalten.«

Ros und ich tauschen einen Blick. Ich weiß, was sie denkt. Wie wäre es, wenn wir die SPE sausen lassen und direkt zum Italiener gehen? Ich nicke. Wir packen unsere Sachen zusammen.

»Ned, kannst du Gail sagen, dass Ros' Babysitterin gerade angerufen hat? Sie hat sich übergeben und fühlt sich nicht gut. Ros macht sich Sorgen, sie will nach Hause. Stimmt doch, Ros, oder?«

»Ich stehe völlig neben mir«, sagt Ros, ohne die Miene zu verziehen.

»Ich begleite sie als moralische Unterstützung. Und um das Erbrochene wegzuwischen.«

»Und ich fahre euch beide in meinem Audi RS7 hin«, wirft Andy ein.

Ros ist beeindruckt. »Du hast einen Audi?« Dann begreift sie. »Ja, klar.«

Ned ist hin- und hergerissen. Entweder bleibt er hier und bekommt heraus, warum Gails Vertrauensspiel so schrecklich ist, oder er macht mit uns die Fliege. Ros, Andy und ich verlassen den Anchor, er überlegt noch.

Zwei Stunden später haben wir zu viert zwei Knoblauchbrote, eine Schale Pizzabällchen, vier Pizzen, zwei Insalata tricolore, zwei Tiramisu und zwei Flaschen Valpolicella verputzt. Alle zwanzig Minuten sagt Ned, er käme sich mies vor, weil er die SPE geschwänzt hat. Wir sagen ihm, er solle den Mund halten und sich damit abfinden.

»Aber wegen Gail«, fängt er wieder an, sein dritter Versuch, uns ein schlechtes Gewissen zu machen, »sie steckt da so viel rein, oder? Ich möchte nicht, dass sie denkt, wir wüssten das nicht zu schätzen.«

Ich habe mir vorgenommen, Ned heute nicht fertigzumachen, aber jetzt mal ehrlich, er ist einfach ein Waschlappen. »Gail hat kein Problem damit. Die hat ein dickes Fell. Der Frau kann nichts was anhaben. Nicht mal Meryl. Du hättest ja nicht mitkommen müssen, Ned.«

»Genau, lass gut sein, Junge«, sagt Andy. »Du musst mal ein bisschen spontaner werden.«

»Ich bin spontan.«

»Ja, wenn es weit im Voraus geplant ist.«

Ros gießt uns den letzten Rest vom Wein in die Gläser. »Du verpasst wirklich nichts, Ned. Das ist nur so eine dämliche Modesache aus Amerika, die Gail aus dem Internet hat. Also, mir bringt die gar nichts. Ich habe David vertraut, und er mir. Zu hundert Prozent. Auch wenn er vielleicht doch ein Geheimnis hatte, so wie er sich ohne jede Vorwarnung davongestohlen hat.«

Das tut Ros öfter. Ist keine Absicht. Es geht ihr nicht um Anerkennung oder Mitleid. Immer mal wieder erinnert sie mich – uns – daran, dass sie aus einem anderen Grund Single ist als wir. Wir wurden »nur« sitzengelassen, während Ros ihr halbes Leben gestohlen wurde. Ich weiß nicht, wie sie Tag für Tag damit klarkommt.

Andy streicht ihr über den Arm, und sie lässt es zu. »Ich kann mir nicht ansatzweise vorstellen, was du durchmachst, Ros. Meine Mutter ist vor fünfzehn Jahren gestorben, und ich war am Ende. Auch wenn das was ganz anderes ist. Das ist mir klar.«

Ich dachte bis jetzt, Andy sei ein Blender. Vielleicht ist er im Grunde seines Herzens doch ein netter Kerl, und mein Idioten-Radar muss neu justiert werden.

Auch Ros wirkt beeindruckt. »Danke, Andy. Ich weiß, ich bin nicht die einzige Witwe auf der Welt, und ja, ich komme klar, den Umständen entsprechend. Trotzdem habe ich immer das Gefühl, allein zu sein. Jedenfalls in meinem Kopf. Nur nicht, wenn ich träume. Dann ist David immer bei mir.«

Niemand weiß darauf etwas zu sagen. Zum Glück kommt der Kellner an den Tisch, und Andy bestellt vier Grappa, ohne uns vorher zu fragen. Ich bin heilfroh, dass ich am nächsten Tag Spätdienst habe; so viel habe ich seit Jahren nicht mehr getrunken.

»Wisst ihr was?«, sage ich. »Ich bin am Freitag zu einem Abendessen bei Joe und Vicky eingeladen. Ich wollte auf keinen Fall hin, bis ich gemerkt habe, dass er mich da auf keinen Fall haben will. Also habe ich zugesagt. Wie soll ich damit umgehen?«

»Total cool natürlich«, rät Andy. »Und wenn du eine Begleitung mitbringen kannst, nimm den bestaussehenden Mann, den du kennst.«

Ros klatscht in die Hände. »Dan! Lad Dan ein!«

»Er war früher mit Joe befreundet«, erwidere ich. »Da könnten die Fäuste fliegen.«

»Noch besser«, meint Andy.

»Nee, das mache ich nicht.«

»Ich komme gern als dein neuer Freund mit«, bietet sich Andy an. »Falls das hilft.«

»Oje, hätte ich doch nur nichts gesagt!«

Ned hat die ganze Zeit zugehört. »So einen Termin hatte ich vor ein paar Wochen auch. Den neuen Freund spielen. Das war eines der furchtbarsten Essen, die ich je erlebt habe.«

Andy ist ehrlich überrascht. »Hast du mir gar nicht erzählt! Mit wem denn?« Kurz überlegt er, dann sagt er: »Leck mich! Mit Karen?«

»Schwer zu glauben, Andy, aber ich erzähl dir nicht alles«, sagt Ned selbstzufrieden. »Egal, ich glaube, ich weiß, warum du allein kommen sollst, Gemma. Was meint ihr?«

Ros errät es zuerst. »Sie soll verkuppelt werden. Sie haben einen Single für dich am Start. Damit sie dich los sind.«

Auf die Idee bin ich gar nicht gekommen. »Na, super.«

»Nach Davids Tod haben die Leute das ständig mit mir gemacht«, erzählt Ros. »Nicht direkt danach. Sie haben mir ein Jahr Zeit gelassen, um drüber hinwegzukommen, aber dann … *bam!* ›Das ist mein Bruder, kennst du meinen Ex, darf ich dir meinen Vater vorstellen?‹ Ich hatte schon Angst, irgendwohin zu gehen, weil da immer ein Typ sein konnte, dem man meine gesamte Lebensgeschichte gesteckt hatte.«

Beim Grappa teilen wir die Rechnung auf, auch wenn Andy erst so tut, als würde er die Kreditkarte zücken. Er ist wirklich ein Blender, auch wenn er es noch so zu verbergen sucht.

Ros ruft ein Taxi und geht schon nach draußen, um darauf zu warten. Andy bietet an, sie zu begleiten. Er will auf jeden Fall was von ihr. Ned und ich sehen zu, wie er zu seiner Jacke greift und ihr hinterherrennt. Wir können uns das Grinsen nicht verkneifen.

»Sie spielt echt in einer anderen Liga«, sage ich. »Außerdem kann es nicht leicht sein, in Davids Fußstapfen zu treten.«

»Ja, was Ros mitgemacht hat, war für mich tatsächlich eine Art Weckruf. Ich habe erkannt, dass ich dankbar für das sein kann, was ich habe, dass ich positiver sein muss, nach vorne gucken.«

Ned wirkt so glücklich, dass es mich überrascht. Wenn er lächelt, ist er echt süß.

»Optimismus steht dir, Ned. Was war das gerade?«

»Rat mal! Dora muss doch nicht in den Oman. Ich habe Tanya gesagt, was ich davon halte, und sie hat mir zugehört, hat mich ernst genommen. Besser könnte es nicht gelaufen sein. Also, könnte es schon, ich arbeite dran.« Er lächelt wieder, ein breites Grinsen von einem Ohr zum anderen, das ich erwidere, ohne so recht zu wissen, warum.

Dann verrät er mir den zweiten Grund für seine gute Laune. »Am Samstag habe ich ein Date.«

»Mit dieser Karen? Wer ist das überhaupt?«

»Meine Chefin. Weißt du doch. Wegen der du mich bei der SPE so angemacht hast. Nein, Gott bewahre, nicht mit der. Mit einer Frau namens Nancy. Wir haben uns vor kurzem kennengelernt, und dann war ich zufällig in dem Laden, wo sie arbeitet. Ich hatte keine Ahnung. War echt eine Überraschung für uns beide. Dann habe ich sie eingeladen. Hab seit Jahren kein richtiges Date mehr gehabt.«

»Abgesehen von Karen?«

»Das zählt nicht. Ich weiß, das klingt gemein, aber Karen zählt nicht. Nancy, das ist was ganz anderes. Ehrlich, Gemma, ich habe so einen Bammel!«

Ich würde gerne mehr erfahren, aber es ist fast zehn Uhr, und ich muss Kelvin noch bei Mohit abholen. Ich notiere meine Handynummer auf einer Serviette. »Wir können uns doch schreiben! Vor, während und nach *meinem* Essen und *deinem* Date. Was hältst du davon?«

»Super. Ja. Super. Das wäre echt … ja.«

Am Freitagabend zerbreche ich mir gar nicht erst den Kopf darüber, was ich anziehen soll. Ich zerre nicht alle Klamotten aus dem Kleiderschrank und zwinge Kelvin, mich zu beraten. Ich rede mir auch nicht ein, dass ich in der einen Hose einen dicken Hintern habe und der Ausschnitt von dem anderen Oberteil zu tief ist. Ich greife auch nicht auf ein schäbiges T-Shirt und Jogginghose zurück, nur um Joe und Vicky zu zeigen, dass ich mir für sie keine Mühe gebe.

Ich greife direkt zu dem Kleid, das ich im Sinn hatte, als Vicky mich eingeladen hat. Ich habe es vor einem Jahr bei Zara im Sale gekauft, aber noch nie angehabt: Es ist dunkelgrau, kurzärmelig und reicht nicht ganz bis zum Knie, so dass meine halbwegs vorzeigbaren Beine zur Geltung kommen. Dazu trage ich eine schwarze Strumpfhose, schwarze Pumps und eine silberne Kordelkette, die Joe mir zu Kelvins Geburt geschenkt hat. Mal sehen, ob er sich daran erinnert.

Ich schminke mich dezent, trage nur roten Lippenstift auf. Mit den Haaren gebe ich mir Mühe und föhne sie aufwendig. Mein Spiegelbild ist einverstanden. Ich kann mich sehen lassen. Konnte ich eigentlich immer schon.

Kelvin geht an meinem Schlafzimmer vorbei und kommt noch mal zurück, um mir bei meiner Selbstbespiegelung zuzusehen. »Hey, Mum! Du siehst echt hübsch aus. Willst du einen Typen abschleppen, oder was?«

Ich packe mir meinen Sohn, drücke ihn an mich und drehe ihn so, dass wir zusammen in den Ganzkörperspiegel gucken. »Es gibt schon einen Mann in meinem Leben. Wir kommen doch gut klar, wir beide, oder?«

»Doch. Normalerweise schon. Bist du denn, ich meine, bist du glücklich? Weiß ich manchmal nicht so genau.«

»Doch. Meistens schon.« Ich drücke ihm einen Kuss auf den Scheitel. Bald muss ich mich dafür auf die Zehenspitzen stellen.

Kelvin ist wie immer am Wochenende bei Joe und Vicky, deshalb hat Joe angeboten, uns abzuholen. Ich habe dankend abgelehnt. Er würde mir mit Sicherheit auf der gesamten Fahrt in den Ohren liegen, was ich Vicky sagen darf und was nicht, und das ist das Letzte, was ich brauche. Zum Beispiel, dass ich keine roten Zwiebeln mag, oder wie schnell ich vor ein paar Wochen auf meiner makellos sauberen Arbeitsfläche gekommen bin. Busfahren geht auch, und ich nehme später ein Taxi für die Rückfahrt ohne Kelvin.

»Wer ist sonst noch da?«, fragt Kelvin, als wir in Elm Grove vom 49er in den 22er umsteigen.

»Keine Ahnung. An Vickys neuem Tisch haben acht Personen Platz.«

»Ist das nicht komisch für dich, Mum? Da bei denen? Bei ihr?«

»Ja, schon. Mir ist auch ein bisschen mulmig zumute.«

»Dann lass es doch. Ich kann sagen, dir geht's nicht gut. Zum Beispiel, dass du ganz schlimmen Dünnpfiff hast.«

Ich muss laut lachen, und die Frau neben mir in der Schlange sieht mich vorwurfsvoll an.

»Dünn. Super, Kelvin. Das machen wir ... nicht.«

Kelvin lacht ebenfalls, zufrieden mit seinem unglaublich guten Witz. »Jetzt im Ernst, Mum. Fahr nach Hause.«

»Im Ernst, Kelvin. Auf keinen Fall.«

Seit meinem letzten Besuch, als ich die Wunde an Vickys Finger versorgt habe, hat sich etwas verändert: Nun stehen vor der Haustür zwei kleine, zu Kugeln geschnittene Lorbeerbäumchen. Auch die Hausnummer ist neu: in Rauchglas geätzt, schwebt sie quasi an der Verandawand. Ich wette, Vicky hat einen ganzen Stapel Inneneinrichtungszeitschriften auf dem Gästeklo. Wäre schön, wenn Ros hier wäre, dann könnten wir gemeinsam ablästern. Muss ich mir für Mittwoch merken.

Vicky reißt die Tür auf und umarmt mich wie eine lange verschollene Freundin. Kelvin guckt mich an und grinst. Dann wird auch er umarmt. Ich traue mich nicht, ihn anzusehen, weil wir dann vielleicht beide loskichern müssen.

Eigentlich ist das süß. Vicky wünscht sich so sehr, dass wir uns verstehen, alle einen Schlussstrich ziehen und nach vorne sehen. Und tatsächlich will ich das ja auch. Ich kann sie nicht immer nur hassen, schon gar nicht jetzt, wo ich sie kennengelernt habe. Vielleicht hilft es mir, *richtig* über Joe wegzukommen. Ich habe das Gefühl, dass ich jetzt endlich dazu bereit bin.

Vicky in einem Blumenkleid mit passenden fuchsiafarbenen Wildlederstilettos ist der Inbegriff der eleganten Gastgeberin. Die mit Soße und Eigelb bekleckerte Schürze, in der sie gekocht hat, wird sie gegen diese makellose weiße Schürze ausgetauscht haben, auf deren Brusttasche »Chefköchin« gestickt ist.

»Kommt rein, kommt rein! Ach, ist das toll! Ich kann euch gar nicht sagen, wie sehr ich mich freue, dass du da bist, Gemma! Und Kelvin, obwohl der ja *immer* am Wochenende hier ist, nicht?« Sie macht ein banges Gesicht, als hätte sie gerade etwas Falsches gesagt. Trotzdem redet sie weiter. »Worüber wir uns ja auch immer freuen. Also, dass du jedes Wochenende hier bist. Wirklich. Brauchst du nur Amelie zu fragen.«

Wir werden ins offene Wohnzimmer geführt. Ich bin kein Fan von zugestellten, überfrachteten Räumen, aber das hier ist eine andere Liga: Es sieht eher aus wie das Wartezimmer in einem Gesundheitszentrum, nicht wie ein Zimmer, in dem echte Menschen fernsehen, lesen, ein Nickerchen halten … Alles Glas und Chrom, in Creme- und Naturtönen, abgesehen von ein paar Kunstfellkissen in Limettengrün.

Joe schenkt Getränke ein, den Rücken uns zugewandt. Vicky muss ihn gestylt haben, denn solche Sachen hätte er nie angezogen, als wir noch zusammen waren: ein Hemd mit einem derart aufdringlichen Muster, dass man vom bloßen Hinsehen Kopfschmerzen bekommt, dazu eine superenge beige Skinny-Jeans, die von weitem so aussieht, als hätte er vergessen, eine Hose anzuziehen. Um so was tragen zu können, muss man eigentlich rank und schlank sein. Ist Joe aber nicht. Nicht mehr.

Er dreht sich um, und ich sehe die anderen Gäste – ach, du Scheiße: Hayley und Lee. Wieso habe ich nicht daran gedacht? Vicky kneift sich bestimmt in den Arm, weil sie nicht glauben kann, wie geschickt sie das Wiedersehen der ehemals besten Freundinnen eingefädelt hat. Vielleicht kann ich doch noch sagen, ich hätte den ganzen Tag Dünnpfiff gehabt und will nicht ihre hellen Polstermöbel ruinieren.

Doch ich bin ehrlich: Hayley erwartet keine dicke, fette Umarmung von mir wie die von Vicky. Sie wird den Einlauf nicht vergessen haben, den ich ihr bei Sainsbury verpasst habe. Wahrscheinlich hat sie eher Angst, dass ich nach der nächsten Vase greife und sie nach ihr werfe. Aber ich bin erwachsen und zivilisiert, ich kann mich zusammenreißen. Ich werde mich würdevoll benehmen, lustig sein und sie so liebevoll verarschen, dass sie es gar nicht merkt.

»Du siehst super aus, Gem«, sagt Hayley und hievt ihren kurvenreichen Körper hoch. Sie trägt dieselben Wildlederstilettos wie Vicky, nur in kräftigem Türkis. Am besten greife ich das direkt auf.

»Ach, guck mal! Vicky und du, ihr habt ja die gleichen Schuhe an!«, sage ich bewundernd. »Wart ihr zusammen shoppen?«

»Ich habe die in vier verschiedenen Farben«, erklärt Vicky. »Hayley hat mich gefragt, ob es mich stören würde, wenn sie sich die auch holt. Ich dachte, na, eigentlich ist es ja schmeichelhaft. Mach ruhig.«

»Ich habe drei Paar davon«, sagt Hayley. »In Fuchsia, Türkis und Nude. Wir stimmen uns immer ab, um sicherzugehen, dass wir nicht dieselbe Farbe anhaben, wenn wir uns treffen, nicht wahr, Vic?«

Was ist hier eigentlich los? Hayley hat ja immer schon jedes Fettnäpfchen mitgenommen, aber ist das jetzt Absicht, derart mit ihrer Freundschaft zu Vicky zu prahlen, oder kriegt sie es echt nicht mit? Ich tippe auf Letzteres. Also sind sie jetzt dicke Freundinnen. Na, und?

Währenddessen beobachtet Joe mich genau. Sein Gesicht sagt: Dieses Hemd war nicht meine Idee, ja? Und: Du siehst geil aus, Gemsy. Ich kann seine Gedanken lesen. Ich werde immer wissen, was er denkt.

Da erinnert er sich an seine Gastgeberpflichten: »Was darf ich dir bringen? Einen Wein, Pimm's, Martini, Aperol Spritz, Eistee mit Zitrone?«

»Gern einen Pimm's. Davon hatte ich mal echt zu viel, weißt du noch?«

Joe lacht. »O Gott, ja. Auf der Hochzeit in diesem Pub in Shoreham.«

»Claire und Keith.«

Das darauf folgende Schweigen könnte man mit Vickys bestem Messer zerteilen. Joe und ich haben eine gemeinsame Vergangenheit. Soll ich vielleicht so tun, als gäbe es die nicht?

Vicky stellt einen Teller mit Essen für Kelvin zusammen, damit er nach oben gehen und mit Mohit Minecraft spielen kann. Gut. Wenn ich mich danebenbenehme, bekommt er es wenigstens nicht mit.

Gerade denke ich: Okay, dann sind wir ja alle da, Hayley und Lee, Vicky und Joe plus die traurige Singlefrau, da klingelt es erneut. Könnte natürlich noch ein schnuckeliges Pärchen sein, aber was ist, wenn Ned und Ros recht hatten? Was, wenn ich wirklich mit einem traurigen Singlemann verkuppelt werden soll?

Jep, da kommt er: Vickys Cousin Chris. Auf den ersten Blick sieht er okay aus. Nicht so, dass man in Ohnmacht fällt, aber ich habe auch nicht damit gerechnet, dass Idris Elba heute Abend Zeit hat. Bisschen zu viel Gel in den Haaren, schöne Augen, eine rahmenlose, fast unsichtbare Brille, unauffällige, aber schicke Klamotten. Und er beherrscht das Zuspätkommen, ohne zerknirscht zu wirken oder sich zu entschuldigen.

Er nimmt Vicky in den Arm, gibt Joe die Hand und winkt Hayley und Lee zu, als würde er sie schon kennen. »Nach dem Ausschlussverfahren musst du Gemma sein, richtig?«

»Schuldig im Sinne der Anklage.« Warum sage ich das? Nicht clever, nicht lustig.

Ihm gefällt mein Pimm's, er hätte auch gern einen. Dann nimmt er eine Handvoll Erdnüsse und wirft sie sich komplett in den Mund. Ich gönne Vicky nicht die Genugtuung, aber ich glaube, ich mag Chris.

Das Abendessen ist eine Hommage an die Kochbücher in Vickys Küche: Vorspeise von Nigella, Fladenbrot von Paul Hollywood, Hauptgericht von Hugh Wie-hieß-der-noch-gleich, Nachtisch von Jamie.

Jamie Oliver ist ihr Lieblingskoch. »Er ist so … normal, oder? Kein Getue, keine Allüren. Er mag einfach gutes Essen.«

»Ich finde, er ist ein Dödel«, sagt Joe.

»Ach, sei doch nicht so gemein! Er ist toll«, sagt Hayley.

Lee zuckt mit den Schultern. Er hat keine Meinung. Weder zu Jamie noch zu sonst was, den ganzen Abend nicht. Ich hatte vergessen, wie langweilig er ist. Hayley hätte genauso gut eine Tischlampe als Begleitung mitbringen können.

Chris wird an Vickys neuem Angebertisch der Platz mir gegenüber zugewiesen, wahrscheinlich damit wir uns über den Rucolasalat hinweg verlieben können. »Und, Gemma, was hältst du von Jamie?«, fragt er mich augenzwinkernd.

»Auf jeden Fall besser als Gordon Ramsay.«

Vicky muss seit Tagesanbruch in der Küche gestanden haben. Alles ist super lecker. Das Gemüse ist perfekt gegart, das Hühnchen saftig, und alle Soßen sind sämig und schmackhaft. Sie beherrscht sogar die Technik mit den Dekokreisen auf den Tellern.

»Aah, das sind also Fondantkartoffeln!« Ich versuche, nicht mit vollem Mund zu sprechen. »Die sehe ich dauernd bei *MasterChef* im Fernsehen, aber ich habe nie verstanden, was daran so toll sein soll. Wirklich lecker, Vicky.«

Hayley pflichtet mir bei und bedient sich von Lees Teller, spießt eine Kartoffel von ihm auf. »Er trainiert für einen Zehn-Kilometer-Lauf. Ich tue ihm nur einen Gefallen. Du hast absolut recht, Gemma. Fondantkartoffeln und Schokoladenfondant. Wie haben wir es nur ohne ausgehalten?«

»Du kannst ja gar nicht mehr ohne Fondant, Hayley«, frotzelt Joe.

Vicky wirft ihm einen Blick zu, als hätten sie vorher abgesprochen, dass er keine persönlichen Bemerkungen machen soll.

Hayley wird rot. »Wieso, gibt es zum Nachtisch noch Schokoladenfondant?«

»Pfirsich-Clafoutis oder Obstsalat mit Piña Colada. Tut mir leid, Süße.«

Ich gehe nicht oft in bessere Restaurants, wenn überhaupt. Ein Braten im Pub reicht mir völlig aus, mit allen Beilagen. Joe und ich fanden schickes Essen immer überflüssig, solange man sich was beim Chinesen bestellen und gemütlich vorm Fernseher futtern konnte. Trotzdem entgeht mir nicht, dass dieses Essen wirklich top ist. Vielleicht das beste, was ich je bekommen habe. Kein Wunder, dass Joes Bauch gegen die Knöpfe seines schreiend bunten Hemds drückt.

»Das ist hervorragend, Vicky! Jeder einzelne Bissen. Ich bin schwer beeindruckt.« Das meine ich ehrlich. Ganz ohne Ironie oder Sarkasmus. Es ist wirklich super.

Vicky wird rot. »Oh, danke, Gemma. Das bedeutet mir viel. Wir freuen uns alle so, dass du hier bist. Dass wir die Vergangenheit Vergangenheit sein lassen und nach vorne schauen können. Stimmt doch, Joe, oder?«

»Ja, ja.«

Nach Joes Stichelei hat Hayley die Hälfte von Lees Fondantkartoffel zur Seite geschoben. »Mir bedeutet das auch viel. Gem und ich kennen uns schon so lange. Das ist doch auch was, oder?«

Lächelnd hebe ich das Glas. Ich sage nicht: Du wirst nie wieder meine beste Freundin sein. Deshalb bilde dir nicht ein, das hier hätte etwas zu bedeuten. Hat es nämlich nicht … Süße.

Ich könnte mich irren, aber ich habe das Gefühl, Chris hat die negativen Schwingungen zwischen Hayley und mir wahrgenommen. Er sieht uns beide an, dann hebt er ebenfalls das Glas.

»Auf alte Freunde« – er macht eine Kunstpause –, »besonders auf Chandler und Phoebe.« Er zitiert aus *Friends*! Doch, ich mag ihn auf jeden Fall.

Der Nachtisch ist umwerfend lecker. Von mir aus kann Vicky jeden Tag für mich kochen. Hat das den Ausschlag für sie gegeben, als Joe heimlich mit ihr vögelte? Selbst meine beste Lasagne mit zwei Zentimetern Cheddar obenauf hätte nicht dagegen anstinken können.

Joe und Lee unterhalten sich über Fußball, Vicky und Hayley sind nach oben gegangen, um nach Amelie und Scarlett zu gucken. (Und wahrscheinlich, um sich darüber auszutauschen, wie es bisher läuft.) Bleiben noch Chris und ich.

»Du schlägst dich echt gut«, sagt er mit gesenkter Stimme.

Ich bin etwas verdutzt. Kann er Gedanken lesen?

»Vicky hat mir alles erzählt, also, was passiert ist. Mit euch dreien.«

»Deine Cousine hat mir meinen Mann weggenommen.«

»Meine Mutter und Vickys Mutter sind Schwestern, deshalb haben wir alle aus nächster Nähe mitbekommen, als Vicky jemanden kennenlernte. Joe. Bloß wussten wir, erst als er mit ihr zusammenzog, dass er …«

»… ein Arschloch ist?«

»… verheiratet ist. Das wussten wir wirklich nicht. Meine Mutter meinte, Tante Lou hätte gesagt, Vicky habe endlich ihren Märchenprinzen gefunden, und wir haben uns natürlich für sie gefreut.«

»Ach, wie süß.«

»Dass du heute Abend herkommst und nett bist, finde ich schon unglaublich. Du machst das wirklich super.«

Am liebsten würde ich heulen. Ich habe Chris erst vor ein paar Stunden kennengelernt, aber er versteht, wie schwer dieses Martyrium für mich ist. Ich glaube nicht, dass sich hier sonst noch jemand solche Gedanken macht.

»Ich hatte lange einen Hass auf Vicky«, gestehe ich ihm. »Teilweise immer noch, auch wenn ich merke, dass sie eine liebe Frau ist. Sie muss gewusst haben, dass Joe verheiratet ist. Aber eigentlich ist es Joe, der ... der ...«

»Das Arschloch ist?«

»Ein Riesenarschloch ist. Er hat Kelvin und mir dermaßen weh getan, das wird er nie richtig begreifen. Aber ich kann nicht immer mit dieser Wut herumlaufen, sonst ersticke ich daran.«

Joe und Lee kommen mit einer Flasche Cognac und Gläsern an den Tisch zurück. Chris tätschelt mir aufmunternd die Hand. Joe sieht es und verzieht das Gesicht. Mal ehrlich, wen interessiert bitte die Fondantbohne, was er denkt? Ich erwärme mich immer mehr für Chris.

Ich gehe zur Gästetoilette und tatsächlich, neben einer Pyramide Klorollen liegt ein ganzer Berg von Inneneinrichtungszeitschriften. Fast schicke ich Ned eine WhatsApp, dass er recht hatte – ich soll verkuppelt werden –, aber das kann warten. Mache ich, wenn ich zu Hause bin.

Als ich von der Toilette komme, steht Joe vor mir. »Es tut mir leid, Gemsy. Wirklich, das schwöre ich dir. Ich konnte es ihr nicht ausreden.«

»Was? Mit dir durchzubrennen?«

»Nein, das hier. Dieser verfluchte Abend heute. Hayley, Lee. Das ist nicht auf meinem Mist gewachsen. Schon gar nicht, dich mit Chris zu verkuppeln.«

»Tja. Ich bin trotzdem da, oder? Die perfekte Ex. Höflich, freundlich, lobe die perfekte *neue* Frau für ihre Fondantkartoffeln. Muss komisch für dich sein.«

Er nickt, als trüge er das Gewicht der Welt auf seinen Schultern. »Allerdings.«

»Deine neue Frau kann hervorragend kochen. Deine neue Frau kann eine Serviette zu einem Schwan falten und in Stilettos laufen. Während deine alte Frau dir Spaghettinester auf Toast serviert hat und dich zum Lachen gebracht hat, bis dir alles weh tat. Und ich hätte dich niemals, nie im Leben in so eine affige Hose gesteckt. Egal, wir sind jetzt hier. Und wenn du mir bitte nicht länger den Weg versperrst, dann kann ich dahin zurück, wo es lustig ist.«

Kurz bevor ich gehe, schleiche ich mich nach oben, um Kelvin »Gute Nacht« zu sagen. Ich rechne damit, dass er immer noch Minecraft mit Mohit spielt, aber er ist schon ins Bett gegangen. Als ich ihm einen Gute-Nacht-Kuss gebe, rieche ich sogar die Zahnpasta in seinem Atem. Ich bin eine gute Mutter. Hiermit ist es amtlich.

Chris bietet mir an, mich nach Hause zu bringen, und ich bin einverstanden. Aus dem Augenwinkel sehe ich, wie Vicky Hayley den ausgestreckten Daumen hinhält. *Check*. So wie Vicky ihr Haus in Schuss hält, wo alles sauber und ordentlich ist und an seinem Platz steht, so hat sie jetzt in zwei Leben aufgeräumt. Hat ihren Cousin mit der Ex ihres Typen verkuppelt. Hat ihm quasi schon den Zylinder gekauft.

Wir fahren die zehn Minuten von Woodingdean nach Bevendean. Nicht annähernd genug Zeit, um zu erkennen, dass wir füreinander bestimmt sind. Ich mag Chris. Er ist mein Typ. Derselbe Humor, dieselben sarkastischen Bemerkungen, dieselbe Einstellung zu den angebotenen Desserts: »Kann ich bitte von beiden ein bisschen haben?«

Als er hinter der Universität bei Falmer aufs Gas drückt, sage ich: »Vicky weiß doch, dass du schwul bist, oder?«

»Mehr oder weniger«, erwidert Chris, jetzt ohne zu zwinkern. »Ich habe ihr gesagt, ich wäre bi, deshalb glaubt sie, ich warte nur auf die richtige Frau – mit anderen Worten: auf dich.«

»Oje! Das bin ich aber nicht, oder?« Eigentlich ist das keine Frage.

Ich kann sein Gesicht nicht sehen, weil er am Steuer sitzt und nach vorne schaut, aber ich höre das breite Grinsen in seiner Antwort. »Theoretisch schon. Wenn ich in Cardiff keinen Freund namens Faizal hätte. Meine Familie weiß noch nichts von ihm, weil es ziemlich frisch ist.«

»Vicky glaubt, bei uns hätte es *Klick* gemacht. Wann erzählst du es ihr?«

»Die Gute, sie sieht alles gern positiv. ›Chris ist nicht wirklich schwul. Bei Chris und Gemma wird es funken. Joe ist kein Wichser.‹ Ist er aber, stimmt's?«

Im ersten Moment hätte ich Joe fast verteidigt, weil er mir immer noch so nahesteht. »Ich denke immer, er könnte ein guter Kerl sein, so wie er früher war. Aber er strengt sich nicht richtig an. Das bringt ihm nichts, und es läuft ja auch so.«

Chris fährt von der Lewes Road ab nach Bevendean, ein paar Sprossen die soziale Leiter hinunter vom grünen Woodingdean. Ich lotse ihn zu meinem Haus, er hält davor.

»Tja, ich kann ihm nur raten, dass er Vicky nicht weh tut.« Chris stellt den Motor ab. »Sie ist ein guter Mensch. Du auch. Und sie haben sich ein schönes Leben aufgebaut. Sie haben Amelie. Ich bin übrigens ihr Patenonkel. Er wäre ein Idiot, das alles wegzuwerfen.«

»Er hatte auch ein schönes Leben mit Kelvin und mir.«

»Und, was sagen wir Vicky jetzt? In Bezug auf uns?«

Die Versuchung ist groß, ihr was vorzuspielen, aber ich habe keinen Bock darauf. »Du könntest ihr von Faizal erzählen. Wäre ein Anfang.«

Chris nickt. »Ich wollte nicht vorgreifen und zu früh darüber sprechen. Aber du hast vollkommen recht. Ich erzähle es meiner Familie. Was können die schon tun? Mir den Buckel runterrutschen. Es war sehr schön, dich kennenzulernen, Gemma. Hey, ich habe einen Kollegen, der ist super nett. Er sammelt alles, was mit *Krieg der Sterne* zu tun hat, und isst nur Corned Beef. Der würde dir echt gefallen.«

»Haha.« Ich gebe ihm einen Kuss auf die Wange. »Hat mich auch gefreut, Chris. Viel Spaß in Cardiff!«

15

Ned

Fast hätte ich Karen Sonntagabend nach dem Essen im Ivy angerufen, um mich zu erkundigen, ob mit ihrer Tochter alles in Ordnung ist. Hab ich aber nicht getan. War das jetzt feige von mir? Oder habe ich ihr nur die Zeit und den Raum gegeben, die sie braucht, um ihre Familienprobleme selbst in den Griff zu bekommen? Wahrscheinlich beides.

Tatsächlich spreche ich erst Dienstagvormittag wieder mit ihr. Sie hatte Meetings, ich hatte Meetings. Momentan ist super viel zu tun, die Sache mit Welby-Daniels steht kurz vor der Unterschrift von Karens Chef und dann von *dessen* Chef. Alles andere wird hintangestellt.

Wir treffen uns zufällig in der Teeküche. Ich habe mir ein Stück Gebäck aus dem Kühlschrank geholt, das ich zum Tee essen will. Sie macht sich offenbar eine Tasse Wasser heiß.

»Oh, hi! Hallo, Karen. Wie geht's?«

»Besser. Grant ist zufrieden, Courtney ist begeistert. Danke, dass du Welby-Daniels so erfolgreich zum Abschluss gebracht hast, Ned. Es war eine große Hilfe, dich mit im Projekt zu haben.«

»Hat Spaß gemacht. Früher dachte ich immer, unter Druck könnte ich nicht arbeiten; jetzt gehe ich dabei so richtig auf.« Absoluter Unsinn – ich *hasse* Druck –, aber so reden wir auf der Arbeit. Immer schön positiv bleiben. Nichts miesmachen, alles hochjubeln. Bullshitten in Bestform.

»Das ist schön, Ned. Wir haben ein paar anstrengende Monate vor uns. Oh, der Kuchen sieht aber gut aus.«

»Willst du was davon haben? Ich kann ihn durchschneiden.«

»Führe mich nicht in Versuchung! Nach dem schweren Essen am Sonntag halte ich mich bis zum Wochenende von Kohlenhydraten fern.« Sie klopft auf ihren Bauch, als sei der dick. Was er nicht im Ansatz ist. Tanya war genauso. Warum machen Frauen das immer?

Karen hat das Gespräch auf Sonntag gebracht, also darf ich das wohl auch. »Ist alles okay mit Hattie? Muss anstrengend sein, wenn die Freundin des Vaters nicht viel älter ist als man selbst. Für Hattie. Für dich bestimmt auch. Ich warte noch ein paar Jahre, bevor ich mich mit Freundinnen von Dora treffe. Mindestens zwanzig.«

Karen scheint unangenehm berührt zu sein. Ich weiß nicht, ob sie merkt, dass ich Spaß mache.

Sie nimmt ihren Becher mit heißem Wasser und geht zur Tür. »Wenn das in Ordnung ist, Ned, würde ich persönliche Sachen lieber nicht im Büro besprechen.«

Ich habe das Gefühl, zehn Jahre alt zu sein und einen Rüffel von der Direktorin kassiert zu haben. »Ähm. Ja, klar. Sehe ich auch so, Karen.«

»Gut. Hattest du schon Gelegenheit, dich mit Denise in Verbindung zu setzen? Jetzt, wo Welby-Daniels in trockenen Tüchern ist – jedenfalls so gut wie –, müssen wir wirklich Brücken nach Ashford schlagen. Kann ich dir das überlassen?«

»Steht ganz oben auf meiner Liste. Sobald ich das Stück Kuchen hier gegessen habe.«

Sie schwebt davon und lässt einen Hauch ihres Parfüms

zurück, das ich aus der Nähe kennengelernt habe, als ich damals mit zu ihr ging. Sie macht mir immer noch Angst. So cool, so kontrolliert. Ich bewundere sie wirklich. Und ich bin immer noch bereit, ihr heimliches Miezchen zu sein, falls sich noch mal eine Gelegenheit ergeben sollte. Es hat Spaß gemacht, wieder aufs Pferd zu steigen, und ich hätte durchaus Lust auf einen ordentlichen Galopp.

Es ist einer der für Brighton ungewöhnlich sonnigen Februartage. Der Himmel gleicht einem blauen Laken, ein paar Cafés haben Tische rausgestellt, obwohl die Luft noch ziemlich frisch ist.

Andy und ich entscheiden uns gegen Pastete und Pommes in unserem Stammlokal und holen uns stattdessen eine Kleinigkeit bei Boots, um direkt am Meer zu essen. Die Mittagspause dauert bei uns im Büro maximal zwanzig Minuten, wenn überhaupt, aber ich bin jetzt Andys direkter Vorgesetzter, deshalb darf er so lange essen wie ich.

Wir setzen uns auf eine Mauer und schauen raus auf den Windpark Rampion, der am Horizont vor sich hin rotiert. Ich liebe diese Stadt echt. Zuerst dachte ich, ohne Tanya und Dora könnte ich das nicht, aber Brighton hat mich von sich überzeugt. Wenn ich hier meine eigenen Erinnerungen schaffe, neue Erinnerungen, unabhängig von meinem Leben mit Tanya, kann ich Brighton – und Hove – als neue Heimat akzeptieren. Eigentlich schon jetzt. Ich bin seltsam beschwingt, und das nicht nur, weil mir mein Thunfischsandwich so gut schmeckt, in dem zusätzlich Chips mit Essiggeschmack sind.

»Und, hast du mit Debi vom Vertrieb Schluss gemacht?«, frage ich zwischen zwei Bissen. »Hoffentlich warst du nett.«

Andy macht ein beleidigtes Gesicht. »Ich weiß echt nicht, warum alle glauben, ich wäre ein Schwein. Debi ist nichts für mich, gut, aber ich verletze sie doch nicht, nur weil ich's kann. Hey, Kumpel, ein bisschen mehr kannst du mir schon zutrauen.«

»Ich dachte, du würdest sie vielleicht ghosten. Du bist nur mit Dora und mir nach Amberley gefahren, um sie nicht sehen zu müssen. Und das ist nicht nett einem anderen Menschen gegenüber. Egal wem.«

»Zufälligerweise fand ich es richtig nett mit dir und der Kleinen. Und wie soll ich jemanden ghosten, den ich jeden Tag auf der Arbeit sehe? Also, ja, ich war was mit ihr trinken, und auf deinen Vorschlag hin habe ich sie vorsichtig daran erinnert, dass die Firma nichts von Beziehungen am Arbeitsplatz hält. Sie ist in der engeren Auswahl für Gareths Stelle und will sie unbedingt haben, deshalb hatte sie das Gefühl, als würde sie den Stecker ziehen, nicht ich. Siehst du? Ich kann sensibel und rücksichtsvoll sein!«

»Gut.«

»Vögelst du immer noch die Eiskönigin?«

Es nagt wirklich an ihm, dass Karen gegen seinen Charme immun ist. Ich wäre dankbar über seine Meinung zum Sonntagsessen aus der Hölle, beschließe aber, es vorerst für mich zu behalten. »Und du wärst der Erste, dem ich es erzählen würde? Ja, klar.«

»Das werte ich als ein Nein.«

Ich vertilge den letzten Bissen vom Sandwich. »Das war lecker! Na, wenn Debi jetzt von der Bildfläche verschwunden ist und du dich zu neuen Ufern aufmachst, wäre da ja immer noch Ros.«

»Ros?«

»Ja, Ros. Von der SPE. Der Selbsthilfegruppe für partnerlose Eltern. Die blonde Witwe, Ros. Erzähl mir nicht, dass du sie schon vergessen hast!«

»Nur ihren Namen, sie nicht. Wirklich, ich habe an sie gedacht. Sexy, temperamentvoll, liebesbedürftig nach ihrem tragischen Verlust. Die wunderbare Ros. Oh, ja. Das könnte auf jeden Fall die Richtige sein.«

»Die Nächste, meinst du.«

Er zieht wieder ein beleidigtes Gesicht, dann trinkt er seine Pepsi aus. »Wie wär's, wenn wir noch mal zur SPE gehen? Noch ein Treffen besuchen? Morgen? Was meinst du?«

»Vielleicht.«

Es wäre nett, Gemma wiederzusehen. Klar, sie ist verbitterter und verhärteter, als gut für sie ist, aber wir haben beim letzten Mal Frieden geschlossen, und ich bin ja nicht nachtragend. (Nur bei Julian, dem genialsten Architekten der Welt.)

»Guter Mann, Nedward. Also ist es amtlich: Mittwoch, neunzehn Uhr, SPE. Ich werde die wunderbare Ros überzeugen, dass sie ihren Traumprinzen getroffen hat. Ach, da fällt mir ein: Ich kenne eine Frau, die meint, du könntest *ihr* Prinz sein.«

»Ich hab's schon mal gesagt: Karen und ich gehen dich nichts an. Aber guter Versuch.«

»Aha, also läuft da doch was zwischen euch. Hab ich's mir doch gedacht! Auch wenn es sich bei der Frau, die ich gerade erwähnte, tatsächlich nicht um besagte Karen handelt.«

Ich seufze. Manchmal kann Andy einem wirklich auf die Nüsse gehen.

»Deine jüngste intime Erfahrung mit der Eiskönigin hat deinen Akku aufgeladen, was?«

»Spuck's einfach aus, ja? In fünf Minuten müssen wir zurück im Büro sein.«

»Ich erzähl's dir unterwegs.«

Also gehen wir zurück in die Firma, und Andy erklärt mir weitschweifig, wer Interesse an mir bekundet hat.

Nancy.

Nancy, die ich vor ein paar Wochen in dem Club angequatscht habe. Offenbar hat sie mich mehr als einmal ihrem Freund Nick gegenüber erwähnt, der es Andy erzählt hat. Nancy, die sich verdrückt hat, weil ich von nichts anderem als meiner gescheiterten Ehe reden konnte. Nancy, die deutlich besser als Freundin geeignet wäre als Karen.

Diese Nancy.

»Willst du ihre Handynummer?«, fragt Andy. »Du kannst sie auch auf Facebook als Freundin adden. Oder ich bitte Nick, was mit ihr zu arrangieren.«

»Nein, nein, nein. Ich meine, nichts von alldem, vielen Dank auch.« Ich fühle mich geschmeichelt, dass sie sich nach mir erkundigt hat, aber Andy ist für meinen Geschmack einen Tick zu forsch.

Wir fahren mit drei anderen in den fünften Stock. Jemand steigt aus, jemand steigt ein. Mehrmals.

Als sich die Türen im dritten Stock schließen, flüstert Andy gut vernehmlich: »Sie arbeitet in einem Laden auf der Sydney Street. Töpferwaren, Windspiele und so'n Kram. Nancy. Du könntest da ja zufällig reinschneien und sie wiedersehen. Dann lädst du sie ein. Was hast du zu verlieren?«

»Danke, Andy. Kannst du mir später erzählen.«

»Später ist vielleicht zu spät. Besser sofort. Glaub mir, Nedward, bei der rennst du offene Türen ein.«

Die Neuigkeit mit Nancy verleiht mir Flügel, und weil die spätnachmittägliche Sonne noch scheint, beschließe ich, zu Fuß nach Hause zu gehen, statt den Bus zu nehmen. Die Western Road ist vollgestopft mit Leuten, ich mag die orientalischen Cafés und die Schaufenster mit Winkekatzen. Ich könnte Dora eine mitbringen; zu Tanyas Verdruss liebt sie billigen Glitzerkram.

Unterwegs versuche ich, meine Unterhaltung mit Nancy vor dem Club damals zu rekonstruieren. Ich weiß, dass ich viel zu viel über meine Trennung von Tanya geredet habe, anstatt mich nach ihr zu erkundigen. So was Dämliches! Genau genommen ist es Jahre her, dass ich jemanden angebaggert habe, von daher ist es keine Überraschung, dass ich den Dreh nicht mehr raus habe. Wenn ich das je hatte.

Vielleicht habe ich sie doch nicht komplett in die Flucht geschlagen. So schlimm kann ich nicht gewesen sein, sonst hätte sie nicht ihrem Freund, diesem Nick, von mir erzählt. Oder … oder Andy hat das Ganze wieder in den falschen Hals bekommen, und sie hat Nick in Wirklichkeit erzählt, was für ein Loser ich bin. Das könnte gut sein: Ich hab wirklich viel über Tanya geredet.

Ich weiß, dass ich nichts mit Nährwert im Kühlschrank habe. Ich könnte mir auf der Portland Road ein frittiertes Würstchen mit Pommes holen, habe aber nicht so richtig Lust darauf. Bin auch nicht in der Stimmung, selbst zu kochen, denn dann gibt es den dritten Abend in Folge Pasta mit Pesto.

Eine gute Ausrede, um in den Taj-Supermarkt zu gehen: unzählige Gänge mit Lebensmitteln aus aller Herren Länder, dazu seltsames Gemüse, zähes Brot und indische Süßigkeiten, die einem an den Füllungen kleben und nicht mehr abzukriegen sind. Ich hole mir was Gesundes, Vollwertiges,

Interessantes von der Theke, das ich mir zu Hause warm machen kann. Das habe ich mir verdient.

Da entdeckt er mich: Julian. Scheiße! Ich warte gerade darauf, dass eine dicke Portion Moussaka in einer Plastikschale verpackt wird, da schleicht er sich von hinten an und schlägt mir auf den Rücken, als wären wir alte Kumpel.

»Dachte, den kenn ich doch. Ned! Schön, dich zu sehen! Moussaka, was? Sieht fast so gut aus wie die, die ich immer mache.«

Scheiße, Scheiße, Scheiße.

»Julian! Hi! Ja, nee, ich bin zu kaputt, um heute selbst zu kochen.«

Tanya wird ihm erzählt haben, was für ein talentfreier Koch ich bin, dass ich nicht mal Tomatensoße erhitzen kann, ohne die Mikrowelle von innen mit roten Spritzern zu überziehen. Ich musste nie kochen, weil Tanya das abends gern gemacht hat, wenn sie von der Arbeit kam, und warum hätte ich sie davon abhalten sollen? (Als wir uns trennten, hat sie mir das vorgeworfen, was ich ziemlich unfair fand. Wenn sie keine Lust darauf hatte, hätte sie nur einen Ton sagen müssen.)

Julian zeigt mir den Inhalt seines Einkaufskorbs. »Wir brauchen Nachschub: Harissa, Sumach, Za'atar, Pul Biber und Kofte-Gewürz.«

Ich verstehe nur Bahnhof, nicke aber anerkennend. Was für ein Angeber. »Schön. Ich liebe … Sumach.«

Er stellt den Korb ab und sieht mir ins Gesicht. Ich bin ein paar Zentimeter größer als er, deshalb muss er sich recken.

»Hat Tanya dir erzählt, dass ich mich bei dir melden wollte?«

»Nein. Warum?«

»Wegen dem Oman. Die ganze Geschichte. Hast du kurz Zeit auf ein Glas?«

Wenn er sich den Inhalt meines Korbs ansieht, weiß er, dass ich heute nur noch eine Verabredung mit einer großen Portion Moussaka und einer überteuerten Salz-Karamell-Schokolade habe. Und mit Kesselchips. Und einer Mango.

Zehn Minuten später bezahlt er in einem angesagten Pub um die Ecke vom Taj zwei Pints Bitter und ein Schälchen Wasabi-Nüsse. Er tut so, als sei das etwas, was Kumpel normalerweise zusammen machen. Er tut so, als wären wir Kumpel. Tut mir leid, Julian, aber Wasabi-Nüsse sind für Feinde, nicht für Kumpel, Kumpel.

»Ich wollte mich bei dir bedanken, dass du so viel Verständnis für diese Oman-Geschichte hattest. Also: Danke, Ned!« Er stößt mit mir an. Ich wurde gerade angestoßen. Ich selbst habe mich nicht bewegt.

»Hatte ich das? Kann mich nicht daran erinnern, verständnisvoll gewesen zu sein.«

»Berechtigter Einwand. Es wäre für uns alle eine ganz große Sache gewesen. Ich weiß, wie viel es Dora und dir bedeutet, am Wochenende was gemeinsam zu machen.«

Wie viel mir das bedeutet? Sie ist meine Tochter, du Penner! »Ich war ehrlich gesagt alles andere als begeistert, Julian. Wenn das ernster geworden wäre, hätte ich mich quergestellt, ehrlich. Das wird dir Tanya wohl erzählt haben.«

Er nickt. Er weiß es. Ich bin nun mal Doras Vater, da kann er tun oder sagen, was er will.

»Na ja, ist ja nicht dazu gekommen, oder? Ich gebe zu, ich habe mich echt gefreut und war geschmeichelt, unter den letzten drei zu sein. Aber manchmal soll es eben nicht sein, was?«

»Unter den letzten drei?«

»Ich schätze, ich war nicht ganz mit dem Herzen bei der Sache. Nicht hundertprozentig. Und das haben die gemerkt, die Leute, die letztlich entschieden haben. Knapp daneben ist auch vorbei. Wenn ich ganz ehrlich bin, wäre der Auftrag ein Albtraum geworden. Ich habe Gerüchte gehört, dass die Architektin, die den Auftrag schließlich bekommen hat, schon jetzt fix und fertig ist, dabei ist die Arme noch gar nicht nach Maskat gezogen. ›Uns gefällt das Atrium nicht, wir wollen ein größeres Atrium. Wir brauchen mehr Marmor, weniger Parkplätze, mehr Parkplätze, weniger Marmor‹ und so weiter.«

»Habe ich das richtig verstanden, Julian? Die haben dir abgesagt? Nicht du denen?«

»Jep. Und weißt du, was, Ned? Ich bin froh darüber. Ich habe hier in Brighton eine richtig gute Stelle. Super Klienten, die besten Partner. Ich bin so glücklich, dass Tanya und Dora zu mir gezogen sind und das Haus mit Leben füllen. Wir gehören hierher. Du bist Doras Vater, und du lebst auch hier. Ich glaube ja nicht an Schicksal, aber in diesem Fall würde ich schon sagen: Danke, Karma.«

»Was sagt Tanya dazu?«

»Sie ist schon ein bisschen enttäuscht, dass uns das Abenteuer entgeht. So eine Erfahrung macht man schließlich nur einmal. Trotzdem wird ihr, glaube ich, so langsam klar, dass es besser so ist. Ist wirklich besser so.«

Ich trinke mein Bier aus und entschuldige mich. Auf dem Heimweg zieht sich mein Magen vor Wut zusammen. Ich wurde hinters Licht geführt. Tanya hat mir was vorgespielt. Sie hat gelogen. Damit ich nicht ausflippe? Damit es so aussieht, als sei sie die Gute und könne es nicht ertragen, Dora und mich Tausende Meilen voneinander zu trennen?

Das Moussaka zu Hause bleibt mir im Hals stecken. Rache sollte man am besten kalt genießen, Moussaka bestimmt nicht.

Vielleicht ist das der Grund, warum ich mich entscheide, in Sachen Nancy tätig zu werden. Ich muss proaktiv sein. Meine Wut auf Tanya verdrängen und nach vorne sehen. Hätte ich mich wirklich quergestellt, wenn etwas aus dem Auftrag im Oman geworden wäre? Oder wäre ich in meinen alten Fußabtreter-Modus zurückgefallen? Ich will nicht mehr, dass mir Dinge passieren; ich will derjenige sein, der die Dinge macht.

Die Sache mit Nancy könnte mir helfen, das mit Karen in die richtige Perspektive zu rücken. Die Chefin zu vögeln ist kurzfristig aufregend, aber keine langfristige Option, raus aus dem Alltagstrott zu kommen. Karen ist nicht das Problem – sie ist eine tolle Frau –, das Drumherum ist es. Die Geschichte hat ein eingebautes Verfallsdatum, und darauf habe ich keine Lust. Ich will ein Freund sein, den man vorzeigt, kein heimliches Miezchen. Ich möchte gewöhnliche Sachen mit einer außergewöhnlichen Frau machen. Ich möchte nicht als Waffe benutzt werden, um eine Tochter zu verstören oder einem Exmann etwas zu beweisen. Ich habe das falsche Temperament für Auseinandersetzungen.

Ich bin mir ziemlich sicher, dass ich den Laden kenne, wo Nancy arbeitet. In der Mittagspause könnte ich mal vorbeigehen. Ich sage Andy, ich hätte keine Zeit zum Essen, weil ich mir einen neuen Wasserkocher kaufen muss.

»Das nenne ich Leben am Limit, Nedward!« Er schmunzelt. »Als Nächstes holst du dir noch so ein Tablett fürs Sofa, damit du vor dem Fernseher essen kannst.«

(Ich verrate ihm nicht, dass ich so was längst besitze, ein Weihnachtsgeschenk von meiner Mutter. Das Ding ist echt praktisch, besonders, wenn man was Flüssiges wie Chili isst.) Soll er nur spotten. Besser so, als den ganzen Morgen belehrt zu werden, wie ich Nancy am besten anmache. Als ob er der Experte wäre!

Der Laden auf der Sydney Street heißt »Krimskrams«. Ich glaube, ich bin da sogar vor ein paar Jahren mal drin gewesen, als ich ein Geburtstagsgeschenk für Tanya suchte. In Brighton gibt es unzählige schnuckeliger kleiner Läden, in denen man überteuerte überflüssige Sachen kaufen kann: Kerzenhalter aus altem Besteck, Besteck aus alten Kerzenhaltern.

Bevor ich reingehe, lege ich mir eine Geschichte zurecht: wem ich etwas schenken will, was ich suche, wie viel ich ausgeben will. (Ich kann nur lügen, wenn ich es vorher geprobt habe.) Als ich meine Story zusammenhabe, schlendere ich hinein, als sei es eine spontane Idee. Und da ist sie. Nancy. Sie zeigt einer Kundin gerade die Strickschals in der Auslage, die aussehen, als seien sie aus alten Scheuerschwämmen gefertigt. Sie sieht zu mir herüber, deshalb tue ich so, als hätte ich sie nicht bemerkt.

»Überlegen Sie es sich in Ruhe«, sagt sie zu der Frau. »Ich selbst habe den grünen und bekomme ständig Komplimente dafür.« Sie entfernt sich und geht zu mir herüber. »Ned? Du bist doch Ned, oder?«

Ich drehe mich um, runzele verwirrt die Stirn und verziehe das Gesicht dann zu meinem hinreißendsten Lächeln. Das habe ich gut drauf. Das weiß ich. »Oh, hi! Wow, gehört der Laden dir?«

»Schön wär's! Nee, der gehört meiner Freundin Sasha. Du hast meinen Namen bestimmt vergessen.«

»Wetten, nicht? Warte. Emma … Anna … nein, du heißt Lucy.«

Sie macht ein langes Gesicht. Das sieht man richtig. Sie wünscht sich verzweifelt, dass ich mich an sie erinnere. »Ich ärgere dich nur. Natürlich erinnere ich mich an dich. Und an deinen Namen.«

»Ach, ja?«

»Nancy. Du wohnst in Seven Dials und bist in Brighton geboren.«

Neckisch boxt sie mir gegen den Arm. »Also echt! Suchst du was Bestimmtes?«

Eine richtige Freundin, würde ich am liebsten sagen. »Ja, ein Geburtstagsgeschenk für meine Mutter. Sie mag alles mit Blumen.«

Die Kundin bei den Schals räuspert sich. Nancy nickt mir zu, damit ich warte, und kehrt zu der Frau zurück. Ich sehe mir Untersetzer aus alten Reifen und einen Lampenschirm aus Draht an. Ich könnte wirklich was für meine Mutter kaufen, auch wenn sie schon vor Monaten Geburtstag hatte. Ich entscheide mich für ein Set Teelichthalter aus weißem Porzellan, die wie Tulpen aussehen. Die sind doch nett. Und nicht zu teuer.

»Das ist ja unheimlich«, sagt Nancy, als sie zurückkommt. »Ich wollte dir gerade die Tulpenlichter empfehlen.«

»Wow, ernsthaft? Echt?«

»Reingelegt. Rache ist Blutwurst.«

Ich habe keine Ahnung, wovon sie spricht.

»Eben hast du mich veräppelt, Ned. Dass du meinen Namen nicht mehr wüsstest. Jetzt veräppele ich dich. Mit den Tulpenlichtern – ach, egal.«

Auf einmal bekomme ich Angst, das Ganze zu verbocken.

Ich boxe sie spielerisch gegen den Oberarm. »So was aber auch!«

Unser Geplänkel wird von einem zornigen Türenknallen unterbrochen. Die Frau mit den Schals ist abgedampft. Schockiert sehen Nancy und ich uns an, dann brechen wir in Lachen aus.

»Ups«, sage ich. »Da habe ich dir wohl gerade das Geschäft verdorben.«

»Die Schals sind viel zu teuer und kratzen. Als hätte man einen Spülschwamm um den Hals. Bei Marks & Spencer ist sie besser bedient.«

»Also lügen alle Verkäuferinnen, wenn sie erzählen, sie hätten den Pulli oder das Hemd auch und würden ständig Komplimente dafür bekommen?«

Nancy grinst. Ein freches Grinsen. Gefällt mir. »Ich kann nicht für andere Verkäuferinnen sprechen, aber ja, ich erzähle schon mal Bullshit. Aber diese Teelichthalter, die sind wirklich süß. Deine Mutter wird sich freuen. Ich mache das Preisschild ab, dann kann ich sie dir als Geschenk verpacken.«

»Hey, du bist echt gut!«

»Ich kann aber auch richtig böse sein.« Noch ein Grinsen, diesmal ein keckes. Ich habe definitiv Chancen bei ihr.

Solange wir den Laden für uns haben, unterhalten wir uns: über ihren Job, die Straße, meine Mittagspause, die Liebe meiner Mutter zu Blumen.

»Es tut mir übrigens wirklich leid, Ned«, sagt Nancy unvermittelt. »Dass ich damals einfach so abgehauen bin. Vor dem Nachtclub. Hinterher habe ich mir in den Hintern getreten.«

»Alles gut.«

»Nein, nicht gut. Das war mies von mir. Ist keine Entschuldigung, aber ich hatte mich gerade von meinem Freund getrennt, nach vier Jahren Beziehung. Als du da von deiner Ex sprachst, ist mir das nahegegangen. Als hättest du meine Gedanken gelesen und sie in Worte gefasst, auch wenn ich meine, dass du von einer Tochter gesprochen hast. Harry und ich hatten – haben – keine Kinder, zum Glück.«

»Ja, Dora. Sie ist acht.« Ich widerstehe dem Drang, Nancy die Fotos auf meinem Handy zu zeigen. »War schade, dass du verschwunden bist. Zehn Minuten länger, und ich hätte dich vielleicht gefragt, ob du mit mir ausgehst.«

»Tja, wir unterhalten uns jetzt schon seit mindestens zwanzig Minuten, also kannst du mich sogar zweimal fragen.«

»Okay, also dann: Hast du Lust, mal was mit mir essen zu gehen?«

»Ja. Auf jeden Fall. Wirklich gern.«

»Ist Samstag zu früh?«

»Samstag ist perfekt.«

Ich habe nicht vergessen, dass Dora am Wochenende wie immer bei mir ist. Ich werde mir was überlegen. Tanya kann mich nicht davon abhalten, ein Date, ein Leben, vielleicht sogar eine Zukunft zu haben.

Ich überlege mir was.

Als ich zurück an meinen Platz komme, fragt Andy, ob ich einen Wasserkocher gefunden hätte. Ich bin stolz auf meine schnelle Reaktion.

»Den, den ich wollte, hatten sie nicht da. Ich hab ihn bestellt.«

»Ein Wasserkocher ist ein Wasserkocher ist ein Wasserkocher. Typisch Nedward.«

Stört mich nicht, dass er mich verarscht. Ich lächele in mich hinein. Am Samstag habe ich ein Date. Mit einer Frau, die mir an die Wäsche will. Wenn Nancy tatsächlich das gegenseitige Abstreifen der Wäsche im Sinn haben sollte, wie werde ich dann »performen«, wenn ich weiß, dass Dora im Nebenzimmer ist und alles ihrer Mutter berichten könnte?

Dann fällt mir was ein. Verity, die Mutter von Doras bester Freundin Bethany, hat Dora schon zigmal vorgeschlagen, bei Bethany zu übernachten. Bis jetzt habe ich immer abgelehnt, weil mir die Zeit mit meinem Augenstern zu kostbar ist und ich unsere gemeinsamen Samstagsabende liebe: Ich bin gern derjenige, der Dora Tee macht, sie zudeckt und ihr Daddy ist. Ich schicke Verity eine Nachricht und frage sie, ob Dora am Samstagabend vielleicht bei ihr schlafen könne, und bekomme fast umgehend ein »Ja!«.

Damit wäre das geklärt. Wenn alles gut geht, kann Nancy sogar bei mir übernachten. Ich habe wirklich Lust auf sie. Mehr als das. Hoffentlich geht alles gut.

Um sechs Uhr steht Andy an meinem Schreibtisch, klopft auf seine Uhr und weist mit dem Kopf Richtung Aufzug. Ich ignoriere ihn. Das kann er nicht leiden. Aber ich bin gerade dabei, eine brückenbauende E-Mail an Denise in Ashford zu schreiben.

»SPE«, sagt er, sobald ich auf »Senden« gedrückt habe. »Los, komm, Junge! Diese partnerlosen Mütter baggern sich nicht von selbst an.«

»Ros, meinst du? Ey, bei der hast du keine Schnitte.«

»Du musst es ja wissen. Auf einmal bist du der Experte in Sachen Damenwelt, oder was?«

Fast hätte ich gesagt: Tja, Andy, ich habe immerhin gleich zwei an der Angel. Mache ich natürlich nicht.

Er ist total heiß auf Ros, und ich will ehrlich sein, es wäre schön, Gemma wiederzusehen. Außerdem muss ich ein paar Themen mit den anderen partnerlosen Eltern besprechen: Daten, Selbstsicherheit und, ganz oben auf der Liste, mangelndes Vertrauen gegenüber der Ex. Also ja, warum nicht?

Ich habe ein schlechtes Gewissen. Echt. Besonders da Gail uns alle beim Zechen am Tresen im Anchor gesehen hat und »Da seid ihr ja wieder!« zu Andy und mir gesagt hat. Niemand zwingt sie, sich mit Leib und Seele der Selbsthilfegruppe zu verschreiben, und trotzdem tut sie es, weil sie ein guter Mensch ist. Wir sind auf jeden Fall keine guten Menschen, weil wir schon wieder abhauen.

Andy, Ros und Gemma tun so, als würden sie die Schule schwänzen. Ich bin der Einzige, der Schuldgefühle hat. Ich verdränge sie. Heute möchte ich nicht der Miesepeter vom Dienst sein, außerdem ist es lustig: ein ungeplantes italienisches Essen mit netten Leuten.

Andy zeigt sich von seiner besten Seite, Ros fällt auf nichts von dem rein, was er sagt, und Gemma gibt mir nur hin und wieder einen Spruch mit. Eigentlich bin ich inzwischen ganz warm mit ihr. Sie ist lustig, lebhaft und resolut. Wenn es irgendjemand verdient hat, glücklich zu sein, dann sie. Als Ros auf den Unterschied zwischen ihr und uns zu sprechen kommt, wird es von einem Augenblick auf den anderen still. Die Trennung von Tanya fühlt sich wie ein schmerzlicher Verlust an, aber sie ist ja nicht gestorben. Ich muss mir immer klarmachen, was für ein Glück ich habe im Vergleich zu Ros. Selbst der abgebrühte Andy kapiert es, und das ist für ihn eine persönliche Bestleistung.

Erstaunlicherweise haben wir einen wirklich netten Abend

zusammen. Ich mag die beiden Frauen. Andy scharwenzelt die ganze Zeit um Ros herum, bietet ihr sogar an, mit ihr aufs Taxi zu warten.

»Die spielt in einer absolut anderen Liga«, bemerkt Gemma.

Sie hat recht. Andy ist schon unter normalen Umständen nicht der ideale Freund, aber erst recht nicht, wenn man vorher den perfekten Mann hatte.

Ich erzähle Gemma von meinem Date am Samstag. Sie ist beeindruckt. »Brauchst doch keine Angst zu haben, Ned. Wenn sie so toll ist, wie du sagst, läuft das schon. Wahrscheinlich hat sie genauso viel Angst wie du.«

»Vor mir? Was ist denn an mir zu fürchten?«

»Eben: gar nichts!« Doch sie nimmt meine Bedenken ernst, denn sie schreibt mir ihre Handynummer auf eine Serviette und fügt hinzu: »Wir können uns doch schreiben! Vor, während und nach *meinem* Essen und *deinem* Date. Was hältst du davon?«

»Das wäre super, Gemma. Im Ernst?«

»Nein, das schlage ich dir nur vor, um dich total zu verunsichern, Ned. Natürlich im Ernst! Warum sage ich das sonst?«

»Super. Ja. Super. Das wäre echt … ja.«

Tatsächlich bin ich gerührt. Unter ihrer harten Schale hat Gemma ein gutes Herz, auch wenn sie es meistens zu verstecken versucht.

Und damit zieht sie los, um ihren Sohn abzuholen und nach Hause zu fahren, wo auch immer das ist.

Oft weiß ich nicht, was ich samstags mit Dora anfangen soll. Deswegen stelle ich meistens eine ellenlange Liste mit Ausflugszielen zusammen, die ich ihr vorschlage, und sie rümpft bei jedem einzelnen die Nase. Klar, wir müssen nicht die ganze Zeit irgendwas unternehmen oder was angucken, aber ich will nicht, dass sie zu ihrer Mutter zurückkommt und sagt, wir hätten die ganze Zeit nur Junkfernsehen geguckt und Junkfood gegessen.

Heute ist das anders. Tanya hat gestern gesagt, Dora hätte gern ein neues schickes Kleid, aber ich hätte bestimmt keine Lust (sprich: wäre nicht in der Lage), eins mit ihr auszusuchen. Also machen wir genau das: ein Kleid kaufen, irgendwo was Nettes essen, am Nachmittag vielleicht ins Kino, dann bringe ich sie rüber zu Verity und mache mich für mein Date fertig.

Ich könnte mir auch ein neues Hemd kaufen, das etwas trendiger ist als die alten von M&S. Dann sieht Nancy, dass ich mir Mühe gebe. In Brighton gibt es zig Läden mit coolen, hochwertigen Klamotten, in manche traut man sich fast nicht herein. Ich habe keine Ahnung, was mir steht und was nicht. Das hat immer Tanya entschieden.

Wir gehen gerade ein letztes Mal aufs Klo, dann wollen wir den Bus nach Brighton nehmen. Da klingelt mein Handy. Ich kenne die Nummer nicht. O Mann, hoffentlich ist es nicht der bescheuerte Julian, der wieder beste Freunde spielen will.

Es ist Gemma. »Sorry, ich habe mich gar nicht gemeldet, als ich zu Hause war. Du wolltest bestimmt hören, wie es gelaufen ist.«

»Oh, hi! Nein. Ja. Wie was war? Ach, ich weiß: das Abendessen.«

»Das hattest du komplett vergessen, was?«

»Ein bisschen. Dora ist hier. Bin gerade im Dad-Modus.«

»Tut mir leid. Wollte dich nicht stören. Dann mach mal weiter!«

»Nein, nein, du störst mich nicht! Dein Sohn ist bei seinem Vater, oder?«

»Ja, ich hab ihn gestern da gelassen. Du hattest recht, Ned: Ich sollte verkuppelt werden.«

»Ich wusste es! Hör zu, hast du heute schon was vor?«

Sie überlegt. »Warte … null Komma nichts heute Vormittag, rein gar nichts am Nachmittag. Und morgen einen Scheiß mit 'ner roten Kirsche drauf.«

»Hast du Lust, mit Dora und mir Mittag zu essen? Oder ist der Scheiß mit der roten Kirsche zu wichtig?«

Sie lacht. Ich habe Gemma zum Lachen gebracht. »Ja, gut. Dann um eins am Uhrenturm.«

Bis um Viertel vor eins hat Dora zwei Wutanfälle gehabt, zehn Minuten lang selbstmitleidig geheult und eine gute Stunde lang geschmollt. Jetzt weiß ich, warum Tanya wollte, dass *ich* das Kleid mit ihr kaufe. Es ist ein Test, von dem sie wusste, dass ich ihn nicht bestehe. So wie Dora alles Billige mit Glitzer liebt, schießt sie sich sofort auf das hässlichste, glitzerndste, rosafarbenste Kleid ein.

Alles, was ich ihr zeige, ist »Langweilig, Daddy« oder »Die Farbe ist doof, Daddy« oder »Iiih, das ist ekelhaft!« Irgendwie hatte ich gehofft, ich würde ein Teil finden, das alle Anforderungen erfüllt: Glitzer, aber mit Geschmack, himbeerrot statt kaugummirosa. Keine Chance.

Gemma entdeckt uns auf der Mauer am Uhrenturm, wo wir nebeneinander sitzen und kaum miteinander reden.

»Hi!«, grüßt sie mit superfreundlicher Stimme, so wie man spricht, wenn man ein Kind von sich überzeugen will. »Du bist Dora. Wie das Mädchen aus der Fernsehserie. Ich bin Gemma, wie … ähm … Dilemma.«

Dora vergisst zu schmollen. »Was ist denn Dilemma?«

»Das ist eine Situation, bei der man zwischen unangenehmen Dingen wählen muss«, erkläre ich. Ich weiß nicht, worauf das hinauslaufen soll.

Gemma lässt sich nicht aus der Fassung bringen. »Ein Dilemma ist eine Zwickmühle. Da zwickt einen die Mühle. Freut mich, dich kennenzulernen, Dora.«

Mit großer Geste schüttelt sie Dora die Hand und bekommt zur Belohnung ein gurgelndes Kichern. Mehr, als ich den ganzen Vormittag erreicht habe.

Dora hat Hunger, also gehen wir in einem nahe gelegenen Café in den Arkaden essen. Als ich von der Toilette zurückkomme, sind die beiden in ein Gespräch vertieft.

»Aber Rosa ist meine Lieblingsfarbe«, erklärt Dora, als spräche sie mit einer Idiotin.

»Meine auch. Ich liebe rosa Cupcakes und rosa Flauschpantoffeln und rosa Lippenstift, aber bei Kleidern mag ich andere Farben lieber. Rot, blau oder violett. Dann sehe ich nicht aus wie alle Mädchen.«

Dora nickt ernst. »Meine beste Freundin Bethany liebt Rosa. Clara und Gracie auch.«

»Ein Grund mehr, anders zu sein, um sich von den anderen abzuheben.«

Über Doras Kopf hinweg halte ich Gemma zwei hochgereckte Daumen hin. Das ist super.

»Aber du musst es wissen, Dori«, versuche ich mich ein bisschen in umgekehrter Psychologie. »Wenn du genauso rumlaufen willst wie Bethany, Clara und Gracie, ist das auch in Ordnung.«

Dora denkt nach. »Ich kann ja mal nach anderen Farben gucken. Dann nehme ich das, was mir am besten gefällt.«

»Gute Idee«, stimmt Gemma ihr zu. »So, wer hat jetzt Lust auf ein rosa Schinkensandwich und einen rosa Erdbeersmoothie?«

Ich hatte mich eigentlich auf ein Falafel und einen Latte gefreut, traue mich aber nicht, das Ganze noch komplizierter zu machen.

»So, Gemma! Das Essen bei deinem Ex. Erzähl!«

Sie schenkt mir ein kleines, mutiges Lächeln. Ich hoffe, der Typ hat sie nicht gedemütigt, und seine Neue hat sie nicht schlechtgemacht. Das hat Gemma nicht verdient.

»Es war in Ordnung. Besser, als ich erwartet hatte. Das Essen war super. Ich fand mich schick, das hat geholfen. Und ja, Ned, ich weiß, dass ich heute wie aus dem Gully gezogen aussehe, aber ich kann auch anders, wenn ich will.«

»Du siehst nicht wie aus dem Gully gezogen aus.« Ich kann es mir vorstellen: Wenn Gemma kein böses Gesicht macht, ist sie eigentlich eine sehr attraktive Frau.

»Ich sah wirklich super aus. Glaub mir. Joe hat mich den ganzen Abend angeglotzt. Vicky war auch schick, aber ein bisschen, keine Ahnung, irgendwie spießig.«

»Mit wem wollten sie dich verkuppeln?«

»Mit einem Chris. Sehr nett. Lustig, gute Tischmanieren, saubere Fingernägel.«

»Volltreffer.«

»Und homosexuell.«

Dora guckt von ihrem Bilderbuch hoch. »Gracies Mum ist auch homosexuell. Und ihre andere Mum auch.«

»Homosexuell?«, wiederhole ich. »Was sollte das denn? Wollten sie ihn ›bekehren‹, oder was?«

»Er ist Vickys Cousin. Sie glaubt, er wäre bi und müsste nur die richtige Frau finden. Nämlich mich!«

Ich merke, dass Dora fragen will, was »bi« ist, doch zum Glück kommen unsere Smoothies, und sie ist abgelenkt.

»Also war das Ganze ein großer Reinfall.« Ohne es zu wollen, muss ich lachen. Gemma lacht mit.

»Na ja. Ich war immerhin da, oder? Ich konnte mir angucken, wie Joe und Vicky einen auf Gastgeber machen. Ich habe sogar meine älteste Freundin Hayley wiedergesehen. Wir hatten nach der Trennung den Kontakt verloren.«

»Na, siehst du! Dann hat es sich doch gelohnt.«

»Gott, nein! Hayley ist zu hohl, um eine richtige Bitch zu sein, das ist sie aus Versehen. Ros ist mir als Freundin deutlich lieber. Wenn Joe mich nicht sitzen gelassen hätte, hätte ich sie nie kennengelernt. Oder euch zwei.«

»Dora und mich?«

»Okay, euch drei. Dora, Andy und dich.«

Unsere Sandwiches kommen. Dora isst alles auf, sogar die Gurke von der Garnitur. Ich vermute, sie will Gemma beeindrucken. Während wir uns zwei Cappuccinos gönnen, verdrückt sie noch zwei Kugeln rosa Eis.

»Dann erzähl mal von heute Abend!«, fordert Gemma mich auf und tut so, als würde sie den Mund abschließen, damit ich weiß, dass sie in Doras Gegenwart nichts Verfängliches sagen wird.

»Dora schläft heute Abend bei Bethany, stimmt's, Dori? Und ich gehe mit meiner neuen Freundin Nancy essen.«

»Freust du dich darauf?«

»Doch. Es ist schön, wieder unterwegs zu sein, egal, wie es ausgeht.«

»Wo wollt ihr hin? Wie willst du auftreten? Was willst du anziehen?«

»Erstens: zu Marrocco's auf dem Kingsway, zweitens:

am besten wie jemand mit Selbstbewusstsein, drittens: Ich dachte, ich kaufe mir noch ein Hemd.«

Sie trinkt ihren Cappuccino aus. »Erstens: noch nie gehört, zweitens: Dreh bloß nicht so auf, und drittens: Wir suchen dir das perfekte Hemd. Und ein Kleid für Dora. Los, kommt!«

Sie schleppt uns zu TK Maxx, und nach gut zwanzig Minuten stehen wir an der Kasse. Erstaunlicherweise kaufe ich zwei Hemden, beides Designermarken, beide zum halben Preis. Dora ist total begeistert von dem Kleid, das sie mit Gemmas Hilfe ausgesucht hat und das weder glitzerig, noch kitschig und schon gar nicht rosa ist. Es ist ein Samtkleid in dunklem Türkis mit langen Ärmeln und einem kleinen weißen Kragen. Sie sieht darin wie eine echte Prinzessin aus, nicht wie eine von Walt Disney. Vor allem aber ist sie nicht mehr sauer auf mich. Tanya wird Bauklötze staunen.

Es ist nicht mehr genug Zeit für einen Film, und Gemma muss los. Sie hatte gesagt, sie hätte dieses Wochenende null Komma nichts vor; ich habe das Gefühl, sie will uns nicht länger zur Last fallen. Schade. Wie auch Andy kommt sie bei Dora echt gut an.

Kurz bevor sie zu ihrem Bus läuft, erinnert sie mich an unsere Abmachung: »Schreib mir, wenn du heute Abend moralische Unterstützung brauchst. Ich kann dir zwar nicht sagen, mit welcher Gabel man Fisch isst, aber ich weiß, wie wir Frauen denken und was wir von einem Date erwarten. Ruf an, Ned, ja?«

Ich hatte bisher noch keine Frau als Kumpel, aber ich mag Gemma wirklich gern – was mich wundert nach unserem holprigen Anfang. Hinter ihrer ruppigen Art verbirgt sich eine liebe, sensible Seele mit einem schrägen Humor. Ehrlich gesagt freue ich mich echt darüber, dass wir nach dem schlechten Start am Ball geblieben sind und uns nun besser kennenlernen.

Im Marrocco's ist es voll: Ich bin froh, einen Tisch reserviert zu haben. Natürlich bin ich eine Viertelstunde früher da, so dass ich noch genug Zeit habe zu überlegen, ob ich das neue Hemd in die Hose stecken oder besser drüber tragen soll. Generell mag ich es lieber in der Hose, aber das neue ist kurz geschnitten und rutscht sowieso raus.

Gemma meinte, mir würden Streifen stehen, also habe ich das angezogen. Auf dem Etikett steht: Luigi Fontanelli. Keine Ahnung, wer das ist, aber es muss was Besseres sein als die üblichen Modekettenmarken, die ich sonst trage. Das andere Hemd, das ich gekauft habe, ist von einem französischen Designer – Pierre irgendwas? Ich fand es ein bisschen altmodisch, aber Gemma hat mir glaubhaft versichert, dass der Stil gerade angesagt ist. Vielleicht bringe ich es nächste Woche zurück: Das hier reicht mir eigentlich, ich brauche nicht unbedingt zwei Hemden zum »Ausgehen«. Es sei denn, ich habe noch ein zweites Date mit Nancy.

Während ich warte, schicke ich Gemma schnell eine Nachricht: »Hab das Streifenhemd an. Über der Hose. Soll ich das Essen bezahlen oder die Rechnung teilen? Keine Ahnung, wie man das heute macht. Hilfe!«

Nancy kommt fünf Minuten zu früh, was ich als gutes Zeichen werte. Sie sieht aus, als hätte sie sich Mühe gegeben, ohne zu übertreiben. Sie trägt ein gestreiftes Kleid, das eine gewisse Ähnlichkeit mit meinem Hemd hat. Ist das ein Omen?

»Spooky«, sagt sie. »Eigentlich wollte ich heute meine Camouflage-Hose anziehen. Vielleicht hättest du dann was mit Dschungelprint gewählt.«

Ich lache, auch wenn ich eher splitterfasernackt aufkreuzen würde, als etwas zu tragen, was auch nur entfernt an »Dschungelprint« erinnert.

Ich beschließe, das Essen komplett zu bezahlen. Ich verdiene inzwischen nicht schlecht, besonders seit der Beförderung, und Nancy ist Verkäuferin.

Ich überfliege die Speisekarte. »Hmmm, Spaghetti mit Meeresfrüchten. Lecker. Ach, ich hätte fragen sollen: Ist das hier okay für dich? Hast du ernährungstechnisch irgendwelche besonderen Bedürfnisse? Haben ja viele heute. Tanya, meine Ex, konnte zum Beispiel nichts essen, was ... Oh, Scheiße noch mal, jetzt ist es schon wieder passiert.«

»Was konnte sie nicht essen?«

»Nichts, schon gut. Unwichtig.«

»Harry war total wählerisch beim Essen. Mochte keinen Knoblauch und kein Gemüse, nur Mais und weiße Bohnen. Nichts, was Blätter hatte. *Null.* Vielleicht hatte er als Kind mal eine Raupe im Salat und hat es nicht verarbeitet. Was konnte deine Frau nicht essen?«

»Auberginen, Schimmelkäse und Toffee. Natürlich nicht zusammen in einem Gericht. Angeblich vertrug sie es nicht. Es gibt nicht viele Lebensmittel, die sich trauen, von Tanya nicht vertragen zu werden. Aber gut. Unsere Ex sind ab jetzt tabu. Worauf hast du Lust?«

Wir bestellen schnell: Oliven und Calamari zum Teilen, zwei Mal Spaghetti vongole und eine Flasche Pinot Grigio. So weit, so gut. Nancy kann unglaublich gut mit den Augen flirten. Ich gebe mir große Mühe, ihren Blick zu erwidern, auch wenn mir das nicht leichtfällt.

»Echt nett hier, Ned«, sagt sie und lächelt mich an. »Ich habe oft an dich gedacht, überlegt, wie es dir wohl geht.«

»Ach, weißt du, im Großen und Ganzen geht's mir ganz gut. Ich freue mich immer aufs Wochenende mit Dora. Und ich blicke in die Zukunft, statt in der Vergangenheit hängen zu bleiben. Außerdem wurde ich gerade befördert. Von Karen. Das ist meine Chefin. Wir kommen echt gut miteinander aus. Beruflich, meine ich. Sonst ist da nichts.«

Wichtiger Vorsatz: Nicht so viel reden, Dumpfbacke! Immer ein bisschen geheimnisvoll bleiben.

»Sie ist bestimmt auch gern mit *dir* zusammen.«

»Karen? Ja, auf der Arbeit natürlich. Ist ja meine Chefin.«

»Nein, ich meinte Dora. Wo ist sie denn heute? Hast du einen Babysitter besorgt?«

»Sie schläft bei ihrer besten Freundin Bethany. Habt ihr das früher auch gemacht? Ich habe damals fast nie bei Freunden übernachtet. Kann sein, dass andere das gemacht haben, aber ich nie eingeladen wurde.«

Nancy tätschelt meine Hand. »Oh, nein, Ned! Mir kommen die Tränen! Ich glaube, heute machen die Kinder das öfter als früher. Wenn man erwachsen ist, ist woanders zu übernachten was ganz anderes, oder?«

»Fühlst du dich erwachsen? Ich mich nicht.«

»Manchmal schon. Ich werde bald dreißig. Irgendwann muss es ja mal losgehen.«

Auf dem Teller liegen sechs Calamari-Ringe, die sind einfach zu teilen: jeder drei. Nancy isst mit Appetit, was ich unglaublich sexy finde. Mit einem Stück Brot wischt sie den ölig-zitronigen Saft auf. Das macht mich auch ziemlich an.

Es läuft gut. Meiner Meinung nach wirklich sehr gut. Als

Nancy zum Klo geht, rufe ich Gemma an. Sie hat auf meine Frage mit der Rechnung noch nicht geantwortet. Außerdem will ich ihr sagen, dass es mir super geht.

»Das ist schön. Hast du ihr schon gesagt, dass sie gut aussieht?«

»O Gott, nein! Das hätte ich direkt am Anfang machen sollen. Ist es jetzt zu spät dafür? Wirkt es unehrlich?«

»Sag es einfach, wenn es sich richtig anfühlt. Sie hat mit Sicherheit stundenlang vor dem Spiegel gestanden und überlegt, was sie anziehen soll.«

»Und ist es okay, die Rechnung zu übernehmen? Ich kann es mir leisten. Aber ich will nicht, dass sie sich überrumpelt fühlt und denkt, sie wäre mir irgendwie verpflichtet.«

»Herrgott, Ned! Du hörst dich an wie aus einem Buch von Jane Austen. ›Verpflichtet‹ heißt ›Lust zum Bumsen‹, oder?«

»Natürlich nicht. Also, nur wenn sie will. Dora ist schließlich bei Verity.«

Zum Glück gucke ich hoch, denn Nancy kommt von der Toilette zurück. Ich lege auf und stecke das Handy in die Tasche. Mit einem fragenden Lächeln setzt sie sich wieder.

»Verity«, lüge ich. »Die Mutter von Doras Freundin Bethany. Verity. Wollte sich nur mal kurz melden.«

»Ist was passiert? Alles in Ordnung mit Dora?«

»Doch, alles gut. Darf ich dir Wein nachschenken? Ich bestelle noch eine Flasche zu den Spaghetti.«

Warum habe ich gelogen? Warum habe ich nicht einfach gesagt, ich hätte mit einer Freundin gesprochen, die wissen wollte, ob ich einen schönen Abend habe? Ich hätte Nancy sogar reinen Wein einschenken und sagen können: »Hör mal, Nancy. Ich bin völlig außer Übung, was das Daten angeht, deshalb habe ich mir Ratschläge von einer Freundin geholt, was man mit der Rechnung macht. Danke für dein Verständnis.«

Seit dem Telefonat ist die Atmosphäre etwas gedämpft. Es lief so gut, doch jetzt bin ich verunsichert. Nancy ist auch angespannt, wahrscheinlich weiß sie, dass ich gelogen habe.

Wir grooven uns gerade wieder ein bisschen ein, reden über unseren schlimmsten Urlaub (ich: Dubrovnik, sie: Florida), verhasste Schulfächer (ich: Deutsch, sie: Mathe), Prominente, die wir getroffen haben (ich: Alan Titchmarsh, sie: jemanden von *Game of Thrones*), als das Handy in meiner Tasche summt. Eine Nachricht. Das wird Gemma mit ihrer Expertenmeinung zum Thema »geteilte Rechnung« sein.

Nancy lächelt wieder rätselhaft. »Musst du da nicht dran?«

»Kann nichts Dringendes sein. Ich weiß ja, dass es Dora gut geht.«

Noch mehr Wein. Wir reden weiter, jetzt etwas bemühter. In welchem Alter wir das erste Mal eine Garnele, eine Avocado gegessen haben … Ich erzähle Nancy, dass ich auf einer Party mal einen Zigarettenfilter in den Mund gesteckt habe, weil ich dachte, es sei eine Erdnuss. Nein, ich konnte ihn nicht ausspucken. Ja, ich habe ihn runterschluckt. Wir haben fast wieder den positiven Bereich erreicht, und ich bilde mir ein, dass Nancy meine Ungeschicktheit liebenswert findet.

Die nächste Nachricht.

»Jetzt lies doch endlich!«, fährt Nancy mich an. »Das ist, als ob alle fünf Minuten die Alarmanlage vom Auto losgeht.«

Es ist Gemma. »Def. Rechnung übernehmen. Null ›Verpflichtung‹.«

»Okay«, schreibe ich zurück. Und jetzt lass mich in Ruhe.

Nancy hat das Besteck zur Seite gelegt und sich den Mund abgewischt, als sei sie fertig, obwohl noch massenweise Muscheln auf ihrem Teller liegen.

»Ich weiß, was hier abläuft«, sagt sie sachlich.

Ich nicht. Deshalb frage ich: »Hä?«

»Ich hatte letzten Monat ein Blind Date. Das war von Anfang an zum Scheitern verurteilt. Ich hatte vorgesorgt, für alle Fälle. Meine Mitbewohnerin Melanie sollte mir schreiben, ich müsste ganz schnell nach Hause kommen, weil sie sich ausgeschlossen hätte und nur ich noch einen Schlüssel hätte. Und, was ist *deine* Ausrede, warum du heute Abend schnell wegmusst?«

»Gar keine.«

»Ich würde dir echt gerne glauben, Ned. Aber ich bin momentan sehr schnell zu verletzen, und du machst es mir nicht leicht.«

Zeit, die Karten auf den Tisch zu legen. »Das ist eine Freundin von mir, Gemma. Wir hatten dieses Wochenende beide Dates. Also, sie musste zu einem Abendessen bei ihrem Ex. Gestern Abend. Und wir haben gesagt, wir würden einander schreiben oder anrufen, wenn was ist. Ich hatte nichts. Also, ich hatte keinen Grund. Bei ihr anzurufen, meine ich. Das ist keine Ausrede, Nancy. Das ist die Wahrheit.«

Sie glaubt mir nicht. »Du und Gemma, ihr habt euch vorgenommen, ihr ruft euch an, wenn was ist. Ja, klar. Hör zu, ich bekomme gerade eine Migräne, ich muss ganz schnell nach Hause. Isst du noch meine Spaghetti, ja? Bis dann!«

Sie zieht zwei Zwanziger aus ihrem Portemonnaie und wirft sie auf den Tisch. Dann ist sie weg. Ich esse ihre Spaghetti nicht auf. Nicht mal meine. Ich sage dem Kellner, meine Partnerin hätte sich nicht wohlgefühlt, und er glaubt, ich würde behaupten, ihr sei vom Essen schlecht geworden. Alles wird etwas unangenehm.

Als ich zu Hause bin, rufe ich Gemma an.

»Hey, Ned!«, sagt sie. »Warte, ich hole mir eine Tasse Tee, dann kannst du mir alles erzählen. Ist Nancy bei dir? Seid ihr bei dir – oder bei ihr – zum Netflixen und Relaxen?«

»Sie ist nach Hause gefahren. Hatte angeblich Migräne. Sie fand es komisch, dass du die ganze Zeit geschrieben hast.«

»Echt? Warum?«

»Sie dachte, ich hätte dir aufgetragen, mich unter irgendeinem Vorwand anzurufen, damit ich Reißaus nehmen kann.«

Es wird still in der Leitung, dann höre ich, wie Gemma versucht, ihr Lachen zu unterdrücken.

»Das ist echt nicht lustig, ja?«

»Schlaf drüber. Morgen ist es lustig, versprochen. Ach, das tut mir leid, Ned. Wenn sie so ein Mimöschen ist, lass sie besser laufen. Also kommt dieses Wochenende keiner von uns zum Zug. Nicht mal ansatzweise. Na gut, sehen wir uns bei der SPE? Gute Nacht, Kumpel!«

Ich habe immer noch Hunger, deshalb esse ich vorm Fernseher kalte Spaghetti aus der Dose auf Toast, von dem Tablett mit Kissen, das meine Mutter mir geschenkt hat. Nicht gerade der beste Abend, wenn ich ehrlich bin. Eigentlich ziemlich katastrophal. Und wenn es jemand anderem passiert wäre, könnte ich wahrscheinlich mit Gemma darüber lachen.

Ist es aber nicht.

16

Gemma

Judy hat einen Ohrring verloren. Einen von ihren liebsten. Sie hat eine altes Schmuckkästchen aus Samt mit Spieluhr, das bis oben hin voll ist mit Halsketten, Armreifen, Broschen und Ohrringen. Immer, wenn ich ein Paar bewundere, sagt sie: »Danke, Schätzchen, das mag ich am liebsten.« An jedem einzelnen Schmuckstück hängt eine Geschichte, und seitdem sie in Willowdene eingezogen ist und sich damit abgefunden hat, hier zu sterben, sind ihre Ohrringe eine Verbindung zu dem Leben, das sie führte, bevor es ihr schlechter ging.

Und was war das für ein Leben! Wenn ich in meinen restlichen siebzig Jahren das unterbringe, was Judy allein in den Jahren 1965 oder 2008 erlebt hat, dann weiß ich, dass es sich gelohnt hat. Wenn ich ihr glauben kann – und warum sollte ich das nicht? –, war sie Tänzerin, Ehefrau, Reiseleiterin, nochmal Ehefrau, Witwe, Beamtin, Domina und Schülerlotsin. Die letzten beiden Beschäftigungen liefen, glaube ich, zeitgleich ab, bevor sie Krebs bekam. Eventuell hatte sie sogar Kunden, die für eine Behandlung im Schülerlotsenkostüm was drauflegten. Wenn ich fragen würde, würde sie's erzählen. Jedes perverse Detail. Ich liebe Judy.

Heute Morgen haben wir den verlorenen Ohrring gesucht. Wir haben ihr Bett von der Wand gezogen – mit ihr drin. Wir haben alles aus ihrem Nachttisch genommen, die Polster vom Sessel entfernt und sind in ihren Kleiderschrank gekrochen. Wenn ich »Wir« sage, meine ich eigentlich »ich«.

Derweil erteilte Judy Anweisungen, als wäre ich ihr persönliches Dienstmädchen.

»Hast du auch in alle Schuhkartons geguckt, Gemma? Und in die Handtaschen? Guck mal in die aus Schlangenleder! Da drin habe ich mal hundertachtzig Pfund gefunden. Weiß Gott, woher das Geld kam.«

Ich seufze. Mir fehlt der Mut, sie daran zu erinnern, dass sie keine Handtasche mehr benutzt hat, seit sie hier ist, und dass sie immer nur Schlappen trägt, obwohl sie mehrere Paare umwerfende Schuhe besitzt.

»Zeig mir den anderen noch mal«, sage ich, um kurz durchzuschnaufen. »Den du noch hast.«

»Herrje, Schätzchen! Vivien nebenan hat ein besseres Gedächtnis als du, und die glaubt, sie wäre mit Boris Becker verheiratet.«

Judy hält ihn hoch. Es ist ein auffälliger Clip mit bunten Strasssteinen, absolut hässlich. Absolut Judy. »Erinnerst du dich jetzt, du Hohlkopf?«

Ich gebe mich schockiert.

»Jetzt musst *du* sagen: ›Such doch selbst, du alte Schreckschraube, wenn du mich hier beleidigen willst!‹«

»Ich könnte auch einfach in Tränen ausbrechen.«

»Das traust du dich nicht. Du musst auf mich eingehen, das ist deine Aufgabe.«

Ich lasse mich auf den Stuhl neben ihrem Bett sinken. »Komm, hören wir auf. Dann taucht er bestimmt von allein auf.«

»Es sei denn, er wurde gestohlen.«

»Guter Einwand! Ich werde nach Bewohnern und Bewohnerinnen mit nur einem Ohr Ausschau halten.«

Sie wühlt wieder in ihrem Schmuckkästchen herum.

»Dann muss ich wohl die hier tragen. Die mag ich am liebsten. Was meinst du?«

Diamantene Ananas. Felipe wäre begeistert.

»Perfekt! Zum Mittagessen gibt's Hinterschinken mit Ananas, da bist du total im Thema!«

Judy kichert, und ich sehe die achtzehnjährige rotblonde Granate, die in den Sommerferien in Cromer den Männern die Herzen brach.

Ich will gerade aufstehen – Janine ist auf dem Kriegspfad –, da brummt das Handy in meiner Tasche. Ich bleibe sitzen und gehe dran.

»Hey, hi, Gemma! Hier ist Dan. Was macht der Kleiderschrank?«

Dan … Dan …? Ach ja, der Möbelschrauber, König des Inbusschlüssels.

»Hey, Dan, wie geht's? Machst du eine Kundenbefragung?«

»So ähnlich. Müsste ich öfter mal tun. Also steht er noch? Der Schrank, meine ich?«

»Ja. Sitzt, wackelt und hat Luft.«

Judy schaut von ihren Ohrringen hoch. Ich runzele streng die Stirn, damit sie versteht, dass es sie nichts angeht, was sie nur noch neugieriger macht.

»Super. Ich möchte nicht als der mit den schiefen Schränken in Erinnerung bleiben.«

Es entsteht eine Pause. Keiner sagt was. War das alles, was er wollte?

»Ist das alles, was du wissen wolltest? Ich bin nämlich gerade auf der Arbeit.«

»Kein Problem, Schätzchen!«, ruft Judy aus dem Bett. »Tu einfach so, als wäre ich nicht da!«

»Wer ist das?«, fragt Dan leicht entsetzt.

»Niemand. Wir sprechen später, ja? Muss auflegen. Tschüss!«

Ich weiß, dass ich hier nicht rauskomme, ohne Judys Fragen zu beantworten.

»Das war Dan. Kenne ich schon seit zwanzig Jahren. Er hat einen Schrank für Kelvins Zimmer zusammengebaut und wollte jetzt wissen, ob der noch steht.«

»Und du bist total scharf auf ihn, oder warum bist du so rot geworden?«

»Da liegst du falsch, Schlaubergerin. Er ist scharf auf *mich*.«

»Das erklärt aber nicht die roten Bäckchen, Schätzchen. Er hat wegen des Kleiderschranks angerufen, aber in Wirklichkeit will er unbedingt mit dir ausgehen. Hab ich recht, oder hab ich recht?«

»Bist du neugierig, oder bist du neugierig?«

»Ich *habe* recht! Ich weiß es genau. Na, los! Geh was mit ihm trinken. Sonne dich in seiner Bewunderung. Begehrt zu werden ist das beste Gefühl der Welt. Vielleicht ist ja sogar ein bisschen Gefummel drin, das würde dich mal ein bisschen lockerer in den Schultern machen. Wenn du nicht mit ihm ausgehst, sage ich Janine, *du* hättest meinen Ohrring gestohlen.«

Überbackene Würstchen zum Abendessen. Ich hatte das Rezept aus einer Zeitschrift im Wartezimmer meiner Frauenärztin gerissen, als ich schwanger war; inzwischen ist es meine Spezialität, die immer geht. Tröstlich und sättigend. Als Beilage ein großer Klecks buttriges Kartoffelpüree. Ich mache zwei Teller fertig und bringe sie ins Wohnzimmer, damit Kelvin und ich vor den *Simpsons* essen können. So sieht ein Abend nach meinem Geschmack aus. Nur er und ich und Eis zum Nachtisch.

Doch der Fernseher ist auf stumm gestellt, und Kel telefoniert mit *meinem* Handy. Wahrscheinlich Joe. Er ruft immer an, wenn wir gerade essen.

»Da ist sie.« Kelvin strahlt mich an. »Meine Mutter, die dich dafür bezahlt hat, meinen Schrank zusammenzubauen, und dann so getan hat, als hätte sie's gemacht. Mit der möchtest du sprechen?«

Er hält mir das Handy hin. Der Junge hat seinen Spaß. Er hat mich erwischt, und er ist der gute Cop. Kelvin nimmt seinen Teller entgegen, stellt die *Simpsons* wieder laut und macht es sich auf dem Sofa bequem.

»Hallo, Dan!«, sage ich und gehe in die Küche. »Vielen Dank auch, dass du mich in die Pfanne gehauen hast.«

»Woher sollte ich wissen, dass du es nicht erzählt hast? Finde ich echt witzig.«

»Tja. Ich möchte gerne, dass Kelvin glaubt, ich könnte alles. Dass ich eine Supermum bin.«

»Niemand kann alles. Sei nicht so hart zu dir selbst!«

Er hat recht. Ich bekomme einen Vortrag von einem Mann, den ich kaum kenne, den ich seit Jahren nicht gesehen habe, und schon hat er meine Schwachstelle erkannt, der Drecksack.

»Jetzt bist du sauer, was?«, fragt er geknickt.

»Bisschen. Kelvin freut sich.«

»Scheint ein netter Junge zu sein. Hast du gut gemacht, Supermum.«

»Er ist wirklich nett. Und ich hab ihn wirklich gut hingekriegt, und zwar nicht dank Joe. Hast du echt nur angerufen, um dich nach dem Schrank zu erkundigen.«

»Ja.«

»Rufst du *jeden* Kunden und *jede* Kundin an? Zweimal? Mail den Leuten doch ein Standardformular für ihr Feedback. Wäre deutlich weniger Aufwand für dich.«

Er seufzt genervt. »Mensch, Gemma, machst du es eigentlich allen so schwer? Oder habe ich dir irgendwas getan, dass ich es verdient hätte?«

»Tut mir leid. Hab dich nur veräppelt. Höre sofort auf damit. Der Kleiderschrank kommt sehr gut an, Kelvin ist begeistert. Jetzt, wo er weiß, dass du ihn aufgebaut hast und nicht ich, vielleicht nicht mehr ganz so.«

»Das ist schön. Eine zufriedene Kundin mehr. Aber nachdem du mich jetzt so zappeln lassen hast, halte ich vielleicht einfach den Mund, wo ich schon mal Oberwasser habe.«

»Wieso?«

»Ich wollte dir gerade sagen, dass es toll war, dich nach so vielen Jahren wiederzusehen. Und dass Joe ein Arschloch ist, aber das weißt du ja schon.«

»Oh, allerdings.«

»Gut.«

»Sonst noch was? Nur weil mein Auflauf langsam kalt wird.«

»Ich habe angefangen, jetzt bringe ich es auch zu Ende. Hast du Lust, mal was mit mir trinken zu gehen?«

Ich weiß, dass ich Ja sagen sollte. Ich möchte Ja sagen.

»Ja.«

Ich sehe mein Spiegelbild in der Tür der Mikrowelle. Ich lächele. Dan will mich. Ein anderer Mann als Joe will Zeit mit mir verbringen.

»Gut. Das ist … nein, ich wollte sagen, das ist sehr schön.« Er klingt verwundert. »Hast du am Donnerstag Zeit?«

Habe ich da Zeit? Hab ich Zeit? Abgesehen von der SPE und Ros am Mittwoch ist mein Küchenkalender bis Weihnachten leer.

»Mal sehen … Donnerstag … Donnerstag. Ja, das ginge.«

»Supi. Wie wäre es, wenn wir uns um halb acht im Mesmerist auf der Prince Albert Street treffen?« Er klingt erleichtert. Ich hätte ihn nicht so fertigmachen sollen.

Ich habe ein Date. Judy wäre stolz auf mich.

Als ich meinen Würstchenauflauf wieder warm gemacht habe und mich zu Kelvin aufs Sofa setze, hat er seinen Teller schon abgeleckt.

»Weißt du noch, als ich dir einen Blumenhocker gebaut habe?«, fragt er. »Du fandest ihn echt schön, auch wie ich ihn angemalt hatte. Nur hatte das Mohit gemacht, und ich hab's nicht gesagt, und dann hast du's herausgefunden und warst echt sauer auf mich, weil ich es hätte sagen sollen.«

»Und?«

»Nur so.« Er grinst. »Kann ich jetzt das Eis haben, oder muss ich warten, bis du fertig bist?«

Wahrscheinlich aus Schuldgefühl lasse ich Kelvin eine halbe Stunde *Top Gear* gucken, bevor er ins Bett muss. In Gedanken gehe ich mein Gespräch mit Dan durch. Ich wusste, dass er anrufen würde. Ich bin vielleicht nicht im Dating-Karussell und nicht so schön und umwerfend wie Ros, aber da will jemand was von mir. Und zwar ein richtiger Mensch, nicht mein Ex.

Ich kann aber nicht von Mohits Mutter verlangen, dass sie zwei Tage nacheinander auf Kelvin aufpasst. Und auf den Mittwoch mit Ros will ich nicht verzichten. Die SPE ist mir eigentlich egal, aber mit Ros bin ich gern zusammen. Da weiß ich, dass ich mich ein paar Stunden mit einer Erwachsenen unterhalten, ein bis drei Wein trinken kann und meinen Spaß habe. Das ist wie Medizin. Hebt meine Stimmung. Darauf verzichte ich nicht.

Joe und Vicky werde ich auch nicht fragen, ob sie Kel am Donnerstag nehmen, nein, das mache ich auf keinen Fall.

Ich brauche jemanden, der auf meinen Sohn aufpasst, und habe quasi niemanden, auf den ich zurückgreifen könnte. Das hätte ich mir überlegen sollen, bevor ich Dan zugesagt habe. In solchen Momenten fehlen mir meine Eltern mehr denn je. Meine Mum starb, noch bevor ich Joe kennenlernte. Dad konnte wenigstens in den ersten beiden Jahren Kels Großvater sein.

Da habe ich eine super Idee. Ich könnte Ned anbieten, das nächste Mal auf Dora aufzupassen, wenn *er* ein Date hat. Dann könnte er vielleicht Donnerstag rüberkommen und Kelvin Gesellschaft leisten. Ich bin mir ziemlich sicher, dass die beiden zusammen klarkommen, und für Kel wäre es gut zu sehen, dass nicht alle Väter Machos und selbstverliebte Hurenböcke sind.

Ich rufe Ned an, mache ihm den Vorschlag, und er sagt zu. Das ist eine Erleichterung! Nach seinem Desaster mit Nancy warten auf Ned erst mal keine heißen Dates am Horizont. Die Geschichte hatte ich ganz vergessen. Armer Ned! Er ist noch mehr aus der Übung als ich.

Ich weiß, dass ich am Donnerstag nervös sein, aber cool und kontrolliert bleiben und es nicht versauen werde wie Ned. Ich kann das anziehen, was ich bei Vicky und Joe anhatte, das Kleid hat mir einen tiefen Ausschnitt *und* Selbstbewusstsein verliehen. Meine Dating-Rüstung.

Außerdem ist Dan echt heiß auf mich, also werde ich den Großteil der Arbeit ihm überlassen.

Ich weiß nicht mehr, wer es zuerst vorschlägt, Ros oder ich. Vielleicht sagen wir es gleichzeitig: »Komm, wir lassen die SPE sausen und gehen direkt Pizza essen, wie letzte Woche.« Bei Ros finde ich mehr Verständnis und Unterstützung als bei der gesamten Losergang über dem Anchor, und ich bilde mir gerne ein, dass sie das genauso sieht, auch wenn wir jetzt die letzte Folge von Meryls Seifenoper über ihren Ex verpassen.

Also lassen wir den Anchor Anchor sein und treffen uns in dem Restaurant, wo wir die Woche zuvor mit Ned und Andy waren.

Der Kellner erkennt uns und gibt uns »unseren Tisch«. Außerdem bringt er uns zwei Glas Prosecco aufs Haus. Das kann nur daran liegen, dass Ros so hübsch ist. Passiert ihr mit Sicherheit überall, wo sie hingeht. Ich bin nicht neidisch, nicht, wenn dabei ein Freigetränk für mich herausspringt.

»Kommen die Herren auch noch?«, fragt der Kellner, und wir müssen erst überlegen, wen er meint. Wir kennen keine Herren. Ach, er spricht von Ned und Andy.

»Nein, heute nicht«, erwidere ich. Ich bin ein bisschen enttäuscht, weil ich Ned nicht sehe. Ich würde gerne mehr über sein Albtraumdate erfahren. Wir bestellen schnell etwas, damit wir uns auf den neusten Stand bringen können.

Ros stößt mit mir an. »Weißt du, was? *Sweetcakes* hat einen neuen Kunden. Hundert goldüberzogene Cupcakes für den Start einer Werbeagentur! Lief über Beziehungen, deshalb darf ich es nicht vermasseln. Hundert Stück!«

»Wow, gut gemacht!«

»Ich muss das bloß sehr gut vorbereiten. Muss sie ein paar Tage im Voraus backen und einfrieren. Deswegen habe ich mir was geleistet und eine neue Kühltruhe gekauft. Wer nicht wagt, der nicht gewinnt. Meine alte ist immer total vereist. Wenn ich mehr regelmäßige Aufträge bekomme, muss ich die Küche vergrößern. Dann muss ich sie richtig professionell einrichten. Neuer Herd, begehbarer Vorratsschrank, Kochinsel und so weiter.«

»Hervorragend, Ros! Du hast es wirklich verdient, dass *Sweetcakes* läuft.«

»Stimmt. Für mich und für Gabe. Auf verquere Weise sogar für David. Klingt das zu esoterisch?«

»Nein, gar nicht.«

»Das heißt, dass ich kein Privatleben mehr habe, abgesehen vom Mittwochabend. Ich kann die Stammkunden nicht vor den Kopf stoßen und sie nicht bedienen.« Mit angespannter Miene kaut sie einen Grissini. Ich würde sie gern unterstützen.

»Ich kann nicht backen, Ros, kein Stück. Aber wenn du mich ein bisschen im Auge behältst, kann ich dir helfen, wenn du in der Klemme bist. Oder ich kann auf Gabe aufpassen. Du weißt, dass ich am Wochenende immer Däumchen drehe.«

»Kommt drauf an, wie schlecht du wirklich bist. Danke, Gem. Vielleicht komme ich darauf zurück. Zumindest habe ich durch die Arbeit eine Ausrede, Andy abzusagen. Der Typ lässt einfach nicht locker. Ständig schickt er mir Nachrichten, Memes, Fotos, lustige GIFs. Hier, guck!«

Sie scrollt durch ihre WhatsApp, und es sind nur Sachen von Andy drin, eine Nachricht nach der anderen.

»Macht er dir den Hof, oder stalkt er dich?«

»Ach, er ist harmlos. Kann nur nicht verstehen, dass ich nicht mit ihm ausgehen will.«

»Warum denn nicht? Triff dich doch mal mit ihm! Geh was trinken. Sonn dich in seiner Bewunderung. Begehrt zu werden ist das beste Gefühl der Welt.« Ich plappere Judy nach, deren Ratschlag ich mir offenbar zu Herzen genommen habe.

»Ernsthaft? Andy? Dann bildet er sich ein, ich hätte Interesse und, nee, echt Gemma, damit liegt er so was von daneben. Aah, da kommen die *Arancini.*«

Ich überlege, ob ich ihr das mit Dan erzählen soll. Keine Ahnung, warum ich nichts sage. Aber wenn ich die Neuigkeit nicht mit Ros teile, wem soll ich sie dann erzählen? Kelvin? Judy? … Joe?

Ich wähle die indirekte Methode. »Wenn du wirklich was mit deiner Küche machen willst, also ausbauen, vergrößern, an die neuen Bedürfnisse anpassen, dann kann ich dir jemanden empfehlen. Schrauber-Sean, aber eigentlich heißt er Dan. Er hat Kelvins Kleiderschrank aufgebaut, und er ist echt nett, hat anschließend alles sauber gemacht und war früher mal ein Kumpel von Joe und … er will sich mit mir treffen.«

Ros hört auf zu essen. Sie macht große Augen. Ihr fällt die Kinnlade runter.

»Was ist?«, fahre ich sie an. »Meinst du, das hat er nur zum Spaß gesagt? Oder dass Joe ihm das eingeredet hat? O Gott, was ist, wenn das Joes Idee war? Ich kann das nicht machen. Ich sag ihm, dass ich krank bin.«

Ich warte auf Ros' Antwort. Unsere Arancini werden kalt. Ros wirkt traurig. Ah, dann glaubt sie tatsächlich, dass ich verkuppelt werden soll. Na, super!

»Ach, Gemma! Der Typ hat dich wirklich so richtig gefickt, dein Ex, oder?«

Hast du eine Ahnung, hätte ich beinahe gesagt. Aber Ros darf das niemals erfahren.

»Soll heißen?«

»Soll heißen, dass du selbst dein schlimmster Feind bist. Was ist, wenn Dan sich mit dir treffen will, weil er heiß auf dich ist? Ist dir das schon mal in den Sinn gekommen?«

»Schon. Ganz kurz. Die Geschichte mit Joe hat sich davorgeschoben. Dass er versucht, es mir heimzuzahlen, weil ich … weil ich … ihn nicht mehr respektiere. Weil ich endlich erkannt habe, was für ein egoistisches Schwein er ist. Das muss ihn richtig wurmen.«

»Gut. Freut mich.« Ros schenkt mir nach. »Vergiss Joe und konzentrier dich auf Dan. Er will was von dir. Du auch von ihm?«

»Ja, vielleicht. Das mit Kelvins Schrank hat er klasse gemacht.«

Ros johlt vor Lachen. »Also ist er handwerklich geschickt. Das ist schon mal ein Anfang. Wann triffst du dich mit ihm?«

»Morgen. Nur was trinken. Nichts essen oder so. Ich habe Ned gefragt, ob er so lange auf Kelvin aufpasst.«

»Ned ist ein Guter. Und außerdem total süß. Also, wenn *der* mir alle fünf Minuten solche Nachrichten schicken würde, wäre ich vielleicht versucht. Der braucht mehr von Andys Dreistigkeit. Ned ist doch süß, oder?«

Ich zucke mit den Schultern und beiße in die zweite Arancini. Ehrlich gesagt ist mir das bisher noch nicht aufgefallen.

Donnerstagabend, und ich bin bereit. Bin mir zwar immer noch nicht sicher, ob Dan der Richtige für mich ist, aber was soll's? Ich gehe aus, und seit der Scheidung war ich so selten unterwegs, dass ich es richtig genießen sollte. Ich ziehe das

Kleid an, das ich bei Joe und Vicky anhatte, und ziehe es wieder aus. Zu schick, zu gewollt. Meine beste Jeans und ein dunkelrotes Shirt von M&S müssen reichen. Ich schminke mich unauffällig und mache mir mit meinem uralten Lockenstab ein paar Wellen in die Haare. Ja. Gut.

Kel weiß, mit wem ich mich treffe, und ist überraschend cool. »Du siehst gut aus, Mum. Warum kommt der Schraubertyp nicht zu uns?«

»Er wohnt in Portslade, deshalb treffen wir uns in der Stadt. Du würdest auch gut aussehen, wenn du dir mal die Haare kämmen würdest.«

»Warum? Ich bleib doch zu Hause.«

»Und was soll Ned denken?«

Kelvin zuckt mit den Schultern. Darauf lohnt sich nicht mal eine Antwort. Er ist der Meinung, er sei alt genug und brauche keinen Babysitter mehr, deshalb passe ich auf, den Gast des Abends nicht als solchen zu bezeichnen. Ned kommt vorbei, um Kelvin »Gesellschaft zu leisten«. Mein Sohn ist feinfühlig für sein Alter, aber er ist noch ein Kind. Manchmal will ich nicht, dass er groß wird, weil er dann zur Uni geht und ich ganz allein bin und er mich nicht mehr braucht. Und dann hasse ich mich dafür, so bedürftig und armselig zu sein.

Ned hatte mir eine Nachricht geschrieben und gefragt, wo er parken könne. Und ob er was mitbringen solle, um Kelvin zu beschäftigen.

»Park in der Einfahrt. Irgendwas mit Dampfloks. Er muss ein Referat halten.«

Ned antwortete mit drei großen emporgereckten Daumen. Hoffentlich ist er nicht zu begeistert. Kel hat's nicht so mit Begeisterung; hat er sich bei Joe abgeguckt.

Um Punkt 19.10 Uhr sehe ich, wie ein mit Möwenkot bekleckster Kia vor dem Erkerfenster hält. Ned ist da. Ich habe noch sechs Minuten, um die beiden einander vorzustellen und Ned zu zeigen, wo die Teebeutel sind, dann muss ich mich beeilen, um den Bus um 19.24 Uhr noch zu bekommen. Keine Zeit mehr, um ihn nach den schmutzigen Details seines Dates mit Nancy zu fragen.

Kelvin hat sich tatsächlich wie befohlen die Haare gekämmt. Ned nicht. Kelvin wirft mir einen vielsagenden Blick zu, aber ich glaube, insgeheim ist er überzeugt, dass er Ned locker in die Tasche steckt.

»Hi, Kelvin«, sagt Ned mit fröhlichem Lächeln. »Deine Mutter hat mir erzählt, du musst ein Referat über Dampfloks halten.«

»Ja?«, erwidert Kelvin argwöhnisch.

»Ich bin ein totaler Dampflokfan. Bit du schon mit der Bluebell Railway gefahren? Oder mit dem Zug in Amberley? Vor ein paar Wochen war ich mit Dora da, meiner Tochter. Ein James Bond ist in Amberley gedreht worden. Weiß gerade nicht mehr, welcher. Im Kalksteinbruch. Auch wenn ich eigentlich kein großer Bond-Fan bin. Ich mag lieber Science-Fiction und so futuristischen Kram. Hast du *Avatar* gesehen? Also, das ist für mich einer der fünf besten Filme aller Zeiten …«

Ich überlasse die beiden sich selbst, bevor ich mir Gedanken mache, was Kel wohl von Ned hält. Nur weil Ned ein netter Kerl ist, heißt das noch lange nicht, dass er auch bei meinem Sohn gut ankommt.

Im überfüllten Thekenbereich des Pubs hat sich Dan in eine Ecke gequetscht und guckt auf die Uhr. Ich bin nur zehn Minuten zu spät – verdammte Busse –, aber er macht sich schon Sorgen, ich könnte ihn versetzt haben. Das gibt mir ein bisschen Oberwasser, ein Gefühl von Macht. Ich sollte öfter zu spät kommen.

Aber dann sein Gesicht, als er mich erblickt ... Das ist nicht nur Erleichterung. Er fängt an zu strahlen, wortwörtlich. Hat Joe jemals so gestrahlt? Muss er wohl, zumindest am Anfang ...

»Da bist du ja«, sagt er und lächelt glücklich.

»Da bin ich.«

»Gut. Was willst du trinken? Ich bestell dir was. Kann ich dir was bestellen? Was hättest du gerne?«

Er ist völlig von der Rolle. Ich genieße es. »Bitte ein Weißwein. Ich würde uns ja einen Tisch suchen, aber es ist rappelvoll hier.«

»Weißwein, gut. Ja, stimmt. Ist rammelvoll hier, meine ich. Vor zwanzig Minuten hätte ich fast zwei Barhocker für uns klargemacht, aber der andere war schneller.«

Dan wartet schon seit zwanzig Minuten. Kein Wunder, dass er neben sich steht.

»Eigentlich hatte ich einen Plan.«

»Dan, Dan, he's the man with a plan«, singe ich.

Er lacht. Allmählich entspannt er sich. »Mein Vorschlag: Wir ziehen weiter. Vor ein paar Monaten habe ich was in einer Kneipe um die Ecke gemacht, und Jonah, der Besitzer, meinte, ich sollte ruhig mal vorbeischauen, dann würde er mir einen Cocktail ausgeben. Bis jetzt war ich noch nicht bei ihm. Was meinst du?«

Eine Viertelstunde später machen wir es uns in einer gemütlichen Sitzecke im Fünfzigerjahrestil gemütlich. Der Laden ist schwer angesagt bei den Hipstern. Wir trinken uns durch einen geeisten Krug mit Mojito. Dan ist total zufrieden, dass er uns hergelotst hat. Noch entzückter ist er, als Jonah uns einen Teller mit Chicken Wings, einer scharfen Guacamole und einem Berg Nachos bringt. Alles aufs Haus.

»Siehst du noch oft die alten Freunde von früher?«, fragt Dan und schenkt mir Mojito nach.

»Kaum. Du?«

»Claire und Keith ein paarmal im Jahr. Aber als Nicola und ich uns getrennt haben, wurde das auch weniger. Hab mich wohl nicht genug um die Freundschaft gekümmert.«

»Ich hab letztens Hayley getroffen. Kennst du die noch?«

»Nicht gerade die hellste Kerze auf der Torte, oder? Ups, seid ihr immer noch beste Freundinnen?«

»Sie hat gewusst, dass Joe mich betrog, aber hat den Mund gehalten. Als ich es rausfand, hätte sie sich auf meine Seite stellen können. Hat sie aber nicht. Und um noch mehr Salz in die Wunde zu streuen, hat sie sich mit Vicky zusammengetan. Von daher: nein. Hayley und ich sind Geschichte. Ihr Pech. Ich habe sie letztens bei Joe und Vicky getroffen. Ist doch unglaublich, oder? Vicky hat mich zu sich nach Hause zum Essen eingeladen!«

»Ist doch eigentlich gut, oder? Ihr habt einen Schlussstrich gezogen und schaut nach vorn. Und ich muss Joe keine in die Fresse hauen, wenn ich ihn das nächste Mal sehe …«

»Das kannst du von mir aus gerne tun. Vicky will, dass wir uns anfreunden. Sie und ich. Außerdem wollte sie mich mit ihrem Cousin Chris verkuppeln. Deshalb haben sie mich eingeladen.«

»Aha.« Dan runzelt die Stirn. Überlegt er, ob er einen Rivalen hat? »Und, hat es geknistert bei dir und dem Cousin?«

»Wir haben uns echt gut verstanden. Ich mochte ihn auf Anhieb.«

»Ganz schön gerissen, diese Vicky.«

Ich könnte Dan reinen Wein einschenken und erzählen, dass Chris seinen Traumprinzen in Cardiff gefunden hat und ich immer noch frei und ungebunden bin. Tue ich aber nicht. Soll er doch glauben, ich müsste mich der Verehrer wie Fliegen erwehren. Chris würde mitspielen, da bin ich mir sicher.

»Und, wie war das, Vicky und Joe bei sich zu Hause zu erleben? Hat es dir geholfen, das Kapitel abzuschließen?«

Gute Frage. Ich mag es, dass Dan versucht, es aus meiner Perspektive zu sehen.

»War okay. Vicky ist eigentlich nett und Joe ist … Joe. Hat sich nicht groß verändert. Ich fand es alles ein bisschen, keine Ahnung, vielleicht spießig, was schon komisch ist, weil ich noch vor ein paar Jahren alles für so ein Haus und so ein Leben getan hätte.«

Dan legt seinen abgenagten Hühnerflügel beiseite. »Früher, als Jugendlicher, konnte ich mir nicht vorstellen, dass ich mal graue Haare habe und in Schlappen herumlaufe, dass ich Schlappen tatsächlich *mögen* würde. Ich dachte, wir wären alle davor gefeit, wären etwas Besonderes und würden nicht alt werden. Und Joe und du, ihr wart für mich das absolute Vorzeigepärchen.«

»Mehr als Claire und Keith?«

»Auf jeden Fall. Ihr wart so ein super Paar! Bei euch passte alles: das Aussehen, das Selbstbewusstsein, das Trinkvermögen – alles.«

»Ich konnte damals saufen wie ein Loch. Jetzt hab ich zwei Mojitos intus und schon das Gefühl, betrunken zu sein. Du auch?«

»Ein bisschen.«

»Wir fanden auch immer, wir wären was Besonderes, Joe

und ich. Wahrscheinlich waren wir ein bisschen eingebildet, weil wir dachten, wir würden nie mehr auseinandergehen. Nie mehr allein. Na ja, Joe war ja auch nie mehr allein, weil er gleich mit Vicky weitergemacht hat. Nur ich bin allein.«

»Willkommen im Club! Dass es mit Nic und mir ewig hält, hab ich, ehrlich gesagt, nie geglaubt. Nichts ist sicher, oder? Hätte auch nicht gedacht, dass ich mit fast vierzig wieder daten gehe.«

»Also bist du jetzt am Daten?«

»Ich bilde mir gerne ein, wir hätten ein Date. Liege ich falsch?«

»Nein, nein. Aber bist du denn, wie sagt man, ›zu haben‹?«

Er schmunzelt vor sich hin, als gäbe es eine kurze und eine lange Antwort. »Ich habe mich vor ein paar Monaten bei einer Dating-App angemeldet, weil man das doch so macht, wenn man wieder ›zu haben‹ ist, oder? Ich wurde echt von Frauen mit Nachrichten bombardiert. Aber das war nicht angenehm. Single-Männer unter achtzig, die halbwegs okay aussehen, sind scheinbar Mangelware.«

»Warum wolltest du dich dann mit *mir* treffen?«

»Weil ich schon mit siebzehn heiß auf dich war und einen sehr guten Geschmack hatte. Damals wie heute.«

Wir grinsen uns an. Ich wusste es. Damals wie heute.

»Gute Antwort«, sage ich schließlich. »Wenn diese Kanne hier leer ist, kriegen wir dann noch eine umsonst?«

Dan schwenkt den Krug, und Jonah hinter der Theke nickt ihm zu. Jawoll!

Er lehnt sich zurück, zufrieden mit dem Verlauf des Abends. »Ich erzähl mal von meinem letzten Date, ja? Und warum ich so froh war, als ich dich getroffen habe.«

»Ja, los!«

»Jodi. Künstlerin. Knallrote Haare. Mitte dreißig. Auf dem Foto umwerfend schön, wie eine Schauspielerin aus den Sechzigern. Viele Frauen, mit denen ich Kontakt hatte, haben mir Angst gemacht, weil sie so aufdringlich waren. Jodi dagegen war locker, lustig, lohnte sich zu treffen.«

»Aber? Ich spüre, da kommt ein Aber, nicht?«

»An ihr war alles super, bis auf … Das willst du jetzt nicht hören, aber ich sage es trotzdem. Alles war super, bis auf ihre Brüste.«

Trotz des Alkohols bin ich sprachlos.

»Künstlich. *Total* künstlich. Sahen aus wie zwei Melonen. Sie hatte ein Kleid mit einem tiefen, weiten Ausschnitt an, so dass man nichts anderes als diese Dinger sah. Die sprangen einem quasi ins Gesicht.«

»Ich dachte, Männer mögen große Dinger.«

»Alle Männer? Wer sagt das? Sagen wir mal so: Ich mag echte Brüste, natürliche Brüste, weiche Brüste. Die Sache ist die: Ich konnte einfach nicht den Blick davon abwenden, aber aus dem falschen Grund. Und Jodi dachte, ich hätte angebissen, dabei hätte ich nicht abgetörnter sein können.«

Dan lacht und lacht, und bald falle ich ein, bis ich befürchte, dass mir gleich der weiße Rum aus der Nase sprudelt.

»Warum machen Frauen das?«, fragt er, als wir uns beide wieder beruhigt haben. »Aufgespritzte Lippen und die Augenbrauen so anmalen, dass sie wie dicke Raupen aussehen?«

»Ich mache das nicht«, sage ich.

»Nein, stimmt, und das finde ich ja so super.«

»Und, wie bist du mit Jodi verblieben?«

»Ich habe ihr gesagt, ich hätte eine alte Bekannte wiedergetroffen und wollte jetzt erst mal wissen, was die noch für mich empfindet. Das ist immerhin nicht gelogen, denn das habe ich ja, oder?«

»Sieht so aus.«

Wir küssen uns. Wir küssen uns direkt in der Bar und merken nicht mal, dass Jonah eine neue Kanne Mojitos vor uns stellt.

Ich weiß nicht, ob ich mich einfach geschmeichelt fühle, ob es am Alkohol liegt oder an dem ungewohnten Gefühl, geküsst und an mein früheres Ich erinnert zu werden, aber … ich fühle mich super.

Dann fällt mir ein, dass ich schon über drei Stunden weg bin und am nächsten Tag Schule ist und Ned noch auf Kelvin aufpasst. Was ist, wenn die beiden sich nicht leiden können und ich den Streitschlichter spielen muss?

Ich mache einen auf Cinderella, nehme meine Handtasche und sage Dan, dass ich nach Hause muss. Wir gehen zur North Street, wo man leichter ein Taxi findet. Wir küssen uns noch mal. Jetzt fühle ich mich alt und dumm und bin verlegen.

»Soll ich dich wirklich nicht begleiten?«, fragt Dan. »Nur damit du gut zu Hause ankommst. Du hast ein bisschen was intus.«

»Nein«, sage ich. »Danke. Alles gut. Ich muss den Babysitter nach Hause schicken. Also, eigentlich ist das ein Freund, kein … also, ein Freund. Und ich muss gucken, ob Kelvin nicht noch heimlich unter der Bettdecke Minecraft spielt, weil ich nicht zu Hause bin. Ich muss los, Dan, tut mir leid.«

Das Taxi kommt so schnell, dass keine Zeit für einen richtigen Abschiedskuss bleibt. Ich sacke auf den Rücksitz und rufe dem Fahrer »Bevendean« zu. Auf einmal ist mir schlecht.

Ich muss dringend nach Hause, und zwar nicht nur, um nach Ned und Kelvin zu sehen.

17

Ned

Irgendeine Leuchte vom Büro in Basingstoke schickt mir Ergänzungen zum Welby-Daniels-Bericht. Fast einen Monat zu spät, und der Text liest sich, als hätte ihn ein Grundschulkind beim Schnuppertag an Mamis Arbeitsplatz verfasst. Natürlich bin ich der Dumme, der daraus was Vernünftiges basteln und es ins fertige Dokument einarbeiten darf – hier einen Bezug ändern, dort einen Zusatz einbringen. Verdammt stümperhaft und höchst unprofessionell. Andererseits ist es keine sehr anstrengende Aufgabe, und wenn ich meine Karten richtig ausspiele, könnte ich die ganze Woche was davon haben.

Ich weiß, dass Andy sein Wochenende mit mir nachbesprechen will. Ist er bei Ros irgendwie weitergekommen? Die spielt wirklich in einer völlig anderen Liga als er. Das sieht jeder. Jeder außer Andy. Wenn er sich allerdings was in den Kopf gesetzt hat, bekommt er es meistens. Seine Erfolgsquote ist unglaublich, andererseits konnte ich die weibliche Psyche nie besonders gut lesen. Das kann Tanya bestätigen und hat es auch oft getan.

Also setze ich die Plug-in-Kopfhörer ein, als würde ich was Wichtiges schreiben, und jedes Mal, wenn Andys Kopf über der Abtrennung auftaucht, um mit mir zu sprechen, wedele ich ihn mit einer genervten Handbewegung fort.

Ich bin froh, dass ich ihm bisher nichts von meinem Date mit Nancy erzählt habe. Da hätte er mir den kompletten

»Was Frauen wollen«-Vortrag gehalten, vom beliebtesten Aperitif bis zum intensivsten G-Punkt. Wer will schon einen Vortrag von Englands größtem Sonnyboy? Schlimmer noch, wenn Andy wüsste, dass ich mit Nancy aus war, würde er mich löchern, wie es gelaufen ist, ob ich die Kombi aus Blickkontakt und ernstem Nicken ausprobiert habe und ob sie unersättlich in der Kiste war.

Es ist schon schlimm genug, dass Gemma über meine Datingkatastrophe gelacht hat, obwohl sie eigentlich der Grund dafür war, dass es in die Hose ging. Okay, ich hätte nicht jedes Mal so nervös sein sollen, wenn mein Handy piepste, aber ich wollte doch nicht, dass es so aussieht, als hätte ich eine Freundin am Ohr, die mir den ganzen Abend vorflüstert, was ich tun soll. Ich kann Gemma keinen Vorwurf machen. Sie hat getan, was wir verabredet hatten, ich kann mir nur selbst vorwerfen, so ein Idiot gewesen zu sein. Der alte Ned ist schwerer loszuwerden, als ich dachte.

Ich lege eine Pause von Welby-Daniels ein – diese Nachbesserungen sind nervtötend – und gebe »Weibliche Psyche« in den Suchbalken von Google ein. Es muss doch ein Buch geben, das ich auf dem Klo deponieren und immer mal kurz lesen kann, wenn ich eine Sitzung habe. Nichts Kompliziertes, nichts allzu Psychologisches. Nichts, was eine verbitterte Frau geschrieben hat (die von Tanya wahrscheinlich schwer bewundert würde), denn das spült wahrscheinlich das letzte bisschen Selbstbewusstsein fort, an das ich mich noch klammere. Ich brauche eine simple Anleitung, um emotional jeden Tag ein kleines bisschen weiterzukommen. Damit die guten Ergebnisse irgendwann die schlechten übertreffen.

Ich finde eins. Es heißt *Hier und jetzt: Neue Wege für dein neues Ich*. Offenbar ist Oprah ganz begeistert davon, in der

Grazia wurde es teilabgedruckt, und ein Mitglied einer bekannten Girlgroup hat es zu ihrer Bibel gemacht. Das Beste daran ist, dass es für Frauen geschrieben ist. Das muss doch einfach eine unschätzbar wertvolle Hilfe für einen verpeilten Typen wie mich sein.

In der Mittagspause verschwinde ich kurz und finde *Hier und jetzt* prominent platziert im Schaufenster von Waterstones. Wenn das jetzt überall zu finden ist, muss es einfach gut sein. Ich nehme ein Exemplar mit, ohne auch nur einen Blick hineinzuwerfen. (In Zukunft muss ich es sein lassen, Selbsthilfebücher zu kaufen und sie als Staubfänger ins Regal zu stellen, in der Hoffnung, dass ihr Inhalt per Osmose auf mich übergeht.)

Vorweg lese ich die Empfehlungen hinten auf dem Umschlag und bin ganz inspiriert. Ich werde mein »eigenes Supportsystem« entwickeln. Ich werde »Strategien finden, die mein Selbstbewusstsein verbessern«. Ja, das werde ich tun, aber so was von.

Mit einem Subway-Sandwich, Spiegeleiern von Haribo und einem Bananensmoothie kehre ich ins Büro zurück, um jeglichem Magenknurren am Nachmittag zuvorzukommen. Dann überlege ich, mich wieder an die Änderungen des Welby-Daniels-Reports zu machen, schiebe das aber noch vor mir her und scrolle lieber kurz durch meine Nachrichten.

Fast nur langweiliger Kram: Mitteilungen von meiner Bank, ein neuer Film auf Netflix, der mir gefallen könnte, eine Erinnerung von Gail, sie sähe mich hoffentlich am Mittwoch wieder, wenn es um das Thema ginge, wie man als partnerloses Elternteil Geburtstage und Feiertage übersteht. Ich denke nicht.

… und eine WhatsApp-Nachricht von Tanya: »Wir geben am Sonntag eine kleine Party. Hoffe, du kannst kommen. Bring gern jmdn mit! Deine Freundin aus dem Ivy? Beginn 14 Uhr. Dresscode: bunte Farben.«

Ich lese das Ganze mehrmals durch, suche nach einem höhnischen Subtext oder kleinen Sticheleien, und komme zu folgendem Ergebnis:

- *»Wir« ist eine unauffällige Erinnerung, dass sie und Julian zusammen sind. Hatte ich nicht vergessen.*
- *»Sonntag, Beginn 14 Uhr« – Tja, ich bringe Dora immer sonntagsnachmittags zurück, deshalb wäre es ganz besonders stoffelig, wenn ich sie abgeben und nicht auf einen Pimm's und einen Maiskolben vom Grill bleiben würde.*
- *»Deine Freundin aus dem Ivy?« Ha! Mein Sonntagsessen mit Karen muss Tanya richtig gewurmt haben. Keine Ahnung, warum. Ich kann Karen nicht mitbringen. Das würde sich nicht richtig anfühlen. Und mit Nancy habe ich es verdorben. Sie wäre die perfekte Begleitung gewesen. Ich schätze, in so einem Fall könnte ich Gemma fragen. Sie kann sich sehen lassen, und mir wäre ihre Meinung über die ganze Tanya-Julian-Situation sehr wichtig. Schade nur wegen Nancy.*
- *»Dresscode: bunte Farben« – Wer hat sich das denn ausgedacht? Tanya oder Julian? Muss man wieder gehen, wenn man was Beiges anhat? Wie groß ist die Versuchung für mich, als Gruftie ganz in Schwarz zu kommen?*
- *Und als letzter Punkt: Will sie wirklich, dass ich komme, oder will sie nur vorführen, wie gut sie sich in ihrem neuen Leben mit Julian eingerichtet hat? »Mein Haus, mein*

Mann, meine Freunde! Sieh nur, wie gut es wenigstens einem von uns geht! Und das bist nicht du!«

Ich antworte kurz und knapp: »Danke, komme gerne.« Mehr nicht. (In meinem neuen Buch gibt es ein Kapitel namens »Weniger ist mehr«. Und es stimmt: Weniger ist wirklich mehr. Der neue Ned ist da, und er lässt nicht mehr alles mit sich machen.)

Am nächsten Tag habe ich um zwölf Uhr einen Termin bei Karen. Sie hat Welby-Daniels schon abgehakt, will sich aber trotzdem davon überzeugen, dass alles unter Kontrolle ist und sie sich keine Gedanken machen muss.

Um fünf vor zwölf flitze ich kurz aufs Klo, um noch schnell zu pinkeln – sie macht mich immer total nervös – und um zu gucken, ob ich keine Zahnpasta in den Haaren habe. Alles gut. Als ich den Kopf in ihr Büro stecke, zieht sie gerade ihre Jacke an.

»Die Baustelle gegenüber ist so laut! Komm, wir gehen eine Stunde raus und machen ein Arbeitsessen daraus.«

Ich hatte eigentlich vor, die Eins-A-Kombi Subway/Haribo/Smoothie von gestern zu wiederholen oder Pastete und Pommes mit Andy zu essen, aber Karen ist meine Chefin, da kann ich nicht einfach ablehnen. In der Hinsicht ist das wie bei Tanya.

Wir entscheiden uns für einen Chinesen um die Ecke, der ein Mittagessen für 8,95 Pfund anbietet. Um genau zu sein sucht Karen den Laden aus. Ich hab's nicht so mit Nudeln und Tofu. Und ich hasse Essstäbchen, kann es aber genauso wenig leiden, wenn die Kellner so herablassend gucken, weil man um einen Löffel bittet. Karen meint, wir sollten beide ein Tsingtao-Bier trinken, was mit Sicherheit dafür sorgen wird, dass ich um drei mit dem Kopf auf dem Schreibtisch liege. Aber ich mache mit, weil ich nervös bin.

Warum ist sie mit mir hierhergegangen? Was will sie von mir? Wird mich Welby-Daniels immer wieder heimsuchen, wenn ich diese Zusätze nicht den Anforderungen entsprechend einfüge? Vor allem ist es unerlässlich, dass ich tief durchatme, um meine emotionale Epidermis zu schützen (Kap. 5, *Hier und jetzt*).

»Alles gut bei dir?«, fragt Karen und steckt sich einen krachenden Krabbenchips in den Mund, in dem mit Sicherheit kein Molekül Meerestier enthalten ist. Habe da so einen Artikel gelesen.

»Arbeitsmäßig, meinst du? Doch, ja, läuft alles gut, wirklich. Die Verantwortung für das Projekt in Tunbridge Wells habe ich Andy übergeben. Es ist ein bisschen sperrig, von der Kapazität und der Infrastruktur her, aber ich finde, man muss ihm die Chance geben zu beweisen, was er kann. Falls er es nicht hinkriegt, kann nichts passieren. Aber das klappt schon, wenn ich ihn im Auge behalte.«

Ich hab's echt drauf. Kann ich reden, oder kann ich reden?

»Bürde ihm nicht zu viel auf, Ned! Andy überschätzt sich gern, mehr als gut für ihn ist. Das ist der Grund, warum du befördert wurdest und nicht er.«

»Klar, natürlich. Ich frage jeden Tag nach. Wenn es nicht läuft, merke ich das schon.«

»Okay. Also, eigentlich meinte ich, ob bei dir im Leben alles glatt läuft? Zu meiner Aufgabe als direkte Vorgesetzte gehört auch, mich zu vergewissern, dass es meinen Mitarbeitern gut geht. Wir habe beide eine Scheidung hinter uns, deshalb weiß ich, dass es manchmal länger dauert, bis man wieder auf die Beine kommt.«

»Stimmt.«

»Da du jetzt meinen Ex in all seiner Herrlichkeit kennengelernt hast, kannst du dir vorstellen, dass die Ehe für mich kein Zuckerschlecken war.«

»Wie geht es deiner Tochter übrigens?« Ich habe vielleicht ihren Namen vergessen, aber meine Frage ist ernst gemeint.

»Sie tut ihr Bestes. Mehr kann ich nicht verlangen. Hattie weiß, dass ich für sie da bin, wenn sie mich braucht. Ich will sie nicht verhätscheln.«

Ich versuche, eine Frühlingsrolle mit Essstäbchen hochzuhieven. Entsetzt muss ich zusehen, wie sie auf Karens Teller landet. Süßsaure Soße spritzt in alle Richtungen. Wenn ich Glück habe, glaubt sie, es wäre Absicht gewesen.

»Mir geht's prima«, sage ich, um auf ihre Frage zurückzukommen. »Ich schlage mich tapfer, den Umständen entsprechend.«

»Schön. Du weißt hoffentlich, dass du immer zu mir kommen kannst, wenn du dich mal aussprechen musst.«

Mein Instinkt sagt: »Niemals!«, aber ich nicke dankbar, um meinen guten Willen zu zeigen.

»Du kannst auch zu mir kommen, wenn du dich nicht aussprechen musst, Ned. Ich denke, wir haben gesehen, dass wir gut zusammen können, auch außerhalb der Arbeit.«

Ich weiß nicht, worauf sie hinauswill, deshalb konzentriere ich mich darauf, ein glitschiges Stück Rindfleisch aufzuspießen. Eigentlich habe ich schon eine Vorstellung davon, auf was sie anspielt, und mir wird leicht unbehaglich zumute.

»Was meinst du?«, fragt Karen. Ihr Essen wird kalt. »Sollen wir da weitermachen, wo wir aufgehört haben?«

»Ach, Karen, Beziehungen im Büro ... Erinnerst du dich an Barry Richards und Ellie Soundso? Haben sich beide keinen Gefallen damit getan, als es rauskam. Ich möchte nicht, dass unsere Karrieren in freiem Fall nach unten rauschen, nur weil wir nach der Arbeit zusammen was veranstalten.«

»Das sehe ich genauso. Beziehungen können die Karriere gefährden, wenn sie ernst sind. Barry Richards und Ellie Soundso waren aber beide verheiratet, oder? Nicht miteinander, meine ich. Und das lief ein ganzes Jahr lang, und jeder wusste Bescheid. Warf kein gutes Licht auf die beiden. Man kann eine Beziehung auch geheim halten, ohne dass sie ernst ist. Es muss nicht mal eine richtige Beziehung sein.«

Das klingt nicht gut. Ich beschließe, erst mal zu schweigen. Ich kaue auf einem Stück Rindfleisch herum; es ist erstaunlich zäh, ich kann also eh nicht antworten.

»Ich meine damit nur, Ned, dass eine rein körperliche Übereinkunft in gegenseitigem Einvernehmen sich auf deine und meine Matratze beschränken kann. Wir sind beide Single, wir sind sensible, sexuelle Wesen. Wem tut das weh? Niemandem.«

Ich will ihr keine Abfuhr erteilen. Das wäre nicht gentlemanlike. Außerdem habe ich furchtbare Angst, dass sie sich an mir rächen würde, mich zum Beispiel in dieses Irrenhaus versetzen lassen, unsere Niederlassung in Southampton. Da liegen Leichen begraben. Opioidabhängigkeiten nahmen dort ihren Anfang. Karrieren gingen zu Ende. Arbeitet Ellie Soundso nicht dort in der Buchhaltung?

Mein Kopf sagt: Nein. Mein Schwanz sagt: Überleg's dir. Der alte Ned würde ihre freundliche Einladung annehmen, weil er sich in die Ecke gedrängt fühlt und Bestätigung via Sex braucht. Der neue Ned muss seinen Mann stehen, allerdings nicht wörtlich.

»Ich habe jemanden kennengelernt«, sage ich mit leiserer Stimme.

»Aah, das ist neu. Erzähl!«

Ich habe damit angefangen, also muss ich es auch zu Ende bringen, aber auf eine Art und Weise, die Karen am wenigsten Unbehagen beschert. »Sie heißt Nancy. Nancy. Wir kennen uns schon etwas länger und haben uns jetzt wieder getroffen. Ist noch früh, aber es läuft nicht schlecht. Tja, Nancy …«

Karens Gelassenheit beeindruckt mich. Es scheint sie nicht groß zu stören, dass ich ihr freundliches Angebot ausschlage. Vielleicht glaubt sie, ich könnte Nancys Freund und gleichzeitig ihr Betthupferl sein.

»Das freut mich für dich, Ned. Gute Nachrichten! Ich sage nur: Immer mit der Ruhe. Die erste Beziehung nach einer unschönen Scheidung ist nie von Dauer. Das weiß ich zu meinem eigenen Leidwesen.«

»Bei meiner Ex scheint es zu funktionieren.«

»Bis jetzt. Im Ernst: Schütze dein Herz. Beim zweiten Mal bricht es noch schneller.«

Ich verspreche es Karen. Zumindest das hat Nancy verdient. Einen verwirrenden Moment lang bilde ich mir sogar ein, ich sei tatsächlich mit ihr zusammen, aber das habe ich jetzt zweimal verbockt.

Stumm danke ich Nancy dafür, dass sie mich heute gerettet hat.

Andy hat mich um acht Uhr in den Anchor bestellt. Das heißt, wenn ich Glück habe, kommt er um halb neun reingeschlendert. Normalerweise tanze ich nicht nach seiner Pfeife, aber es ist ein ruhiger Dienstagabend, und ich habe nichts anderes vor. Zu Hause gäb's Corned Beef mit scharfem Reis und lockeres Zappen durch Netflix.

Karens Vorschlag hat meine alten Lenden wieder in Wallung gebracht, und ich müsste lügen, wenn ich sagen würde, dass ich mir nicht ausmale, wie wir uns nackt auf ihrem Schreibtisch wälzen und die Blätter vom Welby-Daniels-Bericht an unseren feuchten Pobacken kleben. Ist doch nur menschlich.

Mein Instinkt hat sofort gesagt: Wimmele sie ab, selbst wenn du dafür einen vom Pferd erzählen musst. Und zwar nicht nur, weil Karen meine Vorgesetzte ist. Unter ihrem furchteinflößenden Panzer verbirgt sich eine sensible Seele. Niemand wird gerne zurückgewiesen. Aber in erster Linie deshalb, weil sie meine Chefin ist. Ich hab's nicht so mit Leben am Limit und Spannung pur. Ganz im Gegenteil. Vielleicht macht mich das vorhersagbar, sogar langweilig, aber es gibt Schlimmeres. Meine emotionale Epidermis wird es mir danken.

Um Punkt acht bin ich im Anchor. Ich habe mir *Hier und jetzt* zum Lesen mitgebracht, solange ich auf Andy warte. Stellenweise ist es echt peinlich, aber wenn ich nur zehn gute Ratschläge daraus mitnehme, ist es schon die 12,99 Pfund wert, die ich dafür hingeblättert habe. Zweites Kapitel: »Irren ist menschlich, Reue lässt uns wachsen«. So weit, so schmalzig.

Mein Handy klingelt. Gemma. Seit sie über mein Katastrophendate mit Nancy gelacht hat, haben wir nichts mehr voneinander gehört. Ich bin versucht, es ihr nachzutragen, aber mal ehrlich: wozu? Das ist abgehakt. Irren ist menschlich.

»Wie geht's dir?«, frage ich.

»Doch, ganz gut. Eigentlich wirklich gut. Weißt du, was? Ich habe ein Date.«

»Hey, super, Gemma! Das freut mich. Schön für dich.«

»Machst du dich über mich lustig?«

»Natürlich nicht! So sollte das nicht klingen. Wer ist denn der Glückliche? Ist es ein Er?«

»Ja, es ist ein Er. Noch bin ich nicht lesbisch geworden. Es ist Dan. Ich hab dir von ihm erzählt. Wir kennen uns schon seit zig Jahren und jetzt, tja, hat er mich eingeladen.«

»Mein Tipp: Lass dir besser keine Nachrichten von hilfsbereiten Freunden schicken!«

Sie lacht. Ich schweige. »Ich brauche nur jemanden, der auf Kelvin aufpasst. Keinen Babysitter, er ist ja kein Baby mehr, aber ich möchte auch nicht, dass er allein zu Hause bleibt. Und ich weiß nicht, wen ich sonst fragen soll ... Deshalb dachte ich, du hättest vielleicht Zeit, wenn ich dir dafür verspreche, das nächste Mal auf Dora aufzupassen, wenn *du* ein Date hast?«

Es wäre total mies, Nein zu sagen. Also sage ich Ja. Fast frage ich sie, ob sie Lust hat, mit mir am Sonntag zur Party von Tanya und Julian zu kommen, aber damit warte ich noch bis zum Wochenende. Wer wird nicht gerne in letzter Minute eingeladen?

Eine Viertelstunde vergeht, und noch immer keine Spur von Andy. Das ist ungewöhnlich, selbst für *seine* Verhältnisse. Ich will gerade noch ein Bier bestellen, da kommt tatsächlich ausgerechnet Nancy hereinspaziert! Das kann nicht ihre Stammkneipe sein! Hat sie nicht gesagt, sie wohnt in Seven Dials? Sie ist auch nicht mit jemand anderem verabredet, denn sie kommt direkt auf mich zu, als wüsste sie, dass ich hier bin. Was ist da los?

»Hi, Ned!«, sagt sie mit einem entspannten Lächeln. »Was darf ich dir bestellen?«

Während sie unsere Getränke holt, versuche ich, es zu verstehen. Hat Andy das für mich eingefädelt? Dass nicht er kommt, sondern Nancy? Würde ich ihm durchaus zutrauen.

Sie kehrt mit zwei Bieren und einer Packung gerösteter Erdnüsse zurück, die sie mit den Zähnen aufreißt und auf dem Tisch verteilt. Ich warte, bis sie sich erklärt.

»Tut mir leid, Ned. Habe ich jetzt ein Schlamassel angerichtet?«

Ich liebe das Wort. Gehört zu meinen Lieblingsausdrücken. Dora muss jedes Mal kichern, wenn ich es sage. »Ein bisschen schon.«

Nancy trinkt einen Schluck Lager, dann erklärt sie: »Wahrscheinlich weißt du das nicht, aber dein Freund Andy ist der Freund von meinem Kumpel Nick. Brighton ist ein Dorf, stimmt's? Hove sowieso. Jeder kennt jeden, nicht? Egal, ich war letzte Woche zufällig mit Nick unterwegs, da trafen wir Andy, und er fragte nach dir und mir. Ich erzählte ihm, wir hätten ein Date gehabt, aber du hättest offenbar kein großes Interesse, weil du jemanden an der Hand hattest, der dich anrufen sollte, damit du weg konntest, aber Andy meinte ...« Sie verstummte.

»Was meinte er?«, hake ich nach.

Sie wird rot, was sie nur noch liebenswerter macht.

Um sie aus ihrem Elend zu erlösen, rate ich drauflos. »Er

meinte, ich wäre nicht schlau genug, um mir so was auszudenken? Und dann hat er gesagt, ich hätte es dringend nötig oder so was ähnlich Charmantes?«

Sie nickt und schenkt mir ihr sympathisches warmes Lächeln. »Ja, so ähnlich. Jedenfalls hat er mich überredet, uns, also dir, noch eine Chance zu geben. Dann hat er sich das mit heute Abend ausgedacht. Ich wollte eigentlich deine Nummer haben, um dich anzurufen, aber Andy bestand darauf. Ich habe mich einverstanden erklärt, weil ich dich sehen wollte. Um mich bei dir zu entschuldigen, dass ich einfach abgehauen bin. Kaum war ich aus dem Marrocco's raus, habe ich mir gesagt: ›Mein Gott, bist du dämlich, Nancy Carmel Parkin! Was hast du nur getan?‹ «

»Du hattest also gar keine Migräne?«

»Ich hatte einen Wutanfall, muss man wohl eher sagen. Die Trennung von Harry hat meinem Selbstbewusstsein echt einen Knacks versetzt. Eine Zeitlang hatte ich überhaupt kein Selbstempfinden mehr. Meine Gefühle waren so ungeschützt, entblößt.«

»Du hattest deine emotionale Epidermis abgenutzt.«

»Ja, genau. So war das. Und anstatt dir zu glauben, war ich überzeugt, dass du mit mir spielst. Deshalb bin ich abgehauen.«

»Ich hab echt nicht mit dir gespielt.« Ich weiß, dass Andy ihr das schon erzählt hat, aber sie muss es von mir hören. Meine Version der Geschichte. Die Wahrheit, auch wenn ich dann wie das letzte Arschloch dastehe. »Am anderen Ende der Leitung war eine übereifrige Freundin, die der Meinung war, ich bräuchte ihre Hilfe. Ich hatte seit, keine Ahnung, fünfzehn Jahren kein richtiges Date mehr. Sie hat mir die ganze Zeit geschrieben, und ich habe es ihr nicht verboten.

Das hätte ich tun sollen. Es tut mir wirklich leid, Nancy. Und ich freue mich echt, dass du es noch mal versuchen willst. Das mit uns, meine ich.«

Wir sind beide verletzlich. Wir sind beide nervös. Wir schließen einen stummen Pakt: Wir können gemeinsam verletzlich und nervös sein. Zwei emotionale Epidermen sind besser als eine. Wir sind uns einig, dass wir noch mal zusammen ausgehen, aber nicht ins Marrocco's.

Schnell überfliege ich im Kopf meine Pläne fürs Wochenende. Ich habe Dora, aber vielleicht kann Gemma Samstagabend auf sie aufpassen, damit ich mich mit Nancy treffen kann. Hätte nicht gedacht, dass ich so schnell auf ihr Angebot in Sachen Kinderbetreuung zurückkommen würde. Oder ich nehme Nancy mit als Begleitung zu Tanyas und Julians Party am Sonntag. Auf einmal fügen sich die Puzzleteile meines chaotischen Lebens zu einem Ganzen zusammen. Ich schlage Nancy beides vor. Doch nein, es soll anders kommen.

»Das tut mir total leid, Ned, aber ich habe meinen Eltern versprochen, sie am Wochenende zu besuchen. Als Dad in den Vorruhestand ging, sind sie nach West Wittering gezogen. Bei Portsmouth. Um wie viel Uhr ist denn die Party?«

»Fängt um zwei Uhr an.«

»Ich würde es nicht vor vier Uhr schaffen, selbst wenn ich direkt nach dem Mittagessen losfahren würde. Wie wär's, wenn ich später dazukomme?«

Das könnte funktionieren. Tanya würde annehmen, ich hätte mal wieder keine Begleitung. Dann, zwei Stunden später, präsentiere ich plötzlich Nancy. Könnte sehr gut laufen.

»Super, Nancy. Das versuchen wir. Es gibt übrigens einen Dresscode.«

Sie macht ein fragendes Gesicht.

»Du müsstest etwas Buntes anziehen. Wäre das in Ordnung?«

»Ja, sicher. Ich liebe leuchtende Farben. Ich bin ein wandelnder Regenbogen.«

Als ich mir später die Zähne putze, gehe ich unsere Begegnung in Gedanken noch einmal durch, von dem Moment an, als Nancy in den Pub kam. Ich muss ununterbrochen grinsen.

Nancy ist ein wandelnder Regenbogen. Das stimmt.

Andy ist Mittwoch und Donnerstag auf einem Auswärtstermin, deshalb muss ich mir nicht sein Triumphgeheul anhören, weil er Nancy und mich wieder zusammengebracht hat. Ich bin sowohl beeindruckt als auch dankbar – ich hätte wirklich nicht gedacht, dass er in der Lage wäre, so etwas einzufädeln *und* es geheim zu halten. Egal, was Tanya sagt, Andy ist ein guter Kerl und ein richtiger Kumpel.

Trotzdem kann ich auf seine Andeutungen verzichten, dass ich zu blöd sei, mein Leben selbst auf die Kette zu bekommen. Ich bilde mir gerne ein, wenn Nancy und ich uns zufällig getroffen hätten, hätten wir das Missverständnis zu den Akten gelegt und es noch mal versucht. Wir sind keine trotteligen Figuren auf Andys Schachbrett, auch wenn er sich das gerne einbildet.

Am Dienstag schleiche ich mich schon früher aus dem Büro. Welby-Daniels geht mir weiter auf den Sender, und ich will früh genug zu Hause sein, um das Auto zu nehmen und damit zum Babysitten bei Gemmas Sohn zu fahren. Sie meinte, er müsste ein Referat über Dampfzüge halten, deshalb habe ich ein paar gute Links auf YouTube zusammengestellt und mehrere Bücher aus meinem Regal eingepackt. In seinem Alter war ich der totale Eisenbahnfan.

In Bevendean kenne ich mich nicht gut aus. Es gibt immer noch große Ecken in Brighton, die ich bisher nicht erkundet habe. Ich bleibe in meiner gemütlichen Komfortzone und besuche nur selten Orte, die nicht fußläufig von zu Hause erreichbar sind. Daran muss ich etwas ändern; meinen Horizont erweitern, meine Perspektive ändern, unendliche Weiten erforschen.

Die Häuser in der Straße, wo Gemma wohnt, stammen aus den sechziger Jahren, wahrscheinlich ehemalige Sozialwohnungen, nicht dass ich lästern will. Bei einem steht ein verrosteter Wohnwagen ohne Reifen in der Auffahrt, andere haben Folkloredecken in den Fenstern und leere Bierkisten vor der Haustür – das müssen Studenten-WGs sein. Ich muss es wissen. Hab in einer gelebt.

Die Nummer 49 verfügt über einen erschreckend gut gepflegten Rasen, einen riesigen Topf roter Geranien neben der roten Haustür und einen praktischen Parkplatz für meinen Wagen.

Ich merke, dass Gemma es eilig hat, zu ihrem Date zu kommen, deshalb belaste ich sie nicht mit nervigen Fragen nach Bettgehzeit und Hausordnung. Kelvin kommt nach unten gepoltert, wir werden einander vorgestellt, Gemma zischt ab. Ich habe gar keine Möglichkeit, ihr zu sagen, wie toll sie aussieht. Tut sie wirklich. Damit hatte ich nicht gerechnet.

Die enge Jeans bringt Gemmas Kurven voll zur Geltung, und der Ausschnitt wird mit Sicherheit die Blicke ihres Gegenübers auf sie lenken. Sie sollte sich öfter mal ein bisschen Mühe geben. Das sage ich ihr aber nicht, sonst reißt sie mir den Kopf ab.

»Hast du was gegessen?«, frage ich Kelvin.

»Ja. Nee. Kekse. Mum hat uns Pizza und Coleslaw hingestellt.«

Ich verziehe das Gesicht. »Meine Mutter hat auch immer Coleslaw gemacht. Der hat mich immer an den Dreck erinnert, der beim Abwaschen im Abfluss stecken bleibt.«

Kelvin weiß nicht, was er von mir halten soll. »Den hat sie nicht selbst gemacht. Ist von Lidl. Die Pizza auch. Danach gibt's Joghurt.«

»Du hast nicht zufällig Bock auf Fish 'n' Chips?«

Kelvin guckt mich an, als sei ich verrückt geworden. Gibt's jemanden, der keine Fish 'n' Chips mag?

»Super. Ich könnte jetzt morden für einen Kabeljau, dazu Erbsenpüree. Du auch?«

Kelvin meint, der nächste Fish 'n' Chips sei fünf Minuten entfernt. Unter dem Vorwand, dass ich das Falsche für ihn bestellen könnte, schlage ich vor, dass wir zusammen hingehen. Außerdem scheint es mir eine gute Idee zu sein, das Eis auf neutralem Boden zu brechen.

»Wir sind lange nicht zu Rocksy's Fish Bar gegangen«, erklärt Kelvin, als wir in Richtung des Einkaufszentrums gehen, an dem ich auf dem Hinweg vorbeigefahren bin.

»Schlechte Bedienung? Kalte Pommes?«

»Mum hatte keinen Bock mehr. Hatte genug von dem Laden. Deshalb waren wir immer bei dem an der Hauptstraße, aber der ist weiter weg. Aber auf einmal können wir wieder zu Rocksy's gehen. Manchmal ist sie ein bisschen komisch. Also, schwer vorhersagbar.«

»Tja ... Sind wir das nicht alle?«

»Mein Vater nicht. Der bleibt immer bei seiner Meinung.«

»Und du?«

»Mal so, mal so, würde ich sagen.«

Rocksy's ist ein typisch altmodischer Laden. Kein neumodischer Firlefanz, keine sepiafarbenen Drucke von alten Fischtrawlern an den Wänden, keine Übersichtstafeln mit Scholle, Wels und Flunder. Der Essig kein selbstgekochter Sud, und das Salz kommt aus einer Großhandelspackung.

Kelvin bestellt nur eine kleine Portion, die, so warnt er mich, riesig sei. Ich nehme dasselbe. Während wir warten, versuche ich, ein bisschen was aus ihm herauszubekommen.

»Das Referat, hast du damit schon angefangen?«

»Nicht richtig. Mrs. Berg meinte, wir könnten entweder Dampfzüge, frühe Flugzeuge oder Oldtimer nehmen.«

»Und du hast dich für Züge entschieden. Gute Wahl, Junge! Ich hätte dasselbe genommen.«

»Eigentlich nicht. Ich hab gesagt, ich hätte keinen Bock, das wäre alles langweilig, da hat sie mir zur Strafe die Züge aufs Auge gedrückt. Aber nicht Mum erzählen!«

»Gut, Kelvin, dann ist es also meine Aufgabe, dir Bock auf Dampfzüge zu machen. Bist du schon mal mit einem gefahren?«

»Keine Ahnung. Kann sein.«

»In den nächsten Ferien nehme ich dich und deine Mum mit zur Bluebell Line. Versprochen!«

Er zuckt mit den Schultern. Wirklich null Bock.

Als wir zurück nach Hause gehen, will Kelvin Teller und Besteck holen, doch ich überzeuge ihn, dass man Fish 'n' Chips am besten mit den Fingern isst, direkt aus der Verpackung auf der Hintertreppe. Er futtert schweigend und hartnäckig, und wir sind gleichzeitig fertig.

Er grinst. Hat funktioniert. Ich komme meinem Ziel näher.

»Dampfzüge«, fange ich an, als wir den Müll entsorgt haben. »Was weißt du darüber?«

Er zuckt mit den Schultern.

»Wann musst du dein Referat halten?«

»Freitag. Nicht morgen, nächste Woche.«

»In dem Fall können wir nicht bis zu den nächsten Ferien warten. Du musst deinen Dad und ... und ... – ich weiß nicht, wie sie heißt ...«

»Vicky.«

»Du musst deinen Dad und Vicky überzeugen, dass sie mit dir am Wochenende zur Bluebell Line fahren. Man lernt so viel, wenn man selbst damit fährt. Dann schreibt sich das Referat praktisch von allein.«

Kelvin schüttelt den Kopf. »Wir wollen am Samstag ins Stadion. Wir gehen zu allen Heimspielen. Dad erzählt immer, er wäre der größte Fan von Albion. Manchmal fahren wir auch zu Tante Marie, das ist Vickys Schwester in Fishersgate, weil sie glauben, ich würde gerne mit Brandon spielen, wir sind nämlich gleich alt. Tu ich zwar nicht, aber mich fragt ja keiner.«

»Na, dann Sonntag.«

»Sonntags machen wir nie was. Nichts Richtiges. Bisschen Fußball spielen. Mittagessen. Vicky steht immer den ganzen Vormittag in der Küche. Dann bringt Dad mich nach Hause, und Mum sagt, ich muss meine Hausaufgaben machen. Ende.«

»Wochenenden können ganz schön langweilig sein.«

Kelvin tritt gegen einen Stein und sieht zu, wie er im Blumenbeet landet. »Früher nicht, als meine Eltern noch zusammen waren. Da haben wir alles Mögliche gemacht: Tagesausflüge, Zoo, London. Einmal sind wir nach Dover gefahren, weil Dad da einen Van kaufen wollte. Aber das war eine alte Rostlaube, deshalb sind wir stattdessen in der Burg gewesen. Das war geil.«

»Wochenenden sind hart, wenn die Familien sich trennen. Ich bin auch solo und habe eine Tochter, hat deine Mum dir das erzählt?«

Kelvin interessiert sich nicht für meine Probleme. »Die sind ja nicht solo, oder? Dad und Vicky. Die haben eine richtige Familie. Sie haben Amelie. Und sie denken, sie hätten mich. Nur Mum ist ganz allein, und sie ist manchmal echt traurig.«

Ich nicke. Ich habe einen dicken Kloß im Hals und bekomme nichts heraus. Ich bin wegen uns beiden traurig, wegen Gemma *und* mir. Und wegen Kelvin natürlich auch. Er kommt wirklich nicht besonders gut mit der Trennung klar. Ich frage mich, ob Dora auch solche Probleme hat. Irgendwie glaube ich das nicht. Dora ist zäh wie Leder, während Kelvin mir ein ziemlich sensibler kleiner Kerl zu sein scheint, so wie ich in seinem Alter. (Wem mache ich da was vor? Bin ich doch immer noch …)

Ich stemme mich von der Treppe hoch. »Wie wär's, wenn wir uns auf YouTube Filme über Dampfzüge angucken, damit du mal eine Vorstellung davon bekommst? Und die Joghurts essen sich auch nicht von allein.«

Kelvin bleibt sitzen. »Mum sagt immer, ich soll freundlich sein und mich vertragen, wenn Mohit und ich uns mal streiten. Das ist mein Freund aus der Schule. Selbst wenn *er* angefangen hat und ich echt nichts getan habe. Sie sagt immer: ›Besser Freund als Feind.‹ Aber weißt du, was ich will? Dass Mum und Dad nett zueinander sind, dass sie wieder zusammen sind. Vicky ist in Ordnung. Aber sie ist nicht meine Mutter, und die sind nicht meine Familie. Mum und Dad sind meine Familie.«

Er wirkt so verletzt und gramgebeugt, wie er da auf der Gartentreppe sitzt und versucht, alles zu verstehen. Ich würde ihn am liebsten in den Arm nehmen, aber das würde er nicht wollen, und ich würde alles kaputt machen, was ich mir aufgebaut habe.

»Es kann nicht mehr so sein, wie's früher war«, sage ich liebevoll. »Nichts passiert ohne Grund. Ich wäre auch gerne wieder mit meiner Ex und meiner kleinen Tochter zusammen. Meine ›Vicky‹ heißt Julian, und er scheint ganz okay zu sein. Trotzdem ist es so, wie es ist, für dich und für mich, und wir müssen nach vorne sehen, nicht zurück. Kannst du das ein bisschen verstehen?«

»Nicht richtig«, sagt Kelvin und steht auf. »Es gibt Erdbeerjoghurt. Mag ich nicht. Aber ich weiß, wo Mum die Schokolade versteckt hat. Die können wir ja essen, während wir uns das mit den Zügen angucken.«

Wir sehen uns ein paar Videos an, die ich auf der Arbeit recherchiert habe, einige in krisseligem Schwarz-Weiß. Es gibt ein paar Momente, wo Kelvin tatsächlich voll dabei ist. Er kann nicht glauben, dass die Loks die Kolben, die den Zug letztlich bewegen, mit Hilfe von Dampf aus kochendem Wasser antreiben. Und dass so ein armer Kerl die ganze Zeit Kohle in den Ofen schaufeln muss, ohne Pause, damit das Wasser heiß bleibt, das den Dampf erzeugt. Wenn man es darauf runterbricht, ist es wirklich ganz schön erstaunlich. Als ich in Kelvins Alter war, hat mich die Schlichtheit dieses Prinzips wirklich fasziniert, und ich wünsche mir, dass Kelvin das auch erkennt. Ich glaube, er ist fast so weit.

Dann zeigt er mir, wie man Minecraft spielt, und Dampfzüge sind schnell vergessen. Jetzt bin ich voll dabei und staune. Wir futtern die ganze Schokolade auf.

Kelvin ist schon eine gute halbe Stunde im Bett, als Gemma nach Hause kommt. Ich habe keine Möglichkeit, sie zu fragen, ob sie Spaß hatte, denn sie verschwindet direkt oben im Badezimmer.

Ich kenne sie nicht gut genug, um sie zu fragen, ob alles in Ordnung ist. Soll ich ihr das Haar aus dem Gesicht halten, während sie sich übergibt? Bei Tanya habe ich das mehr als einmal gemacht, als wir uns kennenlernten. Ich mache den Fernseher aus, wasche meinen Becher ab und lege einen Zettel in die Schokoladenschublade, auf dem steht: »Sorry. Dafür kannst du alle Joghurts haben.«

Zehn Minuten später kommt Gemma nach unten. Sie ist blass. Ihre hochhackigen Schuhe hat sie gegen Schlappen eingetauscht und sich abgeschminkt.

»Schöner Abend?«, frage ich.

Sie nickt. »Zu viele Mojitos.«

»Und, was meinst du, seht ihr euch noch mal?«

»Wahrscheinlich schon. Ja, warum nicht? War lustig«, erwidert sie.

»Lustig ist gut.«

Sie grinst vor sich hin. »Wie war's mit Kelvin? Hattest du den muffeligen oder den gesprächigen?«

»Auf jeden Fall den gesprächigen. Er ist ein super Junge, Gemma. War wirklich nett. Wir hatten auch Spaß.«

»Puh, das ist eine Erleichterung. Danke, dass du eingesprungen bist, Ned.«

»Ich wollte dir das vorhin schon sagen: Du siehst echt toll aus! Dan ist mit Sicherheit die Kinnlade runtergefallen, als er dich gesehen hat. Guck nicht so skeptisch, das stimmt!« Sie sieht wirklich klasse aus und soll es wissen.

Gemma wird tatsächlich rot. Kurz sind wir befangen. Habe ich eine Linie überschritten, die Situation falsch eingeschätzt? Hätte ich es doch für mich behalten, jetzt ist es ihr auch noch unangenehm.

»Tja, ich kann mich noch sehen lassen, wenn ich mich anstrenge. Das war Joes Vorstellung von einem Kompliment.«

»Ah, das erklärt, warum du dich so schwertust, eins anzunehmen.«

Sie nickt und lächelt mich verlegen an. Ich schätze, ich gehe jetzt besser, bevor ich ins nächste Fettnäpfchen trete.

Gerade wenn du denkst, dass die Puzzleteilchen deines Lebens gut zusammenpassen, springt die metaphorische Katze auf den Tisch und wirft alles runter. Am Freitagabend habe ich Dora ins Bett gebracht und freue mich still und heimlich darauf, Nancy am Sonntag Tanya und Julian bei ihrer Gartenparty vorzustellen.

Am Samstagmorgen nicht mehr. Nancy schreibt mir aus dem Zug auf dem Weg zu ihren Eltern: Sie könne nicht direkt nach dem Mittagessen los, weil um drei eine Cousine vorbeikäme und sie so lange bleiben solle, um Kekse herumzureichen, also um die brave Tochter zu spielen. »Aber es wäre wirklich schön, wenn wir uns bald wiedersehen.«

Also frage ich Gemma. Es sei denn, sie hat was mit Dan vor, ansonsten kann ich mir nicht vorstellen, dass sie viele private Termine hat. Meine Einladung muss allerdings spontan klingen, nicht wie eine Notlösung. Auch wenn sie das ist.

»Im Ernst?«, fragt sie. »Du willst, dass ich deine Ex kennenlerne?«

»Tanya meinte, ich könnte jemanden mitbringen, und da habe ich an dich gedacht.«

»Heißt das, dass du auch *Joe* kennenlernen musst?«

»Heißt es nicht, aber ich wäre dazu bereit.«

Sie sagt, sie würde darüber nachdenken und mich zurückrufen. Ein paar Stunden später sind Dora und ich an der künstlichen Seeanlage der Hove Lagoon und schlecken Eis aus dem Big Beach Café. Ich probiere Doras Lieblingssorte, und sie schmeckt tatsächlich nach Kaugummi (einfach ekelhaft).

Da klingelt mein Handy. Gemma. »Ja, warum nicht? Aber um sechs muss ich Kelvin von seinem Vater abholen.«

Ich verabredet mit ihr, sie um halb drei an der Bushaltestelle St. Peter's Church abzuholen, damit wir zusammen bei Tanya auflaufen können. Um dem Dresscode zu genügen, habe ich ein uraltes gelbes T-Shirt mit dem Aufdruck »Pulp« aus den Tiefen meines Kleiderschranks ans Licht gefördert. Das ist bunt genug. Dazu ziehe ich eine grasgrüne Jeans an, die ich mal aus einer Laune heraus gekauft und dann nicht zurückgebracht habe. Dora hat noch ihre Alltagssachen von Boden an, sie soll sich erst umziehen, wenn sie da ist. Zweifellos bekommt sie einen großen Auftritt. Sie wird anbetungswürdig aussehen, was ihr auch jeder sagen wird.

»Welche Farbe zieht Gemma an?«, fragt Dora, als wir am Royal Pavilion vorbeifahren.

Scheiße, Scheiße, Scheiße! Ich habe vergessen, Gemma das mit den bunten Farben zu sagen! Ich war so erleichtert, eine Begleitung gefunden zu haben, dass mir das komplett durchgegangen ist. Vielleicht hat sie ja das rote Oberteil an, das sie zu ihrem Date mit Dan trug. Darin sah sie super aus. Ihr

Ausschnitt fällt mir ein. Ich hatte schon immer eine Schwäche für schöne Ausschnitte.

»Ich weiß nicht, was sie anzieht, Dorabella. Aber wir werden es gleich sehen, nicht?«

Wie verabredet wartet Gemma an der Haltestelle, und nur zwei Autos und ein Bus hupen, als ich kurz am Bordstein anhalte, damit sie einsteigen kann. Sie trägt ein dunkelblaues Kleid. Eine nicht im entferntesten bunte Farbe. Ich weiß nicht, ob ich sie vorwarnen soll oder ob ich nichts sage. Wer befolgt überhaupt solche Kleidungsvorschriften? Fürs Erste halte ich den Mund. Ist wahrscheinlich am besten.

»Warum hast du nichts Buntes an?«, fragt Dora, als wir über die Dyke Road fahren.

»Und warum du nicht?«, gibt Gemma postwendend zurück.

»Ich zieh mich noch um. Mummy hat mein rotes Kleid gebügelt.«

»Ah, heute also nicht Rosa. Gute Wahl, Dora.« Dann sagt sie zu mir: »*Sollte* ich denn etwas Buntes tragen?«

»Mehr oder weniger. Eine von Tanyas bescheuerten Ideen.«

»Von der du mir nichts erzählt hast. Na, super. Guck dir an, wie ich aussehe! Jetzt glaubt sie entweder, ich bin dumm, renitent oder langweilig. Oder alles drei zusammen. So ein Sch… Warum hast du mir das nicht gesagt, Ned?«

»Vergessen. Tanya ist ein Kontrollfreak, deshalb ist es gut, wenn sie mal merkt, dass sie nicht über alle bestimmen kann.«

»Schon gar nicht über den Trampel in Dunkelblau.«

Dora kichert auf dem Rücksitz. Sie liebt es, wenn Erwachsene unartige Wörter sagen.

Ich muss zugeben, das fängt nicht gut an. Gemma fühlt sich unwohl und ist sauer, und das ist meine Schuld.

Das ändert sich schnell, als wir durch Julians lächerlich große Küche raus in den Garten geführt werden. Heute ist einer von den Märztagen, die sich einbilden, Juni zu sein. Es stehen bereits rund zwanzig Gäste plaudernd herum, und alle tragen Rot, Weiß oder Blau.

Tanya kommt in einer roten Latzhose herbeigeschwebt, darunter ein blau-weiß gestreiftes Matrosenshirt. Julian hält uns ein Tablett mit Proseccos hin; er trägt eine dunkelblaue Chino, ein weites weißes Leinenhemd und einen roten Gürtel. Alle sind in Rot-Weiß-Blau gekleidet, sogar Gemma. Alle außer mir.

»Ich denke, alle sollten was Buntes anziehen?«, sage ich, zu aufgebracht, um die Frauen einander vorzustellen.

»Hab's mir anders überlegt. Hab ich bestimmt schon vor ... ach ... vor einer Woche rumgeschickt. Dir mit Sicherheit auch. Vielleicht auch nicht. Tut mir leid.«

Sie dreht sich zu Gemma um und mustert sie von oben bis unten. »Hi, ich bin Tanya. Schönes Kleid! Ist das Toast?«

Gemma stutzt und schaut an sich hinab. »Nein, Baumwolle.« Sie lächelt, damit wir alle verstehen, dass sie einen Witz gemacht hat. »Das ist fast zehn Jahre alt. Ich glaube, das habe ich damals bei Peacocks gekauft. Ich bin übrigens Gemma.«

Tanya ermutigt uns, uns unter die anderen Gäste zu mischen, und nimmt Dora zum Kleiderwechsel mit nach oben. Julian steht noch bei uns und hält uns ein Tablett mit kleinen Lachs-Pfannkuchen-Röllchen hin. Den Typen hatte ich ganz vergessen. Passiert schnell.

»Tut mir leid, das mit dem Dresscode, Kumpel«, sagt er

mit verschwörerischem Grinsen. »Du weißt ja, wie sie ist. Am Mittwoch hätte sie fast noch alle auf Hawaiihemden umbestellt. Aber da habe ich gesagt: ›Nein, Tanya, das ist zu spät. Da werden die Leute sauer.‹ «

Gemma stößt mit mir an. »Jetzt ist nur einer sauer. Glückes Geschick.«

Die Party ist gut. Es wäre kleinlich, das nicht zuzugeben. Ich treffe Nick und Nev wieder, die nach Hastings gezogen sind, Matt und Jane, die mich wie eine heiße Kartoffel fallen ließen, als Tanya und ich uns trennten, dann Bethanys Vater und die beiden Mütter von Gracie. Mindestens zwanzig Minuten lang unterhalte ich mich mit einem Freund von Julian über seine Meeresfrüchteallergie und wie er einmal an der Algarve fast daran gestorben wäre. Niemand sagt was zu meinem lächerlich grellen T-Shirt und der auffälligen Hose, wahrscheinlich aus Verlegenheit. Ich bin der Elefant im Garten.

Der einzige Mensch, mit dem ich kaum spreche, ist Gemma. Sie findet sich gut zwischen Tanyas und Julians Freunden zurecht, und das nicht nur, weil sie den richtigen Farbcode trägt. Als ich verzweifelt einen Weg aus dem Gespräch mit dem Meeresfrüchteallergiker suche, sehe ich, wie sie mit Dora und Bethany auf der Terrasse herumtanzt. Später führe ich mir einen Riesenberg Baisers mit Erdbeeren zu Gemüte und sehe, dass Gemma mit Tanya und einer ehemaligen Nachbarin ins Gespräch vertieft ist. Als ich mir ein Stück von der gestürzten Birnentarte abschneide – Julian macht absolut umwerfende Nachspeisen –, höre ich lautes Gejohle. Gemma, Nev und Nick krümmen sich vor Lachen. Die ist ja eine richtige Stimmungskanone.

»Sie ist super«, sagt Tanya und setzt sich neben mich auf einen Diwan aus Rattan. »Freut mich wirklich für dich, Ned.«

»Meinst du Gemma?«

»Natürlich Gemma. Hätte nie gedacht, dass sie dein Typ wäre. Vielleicht hast du dich geändert.«

»Wir ändern uns alle, Tanya. Irren ist menschlich, Reue lässt uns wachsen.«

»Wahnsinn! Das klingt wirklich nicht wie der Ned von früher. Du bist tatsächlich über den Berg. Gut gemacht, Gemma!«

Ich halte den Mund. Weniger ist mehr.

»Woher kennt ihr euch?«

Tanya wird nicht eher Ruhe geben, als bis sie die ganze Geschichte kennt. Ich will ihr nichts von der SPE erzählen, weil ich ihr nicht die Genugtuung gönne zu erfahren, dass ich nach unserer Trennung eine Selbsthilfegruppe besucht habe. Entweder wird sie sich bestätigt fühlen, oder sie hat Mitleid mit mir. Brauche ich nicht.

»Über Bekannte«, sage ich vage. »Du weißt ja, wie so was ist.«

»Ist sie diejenige, mit der du im Ivy warst?«

»Nein, das war jemand anders.«

Tanya ist beeindruckt. »Sieh mal einer an! Der Mann kommt rum! Wow, Ned!«

Es ist komisch. Auf einmal glaubt Tanya, ich sei ein Casanova, und sofort ist sie nicht mehr herablassend, sondern quatscht mich zu, als hätten wir uns immer super verstanden. Ich bin in ihrer Achtung gestiegen. Tja, vorher war ich ja auch im Keller, tiefer ging's nicht mehr. Oder ist sie erleichtert, dass sie kein Mitleid mehr mit mir haben muss?

Da Tanya nun glaubt, sie wisse über mein Liebesleben Bescheid, bin *ich* entspannter als gedacht. Tatsächlich hat sie natürlich keine Ahnung, wen ich date oder wie es mir geht. Was Nancy betrifft, bin ich sehr optimistisch. Aber das ist ein Geheimnis, das ich noch etwas länger für mich behalten werde.

Ich bin so zuversichtlich, dass ich die Sprache auf ein Thema bringe, das mich nun schon länger piesackt. »Julian hat mir erzählt, er hätte den Auftrag im Oman nicht bekommen.«

»Ja. Und?«

»Du hast mir erzählt, es wäre *deine* Entscheidung gewesen, nicht zu gehen. Warum lügst du?«

Sie ist verlegen. »Das war nicht gelogen. Ich wollte wirklich nicht mit. Zu meinem Glück wurde er nicht genommen. Tut mir leid, Ned. Ich hätte ehrlich zu dir sein sollen. War mein Fehler.«

Ich beschließe, großherzig zu sein. Sie gehen nicht in den Oman, und ich behalte meine Tochter. Tanya weiß, dass sie es mit der Wahrheit nicht so genau genommen hat, und das reicht mir schon.

»Ist okay. Gibt's was Neues über unser Haus?«

»Zwei Angebote. Beide zu niedrig. Momentan ist es ruhig. Was hältst du davon, wenn ich es ein Jahr lang vermiete?«

»Gut, kein Problem!«

Es ist ein wunderbares Familienhaus mit vielen schönen Erinnerungen. Die ganzen Weihnachtsfeste, all die Geburtstage, die Sonntagnachmittage bei Regen, wenn wir drei es uns gemütlich gemacht haben. Das war unsere glücklichste Zeit. Eventuell könnte ich Tanya auszahlen und wieder dort einziehen, wenn der Zeitpunkt stimmt. Allein will ich da auf keinen Fall leben.

Wenn das mit Nancy alles so läuft wie geplant, muss ich das vielleicht auch nicht.

Um halb sechs muss Gemma los, um Kelvin von seinem Vater abzuholen, deshalb brechen wir gemeinsam auf. Ich gebe Tanya und Julian schnell ein Bussi rechts und links und drücke Dora zum Abschied fest an mich. An der Tür hält mir Julian kumpelhaft einen gereckten Daumen hin: Gemma hat auch bei ihm den Test bestanden. Ernsthaft? Als bräuchte ich bei irgendwas in meinem Leben seine Zustimmung!

Als wir ins Auto steigen, murmele ich leise »Wichser« vor mich hin.

Gemma hört es auch. »Ich fand ihn ganz okay.«

»Aber ich darf voreingenommen sein, oder? Bist du bei Vicky ja auch.«

»Schon gut.«

»Hast du mitgekriegt, wie heiß Tanya darauf war zu erfahren, woher wir uns kennen? Sie hat uns auf jeden Fall abgenommen, dass wir zusammen sind. Danke, dass du mitgekommen bist, Gemma! Du hast mir echt aus der Patsche geholfen.«

»Was für eine Patsche?«

Besser nichts davon erzählen, dass sie die zweite Wahl war, weil Nancy nicht konnte.

»Was für eine Patsche, Ned?«

»Nichts. Blöd ausgedrückt, sorry.«

»Hast du mich in letzter Minute als Ersatz für jemand anderen eingeladen?«

»So ähnlich. Aber das stand eh nicht fest, dass sie mitkommt. Nancy, meine ich.«

»Erzähl! Ich bin ganz Ohr.«

Wenn ich jetzt lüge, verstricke ich mich nur immer weiter. Dafür sind meine Täuschungsfähigkeiten nicht gut genug entwickelt. »Du weißt doch, dass unser Date total vermurkst war, das von mir und Nancy, und sie mich im Restaurant hat sitzenlassen, nicht? Klar. Du hast ja so darüber gelacht. Also, wir haben uns noch mal getroffen, und ich habe sie gefragt, ob sie heute mit mir zu der Party kommen will. Aber sie konnte dann doch nicht, und, na ja, ich war wirklich super, super froh, dass du stattdessen Zeit hattest. Du bist so gut bei allen angekommen. Echt, Gemma, du warst der Hammer!«

Das meine ich ernst. Ich erzähle keinen Scheiß.

»Du hast mir also verschwiegen, dass es einen Dresscode gibt, *und* du hast mir verschwiegen, dass ich nur zweite Wahl bin. Bist du besonders gemein oder einfach nur dumm wie Brot?«

»Dumm wie Brot. Zu hundert Prozent. Typisch für mich.«

Sie sagt nichts mehr, bis sie mich zu Joes Haus lotsen muss. Ich warte im Wagen, während sie reingeht und Kelvin abholt. Selbst wenn ich den Rückspiegel kippe, kann ich Joe nicht richtig erkennen, nur eine große Gestalt in Jogginghose.

Kurz darauf lässt sich Kelvin auf den Rücksitz fallen. Er scheint sich zu freuen, mich zu sehen.

»Hey, Ned! Geiles T-Shirt!« Er kichert. Das meint er ironisch. Gefällt mir.

Den ganzen Weg zurück nach Bevendean reden wir über Dampfzüge. Gemma guckt aus dem Fenster, nicht im Geringsten interessiert und sauer auf mich. Kann ich ihr nicht verübeln.

Ich halte vor ihrem Haus. Kelvin winkt mir zu und geht rein. Zeit für die Hausaufgaben. Gemma zögert noch.

»Danke für die Einladung, Ned. Es war schön. Nächstes

Mal spielst du keine Spielchen, verstanden? Jedenfalls nicht mit *mir.*«

Ich habe nicht gespielt, will ich sagen. Ich war einfach nur dämlich. Stattdessen rufe ich ihrer sich entfernenden Gestalt nach: »Sorry, tschüss, und danke noch mal!« Fühle ich mich mies. Ich bin ein Arschloch erster Güte.

Zu spät, um ihr jetzt noch mal zu sagen, wie überwältigend sie war und dass alle von ihr begeistert waren. Und wie dankbar ich bin, dass sie mitgekommen ist. Stattdessen habe ich ausgeplaudert, dass sie ein Ersatz für Nancy war, was sie gar nicht zu wissen brauchte. Weniger ist wirklich mehr. Na, sie wird morgen noch mal in Ruhe drüber nachdenken und ist dann bestimmt nicht mehr so sauer.

Zumindest war sie nicht diejenige, die eine grellgrüne Jeans anhatte.

18

Gemma

Ganz cool lasse ich mich von Ros durch ihren Flur in die Küche führen. Ich muss mich echt zusammenreißen, um nicht neidisch auf ihr tolles Haus zu sein. So wollte ich immer wohnen. So wollte ich immer sein. Genau so.

In den letzten zwei Monaten hatte ich Gelegenheit, mein bescheidenes kleines Heim mit zwei anderen zu vergleichen, auf die ich echt neidisch sein müsste. Bin ich aber nicht. Früher hätte ich für ein Haus wie das von Joe und Vicky in Woodingdean gemordet. Jetzt nicht mehr. Es ist steril, farblos, fade. Keine Wärme. Keine Persönlichkeit, trotz der neonfarbenen Kissen.

Ich war auch nicht besonders beeindruckt von dem Haus von Tanya und Julian am feinen Ende der Dyke Road. Zu selbstzufrieden, zu viele muffige alte Teppiche und dick gepolsterte Sitzmöglichkeiten, zu viel schnörkeliges Kunsthandwerk und gewollt kitschige Deko. »Staubfänger«, hätte meine Mum gesagt.

Aber Ros' Haus … Das ist eine kluge Mischung aus beidem: moderne Ikeastühle an einem Tisch aus dem Secondhandshop, schlichte Metallregale, die sich unter Hunderten von Büchern biegen, die kreuz und quer reingestopft sind. Nichts an dem Haus wirkt übertrieben oder angeberisch; hier ging es darum, ein Heim zu schaffen, keinen guten Eindruck. Es ist auf mühelose Art stilvoll. Ein bisschen wie Ros selbst. Ich hätte gerne ihr Stilgefühl. Ich habe keine Ahnung, wo man irgendwas Cooles findet. Ich gehe immer nur die Hauptstraße rauf und runter und in die Dekoläden rein.

In der Küche hat eine Bombe eingeschlagen – wenn es Bomben aus Mehl, Puderzucker und essbarem Glitzer gäbe. Deshalb bin ich hier.

Wir hatten uns für Mittwoch bei unserem Stammitaliener verabredet. Ich hatte sogar überlegt, die Pizza mit Ziegenkäse und Artischocken zu probieren, weil ich mal von meiner Komfortzonen-Margherita weg muss.

Dann rief Ros ganz aufgeregt an. »Um halb sechs werden diese bescheuerten Cupcakes abgeholt, bis dahin muss ich alle fertig haben. Kannst du mir helfen, Gem? Ehrlich gesagt ist das ein Notfall. Komm bitte rüber!«

Ros weiß, dass ich nicht backen kann. Warum soll ich mir die Mühe machen, wenn ich was Besseres schon fertig kaufen kann? Doch ich hatte ihr versprochen zu helfen, wenn sie mal in der Klemme stecken sollte. Vier Hände sind besser als zwei, selbst wenn die Hälfte davon mir gehört.

Sie setzt mich an den Tisch, die einzige saubere Fläche in der Küche, und erklärt mir schnell, was ich tun soll.

»Also, ich garniere die Cupcakes und stelle sie auf dieses Tablett. Das hier. Hörst du zu, Gemma?«

»Ich liebe deine Fliesen. Die passen total zu dir. Waren die schon vorher da?«

»Die hat David auf einem Recyclinghof gefunden. Ich glaube, die sind aus der Arts-and-Crafts-Zeit. Es waren nicht genug für den Fliesenspiegel über der Arbeitsfläche, deshalb hat er noch welche aus einem Trödelladen dazugekauft. Siehst du? Auf denen da sind Pfauen, auf den anderen Tauben. Aber ist jetzt gut mit den Fliesen. Hör zu, ja?«

»Ich kann einfach nicht anders. Deine Küche ist so schön!«

»Sie ist zu klein und hat den falschen Grundriss für diesen Backmarathon. Aber ich habe nun mal keine andere. Hast du gehört, was ich über die Cupcakes gesagt habe?«

»Du glasierst sie und stellst sie hier hin. Was soll ich machen?«

Ros verdreht die Augen zum Himmel. Für so was hat sie keine Zeit.

»Du klebst diese essbaren Plättchen obenauf, auf denen ›Jackdaw Project‹ steht. Drück nicht zu fest, sonst bist du schnell mit dem Daumen im Teig, dann heule ich. Dann stellst du alle Cupcakes vorsichtig in diesen Karton. In jeden passen vierzig Stück. Pack nicht zu viele rein, sonst heule ich noch mehr. Wenn der Karton voll ist, streue ich essbaren Glitzer darüber. Muss ich dich jetzt bitten, das noch mal zu wiederholen?«

»*Nein!*« Hält sie mich für blöd, oder was?

»Tut mir leid, Gemma«, sagt Ros und tätschelt mit mehligen Fingern meinen Arm. »Ich bin nur leicht durch den Wind. Der erste Teig ist nicht aufgegangen. Keine Ahnung, warum. Den gebe ich morgen Gabe mit in die Schule. Da freuen sich die Kinder.«

Ich wasche meine Hände gründlich auf Ros' Gästetoilette – noch ein Mensch mit einer Gästetoilette –, dann reihe ich mich in die Cupcake-Produktion ein. Ich bin sehr vorsichtig – zu vorsichtig – bei den ersten Plättchen, so dass sie nicht kleben bleiben. Irgendwann habe ich den Dreh raus: fest genug, damit sie dran bleiben, ohne die wunderschön gewundene Rosette aus goldener Buttercreme zu zerquetschen. Ich habe keine Ahnung, wer oder was das »Jackdaw Project« ist, nur dass man da offenbar Kuchen mag.

»Kannst du dir vorstellen, in diesen Zeiten eine neue Werbeagentur aufzumachen?«, fragt Ros, während sie geschickt die nächste Reihe Cupcakes mit Buttercreme verziert. »Ganz schön mutig, oder?«

»Nicht mutiger, als eine Bäckerei aufzumachen.«

»Mutig oder dumm. Frag mich nächstes Jahr noch mal.«

Ich weiß, dass Ros Stress hat, aber sie gehört zu den Leuten, die dabei richtig aufblühen. Sie liebt den Adrenalinrausch, wenn sie den Auftrag raushaut, selbst wenn sie dafür einen Tollpatsch wie mich einspannen muss.

Als wir fertig sind, alle Cupcakes eingepackt haben und die Kartons auf dem Tisch im Flur stapeln, macht Ros schnell Abendessen für uns aus dem, was sie im Kühlschrank hat. Ich habe noch nie Quinoasalat oder kalte gebratene Scheiben vom Butternutkürbis oder roh geraspelten Rosenkohl gegessen, angemacht mit Sardellen, Mandeln und Zitronensaft. Ganz im Gegenteil: Würde ich das irgendwo auf einer Speisekarte lesen, müsste ich würgen. Zuerst esse ich aus Höflichkeit, aber ich kann nicht lügen: Es ist echt super lecker. Selbst der Rosenkohl mit den Sardellen. Dabei hasse ich Sardellen. Und Rosenkohl.

Zeit, Ros von meinen beiden Dates zu erzählen. Natürlich ist sie ganz Ohr.

»Warum ist Nancy nicht mit zu der Party gegangen?«

»Sie hatte irgendwas vor, schätze ich. Also war ich der Ersatz, die Zweitbesetzung. Ned war der Meinung, dass ich eh nichts vorhabe und er mich kurzfristig fragen kann. Unverschämt, oder?«

»Aber du hattest doch kurzfristig Zeit! Das verstehe ich nicht, Gem. Warum bist du so schlecht auf Ned zu sprechen? Klar, er hätte dir sagen sollen, warum er dich erst so spät gefragt hat, und das mit dem Dresscode hätte er auch nicht vergessen sollen. Aber mach doch mal halblang! Außerdem war es doch lustig, oder?«

»Ich werde nicht gerne benutzt oder als selbstverständlich angesehen. Es war allerdings ganz lustig, weil seine Ex und ihr Neuer dachten, wir wären ein Paar. Ich habe mitgespielt, und die mochten mich alle gern. Damit hatte ich nicht gerechnet. Wenn sie erfahren, dass wir doch kein Paar sind, sind sie bestimmt enttäuscht. Dann darf sich Nancy mal wie die zweite Wahl fühlen.«

Ros betrachtet mich einen Moment, dann kneift sie die Augen zusammen. Sie will noch etwas sagen, überlegt es sich aber anders. »Schon gut. Erzähl mir von Dan!«

Ich lege meine Gabel beiseite und denke nach. »Doch, war gut. Er war nett. Er ist bereit für eine neue Beziehung.«

»Na, das ist doch ein Anfang. Und du? Bist du auch bereit?«

»Das ist das Problem. Nicht so bereit wie er. Er ist vielleicht ein bisschen zu erpicht darauf.«

Ros lacht. »Oh, nein, was für ein Albtraum! Wie kann er es wagen? Hinterher will er dich noch wiedersehen, der alte Mistkerl!«

Wenn man es ausspricht, klingt es wirklich albern.

»Liegt es am Sex? Bist du deshalb unsicher, Gem? Das wäre total verständlich. Wir leben schon so lange wie die Nonnen, dass unsere Nähkästchen wahrscheinlich längst amtlich versiegelt sind.«

Ich kann ihr nicht erzählen, dass ich mit Joe geschlafen habe. Ros wäre so sauer. Nein, nicht sauer. Sie wäre enttäuscht von mir, weil ich so schwach und armselig war. Sie hat keine hohe Meinung von Joe, und das gehört zu den Sachen, die ich an ihr liebe. Auch wenn wir einander noch nicht lange kennen, ist Ros auf meiner Seite, egal, was passiert. Nicht wie die blöde Hayley.

»Nein, nicht wegen dem Sex. Ich glaube, dass es mir Angst macht, wie sehr er mich mag. Ich kann ihn doch nur enttäuschen.«

Ros steht auf, kommt um den Tisch herum und nimmt mich in den Arm. Damit habe ich nicht gerechnet.

»Du bist wunderbar, Gemma. Dein Schwachkopf von Mann hat dir was anderes eingeredet, aber das stimmt nicht. Ich sehe das, Dan sieht das. Ned auch, sollte mich nicht wundern. Du hast es echt verdient, glücklich zu sein.«

»Du auch.«

»Um mich geht's gerade nicht. Triff dich bitte noch mal mit Dan. Aber in deinem Tempo. Du musst dich ja nicht in seine Arme werfen, aber stoß ihn auch nicht von dir. *Du* bestimmst, wo es langgeht.«

Ich nicke. Sie hat recht. Joe hat eine armselige Frau aus mir gemacht. Ich kann was dagegen tun, indem ich Dan treffe. »Also gut, Mrs. Pack-dir-an-die-eigene-Nase«, sage ich, während Ros eine Schüssel mit einem Rest Milchreis aus dem Kühlschrank holt, obenauf eine braune Kruste, wie ich ihn am liebsten mag. »Ich treffe mich noch mal mit Dan, und *du* gehst einen mit Andy trinken.«

Ros stöhnt. »Warum? Wenn ich nach einem Ersatz für David suchen würde – was ich nicht tue –, wäre es ganz bestimmt niemand wie Andy.«

»Vielleicht ist er anders, wenn ihr zu zweit seid und er nicht glaubt, angeben zu müssen. Wenn nicht, hast du ihm wenigstens eine Chance gegeben.«

Wir nehmen jede einen Löffel und stürzen uns auf den kalten Reis.

»Okay, Ros?«

»Okay, Gemma?«

Wir nicken. Wir essen. Machen wir.

Dan und ich haben am Sonntag etwas vor. Er muss ein restauriertes Sechzigerjahre-Sideboard zu einem Kumpel nach Hastings bringen, der für ihn Möbel verkauft, ob ich Lust hätte mitzukommen? Ich sage zu, und zwar nicht nur, weil Ros das gesagt hat.

1. *Ich mag Hastings.*
2. *Ich mag Ausflüge.*
3. *Ich mag Dan.*

Warum sollte es mich kümmern, dass Dan so heiß auf mich ist? Ich sollte mich geschmeichelt fühlen, ich sollte dankbar sein, ich sollte es einfach genießen. Angespornt von Ros, von meinem Auftritt auf Tanyas Party und vor allem von Dan selbst, kehrt mein Selbstbewusstsein allmählich zurück.

Ned hat sich nicht mehr gemeldet, nicht mal um sich zu entschuldigen, weil ihm herausgerutscht ist, dass ich für Nancy eingesprungen bin. Tja, sein Problem. Samstagsväter gibt es in allen Ausführungen; ist Ned so viel anders als Joe? Nepper, Schlepper, Betrüger und Blender. Die können mich beide mal.

Vor meinem Ausflug mit Dan bin ich am Freitag zum Mittagessen mit Vicky verabredet. Felipe übernimmt meine Schicht, damit ich die völlig unerwartete Einladung annehmen kann. Wir treffen uns um ein Uhr in einem neuen Restaurant in Kemptown. Ich gehe mit der Frau essen, die mir den Mann ausgespannt hat, und sie zahlt. *Das* habe ich nicht kommen sehen.

Sie rief an, als ich im Bus saß, auf dem Heimweg von Ros. In einer Eiscremedose hatte ich fünf Cupcakes für Kelvin, die übrig geblieben waren. Mit dem Anruf hatte ich nicht gerechnet. Wie sollte ich auch?

Sie kam sofort zur Sache: Ob ich Lust hätte, am Freitag mit ihr essen zu gehen? Sie würde zahlen. Da ich gerade offen für alles bin und weil mir nicht so schnell eine Ausrede einfiel, sagte ich zu. Wenn ich ehrlich bin, gibt es einen Teil von mir, der Spaß daran hat, Joe zu verunsichern: Seine alte und seine neue Frau treffen sich auf freundschaftlicher Basis. Soll es ihn doch verunsichern und verwirren! Er hat viel Schlimmeres verdient.

Vicky ist schon da, als ich ankomme. Ihre Haare sind perfekt geföhnt, ihr Kleid sieht teuer aus. Ich habe das dunkelblaue an, mit dem ich auf der Party war. Es hat seine Aufgabe erfüllt und mir Selbstvertrauen gegeben. Außerdem habe ich schöne Beine, deutlich schönere als sie. Und daran ändert sich nichts, egal, wer Joe das Rührei kocht oder seine Boxershorts wäscht.

Vicky springt auf und breitet die Arme weit aus. Sie scheint sich zu freuen, mich zu sehen. Ich begreife das nicht. Wenn ich sie wäre, würde ich das nicht tun. »Ich freue mich so, dass du Zeit hattest, Gemma. Guck dir das an, ich hänge schon wieder am Glas: Hab mir einen Prosecco bestellt.«

Wir trinken was und überfliegen die Speisekarte. Vicky nimmt Leber und Taschenkrebs, ich wähle Lachs und Lamm.

»Sei nicht so bescheiden!« Sie bricht sich ein Stück von einem Brötchen ab. »Das kostet mich hier keinen einzigen Penny.«

»Lädt Joe uns ein? Das wundert mich aber.«

»Allerdings. Der kann wirklich sehr zurückhaltend mit Geld sein. Nein, ich habe in einer Tombola ein Essen für zwei gewonnen. Drei Gänge mit Wein, Käse und Pralinen. Ich habe mein Leben lang noch in keiner Tombola gewonnen.«

»Und da rufst du *mich* an?«

»Joe dachte, ich würde Hayley mitnehmen. Aber wir gehen oft zusammen brunchen, und nach dem Training essen wir meistens noch einen Salat. Und in zwei Wochen fahren wir zusammen auf ein Wellnesswochenende, zu ihrem Vierzigsten, und ein Treffen mit Hayley hält immer lange vor. Deshalb habe ich an dich gedacht. Wir sind doch jetzt befreundet, oder?«

»Was hält Joe davon?«

»Er hat kein Problem damit. Er ist eh nicht derjenige, der seine Gefühle rauslässt, es sei denn, eine Möwe kackt ihm direkt auf die Mütze. Aber das weißt du ja. Tief im Innern ist es okay für ihn. Da bin ich mir sicher.«

Ich bin mir sehr sicher, dass es nicht okay für ihn ist. Was ist, wenn ich Vicky von der Nummer auf der Arbeitsplatte erzähle? Was ist, wenn ich einknicke und ihr alles bis ins letzte Detail schildere? Mache ich nicht … noch nicht. Aber ich habe das Ass im Ärmel, nur für den Fall.

»Du warst echt klasse auf unserem Essen«, sagt sie, als wir den Prosecco leeren und mit einem Soave weitermachen. »Ich weiß, dass Hayley sich gefreut hat, dich zu sehen.«

»Echt? Ihr muss doch klar sein, dass ich nie wieder mit ihr befreundet sein werde. Ich bin nicht mehr die Alte. Ich habe jetzt neue Freundinnen.«

Ich will gar nicht so bitter klingen. Hayley hat nicht mit

Joe gevögelt, sondern die Frau mir gegenüber, die ihre rosa Kalbsleber zerschneidet. Das ist diejenige, wegen der ich verbittert sein sollte. Und trotzdem sitze ich hier und esse mit ihr. Bin ich eine Heuchlerin? Wahrscheinlich. In Wirklichkeit ist kein Essen umsonst; vielleicht zahle ich dafür mit einem wutbedingten Sodbrennen, wenn ich zu Hause bin.

»Ich mochte Chris wirklich gerne«, sage ich. »Echt cool, so einen Cousin zu haben.«

Vicky wird blass. Sie schiebt das letzte Stück Leber beiseite. Wird ihr gleich schlecht?

»Ach, Gemma! Sobald er da war, wusste ich, dass ihr euch verstehen würdet. Und als er dich nach Hause gebracht hat, musste ich in mich hineingrinsen. Joe meinte, ich wäre kindisch, aber ich dachte ehrlich, mit euch beiden hätte ich den Vogel abgeschossen. Ihr saht so gut aus zusammen.«

Ich weiß, was jetzt kommt, spiele aber die Arglose. Macht mehr Spaß. »Ich muss mich mal bei ihm melden«, sage ich optimistisch lächelnd.

Vicky schluckt. Sie wird es sagen, so schmerzhaft es auch ist. »Er ist schwul, Gemma. Wir dachten, er würde auf Männer *und* Frauen stehen. Also, dass er … dass er bi ist. Früher war er das auf jeden Fall. Auf der Uni hatte er eine Freundin. Aber jetzt nicht mehr. Er hat einen Freund, und es ist ernst.«

Ich habe jetzt zwei Möglichkeiten. Entweder sage ich, ich hätte es vom ersten Augenblick an gewusst. Oder ich gebe mich total schockiert. Ich wähle die zweite Option. Ich bekomme kein Wort heraus. Bin sprachlos.

»Ich weiß«, sagt Vicky, um das Schweigen zu unterbrechen. »Damit hat niemand gerechnet. Er sagt, er wäre echt glücklich und könnte es nicht erwarten, uns seinen neuen

Freund vorzustellen und … na ja, das freut mich für ihn. Ich dachte, es wäre eine gute Idee. Aber wenn ich so was schon mal versuche, geht's daneben.«

»Die gute Absicht zählt, Vicky. Du brauchst dir keine Sorgen um mich zu machen. Ich habe auch jemanden kennengelernt. Er heißt Dan, ist wirklich nett, und mehr erzähle ich erst mal nicht, solange wir noch nicht bereit sind, in die Öffentlichkeit zu gehen.«

»Das freut mich für dich, Gemma. Ehrlich. Das war alles so … so furchtbar, so eine Belastung für uns alle. Wenn du mit Dan so glücklich bist wie ich mit Joe, würde mich das so freuen!«

Klar. Dann brauchst du nämlich keine Schuldgefühle mehr zu haben, weil du die Hauptrolle bei der Zerstörung meiner Familie gespielt hast. Du hättest den verheirateten Mann mit dem Kind in Ruhe lassen können, hast du aber nicht.

Und jetzt bereue ich es richtig, hergekommen zu sein und der Frau gegenüberzusitzen, die mir den Mann weggenommen hat, auch wenn er sich mehr als gerne wegnehmen ließ. Ich hätte sagen sollen: Sorry, Vicky, aber wir werden niemals Freundinnen sein, das brauchen wir nicht mal zu versuchen. Hab ich aber nicht, und deshalb sitzen wir jetzt hier, und ich muss gute Miene zum bösen Spiel machen, Vicky und, keine Ahnung, vielleicht sogar Hayley alle zwei Wochen zum Brunch treffen, als wären wir drei schon ewig die besten Freundinnen.

Das alles liegt mir auf der Zunge. Wirklich. Aber zuerst brauche ich vielleicht noch ein Glas Wein. Man kann das auch nicht sagen, wenn ein Kellner einem gerade Soße über die Lammkeule schöpft.

Also halte ich mich zurück. Falscher Zeitpunkt. Falscher

Ort. Falscher Moment. Der richtige kommt noch. Früher oder später.

Er ist früher so weit, als ich dachte. Bevor unser Nachtisch serviert wird, gehe ich schnell zum Klo. Ein paar Minuten nach mir verlässt Vicky die Kabine neben meiner.

»Ah, guck mal, die Handseife, Honig und Satsuma!« Ich nehme einen großen Spritzer. »Die würde bestimmt toll auf Eis schmecken.«

Plötzlich drückt sie mich fest an sich, so wie man jemanden umarmt, den man ein halbes Jahr lang nicht gesehen hat. Statt die Arme schlaff baumeln zu lassen, erwidere ich die Umarmung. Dann lässt Vicky mich los, und ich sehe, dass sie weint.

»Danke, Gemma, danke. Du hast keine Ahnung, was es für mich bedeutet, dass du mir vergibst. Joe meinte, das tust du nicht, aber ich habe gesagt, sie ist eine gute Frau. Sie ist bereit, einen Schlussstrich zu ziehen und nach vorn zu schauen.«

»Meinst du?«

Sie nickt, wischt mit dem kleinen Finger einen Streifen Wimperntusche unter den Augen weg. »Du bist schließlich hier, oder? Das bedeutet mir unheimlich viel, Gemma, wirklich.«

Ich gebe ihr ein paar Blätter Klopapier, um sie in falscher Sicherheit zu wiegen. Dann lege ich los.

»Es ist nicht so, dass ich dir verzeihe, Vicky. Ich bin einfach nur höflich und habe deine Einladung zum Essen angenommen, weil du mir so richtig was schuldig bist. Ich will ehrlich sein: drei Gänge plus Wein, Käse und Pralinen heißen nicht, dass ich dir verzeihe. Bei weitem nicht! Joe und du, ihr habt mir das Herz gebrochen. Und Kelvin auch, dem Armen.

Glaubst du, ich kann ›einen Schlussstrich ziehen und nach vorn schauen‹, weil es in diesem Laden leckere Handseife gibt?«

Ich habe Vicky so geschockt, dass sie vergisst zu weinen. Jetzt schluckt sie wie ein Karpfen an der Angel. »Natürlich nicht.«

»Dann erklär es mir! Los! Das ist deine Chance, dich zu rechtfertigen! Warum hast du mir den Mann weggenommen?«

Sie senkt den Blick auf ihre lächerlichen nudefarbenen Stilettos. Am liebsten würde ich sie fragen, wie sie darin überhaupt laufen kann, aber deshalb sind wir nicht hier.

»Und? Ich höre.«

»Ich wusste nicht, dass er verheiratet war. Ich schwöre dir, ich wusste es nicht. Als er es mir gesagt hat, war es zu spät. Da saß ich schon zu tief drin. Zigmal wollte ich einfach gehen, aber ich konnte nicht. Ich hatte Angst. Was, wenn ich ihn vor die Wahl stelle, und er würde sich für dich entscheiden? Dann hast du es herausgefunden und ihn rausgeschmissen, und ich war schwanger mit Amelie. Tja, so kam das.«

So kam das. Und wir stehen hier auf der Damentoilette eines schnöseligen Restaurants und führen das Gespräch, das wir längst hätten führen sollen. Ich will Vicky nicht verzeihen und werde es auch nicht tun. Trotzdem kann ich sie nicht hassen. Sie sieht so armselig aus in ihren dämlichen Schuhen, die ihr die Zehen zusammenquetschen und Blasen an den Fersen verursachen, nach den Pflastern zu urteilen.

Und dann wird mir klar: Wenn ich Vickys Sonnenbrille nicht in Joes Handschuhfach gefunden hätte, hätte er sich vielleicht für mich »entschieden« und wir wären noch zusammen. Dann wäre ich Depp bis heute nicht schlauer. Wäre das besser, als es jetzt ist?

Nein. Wirklich … nicht.

Ich umarme Vicky noch mal. Morgen hasse ich mich selbst, weil ich es tue, aber ich kann sie nicht hassen.

Ich bin froh, dass Joe Kelvin am Freitagnachmittag direkt von der Schule abholt, denn dann muss ich meinen Ex nicht sehen. Er würde nur wissen wollen, wie ich das Mittagessen mit Vicky fand. Und das wäre unangenehm, weil ich nicht weiß, wie *ihre* Version lautet. Ich nehme an, sie hat erzählt, es sei echt gut gelaufen, und die Tränen auf der Toilette nicht erwähnt.

Ein Tag später, und ich hasse sie immer noch nicht. Dass Joe was nebenher laufen hatte, war vielleicht nicht gerade die schönste Art zu erfahren, dass ich ein Arschloch geheiratet habe. Ich könnte immer noch mit ihm in seliger Unwissenheit zusammenleben, wenn ich das mit Vicky nicht herausgefunden hätte. Dafür muss ich dankbar sein.

Dachte sie wirklich, dass Joe mich ihr vorgezogen hätte, wenn er gezwungen geworden wäre? Sie könnte recht haben. Joe mag keine Komplikationen. Bei mir zu bleiben wäre einfacher gewesen, als mit Vicky neu anzufangen. Nur habe ich ihm keine Wahl gelassen. Sobald ich die Wahrheit wusste, wollte ich, dass er verschwindet. Außerdem war sie schwanger. Wie hätte das funktionieren sollen? Hätte Joe Vicky und Amelie im Stich gelassen? Ich finde es furchtbar, dass meine Ehe in die Brüche ging, aber es ist nicht Amelies Schuld; sie braucht ihren Vater genauso wie Kelvin.

Kelvin hat mir vorgeworfen, dass ich seinen Dad rausgeworfen habe. Er war zu jung, um zu verstehen, warum ich nicht anders konnte. Hätte ich Joe Kelvin zuliebe verzeihen sollen, das Ganze verdrängen und so tun, als sei es nie passiert?

Nein.

Meine Reaktion war richtig, auch wenn sie meinem Jungen das Herz gebrochen hat. Mir auch. Die letzten beiden Jahre sind nicht leicht gewesen, aber mir gefällt, in welche Richtung ich mich entwickele. Allmählich verliere ich die Verbitterung, den Überdruss und die Neigung, nur das halb leere Glas zu sehen. Ich bin noch nicht so weit zu sagen, mein Glas sei halb voll. Noch nicht. Aber zumindest habe ich wenigstens ein Glas, und es ist kein kalter Kaffee drin. Das reicht mir. Fürs Erste.

Ich finde es schön, den Samstag für mich zu haben: keine Pläne, keine Besorgungen, keine Pflichten. Auch in der Hinsicht bin ich nicht mehr so streng zu mir. Inzwischen kann ich schmutziges Geschirr in der Spüle stehen lassen, wenn ich rausgehe, ich mache mir keinen Stress mehr damit. Die Wäsche kann auch warten. Ich bin nicht mehr so erpicht darauf, jede Sekunde beschäftigt zu sein, damit ich keine Zeit habe, mit mir ins Gericht zu gehen. Liegt es daran, dass ich weniger hart zu mir selbst bin? Es fühlt sich jedenfalls gut an.

Ich frühstücke ausgiebig. Jedenfalls für meine Verhältnisse. Zwei Spiegeleier, Tomaten aus der Dose, zwei Scheiben Toast und ein aufgewärmtes Würstchen vom Vorabend. Ich lasse Pfanne und Teller auf der Arbeitsfläche stehen, was für mich eine Leistung ist.

Vielleicht bin ich so locker drauf, weil ich morgen mit Dan den Ausflug nach Hastings mache. Er holt mich um neun Uhr ab, und die Wettervorhersage ist perfekt. Ich verbringe den Tag mit einem Mann, der schon sein halbes Leben lang auf mich steht. Ich muss grinsen. Das Gefühl gefällt mir. Ich möchte, dass es den ganzen Tag anhält.

Am Vormittag trinke ich einen Kaffee in einem Café in der Nebenstraße der London Road. Ich bin zu Fuß hergekommen. Das sollte ich öfter tun, nicht immer den Bus nehmen. Ich kaufe mir sogar die *Times* und arbeite mich durch den Hauptteil.

Mein Handy vibriert. Eine Nachricht von Kelvin. »Vicky sagt, ich soll dir schreiben, dass ich eine Eins für das Referat über Dampfzüge bekommen habe. Sie meint, du könntest unheimlich stolz auf mich sein, das sind sie und Dad nämlich auch. Xoxoxo Kelvin.«

Ich freue mich riesig. Wirklich. Es stört mich auch nicht, dass Vicky es zuerst erfahren hat. Kelvin hat Schwierigkeiten in der Schule. Er glaubt, er sei dumm – woher er das wohl hat? –, und meldet sich nicht oft, weil er Angst hat, etwas Falsches zu sagen. Mrs. Berg hat mir beim Elternsprechtag geraten, dass er mehr Selbstbewusstsein bräuchte. Das Referat könnte helfen.

Ich habe so gute Laune, dass ich beschließe, lange genug sauer auf Ned gewesen zu sein. Stimmt, er hat mir nicht gesagt, was ich auf der Party tragen soll, und ja, ich war nicht Nancy. Aber ich hatte meinen Spaß und habe mich nicht zum Gespött gemacht. Weshalb also sauer sein?

Ich rufe ihn an. Er wird ganz aus dem Häuschen sein, wenn er hört, dass er Kelvins Interesse für Dampfzüge geweckt hat. Ich hätte das nie geschafft, Joe schon gar nicht. Ich will schon wieder auflegen, da meldet er sich doch noch, ganz atemlos und hektisch.

»Ja? Hallo?«

»Hallo, Ned! Hier ist Gemma. Alles in Ordnung? Du klingst, als hättest du gerade einen Herzinfarkt.«

»Ich? Nein. Alles gut. Wie geht es dir?«

»Rufe ich zu einem ungünstigen Zeitpunkt an?«

»Nein. Na ja, etwas. Nein, nicht wirklich.«

»Ich mach's kurz. Ich wollte dir nur sagen, dass Kelvin eine Eins für sein Referat über Dampfzüge bekommen hat. Danke noch mal für deine Hilfe. Das ist echt gut für sein Selbstbewusstsein.«

»Wirklich? Hey, das ist toll! Sag ihm, das hat er gut gemacht. Hör mal, Gemma, tut mir leid, aber gerade ist es nicht ganz so günstig, ja? Kann ich mich später noch mal melden?«

Im Hintergrund ruft jemand nach ihm. Nancy?

Ich dachte, er würde sich freuen, von Kelvins Erfolg zu hören, aber offenbar hat er wichtigere Dinge im Kopf. »Schon gut, Ned. Mehr wollte ich gar nicht. Ein schönes Wochenende! Tschüss!«

Nancy. Sie muss bei ihm übernachtet haben. Also sind sie jetzt definitiv zusammen. Ich freue mich für Ned. Wirklich. Ned hat Nancy, und ich habe Dan, und der ist ganz verrückt nach mir.

Es wäre vielleicht schön gewesen, sich mal richtig zu unterhalten. Seit der Gartenparty haben wir nicht mehr gesprochen. Okay, ich war sauer, dass er mich nur mitgenommen hatte, weil Nancy keine Zeit hatte. Aber darüber bin ich jetzt weg. Es lohnt sich nicht, deswegen zu schmollen.

Wir bekommen unser Leben zurück. Wir schauen nach vorne.

Ich freue mich aufrichtig für ihn. Im Ernst.

Yeah, Ned!

19

Ned

Nancy hat eine Mitgliedskarte der Kinokette Picturehouse. Jede Woche guckt sie sich einen anderen Film an. Da sie die Vorankündigungen nicht liest, weiß sie nicht immer, was sie erwartet. Sie lässt sich gern überraschen. Sie hat auch nichts gegen ausländische Filme. Eine super Einstellung, so offen zu sein. Sich treiben zu lassen. Im positiven Sinn.

Ich schwimme mit dem Strom. Das weiß ich. Ich werde von jeder vorbeikommenden Strömung mitgerissen, weil ich keine Motivation habe, mich an einem Felsen festzuhalten. Ich dachte immer, ich sei flexibel und spontan, aber Tanya hat es in den Wahnsinn getrieben. »Mit dem Strom schwimmen« ist nicht gut, wenn man es als Ausrede benutzt, um für nichts im eigenen Leben Verantwortung zu übernehmen. Logisch, wenn man drüber nachdenkt.

Nancy nimmt jeden Samstag an einem Park Run teil und lernt jeden Donnerstag französische Konversation, weil es ihr in der Schule Spaß gemacht hat und sie gerne mit einem Kellner in Paris schäkern würde, wenn sie sich einen Pernod bestellt. Außerdem findet sie, jeder sollte eine Fremdsprache beherrschen.

Nancy backt ihr Brot selbst. Sie hat mal einen eintägigen Workshop belegt, weil Harrys Eltern ihr zu Weihnachten einen Backautomaten geschenkt haben und sie immer das Gefühl hatte, damit zu backen wäre gemogelt. Wieso ihn benutzen, wenn man das ganze Kneten und Walken doch auch selbst machen kann statt der Maschine? Das ist doch so meditativ!

Der Typ in dem Workshop sagte angeblich, ein gut durchgekneteter Brotteig sollte die Konsistenz eines Ohrläppchens haben. Das fand Nancy super. Ich bin nicht pervers, aber ich mag die seidige Weichheit eines Ohrläppchens bei Raumtemperatur. Wie Nancys sind, weiß ich nicht so genau. Ich stelle sie mir klein vor. Zart. Dicht am Kopf, nicht so locker schlabbernd wie meine.

Heute Abend sehe ich Nancy – inklusive Ohrläppchen. Ihre Woche ist so vollgepackt, dass wir erst jetzt ein Treffen hinbekommen. Ich habe so getan, als hätte ich ebenfalls ein aufregendes Privatleben, aber abgesehen von der SPE am Mittwoch habe ich nur Verabredungen mit Netflix und der Mikrowelle. Sollte das mit Nancy und mir tatsächlich was werden, gibt es keinen Grund mehr, zur SPE zu gehen. Das liegt dann hinter mir.

Wir haben uns auf ein schnelles Glas im Heart and Hand verabredet, bevor der Film losgeht. Nach einer Woche Nachrichten auf WhatsApp ist es bestimmt schön, sich wieder in Fleisch und Blut zu sehen. Ich hoffe nur, dass ich keine Enttäuschung für Nancy bin.

Als Tanya und ich zusammenkamen, haben wir Tag und Nacht miteinander telefoniert. »Leg du zuerst auf ... Nein, du!« Social Media war da noch nicht so angesagt. Wir lagen zu Hause auf dem Sofa und flirteten lange und ausgiebig am Telefon, manchmal wurde es sogar ziemlich heiß, auch wenn es Sexting damals noch nicht gab.

Aber schon komisch: Ich weiß viel über Nancy, obwohl wir nur ein paar Stunden miteinander verbracht haben. Brotbacken, Park Run, das angeschlagene Herz ihrer Mutter und deren Besessenheit von *Les Misérables*. Ich weiß sogar, wie ihre Eltern mit Vornamen heißen: Doug und Lorraine. Sie haben einen Dackel namens Skip. Die beiden sind pensionierte Lehrer, und das Pflaumenmus ihrer Mutter ergänzt sich perfekt mit Nancys handgekneteten Broten.

Wie verabredet treffen wir uns im Pub. Nancy hat die Haare mit einer dicken Plastikklammer oben auf dem Kopf festgesteckt. Sie hat sie vorher nicht gekämmt, lose Strähnen fallen ihr ins Gesicht und in den Nacken; es sieht unglaublich sexy aus. Sie hat kleine Ohren, wie Muscheln, mit zierlichen Korallsteckern. Ist es falsch, ihr kleines Öhrchen küssen zu wollen? Wie schnell das wohl erlaubt ist?

»Da wären wir also«, sagt sie und tätschelt liebevoll meinen Arm, als sei ich Dackel Skip. »Aller guten Dinge sind drei, was?«

»Drei? Wirklich? Mal sehen, das erste Mal haben wir uns in diesem Club gesehen. Dann in dem Laden, wo du arbeitest, aber das war kein Date. Und dann das Essen.«

»Das ich verbockt habe, weil ich wie eine Primadonna für Arme abgehauen bin.«

»Primadonna für Arme. Von denen hab ich das zweite Album.«

Nancy johlt vor Lachen. Ich erröte vor Freude.

»Dann bist du in den Pub gekommen, wo Andy mich hinbestellt hatte«, fahre ich fort, um unsere gemeinsame Geschichte zu rekapitulieren. »Und jetzt hier. Heute. Jetzt.«

Sie strahlt mich an, ein Versprechen, dass die vorherigen Fehlstarts nicht umsonst waren. Ich lächele zurück und stoße mit meinem Pint gegen ihr Glas.

Das hier. Heute. Jetzt ... Wir.

»Der Film ist isländisch. Wie findest du isländische

Filme?« Sie erwartet tatsächlich eine intelligente Antwort von mir.

»Ich wusste nicht, dass dort überhaupt Filme *gedreht* werden. Ich weiß null über Island. Abgesehen von Björk. Und Eyjafjallajökull.«

Nancy legt den Kopf schräg, wie ein gewitzter Spatz. Echt niedlich.

»Eyjafjallajökull«, wiederhole ich, stolz auf meine hervorragende Aussprache. »Der Vulkan. Hat mir und Tanya 2010 einen Urlaub vermiest. Oh, Shit, das ging ja schnell. Dass ich meine Ex erwähne.«

»Ich habe auch schon von Harry und dem Brotbackautomaten gesprochen. Wir haben beide eine Vergangenheit. Die brauchen wir nicht totzuschweigen.«

»Harry und der Backautomat. Von *denen* habe ich auch 'ne Platte.«

Wer ist dieser schlagfertige Kerl, der immer wieder Lachanfälle bei dieser faszinierenden Frau mit den niedlichen Ohrläppchen auslöst? War ich immer schon so witzig? Am Anfang hat Tanya darüber gelacht, aber in späteren Jahren verdrehte sie nur genervt die Augen, wenn ich wieder einen Kalauer brachte oder eine lustige Bemerkung machte.

Okay, ein isländischer Film. Eine neue Erfahrung. Fühlt sich abenteuerlich an, aufregend, nach Neuland. »Ich hab totale Lust drauf, Nancy. Und ich habe ein gutes Gefühl.«

Ich spreche natürlich von dem Film. Aber uns beiden entgeht die unterschwellige Botschaft nicht. Wir hatten zwei Fehlstarts. Vielleicht waren sie Teil unserer gemeinsamen Reise, die uns heute hierhergeführt hat. Wir sind beide so was von bereit.

Es ist noch Zeit für eine zweite Getränkerunde. Eigentlich

möchte ich während des Films nicht aufs Klo gehen, aber ich habe mich so verrückt gemacht mit der Bedeutung dieses Abends; ich muss mir Mut antrinken. Dieses Date ist wichtig. Ich hole uns noch zwei kleine Lager und eine Tüte Chips.

Zwanzig Minuten später merken wir, dass wir den Anfang des Films verpasst haben, weil wir zu sehr ins Gespräch vertieft waren. Ich bin dafür, ihn uns trotzdem anzusehen. Schließlich ist er aus Island. Wie viel Sinn soll er schon ergeben, mit oder ohne Anfang?

Nancy ist dagegen. »Ich finde es schöner, auch die Werbung, die Trailer und den Vorspann zu gucken. Wir können ihn doch auch ein andermal sehen, Ned, oder?«

Aber sicher. Nancy findet mich lustig. Wenn das kein Erfolg ist, dann weiß ich es auch nicht.

»Ich sterbe vor Hunger!« Sie schüttet sich den Rest der Chipstüte in den Mund. »Sollen wir uns vielleicht eine Portion Pommes teilen?«

»Oder jeder bestellt eine? Hey, vielleicht hätte ich bei unserem ersten Date mit dir hierhergehen sollen! Läuft doch viel besser als im Marrocco's.«

»Stimmt. Ins Marrocco's können wir ja immer noch. Bei unserem … fünften Date.«

»Genau.«

Wir sind ein bisschen beschwipst, und zwar nicht nur vom Alkohol. Ich fühle mich unheimlich wohl in Nancys Gesellschaft. Sie ist lustig, selbstironisch, schlau. Ich kann nur hoffen, dass sie das auch von mir denkt. Ich höre ihr gerne zu, auch wenn ich alles gar nicht richtig registriere.

»Das ist doch einfach gut, oder? Von null auf fünftausend Meter, dann jeden Samstag den Park Run am Meer. In der Schule habe ich Laufen gehasst. Hab mir immer eine

Ausrede einfallen lassen, damit ich nicht mitmachen musste. Und jetzt guck mich an! Wenn ich nicht jede Woche meine Zeit verbessere, bin ich sauer. Musst du auch mal versuchen, Ned! Du hast die richtige Figur dafür.«

»Auf jeden Fall. Sehe ich auch so. Figur für was?«

»Fürs Laufen. Du bist so drahtig und muskulös.«

»Bin ich nicht, glaub mir.«

»Um das mit Sicherheit sagen zu können, müsste ich mal unter dein Hemd gucken.«

»Jederzeit!«

Aber nicht heute, entscheiden wir gemeinsam.

»Siehst du doch auch so, oder?« Nancy schaut mir tief in die Augen. »Wir haben ewig gebraucht, um … um das hier hinzukriegen. Das sollten wir nicht kaputt machen, indem wir es überstürzen.«

»Da hast du recht.«

»Außerdem müssen wir morgen früh raus, und ich kann dich meiner Mitbewohnerin nicht ohne jede Vorwarnung präsentieren. Die Hausordnung … O Gott, jetzt greife ich vor, oder? Wie peinlich!«

»Nein, stimmt schon. Wenn wir wirklich, also … wenn was aus uns wird, dann können wir auch warten, finde ich. Das macht das Ganze noch spannender. Dann sind es wie die Tage vor Weihnachten, erst noch fünfmal schlafen, dann viermal, dann dreimal …«

Nancy freut sich, dass ich sie mit Weihnachten vergleiche. Das war kein Gesülze. Ich meinte es ernst.

»Aber wir können trotzdem knutschen.«

»Wäre unverzeihlich, es nicht zu tun.«

Wir küssen uns im Pub, wir küssen uns auf der Straße vor dem Wahaca, wir küssen uns an der Bushaltestelle. Ich fühle mich wie ein Vierzehnjähriger, nur dass ich mit vierzehn nie so rumgeknutscht habe. Nancy gibt mir einen letzten Kuss, und weg ist sie, in der Nummer 7 nach Seven Dials.

Ich winke ihr nach. Ihre Ohrläppchen konnte ich heute nicht küssen, aber das kommt noch.

Am nächsten Tag berufe ich ein überflüssiges Meeting in Worthing ein und erzähle Karen, ich müsste mich dem neuen Team dort vorstellen. Sie verdrückt sich auch oft schon am Freitagnachmittag, um zum Frisör zu gehen. Wir bewahren Stillschweigen darüber.

Ich nehme die Küstenstraße, im Hintergrund die Springsteen-Playlist, und schenke den Kollegen und Kolleginnen in Worthing eine halbe Stunde meiner kostbaren Zeit, schließlich haben sie auf mich gewartet. Mein eigentliches Ziel ist das Einrichtungshaus Dunelm in Shoreham. Und das kann nicht warten.

Als ich von dem Abend mit Nancy nach Hause kam, machte ich mir eine Tasse Tee, legte mich auf die Couch und stellte die Nachrichten an. Ich sah mich um und merkte zum ersten Mal, in was für einem Drecksloch ich wohne. Ein Drecksloch, für das ich selbst verantwortlich bin. Wie kann ich Nancy hierher einladen? Was wird sie von mir denken?

Das klapprige Sofa, die schiefen Bücherregale, der Ketchupfleck auf dem Teppich, die sich vermehrenden Wollmäuse in den Ecken. Irgendwann habe ich die Zeichen des Singledaseins einfach nicht mehr gesehen. So schnell geht das. Ich schreibe sogar »DRECK« in den Staub auf dem Couchtisch, als müsste ich mich daran erinnern.

Die Wohnung war schon nicht besonders schön, als ich sie damals besichtigte, aber nach der Trennung von Tanya und einem Monat auf Andys Schlafcouch war ich nicht sehr wählerisch.

Außerdem war ich so tief in Selbstmitleid versunken, dass mir egal war, wie die Wohnung eingerichtet war. Ich holte mir gebrauchte Möbel bei Emmaus und fühlte mich ein wenig besser in dem Bewusstsein, dass ich mit meiner Knete Obdachlose unterstützte. Die Couch stand irgendwo vor einem Haus, an einer Armlehne hing ein Schild mit der Aufschrift »ZUM MITNEHMEN«. Also nahm ich sie mit und schaffte sie mit Andys Hilfe in die Wohnung, ohne zu viel Tapete zu zerkratzen.

Das Sofa reichte schon. Alles »reichte«. Ich brauchte nichts Besseres. Nur Doras Zimmer bekam eine Vorzugsbehandlung, aber selbst das ist kaum ein Palast. Mit dem bei Tanya und Julian kann es nicht mithalten.

Ich kann aus meiner Bude nicht plötzlich ein erstklassiges Luxusloft zaubern. Das Schlafzimmer muss gestrichen werden, das Badezimmer ist suboptimal. Aber ich kann neue Sachen kaufen: Teppiche, Kissen, ein paar gerahmte Kunstdrucke, einen Lampenschirm fürs Wohnzimmer, neue Handtücher und Bettwäsche für Nancys erste Übernachtung.

Vielleicht fordere ich das Schicksal heraus, und wir sind in Wirklichkeit dazu verdammt, niemals über eine Knutscherei an der Bushaltestelle hinauszukommen. Hoffentlich nicht. Hoffentlich wird Nancy einen wichtigen Platz in meinem Leben einnehmen. Das will ich nicht mit einem gammeligen Duschvorleger vermasseln.

Ich schiebe den riesigen Einkaufswagen durch den Laden und werfe alles rein, was mir gefällt. Ich habe keinen richtigen Plan und keine Ahnung von Farbkonzepten, aber wenn ich mich an Grün- und Blautöne halte, kann ich nicht viel verkehrt machen. Hat Nancy selbst gesagt: Sie ist ein wandelnder Regenbogen. In einer trostlosen Umgebung würde sie sich nicht wohlfühlen.

Es ist Mittwoch, und Andy hat vorgeschlagen, was trinken zu gehen, aber nicht im Anchor, weil wir nicht wieder Schuldgefühle gemacht bekommen wollen, die uns doch zum SPE-Treffen zwingen. Ich finde es gut, dass die Selbsthilfegruppe für Leute wie Meryl und Robin da ist, die sie auf jeden Fall brauchen. Aber für mich ist sie nichts, und ich hoffe, sie wird es auch nie wieder sein. Nancy könnte durchaus mein Erster-Klasse-Fahrschein raus aus dem Singleleben sein. Ja, ich habe eine anbetungswürdige Tochter, und ja, die Beförderung bei der Arbeit hat meinem Ego einen großen Schub gegeben. Doch seit der Trennung von Tanya fühle ich mich leer und bin unzufrieden. Nancy in meinem Leben würde mir wieder einen Sinn geben.

Es hat eine Stunde gedauert, Kissen zu verteilen, Teppiche auszurollen und Bilder aufzuhängen. Es sieht immer noch ein bisschen aus wie ein Scheißhaufen mit Glitzer obendrauf, aber mehr geht nun mal nicht, und das Badezimmer ist deutlich schöner mit neuen Handtüchern, einem flauschigen Duschvorleger und zwei Ylang-Ylang-Kerzen auf dem Wasserkasten. Mein Handy klingelt. Ist Mum gestürzt? Lässt Andy mich sitzen? Findet Nancy doch, dass ich ein Spinner bin, und will unsere Beziehung nicht weiterführen?

»Hi, ich bin's.« Das macht Tanya immer: arrogant davon ausgehen, dass die ganze Welt weiß, wer sie ist.

»Tanya?«

»Ja, natürlich Tanya! Stell dich nicht so blöd an!«

»Ich hab keine Zeit. Bin gleich weg.«

Wie immer seufzt sie genervt. »Du weißt aber schon, dass man ein Mobiltelefon mit nach draußen nehmen kann, oder? Wie der Name schon sagt: Mobil-Telefon. Mit wem triffst du dich? Mit einer von deinen Freundinnen? Gemma mochte ich wirklich gern. Hat sie sich schon daran gewöhnt, dass du im Schlaf redest?«

»Ich treffe mich mit Andy.«

»Ah, mit dem Mann, der die Meinung vertritt, nur Loser seien pünktlich. In dem Fall hast du bestimmt eine Minute deiner kostbaren Zeit für mich übrig, Ned.«

Ich setze mich aufs Sofa und werfe zwei neue Kissen auf den Boden. »Schieß los! Was kann ich für dich tun? Alles okay mit Dora?«

»Der geht's gut. Ich wollte nur sichergehen, dass du das Wochenende nicht vergessen hast.«

»Natürlich nicht. Ich habe schließlich einen Kalender, ja?« Ich kann unmöglich zugeben, dass mir – bis vor zwei Sekunden – entfallen war, dass Dora, Tanya und Julian früh am Samstagmorgen nach Wales aufbrechen, um die Osterwoche mit seinem Bruder und dessen Familie zu verbringen. Ich muss echt mal anfangen, mir solche Sachen aufzuschreiben.

Dora wird mir natürlich fehlen, aber eigentlich könnte das Timing nicht besser sein. Nancy und ich brauchen zwei Tage nur für uns, ohne dass Dora ruft, ihre Füße täten weh oder in ihrem Zimmer wäre eine Spinne.

»Schönen Urlaub wünsche ich euch, Tanya. Grüß Julian und gib Dora einen dicken Kuss von mir. Bis dann!«

Ich tanze praktisch zum Pub. Ein ganzes Wochenende lang kann ich der heiße Ned sein, nicht der Hüter des Rucksacks von Koala & Friends, der Putzer der laufenden Nase und das Publikum der immer gleichen Tanzschritte.

Andy ist schon da, an einem ruhigen Tisch abseits vom Fernseher, außerdem hat er bereits ein Pint für mich geholt. Da stimmt was nicht. Keine Ahnung, was es ist, ich kann nicht den Finger drauf legen. Als er wie immer fragt: »Und, Junge, wie läuft's?«, glaube ich, ich hätte mich geirrt.

»Läuft sehr gut, danke der Nachfrage.«

»Und ich bin mir ziemlich sicher, dass ich den Grund dafür kenne, du raffinierter Lümmel! Nancy. Hat Nick mir erzählt. Gut gemacht, Nedward. Hast du den Sack schon zugemacht?«

»Glaubst du ernsthaft, das würde ich dir erzählen? Junge, du musst manchmal echt ein paar Nummern runterfahren.«

»Zu spät. Der Wind hat sich gedreht, ich muss so bleiben.«

Und dennoch ... Das ist nicht der Andy, den ich kenne und mag. Da fehlt etwas: das Funkeln in den Augen, die Haltung in den Schultern. Ich bedränge ihn nicht. Bohre nicht nach. *Er* muss es *mir* erzählen, wenn was nicht stimmt.

»Und?«, frage ich so locker wie möglich. »Alles gut bei dir?«

Er starrt in den Schaum auf seinem Bier. »Könnte nicht besser sein. Mir geht's Bombe!«

»Mensch, hör auf und sag mir, was los ist! Hat Karen dir wieder einen Einlauf verpasst? Den hast du wahrscheinlich verdient.«

Er trinkt einen großen Schluck Bier und scheint in sich zusammenzusacken. »Du glaubst es nicht, Ned, aber ich bin Vater. Habe ich letzte Woche erfahren. Ich habe einen dreiundzwanzigjährigen Sohn namens Aaron. Ich habe mich schon oft gefragt, ob ich vielleicht ein Kind habe, aber ich wusste nie, wie ich das herausfinden soll. Wollte ich vielleicht auch nicht.«

Ich bin schockiert. »Ah, dann gehörst du jetzt auch zu den partnerlosen Eltern. Vielleicht ist die SPE heute Abend doch das Richtige für dich.« Der Versuch, einen Witz zu machen, ist unsensibel und dumm, wie ich zu spät merke.

Er funkelt mich böse an. Ich habe es verdient. Männer sind scheiße bei so wichtigen Themen. Das muss ich besser hinkriegen. »Erzähl, Andy! Vielleicht hilft's, es dir von der Seele zu reden.«

»Gillian. Meine erste Freundin. Eine Zeitlang war es ziemlich ernst mit uns. Meine Mutter dachte, wir würden heiraten. Aber das war das Letzte, was Gill wollte. Selbst als sie schwanger wurde, meinte sie, wir wären zu jung, um uns aneinanderzubinden. Deshalb ließ sie abtreiben. Also, sagte sie jedenfalls, aber jetzt bin ich schlauer. Vielleicht hat sie kalte Füße bekommen. Oder sie wollte das Kind und dachte, ich nicht.«

»Wolltest du denn?«

»Nein. Damals nicht. Hey, niemals! Ich war neunzehn! Auf so was war ich nicht eingestellt. Aber vielleicht wäre es gut für mich gewesen. Wer weiß, wie mein Leben sich entwickelt hätte, wenn wir zusammengeblieben wären, ihn gemeinsam großgezogen hätten. Den Sohn.«

»Aaron. Wie hast du's erfahren?«

Er zieht einen gefalteten Briefumschlag aus der Tasche, hat dann aber Bedenken, ihn mir zu zeigen, und steckt ihn wieder ein. »Vor ein paar Jahren hat er wohl mal angefangen zu recherchieren und mich gefunden. Es gibt massenweise Andrew Muirs, aber nur einen Andrew Christopher Winston Muir. Ich hab doch immer gesagt, ich bin einmalig, oder? Egal, er hat gewartet, bis sein Vater – also, sein Stiefvater – tot war, und dann noch etwas länger, bis er das Gefühl hatte, die Zeit sei reif, um Kontakt zu mir aufzunehmen und mich zu fragen, ob ich ihn kennenlernen will.«

»Und?«

»Ja und nein. Ich bin neugierig. Logisch. Aber was hat er davon? Einen Nachmittag mit *mir*! Das kann ich dem armen Kerl doch nicht antun, nach all der Zeit!«

Diesen Andy kenne ich nicht. Er war nie selbstkritisch oder streng mit sich. Ich habe immer vermutet, dass sich hinter seiner großen Schnauze eine verletzliche Seele verbirgt. Mir war nur nicht klar, dass sie so dicht unter der Oberfläche lauert.

»Was machst du jetzt? Wie reagierst du? Aaron hat eine Antwort verdient.«

Er trinkt sein Bier aus und gibt mir das leere Glas. »Ich mache einen auf Vogel Strauß und stecke den Kopf in den Sand. Wir sind bis jetzt klargekommen. Eine Woche oder ein Monat mehr wird nicht schaden. Oder ein Jahr.«

Andy ist mein Freund. Er muss wissen, dass man das auch anders sehen kann. »Oder du triffst ihn so schnell wie möglich. Um die verlorene Zeit aufzuholen. Kannst du doch auch mal überlegen.«

Er nickt, in Gedanken versunken. »So. Fertig. Hab ich überlegt. Ich bleibe bei Plan A, wenn es dich nicht stört, tut's aber nicht, oder? Hey, ich hab Bock auf einen Jack Daniels, ohne Wasser und Eis. Bestell dir auch einen, Nedward. Du zahlst.«

Meine Bemühungen, die Wohnung aufzuhübschen, waren etwas verfrüht. Es ist Freitagabend, und ich bin zum Essen bei Nancy eingeladen. Ihre Mitbewohnerin Melanie ist das Wochenende über unterwegs. Die Sterne stehen günstig und, wenn alles nach Plan verläuft, werden wir in Kürze »den Sack zumachen«.

Ich habe öfter darüber nachgedacht, dass Andy einen Sohn hat. Ich will ihm sagen, dass er Aaron zurückschreiben oder zumindest den Erhalt des Briefes bestätigen soll. Selbst mit dreiundzwanzig – weiß Gott, selbst mit siebenunddreißig – fühlen wir uns wie Kinder, wenn wir abgewiesen oder ignoriert werden. Aber Andy hat ein dickes Fell wie ein Nashorn und lässt sich von nichts überzeugen, was er nicht will. Ich lasse ihn in Ruhe über die Vor- und Nachteile nachdenken: Was ist besser? Vater sein oder allein sein?

Aus meiner Sicht kenne ich die Antwort. Die Trennung von Tanya war furchtbar. Es war, als hätte ich versagt. Ich sah keinen Sinn mehr im Leben. Trotzdem hatte ich eine wichtige Aufgabe, und die bleibt mir mein ganzes Leben lang erhalten. Ich bin Doras Vater, selbst wenn sie so altklug ist, wie man nur sein kann.

Ja, zum einen ist es das Wissen, dass meine Gene mit meinem Tod nicht weg sind von der Erde. Aber es ist noch viel mehr. Das kleine Menschenwesen ist ein Teil von mir und hängt von mir ab. Egal, was passiert, ich werde immer Doras Dad sein und sie immer mein kleines Mädchen, selbst wenn sie selbst mal Kinder in die Welt setzt.

Aaron hat einen Stiefvater, der die Rolle übernahm, als Andy nicht da war. Hat es Aaron geschadet, dass sein leiblicher Vater nicht da war? Wahrscheinlich nicht. Tatsächlich tut mir eher Andy leid. Er war damals zu jung, um die Verantwortung des Elternseins auf sich zu nehmen, aber er hat so viel verpasst. Ich hoffe ebenso für ihn wie für Aaron, dass er entscheidet, sich bei seinem Sohn zu melden. Die Lebensqualität von beiden würde sich verbessern, wenn sie so schnell wie möglich ihre Vater-Sohn-Beziehung aufnähmen.

Aus einer Laune heraus habe ich mir den Tag freigenommen. Ich überlege, mich bei Gemma zu melden. Vielleicht hat sie ja Frühschicht im Pflegeheim und Lust auf ein gemeinsames Mittagessen. Doch ich rede es mir aus. Ich habe das Gefühl, sie beim letzten Mal ein bisschen verärgert zu haben. Aber ihr nicht zu sagen, dass es für Tanyas Gartenparty einen Dresscode gibt, war ja wohl kaum das Verbrechen des Jahrhunderts. Und letztlich passte sie ja genau rein, während ich rumlief wie ein Zirkusclown.

Ich hätte ihr sagen sollen, dass ich sie erst in letzter Minute eingeladen habe, weil Nancy nicht konnte. Dann hätte sie nicht so überreagiert, als es rauskam. Es hat ihr ja gut gefallen, alle mochten sie, besonders Tanya und Julian – warum also dieser hysterische Anfall anschließend?

In ein, zwei Tagen ruf ich mal bei ihr an. Ich möchte wissen, wie's ihr geht. Ich habe sie gern um mich herum, mag ihre Art, ihr Lachen. Ich habe sie gern in meinem Leben. Ich rufe sie auf jeden Fall mal an. Bald.

Fürs Erste genieße ich meine Freiheit, koste diese herrliche Stadt so richtig aus, den freien Freitag, an dem ich nur ich sein darf. Yeah!

Zum Frühstück mache ich mir Pfannkuchen mit weißen Bohnen in Tomatensoße, das mochte ich schon als kleiner Junge. Ich nehme den Teller mit ins Bett. Nachdem ich aufgegessen habe, lecke ich ihn ab, um nichts von der Soße zu verschenken – das kann ich in Doras Gegenwart nicht machen –, dann gönne ich mir noch mal zusätzliche zehn Minuten Dösen. Wer soll was dagegen sagen? Niemand! Genau.

Erst drei Stunden später wache ich auf, aber das stört mich nicht. Habe immer noch den Nachmittag für mich, bevor ich zu Nancy fahre. Was nun? Angeregt durch ihre positive Energie, beschließe ich, laufen zu gehen: runter ans Meer, gen Osten am Wasser entlang bis zu Fatboy's Café, dann über den Wish Park zurück nach Hause. Wie schwer kann das schon sein?

Ich finde ein paar Sachen, die als Sportklamotten durchgehen: eine zerknitterte kurze Hose, mein T-Shirt von den Olympischen Spielen 2012 und Turnschuhe, in denen ich noch nicht mal hinterm Bus hergelaufen bin. In meinem Handy starte ich den Schrittzähler und drücke mir die Kopfhörer mit einem anregenden Läufer-Soundtrack rein. Jetzt komme ich, Mo Farah!

Leider rutschen mir die Socken immer wieder hinten in die Schuhe, wodurch zwei hässliche Blasen entstehen. Ich schaffe es nur bis zum Meer, dann muss ich aufhören und nach Hause humpeln. Nächstes Mal bessere Socken. Ich bin angeschlagen, aber noch unbesiegt.

Zwei Netflixfilme und eine zweite Runde Pfannkuchen mit Bohnen später überlege ich, was ich zu Nancy mitnehmen soll: Wein? Zahnbürste? Kondome? Da schickt sie mir eine WhatsApp.

»Grrr! Mitbewohnerin hat Magen-Darm und bleibt doch am WE hier. Kann ich zu dir kommen? Bringe Essen mit, wir kochen bei dir, okay? xxx N.«

Ohne richtig nachzudenken erwidere ich: »Kein Ding. Brauchst das Essen aber nicht mitschleppen. Ich koche hier. Bis halb acht, plus/minus. xxx N.«

Okay. Ich könnte Pizza bestellen oder was beim Chinesen, ich könnte mein Leibgericht machen, Spaghetti bolognese, aber ich erinnere mich, dass Tanya mal gesagt hat, jeder Mann, der nicht kochen kann, macht Spaghetti bolognese. Dann besser Makkaroni mit Käse. Das ist auch nur Pasta mit einer beigen Soße statt einer roten.

Ich flitze zu Sainsbury's und hole alles, was ich brauche: Makkaroni, Käsesoße, Salat, Knoblauchbrot, Wein, Oliven, Trifle zum Nachtisch. (Gibt es Leute, die keinen Trifle mögen? Besonders, wenn es dazu Sprühsahne und Mousse au chocolat gibt?)

Aber die Wohnung … Auch wenn jetzt alberne Ylang-Ylang-Kerzen auf dem Wasserkasten im Bad stehen, ist die Bude ein Drecksloch: Pfannen vom Frühstück und Mittagessen »weichen« in der Spüle ein, meine Laufsachen liegen in einer Schweißpfütze im Wohnzimmer, wo ich sie ausgezogen habe.

Innerhalb einer Stunde gelingt es mir, mehr aufzuräumen und zu putzen als in den letzten sechs Monaten. Wenn Nancy regelmäßig zu Besuch kommen sollte, muss ich aufpassen, dass sich kein Müll mehr ansammelt. Vielleicht suche ich mir eine Putzfrau. Damit würde ich einem Menschen Arbeit geben, die Hygiene meiner Umgebung verbessern und müsste nie wieder den dreckigen Teil des Klos schrubben.

Als es klingelt, kühlt der Wein in dem Eimer, mit dem ich den Boden gewischt habe. Die Oliven sind in einem Schälchen, das Dora persönlich angemalt hat, und die Nudeln überbacken im Ofen. Ich habe sogar die große hässliche Obstschale aus Kristall gewaschen, in der die Schlüssel, abgefallenen Knöpfe und der Schlüssel fürs Entlüften der Heizung liegen, um darin Salat zu servieren. Ich trage mein zweites Hemd von TK Maxx – das von Pierre St Pierre, oder so ähnlich – und eine saubere Jeans. Ich bin verdammt zufrieden mit mir.

Nancy ist wirklich ein wandelnder Regenbogen. Es ist, als würde sie eine Technicolor-App in meiner Wohnung installieren, einfach indem sie hereinkommt. Ihre Haare sind jetzt bräunlich-lila, und sie trägt eine superweite Latzhose aus Leinen in Senfgelb. Ihre Sandalen passen zu ihren Haaren, die Zehennägel glänzen metallisch blau und erinnern mich an den alten Ford Cortina meines Großvaters. Ich wäre so stolz gewesen, wenn sie in dem Aufzug zu Tanya und Julians Party gekommen wäre: zwei Zirkusclowns gegen den Rest der Welt.

Nancy drückt mir ein in Alufolie gewickeltes Päckchen in die Hände. »Ich habe Käsestangen gemacht und wollte sie nicht Melanie dalassen. Du hast nicht zufällig auch welche gebacken, oder?«

Ich schüttele den Kopf wie ein Idiot. Ich bin schlichtweg überwältigt von ihr.

Sie lässt sich auf die Couch fallen und sieht sich um. »Ooh, das ist sehr …«

»Düster? Schmuddelig? Junggesellenmäßig?«

»Das wollte ich gar nicht sagen. Obwohl, doch, junggesellenmäßig passt schon. Aber du bist schließlich ein Junggeselle, oder? Ich habe nicht mit Duftpotpourris und Spitzendeckchen gerechnet.«

»Potpourris und Spitzendeckchen? Ist das schon wieder 'ne neue Band?«

»Hört sich für mich eher wie ein Teeladen an«, gibt sie grinsend zurück. Sie genießt unseren Insiderwitz. »Los, wir eröffnen einen in den Cotswolds! Ich backe Käsestangen. Was machst du?«

»Ich esse sie.« Ich bin bereits bei der zweiten. Sie sind köstlich. Zart, leicht scharf, schmecken nach mehr. So wie die Frau, die sie gebacken hat.

Der Wein atmet bereits seit einer Stunde, ein Glas fehlt schon aus der Flasche, weil ich mir nach dem Duschen eins genehmigt habe, um mir Mut anzutrinken. Ich würde gerne einen Trinkspruch anbringen, aber ich will nicht wie ein Idiot dastehen. Schön den Ball flach halten, Ned. Wir sind nur zwei Singles, die sich zum Makkaroniessen treffen.

Nancy beugt sich vor, steckt sich eine Olive in den Mund und stößt ihr Glas gegen meins. »Wir haben's geschafft. Hierher. Ich für meinen Teil bin echt froh. Auf … aufs Essen, auf den Pinot Noir und eine schöne Zeit.«

Natürlich kommen wir nicht zum Essen. Erst nach Mitternacht. Nach der ersten übereilten Turnübung auf der Couch ziehen wir ins Schlafzimmer um und probieren den neuen Bettbezug aus, der noch die parallelen Falten aus der Verpackung hat. Hoffentlich habe ich alle Nadeln entfernt. Ach, Quatsch, die stecken doch nur in Hemden.

Ich muss mich beruhigen. Das hier ist keine kurze Nummer mit meiner Chefin. Das ist Nancy. Nancy könnte meine Zukunft sein. Ich muss die Ruhe bewahren. Doch als wir uns streicheln und den Körper des anderen erkunden, macht mich die Tragweite der ganzen Geschichte unsicher und zittrig. Ich ermahne mich, dass ich das besser kann. Tanya hat sich ja wohl nie beschwert, oder? Jedenfalls nicht am Anfang. Plötzlich habe ich ihre Stimme im Kopf: »Verdammt nochmal, Ned! Jetzt mach einfach, ja? Mir schläft das Bein ein!«

Zum Glück übernimmt Nancy die Kontrolle. Als Erstes sagt sie: »Brennt da was an? Es riecht so komisch.«

Scheiße! Die Nudeln. Splitterfasernackt zische ich in die Küche und reiße den Backofen auf. Die Nudeln sind fast schwarz. Ich kratze das Verbrannte ab, der Rest ist essbar.

Ich stolpere zurück ins Bett, froh, das Abendessen gerettet zu haben. Der anschließende Sex ist hervorragend, wirklich sehr, sehr gut. Ich klopfe mir metaphorisch auf die Schulter. Ich habe nicht versagt und Nancy nicht enttäuscht. Wir passen gut zusammen, das konnte man spüren.

Wir bleiben im Bett, meine albernen neuen Zierkissen im Rücken, und essen kalte Nudeln mit Käsesoße. Liegt das am Sex, oder ist es die beste Mahlzeit, die ich je gekocht habe? Nancy holt uns Nachschlag, also muss es ihr genauso gut schmecken. Wir haben ganz schön Appetit.

Ich betrachte sie, als sie mit den Tellern zurückkommt. Sie hat kleine Brüste, schmale Hüften, rötlich goldenes Schamhaar und ein Maori-Tattoo am linken Oberschenkel. Sie ist perfekt, einfach nur vollkommen. Wir setzen uns im Schneidersitz hin und essen. »Schneidersitz« könnte peinlich und unangenehm sein, wenn man zum ersten Mal in Gegenwart eines anderen nackt ist. Doch ich fühle mich völlig normal und locker.

»Das ist gut«, sagt Nancy mit vollem Mund.

»Die Soße könnte mehr nach Käse schmecken.«

Sie stößt mich neckisch an. »Das hier. Wir. *Das* ist gut.«

»Ja, stimmt.«

Wir haben keinen Platz mehr für den Nachtisch, also ist schon was fürs Frühstück da. Ich gebe Nancy mein Pulp-T-Shirt zum Schlafen, sie sieht total sexy darin aus. Ihr Schnarchen ist niedlich, wie ein kleiner Igel. Ich atme im Gleichtakt mit ihr. Sie hat einen langsameren Rhythmus, atmet tiefer ein und aus.

Seit wann atme ich so schnell? Vor Stress? Aus Angst? Nancy wird mich beruhigen. Wir können im Einklang atmen. Das fühlt sich gut an.

Als ich aufwache, riecht es nach Toast und etwas Bratendem. Nancy liegt nicht im Bett.

»Sind Eier mit Schinken okay für dich?«, fragt sie am Herd. Sie trägt meine mottenzerfressene Strickjacke.

»Ich hab keinen Schinken da. Soll ich welchen holen?«

Sie wackelt mit einer Büchse. Die muss ich schon beim Einzug gekauft haben. »Du machst die zweite Runde Toast, ich koche Kaffee.«

Nancys Frühstück ist perfekt, besser war nur das Essen in der Nacht. Wir brauchen den Trifle immer noch nicht. So wie sie meiner schäbigsten Strickjacke neues Leben eingehaucht hat, hat sie den Inhalt meiner Küche erkundet und ein Frühstück zusammengestellt, das ich mir auch hätte machen können, aber nie gemacht habe.

Wir bekommen die zweite Luft und ziehen uns noch mal ins Bett zurück. Nächstes Wochenende ist Dora da, deshalb muss ich meine Zeit mit Nancy so gut wie möglich auskosten. Wenn überhaupt, ist der Sex noch besser als in der Nacht. Jetzt kennen wir den Körper des anderen und wissen, was er mag. Außerdem haben wir es nicht eilig, wir lassen uns Zeit, bis wir so weit sind. Wir kommen gemeinsam. Ich glaube nicht, dass sie mir was vorspielt. Es fühlt sich so echt an. Dann klingelt mein verdammtes Handy.

»Lass die Mailbox anspringen«, murmelt Nancy, ihre Haare ein verschwitztes Fragezeichen auf der Stirn.

»Okay. Nein. Und wenn was mit Dora ist?«

Ich finde das Handy auf der Couch und gehe dran, bevor die Mailbox anspringt. Es ist Gemma. Ob sie zu einem schlechten Zeitpunkt anrufe, fragt sie. Tja, leider schon. Aber das kann ich nicht sagen. Gemma braucht nicht zu wissen, dass Nancy in meinem Bett ist, in meinem Leben.

»Kelvin hat eine Eins für sein Referat über Dampfzüge bekommen«, sagt Gemma. Das ist also der Grund für ihren Anruf. »Danke noch mal für deine Hilfe. Das ist echt gut für sein Selbstbewusstsein.«

Das ist wirklich eine gute Nachricht. Er ist ein toller Kerl.

»Wirklich? Hey, das ist toll! Sag ihm, das hat er gut gemacht. Hör mal, Gemma, tut mir leid, aber gerade ist es nicht ganz so günstig, ja? Kann ich mich später noch mal melden?«

Es ist nicht gerade hilfreich, dass Nancy in dem Moment aus dem Schlafzimmer ruft: »Hey, Ned! Wir sind noch nicht fertig.«

Bevor ich erklären kann, dass ich Besuch habe, wünscht Gemma mir ein schönes Wochenende und legt auf. Ich bin erleichtert, dass sie nicht mehr sauer auf mich ist wegen der Party. Ihr Anruf war eine Art Olivenzweig. Ich hätte ihr mehr Fragen zu Kelvin und seinem Projekt stellen sollen, aber das Timing war nicht gut, obwohl das ja kein Problem sein dürfte. Wir sind beide erwachsen. Wir sind beide sexuelle Wesen mit Bedürfnissen.

Und in diesem Moment brauche ich Nancy. Mit baumelndem Gemächt flitze ich zurück ins Schlafzimmer und springe aufs Bett. Sie kichert fröhlich, und wir machen da weiter, wo wir aufgehört haben.

20

Gemma

Meine neue Gartenbank trocknet nach der zweiten Schicht dunklem Kiefernholzlack, deshalb setzen Dan und ich uns auf die Gartentreppe, trinken einen Kaffee und essen ein Käsesandwich. Seit Joe und ich dieses Haus vor acht Jahren gekauft haben, sitze ich gerne hier – zum Lesen, Tagträumen, Quatschen, Teetrinken. Klar, es nervt, wenn einer vorbeiwill, und okay, es ist nicht so gemütlich wie ein richtiger Stuhl. Aber um ehrlich zu sein hat mich das nie gestört.

Deshalb kann ich Dan kaum erzählen, dass ich keine kaputte alte Bank brauche, die er auf einem Schrottplatz in Shoreham gefunden und die letzten beiden Wochenenden aufgearbeitet hat: abgeschliffen, den Holzlack ausgewählt und aufgetragen, sogar einen neuen Beistelltisch aus einer alten Bahnschwelle hat er dazu gemacht.

»Geschenkter Gaul«, sage ich mir. In einem Monat wirst du dich fragen, wie du jemals ohne eine richtige Gartenbank klarkommen konntest, du undankbare Zicke. Außerdem will ich Dan nicht vor den Kopf stoßen. Es ist der gute Wille, der zählt, und er ist der fürsorglichste Mann, den ich je kennengelernt habe.

»Wenn du wählen könntest, ob du bis zum Rest deines Lebens Sandwiches mit Käse oder mit Wurst essen müsstest, was würdest du nehmen?« So was fragt Dan oft: Kit-Kat oder Aero, *Line of Duty* oder *Luther*, duschen oder baden?

»Beides. Aber am liebsten mag ich Piccalilli-Soße.«

»Ich würde Käse nehmen. Weil man ihn auch auf Toast oder Pasta oder Ofenkartoffeln essen könnte. Würstchen sind nicht so wandelbar.«

»Du bist verrückt, Dan Robertson.«

»Du bist nicht die Erste, die das sagt.« Er drückt mir einen Kuss auf den Scheitel, schiebt sich das letzte Stück Sandwich in den Mund und hievt sich hoch, um die Beine der Bank zu lackieren.

Ich gehe ins Haus, um Essen zu kochen. Auf einen Unbeteiligten müssen wir wie ein altmodisches, traditionelles Pärchen wirken: Mann streicht Bank, Frau kocht Essen. Vielleicht waren wir deshalb sofort wie ein eingespieltes Paar, als wir zusammenkamen.

Allerdings kocht Dan auch ein echt geiles Lammcurry mit allen Beilagen, und als ich letztes Wochenende ein paar Regale im Flur aufgebaut habe, habe ich ihm verboten, mir zu helfen. Ja, sie wackelten leicht, und ja, er musste die Schrauben nachziehen, aber mir war es wichtig, das allein zu schaffen.

Die letzten beiden Wochen waren wunderbar. Mein Leben hat sich verändert, insbesondere meine Wochenenden. Kelvin geht am Freitagnachmittag zu Joe, und eine Stunde später taucht Dan bei mir auf. Wenn er mal nicht vorbeikommt und mich abholt, fahre ich zu ihm nach Portslade, quasi die gesamte Fahrstrecke der Linie 49. Wir hatten sogar sechs ganze Tage für uns, weil Joe und Vicky mit Amelie und Kel in den Osterferien in einen Center Park im Sherwood Forest gefahren sind.

Der Ausflug nach Hastings war der entscheidende Wendepunkt. Tatsächlich musste Dan das Sideboard gar nicht zu seinem Freund fahren; er suchte nur einen Grund, um einen

Tag mit mir zu verbringen. Es hätte nicht schöner sein können: gutes Wetter, Pommes am Wasser, ein Spaziergang an den kleinen Boutiquen vorbei, wo ich mir ein Strandkleid kaufte, eine Fahrt mit der Standseilbahn bis hoch über die Stadt. Kelvin wäre begeistert gewesen.

Wir haben auch ein bisschen geknutscht. Sogar ziemlich viel. Das soll jetzt nicht eingebildet klingen, aber ich habe schon gemerkt, wie viel das Dan alles bedeutete. Zwischendurch strich er mir immer wieder über den Arm oder lächelte mich an, wenn ich ein Eis aß.

»Warum haben wir das damals nicht gemacht?«, fragte er, als wir oben auf dem Hügel im Gras saßen.

»Weißt du doch. Ich war mit Joe zusammen, und du hattest was mit – wer war das noch mal? – Emma Maitland?«

»Das war doch nach fünf Minuten wieder vorbei! Ich wollte nichts von Emma, ich wollte was von dir!«

»Was lange währt, wird endlich gut.«

Auch wenn wir es nicht erwarten konnten, mussten wir uns an dem Tag zurückhalten, weil ich zurück nach Brighton musste, um Kelvin abzuholen. Aber am nächsten Wochenende war es dann so weit. Ich kam zu Dans legendärem Lammcurry und blieb bis zum Rührei. Er war wunderbar im Bett. Nicht so großspurig und drängend wie Joe, sondern zärtlich, rücksichtsvoll und lieb. Ich kannte bis dahin nur Sex mit Joe; Zeit, mal was anderes auszuprobieren.

Wenn ich ehrlich bin, würde ich sagen, eine Kombi von Dan und Joe wäre perfekt: großspurig *und* rücksichtsvoll, drängend *und* lieb. Aber es ist ja noch früh am Tag, wir lernen uns gerade mal näher kennen. Beide waren wir jahrelang mit anderen Partnern zusammen. Wir sind jetzt älter und klüger und wissen, was uns im Bett gefällt.

Die Gartenbank ist Dans neuestes Projekt. Zuvor hat er das kaputte Geländer repariert, und als er nach der ersten Übernachtung bei mir etwas suchte, worauf er seine Uhr und sein Handy ablegen konnte, brachte er zwei Nachttische aus den Fünfzigern mit, die er liebevoll restauriert hatte. Er hat wirklich ein Auge für so was.

»Ich kann dir nichts dafür geben«, sagte ich, nachdem er die Nachttische nach oben geschleppt und rechts und links neben dem Bett aufgestellt hatte.

»Doch, Gemma, tust du doch.«

Bei der Nummer zogen wir uns noch nicht mal aus. Wir hatten es viel zu eilig. Ich weiß, dass es ihm nicht um den Sex geht. Dan sieht gut aus, Sex kann er überall haben. Ich gebe ihm »uns«, nach so langer Zeit. Jetzt hat er, was er immer schon wollte, und das ist ein bisschen gruselig. Was ist, wenn er merkt, dass sich das Warten auf mich doch nicht gelohnt hat? Dass ich doch nicht so toll bin?

Die Enttäuschung wäre für uns beide zu viel.

Sonntag sollte ein Tag der Ruhe sein. Die Bank ist fertig, das Rindfleisch im Ofen, das Gemüse geputzt. Dan lockt mich zurück ins Bett, und es ist gut, aber nicht super. Ach, auch bei Joe gab es weiß Gott Zeiten, als er wie ein Tornado kam und ich einfach dalag und an *Let's Dance* dachte. Bei Frauen muss man auf andere Knöpfe drücken. Haben wir selbst oft genug gemacht. Wir wissen, was einen Funken auslöst.

Ich dachte, nach fast einem Monat wüsste Dan das auch. Diesmal aber nicht. Ich liege da und frage mich, ob Lauch und Möhren ausreichen oder ob ich noch Tiefkühlerbsen dazutun soll. Auf mir liegt ein umwerfender Mann, und ich denke an Gemüse.

Aber es ist in Ordnung. Ich sage nichts dazu. Dan himmelt mich so an, ich will ihn nicht enttäuschen. Sei nicht so negativ und wählerisch, sage ich mir wieder. Genieß es, dass er dich liebt.

Stattdessen fange ich beim Abwaschen Streit an.

»Die Soße war doch klumpig«, sage ich beim Abtrocknen der Gabeln. »Lieb von dir, so zu tun, als wäre sie okay gewesen. War sie aber nicht.«

»Die Soße war super! Nichts für ungut, meine ist zäh wie Teppichkleister, also was weiß ich schon?«

»Genau. Hör zu, das stört mich nicht. Eine klumpige Soße ist kein Weltuntergang. Ist ja niemand gestorben. Und die Bratkartoffeln waren perfekt.«

»Auf jeden Fall.«

»Aber ich bin keine Sterneköchin. Ich will nicht, dass du mich auf ein Soßenpodest stellst.« So drücke ich mich tatsächlich aus. Au weia!

Und weil es lustig ist, lacht er. Wieso auch nicht? Ich höre mich albern an.

Dan legt den letzten Topf aufs Abtropfgitter und trocknet sich die Hände an der Jeans ab. Dann nimmt er mir die nasse Bratenform ab, legt sie weg und schlingt die Arme um mich.

»Gemma O'Hara, ich würde dich niemals auf ein Soßenpodest oder irgendein anderes Podest stellen. Großes Indianerehrenwort.«

Ich müsste lachen und die Umarmung erwidern. Ich müsste stumm akzeptieren, dass ich wie der letzte Spinner klinge. Aber nein, ich muss mich noch tiefer in das riesengroße Loch buddeln, das ich mir gegraben habe.

»Bevormunde mich nicht, Dan, das kann ich dir nur raten!«

Schnaubend marschiere ich in den Garten und setze mich mit einem beleidigten Plumps auf die Bank, deren Anstrich zum Glück getrocknet ist. Dan hat mir nichts getan, trotzdem fühle ich mich eingeengt, erstickt. Klappt das wirklich, das mit ihm und mir? Ich weiß es nicht.

Er lässt mich fünf Minuten in Ruhe, dann kommt er mit einem Tee nach draußen. »Guck mal, deine Lieblingstasse!«, sagt er. »Hab aber vorher reingespuckt.«

Ich lache so laut, dass sich die Nachbarkatze erschreckt. Dan lacht auch, froh, dass sein Spruch mich von meinem Soßenpodest herunterholt.

»Die war echt leicht klumpig.« Er legt einen Arm um mich. »Ich hätte dir recht geben sollen. Aber dann hätte ich einen drüber bekommen, weil ich zu kritisch bin.«

»Ich muss mich wirklich wieder neu an das Leben in einer Beziehung gewöhnen. Sei ein bisschen nachsichtig mit mir, ja?«

»So viel du willst.«

Eine Weile sitzen wir schweigend da. Dan streichelt meine Hand und spielt mit meinen Fingern. Ich mag meine neue Bank. Ich mag Dan.

»Okay«, sage ich und stehe zielstrebig auf. »Ich muss Kelvin abholen. Dann kannst du meinen Sohn kennenlernen. Ist das okay für dich?«

Dan nickt. Ich habe die beiden nicht absichtlich voneinander ferngehalten, es kam nur mit dem Betreuungsturnus nicht anders hin. Ich will, dass sie sich kennenlernen. Wenn Kelvin mit Dan nur halb so gut auskommt wie mit Ned, ist alles geritzt.

Ich denke darüber nach, wie sich Ned und Nancys Beziehung wohl entwickelt. Ob er *sie* wohl auf ein Soßenpodest stellt? Ist sie die Richtige? Ned ist vielleicht nicht besonders lebensklug, aber er ist nicht dumm. Er würde sich nicht mit Nancy begnügen, nur damit er nicht mehr Single ist.

Mache ich das? Ist Dan für mich nur der Weg aus dem Singleleben und der Schutzschild gegen weitere Avancen von Joe? Begnüge ich mich mit ihm?

»Dann komm«, sagt Dan. »Kelvin wartet.«

Dan überlegt, ob er im Auto warten soll. Er hat Joe seit Jahren nicht gesehen und kein Problem damit. Mich stört das auch nicht, seit ich mit ihm zusammen bin. Heute bin ich anders drauf. Heute bin ich der Meinung, sie sollten sich wiedersehen und kurz darüber sprechen, damit es kein Thema wird.

Es ist ja auch wirklich kein Thema. Sie waren früher mal Kumpel, vor langer Zeit, haben sich aber aus den Augen verloren. Joe ist mein Ex. Dan ist mein Freund. Kein Ding.

»Komm mit mir zur Tür«, schlage ich Dan vor. »Ich schätze, Joe würde gerne mal Hallo sagen.«

»Wirklich?«

»Am Anfang ist es vielleicht etwas komisch. Aber er hat doch mit allem abgeschlossen, oder? Er hat jetzt Vicky. Und ich habe das Kapitel auch hinter mir. Ich habe dich. Das schaffen wir, Dan.«

»O-kay …« Er klingt nicht überzeugt.

Zufälligerweise ist Joe in der Einfahrt und saugt seine Autopolster. Dreck an den Schuhen hat ihn nie gestört, aber die Polster müssen supersauber sein.

»Hi, Joe! Du hast da was übersehen«, sage ich grinsend. Das ist ein alberner Insiderwitz zwischen uns. Kann mich nicht mal erinnern, wie er entstanden ist. Wahrscheinlich nicht der beste Zeitpunkt, um ihn zu bringen.

Joes Kopf taucht auf, er stellt den Staubsauger ab. Er zieht ein Gesicht, das zur Situation »Die Ex begrüßen« passt, doch als er Dan erkennt, ändert sich seine Miene.

»Ich glaub's nicht! Dödel-Danny? Er ist es wirklich!«

Dan lässt sich nicht aus der Fassung bringen. »Du hast dich kein bisschen verändert. Nur die Haare. Damals gab's dich nicht ohne Vokuhila, wenn ich mich recht erinnere.«

Joe tätschelt seinen Bauch. »Tja, hab ein paar Pfund zu viel drauf, die runtermüssen. Was führt dich hierher, Kumpel?«

»Ich«, unterbreche ich die große Verbrüderungsszene. »Oder besser gesagt: Dan hat mich hergefahren. Er wollte Hallo sagen und freut sich darauf, Kelvin kennenzulernen.«

Die Rädchen in Joes Kopf fangen langsam an, sich zu drehen. Irgendwann macht es Klick. Ich kann ihm nicht verübeln, dass es so lange dauert. Wie soll er auch auf die Idee kommen, dass sein alter Kumpel mein neuer Freund ist?

»Soll das heißen, ihr zwei … ihr seid zusammen? Wow, da hast du dich ja ganz schön bedeckt gehalten, Gem.«

»Ungefähr so wie du, als du mit Vicky ›zusammenkamst‹.«

Die Anspannung wächst, dank mir, und schnell legt Dan einen anderen Gang ein. »Schicker Schlitten, Joe! Bei dir muss es ja laufen. Was anderes als meine alte Rostlaube.«

»Ja, läuft wirklich gut, doch. Ich mache immer noch Heizung und Sanitär, aber jetzt zusammen mit einem Kumpel. Wir haben 'ne gemeinsame Firma. Drei Angestellte, von daher, doch, läuft gut. Und wir wohnen hier gerne. Vicky, ich und die Kleine. Ja, alles gut.«

Es folgt befangenes Schweigen, und Joe starrt Dan trotz seines lockeren Geplauders lange an. Wir bringen ihn definitiv aus der Ruhe, auch wenn er das niemals zugeben würde.

»Wir müssen so langsam los, Gemma.« Dan spürt, dass wir hier durch sind. »Ich muss noch das wacklige Fenster bei dir reparieren.«

Ich nicke und schenke ihm mein verliebtestes Lächeln. »Okay. Ähm, Joe, kann ich meinen Sohn wiederhaben?«

Joe geht ins Haus, um Kelvin zu holen. Das lief echt super, genau so, wie ich es mir erhofft hatte. Joe hat auf jeden Fall schwer damit zu kämpfen, dass ich mit Dan zusammen bin. Gut so.

»Alles in Ordnung?«, frage ich Dan.

»Könnte nicht besser sein.« Er küsst mich auf die Stirn. »Hatte vergessen, was für ein Macho er ist.«

»Was für ein Macho er zu sein glaubt. Das ist alles nur Fassade. Besonders der Bierbauch.«

Kelvin kommt raus, gefolgt von Joe und Vicky, die die verschlafene Amelie auf dem Arm hat.

»Wow!«, staune ich. »Wie groß sie seit dem letzten Mal geworden ist!«

Vicky strahlt. Joe runzelt die Stirn. Kelvin stößt mit der Schuhspitze in den Schotter der Auffahrt.

»Freut mich, dich kennenzulernen, Kelvin!« Dan hält meinem Sohn die Hand hin.

Jetzt ist Kelvin derjenige, der entnervt ist: Mums neuer Freund. Er zögert, dann gibt er Dan kurz die Hand.

Nach endlosem Gescharre und belanglosem Gerede sitzen wir schließlich in Dans Wagen und fahren nach Hause.

»Und, hattest du ein schönes Wochenende?«, frage ich,

obwohl ich ohne einen Blick nach hinten weiß, dass wir den mürrischen Kelvin auf der Rückbank haben.

»Ja.«

»Hausaufgaben schon gemacht?«

»So gut wie.«

»Brauchst du Hilfe?«

»*Nein!*«

Dan wirft mir ein kurzes Lächeln zu und biegt in die Warren Road ein. Wir schaffen das.

Heute Morgen war Kelvin schon wieder schlecht drauf, selbst als ich ihn daran erinnerte, dass er bis Freitag nur noch zweimal schlafen muss. Außerdem habe ich dermaßen starke Menstruationsbeschwerden, dass ich mich auf der Arbeit zusammenreißen muss, bevor ich etwas sage, sonst wird es sarkastisch oder mir rutscht ein hässliches Schimpfwort heraus. Jedes Mal, wenn ich Felipe im Gang sehe, steckt er mir eine Kugel Maltesers zu. Zum Mittagessen gibt's mein Leibgericht: Fischauflauf. So weit, so gut. Ich hoffe, ich schaffe es, bis 18 Uhr durchzuhalten, ohne jemandem den Kopf abzureißen.

Am späten Nachmittag liegen meine Nerven blank, als Judy Besuch von ihrem Sohn und ihrer Schwiegertochter bekommt. Man sieht auf den ersten Blick, dass Willowdene ein sauberes, behagliches Heim ist und dass die Mitarbeiter sich regelrecht überschlagen, weil ihnen die Bewohner so am Herzen liegen. Wir sind Pfleger und Pflegerinnen, keine Gefängniswärter oder Rausschmeißer. Die Berufsbezeichnung ist Programm.

Judys Gäste haben eine lange Anfahrt von Oxford hinter sich mit einer Baustelle auf der M25, deshalb bringe ich den beiden Tee und Plätzchen, ohne darum gebeten zu werden. Ich ermutige sie, in den Aufenthaltsraum zu gehen, damit Judy mal etwas anderes sieht als ihre eigenen vier Wände. Dann führe ich Keith in den Bastelraum, damit sich Judy und Anhang auf das Sofa und den Sessel vor den Terrassentüren setzen können. Wie gesagt, wir überschlagen uns. So schwer ist das nicht, nicht mal für eine Gefängniswärterin wie mich.

»Diese Strickjacke gehört nicht meiner Mutter«, sagt der Sohnemann und zeigt mit dem Finger auf mich. »Was haben Sie mit der blauen Kaschmirjacke gemacht, die wir ihr zum Geburtstag geschenkt haben?«

»Ich bin auch noch da!« Judy wedelt mit der Hand. »Und zwar absolut klar im Kopf.«

»Das wissen wir, Liebes«, sagt die Schwiegertochter. »Du siehst heute wirklich gut aus.«

»Das kann ich Ihnen gerne erklären«, sage ich mit meinem besten künstlichen Lächeln. »Judy liebt Ihre Strickjacke, aber manchmal ist ihr darin etwas zu warm. Ihr Zimmer bekommt so viel Sonne ab. Sie hat mir zwanzig Pfund gegeben, damit ich ihr diese Jacke bestelle, ein Fünfer war noch übrig. Sie lässt sich wirklich gut waschen und hat keine Knöpfe.«

»Knöpfe sind scheiße«, sagt Judy. »Reißverschlüsse auch. Hätte nie gedacht, dass ich mal bei elastischen Bündchen lande, aber so sieht's aus. Erschießt mich ruhig.«

Ich muss lachen. Das ist einer ihrer Lieblingssprüche. Sohnemann und Schwiegertochter runzeln entsetzt die Stirn. Wenn sie Judy so oft sehen würden wie ich, wenn sie ihr jemals den Hintern abgewischt oder sie in den Arm genommen hätten, wenn sie vor ihren Cornflakes kapituliert, dann wüssten sie, dass Judy heute einen guten Tag hat. Sie ist voll da, inklusive blauem Lidschatten, rosa Lippenstift und Turban mit Zebramuster.

Ich lasse die drei allein, obwohl Judy will, dass ich bleibe. Das kommt bei den Gästen auch nicht gut an. Ich muss die Frau unter Drogen gesetzt oder sie einer Gehirnwäsche unterzogen haben. Vielleicht habe ich mich ja längst in ihr Testament eintragen lassen, und die bucklige Verwandtschaft bekommt am Ende nur das Schmuckkästchen mit Plastikperlen und billigem Strass. Warum sonst bin ich so gerne in der Nähe dieser inspirierenden Frau?

Ich ziehe meine Jacke über und will mich auf den Weg zu Ros machen, als Janine mich entdeckt. Ich kann an ihrem Gesicht ablesen, dass ich jetzt einen übergebraten bekomme. Ich werde mich zusammenreißen und keine sarkastischen Kommentare abgeben, ich werde nicht die Kontrolle verlieren, auch wenn meine Hormone voll auf Wutanfall stehen.

»Mrs. Woodley-Palmer«, sagt sie mit bedeutungsschwerem Blick.

»Mrs. Palmer-Woodley, meinst du? Die hatte heute Besuch. Schade, dass die beiden so selten kommen. Sie reißt sich immer sehr zusammen, wenn sie da sind.«

»Schade, dass *du* das nicht gemacht hast, Gemma. Dich zusammengerissen, meine ich, und deine Klugscheißerei für dich behalten. Es interessiert niemanden, was du denkst.«

Ich lächele und beiße meine Zunge beinahe in der Mitte durch.

»Die haben nach ihrer Kaschmirstrickjacke gefragt. Die war offensichtlich von Selfridges.«

»Habe ich mir Heroin von gekauft«, möchte ich am liebsten sagen. »Die liegt in ihrer Kommode«, erwidere ich stattdessen. »Eingeschlagen in Seidenpapier, so wie Judy es gern hat. Ich hätte sie geholt, wenn sie mir nicht geglaubt hätten. Soll ich sie *dir* jetzt holen, Janine, falls du mir auch nicht glaubst?«

»Das ist nicht nötig. Sei einfach höflich, Gemma, falls das nicht zu viel verlangt ist. Dass ich dir das immer wieder sagen muss! Egal, Alan holt mich in fünf Minuten ab, ich muss jetzt los.«

Keine Entschuldigung. Keine Abbitte. Keine Chance. Aber ich habe mich zusammengerissen, also wer ist hier die Erwachsene?

»Die ist wirklich ein Albtraum«, sagt Ros und prüft ein Blech mit Möhren im Backofen. »Du magst doch Chorizo, oder?«

»Ist sie und mag ich.«

»Und du hättest ihre Stelle bekommen können? Warum hast du das nicht gemacht?«

»Weil ich mich nicht beworben habe. Ich dachte, ich wäre nicht gut genug. Ich hab's mir selbst ausgeredet. Kennst du auch das Teufelchen auf der Schulter, dass dir einredet, du wärst nichts und niemand? Oder habe das nur ich?«

»Weiß Gott nicht, nein! Das hat jede Frau, auch wenn es nicht alle zugeben. Wir entschuldigen uns für alles, sind zu streng mit uns selbst. Selbst die taffste Frau wacht mitten in der Nacht auf und glaubt, sie könnte nichts.«

»In Janines Fall stimmt das auch.«

»Gut, dass du dich zusammengerissen hast.« Ros stößt mit mir an.

Ich habe argentinischen Malbec aus dem Heim mitgebracht. Von Wein verstehe ich nichts, aber er schmeckt klasse.

Unsere Mittwochstreffen finden jetzt bei Ros statt. Kelvin freut sich, dass er bei Mohit essen kann, und ich gehe trotzdem unter der Woche aus. Auf gar keinen Fall wollen wir den Abend bei der SPE verbringen. Manchmal helfe ich Ros, eine Kuchenbestellung fertig zu machen, solange sie nicht von mir erwartet, irgendwas zu backen.

Letzte Woche habe ich einen Schuhkarton voller Belege auf dem Küchentisch ausgekippt und sie chronologisch geordnet. Ros kann wirklich alles, nur keine Buchführung. Aber *ich* kann das. Damals, als Joe anfing, habe ich seine gesamte Buchhaltung erledigt.

Ros wünscht sich, dass ich mich um ihren Schreibkram kümmere, den sie in zerfledderten alten Kontenbüchern aufbewahrt, vollgeklebt mit Haftnotizen. Ob ich die Bücher wohl etwas professioneller führen könnte? Wenn sie mehrwehrtsteuerpflichtig sein will, muss sie ihre Sachen in Ordnung halten, und es ist besser, wenn ich mich in dem Bereich nützlich mache, als einen Schwung Pistazienmacarons verbrennen zu lassen oder Salz in die Schlagsahne zu streuen. (Ros hat es gerade noch rechtzeitig bemerkt.)

Wir essen am Küchentisch, um uns herum unzählige Aprikosentaschen auf Abkühlgittern. Wieder einmal ist mir die Hälfte von dem fremd, was auf meinem Teller liegt, aber es schmeckt hervorragend, weil Ros einen großen Löffel Harissa untergerührt hat.

»So, jetzt erzähl mal!« Sie wischt mit dem Finger über ihren Teller, um auch den letzten Tropfen Knoblauchsoße zu vertilgen. »Was macht dein Liebesleben? Ich lebe es schon stellvertretend mit.«

Also erzähle ich ihr, wie es mit Dan läuft, wie ich Joe geärgert habe, berichte von meiner neuen Bank und dass Dan im Bett weiß, was wo ist und ich mich nicht beschweren kann.

»Das hat dich vorher auch nicht aufgehalten.« Ros grinst.

»Ich hab genug davon, immer nur rumzuheulen und mir wegen allem Vorwürfe zu machen. Die Gemma will ich nicht mehr sein. Ich habe bei Judys Sohn und bei Janine die Ruhe bewahrt, oder? Das ist eine persönliche Bestleistung für mich.«

»Wo ist dann das Problem?«

Ich zucke mit den Schultern. Was meint sie?

Ohne nachzufragen, schenkt Ros nach. Dann legt sie los: »Du hat bei Joe eine Menge mitgemacht. Er hat dir dein Selbstvertrauen genommen, dein Ich, deinen Optimismus. Das hast du gesagt, nicht ich. Du dachtest, du wärst ein Nichts und ein Niemand. Und jetzt bist du hier und hast einen wunderbaren neuen Freund, der mit einem Hammer umgehen kann, der gut im Bett ist und seit Jahrzehnten heiß auf dich, und ich höre nur … na ja.«

»Das habe ich nicht gesagt!«

»Brauchst du auch nicht, Gemma. Du wirkst einfach total … unbeeindruckt. Auch wenn Dan vielleicht nicht deine Zukunft ist, ist er die perfekte Gegenwart. Genieß es! Feiere es. Gönn es dir!«

»Bei Joe habe ich es genossen, aber das hat nichts genützt.«

Ros stellt unsere Teller in die Spülmaschine. Sie sagt kein Wort. Ich sehe nur ihren Rücken, und der wirkt mürrisch. Das Zusammenleben mit Kelvin hat mich zu einer Expertin für mürrische Rücken gemacht.

»Was ist?«, frage ich. »Warum freust du dich nicht für mich?«

»Weil du dich nicht freust, du dumme Nuss! Die einzige Freude, die du aus deiner neuen Beziehung ziehst, besteht darin, dass sich dein Ex darüber ärgert. Du hast doch mehr Glück verdient! Das weißt du auch!«

Ich würde Ros gern widersprechen, ihr sagen, dass sie das alles falsch versteht und Dan meine Zukunft ist. Aber ich bringe nicht mehr heraus als: »Geschenkter Gaul.«

Sie nimmt mich in den Arm. »Ach, Süße ... So siehst du das, wirklich?«

»Dan betet mich an. Das weiß ich. Ich könnte einfach dankbar sein. Aber ich habe das Gefühl, dass er nur die Vorstellung von ›uns‹ anbetet, weil er sich das schon seit seiner Jugend wünscht. Wie soll ich dem denn gerecht werden? Da kann ich doch nur versagen. Morgen, nächste Woche, nächstes Jahr. Dann sucht er das Weite, und ich bin wieder allein. Nur mit einer Wunde mehr.«

Ros betrachtet mich eine Weile. »Ist das eine Art Kater von der Beziehung mit Joe? Ständig zu glauben, du würdest es vermasseln? Ich nehme an, dass Dan ganz genau weiß, mit wem er eine Beziehung führt, und dass er nichts Perfektes erwartet. Er will *dich*. Mit Fehlern und allem. Und ja, vielleicht versagst du, wenn du damit meinst, immer mal wieder was zu vermasseln. Er wird auch versagen. Aber das ist in Ordnung. So ist das Leben. Wenn ihr es miteinander ernst meint, schweißen einen solche Sachen nur noch enger zusammen. Das weiß ich genau, Gem.«

Ich nicke, und sie sieht mich wieder komisch an.

»Was ist?« Ich versuche, nicht ertappt zu klingen, schaffe es aber nicht richtig.

Ros seufzt. »Ich habe immer noch nicht von dir gehört, dass du mit ihm zusammensein willst. Das ist auch in Ordnung, natürlich, aber du solltest deine Versagensangst nicht als Ausrede benutzen. Du musst echt aufhören, dir gegenüber so hart zu sein, alle anderen sind es doch auch nicht.«

Ich bin nicht in der Stimmung für so ein Gespräch. »Das reicht für heute Abend an Psychotherapie«, sage ich mit meinem gewinnendsten Lächeln, um Ros zu beweisen, dass alles cool ist, dass ich cool bin, und können wir jetzt bitte, bitte das Thema wechseln?

»Okay. Ich bin schon fertig.« Sie nimmt zwei Aprikosentaschen von den Gittern, die wir zum Nachtisch essen. »Hey, ob Ned wohl noch zur SPE geht?«

»Es gibt ja keinen Grund mehr. Er hat jetzt Nancy. Ach, er meinte übrigens, wir sollten nächste Woche was zusammen trinken gehen, wir vier.« Er hat mir geschrieben, ein paar Stunden, nachdem ich ihn angerufen hatte. Da Nancy bei ihm war, war er viel zu abgelenkt, um sich über meine Nachricht über Kelvins Eins zu freuen. Ich kam mir blöd und schusselig vor, das romantische Wochenende der beiden gestört zu haben. Ich bin nicht gerade heiß auf das Treffen, aber kann es kaum absagen, ohne bissig zu wirken. Gut gemacht, Gemma. In die eigene Grube gefallen.

»Also, Ned lernt Dan kennen und ich Nancy. Angeblich hat sie lila Haare! Ned sucht sich allen Ernstes eine Frau mit lila Haaren aus!«

»Aber wenn ihr euch trefft, hast du keine Vorurteile, Gemma. Du hast nicht von vorneherein was gegen die Frau.«

»Hab ich doch eben gesagt: Die miesepetrige Gemma gibt's nicht mehr. Ich bin mir sicher, dass ich Nancy und ihre lila Haare mag und dass Dan mit Ned einverstanden ist.«

Ros lacht. »Hast du gehört, was du gerade gesagt hast?«

»Ich meine, ich bin mir sicher, dass Ned mit Dan einverstanden ist. Ist doch dasselbe.«

»Wenn Sie das sagen, Madame. Hey, meinst du, die Aprikosentaschen könnten noch eine Schokoverzierung vertragen? Könnte ich morgen früh machen.«

»Kann nicht schaden.«

Ros nickt. Guter Plan. »Ich bin nächste Woche auch verabredet. Mit Andy.«

»Wow! Im Ernst?«

»Nur was trinken. Ich muss ihm eine Chance geben. Was ist, wenn er trotz des ganzen Gelabers ein anständiger, bescheidener Kerl ist?«

»Oder es kommt noch mehr Gelaber. Willst du wissen, was ich glaube?«

Ros nickt. Ja, will sie.

»Andy ist vielleicht nicht die Zukunft, aber er könnte die perfekte Gegenwart sein.«

Ich verstehe immer noch nicht, wie es dazu kommen konnte. Vielleicht standen die Planeten in einer besonderen Konstellation, oder das Schicksal lacht sich ins Fäustchen, oder das Karma hat mich übers Ohr gehauen. Vielleicht befinde ich mich auf einer Zeitreise in die Vergangenheit, bin noch mit Joe verheiratet, und wir sind eine glückliche Familie, so wie früher.

Wir machen einen gemeinsamen Ausflug: Kelvin, ich … und Joe. Keine Vicky, keine Amelie und vor allem kein Dan. Ja, es gibt die drei, aber sie sind nicht hier, um uns an unser »Wahres« Leben, unser »normales« Leben zu erinnern. Wir sind zu dritt und spielen glückliche Familie.

Zwei Stunden zuvor ist Dan gefahren, um einem Freund beim Umzug zu helfen. Ich hatte nichts vor, wollte höchstens Achselhöhlen und Beine mal ordentlich wachsen, den Damenbart entfernen und meine rissigen Füße schmirgeln – allesamt Dinge, die Männer erst dann wahrnehmen, wenn wir sie nicht mehr tun.

Dann bekam ich eine Nachricht von Kelvin, Vicky wäre auf ihrem Wellnesswochenende mit Hayley, Amelie bei ihrer Oma, und er wolle mit Joe zur Bluebell Railway. Ob ich nicht mitkommen wolle? Ich vermute, dass Joe ohne Vicky als Rückhalt nicht weiß, wie man einen Tag lang der Alleinverantwortliche für einen Ausflug mit dem eigenen Sohn ist: den Zielort googeln, an Wasser und Snacks denken, den ganzen Tag den ungewollten Hoodie rumtragen, »nur für den Fall«. Wenn Joe mit Kelvin zu einem Heimspiel von Brighton & Hove Albion geht, ist er in seiner Komfortzone. Mehr ist bei ihm nicht drin.

Bevor Dan auf der Bildfläche erschien, wäre mir unwohl dabei gewesen, einen Tag mit meinem Ex zu verbringen. Aber jetzt geht das; wir sind einen Schritt weiter. Wir haben die Chance, gute Eltern mit gemeinsamem Sorgerecht zu sein, ohne dass uns irgendwelcher emotionaler Ballast im Weg steht. Und wenn ich ungefähr alle zehn Minuten einwerfen kann, wie glücklich Dan mich macht, liege ich nach Punkten vorne.

Ros würde mich vor einem Ausflug mit Joe warnen, und zwar zu Recht. Hat sie ebenfalls recht, wenn sie sagt, ich würde meine Versagensangst als Ausrede benutzen? Ich habe wirklich Schiss, es zu verbocken – danke, Joe –, aber ist das der wahre Grund für meine Angst, mich in Dan zu verlieben? Ich glaube nicht. Er ist so lieb, aber … aber was?

Warum muss ich überhaupt darüber nachdenken? Warum kann ich mich nicht einfach freuen und genießen? Ich nehme mich ordentlich ins Gebet. Ich muss im Hier und Jetzt leben und aufhören, alles zu analysieren. Locker bleiben, offen für Abenteuer sein, einen Tag nach dem anderen angehen und mich treiben lassen. Wie schwer kann das schon sein, verdammt nochmal?

Kelvin freut sich wirklich auf den Ausflug. Super, wie Ned Kelvins Interesse an alten Zügen geweckt hat. Die Eins in dem Referat war das Sahnehäubchen. Kelvin fragt oft, wann Ned wieder vorbeikommt, und ich musste ihm erklären, dass wir ihn in nächster Zeit nicht so oft sehen werden, weil er schwer *verliiiebt* ist.

»So wie du und Dan?«

»Ich bin nicht *verliiiebt*. Ist noch früh am Tag.«

»Aber irgendwann schon?«

»Pssst, das weiß ich nicht. Ist das hier ein Verhör?«

Ich trage das Kleid, das ich in Hastings gekauft habe, mit einer Jeansjacke. Ich sehe echt gut aus, und als ich durch den Vorgarten zu Joes Auto gehe, merke ich, dass er derselben Meinung ist. Perfekt. Du hast es so richtig verbockt, mein Guter, und das hier wäre dein Preis gewesen.

Er fährt noch immer wie Lewis Hamilton, und so schlingern wir in etwas unter einer halben Stunde auf den Parkplatz der Bluebell Railway. Zum ersten Mal an dem Tag wünsche ich mir, dass Ned dabei wäre, nicht Joe. Ned wäre total erpicht darauf, uns alles zu erzählen, was er über Dampfloks, Signale und stillgelegte Strecken wie diese hier weiß. Und Kelvin würde alles eifrig aufsaugen wie ein Schwamm.

Joe weiß einen Scheiß über Dampfzüge und bemüht sich nicht mal, sich dafür zu interessieren. Er geht den Weg des geringsten Widerstands und gibt Kelvin einen Zwanziger für den Souvenirladen, während wir eine Tasse Tee trinken und auf den Zug nach East Grinstead warten.

»Was soll das alles?«, fragt Joe. »Warum interessiert Kel sich plötzlich für alte Eisenbahnen?«

»Er musste in der Schule ein Referat darüber halten. Hat eine Eins bekommen. Muss er dir doch erzählt haben.«

Das hat Joe offenbar vergessen, was er jedoch nicht zugeben will. »Ey, aber: Züge, Gemsy. Versprich mir, dass wir keinen Nerd ausgebrütet haben.«

»Unser Sohn hat etwas gefunden, das ihn interessiert, also machen wir uns über ihn lustig?«

»Mach ich doch gar nicht! Das weißt du. Jedenfalls nicht in seiner Gegenwart. Ist Dan ein Trainspotter? Hat er das von ihm?«

»Nicht Dan, nein. Ich habe auch andere Freunde.«

»Und du und Dan? Läuft das gut, ja?«

»Ja, doch. Wirklich gut.«

Joe winkt Kelvin zu, der mit Souvenirs im Wert von zwanzig Pfund aus dem Laden kommt, die Plastiktüte fest an sich gedrückt. »Du wusstest, dass ich daran zu knabbern hätte, oder? Dass du jetzt mit Dödel-Danny zusammen bist.«

»Es kam mir kurz in den Sinn. Aber ich dachte, du kommst schon damit klar, angesichts von dir und Vicky und weil ich die Letzte war, die's erfahren hat. Ich finde, wir geben ein echt gutes Paar ab.«

»Mit seinen grauen Haaren sieht er eher wie dein Opa aus.«

»Er ist super fit, kein Bierbauch, kein Gramm Fett auf den Rippen. Nirgends.«

Automatisch schaut Joe auf seinen Bauch. Treffer!

Kelvin kommt herüber und zeigt uns, was er gekauft hat: ein Buch über Dampfzüge für sich selbst, einen Kühlschrankmagneten für mich und einen Zugführer-Button für ... Ned.

»Hey, Kumpel«, gibt Joe den Empörten. »Und wo ist *mein* Souvenir?«

»Du findest das doch langweilig, Dad. Sei ehrlich.«

»Gar nicht!«

»Du fandest es so langweilig, dass du nicht mal mein Referat gelesen hast.«

So zurechtgewiesen, verspricht Joe, es nachzuholen, und wir steigen in den Zug. Der Geruch von Dampf und Öl, die muffigen, schmutzigen Sitzpolster, das Tuckern der Maschine ... das alles ist eine ganz neue Erfahrung, aber ich kann nicht behaupten, dass ich das öfter bräuchte. Würde ich aber tun, wenn es Kelvin glücklich macht. Vielleicht können wir das nächste Mal mit Ned fahren.

»Und, ist das cool für dich, Gemsy? Das mit Dan?«

Okay, ich wollte Joe damit nerven, aber auch nicht *so* sehr. »Warum nicht? Er ist super.«

»Er wollte früher schon was von dir. Ich war vor ihm da.«

»Aha. Schön ausgedrückt, Joe.«

»Du weißt, was ich meine. Er hatte keine Chance.«

»Das war damals, jetzt ist jetzt, und was du denkst oder fühlst, interessiert mich nicht im Geringsten. Freu dich einfach, dass *ich* glücklich bin, ja?«

Wir rollen durch den Bahnhof von Horsted Keynes. Kelvin presst den Kopf an die Scheibe, er will nichts verpassen.

»Du hast recht, Gemsy. Wenn Dan dir wirklich das gibt, was du willst, freue ich mich für dich. Aber seit dem Abend bei dir in der Küche muss ich ständig an uns denken. Wie wir zusammen waren, wie wir zusammen *sind*.«

»Sex«, gebe ich im Flüsterton zurück. »Mehr war das nicht.«

»Und, ist der mit Dan besser? Besser als mit mir? Das glaube ich dir nicht.«

Kingscote. Nächster Halt East Grinstead, dann zurück nach Sheffield Park. Kelvin sieht aus, als sei er im Himmel.

»Dan würde mich niemals verletzen, nie. Deshalb ist es besser mit ihm. Zu hundert Prozent.«

Ich darf mich nicht unterkriegen lassen und muss Dan verteidigen. Doch tief in mir habe ich Angst, dass Joe recht hat. Ich habe versucht, die Erinnerung an den Moment zu löschen, als ich mein Visier hinunterließ, habe keiner Menschenseele erzählt, was passiert ist. Und doch, wie sehr ich auch auf »Löschen« drücke, es verschwindet nicht.

Joe hat jetzt Vicky, und ich habe Dan. Und trotzdem passen wir zusammen, Joe und ich, ob es mir gefällt oder nicht, ob ich dagegen ankämpfe oder nicht. Wie kann ich das ändern? Was ist, wenn ich es gar nicht will? Was dann?

Als er uns nach Hause bringt und noch auf eine Tasse Tee reinkommt, sich mit Kelvin an den Küchentisch setzt und das Referat mit ihm ansieht und zwischendurch zu mir hochguckt und lächelt, da wissen wir beide, dass es – was auch immer es ist – niemals verschwinden wird. Und mit Dan werde ich das nie haben, so sehr ich mich auch bemühe.

Weil er nicht Joe ist? Wenn das der Grund ist, bin ich für immer dazu verdammt, allein zu bleiben. Oder soll ich nachgeben und Joe heimlich treffen und damit Vicky das antun, was sie mir angetan hat? Die Beziehung zu Dan hat mich daran erinnert, wie schön es ist, geliebt zu werden. Die Beziehung zu Joe wäre eine Katastrophe, weil ich ihm nie wieder vertrauen kann, auch wenn der Sex so gut wäre wie eh und je.

Es macht mich einfach fertig, darüber nachzudenken, und als Joe dann geht und wir im Flur noch kurz reden, küsst er mich plötzlich heftig, und ich lasse es zu und halte mich nicht zurück, und wir wissen beide, dass wir ohne Weiteres da weitermachen könnten, wo wir aufgehört haben.

Ohne zu zögern.

21

Ned

Laufen macht mir Spaß. Wenn man mir vor einem Jahr gesagt hätte, dass ich mich darauf freue, um halb sechs Uhr aufzustehen, meine Laufsachen anzuziehen und eine Stunde lang durch die Gegend zu rennen … Wenn mir jemand gesagt hätte, dass ich das sogar ziemlich gut kann, hätte ich geantwortet: Träum weiter!

Als Kind habe ich Laufen gehasst, dabei war ich auf einer Schule, die für ihr Leichtathletikteam berühmt war, zwei Ehemalige waren in der britischen Olympiamannschaft, einer hat in Rio fast eine Bronzemedaille geholt. Wenn Jungs ihre Tage hätten, hätte ich das als Ausrede benutzt, um jede Sportstunde zu schwänzen. Obwohl ich mein Bestes gab, wurde ich von unserem miesen Sportlehrer »Ron« Jovey gnadenlos getriezt. Heute würde er als Sadist gelten.

Nancy weiß das alles und hat mich trotzdem so gut wie überzeugt, dass ich eine echt gute Figur mache, wenn wir zusammen in Hove am Meer entlanglaufen. Sie liebt meine Beine. Mit so schön geformten Waden könnte ich Dragqueen werden, sagt sie. (Sie macht super Komplimente, selbst wenn sie manchmal ein bisschen schräg sind.)

Nancy findet, dass sie beim Laufen stärker im Einklang mit ihrem Körper ist als beim Gehen. Sie ist wie ein Duracell-Hase. Aufdrehen und loslaufen lassen. Sie ist zierlich, sehnig, straff und sexy. Meistens laufen wir dienstagsmorgens zusammen, manchmal auch donnerstags, von meiner Wohnung aus. Anschließend duschen wir, frühstücken schnell, gelegentlich wird noch kurz gevögelt, dann geht's zur Arbeit.

Unsere Wochenpläne sind seltsam symbiotisch. Ich habe Dora von Freitagnachmittag bis Sonntagnachmittag, und Nancy besucht an den meisten Wochenenden ihre Eltern in West Wittering. Ihre Mutter ist bei schlechter Gesundheit, ihr Vater kommt unter der Woche nicht gut allein klar, deshalb macht Nancy die Wäsche, lässt das Auto waschen und füllt die Tiefkühltruhe mit Eintöpfen und Suppen. Ich bewundere diese unglaubliche Frau, die gnädigerweise meine Freundin geworden ist. Sie ist rücksichtsvoll, fürsorglich, lustig, klug und im Bett wirklich die helle Freude. Ich kann mein Glück gar nicht fassen.

Ihre Eltern habe ich noch nicht kennengelernt. Aber das eilt nicht. Ab Freitag sind wir für ein Wochenende in Amsterdam. Dort wohnt Nancys älteste Freundin Olivia, und Nancy möchte, dass wir uns kennenlernen. Scheint mir ein gutes Zeichen zu sein.

Das Treffen von Dora und Nancy haben wir direkt am Anfang erledigt. Ich wollte nicht, dass es für die beiden was Besonderes ist. Tanya war mir noch einen Wochentag mit meiner Tochter schuldig, und so gingen wir zusammen zu Doras bevorzugtem Eiscafé auf der Western Road.

»Können wir nicht irgendwas machen, das nicht ganz so abgeschmackt ist, Ned?«, fragte Nancy, als ich alles klargemacht hatte. »Geschiedener Vater, neue Freundin, einzige Tochter, Softeis mit Karamellsoße?«

»Selbst wenn Dora super schlechte Laune hat, beruhigt sie sich, sobald wir in dem Laden sind. Immer. Ich glaube, das liegt an den Zusätzen. Glaub mir, Nancy, ich weiß, was ich tue.«

Ich lag richtig: Dora war gut gelaunt und zum Plaudern aufgelegt. Sie mochte Nancys T-Shirt mit dem Hundeaufdruck aus »Hey Duggee!«. Nancy war locker und albern und sagte, sie fände Doras glitzernde Baseballschuhe total schön. Sie probierten das Eis der anderen und kriegten sich gar nicht wieder ein, als mir eine halb geschmolzene Kugel Rumrosineneis auf den Boden fiel. Wir beschränkten das Treffen absichtlich auf eine gute Stunde, damit Dora keine Zeit hatte, aufmüpfig zu werden. Es war ein totaler Erfolg.

Es ist mir ein bisschen unangenehm, wie ich die Geschichte mit Gemma habe laufen lassen. War es offensichtlich, dass Nancy und ich gerade Sex hatten, als sie anrief, um mir von Kelvins Referat zu erzählen? War ich unhöflich/genervt/kurzatmig, als ich ans Telefon ging? War ihr das Gespräch peinlich?

Ich bin mir ziemlich sicher, dass sie noch mit dem neuen Typen zusammen ist. Dan, oder? Wenn ich daran denke, wie wir uns kennengelernt haben, in dieser Selbsthilfegruppe für partnerlose Eltern, finde ich, dass Gemma und ich unsere Rückkehr ins Reich der Pärchen feiern sollten. Warum treffen wir uns nicht zu viert, gucken mal, wen wir gefunden haben und wie wir klarkommen?

Ich schreibe ihr und frage, ob sie Lust hätte, was trinken zu gehen – sie und Dan, Nancy und ich –, und sie schreibt zurück: »Super Idee.«

Abgemacht.

Auf dem Weg zum Pub rekapituliert Nancy noch einmal kurz, wen wir treffen und warum. »Also, Gemma ist *keine* alte Freundin von dir. Du hast sie beim Speeddaten in einem

Pub kennengelernt. Ich dachte, Speeddating macht man nicht mehr, du alter Dinosaurier.«

»Das war kein Speeddaten, das war die SPE, eine Selbsthilfegruppe für partnerlose Eltern. Sie hat mir einen Anschiss verpasst, aber hinterher haben wir uns gut verstanden.«

»Und jetzt hat sie auch jemanden kennengelernt. Ebenfalls glücklich bis zum Ende ihrer Tage. Wir trinken besser nicht so viel, Ned. Morgen früh wollen wir zum West Pier laufen. Vielleicht lasse ich mich sogar von dir schlagen.«

»Beim Laufen, oder wirst du jetzt pervers?«

»Haha.«

Gemma und Dan haben uns einen Tisch am Fenster gesichert. Ich kenne den Pub nicht, aber er sieht ganz okay aus … für Brighton. Ich bin deutlich vertrauter mit den Lokalitäten von Hove. Gegenseitiges Vorstellen und Begrüßen, dann Sitzplätze klären, während Dan die erste Runde holt.

Er muss einen positiven Einfluss auf Gemma haben, denn sie sieht wirklich gut aus: Ihre Haare sind kürzer und glänzender, ihre Klamotten nicht mehr so unauffällig. Dan hat eine Ausstrahlung wie George Clooney: »Ich habe zwar graue Haare, aber bin immer noch verdammt sexy.« Ist er. *Und* er kann ein Billy-Regal zusammenbauen, ohne dass was übrig bleibt. Gemma hat wirklich Glück gehabt.

Nancy sieht unfassbar sexy aus in ihrer schlabberigen Jeans und dem lustigen Sweatie. Ich habe keine Ahnung, warum ihr so was steht, aber es ist so.

»Und?«, fragt sie, nachdem sie den Schaum von ihrem Bier getrunken hat. »Woher kennt ihr beiden euch? Wer hat den ersten Schritt gemacht?«

Gemma und Dan sehen sich an. Wer will antworten?

Dan opfert sich. »Wir kennen uns schon seit Jahrhunderten, als wir sechzehn waren.«

»Ich war siebzehn. Du warst fast zwanzig. Genauso alt wie Joe, weißt du?«

»Wir haben uns als Jugendliche kennengelernt. Kann ich es so sagen, Gem? Fast hätten wir ein Date gehabt, ich habe darauf hingearbeitet. Dann hat Joe sie im Sturm erobert, und ich musste zwanzig Jahre auf meinen nächsten Vorstoß warten.«

»Ach, wie süß!«, seufzt Nancy. »Ich würde einen Anfall kriegen, wenn einer von den Typen, die ich damals kannte, heute auftauchen würde. Bei uns war es am Anfang etwas ruckelig, Ned, stimmt's? Nur nicht mit zwanzig Jahren Unterbrechung.«

Gemma weiß, woher Nancy und ich uns kennen, sie hat mich ja sogar beraten, was ich zu dem ersten katastrophalen Date im Marrocco's anziehen sollte. Dan braucht nicht alles bis ins kleinste Detail zu wissen.

»Wir haben uns vor ein paar Monaten in einem Club kennengelernt«, erkläre ich. »Dann haben wir uns aus den Augen verloren, bis ich Nancy zufällig in dem Laden getroffen habe, wo sie arbeitet und … der Rest ist Geschichte. Also, auf uns und auf den Neuanfang!«

Wir stoßen an und trinken. Danach wird es ein bisschen unangenehm. Was haben wir sonst noch gemeinsam, abgesehen davon, dass wir frisch zusammen sind? Ich weiß, dass ich dieses Treffen vorgeschlagen habe, aber jetzt frage ich mich, warum.

»Wo arbeitest du denn, Nancy?«, fragt Gemma. Ich hätte nicht gedacht, dass sie diejenige ist, die wieder auf den Startknopf drückt.

»Bei ›Krimskrams‹. Kennst du den Laden? Mit der gestreiften Markise und dem Strandhäuschen aus Zeitungspapier im Schaufenster. Mit den ganzen Sachen, die die Welt nicht braucht.«

Dan grinst. »Meine Ex liebt den Laden. Wenn ihr Treuepunkte vergeben würdet, hätte sie ein ganzes Buch voll. Ich habe noch die Untersetzer aus alten Penguin-Taschenbüchern.«

»Ah ja, die. Haben sich gut verkauft.«

»Arbeitest du da gerne?«, hakt Gemma nach. Warum stellt sie die ganzen Fragen? Damit sie nicht selbst verhört wird?

»Doch, schon. Am Anfang sollte es nur vorübergehend sein, aber jetzt, nach drei Jahren, bin ich immer noch da. Und du?«

Gemma legt die Stirn in Falten. »Ich arbeite in einem Pflegeheim. War auch zur Überbrückung gedacht, aber nach fünf Jahren bin ich immer noch da. Vielleicht nicht mehr lange.«

Ist das ein Richtungswechsel für Gemma, ausgelöst durch die neue Beziehung? »Hast du einen neuen Job?«, frage ich. »Darauf müssen wir anstoßen! Prosecco?«

»Darin könnte ich eher meinen Kummer ertränken. Ich komme mit meiner Vorgesetzten nicht klar. Weil sie eine blöde Ziege ist. Ich schätze, sie will mich rauswerfen.«

Dan macht ein erschrockenes Gesicht. »Man kann niemanden grundlos rauswerfen.«

»Ach, die lässt sich schon was einfallen«, erwidert Gemma verbittert. »Zum Beispiel, dass ich nicht professionell genug arbeite. Ich würde ihr auch zutrauen, dass sie behauptet, ich hätte Bewohner bestohlen. Oder dass ich sie vor allen Mitarbeitern eine eingebildete, faule, arrogante, opportunistische Paragraphenreiterin genannt habe.«

Nancy ist in gleichem Maße entsetzt und beeindruckt. »Gemma! Das hast du doch nicht gemacht!«

»Noch nicht. Ich warte noch auf den richtigen Moment.«

Dan drückt ihre Hand. »Warte so lange, bis du deine Schäfchen im Trockenen hast, Schatz.«

Das kommt nicht gut bei ihr an. »Welche Schäfchen?«

»Ich meinte nur, such dir besser zuerst eine andere Stelle, bevor du was sagst, was du hinterher vielleicht bereust. Jobs fallen auch nicht von den Bäumen.«

»Erst Schafe, jetzt Bäume. Wo sind wir hier? Im Biologieunterricht? Danke, Dan. Sehr wichtiger Hinweis! Den werde ich im Hinterkopf behalten.«

Ich sehe es genau wie Dan. Keine Ahnung, wie viel Unterhalt Gemma von Joe bekommt und wie hoch ihre monatliche Abzahlung fürs Haus ist, aber momentan ist bestimmt nicht der Zeitpunkt, um ein Angestelltenverhältnis zu beenden, nur um zu beweisen, dass man im Recht ist.

Ich wähle meine Worte mit Bedacht, da ich Gemmas Temperament kenne und nicht angemacht werden will, besonders da dieser Abend meine Idee war. »Dan hat Glück, der ist selbständig und muss niemandem Rechenschaft ablegen außer sich selbst. Der Rest von uns ist abhängig von den Launen unserer Arbeitgeber, ob es uns gefällt oder nicht.«

»Und deshalb müssen wir alles tun, was die wollen? Dürfen nie was hinterfragen? Keine eigene Meinung haben? Scheiß drauf!«

Nancy lächelt mir aufmunternd zu, als wollte sie sagen: »Guter Versuch, Ned.«

Ich bin noch nicht fertig. Wenn wir die Diskussion ausweiten, können wir sie vielleicht überzeugen, dass es besser ist, nichts zu überstürzen.

»Ich erkläre das mal anhand eines Beispiels«, sage ich. »Ich bin momentan auf der Arbeit in einer Zwickmühle. Ich wurde vor kurzem befördert, Dan, deshalb muss ich beweisen, dass ich es verdient habe, dass ich gut genug fürs mittlere Management bin.«

Dan nickt. »Was genau machst du? Ich habe Gem gefragt, aber sie wusste es nicht.«

»Ich bin Senior Logistics Analyst bei QGT, zuständig für den Südosten. Wir sind ein überregionales Netzwerk für Logistik, Einrichtungen, Ressourcen, Audits und professionelle Dienstleistungen. Du hast unser Logo vielleicht mal auf einem Lkw gesehen. Drei beige Rädchen auf blaugrünem Hintergrund.«

Sein Blick wird leicht glasig, ich führe mein Beispiel fort. »Genau. Also, eine der Niederlassungen in meinem Verantwortungsbereich hat bei einem wichtigen Projekt großen Mist gebaut. Falsches Format, falsche Frist, ungeprüfte Methodik – das volle Programm. Ich weiß jetzt, wo das Problem liegt und wie ich es ganz schnell beheben kann, ohne dass der Bockmist öffentlich wird. Also, löse ich es jetzt unter der Hand? Oder teile ich meiner Chefin mit, was passiert ist, vorzugsweise schriftlich, so dass ich aus dem Schneider bin, falls die Kacke so richtig anfängt zu dampfen?«

»Du hast es auf den Punkt gebracht, Ned«, sagt Dan. Allmählich mag ich den Kerl. »Ich bin Sean, der Schrauber. Keine Angestellten, keine Vorgesetzten. Ich habe solche Probleme nicht, weil ich zum Glück nur mir selbst verantwortlich bin.«

»Wisst ihr, was *ich* sagen würde?«, meldet sich Nancy zu Wort, die meine Geschichte schon zigmal gehört hat. »Regel die Sache diskret. Behalt den Pfusch für dich. Mach den Leuten in Crawley unauffällig, aber bestimmt klar, dass sie den Bockmist unter deinem wachsamen Auge bereinigen müssen. Dann ist das Ergebnis der Beweis dafür, dass du zu Recht befördert wurdest.«

Sie hat recht. Warum eine Welle machen? Warum die Leute gegen sich aufbringen, wenn man sie für das nächste Projekt, das nächste Jahr auf seiner Seite braucht?

Gemma will nichts davon wissen. »Ernsthaft? Aber wenn Crawley es nicht hinbekommt, ist dir schon klar, dass du das Arschloch bist, das zur Verantwortung gezogen wird. Das war's dann mit mittlerem Management. Dann kannst du dir tagsüber Krawallsendungen im Fernsehen angucken. Ich sage dir: Geh damit sofort zu deiner Chefin. Gib Crawley einen auf den Deckel, aber so, dass es jeder mitkriegt, und mach denen klar, wenn es in die Hose geht, stehen sie als Erstes auf der Straße.«

Und hier haben wir das Dilemma in Reinform: die friedliebende Nancy gegen den Heißsporn Gemma. Nicht dass mich das wundern würde – so ticken die beiden nun mal. Als Gemma herausfand, dass ihr Mann sie betrog, hat sie nicht versucht, die Ehe zu retten. Sie hat ihn hochkant rausgeschmissen. Allerdings hat sie Jahre gebraucht, um zurück ins Leben zu finden, und meiner Meinung nach ist sie immer noch emotional durch den Wind. Für sie ist Konfrontation die einzige Lösung. Habe ich am eigenen Leib erfahren, als wir uns kennenlernten. Kein Wunder, dass sie nicht viele Freundinnen hat. Auch wenn ich weiß, wie verletzlich Gemma unter ihrer harten Schale ist, versteckt sie es sehr gut vor den anderen.

Am liebsten würde ich ihr irgendwie helfen, dieses Selbstzerstörerische in den Griff zu bekommen. Das ist nicht gesund. Es bringt sie nicht weiter. Es ist fast so, als sei sie süchtig nach Enttäuschung. Liegt das an ihrem Ex, oder war sie immer so pessimistisch? Das macht mich traurig. Gemma hat so viel zu bieten, so viel Liebe zu geben. Aber zuerst muss sie sich selbst lieben.

Nancy und ich liegen mit Tee und Käsetoast im Bett und lassen den Abend Revue passieren.

»Warum wolltest du anschließend nicht noch mit Gemma und Dan ein Curry essen gehen?«, frage ich zwischen zwei Bissen. Normalerweise hat Nancy immer Lust auf Essen. Es sieht ihr nicht ähnlich, hungrig nach Hause zu gehen.

»Ach, keine Ahnung, Ned. Wir wollten was trinken gehen, und das haben wir getan. Das ist so wie das Treffen mit Dora: einmal kurz Hallo sagen, um das Eis zu brechen. Ich muss doch nicht den ganzen Abend mit den beiden verbringen.«

»Stimmt.« Ich verputze das letzte Toastdreieck und ärgere mich, nicht mehr Marmite unter den geschmolzenen Cheddar geschmiert zu haben. Nancy behauptet, das sei ein Verbrechen gegen die Menschlichkeit. »Und?«

»Und was?« Sie klingt schläfrig.

»Was hältst du von den beiden?«

Sie boxt gegen ihr Kissen, um die Federn aufzuschütteln. »Nett. Okay. Angenehm. Was soll ich noch sagen?«

Ich spüre, dass Nancy nichts mit Gemma anfangen kann, was schade ist, weil Gemma trotz des Auf und Abs eine Freundin von mir ist und ich sie nicht gerne verlieren möchte. »Ich weiß nicht, was ich mir von Dan erwartet habe. Aber er kommt mir ganz anständig vor. Gemma hat ein bisschen Glück verdient nach allem, was sie mit ihrem Ex durchgemacht hat.«

Nancy murmelt etwas ins Kissen, das ich nicht höre.

»Wie bitte? Habe ich nicht verstanden.«

»Ich habe gesagt: Du kennst nur ihre Seite der Geschichte. Sieht für mich aus, als hätte sie kein Problem, ihre Meinung zu sagen. Auf gewisse Weise bewundere ich das: Es muss hart sein, mit jemandem zusammen zu sein, der immer auf Konfrontation aus ist, der überzeugt ist, dass die ganze Welt gegen ihn ist.«

Nancy trifft genau ins Schwarze, doch ich verteidige Gemma. »Das ist ein bisschen unfair.«

»Ja, wirklich? Wenn man selbst ständig im Angriffsmodus ist, muss man sich nicht anstrengen. Man muss keine Kompromisse eingehen und nicht versuchen, das Problem mal von einer anderen Seite zu betrachten. Gemma ist ganz bestimmt nicht mit Selbstzweifeln gesegnet.«

»Soll das ein Witz sein? Sie ist voller Selbstzweifel! Das ist doch alles nur reine … Fassade. Hinter ihrer schroffen Art versteckt sich ein verängstigtes kleines Mädchen, das nicht den Mut hat, sich zu zeigen.«

»Tja. Egal. Ich muss schlafen.«

»Doch, wirklich, Nan. Gemma ist ein Softie, wenn man erst mal hinter die Kulissen guckt.«

»Dann glaube ich dir das. Können wir das Laufen morgen ausfallen lassen und dafür was Lustiges im Bett machen? Ich bin zu kaputt.«

Innerhalb von Sekunden ist sie eingeschlafen. Ich liege noch länger wach und denke an Gemma. Ist sie hinter ihrer Fassade wirklich ein Softie, oder rede ich mir das nur ein, um unsere Freundschaft zu rechtfertigen? Ist Dan der Richtige für sie? Ich mochte ihn, und sie gefielen mir als Pärchen, aber wenn ich ehrlich bin, bin ich noch nicht überzeugt.

Was meine Situation im Büro angeht, ist Gemmas Ratschlag, auf Attacke umzuschalten, der letzte, den ich befolgen werde. Wenn Nancy wirklich meine Zukunft ist, sollte ich nichts tun, was meiner Karriere schaden könnte.

Ich lege mir gerade eine Strategie zurecht, um den Bockmist in Crawley auf die Reihe zu bekommen, als Karen mich in ihr Büro bestellt. Kann sie Gedanken lesen oder was? Ich habe gerade zwei Stunden über Skype mit Becky und Graham gesprochen. Den beiden ist jetzt klar, dass sie sich ins Zeug legen müssen, um die Situation noch zu retten, wenn sie nicht wollen, dass die schnelle Eingreiftruppe aus der Zentrale bei ihnen auftaucht. Ich habe ihnen gesagt, dass ich alles in meiner Macht Stehende tun werde, um das Schiff wieder auf Kurs zu bringen, aber ich muss sicher sein, dass sie mich unterstützen. Das haben sie mir zugesagt. Wir können nur hoffen.

»Alles gut, Ned?«, fragt Karen und sieht nur kurz von ihrem Tablet hoch. »Na, setz dich! Steh nicht so nutzlos in der Gegend rum.«

Ich fläze mich auf ihren Sessel, statt mich aufrecht schuldbewusst hinzusetzen. Ich muss den Eindruck vermitteln, dass alles unter Kontrolle ist. Wir haben mehrere Punkte zu besprechen, und ich will Crawley unauffällig in einer längeren Themenliste unterbringen, aber ansonsten allgemein bleiben.

»Alles läuft glatt, Karen: Welby-Daniels, die Expansion in East Anglia, das Projekt in Crawley, die Loadstar-Geschichte.«

»Matt Jackman?«

»Den treffe ich nächste Woche zu einer Besprechung über den Stand der Dinge. Das sollte ihm bis zum Ende des Geschäftsjahres reichen.«

Karen klappt ihr Tablet zu und schaut endlich hoch. »Ich bin beeindruckt, Ned. Wirklich. Ein paar Kollegen beim Bewerbungsgespräch fanden damals, du wärst zu vorsichtig, zu besonnen. Priya wollte die Stelle Andy geben, kaum zu glauben. Meine Stimme gab den Ausschlag, und ich freue mich, dass du mich nicht enttäuscht hast.«

Sie deutet mein rotes Gesicht als Verlegenheit, nicht als Schuldbewusstsein. Ich muss das mit dem Projekt in Crawley wirklich so schnell wie möglich regeln, sonst stehe nicht nur ich dumm da.

»Am Anfang war ich ein bisschen überwältigt von der Aufgabe, Karen, aber ich wusste, dass du mir vertraust. Ich hatte nicht ganz so viel Selbstvertrauen. Ich bin wie eine Ente, die ruhig durchs Wasser gleitet, aber unten wie wild mit den Füßen paddelt. Trotzdem, ich komme ans Ziel, und das ist das Wichtigste.«

»Danke, dass du so ehrlich zu mir bist, Ned. Andy hätte jegliches Problem weggequatscht. Du hast immer mit offenen Karten gespielt, und das bewundere ich. So … Wie sieht es sonst bei dir aus? Was macht dein Liebesleben?«

O Gott, sie will nicht noch eine Runde Ringelpiez mit Anfassen, oder? Ich habe Angst, dass ich mitmache, nur um sie von der Crawley-Geschichte abzulenken.

»Gut, doch. Eigentlich echt gut.«

»Wie heißt sie?«

»Nancy. Ist natürlich noch früh am Tag, aber wir sind beide glücklich. Wir blicken nach vorn. Am Wochenende wollen wir nach Amsterdam. Kurzurlaub, mal raus aus dem Alltag. War Nancys Idee, weil ihre beste Freundin da wohnt.«

Karen nickt und lächelt. Dann nickt sie erneut und lächelt

noch mal. »Und jetzt musst du mich fragen, was mit meinem Liebesleben ist.«

»Das geht mich nichts an.«

»Finde ich schon, Ned. Uns verbindet etwas.«

Ich schlucke einen Golfball hinunter. Hoffentlich merkt sie das nicht.

»Keine Panik!« Sie lächelt gutmütig. »Es verbindet uns, aber mehr auch nicht. Zufälligerweise habe ich auch jemanden kennengelernt. Randall. Über eine Dating-App. Weiß noch nicht genau, ob wir eine gemeinsame Zukunft haben so wie du und Nancy, aber im Moment kosten wir es richtig aus.«

Ich freue mich für Karen. Wirklich. Sie ist eine beeindruckende Frau. Völlig andere Liga, klar. Aber keine Liga, in der ich spielen wollte. Hört sich an, als hätte sie jemanden gefunden, der zu ihr passt. Ich muss froh sein, dass sie mit mir gevögelt hat, als es sonst keine wollte. Wir haben uns über eine Trockenzeit hinweggeholfen.

Sie schaut auf die Uhr. »Oh, tut mir leid, um drei hab ich eine Telko mit dem neuen Typen bei Loadstar. Egal, ich bin froh, dass es gut läuft. An allen Fronten. Bei jeder Panne im Büro weißt du, dass du zu mir kommen kannst. Dafür bin ich da, Ned, ja?«

»Okay. Danke, Karen.«

Zurück in meinem Büro denke ich noch mal über ihre Bemerkung mit der Panne nach. Weiß sie Bescheid über Crawley? Ich glaube nicht. Ich hab es ja selbst gerade erst erfahren und musste es aus denen rauspressen. War es ein Test, um zu sehen, ob ich beichte? Durchaus möglich. Bin ich paranoid? Total. Mehr Motivation brauche ich nicht, um mich auf der Stelle drum zu kümmern, bevor Karen irgendwas ahnt.

Andys Kopf erscheint über der Abtrennung. »Hey, Ned! Bock auf ein Pint und einen Pie heute Abend?«

»Ja, warum nicht? Gute Idee, Mann.«

»Amsterdam? Du Glückpilz! Kann ich vielleicht im Koffer mitkommen?«

Andy übertreibt es mit seiner Begeisterung. Gleich fragt er mich, ob ich auch die berühmten Coffee Shops besuchen will, zwinker-zwinker.

»Vor ein paar Jahren haben wir da den Junggesellenabschied von 'nem Kumpel gefeiert. Echt eine Hammerstadt. Das Rotlichtviertel, Pommes mit Majo, lange bevor es die hier gab ... die ganzen Coffee Shops mit Marihuana. Versprich mir, dass du dir einen fetten Joint reinziehst und an mich denkst, Kumpel!«

Es ist einfacher zuzustimmen, als Andy daran zu erinnern, dass ich mit Gras nicht gut umgehen kann. (Das kann Tanya bezeugen, nachdem ich bei einer Party die Hose zum Tanzen ausgezogen habe ...)

»Bei euch geht bestimmt die Post ab, oder? Bei dir und Nancy?«

»Wieso die Post? Meinst du, ob es gut läuft?«

»Oh, Nedward, du enttäuschst mich nie.«

Wir sind im Anchor. Wir hatten bereits zwei Jack Daniels, zwei Bier, und haben zwei Steak-and-Ale-Pies mit Pommes und Butterkohl bestellt.

»Bei Nancy und mir geht die Post ab, aber so was von«, antworte ich. »Also falls ich mich noch nicht gebührend bei dir bedankt haben sollte, dass du uns zusammengebracht hast, tue ich das jetzt. Wenn es dich nicht gäbe, wäre ich immer noch der Trauerkloß, der bei der SPE sitzt.«

»Und jetzt bin *ich* der Trauerkloß. Wer hätte das gedacht?«

»Du? Niemals!«

Er starrt in sein Bier und seufzt. Ich hoffe, das Essen reißt ihn aus seiner trüben Stimmung.

»Momentan geht's mir leider nicht so prächtig«, brummt er schließlich.

»Kann ich was für dich tun? Würde ich wirklich gerne. Du hast mir so viel geholfen. Ich bin dir was schuldig. Geht's um deinen verlorenen Sohn? Habt ihr euch getroffen? War es eine Katastrophe, und jetzt würdest du es lieber ungeschehen machen?«

»Aaron ist auch ein Thema. Aber nein, vielen Dank auch. Es geht nicht um Aaron.«

»Worum denn dann? Aber lass dir Zeit.«

»Es geht um Ros. Ich muss ständig an sie denken. Ununterbrochen habe ich sie im Kopf. Sogar ganz saubere Gedanken, nichts Versautes. Ab und zu vielleicht. So eine Frau habe ich noch nie kennengelernt. So habe ich mich noch nie gefühlt, nicht seit Aarons Mutter.«

»Dann frag sie doch, ob sie mit dir ausgeht! Erzähl ihr, wie du dich fühlst.«

»Wir haben uns auf ein Glas getroffen, und weißt du, was? Sie hat kein Interesse. Sie mag mich ›als Freund‹. Na, da hab ich ja was von! Das kommt direkt nach: ›Es liegt nicht an dir, sondern an mir.‹ Glauben die Frauen, wir sind blöd, oder was? Ich weiß, dass wir das sehr oft sind. Blöd, meine ich. Aber trotzdem können wir verletzlich sein. Wir wissen, wenn wir einen Tritt in die Eier bekommen haben.«

»Mal langsam! Was ist denn passiert? Bist du dir sicher, dass es so gemeint war? Man kann das schnell mal falsch verstehen.«

Unsere Pies kommen. Zuerst müssen wir großzügig HP-Soße auf unserem Teller verteilen, und Andy muss eine halbe Tonne Salz auf seinen Kohl streuen. Männer haben nun mal Prioritäten.

»Ey, ich war so happy, als sie sich mit mir treffen wollte«, sagt er, legt seine Gabel beiseite und hantiert mit den Fingern am Pie herum. »Ich dachte, ich müsste bitten und betteln und würde dann eine Abfuhr bekommen. Wir waren dann in einem Pub bei ihr in der Nähe, da in Müsli-Town, wo sie wohnt.«

»Müsli-Town? Gibt's das wirklich?«

»Auch Hanover genannt. Dicke Strickpullover, Windspiele und Gemüsekisten. Hör zu, Junge, ich schütte dir gerade mein Herz aus!«

»'tschuldigung.«

Wir essen weiter. Warum Andys Elend noch verschlimmern, indem wir die Pies kalt werden lassen?

»Also haben wir uns getroffen, und sie sah so umwerfend aus wie immer. Vielleicht noch besser. Wir reden über dies und das. Ihren verstorbenen Mann. Ihre Torten. Ihren Sohn. Ich hätte ihr fast von Aaron erzählt, aber mein Bauchgefühl hat mir gesagt, mach dich besser nicht angreifbar, nur für den Fall, dass es nicht gut ausgeht.«

»Und? Ist es nicht. Das ist echt schade.«

»Lässt du mich mal ausreden? Also, ich hatte noch gar nichts davon gesagt, dass ich sie gerne besser kennenlernen würde und dass sie nach dem Tod von ihrem Mann wohl langsam so weit sein müsste, nach vorne zu gucken. Da fängt sie von selbst davon an! Nimmt meine Hand, guckt mir tief in die Augen, und ich denke, jetzt habe ich sie. Und dann meint sie: ›Ich mag dich, Andy, aber nur als Freund.‹«

»Hast du gesagt, dass du mehr von ihr willst?«

»Ich bin vielleicht blöd, aber kein Sadist. Ich meine, Masochist. Isst du die Pommes noch?«

»Kannst du haben.« Ich tätschele meinen Bauch. »Mache jetzt mit Nancy Zehnkilometerläufe rund um Hove. Wahnsinn, oder?«

»Das ist alles? So zeigst du mir dein Mitgefühl?«

»Ich *habe* Mitgefühl, wirklich, Kumpel. Ich habe einen Arschtritt von Tanya kassiert, und das nach fünfzehn Jahren. Ich weiß, was eine Abfuhr ist, und ich habe die Narben, um es zu beweisen. Sei ehrlich, du kennst Ros doch kaum. Da kommst du schon drüber weg. Irgendwann kannst du dich vor Frauen nicht mehr retten.«

»Glaubst du das wirklich? Ich hatte irgendwie das Gefühl, Ros wäre meine letzte Chance. Ich will nicht so ein fünfzigjähriger Loser mit quer über die Glatze gekämmten Haaren und 'ner Frau aus Thailand sein, die mich nur heiratet, damit ihre Familie in Bangkok was zu futtern hat.«

Ich muss ihn aus diesem Pfuhl der Verzweiflung retten. Ich versuche es mit einer anderen Taktik. »Irgendwo wartet die Richtige auf dich. Guck dir Nancy und mich an. Wenn ich das schaffe, kannst du das auch. Du bist ein super Typ.«

»Bin ich nicht, ich bin ein Arsch. Ich habe noch einen Brief von Aaron bekommen, und was habe ich damit gemacht? Rein gar nichts!«

»Noch nicht. Du hast *noch* nichts gemacht. Schreib ihm zurück! Du brauchst dich doch erst mit ihm treffen, wenn du so weit bist. Er ist dein Sohn, Andy.«

»Ich will nicht, dass er enttäuscht ist.«

»Ob er nicht erst recht enttäuscht ist, wenn du ihn ghostest? Verdammt nochmal! Du weißt genau, dass es richtig ist! Dann *mach* es auch!«

»Ja, vielleicht. Ja, gut, ich weiß. Ist das nicht unglaublich? ›Ich mag dich … als Freund.‹ Knapp daneben ist auch daneben.«

»Vorbei, nicht daneben. Noch ein Jack Daniels?«

Wenn mir einer vor einem halben Jahr erzählt hätte, dass ich Andys Kummerkastentante sein würde, dass ich eine längerfristige Beziehung hätte und er emotional in den Seilen hängen würde, hätte ich verbittert gelacht und denjenigen gefragt, was er genommen hat. Und trotzdem sitzen wir jetzt hier. Der arme Kerl tut mir leid. Wirklich. Eine große Klappe ist auch nicht immer die Lösung. Ich hoffe, dass er das durchsteht und irgendwann so happy ist wie ich mit Nancy.

Wir sind wirklich happy. Wir sind versorgt. Nancy ist sich hundertfünfzigprozentig sicher, ich manchmal nicht so ganz. Aber über neunzig Prozent, würde ich schon sagen. Der Rest kommt noch …

Wir sind da. In Amsterdam. Nancy hat alles organisiert: die Flüge, das Hotel, das Taxi nach Gatwick im Morgengrauen. Tanya war genauso, ich durfte rein gar nichts mitplanen, aber das lag daran, dass sie ein Kontrollfreak ist (na ja, und an dem Fiasko mit Kreta, als sie mit Dora schwanger war und ich mich mit den Monaten vertan hatte).

Unser Hotel ist superschick: eine ehemalige Bank, glaube ich, von einer internationalen Kette übernommen und sehr stilvoll renoviert. Wir sind beide müde vom frühen Aufstehen, was uns aber nicht davon abhält, erst mal voll bekleidet auf dem riesigen Bett zu vögeln, sobald wir auf unserem Zimmer sind.

Tanya hat die erste halbe Stunde in einem Hotelzimmer immer damit verbraucht, den Safe und zusätzliche Kopfkissen zu suchen, alle Schränke auf- und zuzumachen, die Klimaanlage anders einzustellen, den Fernseher auszuprobieren, am Duschgel zu riechen, ihre Siebensachen im Nachtschrank zu deponieren und alles zu bügeln, das trotz ihrer perfekten Falttechnik unterwegs verknittert ist.

Nancy ist da schon eher nach meinem Geschmack. Sie reist mit wenig Gepäck, will kein Fernsehen gucken, und der Sex ist *heel goed* und verspricht mehr. Könnte nicht besser laufen. Wirklich nicht.

Ihre Freundin Olivia treffen wir am Samstag. Sie ist mit einem Postboten verheiratet, die beiden haben eine zweijährige Tochter. Heute wollen wir erst mal ankommen und gucken, wo wir wohnen und wo die ganzen berühmten Sehenswürdigkeiten sind: das Rijksmuseum, das Anne-Frank-Haus, die Straßenbahnhaltestellen und Käseläden.

Wir laufen endlos durch die Stadt, an malerischen alten Grachten entlang, über Bilderbuchbrücken, vorbei an dem Blumenmarkt, der vorn auf meinem Reiseführer abgebildet ist. Am Ende sitzen wir in einem Coffee Shop, wo es zwar keine Joints gibt, dafür Käsetoast und Bier. Unter all den Touristen fühle ich mich ein bisschen übers Ohr gehauen, aber immerhin konnte ich bei unserem Kellner wenigstens *alstublieft* – bitte – und *dank u wel* – *danke* – anbringen.

»Steck das dämliche Buch weg, Ned, ja?«, zischt Nancy mir zu. »In Amsterdam sprechen alle Englisch.«

»Ich möchte aber zeigen, dass ich mich bemühe. Hey, Apfeltasche heißt *appelgebak*. Und Sahne heißt, warte kurz, *slagroom*.«

Sie sieht mich böse an.

Ich stecke den Reiseführer ein. »Du bist mit Olivia zur Schule gegangen, nicht?«

»Wir waren vom ersten Tag an Freundinnen. In der Pubertät haben wir uns dann etwas auseinandergelebt. Olivia war eine Streberin und ich ein schlechter Einfluss für sie. Nach der Uni haben unsere Mütter den Kontakt wiederhergestellt, und seitdem sind wir die dicksten Freundinnen.«

»Bis sie hierhergezogen ist.«

»Sie ist immer noch meine beste Freundin. Ich sehe sie nur nicht mehr so oft. Ich war Trauzeugin bei ihrer Hochzeit. Sie hat Jeroen beim Urlaub in Goa kennengelernt. Er ist total nett. Du wirst ihn mögen. Livvy auch, und Maia.«

»Ist das der Hund?«

»Das ist die Tochter. Der Hund heißt Frenkie, nach irgendeinem Fußballer. Noch Fragen?«

»Nur eine: Können wir unter der Dusche vögeln, wenn wir zurück im Hotel sind? Als Ausgleich dafür, dass wir es nicht im Flugzeug gemacht haben?«

»Halt den Mund!« Spielerisch boxt mir Nancy gegen den Arm. Das verstehe ich als Ja.

Wir vögeln vor und nach dem Abendessen in der Dusche. Beim zweiten Mal mit dem Wissen, dass die Antirutschmatte auf dem Boden unentbehrlich ist. Sich den Kopf beim Vollzug des Geschlechtsakts an ausländischen Kacheln aufzuschlagen, ist keine Bemerkung, die man in sein Reiseversicherungsformular schreiben möchte.

Mein Reiseführer empfiehlt ein typisch holländisches Gasthaus, das sich zufällig direkt gegenüber unseres Hotels befindet, also gehen wir dort essen, statt auf der Suche nach dem perfekten Restaurant ziellos durch Amsterdam zu wandern und schließlich doch bei McDonald's zu landen.

Mit Tanya musste ich im Urlaub immer elendig lange Fußmärsche unter sengender Sonne zu einer auswärts gelegenen Taverne oder Brasserie auf mich nehmen, die ihr irgendeine Freundin empfohlen hatte, dann aber ausnahmslos entweder unter neuer Leitung, ein Sammelbecken für Taschendiebe oder eine Brutstätte für Magen-Darm-Bakterien war – und in einem besonders denkwürdigen Fall alles zusammen.

Das holzvertäfelte Restaurant gegenüber vom Hotel sieht einladend aus; das Essen ist nicht ausgefallen, eher bodenständig. Ich finde es toll, dass Nancy kein Problem damit hat, einen Teller voll totgekochtem Wurzelgemüse und eine dicke Scheibe Speck darauf zu verputzen. Wir haben ziemlich großen Appetit.

»Warst du auch mit Harry hier?«, frage ich, als wir überlegen, Nachtisch zu bestellen.

»In diesem Laden oder in Amsterdam?«

»Sowohl als auch. Beides.«

»In Amsterdam ja. Ein Mal. Aber in so einen Laden wie diesen hier hätte ich ihn nie geschleppt. Harry war eher für Pizza und Burger. Aber holländische Fritten mochte er.«

»Hat er denn Olivia kennengelernt und … und … Sag mir noch mal, wie man den Mann richtig ausspricht.«

»Jeroen, das spricht man Je-run aus. Harry hat ihn ständig Jurin genannt. Wir waren hier, bevor Maia geboren wurde, und er ist mit Jeroen zu dem Spiel Celtic gegen Ajax gegangen. Dadurch hatten Olivia und ich Zeit für uns. Sie hielt nicht viel von Harry, und damit hatte sie recht.«

»Ist das jetzt eine Art Vorstellungsgespräch für mich? Muss ich Olivia überzeugen? Und Jurin?«

»Wag es nicht, Ned! Ja, würde ich schon sagen. Aber ohne jeden Druck.«

»Was für eine Erleichterung! Hast du Lust auf *appelgebak* mit *slagroom*?«

»Was hältst du davon, wenn wir uns eine Portion teilen? Ich wünsche mir so, dass die beiden dich mögen und du sie. Hast du dir das bei Gemma nicht auch gewünscht?«

»Ich kenne Gemma keine sechs Monate. Das ist nicht dasselbe.«

»Dann findest du es auch nicht schlimm, dass ich sie für eine dumme Ziege halte?«

»Ist sie nicht. Nicht, wenn du sie richtig kennst.«

Nancy seufzt vielsagend, doch bevor ich nachhaken kann, kommt das *appelgebak*, und es ist *lekker*.

Die zweite Runde Sex in der Dusche ist noch besser als die erste – nicht nur wegen der Badematte. Am liebsten würde ich die riesige Matratze mit nach Hause nehmen; auf einer besseren habe ich noch nicht gelegen. Bis jetzt ist dieser Kurztrip perfekt. Dabei habe ich Olivia und Jeroen noch gar nicht kennengelernt.

Innerhalb von dreißig Sekunden ist Nancy weggedöst. Ich kann nicht schlafen. Ich gucke gerne zu, wie sie schnuffelt und grummelt, aber es hilft mir nicht beim Einschlafen. Stattdessen mache ich mir eine Tasse Tee und ziehe einen Stuhl ans Fenster. Das erste Mal in meinem Leben bin ich in einem Hotelzimmer mit einer anständigen Aussicht, nicht auf eine Batterie Mülltonnen, wo hin und wieder ein Angestellter eine Zigarette ausdrückt.

Es ist halb zwei, und die Gracht liegt ruhig da. In der Ferne blitzen Lichter, unten sausen regelmäßig Leute auf Rädern vorbei. In einem Haus auf der anderen Seite des Kanals findet eine Party statt, ein Teil der Gäste steht draußen. Sie sind schick angezogen; sehen aus wie Banker oder Hedgefondsmanager. Ich habe immer gedacht, in Amsterdam gäbe es nur Kiffer und Hausbesetzer, doch das, was ich bis jetzt von der Stadt gesehen habe, ist gutbetucht und teuer.

Endlich komme ich zur Ruhe und kann über den Grund der Reise nachdenken. Nancy will, dass ich ihre älteste Freundin kennenlerne. Um Olivia zu zeigen, wie glücklich sie ist? Um ihr Okay zu bekommen? Ich kann nicht leugnen, dass Nancy seit Doras Geburt das Beste ist, was mir passiert ist, und es ist ungeheuer beruhigend, dass wir dasselbe füreinander empfinden. Wir sind erst seit etwas mehr als einem Monat zusammen, aber es fühlt sich richtig an.

Ich will, dass dieses Wochenende gut läuft, deshalb darf der alte Ned es nicht vermasseln. Ich muss der neue Ned sein, der trendige T-Shirts trägt und kein Problem damit hat, schlechtes Holländisch zu sprechen und sich dabei zum Trottel zu machen. Der neue Ned, der heißen Sex in der Hoteldusche hat. Den alten Ned darf ich nicht rauslassen, nicht eine Sekunde lang. Der arme alte Andy hat Angst, am Ende eine Thaibraut heiraten zu müssen, nur um mit fünfzig nicht allein zu sein. Wenn ich mich nicht an den neuen Ned – und an Nancy – halte, bekomme ich vielleicht nicht mal die.

Olivia und Jeroen wohnen im obersten Stock eines schmalen Hauses am Kanal in Jordaan, einem angesagten Viertel mit kleinen Straßen und ausgefallenen Straßennamen: Tweede Lindendwarsstraat, Eerste Boomdwarsstraat. Von unseren morgendlichen Läufen bin ich gut in Form, aber es ist trotzdem ziemlich anstrengend bis hoch zu ihnen, und das Treppenhauslicht geht aus, bevor wir oben ankommen.

Wir werden von Maia und Frenkie begrüßt, einem kläffenden Straßenköter mit kupiertem Schwanz und einem schwarzen Fleck über dem Auge, wie ein Hundepirat. Maia hat eine Pyjamahose an, ein Bein ist hochgerutscht, eins ist unten, dazu trägt sie einen Tutu, ein T-Shirt und eine große Baseballkappe auf dem Kopf. Schräg. Wahrscheinlich bekommt sie Stylingtipps von Nancy.

Wir betreten die Wohnung, die nach starkem Kaffee und warmen Croissants duftet. Nancy läuft direkt in die Küche und stürzt sich auf Olivia. Jeroen tritt nervös vor und begrüßt mich mit einem fingerzerquetschenden Händedruck. Er ist kräftig und blond. Und er weiß wohl, dass auch er mich begutachten muss. Er nimmt Maia auf den Arm, riecht an ihrem Po, verzieht das Gesicht und trägt sie ins Badezimmer.

Es dauert gerade mal zwanzig Minuten, schon sind wir beim offiziellen Grund unseres Besuchs.

»Harry war nicht der Richtige für dich«, verkündet Olivia, während sie Milch für unseren Kaffee aufschäumt. »Eigentlich wusstest du das, oder?«

Nancy geht leicht auf Contra. »Hinterher ist man immer schlauer, Livvy. Wenn du damals gewusst hättest, was du heute weißt, hättest du auch nicht Zoologie studiert, dir an meinem einundzwanzigsten keine Alkoholvergiftung geholt oder dir kein Tattoo stechen lassen.«

»Das sind alles Lektionen. Selbst die Sachen, die man später bereut. Meinst du nicht, Ned?« Olivia reicht mir ein glühend heißes Glas Kaffee. (Gibt es in Holland keine Tassen mit Griffen?)

»Kommt ganz auf das Tattoo an«, erwidert der neue Ned mit dem scharfsinnigen Humor und dem frechen Blinzeln.

»Bekomme ich vielleicht einen Fragebogen vorgelegt? Warum ich der ideale Kandidat für die Stelle als Nancys neuer Partner bin?«

Jeroen kehrt mit der frisch gewickelten Maia zurück. »Hör bitte nicht auf meine Frau! Sie nimmt ihre Freundschaft mit Nancy sehr ernst. Ist nichts Persönliches, Ned.«

Wir sitzen um einen großen Tisch herum, trinken Kaffee und essen Croissants mit Erdbeermarmelade. Ich habe im Hotel schon Massen zum Frühstück verdrückt, dazu ist man ja quasi vertraglich verpflichtet, aber diesen Croissants kann ich echt nicht widerstehen.

»Ich sag es jetzt, dann hab ich's hinter mir, ja?«, verkündet Olivia. »Dann rede ich nicht mehr darüber. Harry war ein Charmeur, gar keine Frage, aber er hat meiner Freundin weh getan. Und das hat mir weh getan. Der Feind meiner Freundin ist auch mein Feind.«

»Heißt das nicht ›Der Feind meines Feindes ist mein Freund?‹«, frage ich, ganz der alte Ned.

»Nicht in diesem Fall.«

Nun reicht es Nancy, dass über sie gesprochen wird, als sei sie gar nicht da. »Hör auf, Livvy! Das war damals, jetzt sind wir hier. Ich kann auf mich selbst aufpassen.«

Wir gehen zum Samstagsmarkt an der Lindengracht, wir fünf mit Frenkie. Es ist kein Touristenausflug, um uns zu beschäftigen. Hier kaufen Olivia und Jeroen immer ein: Es gibt zig Heringssorten, Käse, Brot, Fleisch und Gemüse. Olivia sucht die Zutaten für das Abendessen zusammen: Auf was wir Lust haben? Überwältigt vom Angebot zucken Nancy und ich mit den Schultern. »Überrasch uns mit irgendwas!«, schlägt Nancy vor.

Trotz des reichhaltigen Frühstücks und der Croissants

»müssen« wir in einem nahe gelegenen Café unbedingt ein *appelgebak* probieren. Das ist eine Tradition im Jordaan, wie können wir uns da weigern? Maia hat ihren ganz eigenen Kopf und mag die saftigen Apfelkuchenstücke nicht. Stattdessen bekommt sie einen Teller mit kleinen Frikadellchen, die sie bis zum letzten verputzt. Dora hätte den Kuchen genommen. Dora ist angepasst, Maia eine Rebellin. Schön für sie.

Unser Samstag plätschert dahin, mir gefällt das. Uns. Jeroen meint, Nancy und Olivia bräuchten ein bisschen Zeit für sich, ob ich Lust hätte, mit ihm und seinem Bruder mit dem Fahrrad in den Wald von Amsterdam und zurück zu fahren? Nein, eher nicht. Ich bin noch nie gerne Rad gefahren, und in einer Stadt wie dieser könnte ich als *slagroom* unter einer Straßenbahn enden. Ich bedanke mich und sage ab, erkläre aber, dass ich große Lust hätte, Rembrandts *Nachtwache* zu sehen. Gute Ausrede.

Jeroen sattelt auf und strampelt los. Nancy, Olivia, Maia und Frenkie machen sich auf zu einem Nachmittag mit Shopping, noch mehr Kaffee und Gesprächen über mich. Ich trödele herum. Schlendere in Richtung Rijksmuseum, nur um erst mal ein Ziel zu haben. Aber ich habe keine Lust, eine Stunde mit Busladungen voller ungeduldiger Touristen anzustehen, um die Hauptattraktion zu sehen, Rembrandts *Nachtwache*. Ist doch nur ein Bild mit ein paar Leuten drauf.

Stattdessen laufe ich weiter: die eine Gracht hoch, die andere hinunter, bis ich wieder im Herzen der Stadt bin. Als ich Lust auf ein Bier verspüre, gehe ich eins trinken und bleibe mehrere Stunden in einem Café hängen, wo ich mich mit einem Stammgast namens Jaapie unterhalte. Er erzählt mir vom Amsterdam der Siebzigerjahre, als er erst Roadie, dann

Hausbesetzer, dann Junkie und schließlich eine Elvis-Statue war. Cooler Typ.

Ich finde von selbst zu Olivia und Jeroen zurück. Mit ein paar Bieren intus sind die Treppen noch steiler. Nancy hat die Aufgabe bekommen, Maia zu baden und ins Bett zu bringen, deshalb unterhalte ich mich mit Olivia, während sie das Abendessen vorbereitet. Es wäre unhöflich, das eiskalte Amstel abzulehnen, das sie mir anbietet.

»Wie ist es bei dir mit Salat?«, fragt sie.

»Essen oder anmachen?«

»Beides.«

»Ja, gut. Doch. Kann ich machen.«

Sie reicht mir ein Messer, schätzt meinen Zustand ab und nimmt es mir wieder weg. »Vielleicht wäschst du besser den Salat, ja? Bist du nur betrunken oder auch bekifft?«

»Betrunken. Ein bisschen. Angeheitert. Happy. Der Salat sieht gut aus.«

»Und, Ned, glaubst du, dass du der richtige Mann für Nancy bist?«

Ich nicke. Als neuer Ned, nicht als alter, was sie hoffentlich beruhigt.

»Gut. Nancy hat es nämlich nicht verdient, noch mal verarscht zu werden und das Herz gebrochen zu bekommen. Ernsthaft. Wenn du ihr weh tust, jage ich dich mit dem hier!«

Sie greift zum Messer, fast in Zeitlupe, dann tauscht sie es gegen einen ungefährlicheren Holzlöffel ein. Doch die Botschaft ist bei mir angekommen.

»So bin ich nicht, Olivia. Ich war noch nie ein Herzensbrecher. Liegt nicht in meiner Art.«

»Zumindest nicht absichtlich.«

»Ich verarsche sie nicht. Das schwöre ich bei Gott!«

Sie wirft mir einen zweifelnden Blick zu und schrubbt weiter Kartoffeln. Die Geschworenen haben sich zur Beratung zurückgezogen.

Das Abendessen ist umwerfend: Oliven und Artischockenherzen vom Markt, danach Kalbsleber mit kleinen gebratenen Kartoffeln und Salat vom Markt, dann Pfirsiche mit Gorgonzola ... ebenfalls vom Markt. In dem Versuch, den alten Ned in Schach zu halten, trinke ich zu viel Wein. Ich glaube, es funktioniert.

Jeroen lacht über meine Witze (ich schaffe es tatsächlich, ihn nicht Jurin zu nennen), Nancy strahlt mich an und drückt mir zwischendurch die Hand. Olivia wird lockerer. Sie muss doch sehen, dass ich nicht wie Harry bin.

Ich bin der neue Ned, der nette Kerl, der mit seinem besoffenen Kopf vielleicht ein Bierglas kaputt macht, aber niemals ein Herz.

Wir nehmen kein Taxi, sondern gehen zu Fuß zurück zum Hotel, damit ich einen klareren Kopf bekomme, und es funktioniert ... mehr oder weniger. Am Vorabend wollte Nancy so schnell wie möglich schlafen. Diesmal bin ich derjenige. Selbst *Deutschland sucht den Superstar* ohne Untertitel kann mich nicht wach halten.

»Du hast sie doch gemocht, Ned, oder?«

»Klar, echt nett. Kannst du das ein bisschen leiser stellen?«

»Jeroen ist klasse. Sein Humor! In einer anderen Sprache so lustig zu sein, das ist schon eine Kunst.«

»Auf jeden Fall.«

»Ist doch schon schwer genug, witzig auf Englisch zu sein, oder? Du warst heute witzig, nicht nur, als du über Maias Roller gefallen bist.«

»Echt? Gut.« Ich gähne ausgiebig.

Nancy schweigt ein paar Minuten. Sie macht sogar den Fernseher und die Nachttischlampe aus. Endlich. Schlafenszeit.

Sie ist immer noch hellwach. »Ist Maia nicht super süß? So ulkig und, keine Ahnung … so ein Freigeist.«

»Hm-hm.«

»Du hast Olivia überzeugt. Am Anfang nicht. Sie ist wie eine Glucke, macht sich ständig Sorgen um mich. Sie hat dich echt ein bisschen gegrillt, aber nur weil sie möchte, dass ich glücklich bin. Sie möchte, dass *wir* glücklich sind. Das sind wir doch, Ned, oder?«

»Ja, total. Wir sind glücklich. Gute Nacht!«

Ein paar Stunden später wache ich auf und kann nicht mehr einschlafen. »Wir *sind* doch glücklich Ned, oder?«, kommen mir Nancys Worte wieder in den Sinn. Warum hat sie das gefragt? Was meinte sie damit? Wann werden wir das wissen?

Natürlich sind wir glücklich. Total … Und doch … kann ich mich irgendwie nicht richtig fallen lassen, mich zurücklehnen und es genießen. Sind das Zweifel oder nur die Umstellung, weil ich nicht mehr allein bin? Ich bekomme nicht ganz raus, was da an mir nagt. Spürt Nancy es auch, oder warum sagt sie so was?

Unser Rückflug ist um drei Uhr, wir haben also noch Zeit, am Vormittag Amsterdam zu genießen. Ich bin für noch mehr Zeit im Bett in unserem gemütlichen Hotelzimmer, aber Nancy meint, das könnten wir auch zu Hause machen.

Auf Kultur haben wir keine Lust, außerdem sind die Schlangen vor der *Nachtwache* am Sonntag wahrscheinlich noch länger als sonst. Die Kneipentour am Vortag hat mir Spaß gemacht, ich fände es cool, wenn Nancy Jaapie kennenlernen würde, den durchgeknallten Amsterdamer. Glaube aber nicht, dass sie das gut fände.

Wir entscheiden uns für eine *Rondvaart*, wie es in meinem unschätzbar wertvollen Reiseführer heißt: fünfundsiebzig Minuten mit dem Boot durch den inneren Grachtenring, vorbei an hundert Highlights. Das ist die ideale Gelegenheit, alles zu sehen, was wir verpasst haben!

»Das ist so ein Touristending!« Nancy rümpft die Nase.

»Hallo? Wir sind Touristen! Nur weil du schon mal in Amsterdam warst …«

»Drei, nein, vier Mal. Jetzt bin ich zum fünften Mal hier.«

»Nur weil du schon alles gesehen hast, bedeutet das doch nicht, dass ich alles verpassen muss. Komm, Nan! Hundert Highlights! Zu Fuß könnten wir die niemals sehen, nicht mal wenn wir eine ganze Woche hier wären.«

Sie brummt missbilligend und willigt dann ein.

Beim Betreten des Schiffs werden wir von einer gelangweilten Frau fotografiert, die einen Samthut mit Hörnern aufhat. Ich schätze, wir gucken beide ziemlich mürrisch drein, somit sparen wir ein paar Euros, als uns der Schnappschuss hinterher angedreht werden soll. Tanya war immer total heiß auf unbestellte Touristenfotos. Hin und wieder kramte sie ihre Sammlung aus der letzten Schublade und durchlebte alles noch mal: Sie strahlend wie ein überraschter Filmstar, ich daneben verschwommen, hinter einem Ellenbogen versteckt oder in den heraufziehenden Regen blinzelnd.

Obwohl Nancy wenig Lust auf die Schiffstour hatte, will sie in der ersten Reihe sitzen und sichert sich einen Platz vor drei älteren japanischen Frauen. Ich bin in gleichem Maße entsetzt und beeindruckt. Das hätte ich mich nicht getraut.

Wir fahren los, begleitet vom humorvollen Kommentar der Reiseführerin an Bord, Marijke. Zu unserer Linken das Anne-Frank-Haus, rechts mehrere Herrenhäuser, in denen früher reiche Amsterdamer wohnten. Marijke erzählt, dass die armen Bodenleger Kautabak unter den italienischen Marmor spuckten, denn sie wussten, dass sich nach Jahrzehnten oben ein hässlicher brauner Fleck bilden würde.

Nancy ist empört. »Warum haben die das gemacht?«

»Um sich für die schlechte Bezahlung und die miserablen Arbeitsbedingungen zu rächen.«

Wir kommen an weiteren prächtigen Residenzen und baufälligen Hausbooten vorbei, zugewachsen von Tomatenpflanzen und zweifellos von blühfreudigen Cannabissorten. Auf einem knallroten Boot steht eine lebensgroße Buddhafigur, die uns zuwinkt. Wir winken zurück. Wir quetschen uns unter niedrigen Brücken hindurch, geschmückt mit angeketteten Fahrrädern. Marijke ermutigt uns, jedes Mal »*Hoera!*« zu rufen, weil es so schön hallt. Das ist zwar touri-mäßig, aber wir sind nun mal Touristen.

Dann beginnt das Gebrüll eine Reihe hinter uns. Dort sitzt ein junges Pärchen – wohl Franzosen, vielleicht auch Belgier – mit einem kleinen Sohn, der so laut schreit, dass mein Brustkorb vibriert.

Er übertönt Marijke. Er übertönt praktisch einen Presslufthammer, der das Kopfsteinpflaster aufreißt. Der Kleine tut mir leid, trotzdem beschwöre ich seine Maman und den Papa in Gedanken, ihr Kind zum Schweigen zu bringen.

Beschämt packen sie ihre Sachen zusammen und ziehen sich nach hinten zurück, wo noch mehrere Reihen frei sind.

»Gott sei Dank!« Ich stecke die Finger in die Ohren und wackele im Gehörgang herum, um das Hören neu zu justieren.

»Unerträglich, oder?«, sagt Nancy mitfühlend.

»Ja, echt. Und dann auch noch direkt hinter uns.«

»Ich meine, wenn du siehst, dass es deinem Kind so schlecht geht, und du nicht weißt, wie du ihm helfen kannst.«

»Ach, dem fehlt schon nichts. Der hat Langeweile oder muss pieseln, oder er hat gerade gepieselt und will das Malheur beseitigt haben.«

»Ich würde auch heulen, wenn ich in einer nassen Windel sitzen müsste.«

»Aber Kinder – Säuglinge, Babys – weinen doch aus allen möglichen Gründen, als würde die Welt untergehen. Dabei geht sie nur sehr selten wirklich unter. Dora hat mal auf einer Hochzeit losgebrüllt, als gerade das Eheversprechen gegeben wurde. In der Kirche war eine super Akustik – wie eben unter der Brücke beim letzten *hoera* –, und die Mutter der Braut hat uns ganz böse angeguckt. Als ob das *unsere* Schuld war.«

»Was hatte sie denn? Also Dora, nicht die Brautmutter.«

»Sie bekam gerade Zähne. Oder es war einfach ihr Dickkopf. Sie kann bis heute die Schleusen aufdrehen, wenn sie Aufmerksamkeit will. Guck mich nicht so an, Nan, das stimmt.«

»Maia macht das nicht.«

»Quatsch! Das machen alle Kinder. Wir lieben sie über alles, aber es ist auch verdammt anstrengend mit ihnen. Wenn nicht, würde auch was nicht stimmen.«

Nancy wirkt verstört. Wenn sie eine blumige Rede über die Freuden des Elterndaseins von mir erwartet hat, war das jetzt ein böses Erwachen. Keine Ahnung, warum ich mich da so reingesteigert habe, aber ich will nicht, dass sie sich an einer märchenhaften Vorstellung festklammert, bloß weil Maia sich gestern in unserer Gegenwart nicht die Seele aus dem Leib geschrien hat.

»Ich verstehe schon«, sagt sie schließlich. »Ich verstehe, warum du das sagst.«

»Ich sage nur, wie es ist. Am Beispiel von Klein-Pierre oder Jean-Claude oder wie auch immer er heißt.«

»Du willst keine weiteren Kinder, und das machst du schnell mal klar, damit ich weiß, woran ich bin.«

»Was? Meinst du ernsthaft, dass ich das deswegen sage?«

»Na dann, ohne Ausflüchte oder Drumrumgerede: Willst du noch mal Vater werden?«

Ich antworte nicht sofort, weil ich es nicht weiß. Nancy verschränkt die Arme vor der Brust und blickt aufs tanzende Wasser, während wir an der Amsterdamer Oper vorbeifahren, die laut Marijke 1986 eröffnet wurde und im Volksmund Stopera – Stop the Opera – heißt, weil die Hausbesetzer dagegen protestiert haben. Jaapie gehörte bestimmt zu den Gegnern.

Dann habe ich eine Antwort: »Noch nicht. Ich möchte nicht jetzt schon wieder Vater sein. Das ist zu früh. Wir kennen uns noch nicht lange. Wir müssen uns Zeit lassen.«

»Weil wir uns gerade erst kennenlernen?«

»Genau.«

»Okay. Das sehe ich auch so. Und ich möchte nicht, dass du glaubst, ich wäre nur mit dir zusammen, weil du mich zur Mutter machen sollst. Das könnte ich nicht ertragen.«

Ich lege den Arm um Nancy. »Wir kommen doch super klar, du und ich. Hier. Jetzt. Lassen wir es einfach auf uns zukommen, einen Tag nach dem anderen. Einfach gucken, was passiert, wenn's so weit ist. Hm, was meinst du?«

Sie nickt und gibt mir einen Kuss auf die Wange. »Aber das Thema erledigt sich nicht von selbst, Ned. Nur damit du Bescheid weißt.«

22

Gemma

Ich gehe an dem Tag normal zur Arbeit und beabsichtige nicht, am Ende arbeitslos zu sein. Wer will das schon, wenn die Rechnungen bezahlt werden müssen und man seinen luxuriösen Lebensstil aufrechterhalten will? Bereue ich es und würde die Uhr am liebsten zurückdrehen? Ganz bestimmt nicht! *Qué será, será* und so. Eventuell bin ich sogar beflügelten Schrittes von dannen gezogen, als ich den Code in die Tastatur von Willowdene eingab, um mich zum letzten Mal aus dem Heim zu lassen, und die schwere Eichentür laut hinter mir ins Schloss fiel.

War es nicht Ned, der mir bei unserem Treffen gesagt hatte, ich sollte mir bei der Arbeit auf die Zunge beißen? Was für ein lahmarschiger Vorschlag, typisch Ned. Wenn er nicht auffallen, keine Wellen machen will, nie sagen will, was er denkt, dann ist das seine Sache. Ich mache Wellen. So war ich schon immer, so werde ich immer sein. Wenn ein Waschlappen wie Ned mir sagt, ich solle etwas bleiben lassen, mache ich mit Sicherheit genau das Gegenteil.

Und jetzt stehe ich hier und habe keinen Job mehr, weil ich nicht länger zusehen konnte, wie unmöglich sich Janine aufführte. Ich wette, wenn die Personalabteilung die Stelle mit Kelvin besetzt hätte, wäre er ein besserer Chef gewesen. Janine ist so eine Zumutung, ich konnte mir ihren Befehlston – ihren ganzen Scheiß – keine Minute länger anhören. Also schuldig im Sinne der Anklage.

Ich hatte gerade nach Judy geguckt, weil sie meine Lieblingsbewohnerin war, ist und immer sein wird. Sie saß aufrecht im Bett, aber schlief tief und fest. Ihr Turban war über ihre nachgezogene Augenbraue gerutscht. Ich wusste, dass es ihr nicht gefallen würde, wenn sie aufwachte und so dasitzen würde, deshalb schlich ich auf Zehenspitzen zu ihr und brachte sie in Ordnung. Weil ich schon dabei war, sammelte ich ihren auf dem Schoß und dem Bett verteilten Modeschmuck ein. Wahrscheinlich hatte sie vor dem Einschlafen eine kitschige Brosche oder eine protzige Halskette gesucht.

Ich war sauer auf mich, weil ich ständig an Joe und DEN KUSS nach unserem Ausflug mit Kelvin denken musste. Das ist meine einzige Entschuldigung; ich war auf der Suche nach Streit und ließ es an Janine aus. Joe hatte wieder angefangen, mir zu schreiben, alle paar Stunden, er brachte mich durcheinander, wanzte sich in meine Gedanken. Ob es mir gut gehe? Ob wir uns treffen könnten? Wann? Wo? Er wusste schon immer, wie er mir zusetzen konnte, und es war wieder soweit, er brachte mich völlig durcheinander.

Deshalb bekam Janine die volle Wucht meiner verwirrten Gefühle ab. Dabei hatte sie nur gesehen, wie ich Judys Schmuck aufräumte, und gefrotzelt: »Und, Gemma, wieder auf der Suche nach Wertsachen?« Und ja, bei Licht betrachtet weiß ich auch, dass das ein blöder, dahingesagter Spruch war, ein dämlicher Witz, denn was anderes beherrscht Janine gar nicht.

»Wie kannst du es wagen, mich zu beschuldigen, ich würde klauen!«, fuhr ich sie an. Wir waren beide überrascht.

Zumindest eine von uns – nämlich ich – war vernünftig genug, das Gespräch auf dem Flur weiterzuführen. Judy zu beunruhigen war das Letzte, was ich wollte.

Janine zuckte mit den Schultern, als sei ihr egal, was ich dachte. Das war der Moment, in dem ich ausrastete. Wenn sie einfach gesagt hätte: »War nur'n Witz, Gemma« oder »Ich hab wirklich ein lockeres Mundwerk« oder »Hach, bin ich wieder frech …«, dann hätte ich meine Stelle wohl noch.

Sagte sie aber nicht. Die Lunte war eindeutig gezündet, und ich konnte mich nicht mehr zusammenreißen. »Man soll nicht von sich auf andere schließen, Janine. Wenn du dich an Donalds Obstkorb oder an Janets Ferrero Rocher bedienst … vielleicht sogar an dem Ledersessel, der vom Empfang verschwunden ist, heißt das noch lange nicht, dass das jeder tut.«

Ich musste einen Nerv getroffen haben. Davon bin ich überzeugt, denn ich weiß, wie sie ist. Das mit dem Sessel kann ich nicht beweisen, aber Felipe glaubt es auch, und Janine wurde feuerrot, als ich das sagte.

Sie holte ihr Handy aus der Tasche und drückte auf Aufnahme. »Wiederhol das bitte, Gemma! Sprich hier drauf, dass ich gestohlen habe, sag es hier und jetzt, dann befördere ich dich so schnell aus diesem Haus heraus, wie du noch nie geflogen bist.«

Ich lächelte. Es war kein nettes Lächeln. »Keine Sorge, meine Liebe. Dein Geheimnis ist bei mir sicher.«

»Ich lasse mir diese Respektlosigkeiten nicht länger gefallen. So benimmst du dich erst, seitdem ich befördert wurde und du nicht.«

»Weißt du, was? Respektlos kann ich auch von meinem gemütlichen Sofa zu Hause aus sein. Dann sind wir beide zufrieden. Schieb dir deinen Job in den Hintern, Janine. Ich gehe.«

Was habe ich mir nur dabei gedacht? Warum konnte ich mich nicht einmal im Leben zusammenreißen und den Mund halten, meinen Stolz hinunterschlucken? Jetzt habe ich keinen Job mehr, und ein Zeugnis bekomme ich auch nicht. Ich konnte mich nicht mal von Judy, Felipe und Carmen in der Küche verabschieden, oder von den zwei Jims, die ich gerne Waldorf und Statler nenne, von Monica und Alf und all den anderen. Ich rede mir ein, dass in der Pflegebranche ständig Personal gesucht wird und dass eine erfahrene Pflegekraft wie ich im Nu was Neues findet. Hoffentlich stimmt das auch.

Dan kommt zum Abendessen, und ich muss ihm wohl sagen, dass ich meine Stelle verloren habe, obwohl es ihn eigentlich nichts angeht, wo ich arbeite oder wen ich des Diebstahls beschuldige. Vielleicht würde er sogar darüber lachen. Ich vielleicht auch, wenn sich der Staub erst mal gelegt hat. Oder wenn ich einen neuen Job habe. Oder wenn Janine vor mir auf die Knie fällt und mich anfleht, zurückzukommen.

»Hmmm, Zwiebelsoße …« Dan verrührt eine Gabel Kartoffelbrei und grinst mich an.

Kelvin ist auch zufrieden: Schweinekotelett mit Kartoffelpü, Erbsen und Mais gehört zu seinen Leibgerichten. Zu Dans offenbar auch. Ich beschließe, die Neuigkeit erst mal für mich zu behalten, weil ich nicht in der Stimmung bin, mein Verhalten zu rechtfertigen. Eventuell bin ich diejenige, die auf die Knie fallen und betteln muss.

Ich bin mir selbst mein ärgster Feind, das ist jetzt amtlich. Warum kann ich keinen kühlen Kopf bewahren und klug sein wie Neds heilige Nancy? Warum kann ich nicht den Verstand einschalten, bevor ich etwas Dummes tue?

Ich höre mir an, wie Dan und Kelvin sich darüber unterhalten, warum Zwiebelsoße so gut zu Kartoffelpüree passt und ob englischer Senf besser ist als französischer (Dan findet: ja, Kelvin ist es schnuppe), und ich sehe, wie gut mein Leben sein könnte, wenn ich mich bloß wie eine Erwachsene aufführen könnte. Meinen Ex zu küssen gehört nicht dazu. Auch nicht, auf Ned sauer zu sein, weil er mit Nancy unreflektiert glücklich ist.

Ich saß im Bus, auf dem Rückweg vom Pflegeheim, und zitterte noch am ganzen Körper vor Wut über meinen Streit mit Janine, als er mir eine Nachricht schickte. In Amsterdam wäre es super gewesen, das Hotel war super, und Nancys Freunde natürlich auch. Außerdem hätten sie über ihre gemeinsame Zukunft geredet, da wäre es ein bisschen schwierig geworden, aber sie hätten es abgehakt, und jetzt wäre alles … super. Ich will ihm nicht die Tour vermasseln, aber das Leben ist nicht rund um die Uhr einfach nur toll, nicht mal mit einer neuen Freundin. Typisch Ned mit dem halbvollen Glas. Bei dem läuft's schon über.

Nachdem Kelvin nach oben gegangen ist, machen Dan und ich es uns auf der Couch gemütlich und gucken einen dämlichen Science-Fiction-Film. Ich bemühe mich, das Gespräch oberflächlich zu halten: Warum muss der geklonte Cop zu den Leuten in den Wald? Wer ist diese Replikantenfrau? Sollen wir den Battenberg austrinken oder was für morgen aufheben?

Ich habe meine Lieblingsposition eingenommen, mit dem Rücken gegen die Armlehne. Ohne mich zu fragen nimmt Dan meine Füße auf den Schoß und massiert sie. Ich bin mir nicht sicher, ob er es überhaupt merkt. Ich mag es, wenn er mir übers Haar streicht, mir die Schultern knetet, besonders wenn sie angespannt und hart sind, so wie jetzt. Ist das schön! Ich seufze leise, meine Art, ihm zu sagen: nicht aufhören! Ich mache sogar die Augen zu, was kein Verlust für den dämlichen Film ist, von dem ich auch so noch genug mitkriege.

»Nics Füße durfte ich nie anfassen«, sagt Dan und bearbeitet vorsichtig jeden einzelnen Zeh. »Sie war so kitzlig. Echt, man hätte gedacht, ich würde sie angreifen, anstatt ihr zu helfen, sich zu entspannen.«

»Selber schuld. Du hast nicht zufällig einen Fußfetisch, oder? Jetzt wäre der richtige Moment, es mir zu sagen.«

»Ich habe einen Gemma-Fetisch. Du hast mir gefehlt am Wochenende.«

»Ja, du mir auch. Wie lief der Umzug von deinem Freund?«

»Sehr gut. Er ist nach Durrington gezogen. Weit außerhalb, aber da kriegst du auch viel mehr fürs Geld. Drei Schlafzimmer, großer Garten, Garage, Gartenhaus. Müsste man mal drüber nachdenken.«

Ich bekomme Angst. Meint er damit, *wir* sollten über einen Umzug nachdenken? Er und ich? Aufgrund von was? Einer Beziehung, die gerade mal ihre Probezeit überstanden hat? Ich schweige.

»Was hast du denn am Samstag gemacht?«, fragt er etwas später, als er mit zwei Bechern Tee und dem Rest Kuchen aus der Küche kommt.

»Dies und das. Nichts Besonderes.« Jetzt wäre der richtige Zeitpunkt, um ihm zu erzählen, dass ich einen Ausflug mit Kelvin und Joe gemacht habe. Der Moment geht vorbei.

»Dies und das? Oh, sehr geheimnisvoll. Arbeitest du fürs MI5?«

»Nee, fürs FBI.«

Ich bin hin- und hergerissen. Wenn ich Dan nichts von Joe erzähle, mache ich ein Thema daraus. Erzähle ich es ihm, könnte ich es beiläufig erwähnen, kein Ding, war nichts Wichtiges. Ich habe mich so gut wie entschieden, nichts zu sagen, aber bleibe ich dabei? Natürlich nicht.

»Joe ist mit Kelvin zur Bluebell Railway gefahren und Kelvin wollte, dass ich mitkomme. Ned hat leider einen Eisenbahn-Nerd aus meinem Sohn gemacht.«

»War Vicky auch mit?«

»Nein, sie war mit Hayley im Wellnessurlaub. Arme Vicky! Zwei volle Tage mit Hayley. Kannst du dir das vorstellen? Ich würde mir lieber eine Niere rausnehmen lassen.«

Dan ist nicht bereit, über Hayley abzulästern. »Warum hast du nichts davon erzählt? Als ich dich angerufen habe? Warum hast du nicht gesagt, wo du bist und mit wem?«

»Mensch, das weiß ich nicht, Dan. Vielleicht, damit ich nicht ins Kreuzverhör genommen werde. Es ist jetzt noch unwichtiger, als es da schon war.«

»Das hier ist bestimmt kein Kreuzverhör, Schatz. Ich weiß, was Joe in dir auslöst und wie sehr er dich verletzt hat. Da interessiert es mich doch zu hören, dass ihr zivil miteinander umgehen könnt, Kelvin zuliebe.«

»Wir waren auch zivil. Es war gut für Kel, uns so zu erleben.«

»Warum hast du es mir dann nicht erzählt?«

Er hat recht. Warum lügen? Plötzlich bin ich in der Defensive wegen eines absolut harmlosen Ausflugs mit meinem Sohn und meinem Ex. Sicher, es gab einen Kuss, aber den werde ich ganz bestimmt nicht erwähnen. Das hätte nicht passieren dürfen und kommt auch nicht wieder vor. Geht keinen außer mich was an. Ganz bestimmt nicht Dan.

»Vielleicht hab ich's dir nicht erzählt, weil ich dachte, du würdest sauer sein. Dass wir uns dann streiten und ich überlege, ob es wirklich so gut ist, wenn du hier schläfst.«

»Willst du, dass ich gehe?«

»Ja. Nein. Weiß ich nicht. Musst du wissen.«

»Dann bleibe ich.«

»Gut.«

»Gut.«

»Gibt's noch mehr, was du mir nicht erzählt hast?«

Ja. Einen Kuss. Ich habe meinen Ex geküsst und fand es gut.

»Ja«, sage ich. »Eins noch.«

»Was denn?«

»Ich habe Janine gesagt, sie kann sich meinen Job in den Hintern schieben. Ich bin gegangen. Ab heute bin ich offiziell arbeitslos. Bitte sehr. Jetzt weißt du Bescheid.«

Auf einmal habe ich jede Menge Zeit. Ich muss mir schnell einen neuen Job suchen, vielleicht sogar bei einer Zeitarbeitsfirma. Zumindest diese Woche kann ich mir ein bisschen Bargeld verdienen, indem ich Ros auf zwei Streetfood-Märkten helfe, einem in Worthing, dem anderen in Bexhill. Ich bin so stolz auf Ros. Sie ist schneller ausverkauft als die anderen Stände – wahrscheinlich, weil ihre Florentiner aus weißer Schokolade und die Macadamia-Macarons einfach zum Dahinschmelzen sind –, und sie gibt mir dreißig Pfund zusätzlich zu meinem Stundenlohn, als Dank für meine harte Arbeit. Jederzeit wieder, sage ich und meine es ernst.

Ich gehe meine Möglichkeiten durch. Will ich wirklich in der Pflege bleiben? Was kann ich sonst noch? Die Liste ist schnell geschrieben. Im Moment kann ich gut damit leben, dass ich die Brocken hingeworfen habe, trotz des schlechten Gewissens, Felipe und Judy im Stich gelassen zu haben.

Dan ging cool mit der Nachricht um, womit ich nicht gerechnet hatte. Er will, dass ich glücklich bin, und wenn die Arbeit mit Janine mich unglücklich machte, sei es gut, dass es vorbei wäre. In seinen Augen kann ich nichts falsch machen, was mir ein bisschen Angst einflößt, denn ich baue ständig Mist. Zum Beispiel, indem ich Joe nicht sage, er solle mich in Ruhe lassen. Ich ermutige ihn nicht ausdrücklich; ich rede mir ein, ich käme damit klar. Ich bilde mir sogar ein, dass alles, was wir machen, also freundliche Nachrichten hin und her schicken, nur unserem Sohn zuliebe geschieht. Damit wir miteinander klarkommen. Ja, logisch.

Dann erhalte ich plötzlich eine Nachricht von Ned. Er braucht mich, schnell. Ob wir uns an meinem nächsten freien Tag zum Mittagessen treffen können? Er weiß ja nicht, dass ich gerade jeden Tag frei habe, also ja, warum nicht? Ich schlage heute vor, weil ich das Haus schon von oben bis unten geputzt, ein bisschen Büroarbeit für Ros erledigt habe, spazieren gegangen bin und jetzt Schiss habe, den ganzen Tag vor der Glotze zu sitzen. Heute geht gut.

Warum braucht Ned mich? Hat er Probleme mit Nancy und meint, ich könnte ihm helfen? Haben sie sich getrennt? Würde mich nicht wundern. Sie kommt mir ziemlich kompliziert vor. Der gemeine Teil von mir würde sich ein bisschen freuen, wenn sie sich wirklich getrennt hätten. Ich wünsche Ned ja nur das Beste, aber ich verstehe echt nicht, was er an der Frau findet. Irgendwas muss ich übersehen haben.

Oder es geht um Dora. Dass Ned praktische Tipps von einer anderen Mutter braucht, vielleicht kann er Tanya nicht fragen, weil er dann seine Defizite offenbaren würde? Wenn es das ist, fühle ich mich geschmeichelt. Außerdem bin ich gerne mit Ned zusammen. Es ist kein Druck dahinter, weil wir nur gute Freunde sind, nicht mehr. Mehr werden wir nie sein, selbst wenn einer von uns mehr wollte. Will aber keiner. Außerdem hat er ja jetzt Nancy und ich habe Dan.

Wir treffen uns in einem Café in der Nähe seines Büros. Ich freue mich darauf, ihn zu sehen, ohne dass unsere wunderbaren neuen Lebensgefährten dabei sind. Er trägt einen Anzug, womit ich nicht gerechnet habe. Steht ihm gut, der Anzug. Schicker Kerl.

»Ja, ich weiß. Voll der Businessman, was?« Er stopft sich die Krawatte in die Tasche und empfiehlt die Lasagne. »Komm, ich bezahle. Das Tiramisu hier ist auch klasse.«

Ich habe mich ein bisschen schick gemacht, weil ich nicht oft zum Mittagessen verabredet bin. Das letzte Mal war mit Vicky, und das wurde emotional, sobald ich sie daran erinnerte, dass sie mir den Mann ausgespannt hatte. Ich trage einen schicken braunen Plisseerock und ein schwarzes T-Shirt, beides fast neue Sachen von Ros. Sie zieht weiße Sneaker zu so schicken Sachen an, deshalb habe ich das auch ausprobiert und bin ganz zufrieden damit. Auch wenn es lediglich Ned sieht, der ja nur ein guter Freund ist.

Während wir auf die Lasagne warten, erzählt er mir, warum er mich treffen wollte. Es geht tatsächlich um Nancy, aber nicht, weil sie Probleme hätten. Aha. Okay …

»Hatte Dan schon Geburtstag, seitdem ihr zusammen seid?«, fragt er und poliert seine Gabel geistesabwesend mit dem Ärmel.

»Nein.«

»Es ist nur … Ich habe mich gefragt, wie du damit umgehen würdest. Wenn er Geburtstag hätte, meine ich.«

»Kannst du noch mal von vorne anfangen, Ned? Und leg mal die dämliche Gabel weg!«

Er guckt mich mit seinem trotteligen Kleine-Jungen-Grinsen an. Er mag sich einbilden, emotional gereift zu sein, seit Tanya ihn vor die Tür gesetzt hat, aber er benimmt sich immer noch wie ein Kind, auch wenn ich das nicht so nervig finde wie sonst.

»Nancy wird nächste Woche dreißig. Also ein runder Geburtstag, der entsprechend angegangen werden muss. Findest du auch?«

»Ich kann mich an meinen Dreißigsten gar nicht erinnern. Du dich?«

»Meine Mutter hat mir Manschettenknöpfe geschenkt, und einen hab ich sofort in der ersten Stunde verloren. In einem Blumenbeet. Aber wer trägt schon Manschettenknöpfe?«

»Ich glaube, ich bin ungefähr zu der Zeit dreißig geworden, als bei Dad der Krebs entdeckt wurde. Es fühlte sich irgendwie nicht richtig an zu feiern. Vielleicht mache ich etwas zu meinem Vierzigsten.«

»Wäre doch cool! Überlass es Dan.«

Ich stoße ein leeres Lachen aus. »Wenn wir dann noch zusammen sind.«

Ned ist entsetzt. Er ist wirklich völlig ahnungslos, glaubt bis heute an »glücklich bis an ihr Lebensende«. »Im Ernst, Gemma? Meinst du nicht, dass Dan der Richtige für dich ist?«

»Keine Ahnung. Kann doch keiner sagen. Ist Nancy die Richtige?«

Kurzes Schweigen. »Könnte sein. Es fühlt sich richtig an. Doch, momentan fühlt es sich richtig an.«

Unsere Lasagne kommt, wir fangen an zu essen. Ich habe irgendwie den Appetit verloren und schiebe die Pasta auf dem Teller herum. Jetzt, da ich weiß, warum Ned mich sehen wollte, können wir auch zur Sache kommen.

»Okay«, sage ich geschäftsmäßig. »Du suchst ein Geburtstagsgeschenk für Nancy, aber du weißt nicht, ob es etwas Lustiges, Albernes oder Praktisches sein soll, etwas, das sie wirklich braucht, oder eher etwas Sentimentales, Ernstes. Das Geschenk soll den Stand eurer Beziehung widerspiegeln. Verstehe ich das richtig?«

»Genau so. Ich glaube schon, dass ich weiß, wo ich stehe, beziehungsweise wo *wir* stehen. Aber das Ganze ist ein Minenfeld, Gemma. Was ist, wenn ich es verbocke, weil ich irgendwas kaufe, das zu alltäglich ist oder zu sehr mit Bedeutung aufgeladen? Dann sieht sie, was für ein Idiot ich wirklich bin.«

»Wäre das denn so schlimm?« Glaubt er tatsächlich, dass Nancy ihn noch nicht durchschaut hat? Ich habe das längst. Und er versteht mich. Keine Ahnung, wann das passiert ist, aber es ist so, und es gefällt mir. »Ich meine, irgendwann muss sie doch mal dein wahres Ich erkennen.«

Ned hört auf zu essen. »Ach, ich denke, Nancy ist das Ausmaß meiner Beschränktheit inzwischen durchaus bewusst, und sie ist trotzdem noch nicht über alle Berge. Wäre Schmuck zu stark emotional aufgeladen?«

»Muss nicht sein. Solange es kein Verlobungsring ist.«

Er nickt, in Gedanken versunken. »Wie wär's mit einer Kette? Was Schlichtes in Silber? Auf der Portland Road ist ein guter Juwelier.«

»Da hast du's doch schon. Alles klar.«

Ned wirkt erleichtert und macht sich wieder an seine Lasagne. »Klasse. Danke, Gemma. Hey, wenn ich in dem Laden bin und mich nicht entscheiden kann, könnte ich dir Fotos schicken, und du sagst mir, was du meinst?«

Sein Ernst? Muss ich das tun? Er versteht mein Schweigen als Zustimmung.

»Tanya war immer leicht angesäuert, wenn ich ihr was Langweiliges zum Geburtstag geschenkt habe, und mit sexy Geschenken hatte ich's nicht. Hat Joe dir mal was geschenkt, das sexy war? Geht mich natürlich nichts an.«

»Stimmt. Geht dich nichts an.« Ich esse ein Stück Knoblauchbrot, um weitere Fragen zu unterbinden.

Zufälligerweise hat Joe mir oft sexy Sachen geschenkt. Damals fühlte ich mich geschmeichelt. Jetzt nicht mehr so. Unser Sexleben war nie langweilig, ob ich ein Korsett aus schwarzer Spitze trug oder ein Flanellnachthemd mit Kakaofleck. Zwischen meinen Beinen zuckt es, und ich tue so, als erschauderte ich vor Kälte. Wie kann dieser Schweinehund immer noch so eine Wirkung auf mich haben?

Wie auf ein Stichwort piepst mein Handy. Wieder eine Nachricht von Joe. Er denke immer noch an mich. Könne sich nicht konzentrieren. Er möchte, dass wir »so schnell wie möglich zusammen kommen, Gemsy«.

»Alles in Ordnung?«, fragt Ned, als er mein Gesicht sieht.

»Nur Kelvin, dass er nach der Schule mit zu Mohit geht.«

»Grüß ihn von mir! Er ist ein toller Junge, macht dir alle Ehre. Du hast kaum was gegessen. Hast du keinen Hunger?«

»Doch, eigentlich schon. Aber jetzt nicht mehr.«

Ned schlägt vor, dass wir uns ein Tiramisu teilen. Er teilt sich immer den Nachtisch mit Nancy, selbst wenn es ein Crumble ist und er den lieber mit Vanillesoße und sie ihn lieber mit Sahne isst. Er erzählt eine ewig lange Geschichte über irgendeinen Apfelkuchen in Amsterdam und ein lustiges Wort für Sahne auf Holländisch und wie sie sich was geteilt haben. Ich höre nicht mehr zu. Ned wird langweilig. Als Freund habe ich ihn ja gern, aber als Nancys Freund interessiert er mich nicht. Warum sollte er auch?

Auf dem Heimweg im Bus fühle ich mich leer, unruhig und verwirrt, deshalb schreibe ich Joe, ich hätte auch an ihn gedacht. Denn das stimmt. Bei Joe weiß ich zumindest, woran ich bin. Ist vielleicht etwas holprig, aber ich kenne mich aus.

Und weil ich doch noch ein Gewissen habe und niemandem weh tun will, der es nicht verdient hat, beschließe ich, bei Dan und mir den Stecker zu ziehen. Ich wäre mir bei ihm gerne so sicher wie Ned bei Nancy, aber so sehr ich mich auch anstrenge, es kommt nichts.

Ich bin versucht, mit ihm über die Mailbox Schluss zu machen, weil ich zu wenig Rückgrat habe, um mir seine Reaktion anzuhören. Aber das hat er nicht verdient. Stattdessen fahre ich nach Hause, schenke mir ein großes Glas Wein aus der Flasche ein, die wir am Wochenende nicht ausgetrunken haben, setze mich auf die Bank im Garten und wähle seine Nummer. Er nimmt es gut auf. Genau genommen lasse ich ihm keine Zeit zum Antworten, also könnte das auch Wunschdenken meinerseits sein. Ich sage, was ich sagen muss, und lege auf. Ende.

Auf lange Sicht wird er froh sein. Er hat was deutlich Besseres als mich verdient.

23

Ned

Karen will mich um elf Uhr kurz sprechen, damit ich sie über Welby-Daniels auf den neuesten Stand bringe und ihr alles über Loadstar berichte. Ich fühle mich echt geschmeichelt, dass ich die Verantwortung dafür bekommen habe. Vor einem Jahr wäre das undenkbar gewesen. Damals war ich zu sehr damit beschäftigt, mich in Selbstmitleid zu suhlen, weil ich als Ehemann und Mensch versagt hatte. Man hätte mir nicht mal den Tacker anvertrauen können. Neue Kunden zu umwerben und zu betreuen wäre eigentlich eine Aufgabe für die großen Fische, nicht für einen unsichtbaren Idioten wie mich.

Die Beförderung, Nancy, das Laufen, die neue Bettwäsche – das alles verleiht meinem Schritt etwas Beschwingtes und meiner Einstellung etwas Zielgerichtetes. Karen sieht das, und es kommt gut bei ihr an; sie hat sich für den Richtigen entschieden. Ich habe mich der Herausforderung gestellt, die Gelegenheit am Schopf gepackt, bin über meinen Schatten gesprungen und jetzt bereit, jobmäßig so richtig durchzustarten.

Eigentlich müsste ich unsere Besprechung vorbereiten, aber ich wurde etwas abgelenkt, weil ich mich ein bisschen für Nancys Geburtstagsgeschenk zum Dreißigsten umgesehen habe. Ich darf es nicht vermasseln, indem ich unserer Beziehung zu viel oder zu wenig Bedeutung gebe. Hat wirklich geholfen, letzten Freitag mit Gemma darüber zu sprechen. Wenn sie mir nicht angeboten hätte, beim Aussuchen zu helfen, wäre ich wirklich nervös gewesen. Gemma ist eine wahre Freundin. Ich freue mich so für sie, dass sie jemanden gefunden hat. Dan ist ein Glückspilz.

Zwei Minuten vorher tippe ich noch schnell ein paar Stichpunkte zu Loadstar in mein Tablet, damit Karen und ich was zum Reden haben. Am besten bin ich in diesem Stadium nicht zu unflexibel. Da taucht der glänzende Kopf von Andy über der Trennwand auf. Je schneller ich ein eigenes Büro bekomme, desto besser.

»Alles gut bei dir, mein Freund?«

»Auf jeden Fall, Andy. Ich muss noch schnell für kleine Königstiger und habe um elf einen Termin mit Karen, also können wir das auf später verschieben?«

»Kein Problem, Junge. Viel Spaß bei deinem Vieraugengespräch mit unserer glorreichen Chefin!«

Sein Kopf taucht ab, zehn Sekunden später ist er wieder da.

»Lust auf eine Runde im Anchor heute Abend? Oder triffst du dich mit Nancy?«

»Hey, Andy, kann das nicht warten?«

»Klar, kein Problem. *Perfecto*. Also dann um halb acht. Essen geht auf mich, falls du Bock hast. Dann mal los mit dir! Sonst kommst du noch zu spät.«

Karen ist cool. Karen vertraut meiner Einschätzung. Meine hastig zusammengewürfelten Stichpunkte zu Loadstar sind genau das Richtige, sie bewundert meine Auflistung. Ich haue voll rein. Allerdings ist es immer noch möglich, dass die Kacke bald anfängt zu dampfen, deshalb muss ich vorsichtig sein.

»Ich habe gehört, in Crawley soll es nicht so glatt laufen«, sagt sie aus heiterem Himmel ... oder sind da Wolken aufgezogen?

»Nicht so glatt?«

»Na ja, wie würdest du es denn ausdrücken?«

»Becky und Graham haben etwas geschludert. Ich bin an der Sache dran.«

Karen nimmt die Brille ab und reibt sich den Nasenrücken. Mein Französischlehrer Mr. Radley hat das auch immer gemacht, kurz bevor er mich nach Strich und Faden zusammengestaucht hat. *En français, naturellement.*

»Wie gehst du damit um, Ned? Gib ihnen den kleinen Finger, dann reißen sie dir den ganzen Arm ab. Besonders Becky. Wenn du mich fragst, ist sie ein bisschen zu sehr von sich eingenommen.«

Ich könnte jetzt einen vom Pferd erzählen oder das Thema wechseln, aber einer wie Karen kann man nichts vormachen; sie würde mich sofort durchschauen. Dies ist ein Test, und ich muss ihn bestehen.

»Ich habe den beiden Zeit bis morgen gegeben, um alles wieder auf null zu stellen. Passiert das nicht, reiße ich ihnen den Allerwertesten auf. Beiden. Wenn es sein muss, hole ich die Zentrale dazu, und das wissen sie, vor allem Becky. Ich akzeptiere keine Mittelmäßigkeit, keine schlechten Entscheidungen, kein Abwälzen von Verantwortung. Das gibt's bei mir nicht. Letzte Ausfahrt Brooklyn, das sag ich dir.«

Es ist still, während Karen ihre Brille wieder aufsetzt und blinzelt. Bin ich das falsch angegangen? Hätte ich besser auf Nancy gehört? War das mit dem Allerwertesten ein bisschen zu anschaulich für Karens Geschmack?

»Wow, Ned! Damit habe ich nicht gerechnet bei dir. Dann hol sie dir, Tiger! Kannst mich als bösen Cop benutzen, falls du Unterstützung brauchst.«

»Danke, Karen. Gut zu wissen, dass wir das ähnlich sehen.«

Als ich zurück zu meinem Schreibtisch schlendere, kann ich mein Grinsen nicht unterdrücken. Sie hat mich »Tiger« genannt. Mit einem großen Bissen schiebe ich mir den aufgehobenen KitKat-Riegel in den Mund, trinke den letzten Schluck vom vergessenen Cappuccino und bereite mich darauf vor, das mit Crawley zu klären, ein für alle Mal.

Ich bin ein Tiger.

Im Kühlschrank zu Hause habe ich eine Brokkoliquiche und einen Salat von Nancy, aber wenn Andy anbietet, mir einen Burger zu spendieren, wäre ich ja blöd abzulehnen. Wer weiß, wann er das wieder tut? Dabei ist er gar nicht geizig, sondern eher gedankenlos. Und ich fühle mich meistens zuständig, wenn die nächste Runde geholt werden muss. War schon immer so. Stört mich nicht.

Wieder ist er vor mir da. Er trägt ein schickes kariertes Hemd, und wenn er Haare hätte, wäre er ordentlich gekämmt mit einem akkuraten Scheitel. Andy lädt nie zum Essen ein, und sein Aussehen kümmert ihn nicht. Hier ist irgendwas faul.

»Habe noch keine Burger bestellt«, sagt er, als er mit dem Bier und den Erdnüssen an den Tisch kommt. »Ich erwarte jemanden.«

Er wirkt nachdenklich und nervös, sieht klein und angespannt aus.

Ich tippe auf eine Frau, aber für die strengt er sich normalerweise nicht so an. Dann schnalle ich es. »Aaron? Wartest du auf Aaron?«

Andy nickt und gibt ein seltsam würgendes Geräusch von sich, das er als Räuspern zu tarnen versucht.

»Wow, Andy! Das ist ja klasse! Ich freue mich total, dass du dich bei ihm gemeldet hast. Mensch, ich bin echt stolz auf dich! Dann sollte ich aber nicht mehr da sein. Fünftes Rad am Wagen …«

»Bleib nur für die erste halbe Stunde, bis ich etwas ruhiger geworden bin.«

»Wieso hast du es dir anders überlegt? Also, dass du ihn treffen willst?«

»Ach, einfach … Mensch, keine Ahnung, Ned. Ich musste immer an den Tag mit Dora und dir in Amberley denken und was ich alles verpasst habe, weil ich dachte, ich wollte kein Vater sein.«

»Und jetzt willst du?«

»Vielleicht. Aber das kann man nicht einfach so anknipsen, oder? Zwanzig Jahre zu spät? Außerdem hatte Aaron ja einen Vater, der ihm gezeigt hat, wie man Schnürsenkel bindet, sein Fahrrad flickt und ein Kondom überzieht.« Andy lacht über die Ironie seiner Bemerkung. »Ich bin doch nur ein Typ mit Plauze in einem engen Hemd.«

»Um wie viel Uhr kommt er?«

»Halb acht. Er wohnt in Burgess Hill. Die ganze Zeit hat er nur zehn Meilen entfernt gelebt. Da muss man schon nachdenken, was?«

Ich fühle mich geehrt, dass Andy mir Aaron vorstellen will. Trotzdem ist es nicht richtig. Ich sollte nicht hierbleiben. »Ich hole die nächste Runde, und du bekommst einen Whisky, um dich zu beruhigen. Aber ich bleibe nicht. Ich verzichte sogar auf meinen Burger. Ist nicht gut, wenn ich hier bin.«

Er nickt. »In Ordnung. Sonst glaubt er noch, *du* wärst sein Vater, weil du besser aussiehst. Dann verzieh dich, bevor er gleich auftaucht. Das klappt schon, oder? Klar. Bis dann, Nedward!«

Da ich die alleinige Gewalt über die Fernbedienung habe, gucke ich *Interstellar*, einen meiner Lieblingsfilme. Nancy hasst Science-Fictions und alles mit dem Wort »dystopisch« in der Beschreibung. Ich konnte sie nicht mal überreden, mit mir *Galaxy Quest – Planlos durchs Weltall* zu sehen, obwohl ich mir da immer in die Hose mache vor Lachen. Ihre Brokkoliquiche ist lecker, aber mit dem Salat hab ich's nicht so, höchstens, wenn ich richtig Majo draufknalle. Wenn sie hier wäre, könnte ich das auch nicht machen.

Als sich an der besten Stelle des Films zwei Nachrichten mit einem Piepsen ankündigen, bin ich versucht, sie zu ignorieren.

Andy: »Aaron ist ein toller Junge. Höflich, klug, lustig. Der arme Kerl hat meine Monobraue geerbt. Er will, dass ich seine Mutter treffe. Du weißt schon … Gillian. Keine Eile. Besser langsam angehen. Er mochte mich!!!«

Nancy: »Französischkurs mit diesem Angeber macht kein Spaß. Mit Mel wg. Klopapier gestritten. Hast du ein Glück, dass du allein wohnst. Komme heute Abend rüber. Noch kannst du Nein sagen.«

Ich gucke weiter *Interstellar*, und zehn Minuten später höre ich den Schlüssel in der Tür. Ich freue mich, dass Nancy hier ist, obwohl ich auch meine Zeit für mich genieße, wenn ich ehrlich bin. Aus der Art, wie sie im Flur die Schuhe auszieht, schließe ich, dass sie keinen besonders guten Tag hatte. Ich stelle den Fernseher stumm, mache den Wasserkocher an und öffne eine Packung Hobnobs-Kekse.

»Diese bescheuerte Mel! Sicher, es ist ihre Wohnung und sie hat das Sagen, aber weißt du, was? Ihr gefällt das Klopapier nicht, das ich gekauft habe! Wer hätte gedacht, dass Klopapier zu schmal sein kann? War nicht gerade hilfreich, dass ich die Geduld verloren habe und gesagt habe, sie solle es sich in den Arsch schieben. Dann musste ich lachen, denn was soll sie sonst damit tun?«

Eine Umarmung ist vonnöten. Die verständnisvolle Umarmung eines rücksichtsvollen Partners. Seit Tanya habe ich so viel gelernt. Ich weiß, dass ich Nancy nicht unterbrechen darf, wenn sie erst mal loslegt; ich wasche meine Tassen richtig ab, anstatt sie nur kurz mit Wasser auszuspülen, ich habe sogar eine Packung Tampons im Korb unterm Waschbecken.

Nancy wirft sich auf die Couch und isst den Rest Salat direkt aus der Plastikschale. Ich gehe mit zwei Teebechern zu ihr und hocke mich neben sie.

»Wir könnten morgen früh laufen gehen«, schlägt sie vor und schiebt ihr Kinn in meine Achselhöhle wie ein zutrauliches Kätzchen.

»Geht leider nicht. Ich muss schon um halb acht an meinem Platz sein, um eine Telefonkonferenz mit Crawley vorzubereiten.«

»Ah, Crawley. Was haben die schon wieder angestellt? Die falsche Schriftgröße verwendet? Euren Geschäftsführer als Vollhorst beschimpft?«

»Er *ist* ein Vollhorst. Nein, ich bin jetzt so weit, dass die von mir richtig einen auf den Deckel kriegen. Die haben sich lange genug einen lauen Lenz gemacht.«

»Ich dachte, du wolltest sie ein bisschen an der langen Leine halten?«

»Das Ende der Fahnenstange ist erreicht, Nan. Ich lasse mir nicht auf der Nase rumtanzen. Schluss jetzt mit Mr. Nice.«

»Ned, du klingst wie der letzte Arsch.«

»Ich übernehme Verantwortung. Das hätte ich schon vor Wochen machen sollen.«

Nancy setzt sich auf. »Aah, verstehe. Du wirst jetzt zum Schwein, weil Gemma es gesagt hat.«

»Gemma wischt im Pflegeheim Ärsche ab. Von der nehme ich wohl kaum Managerratschläge an.«

»Trotzdem hörst du eher auf sie als auf mich. Auf einmal lässt du den Dicken raushängen, weil deine beste Freundin das gesagt hast.«

Ich begreife es nicht. Sicher, Nancy hatte schon schlechte Laune, als sie herkam, aber ich dachte, ich hätte sie lange genug umarmt. Auf einmal legt sie es richtig auf einen Streit an, ohne dass ich wüsste, warum. Wen interessiert es, wer was über Crawley gesagt hat? Ich brauche weder von Nancy noch von Gemma irgendwelche Ratschläge. Ich bin ein Tiger.

»Tu nicht wieder so unschuldig, Ned! Du weißt genau, wovon ich rede.«

»Nein, wirklich nicht! Nimm dir einen Keks. Such dir was im Fernsehen, was du gucken willst.« Ich gebe ihr die Fernbedienung.

»Ich wäre doch besser zu Hause geblieben.« Sie stampft ins Schlafzimmer rüber. »Wie bist du eigentlich drauf, Ned? Wenn Gemma sagt, du sollst springen, fragst du noch, wie hoch! Ist doch lachhaft!«

Ich schätze, heute Abend gibt es keinen Sex. Ich gucke mir

den Rest von *Interstellar* an, aber eigentlich ist das nur noch ein Dröhnen im Hintergrund …

Nancy und ich haben uns bisher nicht oft gestritten. Wahrscheinlich, weil wir noch in der Flitterwochenphase sind. Gut, sie kann manchmal ziemlich sauer auf mich werden, aber ich war immer schon leicht nervig. Das weiß ich. Und manchmal redet und redet sie in einem fort, ohne zu merken, dass ich auch was sagen will. So ist das bei Paaren. Wenn man jemanden kennenlernt, kann der nicht alle Kriterien erfüllen. Keiner ist perfekt. Wer braucht das schon, besonders nach so einer langen Durststrecke? Das ist okay so. Es ist ein Geben und Nehmen.

In diesem Fall hat sich Nancy über Gemma aufgeregt, und das verstehe ich, wirklich. Gemma muss man erst besser kennen. Sie sagt, was sie denkt. Außerdem gibt es kein Gesetz, das vorschreibt, alle Frauen müssten sich mögen. Aber ist schon schade. Nach dem holprigen Start ist Gemma ein wichtiger Teil meines Lebens geworden. Ich mag ihre Energie, ihre Einstellung und was sie in unsere Freundschaft einbringt. Unsere geteilten Erfahrungen als sitzen gelassene Elternteile haben uns auf eine Weise zusammengeschweißt, wie ich es mit Andy nicht kenne – ebenso wenig mit Nancy.

Vielleicht spürt Gemma das auch. Ich hoffe es. Entweder das, oder sie hält mich für einen Idioten.

24

Gemma

Es klingt wirklich bescheuert, als ich es Ros erzähle. Es gibt Momente, meistens um zwei Uhr morgens, da frage ich mich sogar selbst, was ich für einen Scheiße baue. Warum muss ich immer den Knopf für den Schleudersitz drücken, wenn ich gerade ein bisschen vorankomme? Man braucht nicht die Kummerkastentante der *Sun* zu sein, um die Antwort darauf zu kennen. Das ist Einführungskurs Psychologie. Selbstzerstörung wie aus dem Bilderbuch.

Ich hatte mein Leben mit Joe und nahm an, meine Zukunft laufe sicher in geordneten Bahnen. Dann war Schluss damit. Das kam nicht langsam, sondern unerwartet. Bumm. An einem Tag ist man eine glückliche Familie, am nächsten heult man in seine Cornflakes und fragt sich, welchen Schaden man mit einem Gemüsemesser anrichten kann. Innerhalb von Sekunden hatte ich die Kontrolle über mein Leben verloren. Es wurde mir gestohlen. Und das war für mich als Kontrollfreak – ich bin einer, das weiß ich – das Allerschlimmste.

Auf einmal war ich im freien Fall, und so sehr ich auch schrubbte, staubsaugte und meine Unterwäscheschublade farblich sortierte, nichts konnte zurückbringen, was ich verloren hatte. Deshalb ziehe *ich* jetzt den Stecker, übernehme *ich* die Drecksarbeit, mache *ich* den großen Abgang, damit das nie wieder einer mit mir machen kann.

Ich dachte, Ros würde das verstehen, weil sie meine

Freundin ist und weiß, wie ich ticke. Sie weiß auch, dass ich nicht besonders empfänglich für ungebetene Ratschläge oder »nützliche« bittere Wahrheiten bin. Was sie aber nicht aufhält.

»Du kannst deine Stelle bestimmt wiederbekommen«, sagt sie beim zweiten großen Glas Wein in ihrem Stammlokal. »Die wissen, wie hart du arbeitest, gerade Janine.«

Ich habe Ros geholfen, eine dringende Bestellung fertig zu machen. Wenn ich noch einmal einen Biskuitkuchen in Regenbogenfarben sehe, drehe ich durch. Für die große Feier einer eingetragenen Lebenspartnerschaft auf dem Regency Square hat sie acht Stück davon gebacken. Der Zuckerguss ist auch in Regenbogenfarben, was ich, wie sich herausstellte, ziemlich gut kann. (Kontrollsucht hat so ihre Vorteile, wenn man das Kommando über den Spritzbeutel hat. In der Schule war ich immer die Beste beim Anmalen und Linien ziehen.)

»Ros, ich will die Stelle nicht zurück! Die war immer nur als Übergangslösung gedacht. Ich konnte das gut, und ich hatte viele Bewohner wirklich gern, besonders Judy. Jetzt muss ich herausfinden, was ich noch gut kann.«

»Meine Buchführung machen? Meine Ablage? Chronologisch im Aktenordner?«

»Ja, das kann ich auch ganz gut. Ich habe immer die Buchhaltung für Joe erledigt. Das war bei dem noch viel chaotischer als bei dir.«

»Cupcakes verpacken, ohne den Zuckerguss zu verschmieren? Berge von Backformen waschen? An den Regenbogenguss gerade bist du total angstfrei drangegangen.«

»Das hat mich auch gewundert. Eigentlich war das ganz nett.«

Ros stößt ihr Glas gegen meins. »Einstellungsgespräch beendet, Ms. O'Hara. Sie sind eingestellt. Können Sie nächste Woche anfangen?«

Ich lache. Ich wusste, Ros würde mich aufheitern.

»Das meine ich ernst, Gemma. Ich brauche noch ein Paar Hände, wenn ich *Sweetcakes* am Laufen halten will. Wir wissen beide, dass Backen nicht deine Stärke ist, aber meine. Alles andere kannst du super. Im Ernst. Ohne dich wäre ich untergegangen. Wenn du einsteigst, ist das eine Aufstockung meiner Belegschaft um hundert Prozent.«

Ich bin sprachlos. Das ist kein Witz von ihr.

»Im Moment kann ich dir noch nicht viel zahlen. Vielleicht kannst du nebenbei etwas über Zeitarbeit machen? Ich glaube echt, dass ich mir was Gutes aufgebaut habe, und ich brauche dich zur Unterstützung. Hey, jetzt sag mal was, du Suppenhuhn!«

»Darf ich darüber nachdenken?«

»Wenn's sein muss.«

»Ich habe drüber nachgedacht. Ja. Das wäre ... ich kann's gar nicht glauben ... Ja!«

»Super!« Ros nimmt mich in die Arme. »Hätten wir das mit deinem Job geklärt. Jetzt die Sache mit Dan. Hast du den Verstand verloren?«

»Ich wusste, dass du das sagst. Lass mich bitte erklären, ja?« Ich hoffe, sie versteht, wie ich mich fühle. »Wenn ich bei Dan trunken vor Lust gewesen wäre oder rund um die Uhr an nichts anderes hätte denken können, wären wir noch zusammen. Vom Verstand her erfüllt er alle Kriterien, aber vom Herzen her nicht. Wenn er der Richtige wäre, dann wüsste ich es. Dann müsste ich nicht darüber nachdenken, Ros, dann wüsste ich es einfach.«

Ich frage mich, ob Nancy alle Kriterien von Ned erfüllt. Die dämliche Kuh. Und der dämliche Ned, dass er sich in diese Tante mit ihren großen Kulleraugen, den ausgeflippten Klamotten und ihrem total nervigen Optimismus verknallt.

Wen würde sie nicht überzeugen? Wohl nur mich.

Auf dem Heimweg hole ich Kel bei Mohit ab. Ich würde ihm am liebsten von meinem neuen Job erzählen, aber gebe Ros noch Zeit, falls sie es sich anders überlegt. *Ich* würde es tun, wenn ich sie wäre. Das haut mich echt um. So gerne würde ich richtig zu *Sweetcakes* gehören und mit meiner umwerfenden Freundin zusammenarbeiten. Ich hätte nicht gedacht, dass ich mehr als eine Aushilfe bin. Obwohl, ich wusste immer schon, dass ich gut mit Zahlen kann. Joe hat sich auf mich verlassen. Wer wohl jetzt seine Buchhaltung macht? Hoffentlich Vicky.

Ros hat nicht verstanden, warum ich mit Dan Schluss gemacht habe. Wahrscheinlich habe ich es nicht richtig erklärt. Ich weiß einfach, dass wir keine gemeinsame Zukunft haben, deshalb ist es besser, jetzt den Stecker zu ziehen, als unsere Beziehung in einem Monat oder einem Jahr gegen die Wand zu fahren. Ros hat mir versprochen, meine Entscheidung zu akzeptieren, auch wenn sie mich für bescheuert hält. Sie wollte wissen, ob es okay wäre, wenn sie ihn wegen ihres Küchenumbaus anspräche, jetzt wo *Sweetcakes* richtig Fahrt aufnimmt.

»Von mir aus gerne«, sagte ich. »Dan und ich sind erwachsene Menschen. Wir können so was trennen. Er würde das super machen. Am besten bestellst du ihn zum Ausmessen her, wenn ich nicht da bin, falls das okay für dich ist. Nur um Unannehmlichkeiten aus dem Weg zu gehen.«

Es ist spät für einen Wochentag, deshalb schicke ich Kel sofort ins Bett, bereite sein Brot für den nächsten Tag vor und leere die Mülleimer. Alles wie immer, nur dass ich nicht mehr arbeitslos bin. Ich bin jetzt fünfzig Prozent von *Sweetcakes*. Gut gemacht, Gemma!

Als mein Handy klingelt, bin ich froh, dass es nicht Joe ist. Ich darf ihn nicht weiter ermutigen. So ein Mensch bin ich nicht. Es ist Felipe.

»Es tut mir leid, dass ich so spät anrufe«, sagt er in seinem perfekten Englisch. Felipe fehlt mir. Vielleicht kann er die Brocken hinwerfen und auch zu *Sweetcakes* kommen.

»Kein Problem. Ich wollte mich auch schon zigmal bei dir melden. Rat mal, was passiert ist! Ich …«

»Ich muss dir etwas sagen. Damit kann ich nicht bis morgen warten.«

Jetzt macht er mir Angst. Geht es ihm gut? Geht es Martin gut? Haben sie sich getrennt?

»Wegen Mrs. Palmer-Woodley, also … Judy. Sie ist gestorben. Es tut mir so leid, Gemma. Ich weiß, wie sehr du sie mochtest, und sie hat dich echt vermisst, als du weg warst.«

Zum zweiten Mal an diesem Abend fehlen mir die Worte.

»Sie ist friedlich eingeschlafen. Sie hatte keine Schmerzen.«

»Danke.« Mehr bringe ich nicht heraus. »Danke, dass du mir Bescheid sagst, Felipe.«

»Ich habe etwas für dich. Von ihr. Ich möchte es dir geben, bevor ihre Familie kommt. Sie hat mir letzte Woche gesagt, dass du ihr Schmuckkästchen haben sollst, wenn sie stirbt.«

Typisch Judy. Sie wusste, dass ich immer über den kitschigen Plastikkasten lachen musste. Manchmal trug sie alle ihre Halsketten zusammen, wie eine große glitzernde Schlange, nur um mich zu überraschen, wenn ich ihr ihre Tabletten brachte. Oder sie setzte sich zwei verschiedene Ohrringe ein. »Warum denn nicht?« Ich nehme an, wenn ich den Kram nicht nehme, wirft ihr Sohn ihn in den Müll. Deshalb ja, gerne.

Als das Telefon wieder klingelt, ist es doch Joe. Und weil mich die Nachricht über Judy absolut umgehauen hat – auch wenn damit zu rechnen war –, bin ich einverstanden, dass er vorbeikommt.

»Das ist hart, Gemsy«, sagt er, als er mir eine Tasse heißen, süßen Tee macht. »Sie muss dich gerngehabt haben. Du kannst so gut mit alten Leuten. Meine Oma hat dich total geliebt.«

»Deine Oma war ein Schätzchen. Zäh wie Leder, genau wie Judy.«

Wir trinken den Tee auf dem Sofa. Ich will keinen Sex, auch wenn ich schätze, dass er deswegen gekommen ist. Ich möchte nur, dass jemand meine Hand hält und mir übers Haar streicht. Joe legt den Arm um mich und drückt mir einen Kuss auf den Scheitel. Das geht auch.

Wirklich? Kann ich seinen Trost annehmen, ohne mehr zu wollen? Wäre es denn so falsch, wieder mit ihm zu schlafen? Er hat doch mir gehört, wir haben eine gemeinsame Vergangenheit. Daran ändert sich nichts. Das wären keine Brosamen. Ich würde mir das nehmen, was mir rechtmäßig zusteht.

»Du bist immer noch die Einzige«, flüstert er mir ins Ohr. »Ich weiß nicht, was ich mir dabei gedacht habe. Du wirst immer die Einzige sein.«

Das sind nur Worte. Tröstliche Worte, die mich beruhigen sollen. Vielleicht ist Joe auch der Einzige für mich? Kann das sein? Was ist, wenn für mich einfach nicht mehr im Leben drin ist?

Als er mich küsst, halte ich ihn nicht auf. Ich rechtfertige es vor mir selbst mit der Begründung, dass es mir wegen Judy schlecht geht und ich ein bisschen Trost brauche. Ich habe ein Recht darauf. Wenn Joe nur ein klein bisschen vernünftig ist, macht er mir keinen Druck. Noch nicht. Er kennt mich gut genug, um meine Verfassung einzuschätzen. Er weiß, dass ich da bin, wenn er mich will. Und ich will ihn.

Mein Kopf ist so durcheinander, dass ich nicht höre, wie die Tür zum Wohnzimmer geöffnet wird. Bis Kelvin in seinem *Star Wars*-Schlafanzug dasteht. Alle drei erschrecken wir uns. Joe und ich springen auf. Kel versucht zu verstehen, was er gerade gesehen hat: Mum und Dad haben sich geküsst. Das hat doch was zu bedeuten, oder?

»Dad?«

»Hey, Meister! Kannst du nicht schlafen?«

»Was ist hier los?«

Ich muss es ihm erklären, denn ich bin diejenige, die mit den Konsequenzen klarkommen muss, wenn Joe nach Hause gefahren ist. »Ich habe eine traurige Nachricht über eine Bekannte bekommen, Schätzchen. Sie ist gestorben. Deshalb war ich sehr fertig, und dein Dad hat mich getröstet.«

»Wer ist gestorben? Kenne ich die?«

»Judy. Nein, kennst du nicht. Egal, du musst jetzt nach Hause, Joe, nicht? Danke für alles.«

Er gibt mir einen Kuss auf die Wange, wuschelt Kel über den Kopf und ist an der Tür. »Bis dann, Gemsy! Sag Bescheid, wenn ich noch irgendwas tun kann. Ich oder Vicky. Bis denne, Meister!«

Ich erwarte einen mürrischen Kelvin zum Frühstück, so wie immer. Er ist einfach kein Morgenmensch. Doch er ist nicht brummig. Er könnte nicht fröhlicher sein. Er weiß, was er in der Nacht gesehen hat, und das war eine gute Nachricht für ihn.

»Du und Dad, ihr kommt wieder zusammen.«

»Nein, Schätzchen, kommen wir nicht.«

»Ich habe gesehen, wie ihr euch geküsst habt. Sag nicht, dass das nicht stimmt, denn ich hab's gesehen. Warum solltet ihr das machen, wenn ihr nicht wieder zusammen seid?«

»Ich hab's dir doch erklärt, Kel. Dein Dad hat mich getröstet, mehr nicht.«

Er grinst zynisch und schaufelt sich weiter seine Cheerios rein.

»Wirklich! Es war so, Schätzchen. Meine Lieblingsbewohnerin im Altenheim ist gestorben, und ich war total traurig. Bin ich immer noch. Sie war eine wunderbare Frau. Du hättest sie auch gemocht. Ich hätte sie dir vorstellen sollen.«

»Du sagst immer, ich soll die Wahrheit sagen, man würde nicht lügen. Aber du lügst mich an! Ich weiß, was ich gesehen habe, Mum. Das war ein richtiger Kuss, so wie Dad und du euch früher geküsst habt, wenn ihr dachtet, ich würde nicht gucken.«

»Wir kennen uns schon sehr lange. Und wir kennen uns sehr gut. Da darfst du nichts hineinlesen, Kel.«

Er schiebt den Teller mit den Cornflakes von sich. Wenn er das tut, muss er richtig durcheinander sein. »Aber ich dachte ... Es sah aus, als ob ...«

»Wie sah es aus?«

»Als ob ihr euch lieben würdet, so wie damals, bevor ihr

euch getrennt habt. Als könnten wir wieder eine Familie sein. Als könnten wir wieder glücklich sein.«

»Ich *bin* glücklich.«

Er antwortet nicht. Er schaut einfach durch mich hindurch.

»Wir kommen nicht wieder zusammen, Kel. Es wird nie mehr so sein wie früher. Wir sind jetzt älter. Wir haben uns verändert. Du, ich *und* dein Vater.«

Er ist so traurig. Ich dachte, er hätte sich an unsere Regelung gewöhnt, an die getrennten Leben. Kinder passen sich schnell an. Sie sind viel widerstandsfähiger als Erwachsene.

Kelvin nimmt seine Jacke und geht. Ohne Umarmung. Nicht mal ein »Bye, Mum!«

Ich sehe ihm nach, wie er die Straße entlangläuft. Mit gesenktem Kopf und schlurfenden Schritten. Ich habe ihn enttäuscht. Schon wieder …

Er wünscht sich so sehr, dass wir wieder eine Familie sind. Liegt er denn so falsch damit? Wäre es möglich? Klar, ich habe mit Dan Schluss gemacht, aber heißt das auch, dass ich Joe wieder in meinem Leben haben will? Ich habe neue Leute kennengelernt. Ich habe meinen Job geschmissen (okay, das war nicht so geplant) und einen besseren bekommen. Ich bin glücklich. Meistens.

Und trotzdem weiß Joe, welche Knöpfe er bei mir drücken muss. Vielleicht wird das immer so sein.

Ungewollt frage ich mich, ob Ned auch noch heiß auf Tanya ist. Irgendwie glaube ich das nicht. Außerdem hat er jetzt natürlich Nancy und lebt mit ihr im Traumland der Verliebten. Wie soll ich bitte schön *nicht* neidisch auf die beiden sein, da sie so überzeugt sind, dass ihre Liebesgeschichte ein Happy End hat? Warum tut mir deren Glück so weh?

25

Ned

Ich habe gerade meinen bisher besten Morgenlauf absolviert und hatte nicht mal Nancy dabei, um mir Dampf zu machen. Ich habe eine andere Strecke ausprobiert, und das machte einen riesigen Unterschied: runter zum Meer, drei Runden um den Wish Park und zurück nach Hause, da duschen und vier getoastete Scheiben von Nancys Vollkornbrot essen, dick mit dem Pflaumenmus ihrer Mutter bestrichen. Ich musste nicht anhalten, um so zu tun, als müsste ich mir die Laufschuhe neu binden, nur um wieder zu Atem zu kommen. Keine Seitenstiche. Keine Lungenschmerzen oder Wadenkrämpfe. Meine Playlist namens »Asphaltheld« hat mir wirklich geholfen, ich war besonders ehrgeizig heute, bin zu »Eye of the Tiger« am Meer entlanggelaufen, denn, ja, ich *bin* ein Tiger.

Die Geschichte mit Crawley ist geklärt, dank meiner Wenigkeit. Karen hat mich sogar in ihrem Bericht an unsere Geschäftsführung erwähnt, um den schon lange versprochenen Umzug vom Großraumbüro in meine eigenen vier Wände voranzutreiben. Ist ihr echt peinlich, dass es so lange dauert. Und die Kollegen in Crawley sind dankbar, dass ich sie auf das Problem angesprochen habe, nur Becky nicht, aber das war zu erwarten. Okay, am Anfang war es ein bisschen heikel, aber ich habe jeden aus meinem Team persönlich angeschrieben und mich für die schnelle, professionelle Reaktion bedankt. Respekt von allen Seiten, würde ich sagen.

Andy ist auch auf dem Posten. Er hat mir sogar ein Plundergebäck und eine Latte aus dem Café unten mitgebracht, weil er »einfach Lust drauf hatte, ja?«

Ich schiebe den Kopf über die Trennwand. »Du siehst gut aus, Kumpel.«

Das meine ich ernst. Andy trägt zwar wie immer ein Hemd mit speckigem Kragen, und sein Arbeitsplatz sieht mal wieder aus, als hätte eine Bombe eingeschlagen. Aber seine Körperhaltung ist irgendwie anders, die Art, wie er aufrecht in seinem Stuhl sitzt und vier Zuckerwürfel in seinen doppelten Espresso rührt. Er wirkt so … energiegeladen.

»Ich bin Vater«, sagt er strahlend. »Das sage ich gerne. Ich bin Vater und habe einen Sohn. Ich muss ihm nicht die Windeln wechseln oder bei den Hausaufgaben helfen. Ich kann mit ihm einen trinken gehen und quatschen, vielleicht mal ein Spiel von den Albions angucken oder Stand-up-Comedy. Das ist super, Nedward. Ich bin unfassbar glücklich damit, wie sich das alles entwickelt hat.«

»Ich auch, ey. Du hast es wirklich verdient. Aaron ist bestimmt auch ganz happy.«

»Nicht nur Aaron. Gestern Abend habe ich meinen ganzen Mut zusammengenommen und Gillian angerufen. Wir haben fast zwei Stunden telefoniert. Am Sonntagmittag bin ich bei ihr zum Essen eingeladen. Ich sehe zwar nicht, dass wir da weitermachen, wo wir aufgehört haben, aber man weiß ja nie.«

»Dann bist du also über Ros hinweg?«

»Ros war eine fixe Idee. Darüber bin ich zweihundertprozentig hinweg.« Er weckt seinen schlafenden Computerbildschirm und scheucht mich weg. »So, könntest du dich jetzt bitte verziehen? Es gibt hier Leute, die arbeiten wollen.«

In den letzten Tagen hat Nancy mehrmals gesagt, sie wolle keine große Sache aus ihrem Geburtstag machen; dreißig wäre schließlich bloß eine Zahl, oder? Ich solle ihr nichts Aufwendiges kaufen. Besser, ich behielte das Geld und sparte für die (für »unsere«) Zukunft. Sie will auch keine große Feier, also bitte keine Überraschungsparty und kein romantisches Essen zu zweit. Je zwangloser, desto besser. Je kleiner, je lieber. Weniger ist mehr.

Mir nur recht. Alles. Aber die Kette, die ich für sie gekauft habe, muss sie annehmen. Letztendlich habe ich Gemma doch keinen ganzen Ordner mit Fotos vom Juwelier geschickt. Ich sollte schon selbst in der Lage sein zu entscheiden, was meine Freundin tragen würde. Deshalb waren es am Ende nur fünf Bilder, und sie antwortete sofort, dass sie die Kette, die wie silberne Makkaroni aussähe, am besten fände, aber: »Hör nicht auf mich, ich kenne Nancy ja kaum.«

Ich habe uns einen Tisch im Marrocco's reserviert, als Wiedergutmachung für das Essen, das sie bei unserem ersten Albtraumdate verpasst hat. Am Wochenende werden Dora und ich dann rüber zu Nancy und ihren Eltern nach West Wittering zockeln, zu einem besonderen Geburtstagstee. Ich will eine Flasche Single Malt mitnehmen, um mich bei ihrem Vater einzuschmeicheln, und Dora malt Nancy eine Karte. Die wird zweifelsohne voller Glitzer sein, den ihre Eltern in den nächsten fünfzig Jahren nicht aus ihrem roten Axminster-Teppich herausbekommen werden.

Am Nachmittag schreibe ich Nancy eine Nachricht zur Erinnerung, dass wir uns um halb acht im Restaurant treffen.

Sie antwortet: »Für mich ist es auch okay, wenn wir was bestellen und zu Hause auf der Couch essen, Ned. Geburtstage werden überbewertet. Auch der große mit der drei.«

Ich dulde keinen Versuch, meine Pläne zu durchkreuzen.

»Es bleibt bei Marrocco's, Madame! Bis später.«

Ich überlege gerade, ob ich vielleicht früher Schluss mache, damit ich noch duschen, frische Bettwäsche aufziehen und die Kette für Nancy einpacken kann, bevor ich zum Restaurant fahre. Da kommt ein Anruf, der alles ändert.

Es ist Gemma. Gemma ruft nie tagsüber an. Ihre zickige Chefin Janine verbietet allen Mitarbeitern strengstens, Privatgespräche zu führen. Gemma hat etwas Besseres verdient. Ich bin mir sicher, dass sie ihre Arbeit hervorragend macht, aber sie ist zu gut für diesen Laden. Das muss ich ihr das nächste Mal sagen, wenn ich sie sehe.

»Ned, ich weiß nicht, was ich tun soll! Es geht um Kelvin! Ich weiß nicht, wen ich fragen soll.«

»Was fragen? Was hat er denn getan?«

Sie atmet tief durch, um sich zu beruhigen.

»Was ist passiert, Gemma?«

»Wir haben uns gestritten. Mehr oder weniger. Er war so sauer auf mich heute Morgen. Ist losmarschiert zur Schule, und dann rief sein Klassenlehrer an und sagte, Kel wäre nicht zum Unterricht erschienen, ob es ihm gut ginge. Ich habe nicht die geringste Idee, wo er sein könnte, Ned. Mir ist ganz schlecht vor Sorge.«

Kelvin kommt mir nicht wie ein Junge vor, der die Schule schwänzt und Blödsinn anstellt. Dafür ist er zu vernünftig. So wie ich in dem Alter. Und ich möchte nicht, dass Gemma noch mehr Panik bekommt, als sie jetzt schon hat.

»Bestimmt ist alles in Ordnung. Dafür gibt's sicherlich eine total einleuchtende Erklärung.«

»Davon wüsste ich, als seine Mutter. Wenn er einen Termin beim Zahnarzt hätte oder mit Fieber im Bett liegen würde, wäre mir das bekannt.«

»Vielleicht ist Joe mit ihm unterwegs. Würde ich ihm durchaus zutrauen nach allem, was du mir erzählt hast.«

»Das dachte ich auch schon, deshalb habe ich Vicky angerufen. Ich hab ihr natürlich nicht gesagt, dass Kel verschwunden ist, falls er *nicht* bei Joe sein sollte, sondern habe irgendeinen Blödsinn von einem verlorenen T-Shirt erzählt. Aber sie hätte doch gesagt, wenn Kel bei ihr oder mit seinem Vater unterwegs wäre, oder?«

»Und Joe selbst willst du nicht anrufen?«

»Nein, nein. Auf gar keinen Fall. Das ist auch seine Schuld. Kann ich jetzt nicht näher erklären, ist aber so. Würde alles nur noch schlimmer machen. Was soll ich jetzt tun?«

Ich habe Angst, die absolut nächstliegende Frage zu stellen, weil ich weiß, dass sie mir dann den Kopf abreißt. Ich muss es riskieren. »Du hast Kelvin schon angerufen, Gemma, oder? Ja, klar hast du das. Zigmal, nehme ich an.«

Sie reißt mir nicht den Kopf ab. »Alle zehn Minuten. Er geht nicht dran. Die Sache ist die, wenn er sauer ist, zieht er sich zurück, wie sein Vater. Haut ab und schmollt und redet nicht mehr, damit alle Schuldgefühle bekommen. Tja, es funktioniert, ich fühle mich wirklich schuldig, ja? Es ist verdammt nochmal meine Schuld. Ich will nur, dass er nach Hause kommt!«

Ich fahre direkt zu ihr rüber. Wenn wir Bevendean Straße für Straße absuchen, finden wir ihn vielleicht in irgendeiner Ecke mit einer Clique örtlicher Rumtreiber. Kann ich mir allerdings schwer vorstellen. Gemma sieht, wie ich vor ihrem Erkerfenster parke, und kommt raus. Sie hat sich ein bisschen beruhigt, ist aber blass und verschränkt die Arme vor der Brust. »Dieser kleine ... Wenn der hier wieder auftaucht, weiß ich nicht, ob ich ihn abknutsche oder ihm die Hölle heiß mache. Klar knutsche ich ihn ab, den kleinen ...«

Sie stößt ein schwaches Wimmern aus und verschließt es in sich. Ich verstehe sie. Wenn es um Dora ginge, wäre ich völlig aufgelöst und nicht in der Lage, einen klaren Gedanken zu fassen. Ich schlage vor, eine Straße nach der anderen abzusuchen; Gemma ist nicht überzeugt. »Das klingt nicht sehr nach Kelvin.«

»Die Polizei verständigen?«

»Nein. Er kommt zurück, wenn er Hunger oder Angst hat. O Gott, und was ist, wenn er zu viel Angst hat, um nach Hause zu kommen, weil er weiß, dass es Ärger gibt?«

»Gemma, glaubst du, er geht eventuell ans Handy, wenn *ich* ihn anrufe? Ich will mich nicht aufspielen, ich meine nur, weil ich ganz gut mit ihm klargekommen bin.«

»Dann weiß er, dass du bei mir bist, dass ich dir das gesagt habe.«

»Nicht unbedingt. Einen Versuch ist es wert, oder?«

Sie nickt. Kelvin ist wütend auf *sie*, nicht auf mich.

Er meldet sich beim zweiten Klingeln, obwohl er meine Nummer nicht eingespeichert hat. »Hallo?«

Ich versuche, locker und cool zu klingen, kumpelhaft. »Hey, Kelvin, hier ist Ned. Erinnerst du dich? Der Nerd mit den Dampfzügen. Ned, der Nerd, was?« Gemma wirft mir einen bösen Blick zu.

»Oh, ja. Hi.«

»Ich habe eben mit deiner Mutter gesprochen, und die würde gerne wissen, wo du bist. Sie sagte irgendwas von Fish 'n' Chips zum Abendessen. Hast du schon gegessen?«

»Nein. Ist mir egal. Sag ihr, das ist mir scheißegal.«

Gemma liest an meinem Gesicht ab, dass Kelvin aufgelegt hat. »Na, das lief ja super! Hat Ned, der Nerd, vielleicht noch so eine exzellente Idee?«

Ich verkneife mir ein Lächeln à la Poirot. »Zufälligerweise ja. Kelvin ist am Bahnhof. Im Hintergrund lief eine Ansage. Wenn ich Gas gebe, können wir in einer Viertelstunde da sein. Was ist, kommst du mit?«

Der Bahnhof von Brighton ist nicht groß im Vergleich zu London, aber groß genug, wenn man jemanden sucht. Und was, wenn Kelvin bereits in einen Zug gestiegen ist und nach Hastings, Luton oder Littlehampton fährt? Außerdem gibt es auf dem Bahnhofsgelände zig Cafés und Läden und den Teil am Ende, wo die Fahrräder stehen und die Taxis warten. Die Nadel im Heuhaufen …

Auf der Fahrt von Bevendean hierher hat Gemma kaum den Mund aufgemacht. Sie beschäftigte sich die ganze Zeit mit ihren abgekauten Fingernägeln. Ich nahm mir ein Beispiel an ihr und schwieg ebenfalls; es war weder die Zeit noch der Ort für Smalltalk. Als wir ankamen, ließ ich sie am Eingang heraus, damit sie schon mal nach Kelvin suchen konnte, während ich den Wagen abstellte. Zwischendurch schickte ich Nancy schnell eine Nachricht, in der ich ankündigte, ich käme vielleicht ein klein bisschen später zum Restaurant, weil Gemma gerade einen Zusammenbruch hätte und ich ihr helfen würde. Sie antwortete nicht. Ich nehme an, es bedeutet, dass sie das locker sieht.

Sobald ich in die Bahnhofshalle komme, sehe ich Gemma und Kelvin. Sie sitzen auf einer der Bänke in der Nähe des Klaviers. Ich weiß nicht, ob ich hingehen oder sie in Ruhe lassen soll. Wenn Gemma Kel die Leviten liest, könnte meine

Anwesenheit sie ein bisschen bremsen. Sie hat jeden Grund, wütend auf ihn zu sein. Andererseits, wenn die beiden sich gerade als Mutter und Sohn aussprechen, brauche ich da nicht reinzuplatzen. Aus der Nähe erkenne ich, dass Kelvin sich total verschließt, mit den Fersen gegen das Bein der Bank tritt und starke unkooperative Vibes aussendet. Er ist zu klein für seinen Schulblazer und hat den ganzen Tag einen dicken, fetten Rucksack auf den Schultern herumgetragen.

Gemma sieht mich an und zuckt mit den Schultern, als wollte sie sagen: »Ich gebe auf.« Offenbar kommt bei ihm nicht an, was sie sagt. Zumindest lässt Kelvin sich nichts anmerken.

»Und das ist es jetzt, oder wie? Du schwänzt die Schule und tust so, als wäre ich Luft?«

Kelvin schaut nach oben auf die Anzeigetafel und zeigt keine Reaktion. Innerlich wird er erleichtert sein, dass sein Abenteuer vorbei ist und er nach Hause kann. Aber er darf sein Schutzschild noch nicht herunterlassen, sonst läuft er Gefahr zu weinen. Ich war auch mal klein. Ich weiß, was er denkt, wie es ihm geht. Ich kann den kleinen Kerl gut verstehen.

»So, ihr zwei!«, rufe ich und reibe mir die Hände, was ich sofort bereue. »Ich stehe in zweiter Reihe, also marsch mit euch zum Auto!«

Im vermüllten Fußraum meines Kia Picanto könnte man eine Stecknadel fallen hören. Das Schweigen ist so aufgeladen, so unangenehm, dass ich Springsteen sehr laut drehen muss, um die Stille zu vertreiben. Gemma hat am Bahnhof alles gesagt. Jetzt hält sie den Mund, um nicht auszuflippen. Kelvin sitzt hinten, den Kopf zur Seite gedreht, damit er nicht einem von uns im Rückspiegel in die Augen sehen muss. Die Fahrt dauert eine Viertelstunde – vom Bahnhof nach Bevendean –, aber sie fühlt sich viel länger an.

Zu Hause stapft Kelvin hoch in sein Zimmer und knallt die Tür zu, angeschlagen, aber noch lange nicht besiegt. Armer Kerl. Er hat sich in die Ecke manövriert. Früher oder später muss er nach unten kommen und in ganzen Sätzen mit seiner Mutter sprechen, und wenn er nur einen Käsetoast oder einen warmen Kakao will.

Derweil steht Gemma in der Küche und bereitet unter lautem Gepolter das Abendessen zu. Ich würde sie am liebsten in den Arm nehmen und ihr sagen, dass Kelvin von Hormonen überflutet wird, die ihn unleidlich und schwer erträglich machen. Ich möchte ihr einen Kuss auf die besorgte Stirn drücken und ihr versichern, dass sie in zehn Jahren mit ihrem Sohn darüber lachen wird.

»Makkaroni mit Hackbällchen. Ist genug für drei, wenn du bleiben willst.« Sie hat mir den Rücken zugewandt. Weint sie etwa?

Mir fällt das Marrocco's ein. Wenn ich jetzt losfahre, müsste ich noch pünktlich sein, auch wenn ich dann in Arbeitsklamotten und ungeduscht komme.

»Heute kann ich nicht. Nancy hat Geburtstag. Wir gehen essen.«

Gemma dreht sich um und wischt sich mit der flachen Hand eine Träne von der Wange. Ich kann nicht anders: Ich nehme sie in den Arm. Dafür sind Freunde schließlich da. Sie sieht so traurig, so verloren aus. Sie lässt es sich gefallen, gerade mal zehn Sekunden lang, dann zuckt sie zurück, als hätte sie einen elektrischen Schlag bekommen.

»Das hilft nicht, Ned. Aber wenn du mit ihm reden könntest. Ihn fragen, wo er gewesen ist und was ich tun soll. Könntest du das vielleicht machen?«

Ich werfe einen kurzen Blick auf die Uhr. Fünf Minuten mit dem Kleinen schaffe ich gerade noch.

Ich klopfe an seine Tür. Keine Antwort. Ich klopfe erneut. »Ich bin's, Ned. Darf ich reinkommen, Kel?«

Ich öffne die Tür, und da sitzt er am Schreibtisch und sieht sich auf dem Laptop einen Schwarz-Weiß-Film von alten Eisenbahnen auf YouTube an. Dafür übernehme ich nur zu gerne die Verantwortung.

»Kann ich mich hier hinsetzen?« Ich hocke mich auf sein Bett und sehe mich um. Das Zimmer ist peinlich sauber und aufgeräumt. Von wem? Von Kelvin oder Gemma? Aus irgendeinem Grund habe ich einen Kloß im Hals. Dieses Zimmer – dieser Junge – geht mir irgendwie nahe, ohne dass ich wüsste, warum.

»Warst du deshalb am Bahnhof?«, frage ich vorsichtig. »Um dir die Züge anzusehen?«

Er dreht sich auf dem Stuhl um und schaut mich an. Er ist bereit zu sprechen. »Zuerst habe ich den Zug nach Seaford genommen. Dann bin ich zurück nach Brighton und in den Zug nach Worthing gestiegen. Ich hatte nur eine Fahrkarte bis Seaford, aber es hat keiner danach gefragt, obwohl ich die blöde Schuluniform anhatte.«

»Das habe ich auch mal gemacht. Als wir in Pinner wohnten. Solange du nicht durch die Fahrkartenkontrolle musst, ist alles in Ordnung. Ich bin durch das ganze U-Bahnnetz von London gefahren, und nur eine Frau hat mich gefragt, warum ich nicht in der Schule bin.«

»Was hast du gesagt?«

»Zahnarzt.«

Kelvin nickt, stumm beeindruckt.

»Aber warum, Kumpel? Warum bist du einfach abgehauen? Deine Mutter hat sich solche Sorgen gemacht.«

»Geschieht ihr recht. Sie lügt, obwohl sie sagt, man dürfte nicht lügen.«

Am liebsten möchte ich ihm sagen, dass Erwachsene ständig lügen, aber das spare ich mir für ein andermal auf.

»Sie sagt, Dad hätte sie geküsst, um sie zu trösten, weil irgendjemand gestorben ist. Eine alte Frau im Pflegeheim. Aber so ein Kuss war das nicht. Ich bin vielleicht noch nicht groß, aber blöd bin ich nicht.«

»Ah. Verstehe. Das muss natürlich verwirrend gewesen sein.«

»Und als ich sie gefragt habe, ob sie wieder zusammenkämen, denn so sah es aus, meinte sie: nein. Ich will, dass wir wieder eine Familie sind, Ned, so wie früher, bevor Vicky und Amelie da waren. Ich mag sie ja und so, aber ich will, dass wir wieder zu dritt sind, Dad und Mum und ich. Nur wir. So wie früher.«

Als ich nach unten komme, sitzt Gemma auf dem Sofa. Ich rieche das Essen aus der Küche. Meine Pasta kocht immer über, wenn ich nicht daneben stehen bleibe. Vielleicht kennt Gemma einen Trick, den sie mir verraten kann.

»Er hat es dir erzählt«, sagt sie, ohne mich anzusehen.

»Mit dem Zug nach Seaford, dann nach Worthing. Plus ein paar Stunden herumlungern am Bahnhof. Zum Mittagessen hat er sich einen Bagel mit Frischkäse und einen Eiskaffee geholt. Und ein Mars.«

Gemma schüttelt den Kopf. »Warum er abgehauen ist. Hat er dir das erzählt?«

Ich setze mich zu ihr. Das ist jetzt nicht angenehm. Entweder geht es mich nichts an, oder es geht mich eine ganze Menge an. »Dass du Joe geküsst hast? Dass ihr keine Familie mehr seid, obwohl Kelvin sich das so sehr wünscht, das?«

»Ja, das.«

»Er ist verwirrt, Gemma. Was wir mitgemacht haben, ist hart für die Kinder. Das mit Joe und dir. Mit mir und Tanya.«

»Das ist auch für Erwachsene verwirrend. Ich bin selbst total durcheinander. Du nicht?«

»Manchmal schon.«

»Ich dachte, ich wäre über Joe hinweg. Ich dachte ehrlich, Dan könnte mir helfen. Einen Schlussstrich zu ziehen. Nach vorne zu sehen. Aber wie soll er das können? Deshalb habe ich Schluss gemacht.«

Ich bin baff. »Du hast mit Dan Schluss gemacht? Warum denn das, Gemma? Er ist doch ein super Typ.« Noch während ich das sage, spüre ich eine gewisse Genugtuung. Ich war nie überzeugt, dass Dan der Richtige für sie war. Sie muss es auch gemerkt haben.

»Weil ich mir nicht zutraue, glücklich zu sein. Früher oder später hauen alle ab. Meine Mutter, mein Vater, Joe, Judy … du.«

»Ich bin doch hier! Hörst du, ich rede mit dir.«

»Du hast Nancy, und ihr seid glücklich. Ich habe niemanden, abgesehen von Kel. Deshalb ist Joe meine beste Option. Bei dem fühle ich wenigstens *etwas*, auch wenn es keine Liebe ist.«

»Er ist jetzt mit Vicky zusammen.«

»Ja, und? Ich tue ihr nur das an, was sie vorher mir angetan hat.«

Ich sitze dieser wunderbaren Frau gegenüber, die ernsthaft den Verstand verloren hat. Das muss ich ihr sagen.

»Nein, Gemma. Das ist falsch. Wenn du das ernst meinst, wirst du alle verletzen. Am meisten dich selbst.«

Sie winkt ab und geht in die Küche, um nach dem Essen zu schauen. »Du bist versorgt, Ned. Du hast jemanden. Ich brauche keine Vorträge von dir. Danke für deine Hilfe. Weiß ich wirklich zu schätzen. Aber musst du nicht noch irgendwohin?«

Ich muss ihr sagen, dass ich nicht ansatzweise versorgt bin und ihr auch keinen Vortrag halten will, aber dass das mit Joe einfach nicht geht. Trotzdem hat sie recht. Ich muss dringend los, bin jetzt schon zu spät …

… auch wenn es letztlich nur zwanzig Minuten sind. Ich habe Nancys Geburtstagsgeschenk nicht dabei; das werde ich ihr am Sonntag geben, wenn Dora und ich ihre Eltern kennenlernen. Ich finde sogar einen Parkplatz in der Nähe des Restaurants. Die Götter des Parkens waren den ganzen Tag gut zu mir.

Ich treffe sie in der Tür. Sie will gerade gehen. Nancy trägt ein violettes Kleid, das zu ihren Haaren passt. Sie sieht wunderschön aus.

»Nein«, sagt sie, als sie mich sieht. »Es interessiert mich nicht, Ned. Einfach nur: nein.«

»Kelvin war verschwunden. Gemma wusste nicht, wen sie fragen sollte.«

»Nein.«

Ich kann es doch erklären, wenn sie mir nur zuhören würde! »Ich wollte nicht so lange bleiben, aber Kelvin wollte nur mit mir sprechen. Da konnte ich nicht einfach gehen. Der arme Kerl ist ganz schön fertig. Gemma auch.«

»Deine ›Freundin‹ Gemma ist eine wandelnde Katastrophe, soweit ich das beurteilen kann. Einmal verkorkst, immer verkorkst. Das ist in Ordnung, wir haben weiß Gott alle einen Schaden. Aber *ich* bin dein Problemfall, Ned. Nicht sie. Ich müsste an erster Stelle kommen.«

»Das tust du doch, Nancy. Ehrlich. Ich habe die ganze Zeit gesehen, wie mir die Zeit durch die Finger rinnt. Dann habe ich daran gedacht, was du gesagt hast: dass wir kein großes Aufhebens machen sollen und es dich auch nicht stört, wenn wir uns was bestellen und es auf der Couch essen. Ich bin trotzdem gekommen, nur ein bisschen später. Ist doch alles gut, oder?«

»Nein.« Nancy sieht mich traurig an. Fast mitleidig. »Ich habe dir so viele Chancen gegeben, Ned. Vom ersten Tag an, als wir uns kennenlernten und du nur von Tanya gesprochen hast. Und weißt du, warum? Weil ich dachte, du wärst zuverlässig und anständig, weil ich dachte, du würdest mich nicht verletzen. Stattdessen habe ich das Gefühl, als würdest du durch unsere Beziehung schlafwandeln und alles nach Schema F abhaken: Ein Freund macht jetzt dies und das, ein Freund sagt jetzt so was. Wir haben Spaß, wir passen gut zusammen. Das tun wir doch, oder? Aber ich glaube nicht, dass du mich *liebst*.«

Als ich nach den richtigen Worten suche, hebt sie die Hand. »Ich weiß, was du sagen willst, und es stimmt, es ist noch früh am Tag, das ist auch in Ordnung. Aber siehst du dich, ganz ehrlich, in einem Jahr auch noch mit mir? In fünf Jahren? Wenn die Antwort darauf Nein ist, dann musst du mir das sagen … Denn ich will nicht noch mal verletzt werden, Ned. Das will ich nicht.«

Ich möchte Ja sagen. Natürlich. Aber damit würde ich es

mir leicht machen. Ich würde lügen, und das wäre unfair gegenüber Nancy. Ich könnte auch sagen, was mir gerade durch den Kopf geht, nämlich dass niemand weiß, was die Zukunft bringt, schon gar nicht ich. Wie soll man irgendetwas sicher wissen? Ich will gerade ansetzen, da unterbricht sie mich. Noch einmal.

»Nein, Ned. Sag nichts! Du hast nicht sofort geantwortet, und mehr muss ich nicht wissen. Ich möchte dich nicht mehr sehen. Es ist vorbei.«

Als sie weg ist, sacke ich auf der Bank am Meer zusammen. Die Sonne ist untergegangen, der Windpark in der Ferne liegt unter einem Dunstschleier. Den Tag heute habe ich im Tigermodus begonnen. Jetzt fühle ich mich nicht mehr so heldenhaft. Ich komme mir dumm, unbeholfen und unsensibel vor. Aber hauptsächlich bin ich verwirrt. Ich dachte, ich würde alles richtig machen. Und auch wenn es hin und wieder etwas gab, das ich nicht so richtig verstanden habe, war ich mir sicher, dass wir es hinkriegen würden.

Ich hab's versucht. Wirklich. Vielleicht habe ich es zu sehr gewollt. Ich weiß, dass man für eine Beziehung etwas tun muss, aber wenn man füreinander bestimmt ist, sollte einem das leicht von der Hand gehen und keine Mühe sein. Bei Nancy habe ich mir ständig Gedanken gemacht, wer ich sein will – der alte oder der neue Ned –, so dass ich fast nie entspannt war. Ich habe mir selbst und auch ihr nie genug vertraut, mein wahres Ich zu zeigen. Das kann nicht richtig sein, oder?

Bei Gemma musste ich nie vorgeben, jemand zu sein, der ich nicht bin. Als wir uns kennenlernten und sie mir bei der SPE einen Einlauf verpasste, hakte ich sie ab als »nicht mein

Typ«. (Um ehrlich zu sein ist sie kein Mensch, mit dem man schnell warm wird. Darauf ist sie stolz.) Dann bekam ich allmählich einen Draht zu ihr. Das ging langsam, unbewusst, ungewollt. Ich habe mich darauf gefreut, sie zu sehen, mit ihr zusammen zu sein.

Als sie mir erzählte, dass sie sich wieder mit Joe trifft, hat das tatsächlich weh getan. Wie Seitenstiche beim Laufen. Mit einem dumpfen Gefühl wurde mir klar, dass ich gar keine Lust hatte, zu Nancy ins Marrocco's zu fahren. Ich wollte bei Gemma und Kel bleiben. Und nicht nur, weil ich mir um die beiden Sorgen machte.

Ich habe versucht, ihr zu erklären, dass sie sich selbst niedermachte, sich unter Wert verkaufte. Sie hat nicht zugehört. Es war ihr egal.

Was ist, wenn Gemma sich auf eine verkorkste, toxische Beziehung zu ihrem Ex einlässt, zum einen, weil sie glaubt, sie hätte ein Recht darauf – Vicky zu betrügen, so wie sie selbst betrogen wurde –, und zum anderen, weil sie denkt, sie hätte nichts Besseres verdient? Glaubt sie das ernsthaft?

Und bekommt Kelvin seine glückliche Kindheit dadurch zurück, dass seine Eltern heimlich miteinander vögeln, aus den völlig falschen Gründen? Es könnte ihm schweren Schaden zufügen.

Die ganze Geschichte ist von vorne bis hinten falsch, aber Gemma hört nicht auf mich. Sie hält mich für einen Trottel. Ich *bin* ein Trottel. Weil ich so beschränkt und dämlich war, dass ich nicht gesehen habe, was mir ins Auge sprang.

Wer mir ins Auge sprang.

Gemma.

26

Gemma

Felipe bringt Judys Schmuckkästchen vorbei. Er hat zwei dicke Gummibänder drumgewickelt, weil die Scharniere nicht mehr richtig funktionieren. Ich lade ihn auf eine Tasse Tee ein, aber er hat keine Zeit.

»Martin fährt mich zu einem Gig in Eastbourne. Da zeige ich meine brandneue Ariana-Grande-Nummer. Musst du dir mal angucken, Gemma. Du fehlst mir.«

Wir drücken uns eine ganze Minute lang; auch er hat Judy geliebt.

»Ich suche dir ein bisschen Schmuck von ihr heraus«, verspreche ich ihm. Judy wäre begeistert, wenn sie wüsste, dass ihre Kunstperlen und falschen Diamantohrringe bei seinen Dragqueen-Auftritten weiter zum Einsatz kommen.

Ein leeres Wochenende liegt vor mir. Kelvin ist bei seinem Dad und froh, mich ein paar Tage nicht sehen zu müssen. Wir haben einen Weg gefunden, nebeneinander im selben Haus zu leben, aber es ist ein bisschen, als träfen sich Pensionsgäste auf der Treppe. Er hat mir noch nicht verziehen, dass ich ihn verwirrt und verstört habe. Wenn Joe wieder vorbeikommt, müssen wir vorsichtiger sein.

Vielleicht hätte ich mit Felipe und Martin nach Eastbourne fahren sollen. Zu spät. Wahrscheinlich sitze ich ab vier Uhr vorm Fernseher und drücke nur auf »Pause«, um mir irgendeine Packung aus dem Tiefkühler zu holen: entweder Chili oder gekochten Rhabarber. Wen interessiert's?

Ros will ich mich nicht aufdrängen. Sie sieht unter der Woche schon genug von mir, wo ich jetzt bei *Sweetcakes* dabei bin. Es wäre furchtbar, wenn sie nicht mehr meine Freundin und / oder Kollegin wäre. Wenn Ros unsere Freundschaft beenden würde, hätte ich niemanden mehr. Nicht mal Ned, der mich ghostet, seit er das mit Joe und mir erfahren hat. Er hat gesehen, wie jämmerlich ich bin und dass ich kein Rückgrat habe, und hat Fersengeld gegeben. Ros hat sowieso keine Zeit. Sie hat heute Morgen angerufen und erzählt, dass sie ein Date hat. »Aber nicht mit Andy. Das hätte ich nicht gemacht. Ich erzähl's dir morgen.«

Ich sehe mir Judys Modeschmuck an. Ein paar Sachen bringen mich zum Lachen: riesige Rubin-Cluster-Ohrringe, eine Kette, die wie Rosenkohl am Band aussieht – fand Judy auch –, die große Pfauenbrosche, die sie an ihrem Morgenmantel befestigte, wenn sie Besuch bekam.

Ich finde eine bunte Glasperlenkette für Dora – falls ich sie noch mal sehen sollte. Dann zwei Fünfzigerjahre-Clips, die Ros gefallen könnten. Ich schiebe mir gerade einen Kamm in die Haare, an dem eine glitzernde Plastikblume befestigt ist, da fällt mir ein Zettel auf dem Boden des Kästchens ins Auge. Er ist zweimal gefaltet und an mich adressiert.

»Liebste Gemma! Wenn du diese Nachricht liest, habe ich den Löffel abgegeben, und Felipe hat dir mein Schmuckkästchen gebracht. Ich hoffe, diese wertlosen Sachen machen dir Freude. Du hast meine letzten Jahre deutlich erträglicher gemacht. Ich wünsche dir ein glückliches Leben. Sei nicht so hart zu dir. Trau dich, albern zu sein! Und wage es nicht, die Perlenkette zu Oxfam zu bringen. Als ich sie 2005 schätzen ließ, war sie fünfhundert Pfund wert. Jetzt mit Sicherheit noch mehr. Alles Liebe, Judy.«

Ich finde die Perlenkette und lege sie mir doppelt um den Hals. Ich weine so gut wie nie. Das mache ich einfach nicht. Ned hat mich zweimal weinen sehen – einmal bei unserem Streit im Anchor und dann letzte Woche, als Kel verschwunden ist. Weinen ist sinnlos und schwach. Es bringt einen nicht weiter. Mir hat's jedenfalls nicht geholfen, als Joe sich mit Vicky verpisst hat.

Doch jetzt weine ich – wegen Judy, weil ich am Schluss nicht bei ihr war und weil diese Perlen beweisen, dass wir uns gegenseitig etwas bedeutet haben, ganz unabhängig von ihrem Wert. Wir haben uns an dunklen Tagen aufgeheitert. Wir haben uns über Janines herrische »Bekanntmachungen an alle Heimbewohner« und über das Blumengesteck am Empfang schlappgelacht, das mit Monicas Schlappen dekoriert war.

Wenn ich trübsinnig, wütend oder einsam war, bekam ich bei Judy bessere Laune. Sie hat mit Vorliebe aus ihrem Leben erzählt: Was diese Kette bedeutete, woher sie jene Brosche hatte … von ihren Liebhabern, ihren Triumphen, ihren Katastrophen. Ich war Judys Freundin, und jetzt ist sie nicht mehr da, und all ihre wunderbaren Geschichten sind mit ihr fort.

»Ich wünsche dir ein glückliches Leben. Sei nicht so hart zu dir. Trau dich, albern zu sein!« Ich weiß, dass ich sie mit meiner pessimistischen Art frustriert habe. Nach meiner Erfahrung sind Gläser nun mal halb leer, Teppiche sind dazu da, einem unter den Füßen weggezogen zu werden, und das Licht am Ende des Tunnels ist meistens ein nahender Zug.

Das muss ich ändern, Judy zuliebe. Ich muss mich trauen, albern zu sein, und ich habe es verdient, glücklich zu werden. Es sei denn, ich habe zu lange gewartet …

Der Sonntag ist nicht viel besser. Ich bleibe bis zehn im Bett liegen und ziehe mich erst gegen zwölf Uhr an. Ich habe vergessen, was ich mit mir anfangen kann. Dan fehlt mir nicht – das sagt alles –, aber mir fehlt die Gegenwart eines anderen Menschen. Wenn er hier war, konnte ich ihm dabei zusehen, wie er meine Bank strich, mein Geländer reparierte, Leben ins Haus brachte. Es ist super, dass mein Küchentisch nicht mehr wackelt, aber das ist kaum die Basis für eine ernstzunehmende Beziehung.

Ich döse auf dem Sofa ein, während Ross, Rachel und Joey im Hintergrund reden. Schlafen ist meine Methode, den ganzen Scheiß aus meinem Kopf zu verdrängen. Ich werde von meinem Handy geweckt.

»Gem, hier ist Ros. Störe ich gerade?«

»Wobei sollst du *mich* schon stören?« Es klingt verbittert. Das ist unfair Ros gegenüber. »Nein, du störst nicht. Ich bin am Chillen, könnte man so sagen. Kel kommt nicht vor acht nach Hause.«

»Soll ich dir von meinem Date erzählen? Eigentlich war es keins, wir haben nur was getrunken und geredet. Aber ich muss das wirklich loswerden.«

»Erzähl!«

»Soll ich? Wahrscheinlich bist du gleich sauer. Also, ich wäre sauer.«

»Gut, ich bin sauer. Warum?« Es gibt eine lange Pause. »Lass dir Zeit, Ros.«

»Ich war mit Dan einen Kaffee trinken. Du hattest ihn mir ja empfohlen. Für den Küchenumbau. Mehr Arbeitsfläche, einen eingebauten Vorratsschrank, Kochinsel und so weiter. Er kam vorbei, als du nicht da warst, so wie du vorgeschlagen hast. Aber, Mensch, du hast gar nicht erzählt, was er für einen Körper hat! Du bist verrückt, ihm den Laufpass zu geben.«

»Kann sein. Und weiter?«

»Er war ewig da, hat alles ausgemessen, mir verschiedene Arbeitsplatten gezeigt. Er kennt sich wirklich aus. Ich wollte nicht, dass er geht, deshalb habe ich ihn gefragt, ob wir uns am nächsten Tag noch mal sehen könnten – also heute –, um zusammen ein paar Prospekte durchzugehen. Wir haben uns in einem Café getroffen, ich hatte meine Prospekte dabei und er ein paar erste Entwürfe auf seinem Tablet. Aber wir sind gar nicht zur Küche gekommen.«

»Habt ihr über mich gesprochen?«

»Ähm, ja. Natürlich. Wie auch nicht?«

»Hat er einen Hass auf mich?«

Ros lacht. »Nein. Du bist ihm wirklich wichtig, aber, wie hat er sich noch mal ausgedrückt? Manches soll halt nicht sein. Nein, er war wirklich nett. Ich möchte ihn gerne wiedersehen, Gem, aber nur, wenn du nichts dagegen hast.«

Ich denke darüber nach. Wen verletze ich, wenn ich nicht einverstanden bin? Jeden von uns dreien, wenn Dan dieselben Gefühle für Ros hat wie sie. Ich muss ihr sagen, dass es in Ordnung ist, denn Dan ist nicht mein Eigentum.

»Er gehört dir, Ros. Das ist kein Problem.«

»Wirklich nicht? Seit David habe ich keinen anderen Mann mehr angeguckt. Ich dachte, ich würde mich nie wieder für einen interessieren. Gut, kann sein, dass es jetzt auch nichts wird, aber einen Versuch ist es wert.«

»Es ist wirklich okay für mich«, sage ich, weil es das tatsächlich ist. Ros ist großartig und Dan auch, sie haben es verdient, zusammen zu sein. Nicht das Happy End, das ich erwartet habe, aber es fühlt sich gut an.

Als wir aufgelegt haben, kommt die Verzweiflung, begleitet von einer gehörigen Portion Selbstmitleid. Judy möchte, dass ich glücklich bin, aber wie? Mit wem? Wann? Ich freue mich für Ros und Dan; er war wirklich nicht der Richtige für mich. Warum also kann ich mich nicht wie ein erwachsener Mensch benehmen und mich auch für Ned freuen? Das kann nicht nur daran liegen, dass ich glaube, er hätte was Besseres als Nancy verdient. Als Kelvin die Schule schwänzte und ich vor Sorge neben mir stand, war Ned der Erste, der mir einfiel. Ich habe an keinen anderen gedacht, ganz bestimmt nicht an Joe. Ich wollte Ned. Und als Kel wieder zu Hause war, nahm Ned mich in den Arm, und ich fühlte mich in Sicherheit. Da war eine echte Verbindung zwischen uns.

Sinnlos, da jetzt drauf rumzureiten, er hat ja Nancy. Und ich habe niemanden.

Meine Verzweiflung wird durch das Klingeln der Türglocke nicht vertrieben, aber wenigstens bin ich erst mal abgelenkt.

Ist das Dan, der mich um Erlaubnis bittet, Ros wiederzusehen?

Es ist Vicky. Sie ist ungeschminkt, trägt Sportklamotten und einen Hoodie. Sofort habe ich Schuldgefühle und glaube, in der Falle zu sitzen. Hat Joe ihr von unserem Kuss erzählt? Oder Kelvin? Ich muss ruhig bleiben. Ich muss mich für nichts – für so gut wie nichts – schämen.

»Hi, Gemma! Störe ich gerade? Hast du vielleicht kurz Zeit?«

Mir fällt nicht schnell genug eine Ausrede ein. »Ja, klar. Ist alles in Ordnung, Vicky?«

Sie bricht in Tränen aus und stürmt an mir vorbei ins Haus, wirft sich auf die Couch und schnäuzt sich geräuschvoll die Nase. Ich lasse sie erst mal in Ruhe und stelle den Wasserkocher an.

»Er hat eine andere«, verkündet sie mit bebender Stimme. »Joe. Er hat eine Affäre. Ich weiß es.«

»Mit Milch und Zucker? Ich kann dir auch einen Kaffee machen, falls du keinen Tee willst.« Das ist meine Verzögerungstaktik, damit ich mir schnell eine Geschichte zurechtlegen kann.

»Ich möchte keinen Tee. Ich möchte deinen Rat. Ich habe dir dasselbe angetan, als ich ihn heimlich hinter deinem Rücken getroffen habe. Deshalb dachte ich, Gemma kennt die Zeichen. Sie weiß, was ich tun muss.«

Ich muss tatsächlich über ihre Unverfrorenheit lachen. Hat sie selbst gehört, was sie gerade gesagt hat?

»Ernsthaft, Vicky, das fragst du *mich*?«

»Ja, ich weiß. Ich bin scheinheilig, und du hast jedes Recht, mich rauszuwerfen.«

Es ist verlockend. Aber ich muss erfahren, wie viel sie weiß. »Wie kommst du darauf, dass Joe eine andere hat?«

»Er ist auf einmal ganz verschlossen und verschlagen. Geht nach dem Abendessen mit dem Handy in den Garten. Motzt mich an, wenn ich ihn frage, wem er schreibt. Und ich habe Parfüm an ihm gerochen. Entweder trifft er sich mit einer anderen, oder ich bin nicht mehr richtig im Kopf.«

»Sorry, da weiß ich keinen Rat. Als er sich damals mit dir traf, habe ich nichts davon gemerkt. Ich habe wohl nicht besonders aufgepasst … bis ich deine Sonnenbrille gefunden habe.«

Vicky nickt und senkt den Blick. »Ja. Die Sonnenbrille.«

Ich glaube, ich bin aus dem Schneider. Woher soll Vicky auch wissen, dass Joe und ich vor drei Monaten gevögelt haben und es wieder getan hätten, wenn Kel nicht reingekommen wäre? Wenn sie das wüsste, würde sie nicht auf genau dieser Couch sitzen und sich die Augen ausweinen.

»Was soll ich tun, Gemma?«

»Das weiß ich nicht. Tut mir leid. Da kann ich dir nicht helfen.«

Sie begreift es. Sie verschwindet so schnell, wie sie gekommen ist. »Entschuldige, das war eine dumme Idee. Was habe ich mir nur dabei gedacht? Dich nach deiner Meinung zu fragen ... Das ist wie ... Es tut mir furchtbar leid, Gemma. Wirklich. Alles.«

Ein Teil von mir – der rachsüchtige, nachtragende Teil – ist zufrieden. Jetzt weißt du mal, wie das ist. Jetzt kannst *du* sehen, wie du mit dem Schmerz, der Zurückweisung und der Eifersucht klarkommst.

Doch ein anderer Teil von mir fühlt sich schmutzig und schuldig. Wenn das Rache ist, warum genieße ich sie dann nicht? Ned hat mich gewarnt, dass alle verletzt sein würden. Ned, der nichts mitkriegt, an dem alles vorbeiläuft, der keine Ahnung von Frauen hat und keine Situation erfassen kann. Genau der Ned.

Er hat das kommen sehen, und er hatte recht.

Ich habe *Sweetcakes* einen Auftrag verschafft – mein allererster. Ich könnte nicht stolzer sein. Eine Facebook-Freundin suchte jemanden, der in letzter Minute eine Torte zum Vierzigsten ihres Mannes macht. Ist jetzt nicht der Riesenauftrag, aber Ros hatte eh eine Lücke und haut einen roten Samtkuchen mit Frischkäseglasur und leuchtend grünen Pecannusskrümeln und Glitzer raus.

Auf dem Weg nach Hangleton, wo ich die Torte ausliefern

muss, ignoriere ich Joes Nachrichten, denn ich habe keine Hand frei und will den Karton nicht fallen lassen. Ein paar überfliege ich im Bus nach Hause. Er will mich sehen, wie immer. Er muss mit mir reden. »Ruf mich bitte an, Gemsy, sofort. Bitte!«

Die rachsüchtige, nachtragende Gemma ist ernsthaft in Versuchung. Wenn Vicky den Verdacht hat, dass Joe fremdgeht, warum ihr dann nicht einen Grund mehr geben, argwöhnisch zu sein? Ist bei mir jetzt Schluss mit passiv sein und ausgenutzt werden? Ist mir nun egal, wen ich wie verletze?

Letzten Endes schreibe ich nicht zurück – nicht, weil ich *nicht* rachsüchtig und nachtragend wäre, sondern weil ich nicht wissen will, was er diesmal hat. Allerdings ist es auch keine Überraschung, als ich nach Hause komme und er vor der Tür sitzt. Er hat eine Tasche dabei, und ich glaube nicht, dass da Kels Fußballsachen drin sind.

»Ich hab sie verlassen, Gemsy. Ich hab Vicky verlassen. Ich wollte immer nur dich. Das weißt du.«

Ich will nicht, dass die Nachbarn tratschen, die Joe noch von damals kennen, als er hier wohnte. Was soll's? Ich hör mir an, was er zu sagen hat. Ich schicke ihn ins Wohnzimmer.

»Bitte sehr, Joe! Dann erzähl mal, warum du immer nur mich wolltest. Abgesehen von Vicky natürlich.«

Ich rechne mit dummem Gelaber, doch er überrascht mich: Er fängt an zu weinen. Joe, dem es total unangenehm war, wenn Kel einen Heulanfall bekam und getröstet werden musste. Joe, der sich mit versteinertem Gesicht *Toy Story* angeguckt hat. Mit lautem Schluchzen versucht er, seine Tränen zurückzuhalten. Erst Vicky, jetzt Joe. Ich habe vor, trockene Augen zu behalten.

»Als du sagtest, ich müsste mich entscheiden, habe ich mich für Vicky entschieden, weil sie schwanger war …«

»…und weil du dachtest, ich käme besser allein klar als sie. Hast du gesagt, Joe. Was Komplimente angeht, ist das ganz weit vorn.«

»Ich fühlte mich unter Druck gesetzt, mit dem Baby und so. War nicht gerade meine Sternstunde, Gemsy. Aber ich mache es wieder gut. Wir können wieder eine Familie sein. Du, ich und Kelvin.«

Dass dieses Arschloch unseren Sohn ins Spiel bringt! Ich habe gelernt, ohne Joe zu leben, aber Kel nicht. Er will, dass alles wieder so ist wie früher, als wäre das noch möglich.

»Warum sollte ich dir wieder vertrauen, Joe? Was habe ich davon?«

Er kommt näher, will mir zeigen, was genau ich davon habe, wenn wir wieder zusammen sind. Ich hebe die Hand wie eine Verkehrspolizistin, um ihn aufzuhalten.

»Nein. Nicht den Sex. Ich habe mir ein Leben ohne dich aufgebaut. Ich habe jetzt Freunde, und ich habe einen Job, der mich glücklich macht. Ich *bin* glücklich.«

»Und deshalb wünsche ich mir, dass wir es noch mal versuchen. Ich bewundere dich total. Im Ernst. Du warst schon immer der Wahnsinn, aber jetzt bist du echt unglaublich.«

Vielleicht nach außen hin. In meinem Kopf, in meinem Herzen bin ich immer noch reine Platzverschwendung.

»Wie wäre es, wenn ich ein, zwei Wochen oder ein, zwei Monate wieder zu euch komme? Dann gucken wir, wie es läuft.«

»Bewirbst du dich auf Probezeit für deinen alten Job?«

Er lacht. Ich konnte ihn schon immer zum Lachen bringen. Es ist nicht nur der Sex, der uns verbindet. »Wenn Kelvin und du, wenn ihr meint, es geht, dann bleibe ich. Wenn nicht, haben wir es wenigstens versucht.«

Es *könnte* funktionieren. Ich habe mich im vergangenen Jahr verändert und lasse mich nicht mehr verarschen. Das weiß Joe, und er lässt sich darauf ein.

»Ohne Kelvins Zustimmung entscheide ich gar nichts«, mahne ich.

»Das heißt wohl, dass ich erst mal nicht hierbleiben kann, auch nicht auf dem Sofa, oder?«

»Deine Eltern nehmen dich bestimmt gerne auf.«

Als Joe herkam, dachte er, ich würde ihn mit offenen Armen empfangen … und mit gespreizten Beinen. Ich habe ihm zwar nicht die Tür vor der Nase zugeschlagen, aber er konnte auch nicht ins Schlafzimmer durchmarschieren.

»So was macht man nicht nebenbei, Joe. Gib mir ein bisschen Zeit und Raum. Erst mal sehen, was Kel meint.«

»Gut. Aber du denkst darüber nach?«

»Ich denke darüber nach.«

In den nächsten beiden Tagen tue ich nichts anderes. Kel gegenüber sage ich nichts, erst will ich mir selbst im Klaren sein. Ich verfasse sogar eine Liste mit Vor- und Nachteilen.

- *Plus: guter Sex*
- *Minus: kein Sex*
- *Plus: Wir sind wieder eine Familie.*
- *Minus: Joe wird mir das Herz brechen … noch mal.*
- *Plus: Ich würde mich sicher fühlen.*
- *Minus: Bis er mich betrügt … noch mal*
- *Plus: Ned hat Nancy. Er ist glücklich, versorgt, vergeben. Warum soll ich dann allein bleiben?*

– *Minus: Ist Joe der Mann, mit dem ich zusammen sein will?*
– *(Antwort: Nein. Genauso wenig wie Dan.)*

So, wie ich es sehe, habe ich deprimierend wenige Möglichkeiten:

1. *Ich kann meine Wunden lecken und gucken, wen es noch so gibt. Es muss noch mehr gute, bodenständige, ehrliche Männer geben, die sich in jemanden wie mich verlieben würden. Kann gar nicht anders sein …*
2. *Ich gebe die Hoffnung auf eine Beziehung komplett auf. Kelvin wird sich dran gewöhnen, und ich brauche mir nie wieder die Beine zu rasieren oder mich verletzen zu lassen.*
3. *Ich gebe Joe noch eine Chance. Zu meinen Bedingungen. Ein Fehler, und er ist draußen. Wir müssten nicht bei null anfangen, sondern da, wo wir aufgehört haben. Ich bin jetzt älter, weiser und lasse mir nichts mehr gefallen.*
4. *Die letzte Option ist gar keine. Es ist zu spät. Wenn ich ehrlich bin, war es nie eine Option. Deshalb habe ich auch nicht daran geglaubt. Nicht in meiner Liga und jetzt nicht mehr in meinem Leben.*

Mir wird klar, dass Ros von Anfang an darauf hingearbeitet hat. Ständig fragte sie mich, was ich von Ned halte, wie ich ihn fände. Wenn sie bloß den Mund aufgemacht und es mir geradeheraus gesagt hätte, anstatt nur Andeutungen zu machen, dann hätte ich vielleicht einen Versuch gestartet. (Ja, klar, Gemma O'Hara. Als hättest du das Selbstbewusstsein dafür!)

Was wäre, wenn ich mit Judy darüber gesprochen hätte? Sie hatte mehrere Beziehungen in ihrem Leben und strotzte nur so vor Selbstbewusstsein. Sie hätte mir gesagt, ich solle es probieren, ich solle mir Ned holen. Warum habe ich mich ihr nicht anvertraut?

Dass ich mein Leben vermurkst habe, habe ich mir ganz allein zu verdanken. Ich habe zugelassen, dass ich so werde. Zu stolz, zu pessimistisch, zu starrsinnig und zu überzeugt davon, die Liebe eines anderen Menschen nicht verdient zu haben. Ich habe mich in die Scheiße geritten, und jetzt sitze ich hier. Hier bin ich sicher. Hier kann ich nicht verletzt werden. Wem mache ich was vor? Es tut wirklich weh.

Als Vicky anruft, haben Optimismus und Pessimismus die Sache ausgefochten, und ich bin allmählich bereit, mich auf Option Nr. 3 einzulassen – Joe eine zweite Chance zu geben. Wenn schon nicht für mich, dann für Kel. Wie es Vicky wohl geht, jetzt, wo Joe sie verlassen hat? Weiß sie schon, dass er es wieder mit mir probieren will? Hat er ihr das überhaupt erzählt? Vielleicht lässt er sich nicht in die Karten gucken, bis er sicher ist, dass ich ihn zurücknehme.

»Wie läuft es bei dir?«, frage ich ganz unschuldig.

»Ich bin am Ende«, erwidert sie. »Und du?«

O Gott, sie ist dahintergekommen! Sie stellt mir eine Falle. »Alles gut.«

»Ich hab's herausgefunden, Gemma. Ich weiß jetzt, mit wem Joe was hat.«

»Aha …«

»Er betrügt mich schon seit fast einem Jahr. Ich habe ihn zur Rede gestellt, und er hat alles gebeichtet, deshalb habe ich ihn rausgeschmissen, genau wie du damals. Ich will ihn nicht mehr sehen. Ich ertrage seinen Anblick nicht mehr. Ich hab gesagt: ›Dann zieh doch zu deiner tollen Tussi, du

Arschloch!‹ Und weißt du, was, Gemma? Er ist nicht bei ihr eingezogen, weil sie es nicht will!«

Hm? Ich habe ihm doch gar nicht abgesagt. Noch nicht. Vielleicht tue ich es auch nicht.

Vicky redet sich in Rage. »Ich hätte es wissen müssen, so oft, wie er nach Preston Park musste, weil ihr ›Boiler wieder kaputt war‹! Ja, klar, Junge!«

»Preston Park?«

»Sie heißt Naomi. Ich habe ihn abserviert, dann hat Naomi ihn abserviert. Jetzt pennt das verlogene Schwein bei seiner Mama auf der Couch. Und ich denke: Geschieht ihm recht, oder?«

Vicky redet weiter, doch ich kriege nichts mehr mit. Ich habe genug gehört. Vicky hat Joe rausgeschmissen, weil sie hinter seine Affäre mit Naomi gekommen ist. Und Naomi hat Joe rausgeschmissen, weil er für sie kein ernsthafter Kandidat für eine Beziehung ist. Jetzt, wo er ein Dach über dem Kopf brauchte, blieb nur noch ich. *Gemma macht das schon. Ich weiß, wie ich sie um den Finger wickeln kann. Die nimmt mich schon zurück, blöd, wie sie ist.*

Von wegen: wieder eine Familie sein, mit mir und Kel. Von wegen: noch mal neu anfangen, die Dinge zurechtrücken, reinen Tisch machen.

In Wirklichkeit will Joe mich gar nicht. Es will nur niemand anders ihn haben. Und niemand anders will mit mir zusammen sein, vor allem nicht der Mann, mit dem ich zusammen sein möchte.

27

Ned

»Mum weint die ganze Zeit. Ich frage sie, was ist, aber sie sagt es mir nicht.«

Kelvin klingt wirklich verzweifelt. Ich bin froh, dass er meine Handynummer hat, und fühle mich geschmeichelt, dass er denkt, ich könne helfen.

»Hat sie sich verletzt? Hat sie Schmerzen?«

»Weiß ich nicht. Glaub nicht. Sie sitzt nur auf dem Sofa und weint und weint, und das ist kein normales Weinen. Willst du mal hören? Ich bin in meinem Zimmer, aber ich kann das Handy in den Flur halten.«

»Hast du versucht, mit ihr zu reden? Oder sie mal in den Arm genommen? Hey, in der Küchenschublade liegt doch ihr geheimer Schokoladenvorrat! Vielleicht hilft der.«

»Nein!« Kelvin verliert die Geduld mit mir, aber ich weiß nicht, was ich noch vorschlagen soll.

Das Team von Welby-Daniels ist in Brighton, um mit uns essen zu gehen und über neue Projekte zu sprechen. Ich bin die Kontaktperson bei QGT. Sie kommen zwar gut mit Karen aus, reden aber lieber mit mir. Unser Tisch im Ivy ist für sieben Uhr bestellt, jetzt ist es zehn nach sechs …

»Ich kann kurz vorbeikommen, Kelvin, ja? Wenn ich wirklich, wirklich soll. Ich habe nur gerade etwas viel zu …«

»Ja, bitte, Ned! Ich habe Angst. Tschüss!«

Während ich im Taxi durch Brighton rase, schreibe ich Karen eine Nachricht und entschuldige mich. Ich behaupte, es wäre eine Familienkrise, was es irgendwie ja auch ist. In Gemmas Familie. Und Kelvins. Seit der Sache am Bahnhof von Brighton haben wir nicht mehr miteinander gesprochen, als sie meinte, sie würde es noch mal mit Joe versuchen, und ich meinte, das würde nicht gut ausgehen. Hat er sie vielleicht verletzt? Ich bin kein aggressiver Mensch, weil ich nicht sehr bedrohlich auf andere wirke, aber wenn er das gemacht hat, hau ich ihm eine rein.

In meiner Eile, Gemma zu helfen, gebe ich dem Taxifahrer zu viel Geld. Kelvin macht mir die Tür auf. Der arme Kerl sieht so verzweifelt aus, dass ich ihn erst mal richtig in den Arm nehmen muss. Sobald er was sagen will, heult er los, deshalb bringt er mich direkt zu Gemma und beobachtet uns sorgenvoll von der Tür aus. Sie weint nicht mehr. Aber sie sieht furchtbar aus. Dick geschwollene Augen und ein rotes Gesicht, aufgedunsen, wütend, bezwungen.

»Na, super«, sagt sie. »Bist du aus Schadenfreude hier?«

»Kelvin hat mich angerufen. Er macht sich Sorgen um dich. Ich mir auch.«

»Mir geht's gut. Alles gut. Könnte nicht glücklicher sein, jetzt, wo ich weiß, dass mir nur Option Nummer zwei bleibt.«

»Was soll das sein? Verstehe ich nicht.«

»Nein, nicht? Das ist typisch Ned. Kriegt nichts mit, schnallt es einfach nicht. Aber für dich scheint es ja zu laufen. Glücklich bis ans Ende, was?«

Ich schüttele den Kopf. Warum ist sie so böse auf mich?

Sie wischt sich mit dem Ärmel über die Augen, fährt sich durchs Haar und entdeckt Kelvin in der Tür. »Alles gut, Schätzchen?«

»Na ja. Willst du einen heißen Kakao?«

»Das wäre schön. Mach auch einen für Ned.«

Kelvin geht in die Küche, erleichtert, etwas zu tun zu haben. Ich liebe den Jungen.

Ich setze mich aufs Sofa und achte darauf, Gemma nicht zu nahe zu kommen. »So, Madame! Worum geht's überhaupt?« Wenn ich locker bleibe, spricht sie vielleicht mit mir.

»Na los, mach dich über mich lustig! Lach in deinem Elfenbeinturm über mich Loser. Du hast deine bessere Hälfte gefunden. Du bist die Leiter hochgeklettert, ich bin sie runtergerutscht.«

Sie lacht über ihren Witz, aber es ist ein hässliches Lachen. Ich verstehe, warum Kelvin Angst hat.

»Meinst du Joe?«

»Er hatte mich fast so weit, dass ich ihm noch eine Chance gebe. Ich war dazu bereit, weil ich nichts hatte, nichts habe. Ich habe niemanden. Ich habe mir eingeredet, es wäre für Kel, aber in Wirklichkeit will ich nicht allein sein. Und dann finde ich heraus, dass er nur bei mir einziehen will, weil es besser ist, als unter dem Pier zu pennen.«

»Joe ist ein Wichser, Gemma. Das müsstest du besser wissen als alle anderen.«

»Ich hätte mich trotzdem darauf eingelassen. Ich sehe dich mit Nancy. Ihr teilt euch euren Nachtisch, macht Städtereisen, das perfekte Paar. Du hast das alles hinter dir gelassen, Ned. Du hast gewonnen, ich hab verloren.«

»Ich bin nicht mehr mit Nancy zusammen. Sie hat Schluss gemacht.«

Gemma reißt die Augen auf.

»Ich bin zu spät zu ihrem Geburtstag gekommen, als Kelvin verschwunden war, da hat sie mich abgeschossen.«

»Ach, du Scheiße, nein! Warum hast du denn nichts gesagt?«

»Es weiß keiner. Nicht mal Andy.«

»Du hättest es mir erzählen müssen, vor allem, weil es meine Schuld war. Tu das nicht so ab! Es ist meine Schuld, weil ich dich gezwungen habe, mir bei der Suche nach Kel zu helfen. Ich bin der Grund, warum du zu spät bei Nancy warst.«

Ach, das. Ich zucke mit den Schultern. »Nein, das bist du nicht, Gemma. Kelvin ist ein toller Junge. Ich wollte euch helfen.«

»Gib mir Nancys Nummer, dann rufe ich sie an und erkläre es ihr.«

»Warum willst du unbedingt die Schuld auf dich nehmen?«

»Gewohnheit?« Sie lächelt traurig. »Also gut, wenn es nicht meine Schuld war, warum hat Nancy dich dann abserviert?«

Ich versuche, es zum ersten Mal laut zu sagen, auszuprobieren, ob es irgendeinen Sinn ergibt. »Sie meint, ich wäre nicht voll für sie da. Und irgendwie hat sie recht.«

Ich überlege. Soll ich es sagen? Ach, warum nicht! Was habe ich zu verlieren? »Nancy hat hundertprozentig recht. Ich bin nicht voll für sie da, weil ich abgelenkt bin. Ich muss immer an jemand anderen denken.«

Gemma runzelt die Stirn, versucht zu verstehen. »An Tanya?«

»Natürlich nicht an Tanya! Ich denke ständig an *dich*. Mensch noch mal, Gemma, warum machst du es mir so schwer?«

Ich erwarte nicht von ihr, dass sie sich in meine Arme

wirft und mir ihre unsterbliche Liebe erklärt. Jedenfalls noch nicht. Meine Worte müssen erst mal bei ihr ankommen. Ein Lächeln wäre schon gut. Irgendeine Reaktion, damit mein Puls nicht so rast und mir nicht riesengroße Schweißperlen auf die Stirn treten. Ich brauche eine Antwort von ihr, damit meine Erklärung nicht so in der Luft hängt, so entblößt und verletzlich.

Gemma lacht verbittert. »Na, toll! Wieder nur die Zweitbeste. Nancy schießt dich ab, dann kann man ja zu mir gehen. Als ob sie dir aus dem Supermarkt einen Ersatz geliefert hätten. Maggi war nicht mehr da, nehmen Sie unsere Hausmarke.«

»So ist das gar nicht! Hör mir doch mal zu, ja? Nancy meint, wir hätte alle einen Schaden, und das stimmt. Haben wir. Jeder von uns. Aber sie sagte, *sie* müsste mein Problemfall sein, nicht du. Aber das ist sie nicht, Gemma. Echt nicht. Du bist mein Problemfall und ich bin deiner. Und deshalb sollten wir zusammen sein.«

Gemmas Miene ist undurchdringlich. Hat sie überhaupt verstanden, was ich gesagt habe? Nimmt sie schweigend das wohl zweifelhafteste Kompliment der Welt an? Kann ich zu ihr durchdringen?

»Nein. Nein, Ned, das mache ich nicht mit. Du willst mir erzählen, du hättest erst gemerkt, was du für mich empfindest, als deine Freundin mit dir Schluss gemacht hat.«

Schon richtig, das hätte ich besser formulieren müssen. »Haben wir – du und ich – haben wir eine gemeinsame Zukunft?«

Gemma steht auf, schüttelt den Kopf, fängt sich. »Für Ned brauchst du keinen Kakao zu machen, Kel!«, ruft sie in Richtung Küche. »Er muss los.«

Dann sagt sie zu mir: »Das reicht mir nicht. Ich habe was Besseres verdient. Ich bin nicht die Zweitbeste. Nie wieder. Du musst jetzt gehen, Ned.«

Sie bringt mich zur Tür, und ich bin zu niedergeschlagen, um zu protestieren.

Eine halbe Stunde später schlittere ich ins Ivy und falle auf den leeren Stuhl zwischen Karen und Malcolm, dem Geschäftsführer von Welby-Daniels. Ich esse, was mir vorgesetzt wird, aber schmecke nichts: nicht mal das mit Granatapfelkernen bestreute Lammfleisch.

Malcolm sagt, ich sei ein »Star«, und mahnt Karen, mich gut zu behandeln, damit die Wettbewerber nicht ihre Headhunter nach mir schicken. Karen erwidert Malcolm, dass meine bevorstehende Bonuszahlung mir unauffällige goldene Handschellen anlegen werde.

Ich bin der Held der Stunde, und es müsste ein toller Abend für mich sein, ist es aber nicht. Wie soll er das sein, wenn mir das alles nichts bedeutet? Ich habe nichts.

Um mich an meinen leeren Abenden zu beschäftigen, scrolle ich wie auf Autopilot durch Immobilienseiten. Ich bin entschlossen zuzuschlagen, wenn ich irgendein Objekt sehe, das alle Kriterien erfüllt. Inzwischen bin ich mehr als flüssig, erst recht, wenn der Bonus kommt. Mein Privatleben mag ich verbockt haben, aber ich kann mir den klaffenden Abgrund meiner Zukunft wenigstens von einer behaglichen, geräumigen viktorianischen Villa oder von einer schrulligen Fünfziger-Jahre-Doppelhaushälfte statt von meinem armseligen Rattenloch aus ansehen.

Ich entdecke sogar ein Haus, das mir gefällt, südlich von Hove Park. Es muss nicht viel dran gemacht werden, und es ist in meiner Preislage. Aber wozu? Für wen? Ich würde nur wie eine traurige Flipperkugel darin herumkullern und mir selbst in den Arsch treten, so unfassbar dämlich gewesen zu sein. Das kann ich auch in meiner jetzigen Wohnung; deren schmuddelige Schäbigkeit ist die perfekte Kulisse für mein Selbstmitleid.

Abgesehen von langen Bußläufen am Meer, die ich mir auferlege, gehe ich nirgends hin und treffe niemanden. Nicht mal bei Andy kann ich mich auf ein Bier ausheulen. Er und Gillian haben da wieder angefangen, wo sie aufgehört hatten, und er ist zu liebestrunken, um zu merken, dass er mich im Stich lässt. Er ist ein super Kerl und hat es verdient, glücklich zu sein. Ich nicht.

Die einzige gesellschaftliche Verpflichtung, die im Anmarsch ist, ist ein Ringelpiez bei Tanya und Julian. Er feiert zusammen mit Dora Geburtstag. Bei der Aussicht auf noch so eine selbstgefällige Party in ihrem selbstgefälligen Haus sinkt mein Mut. Aber es ist der besondere Tag meiner Tochter, den lasse ich mir nicht entgehen. Was sollte ich auch als Entschuldigung vorbringen? »Sorry, ich kann nicht kommen, ich habe gerade einen hässlichen Anfall von Niedergeschlagenheit und will niemanden damit anstecken.«

Als Tanya anrief, um mich einzuladen, war sie so aufgedreht wie immer. Ich kann kaum glauben, wie lange ich es mit ihrer Kontrollsucht ausgehalten habe. Armer Julian.

»Du brauchst nichts zu essen oder zu trinken mitzubringen, Ned. Wir lassen das Catering von Doras Lieblingsrestaurant kommen. Und wir haben Cava bis zum Abwinken. Julians Cousin bekommt den zum Einkaufspreis.«

Jetzt weiß ich Bescheid.

»Dann übernehme ich die Torte«, sage ich, überraschend

bestimmt. »Ich bringe Doras Geburtstagstorte mit, das lasse ich mir nicht nehmen.«

Widerwillig gibt Tanya nach. »Aber sie muss was Besonderes sein. Nicht irgendein hässliches rosa Teil von Aldi.«

»Überlass das mir. Muss ich noch irgendwas tun, wo du gerade dabei bist?«

»Ich überhöre mal den sarkastischen Ton. Zufälligerweise haben wir uns ein Thema überlegt. Du weißt doch, wie sehr Dora Punkte mag, oder?«

»Immer noch?«

»Ja, immer noch. Also zieh bitte etwas Gepunktetes an. Dann freut sie sich, und auf den Fotos sieht das hinterher super aus.«

Widerwillig muss ich mich einverstanden erklären. Da ich die Torte mitbringen darf, werde ich gehorchen. Zum Schluss gewinnt Tanyas Neugierde doch noch die Oberhand.

»Und welche von deinen zahlreichen Bekannten bringst du als Begleitung mit? Ach, komm doch mit Gemma! Die mochten wir so gern.«

»Sie hat keine Zeit.«

Ich kann Tanya nicht sagen, dass Gemma nie meine »Bekannte« war und es auch nie sein wird. Es tut immer noch weh. Wenn man sich innerlich rund um die Uhr in den Arsch tritt, ist das so.

Am Tag vor der Party fahre ich zu Ros, um die Torte abzuholen. Ros wird von mehreren großen Aufträgen auf Trab gehalten, aber sie meinte, sie würde sich auf jeden Fall etwas Besonderes mit Punkten einfallen lassen. Ich bin froh, dass ich sie gefragt habe. Es ist schön zu hören, dass ihre Firma richtig Fahrt aufnimmt.

Ich habe allerdings nicht damit gerechnet, dass Gemma mir die Tür öffnet. Sie ist genauso geschockt wie ich.

»Was machst *du* denn hier?«, brumme ich in dem Versuch, cool zu bleiben.

»Ich arbeite jetzt bei *Sweetcakes*. Wusstest du das nicht? Und was machst *du* hier?«

»Ich hole eine Torte ab.«

Sie runzelt die Stirn. »Diese alte Ziege!« Dann winkt sie mich rein und geht vor in die Küche. »Ros hat mich gefragt, ob ich die Stellung halten kann, sie ist gerade mit Dan unterwegs, sie wollen sich irgendeine Marmorarbeitsfläche zum halben Preis angucken. Sie meinte, es käme jemand vorbei, der eine Torte abholen will, aber irgendwie hat sie vergessen zu erwähnen, um wen es sich dabei handelt.«

Ich versuche, das alles zu verarbeiten. Ros ist mit Dan unterwegs; Gemma arbeitet für Ros. Es ist, als hätte ich eine Woche *The Archers* verpasst und käme nicht mehr mit.

»Ich wusste überhaupt nicht, dass du nicht mehr im Pflegeheim bist. Ich meine, hast du da aufgehört?«

»Das wollte ich schon länger. Das weißt du nicht, weil du nicht danach gefragt hast. Du warst mit Nancy zusammen, und es ergab sich keine Möglichkeit, es dir zu erzählen. Ros und ich wollen eine Geschäftspartnerschaft gründen. Ich habe ein paar Perlen geerbt, die unerwartet um die tausend Pfund wert sind, damit kaufe ich mich bei *Sweetcakes* ein.«

»Ich wusste gar nicht, dass du backen kannst.«

»Kann ich auch nicht. Aber ich bin ein Ass in Verwaltung, Marketing und Lieferantensuche. Wer hätte das gedacht, hm?«

»Mich wundert das nicht. Freut mich für dich, Gemma.«

Wir lächeln einander höflich an. Wir können uns benehmen. Wir können trotzdem Freunde sein.

»Ach, die Torte«, fällt ihr wieder ein. »Ros hat sich selbst übertroffen.«

Sie zaubert die Haube von einem Tortenständer, und da ist das Meisterwerk: Zuckerguss aus Zitronenfondant, darauf ein Wunderwerk aus bunten Tupfen und »Happy Birthday Bella« auf einer essbaren Wimpelkette.

»Dora ist ›Bella‹?«, fragt Gemma. »Das war mir nicht klar.«

»Ja, die Abkürzung von ›Dorabella‹. Ich habe Ros gebeten, es auf die Torte zu schreiben, damit Dora weiß, dass sie von mir ist. Wow, die sieht echt toll aus!«

»Warte kurz.« Gemma holt ein kleines Päckchen aus ihrer Tasche auf dem Stuhl neben sich. »Für Dora. Da ist eine Kette drin, von derselben Freundin, von der ich auch die Perlen habe, aber die ist leider nicht so viel wert. Ich wollte sie ihr schon die ganze Zeit vorbeibringen, aber ich dachte, das wäre vielleicht, keine Ahnung, unangemessen. Jetzt kann es ein Geburtstagsgeschenk sein. Sag ihr alles Liebe von mir, ja?«

Ihre Aufmerksamkeit trifft mich mitten ins Herz. Ich spüre, wie es unter meinem Leinenhemd hämmert. Gemma ist eine absolut wunderbare Frau. »Das wäre überhaupt nicht unangemessen. Ich würde mich freuen, wenn du Dora das Geschenk selbst übergibst.«

Als ich das letzte Mal versucht habe, ihr meine Gefühle zu beschreiben, kam alles komplett falsch heraus. Was hat mich damals geritten, von verkorksten Problemfällen zu sprechen? Kein Wunder, dass sie mir eine Abfuhr erteilt hat. Diesmal muss ich es hinbekommen. »Es tut mir so leid, Gemma. Ich habe mich wie der letzte Vollidiot aufgeführt. Auf der Arbeit bekomme ich alles hin, sehe das große Ganze, kann Dinge vorhersehen. Da vermassele ich nichts. Jetzt ist mir klar, wie übel ich mit unserer Freundschaft und meinen Gefühlen für dich umgegangen bin. Wenn es um Beziehungen geht, bin ich einfach unfähig und werde es immer sein, aber ich ertrage es nicht, dass ich dich verletzt habe.«

Ich rede weiter, aus Angst aufzuhören. »Du hattest recht. Ich habe erst verstanden, was ich für dich fühle, als Nancy mit mir Schluss gemacht hat. Ich wusste nur, dass zwischen uns etwas fehlte. Zwischen ihr und mir, meine ich. Am Ende war es eine Erleichterung, als sie den Stecker zog. Und auf einmal wusste ich, was es war. Wer fehlte. Nämlich du. Das heißt nicht, dass du die Zweitbeste bist. Alles andere als das. Du bist die Allerbeste, Gemma. Auf jeden Fall. Total. So. Jetzt habe ich es gesagt. Ich habe mich entschuldigt. Zweimal. Und nun nehme ich meine Torte und höre auf, dich in Verlegenheit zu bringen.«

Sie schüttelt den Kopf. Bekümmert? Sauer? Wahrscheinlich beides. »Du kannst nicht einfach deinen Text aufsagen und abhauen. Abgesehen davon muss ich die Torte einpacken.«

Gekonnt faltet sie eine Pappe zu einem stabilen Karton und stellt die Torte hinein. »Du warst wirklich ein Vollidiot, Ned. Ich bin mir ziemlich sicher, dass du immer noch einer bist. Ob sich das ändert? Wahrscheinlich nicht. Aber du bist auch ein netter, anständiger Mann und hast es verdient, glücklich zu sein.«

»Du auch. Das mit dem Mann natürlich nicht.«

»Seien wir ehrlich: Wir sind beide unfähig bei diesem Beziehungskram. Wir treffen schlechte Entscheidungen, können nicht sehen, was eigentlich ins Auge springt. Aber wenn uns das bewusst ist, können wir uns ab jetzt vielleicht ein bisschen mehr anstrengen. Meinst du? Ich würde es gern versuchen.«

»Das können wir. Wir schaffen das. Das geht.« Ich weiß nicht, was ich sonst sagen soll. Ich glaube, sie schlägt vor, dass wir wieder Freunde sind. Wenn nicht mehr möglich ist, gebe ich mich damit zufrieden. »Ich hoffe, in Zukunft läuft alles in den richtigen Bahnen für Kelvin und dich: *Sweetcakes*, dein Leben, gute Entscheidungen.«

»Für dich auch.« Sie wickelt ein Band um den Karton und reicht ihn mir. »Das wollte ich die ganze Zeit schon fragen: Warum ausgerechnet Punkte?«

»Dora liebt Punkte, deshalb ist es der Dresscode. Alle Gäste müssen etwas mit Punkten anziehen. Tanya will einfach alles bis ins letzte Detail bestimmen.«

»Wie auf der anderen Party.« Gemma grinst. »Als ich ganz unauffällig war und du total aufgefallen bist. Was ziehst du an?«

»Ein weißes Hemd mit roten Punkten. Sieht aus, als hätte ich Nasenbluten gehabt. Ist auch nicht so wichtig, weil ich nur die Torte abgeben und Dora ihr Geschenk überreichen werde – ich habe ein Fahrrad für sie gekauft –, dann bin ich wieder weg. Ich habe keine Lust auf Tanyas Schadenfreude, wenn ich ohne Begleitung auftauche.«

»Ich habe ein gepunktetes Kleid. Weiß mit gelben Punkten. Sieht aus wie ein Teller mit Spiegeleiern.«

Ich nicke. Also stehen uns beiden keine Punkte. Schätze, das wär's dann. Ich bin traurig.

»Mensch noch mal, Ned! Das war gerade durch die Blume gesagt, dass ich deine Begleitung sein möchte. Wenn ich Kelvin mitnehmen darf.«

»Du? Wirklich?«

Ich suche ihr Gesicht nach Anhaltspunkten ab. Ich will nichts falsch verstehen ... nicht noch mal. Gemma seufzt leicht ungeduldig und massiert mit der Fingerspitze mein verwirrtes Stirnrunzeln fort. Da weiß ich, da begreife ich endlich, dass wir es schaffen.

»Es sei denn, du denkst, dass mit dir und mir ist keine gute Idee.«

Typisch Gemma. Sie bereitet schon wieder den Boden für die große Enttäuschung vor, wartet auf die nächste Hiobsbotschaft. Das werde ich nicht zulassen. Ich möchte sie so sehr beruhigen, wie es eben geht.

Ich werde keinen Druck machen. Ich werde sie nicht umarmen oder zu hoch pokern. Abgesehen von allem anderen habe ich eine Torte im Wert von fünfzig Pfund in der Hand. Sie lächelt mich nervös an, und das macht mir Hoffnung.

Nervös lächele ich zurück. »Das ist eine hervorragende Idee. Du und ich. *Wir*. Wirklich hervorragend, Gemma.«

Sie schlägt die Hand vor den Mund. Mit Sicherheit hat sie es sich anders überlegt. Sie hat gemerkt, dass »wir« eine furchtbare Aussicht ist, und muss sich nun schnell aus der Sache herauswinden, bevor ich anfange, von einer gemeinsamen Zukunft zu träumen.

»Ich hatte gerade eine Idee.«

»Ja?«, sage ich vorsichtig.

»Was wäre, wenn wir da gestreift statt gepunktet auftauchen? Du, Kelvin und ich. Das würde Tanya bestimmt aus dem Konzept bringen, oder?«

»Sie wäre stinksauer. Du bist ein schlechter Mensch, Gemma. Komm, das machen wir!«

»Stört Dora das nicht?«

»Solange sie im Mittelpunkt steht … Ich bezweifele sehr, dass sie es überhaupt merkt.«

Und dann stelle ich doch die Torte ab. Ich nehme Gemma in den Arm, und zögernd legt sie die Arme um meine Taille. Ich spüre ihr Gesicht an meiner Schulter und merke, dass sie lächelt. »Ich würde mich so freuen, wenn du meine Begleitung wärst, Gemma.«

»Gut. Dann machen wir das so.«

»Nicht nur auf der Geburtstagsfeier. Das hast du verstanden, oder? Ich möchte nicht, dass du denkst …«

»Natürlich habe ich das kapiert, du Dummkopf!«

Das sind wir wirklich. Dummköpfe, meine ich. Ein Jahr lang falsch abgebogen, falsch gehofft, falsch entschieden. Damit kann ich leben, wenn es bedeutet, dass ich jetzt mit Gemma zusammen bin. Vielleicht mussten wir es erst mal falsch machen, um zu wissen, wie es richtig geht. Um jetzt hier zu sein.

Gemma lädt mich zum Abendessen ein; offensichtlich macht Kelvin seine berühmten überbackenen weißen Bohnen mit Bacon. »Wenn du da bist, muss ich eine Portion weniger essen.«

Ich könnte nicht glücklicher sein. Tatsächlich sind wir beide so beseelt und durch den Wind, dass Gemma erst im Auto merkt, dass wir Doras Torte vergessen haben. Sie muss noch mal zurückgehen und den Karton holen.

Ich genieße ihre ruhige Gegenwart an meiner Seite, den Tortenkarton auf ihrem Schoß, während ich den Picanto auf die Lewes Road steuere und nach Bevendean fahre. Wir reden nicht. Das ist nicht nötig. An der Ampel bei Sainsbury's sehen wir uns kurz an und schauen dann beide lächelnd nach vorn auf die Straße.

Vor gefühlt hundert Jahren glaubte ich, ich hätte eine Zukunft mit Tanya. Hatte ich aber nicht. Als Nancy mich verließ, fragte sie mich, ob ich mir sie und mich in fünf Jahren vorstellen könne. Konnte ich nicht.

Gemma stößt mich an, damit ich merke, dass die Ampel umgesprungen ist, und wir fahren weiter. Kann ich mir ein Leben ohne sie vorstellen? Nein.

Tue ich auch nicht.

Danksagung

Ned und Gemma begleiten mich schon seit Jahrzehnten. Ich habe sie damals in einem Bühnenautorenkurs der legendären Olwen Wymark am City Literary Institute erfunden. Viele Jahre später tauchten sie in einer Dramedy von BBC Radio namens *soloparentpals.com* auf, die von einer Online-Selbsthilfegruppe handelte. Ich möchte David Hunter danken, dass er fünf Staffeln mit den Sprechern Maxine Peake, Kris Marshall, Liz White und Julian Rhind-Tutt produziert hat.

Ich hatte immer das Gefühl, dass es hinter den fünfzehnminütigen Sequenzen noch viel mehr zu entdecken gibt, was dort nur gestreift werden konnte. Wie kam es bei Ned und Gemma zur Trennung? Wer waren die *neuen* Lebensgefährt:innen ihrer ehemaligen Partner:innen, mit wem waren die beiden befreundet, wer waren ihre Vorgesetzten, mit wem hatten sie so katastrophale Dates?

Durch den Zuspruch meiner Buchagentin Gaia Bank verfasste ich ein paar Kapitel dieses Buchs, das nun in Brighton and Hove spielte. Schnell stellte ich fest, dass es mir Spaß machte, von einer Form des Erzählens zu einer anderen zu wechseln, und meine Drehbuchagentin Lucy Fawcett machte mir weiterhin Mut. Ich danke euch beiden dafür.

Dann hatte ich das Glück, dass mein *Work-in-Progress* auf dem Schreibtisch von Sam Humphreys landete. Sam war die beste Lektorin, die man sich vorstellen kann: Sie lachte über die lustigen Stellen und ermunterte mich, nach den großen Gefühlen unter der Oberfläche zu suchen. Ihre Vorschläge waren unschätzbar wertvoll. Dieses Buch hat von jedem einzelnen profitiert.

Ich bin dem Team von Mantle Books dankbar für sein Knowhow, sein Können und seine Unterstützung, als da wären: Rebecca Needes, Philippa McEwan, Alice Gray, Eleanor Bailey, Jessica Cuthbert-Smith, Mary Chamberlain und Illustratorin Melissa Four.

Ein großes Dankeschön gilt meinen schreibenden Kolleg:innen. Es ist so eine große Hilfe, Erfahrungen auszutauschen, egal, ob man gerade einen sprichwörtlichen Lauf oder wortwörtlich den Überblick verloren hat. Kate Harrison, Laura Wilkinson, Frances Quinn, Janice Hallett, Donna Hay, die wunderbaren Material Girls und viele, viele mehr – ich verneige mich vor euch.

Ich habe dieses Buch 2020 geschrieben, im ersten Coronajahr. Wie viele andere Autor:innen fand ich es seltsam tröstlich, eine Welt zu beschreiben, in der die Menschen immer noch in überfüllte Pubs und auf Partys, in gut besuchte Läden und Restaurants gehen. Ein Dankeschön von Herzen an alle systemrelevanten Arbeitskräfte, die uns durch den Lockdown und weiter brachten.

Als ich 2013 nach Hove zog, hätte ich mir nicht vorstellen können, dass die Stadt einmal eine Rolle in einem Roman spielt. Kann man einer Stadt danken? Ich weiß es nicht. Deshalb bedanke ich mich stattdessen bei all den Läden, Cafés, Pubs, Buslinien, Restaurants und Ecken, die in diesem Roman vorkommen. Manche tauchen unter ihrem realen Namen auf, für andere habe ich aus den Bezeichnungen existierender Orte oder Einrichtungen neue Namen gebaut.

Ich habe hier so viele wunderbare Freundschaften geschlossen. Danke an alle, die stummen »Statisten«, die auf jeder Seite dieses Buchs auftreten.

Ein dicken Kuss für meine Schwester Ruth Teddern, die eine frühe Fassung von *Das Gute liebt so nah* las und mir die beste Art von Feedback gab: entschieden, aber fair; einfühlsam und immer ermutigend.

Und dann mein Mann, Edward Crask: Er schenkt mir Liebe und Lachen, Tee und Plätzchen, Wärme und Freude. Wir haben uns im »mittleren Alter« kennengelernt und sind der lebende Beweis dafür, dass es funktioniert.

Sue Teddern

Die besten Wege führen ans Meer

Annie ist alleinstehend, arbeitslos und ein bisschen festgefahren in ihrem Alltag, als ihr geliebter Vater unerwartet stirbt. Wütend über die Pläne seiner Lebensgefährtin nimmt Annie die Urne an sich. Aus einer Laune heraus beschließt sie, mit ihr auf eine Reise gehen - zu den 31 Seegebieten des Seewetterberichts, den ihr Vater so gerne im Radio gehört hat. Auf der Suche nach dem perfekten Ort für ihren Abschied fährt sie an der britischen Küste entlang und fragt sich, ob es nicht an der Zeit wäre, einige ihrer Beziehungen zu überdenken - aber ist es zu spät für eine zweite Chance?

Roman
Aus dem Englischen
von Andrea Fischer
448 Seiten, broschiert

Weitere Informationen finden Sie auf
www.fischerverlage.de

Lisa Kirsch

Querbeet ins Glück

Roman

Maddie hat es fast geschafft: Ihr Traumjob als Musicaldarstellerin ist zum Greifen nah. Um Fuß zu fassen, darf sie sich auf keinen Fall ablenken lassen. Doch dann stolpert Maddie durch Zufall in den Gemeinschaftsgarten »Grüne Freiheit«. Auf einmal merkt sie, was ihr gefehlt hat: Sie genießt das Gefühl von frischer Erde zwischen den Fingern, freundet sich mit der wilden Lila an und bekommt Herzklopfen, wenn der unverschämt gutaussehende Mo ihr beim Johannisbeeren-Ernten hilft. Aber Maddie kann sich nicht zweiteilen und ihr wird klar: Früher oder später muss sie sich zwischen ihren Gartengefühlen und ihrem Karrieretraum entscheiden.

416 Seiten, broschiert

Weitere Informationen finden Sie auf
www.fischerverlage.de

AZ 596-70641/1

Isabell Sommer
Sitz, Platz, Kuss
Hundeglück-Roman

Wenn das Glück dir einen Stups gibt
Größer könnten die Gegensätze kaum sein: Mila hat einen Brautmodenladen und verkauft Träume aus Tüll. Robin ist Scheidungsanwalt und lässt diese Träume wieder platzen. Mila hat nach einer herben Enttäuschung Angst vor der Liebe, während Robin sich von Date zu Date hangelt, um kein Single mehr zu sein. Immer, wenn sie ihre beiden Hunde Balou und Alice in die Hundetagesstätte *Zum Pfotentreff* bringen, laufen sich Mila und Robin über den Weg und merken: sie können sich nicht ausstehen. Oder vielleicht doch?
Der erste Band der Hundeglück-Reihe von Isabell Sommer

304 Seiten, broschiert